Die Kerzenzieherin

CAREN BENEDIKT

Die Kerzenzieherin

Roman

Weltbild

Besuchen Sie uns im Internet:
www.weltbild.de

Genehmigte Lizenzausgabe für Verlagsgruppe Weltbild GmbH,
Steinerne Furt, 86167 Augsburg

Umschlaggestaltung: Zero Werbeagentur, München
Umschlagmotiv: Arcangel Images (© Malgorzata Maj) /
Getty Images, München (© Tony Cordoza) / FinePic®, München
Gesamtherstellung: GGP Media GmbH, Pößneck
Printed in the EU
ISBN 978-3-86365-888-5

2016 2015 2014 2013
Die letzte Jahreszahl gibt die aktuelle Lizenzausgabe an.

Für Iny und Elmar,
zwei gute Freunde, die mir halfen,
meinen Weg zu finden

Es war ein einziges Schlachtfeld. Das viele Blut konnte in dem eisigen Boden nicht versickern und fügte sich zu einer breiigen Masse zusammen. Das Bild, das sich ihm bot, glich einem Kriegsschauplatz. Das hätte nicht geschehen dürfen. Einer seiner Männer hatte während des Überfalls einen Arm eingebüßt. Das Blut strömte ihm unaufhörlich aus dem Rumpf direkt unterhalb des Schultergelenks, wo ihm der Arm in ganzer Länge abgetrennt worden war.

Er sah den Verwundeten und wusste, dass auch er sterben würde. Nicht irgendwann, sondern heute. Es gab kein Entkommen, kein Entrinnen, kein Verhandeln oder Feilschen. Schon am Morgen beim Aufstehen hatte er gemeint, etwas Eigenartiges, Fremdes zu spüren. Eine Unruhe und doch gleichzeitig die Gewissheit, nichts an dem, was folgen würde, ändern zu können.

Nun lag er hier, mitten im Dreck und ohne jede Würde, die er sich zeitlebens zu eigen gemacht hatte. Die wilden Rufe um ihn herum wurden leiser, und er hörte die Stimmen nur noch, als hätte sich eine dicke wollene Decke um seinen Kopf gelegt. Sein Herz pochte heftig, schien sich der Endlichkeit widersetzen zu wollen.

Lateinische Worte gingen ihm durch den Kopf. Krampfhaft versuchte er, sie in die richtige Reihenfolge zu bringen. Nicht mehr lange, dann würde er seinem Schöpfer gegenübertreten. Die richtigen Worte. Die richtigen Worte. Er musste sie finden. Ein kurzer, heftiger Schmerz fuhr durch seine Brust. Es würde nicht mehr lange dauern, er spürte es. War sein Weg immer richtig gewesen? Würde der Herr ihn empfangen und ihm einen Platz in seinem himmlischen Reich gewähren?

Und am Ende ist man doch allein und liegt, gleichgültig ob Bauer oder König, still in der Erde. Er erinnerte diese Zeilen, wusste aber nicht mehr, wo er sie einst vernommen hatte. Die richtigen Worte, er wollte sie sprechen. Seine Lippen formten ein Gebet, doch keiner außer Gott konnte ihn jetzt noch hören. Er hatte seine irdene Hülle längst verlassen.

1. Kapitel

Drei Tage zuvor,
Burg Isenberg am 4. November 1225

Der Anstieg war steil, und bei jedem Ausatmen entstiegen Ellins Mund kleine Atemwölkchen. Ihr machte die Anstrengung nichts aus, obwohl der nahende Winter schon jetzt sein eisiges Tuch über das Land gebreitet hatte. Jonatha hingegen, die beleibte Novizin, mit der sie gemeinsam den geflochtenen Korb zur Burg hinauftrug, war die Mühe deutlich anzusehen. Sie schnaufte und keuchte, bat Ellin ein ums andere Mal, eine kurze Rast zum Durchatmen einzulegen, und musste manch gotteslästerlichen Fluch hinunterschlucken, wenn sie auf dem glatten Untergrund den Halt zu verlieren drohte.

»Ich kann den Korb das letzte Stück allein tragen, Jonatha. Lass gut sein.«

Ohne eine Antwort abzuwarten, griff Ellin nach dem anderen Henkel und zog das Behältnis ganz zu sich herüber.

»Danke.« Jonatha keuchte noch immer. »Aber sag, wenn es dir zu viel wird.«

»Es ist ja nicht mehr weit.«

Obwohl sie den Korb nun ganz allein trug, schien es Ellin, als hätte sich ihre Last insgesamt dennoch verringert, da sie Jonatha, die mehr am Korb gehangen, als dass sie ihn getragen hatte, nun nicht mehr hinter sich her den Berg hinaufziehen musste. Einzig störte sie sich an ihrem Kleid, dessen Saum beim Überqueren der flachen Furt gierig das Eiswasser in sich aufgesogen hatte. Kühl und nass klebte der Stoff nun an ihren Waden, und langsam kroch die Kälte bis zu ihren Schenkeln hinauf.

Ein dumpfes Grollen über ihnen ließ Jonatha ängstlich zum Himmel hinaufsehen.

»Dass jetzt nur nicht noch ein Unwetter aufzieht.«

Ellin folgte ihrem Blick. Die Wolken hatten sich zu einer quellenden, dunkelgrauen Masse zusammengezogen. »Wenn wir uns nicht beeilen, werden wir die Burg gewiss nicht mehr erreichen, bevor der Regen auf uns niederprasselt.«

Sie beschleunigte ihren Schritt und kam trotz des schweren Korbes schneller voran als Jonatha, die ihr mit immer größer werdendem Abstand folgte.

Kurz bevor Ellin das Burgtor erreichte, setzte ein gewaltiger Schauer mit Hagelkörnern ein, die teilweise hühnereigroß waren. Heftig trommelte sie gegen das Tor.

»Öffnet! Wir bringen die georderten Waren aus dem Kloster!«

Sofort wurde der Riegel beiseitegeschoben, und ein Wachmann ließ sie eintreten.

»Nun komm schon, Jonatha!« Es klang harscher, als sie es beabsichtigt hatte, doch verfehlte die Aufforderung ihre Wirkung nicht. Die Angesprochene hob den Rock und rannte das letzte Stück.

Sofort schloss die Wache hinter ihnen wieder das Tor und brachte den Riegel an. Das Gesinde, das im inneren Burghof seinen Arbeiten nachkam, versuchte, sich vor den niederprasselnden Eisklumpen in Sicherheit zu bringen, und die beiden Novizinnen stießen ein ums andere Mal mit jemandem zusammen, während sie sich mühten, zum Eingang des Küchengebäudes zu gelangen. Fast hätte Ellin nach einem Stoß in den Rücken den Korb fallen lassen, konnte jedoch im letzten Moment noch nachfassen. Atemlos erreichten die Novizinnen den Schutz spendenden Torbogen des Wirtschaftsgebäudes.

»Hast du so etwas schon einmal gesehen?« Vorsichtig streckte Ellin den Kopf vor und spähte hinaus. Das Unwetter schien noch mehr an Kraft zu gewinnen, und die Eiskugeln bildeten schon eine fast geschlossene weiße Fläche im Innenhof.

»Mir ist das unheimlich«, brachte Jonatha hervor und rieb ihre Arme.

Ellin sah sich um. Aus sämtlichen Burgöffnungen lugten Gesichter hervor, um das launige Wetterschauspiel zu beobachten, das sich ihren Augen bot. Die einen ängstlich, die anderen erstaunt, sahen sie zu, wie der Himmel wütend seine Schleusen öffnete und seine eisigen Geschosse gen Erde schleuderte.

»Komm.« Ellin drehte sich um und ging auf dem langen Gang in Richtung Küche. Jonatha löste ihren Blick von dem Geschehen und folgte ihr.

Aus der Gesindeküche drangen Stimmen. Ellin bedeutete Jonatha mit einer Kopfbewegung, ihr die Tür zu öffnen. Doch die wurde just in diesem Moment aufgerissen, als einer der Knechte herauskam. Rasch machte er einen Schritt zur Seite und ließ die Frauen eintreten. Sie dankten es ihm mit einem stummen Kopfnicken.

»Ah, da seid ihr ja!« Agnes, die Haushälterin der Burg, kam ihnen entgegen und nahm Ellin den Korb ab. »Und das bei diesem Unwetter. Wärmt euch erst einmal am Feuer.«

»Danke.« Ellin rieb sich die Hände, deren Finger von den Tragegriffen des schweren Korbes tiefe Einkerbungen aufwiesen und vor Kälte blau angelaufen waren. Sie ging zur Feuerstelle und streckte die Arme in Richtung der Flammen aus, während Jonatha an ihre Seite trat.

»Wir warten aber doch den Hagel ab und gehen nicht sogleich wieder zurück, oder?« Obwohl Jonatha die Ältere von ihnen beiden war, fügte sie sich wie selbstverständlich Ellins Entscheidungen. Da meldete sich Agnes zu Wort.

»Gleich wird nach und nach das Gesinde eintreffen, um zu essen. Dann wird es hier sehr voll. Wenn ich euch einen Rat geben darf: Gönnt euch jetzt eine Kelle Suppe, und danach überlasse ich euch eine kleine Kammer, in der ihr warten könnt, bis sich das Wetter wieder beruhigt hat.«

»Das wäre wirklich sehr freundlich, Agnes. Aber wir wollen dir keine Mühe machen.«

»Das ist doch keine Mühe.« Die Haushälterin machte eine wegwerfende Handbewegung. »Die Kammer wird sowieso nie benutzt. In ihr stehen nur eine Truhe mit Decken und ein Bett. Geheizt wird dort nicht.«

»Dann nehmen wir deinen Vorschlag gern an und danken dir.« Ellin lächelte Agnes zu, die sich schon wieder umdrehte und in dem großen Topf über dem Feuer rührte.

»Ich füll jetzt die Suppe ein. Die wird euch guttun.«

Die Novizinnen setzten sich auf eine lange Bank neben dem Tisch. Zusammen mit der Haushälterin waren sie die Einzigen im Raum, und wieder einmal fiel Ellin auf, wie angenehm sie es empfand, dem Klosterleben eine Zeitlang entflohen zu sein. Schon oft hatte sie darüber nachgedacht, ob sie das Ordensgelübde tatsächlich ablegen sollte. Doch hatte sie überhaupt eine Wahl? Solange sie zurückdenken konnte, lebte sie im Kloster. Wer sie einst dort abgegeben hatte, wussten nicht einmal die älteren Schwestern zu sagen. Eines Tages war sie einfach da gewesen, allerdings nicht mehr im Wickelalter, wie es immer wieder einmal geschah, wenn eine verzweifelte Frau ihr Neugeborenes vor dem Klostertor ablegte. Ellin hatte schon laufen können. Offenbar hatte ihre Mutter sie bis zur Klosterpforte gebracht, dort angeklopft und war danach einfach gegangen. Seitdem, und sie mochte bereits an die siebzehn Jahre alt sein, war nicht ein einziger Tag vergangen, an dem sie sich nicht fragte, was sie in ihren jungen Jahren nur so Schreckliches getan haben konnte, dass ihre eigene Mutter ihrer überdrüssig geworden war. Sie seufzte und fuhr zusammen, als sie bemerkte, wie tief sie in Gedanken versunken war.

»Ist dir nicht wohl?« Jonatha sah sie besorgt an, und es rührte Ellin, als ihr bewusst wurde, dass die Novizin ein Mitglied der einzigen Familie war, die sie je gehabt hatte.

Kurz griff sie nach der Hand der Älteren. »Es ist alles gut. Danke.«

Jonatha schien verdutzt angesichts der plötzlichen Geste, sagte aber nichts.

In diesem Moment stellte Agnes die Suppenschalen auf den Tisch. »So, nun lasst es euch schmecken.«

»Danke.« Jonatha nahm rasch den Löffel auf und genoss sichtlich die warme Mahlzeit.

»So etwas Gutes hätten wir im Kloster nicht bekommen. Danke, Agnes. Du bist eine wunderbare Köchin.«

»Ich freu mich immer, wenn es allen schmeckt«, gab diese lächelnd zurück.

Vor der Tür wurden Stimmen laut, und im nächsten Augenblick traten zwei Mägde ein. Kurz zögerten sie beim Anblick der Ordensschwestern, nahmen auf einen Wink von Agnes dann aber ebenfalls am Tisch Platz.

Unsicher sahen die vier Frauen einander an. Keine sagte ein Wort, und eine drückende Stille machte sich breit.

»So, hier!« Agnes gab auch den Mägden je eine Suppenschale.

»Danke, Agnes!« Die jüngere der beiden sah auf und warf einen raschen Blick auf Ellin. Kurz überlegte sie, ein Gespräch zu beginnen, doch schien ihr der Gedanke schon im nächsten Augenblick unpassend. Sie war eine einfache Magd, nicht so gebildet wie die Ordensschwestern. Wahrscheinlich würden diese es als aufdringlich empfinden, wenn sie als Erste das Wort an sie richtete.

Noch einmal blickte sie verstohlen zu Ellin hinüber und fuhr zusammen, als diese es bemerkte.

»Arbeitet ihr immer in der Burg oder nur während der Wintermonate?«, durchbrach Ellin die beklemmende Stille.

Die junge Magd ging dankbar auf das Gesprächsangebot ein. »Erst ab dem Herbst, wenn die Felder abgeerntet sind«, teilte sie mit. »Wir haben nicht so viel Glück wie Agnes, die das ganze Jahr hier verbringen kann.«

»Dass es immer ein Glück ist, würde ich nicht sagen«, mischte Agnes sich ein. »Aber es stimmt schon, dass ich froh bin, hier stets gebraucht zu werden.«

Daraufhin erstarb das Gespräch, und die junge Magd überlegte fieberhaft, mit welcher Frage sie die Stille erneut durchbrechen könnte. »Gefällt Euch das Leben im Kloster?«

Ellin und Jonatha warfen sich einen Blick zu, den die Magd nicht zu deuten vermochte.

Jonatha zuckte mit den Schultern. »Es ist wohl das beste Leben, das man sich als Weib erwarten darf.«

»Unsinn!«, widersprach Ellin heftig und erschrak selbst darüber, wie schroff ihre Erwiderung ausgefallen war. Jonatha blickte sie mit hochgezogenen Augenbrauen an.

»Unsinn?«

Versöhnlich griff Ellin nach ihrer Hand. »Nicht deine

Worte, meine Liebe.« Ellin seufzte. »Doch ich glaube einfach, dass Gott uns Frauen etwas mehr zugesteht, als nur demütig die Anordnungen der Männer zu befolgen.«

»Eine waghalsige Ansicht für eine Novizin!« Sorge schwang in Agnes' Stimme mit.

»Ich weiß.« Ellin senkte den Blick. »Verzeih bitte.«

Die junge Magd räusperte sich, unsicher, ob sie noch weiter in die Novizin dringen sollte. Ihre Neugierde siegte schließlich. »Hier hört uns niemand, und wir können schweigen. Würdet Ihr daher genauer erklären, was Ihr damit meintet?« Sie lächelte aufmunternd.

Ellin sah auf. Sie ärgerte sich über ihren Gefühlsausbruch.

Jonatha drückte kurz ihre Hand. »Obwohl wir nun schon so lange zusammen im Kloster leben, habe ich dich noch nie zuvor so etwas sagen hören.«

»Glaubst du denn, der Mutter Oberin würde das gefallen?«

Jonathas Lächeln verriet, dass sie Ellins Zweifel gut verstehen konnte.

»Wisst Ihr«, sagte die junge Magd, »ich dachte immer, dass Nonnen ganz und gar zufriedene und glückliche Menschen wären. Ich selbst hingegen fühle mich oft wie ein gehetztes Tier, das kein Entkommen aus seiner täglichen Mühsal von Arbeit und Schweiß zu finden vermag. Und es gibt niemanden, der dort draußen auf mich wartet, um mir mit Liebe einen Ausweg zu zeigen.« Kurz sah sie die Novizinnen an, als wöge sie ab, ob sie noch weitersprechen oder lieber schweigen sollte. »Ihr Ordensschwestern hingegen tragt stets so ein zufriedenes Lächeln auf den Lippen, dass ich mich schon manches Mal gefragt habe, ob ein Leben im Kloster nicht auch für mich das Richtige wäre.«

»Hör auf die Stimme in dir. Sie wird dir den richtigen Weg weisen.« Ellin nickte der Magd zu.

Doch die schüttelte darauf nur traurig den Kopf. »Ach, selbst wenn ich es mir wünschte, ich hätte gar nicht die Mittel, um dem Kloster beitreten zu können.« Kurz überlegte sie. »Aber Ihr sagtet eben, dass Ihr glaubt, Gott würde auch den Frauen ein gewisses Maß an Glück zugestehen.«

»Davon bin ich überzeugt«, bekräftigte Ellin.

Ein Lächeln huschte über das Gesicht der Magd. »Auch einer ganz einfachen Frau wie mir?«

»Gerade den einfachen, deren Seelen nicht von Habgier zerfressen, sondern die reinen Herzens sind, schenkt der Herr sein Wohlwollen.«

Die Magd strahlte über das ganze Gesicht. »Dann werde ich also mein Glück finden?«

Ellin nickte ihr zufrieden zu. »Agnes, wärst du wohl so nett, uns nun die Kammer zu zeigen?« Sie stand von der Bank auf, was Jonatha als Aufforderung verstand, sich ebenfalls zu erheben.

Agnes legte die Kelle beiseite. »Ich bin gleich zurück. Verteilt ihr rasch die Suppe für mich, wenn die anderen kommen?«

Die junge Magd versprach es. »Und habt vielen Dank, Schwester!«

Ellin lächelte ihr beim Hinausgehen noch einmal zu. Sie war froh, der Situation auf diese Weise entkommen zu können. Was hatte sie sich nur dabei gedacht, andere Menschen in einem unbedachten Moment so tief in ihre Seele blicken zu lassen? Ihr Herz pochte heftig, und ein beklemmendes Gefühl der Verunsicherung ergriff von ihrem Körper Besitz.

Agnes schien ihre Gedanken zu erahnen. »Das war sehr mutig von dir, Ellin. Mach dir keine Sorgen. Niemand wird etwas von unserer Unterredung erfahren.«

Ellin, die nicht wusste, was sie darauf sagen sollte, nickte nur.

»Du hast unserer kleinen Magda mit deinen Worten sehr geholfen. Sie wird nicht verstehen, welche Zweifel du hast. Nur, dass sie ihr Glück finden wird.«

Doch die Unruhe, die von Ellin Besitz ergriffen hatte, wurde durch die mitfühlenden Worte der Haushälterin nur noch verstärkt. Wie gern hätte sie etwas mehr von Agnes gehabt, die eine hübsche Frau war, tatkräftig mitten im Leben stand und mit großem Geschick und Können eine ganze Burg zu versorgen wusste.

»Ich wollte keinesfalls ausdrücken, dass das Leben im Kloster …« Sie brach ab.

Agnes blieb abrupt stehen. »Hier in der Burg, liebe Ellin, gelten die Klosterregeln nicht. Nicht die Novizin, sondern die Frau hat aus dir gesprochen. Genau, wie es diesem Ort angemessen ist. Eure Mutter Oberin kann froh sein, eine Ordensschwester wie dich, die nicht den Blick auf das normale Leben verloren hat, in ihren Reihen zu wissen.« Sie ging weiter und führte die Novizinnen über endlose Gänge einige Stufen hinauf und wieder hinab, bis sie eine kleine Kammer erreichten.

Agnes öffnete die Tür, die ihnen quietschend Eintritt gewährte. »So, hier ist es.«

»Hoffentlich finden wir von hier allein auch wieder zurück.« Ellins Stimme klang freundlich, wenngleich ihre Zweifel durchaus ernst gemeint waren.

»Wenn nicht, dann fragt einfach. Hier läuft immer jemand vorbei.« Agnes wies auf die Truhe, die neben einem Bett die einzige Möblierung des Raumes darstellte. »Dort drin sind die Decken.«

»Ich werde kurz verschwinden«, sagte Jonatha. »Gewiss finde ich die Kammer wieder. Wartest du hier?«

Ellin nickte. »Aber bleib nicht so lang fort. Wir haben nicht viel Zeit, um uns aufzuwärmen. Sonst kommen wir nicht vor der Dunkelheit ins Kloster zurück.«

Jonatha nickte und verließ gemeinsam mit Agnes die Kammer. Ellin sah sich um. Außer dem Bett und der Truhe gab es nur noch eine dicke samtene Stoffbahn, die an einer Stange oberhalb des Fensters hing und einen Teil des einfallenden Lichtes abhielt. Sie ging hinüber und zog den Stoff beiseite, so dass es zumindest etwas heller im Raum wurde. Ein kurzer Blick durch die vor Dreck strotzenden Butzenscheiben verriet ihr, dass der Hagel noch immer auf den Burghof niederging. Nicht dass sie es nicht ohnehin gewusst hätte, denn das Auftreffen der Eiskörner auf dem Erdboden verursachte ein durchgängig donnerndes Geräusch. Sie fröstelte. Rasch ging sie hinüber zur Truhe, entnahm ihr zwei Decken und legte eine davon für Jonatha auf das Bett. Sie rochen muffig, doch feucht waren sie nicht. Schnell entfaltete sie die ihre und wickelte sich in sie ein. Sogleich wurde ihr wärmer, und sie stellte erleichtert fest, dass damit auch eine gewisse Ruhe zu ihr zurückkehrte. Sie ging zum Fenster und sah erneut hinaus. Laut schlug der Hagel gegen Scheiben und Mauerwerk und ging krachend auf den Dächern der Stallgebäude nieder. Trotzdem empfand Ellin den tosenden Lärm als beruhigend.

Plötzlich spannte sich ihr Körper wie von selbst. Sie hörte Stimmen, direkt vor der Tür. Ohne zu wissen, weshalb, verbarg sie sich hinter der schweren Stoffbahn.

»Komm hier herein. Es muss ja nicht noch der Letzte mitbekommen, dass du auf der Burg bist.«

Ellin wagte kaum zu atmen. Mit einem Poltern hatten mindestens zwei Männer den Raum betreten.

»Wozu die Heimlichtuerei? Und warum musste ich die Burg durch die kleine Pforte betreten? Ich kam mir vor wie ein räudiger Dieb!«

»Und genau durch diese Pforte wirst du nach unserem Gespräch auch wieder verschwinden und erst danach für jedermann sichtbar mit deinen Männern durch das Burgtor einreiten. Ich wollte einfach nicht riskieren, dass dich zuvor schon jemand sieht. Und auch dir kann nur daran gelegen sein, wenn später alle bezeugen werden, dass wir in großer Runde zusammengesessen haben, wo nichts von dem besprochen wurde, was uns jetzt umtreibt.«

Einer der Männer trat an das Fenster. Ellin meinte, die Wärme seines Körpers spüren zu können, so nah war er. »In welchem Teil deiner verdammten Burg sind wir hier überhaupt? Hier gibt's ja nicht mal was zu saufen.«

»Das können wir später noch, im großen Saal. Aber hier haben die Wände keine Ohren«, antwortete die Stimme des anderen Mannes.

Ellin schloss kurz die Augen, um sich zur Ruhe zu zwingen. Wie töricht war es doch von ihr gewesen, sich hinter diesem Stoff zu verstecken. Gleich würde man sie entdecken, und der Herr allein wusste, was dann mir ihr geschehen würde. Einen Wimpernschlag lang war sie in Versuchung, hervorzutreten und sich der Situation zu stellen. Denn noch konnte sie sagen, dass sie aus einer plötzlichen Angst heraus hinter dem Vorhang Schutz gesucht hätte. Doch würde dies den Männern als Erklärung reichen? Ihr Atem ging rasch und flach. Fieberhaft suchte sie nach einem Ausweg.

»Also, was hast du dir für diesen Hundsfott von Engelbert überlegt?«, fragte der Mann am Fenster, in dessen Stimme etwas Kaltes, Gefährliches lag. Ellin hielt den Atem an.

»Wir müssen ihn zum Einlenken zwingen!« Die Antwort des zweiten Mannes wurde wütend durch die Zähne gepresst.

»Pah«, spie der erste darauf aus. »Und wie willst du das anstellen? Er ist der Erzbischof von Köln. Ob er nun dein

Onkel ist oder nicht. Nach allem, was in Soest geschehen ist, wirst du nicht einmal zu ihm vorgelassen werden.«

»Glaubst du, das wüsste ich nicht? Dann müssen wir ihn eben auf andere Art und Weise überreden.« Die Stimme des zweiten Mannes war lauter geworden. Ellin hatte Mühe, sich zu beruhigen. Ihr Körper schien nicht weiter in der starren Position verharren zu können. Ein Krampf breitete sich in ihrem Bein aus, und sie glaubte schon, keinen Augenblick länger stillhalten zu können.

»Und an was denkst du dabei?«, fragte der Mann, der vor kurzem auf der Burg eingetroffen war und noch immer so nah neben Ellin am Fenster verharrte, dass er sie bei der kleinsten Bewegung bemerken würde. Sie schloss die Augen, presste ihren Körper noch enger an die Wand und sprach ein stilles, flehendes Gebet.

»Wir werden ihn abfangen. Ich weiß aus sicherer Quelle, dass er in drei Tagen eine Kirche in Schwelm einweihen will. Wir treffen uns im Gevelsberger Wald und suchen uns einen Hohlweg als geeignete Überfallstelle aus.«

»Das ist doch Irrsinn!«, polterte der Mann am Fenster. »Selbst wenn du dich mit ein paar Mann auf die Lauer legst und ihn dir greifst, wird er dir wohl kaum freiwillig folgen.«

»Das habe ich auch nicht angenommen.«

»Friedrich, komm zur Vernunft! Er ist der Erzbischof! Selbst wenn du ihn bei Wasser und Brot einsperrst, hat er doch gar keine andere Wahl, als sich dem Willen des Papstes zu beugen.«

»Er ist einer von uns, also soll er sich, verdammt noch mal, auch so verhalten. Ist mir doch egal, wir er's dem Pfaff in seinem heiligen Rom beibringt. Ich lasse mir die Pfründe aus den mir übertragenen Vogteien jedenfalls nicht wegnehmen.«

»Wenn der Papst von Engelberts Entführung erfährt, wird es für uns noch ungemütlicher werden, als es jetzt schon ist.«

»Ach ja, glaubst du? Verdammt, Giselher, wenn wir jetzt nicht reagieren, werden sie uns die Einkünfte nach und nach schmälern. Ich bin der Graf von Isenberg. Ich kann und will mir das nicht bieten lassen.« Friedrich schnaubte vor Wut.

»Unterschätze Engelbert nicht. Seine Macht ist in den letzten Jahren noch gewachsen.«

»Ich bin nicht allein mit meinem Vorhaben, das kann ich dir versichern.«

»Wer noch?«

»Das musst du nicht wissen. Sag mir lieber, ob ich auf dich und deine Gefolgsleute zählen kann.«

Der andere machte ein paar Schritte ins Zimmer hinein. »Verdammt! Weißt du, was du da von mir verlangst?«

Ellin hörte, wie nun auch der Mann mit dem Namen Friedrich und damit kein Geringerer als der Burgherr höchstpersönlich, wie Ellin wusste, einige Schritte machte. Die Männer mussten jetzt dicht voreinander stehen. Obwohl sie keinen der beiden sehen konnte, war die Spannung, die den Raum erfüllte, fast mit Händen greifbar. Sie schloss die Augen, schluckte schwer. Oh, lieber Herr Jesus, steh mir bei, dachte sie. Ihr Herz klopfte laut in ihrer Brust. Sie öffnete die Augen. Wenn sie jetzt den Überraschungsmoment nutzte, hinter dem Vorhang hervortrat und an den Männern vorbei zur Tür preschte, könnte sie es womöglich schaffen, aus dem Zimmer zu entkommen. Doch was wäre dann? Sie wusste nicht einmal genau, in welchem Teil der Burg sie sich befand. Während die Männer zu zweit waren und sich hier auskannten. Vermutlich würden sie sie rasch einholen. Vorausgesetzt, sie würde es überhaupt an ihnen vorbei bis zur Tür schaffen. Ihr Mut schwand. Was sollte sie nur tun?

»Ich verlange nicht mehr, als ich von einem treuen Freund erwarten kann.«

»Wir werden am Galgen landen!« Die Stimme des Mannes überschlug sich. »Selbst wenn es gelingt und wir Engelberts Gefolgschaft überrumpeln. Was willst du dann mit ihm machen?«

»Ich werde ihn zum Einlenken zwingen!«

»Und wie willst du das anstellen? Er ist sturer als ein Maulesel. Wie er über die Sache denkt, hat er in Soest deutlich gemacht.«

»Wenn er erst mal eine Zeitlang hier im Kerker schmort, wird er seinen Standpunkt vielleicht überdenken, meinst du nicht?« Friedrich lachte kehlig auf.

»Wer ist noch mit dabei?«

Ellin lauschte gespannt. Oh, lieber Herr Jesus, sie hatte schon viel zu viel gehört, und doch wartete sie nun gespannt darauf, die Namen derer zu erfahren, die Erzbischof Engelbert I. von Köln, ihrem Erzbischof, an den Kragen wollten. Rasch presste sie die Lippen fest aufeinander, um nur ja keinen Laut von sich zu geben.

»Ich werde dir die Namen nicht nennen, solange ich nicht weiß, dass ich auf dich zählen kann.«

»Friedrich«, erwiderte der andere barsch. »Wenn du mir nicht vertraust, hättest du mir gar nicht erst von der Sache erzählen sollen. Immerhin könnte ich dich schon mit dem Wissen, das ich jetzt habe, an den Galgen bringen.«

»Vielleicht lebst du ja nicht mehr lang genug, um jemandem davon zu berichten.«

Ellin wagte nicht mehr zu atmen.

Plötzlich begann Friedrich zu lachen, erst leise, dann immer lauter. »Du hättest eben dein Gesicht sehen sollen. Dachtest du wirklich, ich würde dir den Garaus machen?«

»Wenn du schon planst, den Erzbischof gefangen zu nehmen, trau ich dir auch das zu.« Erleichterung schwang in Giselhers Stimme mit.

»Ach weißt du, die Sache wird so oder so stattfinden. Ob nun mit mir oder ohne mich.«

Ellin war eiskalt. Ihr war, als würde sie selbst zu einem jener Hagelkörner gefrieren, die draußen gegen die Scheiben schlugen. Ihre Kehle war trocken, sie musste sich räuspern, husten gar. Es schien ihr, als schreie ihr Körper in einer eigenen, für sie unkontrollierbaren Art danach, entdeckt zu werden. Sie erstarrte, als sie hörte, wie die Tür geöffnet wurde und Jonathas Stimme den Raum erfüllte.

»Diese Burg ist wirklich ein Labyrinth. Du hättest …« Sie brach ab. »Oh, verzeiht! Ich muss mich verirrt haben. Ich dachte … bitte verzeiht, Ihr edlen Herren.«

»Wer bist du und was willst du hier?«

Ohne hinter dem Stoff hervorzublicken, sah Ellin bildlich vor sich, wie Jonatha verängstigt und hilflos das Knie beugte. »Ich bin die Novizin Jonatha aus dem Kloster ›Zum Heiligen Kreuze‹. Wir haben Waren zur Burg gebracht, und ich suche meine Mitschwester.«

»Sie hat uns hier zusammen gesehen«, zischte Friedrich. »Pack sie!«

Jonatha schrie kurz auf. In diesem Augenblick ließ Ellin die Decke fallen, sprang aus ihrem Versteck, stieß einen der Männer, der verblüfft durch den plötzlichen, rückseitigen Angriff das Gleichgewicht verlor, zu Boden, rempelte gegen den anderen und packte Jonathas Hand und zerrte sie mit sich.

Diese stolperte mehr, als dass sie lief, hinter Ellin her. Ohne zu wissen, in welche Richtung sie laufen mussten, um aus der Burg zu gelangen, zerrte Ellin sie durch die Gänge. Es dauerte nicht lange, bis schnelle, schwere Schritte hinter ihnen laut wurden.

»Komm! Oder wir sind des Todes!« Die Frauen rannten, so schnell sie konnten, doch die Verfolger holten immer mehr auf. Sie mussten sich verstecken, doch wo? Während sie um ihr Leben liefen, versuchte Ellin, Orientierungspunkte zu finden, um feststellen zu können, in welchem Teil der Burg sie sich ungefähr befanden. Doch gab es hier keine Fenster und auch sonst keine Besonderheiten, an denen sie auch nur die Himmelsrichtung hätte ausmachen können. Nur Gänge, gemauerte Wände und wieder Gänge, die sich ineinander verschachtelten und keinen Ausgang besaßen. Plötzlich gelangten sie an Stufen, die nach oben führten.

»Komm! Schnell!« Ellin hob ihr Gewand an und rannte hinauf. Da ertönte ein Schrei. Jonatha war soeben von einem der Männer eingeholt, gepackt und von der Treppe zurückgerissen worden. Ellin verharrte kurz und überlegte, ob sie umkehren und ihrer Mitschwester helfen sollte. Da hörte sie einen weiteren Schrei, dann ein Röcheln. Ihre Kehle schnürte sich zu, obwohl ihr niemand nach oben folgte. Sie meinte, vor Angst sterben zu müssen, ging aber dennoch vorsichtig wieder ein paar Stufen hinab. Vorsichtig spähte sie nach unten, um sofort von einem gewaltigen Zittern erfasst zu werden. Jonatha lag am Fuß der Treppe auf dem Boden, ein kleines Rinnsal Blut lief ihr aus dem Mund. Die toten Augen der Novizin schienen Ellin anzustarren, während neben ihr ein Mann stand und ungerührt auf sie hinabblickte. In diesem Augenblick kam auch schon der zweite Mann angerannt und blieb neben seinem Kumpan stehen.

»Lebt sie noch?«

Der andere stupste Jonathas Körper mit dem Fuß an und schüttelte den Kopf. »Sie ist mit dem Kopf auf dem Steinboden aufgeschlagen, als ich sie erwischt habe. Die wird unsere Gesichter niemandem mehr beschreiben.«

»Und die andere?«

»Ist da hochgerannt.«

Ein tiefes Lachen drang zu Ellin hinauf, die schon dabei war, die Stufen weiter hinaufzuschleichen, vorsichtig, um nur nicht den geringsten Laut von sich zu geben.

»Dann werden wir sie gleich haben. Da oben ist nicht viel, wo sich das Miststück verstecken kann. Aber zuerst müssen wir die Leiche wegschaffen. Danach werden wir sie uns holen.«

Ellin streifte sich lautlos die Schuhe von den Füßen, nahm sie in die Hand und tapste weiter hinauf. In ihrem Kopf wirbelten die Gedanken nur so umher. Jonatha war tot. Einfach so, von einem Moment auf den anderen. Und es war ihre Schuld. Nur weil sie so dumm gewesen war, sich hinter dem Vorhang zu verstecken, und nicht gleich vor die Männer getreten war, hatte Jonatha sterben müssen. Und sie wäre die Nächste, wenn die Kerle ihrer habhaft werden würden. Lautlos erreichte sie das Ende der Stufen und damit einen weiteren Gang. Sie lief ihn entlang, ohne zu wissen, wohin er führte. Nur ein paar Schritte weiter rechts von ihr ging eine Tür ab. Ellin drückte ihren Griff hinunter, um zu prüfen, ob sie sich öffnen ließ. Tatsächlich gab er nach, und Ellin trat ein. Der Raum war nur wenig größer als die Kammer, die Agnes ihnen zum Aufwärmen zugewiesen und in der das Unglück begonnen hatte. Rasch schloss sie die Tür hinter sich. Die Möblierung bestand aus zwei großen Truhen. Weder ein Bett noch ein Tisch oder ein Stuhl, nur ein mannshoher Kamin und eine Wendeltreppe, die in einen weiteren Raum führen musste. Der Kamin war kalt, kein Feuerholz war darin aufgeschichtet. Ellin ging zu den Stufen hinüber. Kurz war sie versucht, die Treppen hinaufzurufen, ob sich jemand dort oben befand, der ihr zu helfen vermochte. Doch rasch verwarf sie den Gedanken wieder. Entweder würde sie ihre Verfolger damit auf sich aufmerksam machen oder womöglich jemandem in die Arme laufen, der sie sicherheitshalber seinem Herrn übergeben und damit ihr Schicksal besiegeln würde. Tränen liefen ihr über die Wangen. Doch ihre Tränen waren weit weniger der Verzweiflung geschuldet, womöglich schon bald und damit weit vor ihrer Zeit ihrem Schöpfer gegenüberzustehen, als vielmehr der Scham, dass sie in diesem Moment nur an sich selbst dachte und nicht an Jonatha, die wegen ihrer Dummheit hatte sterben müssen. Mit hängenden Schultern ging sie zum Kamin hinüber, in dem schon lange kein Feuer mehr gebrannt haben konnte. Seine Steine waren ebenso kalt wie der Rest des Raumes. Erschöpft ließ sie sich zu Boden sinken. Ihre Flucht endete hier. Es gab keinen Ausweg, außer noch weiter nach oben zu klettern oder vielleicht weitere Gänge entlangzulaufen, die doch nicht in die Freiheit führten. Oder umzukehren und den Männern direkt in die Arme zu rennen. Nein, es hatte keinen Sinn. Sie hörte Geräusche und meinte, ihr Herz würde augenblicklich aufhören zu schlagen. Ihr war eiskalt, sie starrte auf die Tür und erwartete, dass ihre Verfolger jeden Moment den Raum betreten würden. Deutlich hörte sie nun ihre Stimmen. Doch weiter tat sich nichts. Standen die Männer im Gang und wussten nicht, in welcher Kammer sie zuerst nach ihr suchen sollten? Verwirrt drehte Ellin den Kopf, als ihr klarwurde, dass die Stimmen von unten her durch den Kamin zu ihr nach oben drangen und nicht von draußen vor der Tür. Vorsichtig steckte sie den Kopf in ihn hinein und lauschte. Tatsächlich, jetzt konnte sie die Männer noch deutlicher hören.

»Später, wenn die anderen die Burg wieder verlassen haben, werde ich die Leiche selbst in den Wald tragen und verscharren. Noch mehr Wisser können wir nicht gebrauchen.«

»Wo kam die andere überhaupt so plötzlich her? Ich hab sie kaum gesehen, so schnell war sie an mir vorbei.«

»Ich hab ihr Gesicht genau gesehen, als sie mich angerempelt hat. Dieses Miststück hat alles mit angehört. Wir müssen ihr auf jeden Fall den Garaus machen. Jemand, der bezeugen kann, was wir mit dem Erzbischof vorhaben, bringt uns unweigerlich an den Galgen.«

»Ein verfluchter Dreck ist das.« Man hörte die Anstrengung in der Stimme des Mannes, dann wurde ein Truhendeckel niedergeschlagen. »So. Bis alle gegangen sind, kann sie hier drin liegen bleiben. Und jetzt holen wir uns die andere.«

Ellin schlug kurz die Augen nieder. Es war also so weit. Nicht mehr lange, und sie würde dem Herrn gegenübertreten. Sie lauschte weiter in den Kamin hinein. Sie hatte schon einmal gehört, dass es in den prachtvollen Burgen, die jüngst allenthalben von den Edlen des Landes zum Zeichen ihrer Macht und ihres Reichtums gebaut worden waren, Kamine gab, die über einen Schacht miteinander verbunden waren. Doch einen solchen gesehen hatte sie bisher nicht. Ob innerhalb dieser Schächte wohl ein Mensch hinabklettern konnte? Sie hob ihre Röcke an und bückte sich. Einmal unter dem Kaminsims hindurch, konnte sie wieder aufrecht stehen. Doch nachdem sie sich einmal um ihre eigene Achse gedreht hatte, wusste sie, dass ihr dieser Kamin niemals als Versteck dienen konnte. Die Männer würden sie sofort entdecken, sobald sie den Raum betraten. Und wenn sie sich ganz eng an eine der Kaminwände presste? Die Stimmen waren von unten zu ihr hochgedrungen, da war sie sich ganz sicher. Doch ein Loch oder einen Schacht, wie sie ihn ursprünglich erwartet hatte, war nirgendwo zu entdecken. Sie tastete die Wand ab.

Irgendwo musste es doch einen Durchlass geben. Überrascht stellte sie fest, dass sich keinerlei Ruß an den Wänden befand. Konnte es denn sein, dass dieser Kamin noch nie benutzt worden war? Sie spürte einen Luftzug, der direkt durch eine Ritze der hinteren Kaminwand zu kommen schien. Sie stellte ihre Schuhe ab, die sie noch immer in der Hand hielt. Vorsichtig tastete sie sich an dem Spalt entlang. Jetzt spürte sie ganz deutlich, dass zwischen dem Mauerwerk eine schnurgerade Einkerbung verlief. Sie zwängte ihre Finger hindurch und drückte mit aller Kraft gegen den Stein – jedoch ohne die geringste Wirkung. Aber woher waren die Stimmen dann gekommen, wenn es keinen Schacht gab, der die Räume miteinander verband? Ihr Herz schlug schneller, als sie wie von selbst eine Parallele zwischen dem Kamin, in dem sie steckte, und den einzelnen Geschossen im Kloster herstellte, die dort ebenfalls durch verborgene Gänge miteinander verbunden waren. Und solch eine Mauerspalte wie die, in der ihre klammen Finger gerade steckten, wies dort vom Kellergewölbe bis zum Dach auf einen der zahllosen Geheimgänge hin, die die Klosterräume wie die Waben eines Bienenstocks miteinander verbanden. Ellin zog ihre Hände heraus und tastete sich an der Einkerbung entlang. In diesem Augenblick hörte sie, wie Schritte die Treppenstufen heraufpolterten. Sie kamen. Ellin schloss die Augen und tastete sich weiter an der Mauerspalte entlang. Hier musste etwas sein. Ein Hebel, ein Griff, irgendetwas, das den Mechanismus in Gang bringen und ihr den Weg freigeben würde.

»Du nimmst dir die nächste Kammer vor, gleich hinter der Ecke. Ich sehe hier nach.«

Das Blut rauschte ihr in den Ohren, da spürten ihre Fingerspitzen plötzlich eine kleine Erhebung. Beherzt griff sie zu, und sofort glitt ein Stück der Mauer beiseite. Die Öffnung war gerade breit genug, um ihren schmalen Körper hindurchzuzwängen. Ein letzter Griff nach ihren Schuhen, dann presste sie sich mit all ihrer Kraft gegen die Wand, bis diese sich langsam wieder schloss.

»Und Friedrich ...«, hörte sie noch, bevor die Wand wieder in ihre ursprüngliche Position einrastete.

»Ja?«

»Was machen wir mit ihr, wenn wir sie haben?«

»Was fragst du groß? Kannst du dir einen Zeugen leisten?«

Die Mauer hatte sich wieder geschlossen. Das leichte Klicken, das damit verbunden war, kam Ellin unendlich laut vor. Gerade noch rechtzeitig, denn nun hörte sie, dass einer der Männer die Tür zu der Kammer öffnete.

Sie lauschte, hörte Schritte. Er ging im Raum hin und her. Er suchte sie. Jetzt musste er die Wendeltreppe erreicht haben. Ganz deutlich hörte sie, wie er nun die Stufen hinaufging. Einen kurzen Moment war nichts, kein Geräusch, keine Bewegung. Hatte er die Kammer etwa wieder verlassen, ohne dass sie es bemerkt hatte? Nein, denn jetzt nahm sie wahr, dass er die Stufen wieder herabstieg. Offenbar hatte er sich gründlich oben umgesehen, um ganz sicher zu sein. Sie hörte keine weiteren Schritte. Wusste er von dem Versteck hinter dem Kamin? Sollte sie versuchen, zu fliehen und so weit wie möglich fortzukommen? Aber wohin? Es war vollkommen dunkel hier, sie konnte nicht einmal erkennen, ob sie nur in einer größeren Nische saß, die im Falle eines Überfalls als Unterschlupf diente, oder in einem Gang. Die Schritte des Mannes näherten sich der Tür. Sie wurde geöffnet und fiel anschließend krachend zurück ins Schloss. Im Laufschritt entfernte er sich. Ellin atmete aus. Sie war erleichtert, für einen kurzen Moment. Doch was sollte sie als Nächstes tun? Noch etwas abwarten, um dann doch noch – hoffentlich unbemerkt – den Weg aus der Burg zu finden? Aber sie hatte sich schon vorhin verlaufen, und außer dass sie sich nun noch weiter oben befand, hätte sie nicht zu sagen vermocht, wie sie von hier wieder nach unten gelangen konnte. Also würde sie ihr Glück zunächst einmal an Ort und Stelle versuchen und sehen, ob sie es hier nicht doch mit einem Gang zu tun hatte. Sie streifte sich die Schuhe über ihre Füße. Was blieb ihr schon anderes übrig, als sich zumindest so weit voranzutasten, wie sie eben kam. Womöglich würde Friedrich, der Burgherr, schon bald darauf kommen, dass sie den geheimen Platz hinter dem Kamin entdeckt hatte. So viele andere Möglichkeiten, sich hier oben zu verstecken, gab es schließlich nicht. Und dass die Männer auf der Suche nach ihr alles auf den Kopf stellen würden, davon musste sie ausgehen. Hätte sie doch nur eine Fackel oder eine der Kerzen bei sich gehabt, die sie vor wenigen Stunden zusammen mit Jonatha auf die Burg gebracht hatte. Ellin hatte Angst im Dunkeln, und das schon, seitdem sie denken konnte. Deshalb und auch wegen des wunderbaren Dufts liebte sie ihre Aufgabe, aus Bienenwachs Kerzen für das Kloster zu ziehen. Sie spendeten Licht und Wärme, und allein schon der Gedanke an ihren Geruch beruhigte Ellin, so dass sie für einen Moment die Kälte um sich herum vergaß. Sie schloss die Augen, atmete mehrmals tief ein und aus und stellte sich vor, eine der duftenden Kerzen in der Hand zu halten. Sie spürte, wie ein Gefühl von Sicherheit ihren Körper flutete. Ein stilles Gebet kam über ihre Lippen, und sie begann, sich vorsichtig voranzutasten. Schritt für Schritt entfernte sie sich weiter vom Kamin, indem sie zuerst vorsichtig mit einem Fuß den Boden vor sich ertastete, während sich ihre Finger gleichzeitig an der Wand entlangbewegten. Bis ihre Zehen auf einmal ins Leere gingen. Furcht erfasste sie. Stand sie etwa vor einem Abgrund, einem Höllenschlund? Sachte machte sie wieder einen Schritt rückwärts, kniete sich nieder und kroch ein kleines Stück vorwärts. Dann stieß sie einen Seufzer der Erleichterung aus. Die Leere vor ihr war nichts anderes als eine schmale Treppe. Fast hätte sie lächeln müssen über ihre Dummheit. Rückwärts kroch sie Stufe für Stufe hinab, bis sie zu einem kleinen Absatz gelangte und weiter voranrutschte. Es war nur ein kurzes Stück, schon erreichte sie die nächsten Stufen, sechs, wie sie zählte, die schmal und in einem engen Kreis nach unten führten. Danach stand sie erneut auf einem Absatz. Ein weiterer Gang? Sie griff nach oben und nach links und rechts, um festzustellen, wie viel Platz um sie herum war. In jedem Fall genug, um nirgendwo anzuschlagen. Außerdem, so ertastete sie, befand sie sich tatsächlich in einem Gang und hatte damit die Möglichkeit, in zwei unterschiedliche Richtungen weiterzugehen. Rasch entschied sie sich, den Weg zu verfolgen, den der Rundlauf der Treppe ihr vorgegeben hatte. Das Herz schlug ihr jetzt wieder heftiger in der Brust. Hätte sie doch nur ein Licht gehabt, um etwas sehen zu können! Sie musste an Adelheid, eine der Nonnen in ihrem Kloster, denken. Adelheid war blind und bewegte sich doch mit solch einer Leichtigkeit und Zielsicherheit, dass jeder, der nichts von ihre Blindheit wusste, sie auch nicht bemerkte. Ellin bewunderte sie dafür – gerade jetzt, da ihr jegliche Orientierung fehlte und sie sich in völliger Dunkelheit vorantastete, wünschte sie sich nichts sehnlicher, als die geduldige Adelheid an ihrer Seite oder zumindest etwas von deren Zuversicht und Fähigkeiten zu haben. Schritt für Schritt und immer eng mit dem Rücken an die rechte Wand des Ganges gepresst, ging sie weiter. Plötzlich stockte sie. War dort nicht gerade etwas am Boden gewesen? Ellin wurde übel. Sie mochte nicht daran denken, was es gewesen sein konnte. Vermutlich nur eine Ratte oder anderes Getier, versuchte sie, sich zu beruhigen. Vorsichtig setzte sie ihre nächsten Schritte. Wenn sie weiterhin in diesem Tempo vorankam, würde sie vermutlich noch Tage hier zubringen. Vielleicht war das soeben am Boden auch gar kein Tier gewesen, sondern das Skelett eines Menschen, der sich in die gleiche Situation wie sie begeben hatte. Sie hatte eine Zeichnung vor Augen, die sie einst auf einer Pergamentrolle der Klosterbibliothek gesehen hatte. Auf der Rolle war ein Berg von Menschenknochen abgebildet gewesen, auf dessen Spitze ein Schädel mit großen, leeren Augenhöhlen thronte. Ellin schauderte. Sie wollte jetzt nicht daran denken. Schon damals, nachdem sie den Knochenberg in der Bibliothek gesehen hatte, hatte sie nächtelang davon geträumt. Zwar war sie damals noch jünger gewesen, doch die Zeichnung stand ihr immer noch so klar vor Augen, als hätte sie sie erst gestern erblickt.

Fast wäre sie gestürzt, so sehr war sie in Gedanken versunken gewesen, dass sie gar nicht bemerkt hatte, dass es erneut einige Stufen abwärtsging. Wieder begab sie sich auf die Knie und kroch vorsichtig die Treppe hinab, die um einiges steiler war als die vorangegangene. Wohin nur führte dieser Gang? Sie müsste doch schon längst das Erdgeschoss erreicht haben? War sie etwa dabei, immer tiefer und tiefer hinab in ihr eigenes Grab zu steigen? Dann schalt sie sich jedoch eine Närrin. Denn warum hätte der Burgherr einen Geheimgang anlegen lassen sollen, der nirgendwohin führte? Tief atmete sie die feuchte, modrige Luft ein und versuchte, sich zu beruhigen. Nein. Dieser Weg würde sie schon irgendwohin führen. Allerdings machte ihr der Gedanke Angst, dass ihre Verfolger womöglich längst durchschaut hatten, wo sie sich befand, und sie am Ende des Ganges erwarteten. Sie musste an Jonatha denken. Jonatha, die vom Gespräch der beiden Männer kein Wort gehört hatte. Ihr Tod war völlig sinnlos gewesen. Ellin hingegen konnten Friedrich und sein Freund Giselher nicht am Leben lassen. Sie planten die Entführung des Erzbischofs. Und sie war eine Mitwisserin. Sogar den Tag und den Ort, an dem Friedrich versuchen würde, den Erzbischof zu überfallen, hatte sie mit angehört. Am 7. November sollte es geschehen, in gerade einmal drei Tagen. Wenn sie lebend wieder aus der Burg käme, das versprach sie sich selbst, würde sie alles tun, um den Überfall zu verhindern. Sie würde im Kloster Meldung machen, die Mutter Oberin ins Vertrauen ziehen. Diese würde wissen, was zu tun war. Ellin bekam innerhalb des Klosters gewiss nur einen Bruchteil von dem mit, was die Menschen im Lande umtrieb. Dennoch wusste sie aus den Erzählungen vieler Reisenden, die immer wieder für eine oder mehrere Nächte im Kloster Unterschlupf suchten, dass es Streit zwischen dem Papst und Erzbischof Engelbert gegeben hatte, weil Letzterer die adeligen Lehnsherren nach Ansicht des Kirchenoberhauptes zu sehr schonte, obgleich diese ihre Untergebenen knechteten und immer mehr Abgaben von ihnen forderten. Selbst vor den Vogteien, die sie im Namen der Kirche innehatten, hatten die Grafen nicht haltgemacht und diese so lange ausgepresst, bis Adelheid, die Äbtissin des Reichsstifts Essen, sich schließlich direkt an den Heiligen Vater in Rom gewandt und ihn zum Handeln aufgefordert hatte. Erzbischof Engelbert hatte daraufhin die Zügel etwas straffer angezogen, was einen Aufschrei unter den Grafen zur Folge gehabt hatte. Und nun war Ellin soeben unfreiwillig Zeugin des teuflischen Plans geworden, der aus ebenjenem Konflikt heraus entstanden war. Ein Schauer überlief sie bei dem Gedanken, was dies womöglich für sie selbst bedeuten konnte. Doch keinesfalls würde sie sich in aller Ruhe wieder dem Gebet widmen und den Klosterregeln unterwerfen, bevor sie ihr Wissen nicht an oberster Stelle vorgetragen hatte. Doch zuerst musste sie aus diesem ewigen Dunkel heraus.

Endlich erreichte sie das Ende der Treppe, doch hier unten stand knöchelhoch Wasser im Gang. Schneller als zuvor ertastete sie sich mit ihren Füßen und Händen den Weg. Jeder Schritt erschien ihr wie eine kleine Ewigkeit, dann kam sie plötzlich nicht mehr weiter. Ihr Herz setzte vor Schreck einen Schlag lang aus. Sie stand direkt vor einer Wand. Eine Mauer, fest und stabil, die den Gang anscheinend blind enden ließ. Hier gab es kein Durchkommen. Hätte sie vorher nach der ersten Treppe etwa doch in die andere Richtung abbiegen sollen? Dann aber dachte sie erneut, dass dieser Friedrich sicher keinen Tunnel hatte graben lassen, der nirgendwohin führte. Sie tastete die Mauer ab und suchte nach einem Spalt, wie sie ihn auch im Kamin vorgefunden hatte, der die Wand vor ihr aufspringen lassen würde. Stück für Stück befühlte sie die Steine, konnte aber keinerlei gerade verlaufende Vertiefung finden. Aber irgendwie musste sie hier doch wieder herauskommen! Verzweiflung breitete sich in ihr aus. Es kostete sie Überwindung, in das eiskalte Wasser zu fassen, um auch dort unten noch nach einem Öffnungsmechanismus zu suchen. Doch sosehr sie sich auch bemühte, da war einfach nichts. Schließlich war sie an der anderen, linken Seitenwand des Ganges angekommen. Der Gang war breiter, als sie gedacht hatte. Man musste gut fünf Schritte machen, um sie zu erreichen. Sie hatte es zuvor nur nicht bemerkt, weil sie sich die ganze Zeit über immer nur an der rechten entlanggetastet hatte. Doch auch hier war nichts Ungewöhnliches zu ertasten. Sie machte einen Schritt zurück, stolperte und fiel rücklings der Länge nach ins Wasser. Ellin brauchte einen Moment, um sich wieder zu orientieren. Sie hatte sich beim Sturz den Kopf gestoßen, der sie nun höllisch schmerzte, doch dann keimte neue Hoffnung in ihr auf. War das nicht eine Stufe gewesen, über die sie gestürzt war? Sie tastete auf allen vieren durch das Wasser ein Stück die linke Seitenwand des Ganges zurück, bis sie mit der rechten Hand tatsächlich auf eine Stufe stieß. Sie ließ die Finger weiter nach oben gleiten. Da! Die nächste Stufe. Es war also eine weitere Treppe auf dieser Seite des Ganges gebaut worden, die nun nach oben führte. Deshalb auch die Mauer mitten im Weg. Sie musste hier hoch. Vielleicht war das der Ausgang. Ihr Gewand war nach ihrem Sturz nun klatschnass. Stufe für Stufe krabbelte Ellin die Treppe hinauf. Vier, fünf, sechs, sieben, danach war Schluss. Wieder nur Felsen. Sie streckte den Arm direkt über ihren Kopf in die Höhe. Dort war kein Stein, sondern Holz. Vielleicht eine Klappe. Kurz lauschte sie, ob sie irgendwelche Geräusche hören konnte. Vielleicht wartete Graf Friedrich dort oben ja schon auf sie und feixte mit seinen Kumpanen bei einem Becher Würzwein, wann sie wohl herauskäme? Sie ließ die Schultern sinken und seufzte. Aber hatte sie denn eine Wahl? Hier unten würde sie auf jeden Fall den Tod finden. Also könnte sie auch genauso gut hinausklettern. Womöglich würde sie sogar noch jemandem von der geplanten Entführung des Erzbischofs berichten können, bevor man ihr den Garaus machte. Mit aller Kraft stemmte sie sich gegen das Holz. Es ging leichter als gedacht, denn die Luke gab sofort nach und öffnete sich einen Spalt weit. Sie schob sie zur Seite und zog sich dann mit beiden Händen am Rand der freigegebenen viereckigen Öffnung ein Stück nach oben. Dort herrschte ebenfalls Dunkelheit, und doch war es weitaus lichter als bei ihr hier unten. Sie brauchte einen Moment, bis sie begriff, dass sie sich außerhalb der Burgmauern im Wald befand und Mondlicht die Umgebung sanft erhellte. Rasch hievte sie sich ganz nach draußen und blickte sich um. Die Burg lag als dunkler Schatten ein gutes Stück entfernt, und weit und breit war keine Menschenseele zu sehen. Schnell legte sie die Klappe wieder über den Ausstieg. Ebenso die Äste, die sie beim Öffnen derselben beiseitegeschoben hatte. Ein kurzes Glücksgefühl durchlief sie. Sie hatte es geschafft. Sie war in Freiheit, und vermutlich hatte Friedrich noch nicht einmal daran gedacht, dass sie den Gang gefunden und die Burg bereits verlassen haben könnte. Ellin versuchte, sich zu orientieren. Der Hagel hatte aufgehört, lediglich Griesel fielen noch zu Boden. In diesem Wald war sie noch nie gewesen. Was nichts anderes hieß, als dass der Weg zum Kloster auf der anderen Seite der Burg auf freiem Feld lag. Wenn sie ihn benutzte, würde man sie in dieser hellen Mondnacht von den Wehrmauern aus sehen können. Zweifelsohne würde eine der Burgwachen sie entdecken und seinem Herrn Meldung machen, sobald er sie erblickte. Aber könnte Friedrich denn überhaupt riskieren, die Wachen nach ihr Ausschau halten zu lassen? Ja, er konnte, denn immerhin plante er das Verbrechen am Erzbischof. Ellin schüttelte den Kopf. Keiner seiner Leute würde ihr zuhören, was auch immer sie behauptete. Und das wusste Friedrich nur zu gut. Natürlich würde er seine Männer nach ihr ausschicken, womöglich mit der Begründung, sie hätte ihn bestohlen oder sonst etwas Verbotenes getan. Sie seufzte. Nein, sie war auf sich allein gestellt und musste irgendwie anders zurück zum Kloster gelangen. Wenn sie nur einen Bogen machte, der groß genug war, könnte es ihr gelingen, im Schutze des Waldes bis zur Emsche zu kommen. Entschlossen setzte sie sich in Bewegung und versuchte, die Eiseskälte zu ignorieren, die von ihren nassen Kleidern herrührte und sich in ihrem ganzen Körper ausbreitete. Besorgt sah sie zum Sternenhimmel empor, es war eine klare Nacht.

Doch ein Gefühl sagte ihr, dass die Dämmerung nicht mehr lange auf sich warten lassen würde. Sie hatte noch nie eine Nacht im Freien verbracht und fröstelte heftig. Die Furcht, in der Dunkelheit vielleicht wildem Getier und Räubergesindel zu begegnen, erfasste sie. Andererseits bot ihr die dunkle Nacht auch Schutz. »Reiß dich zusammen«, zischte sie daher und stapfte entschieden los.

2. Kapitel

Ihre Glieder waren schon fast steif gefroren. Sie kauerte unter einem kleinen Vorsprung, dicht an die Felswand gedrückt, die Arme fest um ihre angezogenen Beine geschlungen. Ihr ganzer Körper zitterte vor Kälte. Würde sie die Nacht überleben? Um das sichere Kloster zu erreichen, müsste sie noch mehrere Stunden strammen Fußmarsches überstehen. In der Dunkelheit die Burg weiträumig zu umrunden und danach wieder auf den ihr bekannten Weg zu stoßen war ausgeschlossen. Dazu kannte sie die Gegend einfach nicht gut genug. Diesseits der Burg sah alles ganz anders aus, nie hatte sie einen anderen Weg genommen, als den vom Kloster und wieder zurück. Und das kleine am Weg liegende Dorf Hattingen hatten ihre jeweilige Begleitung und sie stets rasch durchschritten. Weshalb sie dort auch niemanden kannte, an den sie sich nun hätte wenden können. Ob Graf Friedrichs Männer sie wohl verfolgten? Oder gingen diese noch immer davon aus, dass sie auf der Burg war? Wieder schauderte sie, ob aus Furcht oder Kälte, hätte sie nicht sagen können. Ein Geräusch im Unterholz ließ sie aufschrecken. Was war das? Ein Tier, das ihre Witterung aufgenommen hatte? Ein Mensch, der ihr nach dem Leben trachtete? Sie starrte in die Dunkelheit, konnte jedoch nicht das Geringste erkennen. Lautlos sprach sie ein Gebet, nur einige wenige Sätze. Doch ihre Gedanken schienen ebenso eingefroren zu sein wie ihr Körper. Alles an ihr war wie gelähmt. Das nächste Knacken des brüchigen Holzes nahm sie kaum noch wahr. Erschöpft kippte sie zur Seite und fiel in einen unruhigen Schlaf.

Als sie die Augen wieder aufschlug, dämmerte bereits der Morgen. Nur schwach drang das Licht durch die dicht stehenden Tannen. Ellin versuchte sich aufzusetzen. Ihr Kleid gab bei jeder Bewegung ein knackendes Geräusch von sich. Der Stoff war tatsächlich gefroren. Nur unter Schmerzen gelang es ihr, ihre Beine zu bewegen. Ein Blick verriet Ellin, dass ihre Haut eine bläuliche Färbung angenommen hatte. Sie bezweifelte, weit laufen zu können. Vorsichtig winkelte sie das rechte Bein an. Es tat so weh, dass ihr die Tränen in die Augen schossen. Sie presste die Lippen aufeinander, setzte sich seitlich auf und versuchte auf diese Weise, in den Stand zu kommen. Doch sofort gaben ihre Beine nach, und sie fiel vornüber. Gerade noch rechtzeitig konnte sie sich mit den Armen abfangen, so dass ihr Sturz zu keiner größeren Verletzung führte. Trotzig wischte sie die Tränen fort, stemmte sich mit aller Kraft auf ihre Hände und zog erst ein Bein, dann das andere an, bis sie in der Hocke saß. Aus dieser Stellung richtete sie sich langsam auf und versuchte vorsichtig, die Knie durchzudrücken. Der Schmerz war unbeschreiblich. Nie zuvor, nicht einmal wenn die Äbtissin sie wegen einer ihrer zahlreichen Verfehlungen gezüchtigt hatte, hatte sie solch eine Qual gespürt. Ihr schien eine Ewigkeit zu vergehen, bis sie sich endlich vollständig aufgerichtet hatte. Und selbst als sie stand und ihr ihre Glieder wieder zu gehorchen schienen, musste sie sich mit der Hand an einem kleinen Felsvorsprung abstützen, um nicht abermals den Halt zu verlieren.

Zaghaft machte sie einen Schritt. Ihr Novizinnengewand knisterte, als würde es jeden Augenblick in tausend Stücke zerspringen. Ellin befahl sich, die Eiseskälte zu ignorieren, während sie sich in ruckartiger Gangart durch den Wald bewegte. Sie musste weitergehen, durfte sich keine Rast mehr erlauben, bevor sie nicht das rettende Kloster erreicht hatte. Endlich trat sie aus dem Wald heraus und blickte zum Horizont in Richtung der aufgehenden Sonne. Selbst von hier aus konnte sie noch gut Burg Isenberg erkennen, Graf Friedrichs Burg. Rasch sah sie wieder nach vorn. Sie war richtig. Immer weiter, dann würde sie an die Emsche kommen. Bei dem Gedanken, diese durchwaten zu müssen und erneut mit eiskaltem Wasser in Berührung zu kommen, fröstelte sie abermals.

Die Sonne stand schon hoch am Himmel, als sie die Emsche an der Furt durchquerte, von der aus sie bereits das Dorf Hattingen und erste Menschen sehen konnte, die dort ihrer Arbeit nachgingen. Ihr Anblick musste erbärmlich sein, halb erfroren und strotzend vor Dreck. Eine kräftig gebaute Frau, wahrscheinlich eine von denen, die ihren Männern dabei halfen, die Felder zu bestellen, wurde auf sie aufmerksam. Erschrocken ließ sie ihren Weidenkorb zu Boden sinken, raffte ihren Rock und lief Ellin entgegen.

»Herr im Himmel!« Kaum dass die Bäuerin Ellin erreicht hatte, umfasste sie beherzt deren Schultern und stützte die junge Novizin. »Was ist denn mit Euch geschehen?«

Ellin wollte etwas sagen, brachte jedoch keinen Ton heraus. Eine lähmende Müdigkeit überkam sie, ihre Zähne schlugen heftig aufeinander. Am liebsten hätte sie augenblicklich der Schwere ihrer Beine nachgegeben und wäre in sich zusammengesunken.

»Gerald!«, brüllte die Frau. »Komm und hilf mir!«

Ein Mann trat aus einer der Dorfhütten, sah sich um und beeilte sich, als er sein Weib mit der fast ohnmächtigen Novizin im Arm erblickte. Das letzte Stück rannte er und erreichte die Frauen gerade noch rechtzeitig, bevor Ellin endgültig die Kräfte verließen und sie zusammenbrach.

»Wo bin ich?« Ängstlich zog Ellin die wollene Decke, die sie umhüllte, weiter nach oben und an ihr Gesicht heran. Die Frau, die ihr eben noch den Rücken zugewandt hatte, drehte sich um.

»Na endlich. Ich dachte schon, Ihr würdet im Schlaf direkt in Gottes Reich eingehen.« Mit einem gütigen Lächeln kam sie zu der Kranken herüber und fühlte deren Stirn. »Ihr seid tatsächlich auf dem Weg der Besserung. Dem Herrn sei Dank.«

»Wo bin ich hier?«

»Wo Ihr seid?«, echote die Bäuerin. »In unserer Kate. Wir haben fast nicht mehr zu hoffen gewagt, dass Ihr je wieder die Augen aufschlagen werdet. Halb erfroren wart Ihr.«

Ellin stützte sich auf den Ellbogen auf und schob die Decke beiseite. Als sie an sich hinabblickte, sah sie das fremde Wollkleid, das ihren Körper verhüllte. Die Bäuerin bemerkte, wie sich die Augen der jungen Novizin erschrocken weiteten.

»Hätte ich Euch nicht das schon gefrorene Gewand ausgezogen, gäbe es Euch nicht mehr. Meinen Mann hab ich dabei rausgeschickt. Es ist alles in Ordnung.«

Kurz machte sich Erleichterung in Ellin breit. Doch der Umstand, dass sie von alldem nichts mitbekommen hatte, behagte ihr gar nicht.

»Wie lange habe ich geschlafen?«

»Einen ganzen Tag. Gestern noch wart Ihr gepeinigt von Schüttelkrämpfen. Erst seit heute früh habt Ihr gleichmäßig geatmet.«

»Einen vollen Tag?« Ellins Stimme klang ungläubig. Mit

einem Ruck setzte sie sich auf und schwang die Beine von der Pritsche.

»He, he. Seid Ihr denn wahnsinnig? Ihr dürft noch nicht aufstehen.«

»Aber ich muss«, brachte Ellin gehetzt hervor. »Ich muss ins Kloster und dort eine wichtige Meldung machen. Es muss rasch geschehen, womöglich ist es gar schon zu spät.«

Beherzt drückte die Bäuerin sie an den Schultern zurück auf das Lager.

»Wenn Ihr es wünscht, schicke ich unseren Burschen los. Er soll im Kloster Bescheid geben, wo Ihr seid, und darum bitten, dass jemand hierherkommt und Eure Nachricht entgegennimmt. Doch Ihr verlasst mir nicht diese Hütte.«

»Aber es ist wirklich dringend!«, beschwor Ellin die Frau. »Es geht um …«, sie brach ab.

»Worum geht es?«

Ellin presste ihre Lippen aufeinander. »Verzeiht! Ich weiß, Ihr wart sehr gütig zu mir, und ich danke Euch von Herzen.« Sie schüttelte den Kopf. »Doch was ich zu sagen habe, ist nur für die Ohren unserer Mutter Oberin bestimmt.« Sie griff nach der Hand der Frau. »Bitte glaubt mir. Es geht um Leben und Tod.«

Die Bäuerin musterte sie nachdenklich. »Na, dann werde ich auch nicht weiter in Euch dringen.« Sie wandte sich zum Gehen. »Ich schicke gleich den Burschen los.«

»Und bitte«, sagte Ellin und wartete, bis die Frau sich noch einmal umsah. »Bitte lasst ausrichten, dass die Zeit drängt.«

»Aber ja doch.« Mit diesen Worten ging sie hinaus und zog die Tür hinter sich zu.

Ellin wartete und spielte nervös mit ihren Fingern. Es schien ihr eine Ewigkeit zu dauern, bis die Bäuerin endlich zurückkehrte.

»Und?«

Die Ältere zuckte mit den Schultern. »Eure Mutter Oberin war nicht zu sprechen. Mein Bursche musste unverrichteter Dinge wieder umkehren.«

Entschlossen stand Ellin von der Pritsche auf. »Bitte, helft mir«, forderte sie, bevor die Bäuerin ihren Widerstand bekunden konnte. »Ihr wart so gütig, und ich danke Euch. Aber es ist von höchster Wichtigkeit, dass ich sofort ins Kloster zurückkehre. Dort wird man mir helfen können.«

»Aber Ihr seid zu schwach«, brachte die andere hilflos hervor.

»Es wird schon gehen.« Ellin deutete auf das Kleid an ihrem Körper. »Kann ich Euch dies zurückschicken lassen, sobald ich wieder im Kloster bin?«

»Ja, gewiss. Doch was ich Euch schon vorhin fragen wollte: Was ist Euch eigentlich geschehen? Ihr werdet gewiss nicht freiwillig oder durch Unachtsamkeit völlig durchnässt und erfroren in der Gegend herumgelaufen sein.«

»Es würde zu lange dauern, das zu erklären.« Ellin sah sich um. »Wo sind meine Schuhe?«

»Die waren nicht mehr zu retten«, erwiderte die Bäuerin etwas zu schnell.

Ellin war sich sicher, dass es eine Lüge war. Wahrscheinlich steckten sie längst an den Füßen eines Familienmitgliedes der Frau. Einen kurzen empörten Augenblick wollte Ellin sich mit der Antwort nicht zufriedengeben, doch dann rief sie sich zur Ordnung. Die Frau hatte ihr geholfen. Womöglich wäre sie ohne die Bäuerin nicht einmal mehr am Leben.

»Habt Ihr alten Stoff, den ich um meine Füße wickeln kann?«

Die Bäuerin nickte. »Dort in der Truhe sind ein paar Fetzen. Den kurzen Weg werden sie's schon tun.«

Erschrocken fasste Ellin sich plötzlich an den Hals. Sofort wurde sie ruhiger, als sie das kleine Kreuz an der Kette ertastete, das schon seit Jahren ihr steter Begleiter war. Kurz hatte sie befürchtet, die Bäuerin könnte ihr dies ebenfalls gestohlen haben.

Diese hatte die Geste beobachtet und schien zu ahnen, was Ellin gedacht hatte.

»Wir tun denen Gutes, die unsere Hilfe brauchen«, gab die Bäuerin von sich. »Und wir versorgen unsere Kinder und Alten. Ein Symbol des Herrn zu nehmen wäre jedoch eine Sünde, ganz gleich, wie viele Schuhe oder Kanten Brot man hierfür kaufen könnte.«

Ein Lächeln huschte über Ellins Gesicht. »Ich versichere Euch nochmals, wie dankbar ich Euch für alles bin, was Ihr für mich getan habt.« Sie griff nach der Hand der Bäuerin. »Wenn ich wieder im Kloster bin und die Äbtissin es erlaubt, werde ich einige Gaben zusammenstellen, um Euch Eure Großherzigkeit zu vergelten.«

Die Frau senkte den Blick. »Und wenn ich sie schon selbst vergolten habe?«

»Das habt Ihr nicht! Ich bin Euch weit mehr schuldig und werde zurückkehren, sobald es mir möglich ist.«

»Ich danke Euch!« Die Frau beugte das Knie und hauchte einen Kuss auf Ellins Hand. »Gott schütze Euch.«

Ellin war diese Geste unangenehm, doch wollte sie der Frau ihre Hand nicht entziehen. So lächelte sie, zog die Bäuerin wieder in den Stand, ging zur Truhe hinüber und nahm sich einige Fetzen heraus, die sie fest um ihre Füße wickelte und verknotete.

»Bis zum Kloster wird es schon halten«, urteilte sie und tastete über ihren kahl rasierten Kopf. »Habt Ihr noch etwas, womit ich mein Haupt bedecken kann?«

Die Bäuerin nickte rasch, verschwand aus dem Raum und kam nur einen Augenblick später mit einem Tuch in der Hand zurück. »Reicht Euch dies?«

Ellin nickte. »Habt Dank! Sobald ich wieder im Kloster bin, werde ich Euch alles zurückbringen lassen.« Sie richtete sich auf und straffte ihren Körper. Trotz eines Tages absoluter Ruhe fühlte sie sich ausgelaugt und kraftlos. Nicht mehr lange, und sie würde in die sicheren Mauern des Klosters zurückkehren. Dort würde man ihr helfen und den Erzbischof vor dem geplanten Überfall warnen. Sie musste sich beeilen, damit sie am Ende nicht doch noch zu spät kam und Jonathas Tod völlig umsonst gewesen war. Jonatha. Ellin schämte sich, weil sie erst jetzt wieder der Novizin gedachte, die auf der Burg ihr Leben gelassen hatte. Ihr graute vor dem Moment, in dem sie der Mutter Oberin erzählen musste, was geschehen war, und dass es allein ihre, Ellins, Schuld war, dass Jonatha getötet wurde. Sie seufzte schwer.

»Geht es?«, fragte die Bäuerin.

Ellin nickte. »Ich muss jetzt gehen. Habt Dank für alles, was Ihr für mich getan habt.«

Als sie vor die Hütte trat, brauchte sie einen Augenblick, um sich zu orientieren. Sie war noch nie im Dorf gewesen, immer nur an ihm vorbeigezogen. Hier zwischen den Katen, die dicht an dicht standen, wirkte alles völlig anders als aus weiter Entfernung. Sie sah zum Himmel hinauf, der auch an diesem Tag ein winterlich graues Gesicht zeigte. Zwar war es trocken, doch kehrte mit der eiskalten Luft, die ihr entgegenschlug, sofort die Erinnerung an die Nacht im Freien zurück, in der Ellin geglaubt hatte, erfrieren zu müssen. Sie zog den Umhang, den die Bäuerin ihr zusätzlich noch gegeben hatte, fester um ihre Schultern und machte sich mit fast schon trotzigem Schritt in Richtung Kloster auf. Sie begegnete nur wenigen Menschen auf ihrem Weg, die kaum aufsahen und ihr auch sonst keine weitere Beachtung schenkten. Ellin ihrerseits war mit ihren Gedanken bereits im Kloster und bei der Mutter Oberin, der sie stockend erklären würde, was mit Jonatha geschehen war. Ihre Beine bewegten sich dabei wie von selbst. Gleich würde sie das Ende des Waldweges hinter sich lassen. Danach müsste sie nur noch das brachliegende Feld und die Wiese vor dem Kloster überwinden. Ein Gefühl, das sie nicht näher zu bestimmen vermochte, riet ihr zur Vorsicht. Sie trat vom Pfad in den Wald zu ihrer linken Seite hinein und verbarg sich hinter einem Baum. Dann sah sie sich nach allen Richtungen hin um. Es war weit und breit kein Mensch zu sehen. Das war nicht ungewöhnlich. Das Kloster war ein Ort der Ruhe. Betriebsame Geschäftigkeit herrschte dort nur, wenn sich ein Kirchenoberer angekündigt hatte, um die Bücher zu prüfen, oder aus einem anderen Grund Einblick in die Klosterschriften begehrte. Und doch hielt Ellin irgendetwas davon ab weiterzugehen. Angst breitete sich in ihr aus. Sie schalt sich selbst eine Närrin. Doch gerade als sie wieder aus dem Schutz des Waldes heraus und auf den Pfad treten wollte, sah sie ihn und verbarg sich sofort abermals hinter dem breiten Baumstamm. Ein Mann, der gerade auf den Pfad einbog und sich prüfend umsah. Hielt er womöglich nach ihr Ausschau? Zwar konnte sie es nicht mit Sicherheit sagen, doch meinte sie, ihn schon einmal auf Graf Friedrichs Burg gesehen zu haben. Ihr wurde eiskalt. Was sollte sie tun? Irgendwie musste sie in das Kloster gelangen. Ihr stockte der Atem, als sich in diesem Augenblick das Tor öffnete und die Äbtissin, gefolgt von Graf Friedrich und einem weiteren Mann, ins Freie trat. Sie verabschiedeten sich ehrerbietig voneinander. Friedrich ließ sich von seinem Gefolgsmann die Zügel seines Pferdes geben, saß auf und wartete, bis der Mann vom Pfad an ihn herangetreten war. Dann wechselte er ein paar Worte mit ihm, worauf der Mann mehrmals nickte, sich von seinem Dienstherrn verabschiedete und vor dem Klostertor Position bezog. Es gab keinen Zweifel, Ellin wurde erwartet. Wie sollte sie nun unbemerkt hineingelangen? Und vor allem: Was erwartete sie dort? Die Verabschiedung des Grafen von Isenberg durch die Äbtissin hatte keinen Groll gegen Friedrich verraten, sondern bestes Einvernehmen. Kein Wunder, war der Graf doch auch der Vogt von Ellins Kloster. Und was mochte er der Äbtissin wohl erzählt haben? Lügen über Ellin? Ihr kam Jonatha in den Sinn. Gewiss war Friedrich nicht gekommen, um der Mutter Oberin die Wahrheit über deren Tod zu beichten. Eher im Gegenteil. Vielleicht hatte er ihr, Ellin, den viel zu frühen Heimgang der Novizin angelastet? Ihr wurde noch kälter. Was sollte sie jetzt bloß tun? Es gab keinen Ort, an den sie hätte gehen können. Der Dorfälteste von Hattingen, ein Mann namens Ewald, kam ihr in den Sinn. Sie kannte ihn nicht, doch war er überall als redlicher Mann bekannt, der sich schon oftmals gegen die Willkür des Grafen gestellt und auf die Seite der Bauern und kleinen Leute Hattingens geschlagen hatte.

Er war mutig und hatte das Herz am rechten Fleck. Wenn sie ihm vom Komplott gegen Erzbischof Engelbert berichtete, wüsste er sicherlich, was zu tun wäre. Sie musste so rasch wie möglich zu ihm eilen und ihm die Wahrheit über Jonathas Tod und den geplanten Anschlag auf den Kölner Erzbischof erzählen. In diesem Augenblick trieben die zwei Männer ihre Pferde an und galoppierten in einigem Abstand an Ellin vorbei, die sich mit heftig klopfendem Herzen hinter den Baum duckte. Sie warf noch einen letzten Blick zum Kloster hinüber, vor dem der Wachmann gemächlichen Schrittes auf und ab ging, dann rannte sie los. So schnell sie konnte, bahnte sie sich den Weg entlang des Waldes, immer darauf bedacht, von niemandem gesehen zu werden. Friedrich und sein Gefolgsmann waren schon so gut wie aus ihrem Blickfeld verschwunden. Sie lief so schnell der rutschige Untergrund es zuließ. Der um ihre Füße gewickelte Stoff drückte und scheuerte, doch sie nahm es kaum wahr. Sie musste so geschwind wie möglich den Dorfältesten Ewald erreichen und ihm alles melden, was sie wusste. Ein Überfall auf den Erzbischof. Ihr schauderte bei dem Gedanken. Womöglich war sie die Einzige, die den Anschlag noch verhindern konnte. Welche Last hatte der Herr ihr da nur auferlegt. Sie schüttelte den Kopf, wollte nicht weiter darüber nachdenken. Ebenso wenig, wie sie die Stimme ihres Gewissens hören wollte, die sie dafür schalt, in den vergangenen Tagen ihre Gebetsrituale nicht eingehalten zu haben. Sie rannte und rannte, bis sie die ersten Hütten des Dorfes erreichte. Abrupt blieb sie stehen und sah sich um. Sie wusste nicht, wo der Dorfälteste wohnte, nur dass er eine Schmiede hatte. Und so nahm sie all ihren Mut zusammennahm und sprach den Erstbesten, der ihr auf der Straße entgegenkam, an.

»Bitte verzeiht.«

Der Mann sah sie an, musterte kurz ihre Kleidung. An seinem Blick war unschwer zu erkennen, was er von ihr dachte. Ellin konnte es ihm nicht verdenken.

»Dort vorn in der Gasse«, antwortete er ihr auf ihre Frage und deutete mit dem Arm. »Ihr müsst nur den Hammergeräuschen folgen. Dann findet Ihr ihn.«

»Habt Dank.« Sie beugte rasch das Knie, wenngleich ihr in diesem Augenblick bewusst wurde, dass es unschicklich war, dies bei einem so einfachen Mann zu tun. Doch sie tat sich oft schwer, außerhalb des Klosters und der dort gelebten festen Regeln das Richtige zu tun. Rasch machte sie sich auf den

Weg zum Schmied, dessen Hammerschläge tatsächlich weithin hörbar durch das Dorf hallten.

»Seid Ihr der Schmied?« Sie war in die halboffene Hütte getreten, in der ein Mann mit dem Rücken zu ihr stand und seinen Arm mit dem Schlaghammer immer wieder auf ein Stück glühendes Eisen niedersausen ließ. Er hielt mitten in der Bewegung inne.

»Ja«, sagte er, als er sich ihr zuwandte. »Wie kann ich Euch helfen?«

»Aber …«, sie sah ihn ungläubig an. »Ihr könnt unmöglich der Dorfälteste sein.«

»Das stimmt. Ihr wollt also meinen Vater Ewald sprechen. Ich bin Ruppert.«

»Euer Vater. Gewiss.«

Er zuckte mit dem Schultern. »Der ist nicht da. Kann ich Euch statt seiner behilflich sein?«

»Wann kommt er denn wieder?«

Ruppert wandte sich wieder seiner Arbeit zu. »Weiß nicht. Wenn Ihr nicht mit mir sprechen wollt, dann kommt in ein paar Tagen wieder. Womöglich trefft Ihr ihn dann an.« Er hob seinen Hammer wieder über den Kopf und schlug in gleichmäßigem Takt wieder auf das glühende Eisen vor sich.

Ellin wusste nicht, wie sie sich verhalten sollte. Es war nicht ihre Absicht gewesen, den Sohn des Schmiedes mit ihren Worten zu kränken. Doch seiner Reaktion nach hatte sie dies offensichtlich getan.

»Wärt dann wohl Ihr so nett, Euch anzuhören, was ich zu sagen habe?«

Wieder hielt er mitten in der Arbeit inne und drehte sich zu ihr um. »Ihr glaubt also nicht mehr, auf meinen alten Herrn warten zu müssen, weil nur er Euch weiterhelfen kann?«

»Gewiss seid Ihr dafür genauso geeignet«, versuchte Ellin,

ihn zu beschwichtigen. »Ich habe nur so viel Gutes über Euren Vater reden hören. Deshalb meinte ich, mich an ihn wenden zu müssen. Doch wenn Ihr Euch nun statt seiner anhören würdet, was ich zu erzählen habe, wäre ich Euch dankbar.« Sie bemühte sich um ein Lächeln. Als er es erwiderte, wurde sie augenblicklich unsicher und errötete. Sie war einfach nicht für die Welt außerhalb der Klostermauern gemacht und wünschte sich in diesem Moment nichts sehnlicher, als in die Gemeinschaft der Nonnen mit ihren strengen Regeln zurückkehren zu können.

Der Schmied legte seinen Hammer beiseite.

»Also dann, Ihr habt mein Ohr.«

Ellin sah sich um, ob jemand in der Nähe war, der sie womöglich belauschen könnte. Dann trat sie weiter in die Scheune hinein. Sofort spürte sie die Kraft des Feuers, das sie zunächst als wohlig warm, dann aber als viel zu heiß empfand.

»Wie könnt Ihr nur arbeiten in dieser Hitze?«, entfuhr es ihr.

»Man gewöhnt sich daran. Ich habe schon als Kind an der Seite meines Vaters gearbeitet. Jetzt mache ich fast die ganze Arbeit, während er mit unseren Waren Handel treibt und deshalb oft wochenlang unterwegs ist.«

»Und?« Sie zögerte, weil sie nicht recht wusste, wie sie ihre Frage formulieren sollte, ohne ihn zu verärgern. »Habt auch Ihr, entschuldigt, ich weiß nicht, wie ich es anders ausdrücken soll, die Befugnisse Eures Vaters?«

»Befugnisse?« Er runzelte die Stirn. »Was meint Ihr damit?«

Sie straffte ihren Körper. »Ich habe die Verabredung zu einem gemeinen Verbrechen an einem hohen Herrn mit angehört. Nur weiß ich nicht, wie ich ihn warnen kann.«

»An einem hohen Herrn sagt Ihr? An wem?«

»Könnt Ihr mir denn helfen, wenn ich Euch seinen Namen verrate?«

Wieder zuckte er mit den Schultern. »Das kann ich nicht versprechen. Aber versuchen werde ich es.«

Kurz überlegte sie. »Gut, dann werde ich Euch ins Vertrauen ziehen. Doch die Sache eilt.«

»Kommt. Dort hinten ist eine Bank, auf die wir uns setzen können.«

Ellin folgte ihm in den hinteren Teil der Hütte und sah, wie er sicherheitshalber die zwei Torflügel zur Schmiede schloss. Einen Augenblick lang beschlich sie ein beklemmendes Gefühl. Dann aber schob sie ihre Bedenken beiseite. Sie war eine erwachsene Frau, und es war an der Zeit, dass sie sich auch wie eine solche benahm. Wer wusste schon, wann Graf Friedrichs Mann seinen Wachposten aufgeben würde und sie in die sicheren Mauern des Klosters zurückkehren könnte? Bis dahin würde sie sich allein durchschlagen müssen. Sie setzte sich aufrecht auf die Bank und begann, von Graf Friedrichs Plan zu berichten, sobald der Schmied neben ihr Platz genommen hatte. Eindringlich bat sie ihn, ihr beizustehen und so rasch wie möglich Reiter loszuschicken, die den Erzbischof warnen sollten. Als sie endete, rieb er sich nachdenklich das Kinn.

»Und Ihr seid ganz sicher, Euch nicht verhört zu haben?«

Sie nickte eifrig und schluckte schwer. »Meine Mitschwester Jonatha musste deshalb ihr Leben lassen.«

»Eure Mitschwester ist tot? Wie ist das geschehen?«

»Sie starb auf der Flucht vor dem Grafen und einem seiner Mitverschwörer. Doch das kann ich Euch später immer noch genauer erzählen. Ich flehe Euch an, sofort einen Boten auszusenden. Sonst können wir es nicht mehr verhindern.«

»Ihr habt recht.« Der Schmied stand auf. »Ich werde sogleich jemanden losschicken. Ihr bleibt am besten hier, bis ich zurück bin.«

Sie nickte. »Habt Dank, Herr.«

»Ich beeile mich«, sagte er, als er bereits aus dem Tor zur Schmiede hinaustrat.

Ellin atmete erleichtert aus, ließ sich auf der Bank ein Stück nach unten sinken und schloss die Augen. Es war geschafft. Ein guter Reiter brauchte nicht länger als zwei Stunden bis zum Gevelsdorfer Wald, in dem Graf Friedrich mit seinen Leuten dem Erzbischof auflauern wollte. Eine Stunde zusätzlich, und der Bote hätte den Erzbischof samt Gefolge weit vor dem Wald abgefangen und sicher an der Stelle des Überfalls vorbeigeleitet. Ein Lächeln huschte über ihr Gesicht. Sobald die Gefahr abgewandt wäre, würde der Erzbischof die Urheber der Verschwörung ergreifen und für ihren Verrat zur Strecke bringen lassen. Dann wäre es um den Grafen von Isenberg und seine Kumpane geschehen, und sie selbst würde in ihr Kloster zurückkehren und ihre Arbeit wieder aufnehmen können. Abrupt öffnete sie ihre Augen. Und was sollte sie bis dahin tun und wo bis dahin bleiben? An dem Wachposten vor dem Kloster kam sie nicht vorbei. Und selbst wenn – nur der Herr allein wusste, was Graf Friedrich dort erzählt haben mochte, um ihr Ansehen zu beschädigen. Das Herz klopfte ihr bis zum Hals. Sie versuchte, sich mit dem Gedanken zu beruhigen, dass die Mutter Oberin eine besonnene Frau war, die eine Geschichte von allen Seiten aus betrachtete und sich ihr eigenes Bild zu machen wusste. Doch bis der Wachposten abgezogen wäre, musste Ellin in jedem Fall eine Bleibe für sich finden. Die Gedanken kreisten in ihrem Kopf, als das Tor knarrend geöffnet wurde und der Schmied wieder eintrat.

»Habt Ihr jemanden gesandt?«, fragte sie rasch.

Er nickte. »Ihr könnt hier warten, bis wir weitere Nachricht erhalten.«

Ellin überlegte kurz, schüttelte dann aber den Kopf. »Habt Dank, doch ich muss gehen.« Ihr war die Bäuerin wieder in den Sinn gekommen, bei der sie zuletzt untergekommen war. Womöglich würde sie Ellin noch einmal aufnehmen und beherbergen, bis sie unbehelligt ins Kloster zurückkehren könnte.

Ellin erhob sich von der Bank, zog sich das Tuch, das ihren kahl rasierten Kopf verbergen sollte, etwas weiter ins Gesicht und lächelte zaghaft. Doch die Mimik ihres Gegenübers hatte sich verändert. Etwas schien dem Schmied Sorge zu bereiten.

»Aber ich bitte Euch! Ihr wollt doch jetzt nicht fort. Es wird gewiss nicht lange dauern, bis der Bote zurückkehrt und uns von der sicheren Rettung des Erzbischofs berichtet.«

Ein flaues Gefühl begann sich in Ellins Magen zu regen. »Aber«, brachte sie zögerlich hervor. »Der Bote wird mindestens einen halben Tag für die Strecke hin und zurück brauchen. Weshalb sollte ich solange hier herumsitzen?« Sie bemühte sich um ein Lächeln. »Nein«, sagte sie dann entschieden. »Ich muss gehen.« Entschlossen machte sie einen Schritt auf den Schmied zu, der Ellin aber plötzlich und für diese völlig überraschend am Arm packte.

»Ihr hättet einfach hier warten sollen«, zischte er wütend und schubste Ellin so heftig, dass sie nach hinten taumelte und wieder auf der Bank landete. Zwar sprang sie sofort wieder auf und versuchte, an ihm vorbei zum Tor zu gelangen. Der Schmied bekam sie jedoch am Handgelenk zu fassen und zerrte sie zurück zur Bank. »Setz dich hier hin und verhalt dich ruhig, bis Graf Friedrich dich abholen lässt.«

Sie riss die Augen auf. »Ihr seid einer von seinen Leuten?«

Der Schmied grinste schief. »Noch nicht vollends, aber sobald ich dich ihm übergebe, wird mein Ansehen bei ihm gewaltig steigen. Dann kann ich aufhören, wie ein Schwachkopf das heiße Eisen zu schlagen, während Friedrichs Männer genug Münzen haben, um sich von sämtlichen Huren des Landes verwöhnen zu lassen.«

Ellin errötete. Auch wenn sie noch nie einer Hübschlerin begegnet war, so wusste sie doch, dass diese Frauen gottesverachtend und in Schande lebten, indem sie ihrem Gewerbe nachgingen.

»Zu dumm für dich, dass mein Vater nicht hier war, als du deine kleine Geschichte erzählt hast. Bestimmt wäre der alte Narr gleich selbst losgeritten, um den Überfall zu verhindern.«

Er spuckte verächtlich auf den Boden.

Hektisch sah Ellin sich um. Sie musste hier raus, fliehen, irgendwie an ihm vorbeikommen.

»Vergiss es. Du kommst hier nicht raus«, sagte der Schmied, der ihrem Blick gefolgt war.

Tränen wollten ihr in die Augen steigen, doch sie kämpfte dagegen an. Oh Gott, hilf! Sie sprang erneut auf, griff nach einem Schemel, der direkt neben der Bank stand, und schleuderte ihn dem Schmied entgegen.

»Hast du den Verstand verloren, du Hure?« Er wich dem Schemel aus, der krachend gegen das Tor schlug. Dann machte er einen Schritt auf sie zu, packte sie an beiden Armen. Ellin wand sich und versuchte, sich irgendwie aus seiner Umklammerung zu lösen. Wie von Sinnen beugte sie sich nach vorn und biss ihm, so fest sie konnte, in die Hand. Er brüllte auf, ließ sie los – schlug ihr dann aber so heftig mit der flachen Hand gegen den Kopf, dass sie wie eine leblose Puppe zu Boden stürzte und dabei das heiße Eisen hinabriss, das bis zum Holzgriff in der Glut gelegen hatte.

Der Schmied untersuchte seine lädierte Hand, die einen tiefen dunkelroten Bissabdruck aufwies. Wütend schlug er mit der Faust gegen Ellins Kopf, die noch vom vorherigen Schlag halb besinnungslos am Boden hockte. Ohne einen Laut von sich zu geben, kippte sie zur Seite und landete nur wenige Fingerbreit neben dem glühenden Stab.

»Du elende Hexe!« Der Schmied trat ihr brutal in die Seite. Ellin krümmte sich vor Schmerz. »Dich werde ich lehren, mich zu beißen!« Wieder trat er sie in die Rippen. Ellin stöhnte auf. Er packte sie im Nacken und zog sie in die Hocke. Sie versuchte, weiter nach oben zu kommen, doch ihre Beine gehorchten ihr nicht mehr.

»Komm hoch, du Miststück!« Es klang wie das wütende Knurren eines Hundes. Er drückte noch fester zu, mit der einen Hand ihren Nacken, mit der anderen ihren linken Oberarm. Ellin hatte das Gefühl, halb besinnungslos vor Schmerzen zu sein; erneut versuchte sie, seinem Befehl Folge zu leisten und sich aufzurichten, als ihr Blick auf das glühende Eisen fiel. Sie ließ ihre rechte Hand vorschnellen, griff danach, drehte sich in einer fließenden Bewegung zur Seite und schlug es mit aller Kraft gegen ihren Angreifer. Sofort breitete sich der Geruch verbrannten Fleisches in der Schmiede aus. Ihr Peiniger stieß einen einzigen gequälten Schrei aus und fasste sich mit beiden Händen an den Kopf. Ellin hatte ihn an der linken Seite getroffen und ihm einen Teil seiner Haare, sein Auge und die gesamte Wange verbrannt. Mit der Waffe in der Hand taumelte sie rückwärts, während der Schmied bewusstlos zu Boden ging. Sie schlug mit dem Rücken gegen das Tor zur Schmiede, drehte sich um, öffnete es und rannte wie von Sinnen davon. Auf der Straße erinnerte sie sich an das glühende Metall, das sie noch immer in der Hand hielt, ließ es fallen und lief weiter. Am Ende ihrer Kräfte stieß sie gegen einige der Dorfbewohner, die, durch die erbärmlichen Schreie aufgeschreckt, in Scharen aus ihren Hütten geeilt waren und nun zur Kate des Schmieds rannten. Der Stoff um Ellins Füße hatte sich längst gelöst und fiel vollends ab, als sie den Wald erreichte. Doch sie spürte weder ihre aufgelaufenen Fußsohlen noch die Kälte. Sie konnte nicht mehr denken, ihre Beine bewegten sich wie von selbst, ohne dass Ellin sie in eine bestimmte Richtung gelenkt hätte.

3. Kapitel

Können wir noch ein Scheit Holz nachlegen?« Linhart blickte seinen Bruder unsicher an.

»Das musst du mich nicht eigens fragen«, entgegnete Mathes. »Ich kann verstehen, dass dir kalt wird, wenn du hier nur sitzt, während ich mich bewegen kann. Ich werde schon dafür sorgen, dass uns das Holz nicht ausgeht.«

Linhart bewunderte seinen Zwillingsbruder für dessen Stärke. Nie war er streng oder ungeduldig mit ihm, obwohl sein Krüppeldasein für Mathes eine geradezu übermenschliche Belastung darstellte.

»Aber ich will dir nicht noch mehr Arbeit machen, als du ohnehin schon mit mir hast, weil du uns beide ernähren musst.«

Mathes kam mit einem gutmütigen Lächeln zu seinem Bruder herüber. »Du solltest nicht immer so einen Unsinn reden.« Er klopfte auf das Stück Holz, in das Linhart gerade mehrere feine Löcher bohrte. »Das da vor dir ist unser Broterwerb. Du trägst deinen Teil dazu bei, genau wie ich. Also mach dich nicht kleiner, als du bist.«

»Aber wenn du mir nicht helfen würdest, könnte ich nicht einmal das Material beschaffen, um die Bürsten herzustellen.«

»Und wenn ich dich nicht hätte und die ganze Zeit nur unterwegs wäre, um alles Nötige heranzuschaffen, würde nichts, aber auch gar nichts gefertigt werden, was ich verkaufen könnte.« Er klopfte Linhart gutmütig auf die Schulter. »Zwar wünschte auch ich mir, dass du richtig laufen könntest, doch wir tun beide, was wir können. Lass es daher gut sein und mach dir keine Gedanken. Ich lege noch ein Scheit Holz nach.« Er ging zu der nur noch glimmenden Feuerstelle hinüber, nahm einige getrocknete Blätter aus einem in der Nähe stehenden Flechtkorb, streute sie in die Glut und legte dann zwei Holzscheite kreuzförmig obenauf.

»So.« Er rieb sich die Hände. »Gleich wird's wieder schön warm.«

Linhart warf seinem Bruder einen dankbaren Blick zu, sagte aber nichts. Er hoffte, dass die aufsteigende Wärme ein wenig die dunklen Gedanken vertreiben würde, mit denen er tagein, tagaus zu kämpfen hatte. Sie waren Zwillinge, und wer sie nebeneinandersitzen sah, hätte keinen Augenblick daran gezweifelt. Doch während Mathes gesund und flink auf den Beinen war, konnte Linhart sein rechtes Bein nicht einmal aufsetzen. Sein Fuß war schon seit seiner Geburt so verkrümmt, dass die Zehen fast an seinem Knöchel anschlugen. Die Hebamme hatte seiner Mutter erläutert, dass es den beiden Jungen in ihrem Leib wohl zu eng gewesen wäre, um sich gesund zu entwickeln. Die Bewohner des Dorfes, in dem sie früher mit ihren Eltern gelebt hatten, fanden andere Erklärungen dafür. Krüppel und Missgeburt waren noch die netteren Worte gewesen, an die Linhart sich erinnern konnte. In jedem Fall war für alle Dörfler klar gewesen, dass seine Verkrümmung eine Strafe Gottes sei, und nur der Herr allein wusste, welch frevelhafte Taten er Linharts Mutter zur Last legte, um sie mit der Geburt einer solch schadhaften Kreatur zu bestrafen.

Mathes und er waren die einzigen Kinder ihrer Eltern geblieben. Zwar meinte Linhart in jungen Jahren bemerkt zu haben, wie sich der Bauch seiner Mutter erneut verdächtig wölbte. Doch einige Zeit später war dieser wieder flach gewesen, ohne dass sie ein weiteres Kind bekommen hätte. Erst als er schon älter, ja fast erwachsen war, erkannte er den Zusammenhang zwischen den Besuchen der alten Kräuterfrau, die außerhalb des Dorfes nahe am Waldrand wohnte, und dem nicht mehr vorhandenen Bauch seiner Mutter. Er gab sich die Schuld daran, dass seine Eltern keine weiteren Kinder mehr bekommen und damit riskieren wollten, noch einen zweiten Taugenichts wie ihn durchfüttern zu müssen. Als beide Elternteile kurz nacheinander vor fast drei Jahren gestorben waren, hatte es nicht lang gedauert, bis die Dorfbewohner von Mathes und ihm verlangten, ihre Kate zu verlassen und aus dem Dorf zu verschwinden. Solange ihr Vater noch lebte, hatte man sie, wenn auch zähneknirschend, geduldet. Immerhin war sein Vater Zimmermann und damit für die Dörfler wichtig gewesen. Doch nachdem erst seine Frau an dem sich immer weiter ausbreitenden Fieber gestorben war und nur wenige Tage später er selbst, gab es keinen Grund mehr, Mathes und seinen verkrüppelten Zwillingsbruder weiter innerhalb der Gemeinschaft zu dulden. Eine Missgeburt zog stets den Teufel an, das war allgemein bekannt, und die Tatsache, dass beide Eltern dem Fieber zum Opfer gefallen waren, schien dies eindeutig zu belegen. Zwar konnte Linhart durch ein Vorsprechen beim Dorfältesten erreichen, dass zumindest Mathes weiter in der Hütte der Eltern wohnen bleiben durfte. Doch für Mathes kam dies nicht in Frage. »Sie wollen dich nicht, also werden wir beide nicht hierbleiben!«, hatte er laut ausgerufen, so dass es auch der Letzte im Dorf noch hören musste. Am nächsten Tag hatte er Linhart auf die Ladefläche des Ochsenkarrens geholfen, ihre wenigen Habseligkeiten aufgeladen, das Werkzeug für die Bürstenherstellung und natürlich – in einer verschlossenen Kiste – den Bienenstock, der ihrer Familie schon seit Jahren ein gutes Zubrot eingebracht hatte. Unter den zu Boden gerichteten Blicken der Menschen waren sie gegangen. Als sie schon fast das Ende der Hütten erreicht hatten, zwang Mathes den Ochsen zum Anhalten und drehte sich noch einmal um. Mit erhobener Faust hatte er den Dörflern angekündigt, dass der Herr selbst seinen Zorn auf ihre gottverderbten Seelen niedergehen lassen würde. Und bei jeder Not, jedem Unglück oder Elend sollten sie an seine Worte denken und daran, wie sie mit Linhart umgegangen waren. Danach drehte er sich wieder um und zog den Ochsen am Strick, der sich darauf langsam und gemächlich wieder in Bewegung setzte. Linhart, der entgegengesetzt zur Fahrtrichtung hinten auf der Ladefläche saß, sah das Entsetzen und den Schrecken in den Gesichtern seiner früheren Nachbarn. Manch einer hatte rasch ein Kreuz geschlagen, um dem Fluch Mathes' zu entgehen. Sie waren schon eine Weile gegangen, als Mathes in schallendes Gelächter ausbrach.

»Warum lachst du?«, hatte Linhart ihn gefragt, worauf sich der Bruder zu ihm umdrehte, während der Ochse sich selbst seinen Weg suchte.

»Ach, dieses Pack! Gottesfürchtig und doch so schlecht. Was meinst du wohl, was geschieht, sobald die nächste Ernte durch ein Unwetter vernichtet wird oder eine Krankheit hereinbricht. Sie werden aufheulen und jammern, dass das nur daher kommt, weil sie uns vertrieben haben.« Er grinste breit, drehte sich wieder dem Zugtier zu und pfiff fröhlich ein Liedchen. So zufrieden hatte Linhart ihn schon lange nicht mehr erlebt.

Die Bewohner von Ladbergen, dem Dorf, in das sie zuletzt gekommen waren, waren dagegen freundlicher zu ihnen gewesen, wenngleich Linhart bemerkte, dass auch hier der ein oder andere einen verunsicherten Blick auf sein verkrüppeltes Bein warf. Doch in dieser Gemeinschaft war man vor allem eines: pragmatisch. Hier gab es bis zu ihrem Eintreffen noch keinen Bürstenmacher, und von einem Bienenstock hatte man bisher auch nur auf den größeren, weit entfernten Märkten gehört. Hinzu kam der Fleiß, den Mathes an den Tag legte, um für Linhart und sich immer genug Essbares auf den Tisch stellen zu können. Ein Umstand, der die hiesigen Menschen schwer beeindruckte. So war es am Ende ein Glück, dass sie ihre alte Heimat hatten aufgeben müssen und hier gestrandet waren.

»Träumst du?«

»Was?«

Mathes deutete auf das Holzstück in Linharts Händen.

»Du sitzt nur da und starrst vor dich hin.«

»Entschuldige, ich habe nur gerade daran denken müssen …«, er brach ab. »Ach, vergiss es.« Linhart hob das Holzstück hoch. »Hast du schon gesehen? Ich verwende diesmal auch die kleineren Holzteile.«

»Meinst du, dass sich das lohnt?« Mathes schien skeptisch.

»Na ja, ich fertige von den Großen eh schon mehr, als wir verkaufen können. Wenn ich da noch die eine oder andere kleinere Bürste nebenher schaffe, kann das ja nicht verkehrt sein. Der Materialaufwand ist gering. Und wir könnten sie Frauen anbieten, die kleinere Hände haben. Für die Ecken und Spalten …«

Mathes verzog das Gesicht. »Die mit den kleinen Händen sind nicht unsere Kundinnen.«

»Also soll ich es lieber lassen?«, fragte Linhart verunsichert.

Mathes ärgerte sich augenblicklich über sein Verhalten. Aber sich stets um alles kümmern zu müssen und die Verantwortung für sie beide zu tragen, setzte ihn so unter Druck, dass er oft nicht mehr die innere Ruhe besaß, die er sich wünschte.

»Aber nein, der Gedanke ist gut. Sogar so gut, dass du mindestens gleich ein Dutzend davon machen solltest. Du hast ja recht. Wir brauchen für die kleineren Bürsten nur die Hälfte an Material, können aber trotzdem einen vernünftigen Preis erzielen. Und selbst die Holzstücke, die wir sonst als Überrest verfeuert haben, können wir noch verwenden. Wenn ich es richtig bedenke, bringt uns das sogar viel mehr Geld. Und die anderen Kunden, die die großen Bürsten haben wollen, können wir ja trotzdem zufriedenstellen.« Er klopfte seinem Bruder auf den Rücken. »Gut gemacht. Der eine Zwilling hat's im Kopf, der andere in den Beinen. Da siehst du es wieder. Wir können gar nicht ohneeinander.«

Augenblicklich fühlte Linhart sich besser. Das Lob seines Bruders tat ihm gut. Er hasste es, ein Krüppel und damit eine Last für andere zu sein. Das Gefühl, doch zu irgendetwas nütze zu sein, schmeckte ihm besser als heißer Würzwein.

Mathes griff nach dem schweren Umhang, den er zum Trocknen über den Stuhl gelegt hatte.

»Ich werde noch mal kurz in den Wald gehen und Holz suchen.«

»Jetzt noch? Er wird nicht mehr lange dauern, und du kannst die Hand vor Augen nicht mehr sehen.«

Mathes nickte beschwichtigend. »Bis dahin bin ich längst wieder zurück.« Er hob den geflochtenen, länglichen Korb, den Linhart speziell für das Sammeln größerer Holzstücke gefertigt hatte. Der Korb war weniger tief als langgestreckt, hatte rechts und links zwei Schulterriemen und war lediglich an den Längsseiten etwas höher, damit das Holz nicht herausfallen konnte, sobald man sich bückte. Auf diese Weise hatte man den Korb direkt vor dem Bauch, aber gleichzeitig die Hände immer frei, und das Gewicht verteilte sich zudem gleichmäßiger, als wenn man den Korb in der Hand trug. Mathes zog sich die Gurte über die Schultern.

»Weißt du, dass mich letztens der alte Heinrich gefragt hat, woher ich dieses Ding habe?« Er deutete auf das Geflecht.

»Warum wollte er das wissen?«, fragte Linhart.

»Na, ganz einfach. Er meinte, das sei der beste und gleichzeitig eigentümlichste Einfall, der ihm je untergekommen sei. Wenn du also einmal Zeit hast, würdest du ihm dann auch so einen fertigen?«

»Wenn er ihn bezahlen kann.«

Mathes grinste. »Ja, das ist mein Bruder. Glaub mir, wir beide werden niemals zu wenig zu essen haben. Nicht, wenn wir so weitermachen wie bisher und uns so gut ergänzen.«

Er tippte zum Gruß mit der Hand gegen den Kopf und verließ die Hütte, während Linhart sich wieder seinem Holzstück zuwandte.

Weitaus früher, als Linhart es erwartet hatte, wurde die Tür zur Hütte mit Schwung aufgestoßen, und Mathes trat ein. Doch statt des Korbes, den er sich bei seinem Fortgehen vor den Leib gespannt hatte, hielt er den leblosen Körper einer jungen Frau in seinen Armen.

»Hilf mir!«, presste Mathes zwischen den Lippen hervor.

»Was ist denn passiert?« Linhart war aufgesprungen, unschlüssig, was zu tun war.

»Hol so viele Decken zusammen, wie wir haben, und leg noch drei Stücke Holz nach. Sie ist kaum noch lebendig.«

So schnell er konnte, hüpfte Linhart auf seinem gesunden Bein zu der alten Truhe hinüber, die schon ihren Eltern gehört hatte. Sie war fast bis obenhin voll mit Decken, Tüchern und Lappen. Die Decken, die ihm am wärmsten erschienen, zog er heraus.

»Wir müssen eine der Pritschen möglichst nah ans Feuer ziehen.«

Linhart bewegte sich, so schnell er nur konnte. Mathes war einen Augenblick lang versucht, die junge Frau erst einmal auf dem Boden abzulegen, um seinem Bruder zu helfen. Doch in diesem Moment zog Linhart bereits so heftig an dem hölzernen Lattengestell, dass er es mit einem einzigen Ruck direkt bis vor das Feuer schob. Mathes legte den schlaffen Körper der jungen Frau darauf ab. Danach machten sich die Zwillinge gemeinsam daran, sie in mehrere Lagen Decken zu hüllen.

»Ich glaube, ihre Zehen sind nicht mehr zu retten«, urteilte Mathes.

Linhart sah auf die Füße der Fremden, die dunkelblau verfärbt und steif gefroren waren.

»Wo hast du sie gefunden?«

»Direkt am Waldrand. Sie kam mir entgegengewankt und ist mir dann direkt in die Arme gefallen.«

Linhart blickte auf das Bündel Mensch vor sich. »Ich mag mir gar nicht vorstellen, was ihr geschehen sein muss.« Er schüttelte den Kopf, drehte sich um und legte noch Holz nach. »Glaubst du, dass sie überleben wird?«

Mathes Lippen wurden schmal. »Als ich sie hierhergetragen habe, kam es mir so vor, als ob ihr ganzer Körper gefroren wäre. Wir sollten versuchen, ihr heißen Kräutersud einzuflößen, damit sie auch von innen heraus wieder warm wird.«

Linhart nickte. »Ich hatte den Kessel ohnehin schon übers Feuer gehängt. So hoch, wie die Flammen inzwischen lodern, sollten wir ihn runternehmen. Sonst verbrennen wir sie am Ende noch mit dem Sud, wenn wir ihn ihr zu trinken geben.«

Mathes ging zum Kessel hinüber, griff sich einen dicken Lappen, hob das Gefäß vom Gestänge und stellte es auf eine große steinerne Platte direkt neben der Feuerstelle. Dann schöpfte er eine Kelle voll Sud in einen Becher. Etwas hilflos stand er vor der Pritsche, unschlüssig, wie er die wärmende Flüssigkeit in die junge Frau hineinbringen sollte. Linhart bemerkte es und streckte seine Hand aus.

»Gib her! Ich mach das. Stell dich hinter sie, heb ihren Oberkörper an und stütze ihren Kopf. Ich versuche dann, ihr den Sud einfach in die Kehle laufen zu lassen.«

Mathes reichte ihm das Gefäß und hob den Oberkörper der Fremden sachte an. Danach beobachtete er, wie sein Bruder der jungen Frau den Becher an die Lippen setzte und diese erst zögerlich, dann aber in gleichmäßigen Schlucken die Flüssigkeit zu sich nahm.

»Es gelingt«, flüsterte Linhart und freute sich, als der gesamte Becher leer war.

Doch plötzlich wurde die junge Frau von einem fürchterlichen Hustenkrampf geschüttelt. Linhart trat entsetzt einen Schritt zurück, weil er glaubte, sie würde an dem Sud, den er ihr eingeflößt hatte, ersticken. Dann aber hörte das Husten wieder auf, und die Frau öffnete sogar für einen Moment ihre Augen.

»Seid gegrüßt«, sagte Linhart, und ein Lächeln huschte über sein Gesicht.

Die Fremde sagte nichts. Ihr Blick war leer. Dann schloss sie wieder die Augen. Linhart gab Mathes ein Zeichen, sie wieder abzulegen.

»Wir können jetzt nur noch abwarten.«

Mathes tat wie ihm geheißen, zurrte die Decken nochmals

fester um ihre Schultern und trat einen Schritt von der Pritsche zurück.

»Ich werde noch mal losgehen, um den Korb zu holen. Und vielleicht schaffe ich es sogar noch, das ein oder andere Stück Holz zu sammeln, bevor es dunkel wird.«

»Sei vorsichtig. Viel Zeit bleibt dir nicht mehr.«

»Ich pass schon auf.«

Als Mathes die Tür hinter sich geschlossen hatte, wusste Linhart einen Augenblick lang nicht, wie er sich verhalten sollte. Aber er konnte ja schlecht einfach an Ort und Stelle stehen bleiben und die Fremde anstarren. Also setzte er sich wieder auf seinen Platz auf der Bank, nahm das Holzstück zur Hand, an dem er zuletzt gearbeitet hatte, und fuhr mit seiner Arbeit fort. Er hatte noch nicht viel geschafft, als die junge Frau ihn ansprach.

»Wo bin ich hier?«, fragte sie und versuchte sich aufzurichten.

Linhart blickte auf. »Ihr solltet ruhig liegen bleiben.« Er legte das Holzstück ab, stand auf und hüpfte auf einem Bein zu ihr hinüber. »Mein Bruder hat Euch im Wald gefunden und hierhergebracht. Ihr seid halb erfroren.«

Ein Schauer lief durch ihren Körper. Die Erinnerung an den Wald und die Eiseskälte ließen Ellin erneut frieren. Linhart bemerkte es.

»Bleibt einfach dort liegen und wärmt Euch auf. Es wird nicht mehr lange dauern, dann kehrt mein Bruder wieder heim. Wir werden etwas zu essen bereiten, und Ihr könnt Euch stärken und danach weiter ausruhen. Wenn Ihr wollt, könnt Ihr uns auch erzählen, was Euch widerfahren ist. Natürlich nur«, er zuckte mit den Schultern, »wenn Ihr das wollt.«

Sie schenkte ihm ein dankbares Lächeln, das er erwiderte. Linhart deutete mit der Hand auf die Sitzbank.

»Ich sitze gleich dort vorn und arbeite. Sagt mir, wenn Ihr etwas braucht.«

»Danke«, brachte sie nur hervor.

Linhart nahm seinen Platz wieder ein.

»Wo bin ich hier?«, fragte sie nach einer Weile in die Stille hinein. »Ich meine, in welchem Ort?«

»Das Dorf heißt Ladbergen.«

Sie seufzte. »Ich muss mich verlaufen haben. Eigentlich wollte ich in die andere Richtung. Aber ich weiß nur noch, dass ich gegangen und gegangen bin. Jetzt erinnere ich mich wieder, dass ich Euren Bruder sah. Er war Holz sammeln, nicht wahr?«

»Ja, das stimmt.«

»Ihr seht Euch sehr ähnlich, Euer Bruder und Ihr. Ich meine, genau Euer Gesicht gesehen zu haben, vorhin, im Wald.«

»Wir sind Zwillinge«, bestätigte Linhart.

»Zwillinge.« Es klang, als spräche sie mehr zu sich selbst. »Ich habe davon gelesen, aber noch nie welche gesehen.«

Linhart ließ das Holzstück sinken. »Ihr könnt lesen? Und habt etwas über Zwillinge gelesen?«

»Ich habe in einem Kloster gelebt. Dort gibt es Bücher über alles, was Ihr Euch nur vorstellen könnt.«

»In einem Kloster? Aber Ihr seid gar nicht wie eine Nonne gekleidet.«

»Ich …« Sie brach ab. »Das ist eine lange Geschichte.«

Linhart spürte deutlich, dass sie nicht darüber reden wollte. »Ich kenne außer Euch niemanden, der lesen kann. Ich selbst kann es leider auch nicht.«

Ellin lächelte in sich hinein. »Im Kloster habe ich sehr viele Bücher gelesen. Dort lebt außerdem eine blinde Nonne, ihr Name ist Adelheid. Am Abend, bevor es Zeit wurde, dem Herrn für seine Gnade zu danken und sich zur Ruhe zu begeben, las ich ihr stets einige Seiten aus der Heiligen Schrift vor. Sie liebte die Geschichten der Propheten.«

Vor der Tür war ein Poltern zu hören, und Mathes trat gleich darauf in die Hütte.

»Da bin ich wieder.« Er ließ die Riemen von seinen Schultern gleiten und setzte den Korb ab.

»Unser Gast ist wach«, begrüßte sein Bruder ihn. »Wie ist eigentlich Euer Name?«

»Ellin«, kam die knappe Antwort.

»Mein Name ist Linhart und der meines Bruders Mathes.«

Sie drehte den Kopf zur Seite, so dass sie Mathes sehen konnte. »Linhart sagte mir, dass Ihr mich hergebracht habt. Ich danke Euch.«

Mathes machte eine wegwerfende Handbewegung. »Das ist nicht der Rede wert. Es freut mich, dass Ihr Euch so schnell zu erholen scheint. Ich hatte vorhin kaum zu hoffen gewagt, dass Ihr die Augen je wieder aufschlagt.«

»Ich kann meine Glieder nicht richtig bewegen«, gab Ellin vorsichtig zu. »Glaubt Ihr, das ändert sich noch?«

Mathes bemühte sich um Zuversicht. »Ihr müsst ein wenig Geduld haben. Halberfroren wie Ihr wart, braucht Euer Körper noch ein bisschen Zeit, um sich zu erholen.«

»Danke.« Mehr sagte sie nicht.

Mathes legte seinen Umhang ab, während Linhart aufstand.

»Ich werde uns allen jetzt etwas zu essen machen«, entschied er.

»Ich hab auch einen Riesenhunger«, erwiderte Mathes.

»Ich habe kein Geld, das ich Euch geben könnte«, sagte Ellin leise.

»Wir kommen ganz gut zurecht«, erwiderte Linhart. »Es wird schon für uns alle reichen.«

Ellin drehte den Kopf und warf ihm einen dankbaren Blick zu, was er mit einem Lächeln quittierte. Es war ein gutes Gefühl, einmal nicht der Krüppel zu sein, der jedem nur zur Last fiel, sondern selbst etwas für einen anderen Menschen tun zu können.

»Ich helfe dir«, bot Mathes an.

Linhart hob die Hand. »Nein. Ihr beide könnt euch unterhalten, während ich alles vorbereite. Setz dich einfach. Ich mach das schon.«

Mathes sah das Funkeln in den Augen seines Bruders, klopfte ihm auf den Rücken, ließ sich auf die Bank fallen und streckte die Beine weit von sich. »Danke. Ich bin auch wirklich hundemüde.«

Während des Essens saßen alle am Tisch, Ellin, die Mathes von ihrem Lager zum Tisch getragen hatte, bis zur Brust noch immer in mehrere Lagen Decken gehüllt. Sie umklammerte mit beiden Händen einen mit Kräutersud gefüllten Becher. Ihr Essen rührte sie kaum an.

»Ihr müsst doch Hunger haben«, sagte Mathes. »Wollt Ihr nicht wenigstens versuchen, etwas zu essen?«

»Danke«, war das Einzige, was sie hervorbrachte.

»Wollt Ihr uns vielleicht erzählen, was Euch geschehen ist?« Linhart warf ihr einen aufmunternden Blick zu.

Ellin zögerte. Es schien Linhart, als überlege sie, was sie ihnen anvertrauen sollte und was nicht. »Ihr könnt ganz beruhigt sein. Was auch immer Ihr uns sagt, von uns wird niemand etwas erfahren.« Er seufzte, bevor er weitersprach. »Auch uns ist schon so manche Ungerechtigkeit widerfahren. Wir sind daher gewiss nicht diejenigen, die den Stab über Euch brechen werden. Ihr sagtet vorhin, dass Ihr in einem Kloster gelebt habt. Weshalb seid Ihr von dort fortgegangen?«

Ellin hob den Becher und nippte an dem Sud. »Es war nicht freiwillig«, hörte sie sich selbst sagen. Ein kurzer Blick in die Gesichter der Brüder verriet ihr, dass sie ihnen vertrauen konnte. Dennoch wollte sie vorsichtig sein und anderen zukünftig nicht mehr alles erzählen. War das die Folge ihrer Begegnung mit dem Schmied, der sie hintergangen hatte? Auf einmal hatte sie wieder vor Augen, wie das glühende Eisen ihren Angreifer am Kopf getroffen hatte, und glaubte gar, erneut den furchtbaren Geruch verbrannten Fleisches wahrzunehmen. Ob er ihr folgen würde, um Rache zu nehmen? Und was war mit Graf Friedrich von Isenberg? Nach all der Zeit, die bereits vergangen war, würde der Überfall auf den Erzbischof gewiss schon stattgefunden haben. Rasch stellte sie den Becher ab und sah die Brüder an, die ihr am Tisch gegenübersaßen. »Ich musste fliehen.«

Mathes schob sich gerade ein Stück Fleisch in den Mund. »Weshalb?«

»Ich habe zufällig mit angehört, wie ein Verbrechen geplant wurde. Inzwischen ist es gewiss schon geschehen.« Ein kurzer Hoffnungsschimmer kam in ihr auf. »Ob ich jetzt womöglich wieder zurück ins Kloster kann?« Sie blickte die Brüder erwartungsvoll an. »Ich meine, nachdem ich den Überfall ohnehin nicht verhindern konnte und der Erzbischof bereits gefangen ist, gibt es doch auch keinen Grund mehr, mich weiterhin zu verfolgen, nicht wahr?«

Mathes und Linhart warfen einander einen fragenden Blick zu.

»Offen gesagt, verstehe ich nur die Hälfte von dem, was Ihr da redet«, meinte Linhart und stand auf. Von der Feuerstelle holte er den Kessel mit Würzwein herüber, den er aufgesetzt hatte, bevor die drei begonnen hatten, ihr Mahl zu verzehren. Er wartete, bis sein Bruder und Ellin ihren Kräutersud ausgetrunken hatten, und füllte ihre Becher dann mit dem heißen, wohlduftenden Getränk.

»Wenn es um Verschwörungen geht, brauchen wir etwas Stärkeres als Kräutersud. Und jetzt erzählst du uns am besten von Anfang an und in aller Ruhe, was geschehen ist.«

Ellin bemerkte, dass er zur vertrauten Anredeform übergegangen war, was ihr ein Gefühl von Sicherheit gab, so als ob sie von nun an auf irgendeine Weise zu den Brüdern gehören würde.

»Das ist ein guter Gedanke.« Sie trank einen Schluck von dem heißen Wein. »Dann also von Anfang an. Hört zu.«

4. Kapitel

Seit vier Tagen wohnte Ellin nun bei den Zwillingsbrüdern. Ihr Körper hatte sich von den Strapazen ihrer Wanderung erholt. Selbst ihre halberfrorenen Füße konnte sie wieder richtig bewegen. Zwar fühlte sie sich noch immer etwas erschöpft, was sie sich aber nicht anmerken ließ. Noch am selben Abend, an dem sie Mathes und Linhart ihre Geschichte erzählt hatte, waren sie übereingekommen, dass Ellin so lange bei ihnen bleiben sollte, bis etwas Zeit ins Land gegangen wäre und es Neuigkeiten darüber gab, welche Folgen der Überfall auf den Erzbischof gehabt hatte. Neben der Tatsache, dass Mathes und Linhart nun abwechselnd jeweils eine Nacht auf dem Boden schliefen, weil sie darauf bestanden hatten, dass Ellin ihr Lager weiterhin auf einer der beiden Pritschen einnahm, störte es sie vor allem, dass sie die beiden als weiterer Esser belastete.

»Ich denke, es ist an der Zeit für mich, wieder aufzubrechen«, erklärte sie, als sie einen Löffel Haferbrei zu sich genommen hatte.

Linhart sah von seiner Schale auf. »Schon? Warum denn?«

»Ja«, mischte sich auch Mathes ein. »Ich habe mich erst gestern wieder im Dorf umgehört. Aber dort war alles wie immer. Wenn die Nachricht vom Überfall auf den Erzbischof bereits die Runde gemacht hätte, wäre sie mir zu Ohren gekommen. Wir wissen also noch immer nicht, was und ob überhaupt etwas geschehen ist. Es könnte daher gefährlich für dich werden, wenn du jetzt ins Kloster zurückkehrst.«

»Ja, du weißt doch gar nicht, was Graf Friedrich dort über den Tod deiner Freundin Jonatha berichtet hat«, meinte nun auch Linhart. »Was willst du tun, wenn sie's am Ende dir anhängen wollen?«

Kurz zuckte Ellin bei dem Gedanken an Jonatha zusammen. Linhart bemerkte es und legte seine Hand beruhigend auf die ihre. »Ich wollte dich nicht erschrecken.«

»Ist schon gut.« Ellin seufzte. »Es ist nur …«

»Was?«

»Ihr seid so freundlich, so gut zu mir. Und ich sitze nur hier herum, tue nichts und esse und esse …«

»Du könntest mir helfen, die Bürsten zu fertigen.« Linhart sah sie aufmunternd an.

»Wirklich?« Ellins Augen leuchteten auf. Schon die ganze Zeit über hatte sie tief in ihrem Innern darauf gehofft, dass es vielleicht eine Möglichkeit gäbe, hierbleiben zu können. Noch nie zuvor in ihrem Leben hatte sie sich so wohl, so geborgen gefühlt wie bei den Brüdern. Es war ganz anders als im Kloster. Fürsorge, Freundlichkeit und Selbstbestimmtheit, ganz ohne strenge Regeln und harte Strafen.

»Aber ich habe das noch nie gemacht.«

»Es ist nicht schwer«, meinte Linhart. »Ich bring es dir bei.«

»Oder du hilfst mir beim Holzsammeln. Außerdem könntest du mir am nächsten Markttag helfen, unsere Bürsten und unseren Honig zu verkaufen.«

Linhart spürte einen kleinen Stich. War er etwa eifersüchtig, weil sein Bruder Ellin vorschlug, sie könnte auch bei ihm sein? Es war ein Gefühl, das er bisher nie gekannt hatte, und er ärgerte sich über sich selbst.

»Ihr verkauft auch Honig? Bisher wusste ich nur von den Bürsten. Woher nehmt ihr ihn?«

»Wir machen ihn selbst«, erklärte Mathes nicht ohne Stolz.

»Aber wie?«

»Wir haben eigene Bienen.«

Ellin war begeistert. »Wirklich? Das kann ich gar nicht glauben.«

»Aber ja doch. Nur ziehen sie sich im Winter in ihre Waben zurück. Du musst schon bis zum Frühjahr bleiben, wenn du sehen willst, wie man Honig gewinnt.« Mathes lächelte ihr freundlich zu.

»Er hat recht«, meinte Linhart. »Warum bleibst du nicht einfach?«

Ellin spürte ein Gefühl tiefer Zufriedenheit in sich aufsteigen. Einfach hierzubleiben und nicht ins Kloster zurückzukehren –, das wäre zu schön, um wahr zu sein.

»Ich … ich weiß nicht«, brachte sie zögerlich hervor. »Wie soll das denn gehen?«

Mathes zuckte mit den Schultern. »Wie soll was gehen? Wir zeigen dir einfach nach und nach, wie und womit wir unser Brot verdienen, und dann hilfst du uns dabei. Alles wird redlich zwischen uns geteilt.«

Er überlegte kurz. »Was hast du denn eigentlich im Kloster für Aufgaben gehabt?«

Die Erinnerung zauberte ein Lächeln ins Ellins Gesicht. »Ich war dort Kerzenzieherin. Und alle haben gesagt, dass meine Kerzen die schönsten und ebenmäßigsten wären.«

»Ich weiß, dass man auch Kerzen aus Bienenwachs herstellen kann«, sagte Linhart und sah von Ellin zu Mathes. »Ich weiß zwar nicht, wie, aber es geht. Vielleicht wäre das ja sogar eine Möglichkeit …«

»… unser Warenangebot zu erweitern«, vollendete Mathes den Satz seines Bruders und blickte Ellin an. »Was meinst du?«

Ellin strahlte über das ganze Gesicht. »Ich weiß, wie man Kerzen aus Bienenwachs herstellt. Ich habe es Hunderte Male gemacht.«

»Dann ist es ja geradezu ein echter Glücksfall für uns, dass der Herr deine erfrorenen Glieder in unsere Hütte geführt hat«, urteilte Mathes.

»Also bleibst du?«, wollte Linhart wissen.

»Nur, wenn wir eine weitere Pritsche spannen.« Ellin sah die Brüder mit einem breiten, offenen Lächeln an.

»Das«, urteilte Mathes, »ist ja wohl eine Kleinigkeit. Willkommen in deinem neuen Zuhause.«

Ellin stieß einen Jauchzer aus und reckte ihren Löffel freudig in die Luft. »Ja! Ich bin zu Hause!«

Sie lernte schnell. Geschickt füllte sie die von Linhart gebohrten Löcher mit Schweineborsten, so dass dieser fast schon Schwierigkeiten hatte, mit der Vorbereitung der Holzstücke nachzukommen. Ellin fühlte sich so glücklich wie noch nie in ihrem Leben. Sie war frei, sie arbeitete. Und manchmal vergaß sie völlig, dass sie sich im Grunde noch immer auf der Flucht befand. Doch längst war ihre Entscheidung gefallen, das Leben im Kloster für immer hinter sich zu lassen. Sie wollte selbst dann nicht zurückkehren, wenn sie von Graf Friedrich nichts mehr zu befürchten hatte.

Früher als erwartet, kehrte Mathes an diesem Tag heim. Er war noch vor Sonnenaufgang aufgebrochen, um einen Wanderkrämer zu treffen, den die Brüder schon seit längerem kannten und an den er einen Großteil der gefertigten Bürsten verkaufen wollte. Zwar bekamen sie so weniger Geld, als wenn sie die Bürsten einzeln verkauft hätten. Doch der Aufwand war geringer, und wer wusste schon, ob sie beim nächsten Markttag überhaupt all ihre Waren loswerden würden. So war ihnen wenigstens genug Geld sicher, um damit eine Weile über die Runden zu kommen.

»Du bist früh zurück«, bemerkte Linhart, als Mathes eintrat. »Hast du Gerald getroffen?«

»Ja, habe ich.« Mathes wirkte unruhig, sein Blick wanderte zwischen Ellin und Linhart hin und her. Er schien nicht sicher, was er ihnen sagen sollte.

»Ist etwas geschehen?«, fragte Linhart und legte seine Arbeit beiseite.

»Ja.« Mathes zog den Schemel zu sich heran, setzte sich und legte dann ein in grobes Tuch eingewickeltes Bündel auf den Tisch. Er nickte seinem Bruder zu.

»Das hier ist für dich, Ellin.« Er schob das Bündel zu ihr hinüber.

»Was ist da drin?«

»Ein Stoff, aus dem du dir ein vernünftiges Kleid nähen kannst. Garn haben wir hier.«

Ellin bekam vor Staunen den Mund nicht wieder zu.

»Es ist nichts Besonderes«, erklärte Mathes schnell. »Aber Linhart und ich wollen nicht, dass du noch länger in diesen Fetzen herumlaufen musst.«

Linhart nickte Ellin verschmitzt zu.

»Ich habe auch versucht, Schuhe für dich zu bekommen. Doch dafür hat das Geld nicht mehr gereicht.«

Ellin suchte nach Worten. »Ich weiß einfach nicht, was ich sagen soll. Wie kann ich euch nur danken?« Sie sprang auf, lief um den Tisch herum, umarmte Mathes und anschließend Linhart. »Ich kann mein Glück kaum fassen.«

Mathes senkte den Kopf. »Da ist noch etwas, das ich euch

sagen muss.« Er machte eine Pause, in der Ellin sich wieder auf die Bank setzte.

»Was ist geschehen?« Linhart sah Mathes' besorgte Miene. Er hatte auf einmal ein ungutes Gefühl.

»Der Erzbischof«, begann Mathes.

»Ja?«

Ellin und Linhart beugten sich fast gleichzeitig vor, erwartungsvoll, was Mathes ihnen zu berichten hatte.

»Er ist tot«, brachte Mathes mit rauher Stimme hervor.

»Was?« Ellin war schnell aufgesprungen. »Was sagst du da? Tot?«

Mathes nickte. »Gerald hat es mir erzählt. Die Geschichte hat schon überall die Runde gemacht. Er wurde überfallen und getötet.«

Langsam sank Ellin zurück auf ihren Stuhl. »Wo?« Es war nicht mehr als ein Flüstern.

»Im Gevelsdorfer Wald. Genau dort, wo entsprechend dem Gespräch, das du auf Burg Isenberg belauscht hast, der geplante Überfall stattfinden sollte.«

Ellin schluckte schwer. »Hat man Graf Friedrich schon gefangen genommen?«

Mathes rutschte unruhig auf seinem Schemel hin und her. »Bisher weiß man nicht, wer für den Überfall verantwortlich ist.«

»Was?« Ellins Stimme überschlug sich beinahe. Ihre Augen funkelten wütend. »Oh doch, ich weiß genau, wer dafür verantwortlich ist. Friedrich von Isenberg ist der feige Mörder. Ich bin zur Mitwisserin seines Planes geworden, genau wie ich es euch erzählt habe.«

Linhart war kreidebleich geworden. »Und Friedrich weiß das.« Eine Gänsehaut überzog seinen ganzen Körper.

»Was bedeutet, dass du in Lebensgefahr bist«, vollendete

Mathes den Gedanken seines Bruders. »Du musst fliehen, so schnell und so weit du nur kannst.«

»Aber ich …« Ellin kaute nachdenklich auf ihrer Unterlippe, »… aber wo soll ich denn hin?« Tränen stiegen ihr in die Augen.

Mathes senkte den Blick.

»Der Graf weiß doch nicht, dass sie hier bei uns ist. Wahrscheinlich verschwendet er schon längst keinen Gedanken mehr an Ellin«, warf Linhart da fast flehend an seinen Bruder gewandt ein.

Der sah ihn mit festem Blick an. »Sie ist die Frau, die den Grafen mit ihrer Aussage an den Galgen bringen kann. Und du glaubst, er denkt nicht mehr an sie?« Er zog die Augenbrauen hoch. »Ich will auch nicht, dass Ellin uns verlässt. Aber hier ist sie nicht mehr sicher. Wir sind nicht weit genug von Burg Isenberg entfernt, Graf Friedrichs Leute werden sie überall suchen und dabei auch irgendwann zu uns kommen. Wenn Ellin hierbleibt, wird er sie früher oder später finden.«

Linhart stützte seine Ellbogen auf den Tisch und ließ seinen Kopf in die Hände sinken. »Aber es muss doch eine Möglichkeit geben.«

»Wenn dir eine einfällt … Doch ich glaube, dass wir Ellin schnellstens Schuhe besorgen und ihr dabei helfen müssen, so weit wie möglich von hier fortzukommen.«

»Aber woher sollen Friedrichs Leute denn überhaupt wissen, nach welcher Frau sie suchen sollen, wo sie doch gar nicht wissen, wie ich aussehe? Zumal mir inzwischen auch die Haare wieder etwas nachgewachsen sind …«

Mathes tippte an die Stelle oberhalb ihrer Lippe. »Dein Muttermal«, sagte er.

Ellin hob die Hand und tastete nach dem braunen Punkt zwischen Nase und Lippe.

»Es ist sehr auffällig«, erklärte Mathes. »Das kannst du nicht verbergen. Ebenso wenig wie deine hellblauen Augen. Wenn Friedrich dich seinen Leuten beschrieben hat, werden sie dich auch erkennen, glaub mir.«

»Es sei denn, du kommst ihm zuvor.« Linhart sah die beiden an.

»Was meinst du damit?«

»Was wäre denn, wenn Ellin beim Vogt ihre Aussage macht und Graf Friedrich des Mordes am Erzbischof beschuldigt?«

In Ellin keimte Hoffnung auf.

»Ja, das könnte ich tun!«, rief sie rasch. »Ich berichte alles, was ich gehört habe und was sich danach ereignet hat. Dann wird Friedrich zur Rechenschaft gezogen, und ich muss nicht fort.«

»Bei welchem Vogt denn?« Mathes sah die beiden fragend an. »Graf Friedrich ist doch selbst Vogt mehrerer Klöster, und sein Einfluss ist groß. Er reicht bis weit ins Münsterland, und wo seine Macht endet, beginnt die seiner Brüder und Cousins. Woher wollen wir also wissen, dass wir ihm Ellin nicht direkt in die Arme spielen, wenn sie gegen ihn aussagen will. Nein, dazu müsste sie sich, wenn überhaupt, zumindest an einen weltlichen Vogt oder gar an den Kaiser selbst wenden.«

»Das ist wahr«, stimmte Linhart nachdenklich zu. »Die Mächtigen stecken irgendwie alle unter einer Decke.«

»Nicht alle«, meinte Mathes. »Es könnte ja auch dazu kommen, dass der Papst nun einen Mann seines Vertrauens einsetzt, um das Verbrechen am Erzbischof aufzuklären. Und an diesen Mann könnten wir uns dann in jedem Fall wenden.«

»Und wer wird das sein?«, fragte Ellin leise.

»Das weiß ich nicht. Noch nicht«, fügte Mathes schnell hinzu. »Doch ich werde es herausfinden.«

»Wie?«

»Indem ich auf den großen Markt in Greven gehe und mich dort ein bisschen umhöre.« Er drehte sich um und sah zu dem Regal hinüber, auf dem sie die fertiggestellten Bürsten lagerten. »Viel haben wir nicht mehr anzubieten. Wie schnell könnt ihr mindestens drei Dutzend fertigen?«

Linhart warf Ellin einen raschen Blick zu. »Wenn wir genug Holz dahaben, brauchen wir dafür einen Tag.«

Mathes zog zweifelnd die Augenbrauen hoch. »Nur einen Tag?«

»Ja. Wir haben nur nicht mehr genug Holz«, bestätigte Ellin und nickte dabei eifrig.

Mathes stand auf. »Na gut, dann gehe ich noch mal los und bringe mit, was ich finden kann. Und beten wir zu Gott, dass uns noch genug Zeit bleibt und sie dich bis dahin nicht hier finden.«

Ellin packte das schlechte Gewissen. Mit ihrer Anwesenheit brachte sie Mathes und Linhart in Gefahr. Es wäre daher richtig gewesen, sofort aufzubrechen. Aber sie schwieg, auch wenn sie sich dafür schämte, dass ihre Angst, wieder von hier fortgehen zu müssen, über das Wohlergehen der Brüder obsiegt hatte. Schnell stand sie auf und griff nach dem Stück Holz, das sie zuvor mit Borsten versehen hatte.

Mathes warf Linhart noch einen Blick zu, der seine Besorgnis verriet. Dann verließ er ohne ein weiteres Wort die Hütte.

5. Kapitel

Er tupfte sich mit dem Lappen das Auge. Die Salbe, die ihm dieser verdammte Quacksalber von Apotheker für teures Geld aufgeschwatzt hatte, wollte einfach nicht wirken. Noch immer suppte ekelhaft riechende Flüssigkeit aus seinem erblindeten Auge. Einzig über den Wunden auf seiner Wange hatte sich inzwischen eine harte Kruste gebildet. Zischend zog Ruppert Luft durch die Zähne ein.

»Glotz mich nicht so blöde an!«, schnauzte er einen seiner Begleiter an, der ihm mit angewidertem Gesichtsausdruck bei der Behandlung seines Auges zugesehen hatte und dessen Pferd nun unruhig hin und her tänzelte.

Es fiel dem Angesprochenen sichtlich schwer, dem Schmied nicht ebenso grob herauszugeben, sondern stattdessen unaufgeregt zu fragen: »Wo lang geht's jetzt?«

»Weiter auf der Via baltica. Das Weib kann uns nicht mehr weit voraus sein.«

»Und wenn sich die Frau in die andere Richtung davongemacht hat?«

»Dann werden wir schon bald Nachricht erhalten, dass sie dort Graf Friedrich in die Arme gelaufen ist.« Er deutete mit dem ausgestreckten Arm. »Aber irgendetwas sagt mir, dass wir auf der richtigen Fährte sind. Dort vorn liegt Ladbergen. Wir werden uns in der Schenke ein bisschen umhören. Irgendwo muss das Miststück sich ja Essen und Trinken besorgt haben. Und Fremde fallen in Dörfern immer auf. Sehen die Säufer dort außerdem erst eine Münze in unserer Hand aufblitzen, werden wir sofort wissen, ob sie hier durchgekommen ist.«

»Aber sie hat mehrere Tage Vorsprung.«

»Und wir haben Pferde«, zischte Ruppert wütend. »Doch solltest du keine Lust mehr haben, dem Grafen zu dienen, dann mach, dass du fortkommst.«

»Ist ja schon gut«, grummelte der andere, straffte die Zügel und trieb sein Reittier an.

In wildem Galopp erreichten sie das Dorf. Fast hätte der junge Mann mit dem vor seinen Bauch geschnallten Korb voller Holz nicht mehr rechtzeitig zur Seite springen können.

»He, du! Wo ist hier die Schenke?«

Wie gebannt starrte der junge Mann auf die Blutkrusten im Gesicht des Fremden. Er schauderte.

»Du sollst nicht blöd glotzen, sondern mir sagen, wo hier die Schenke ist.« Er brachte sein Pferd auf die Höhe des jungen Mannes und trat kräftig zu. Der Korb ging zu Boden, und das Holz landete kreuz und quer im Matsch. »Na, wird's bald?«

»Dort vorn, immer dem Weg nach«, stammelte der junge Mann. »Es gibt Ställe für Eure Pferde und einen guten Wein«, fügte er hinzu.

»Na bitte«, brachte Ruppert wütend hervor. »So schwer war's doch nicht. Und noch was.«

»Ja, Herr?«

»Wir suchen ein Mädchen.« Er tippte sich mit dem Finger zwischen Oberlippe und Nase. »Sie hat hier ein Muttermal, hellblaue Augen und einen geschorenen Kopf. Hast du sie vielleicht gesehen?«

Der junge Mann schüttelte nur stumm den Kopf.

Ruppert spuckte aus und hätte ihn fast getroffen. »Hoffentlich sind hier nicht alle so beschränkt wie du. Sonst kriegen wir keine einzige brauchbare Auskunft.« Er hieb seinem Pferd in die Flanken und preschte los, gefolgt von seinen fünf Begleitern.

Mathes blieb noch einen Augenblick wie angewurzelt stehen. Dann sammelte er in aller Eile sein Holz wieder auf und rannte los, als sei der Leibhaftige hinter ihm her. Vollkommen atemlos erreichte er die Hütte.

»Sie sind da!«, rief er, als er die Tür aufstieß.

Ellin ließ vor Schreck die Bürste fallen, an der sie gerade gearbeitet hatte.

»Was?« Linhart sah ihn mit weit aufgerissenen Augen an. »Wer ist da?«

»Die Häscher des Grafen«, keuchte Mathes. »Sie haben mich sogar nach Ellin gefragt.«

Sämtliche Farbe war aus Ellins Gesicht gewichen, und ihr Körper begann unkontrolliert zu zittern. Mit zwei Schritten war Mathes bei ihr und zog sich die Schuhe von den Füßen. »Hier! Die ziehst du jetzt an. Und nimm meinen Umhang. Sobald wir draußen sind, nimmst du den rückwärtigen Weg bis zum Waldrand. Dort hältst du dich rechts, bis du an den Verschlag mit unseren Bienen kommst, den ich dir gezeigt habe. Wenn du eintrittst, sei so leise, wie du nur kannst. Mach keine hastigen Bewegungen. Sonst scheuchst du sie auf, und sie stechen dich zu Tode. Hast du das verstanden?«

Ihre Stimme wollte Ellin nicht gehorchen. Also nickte sie nur, zog wie befohlen die Schuhe über und ließ sich von Mathes den Umhang überlegen.

Er warf einen kurzen Blick auf Linhart, der wie versteinert dasaß und sie beide anstarrte. Dann griff Mathes Ellin an den Schultern und sah ihr fest in die Augen. »Hör mir gut zu.

Einige der Dörfler wissen, dass wir einer Fremden Unterschlupf gewährt haben. Vielleicht geben sie ihr Wissen preis. Ich weiß es nicht. Doch wenn das der Fall sein sollte, werden wir gleich Besuch bekommen. Du bleibst so lange in dem Verschlag, bis ich dich holen komme, hast du das verstanden?«

Ellin nickte. Ihre Augen füllten sich mit Tränen.

»Du rührst dich nicht vom Fleck. Versuch nicht, wegzulaufen und dich durch den Wald zu schlagen. Sie würden dich auf ihren Pferden sofort einholen.« Er schüttelte sie kurz, als müsse er sie aufwecken, und fragte noch einmal: »Hast du das verstanden?«

»Ich werde in dem Verschlag bleiben«, gab sie tonlos zurück.

»Gut. Und jetzt geh!« Kurz drückte er sie an sich. Dann schob er Ellin Richtung Tür.

»Was ist mit euch?«

Fast unmerklich warf Mathes einen schnellen Blick auf Linharts Bein. »Wir können nicht mitkommen. Es würde zu lange dauern.« Zärtlich strich er ihr über die Wange.

»Geh du mit ihr«, sagte Linhart. »Mir werden sie nichts tun. Sie haben keinen Grund dazu.«

Mathes schüttelte den Kopf. »Und dich hier allein lassen? Vergiss es.« Er wandte sich wieder an Ellin.

»Mach dir um uns keine Sorgen. Und jetzt geh endlich.« Er öffnete die Tür und schob sie hinaus. Ein kurzer Blick in alle Richtungen, dann rannte sie los. Erst als sie den Waldrand bereits hinter sich gelassen hatte und in das Dunkel der dicht stehenden Tannen eintauchte, wurde sie langsamer. Kurz drehte sie sich um. Hinter ihr sah alles wie immer aus. Doch trotz der Schuhe und des warmen Umhangs zitterte sie am ganzen Körper und atmete hektisch ein und aus. Wo nur war der Verschlag? Schon meinte sie, sich verirrt zu haben. Tränen rannen ihr über das Gesicht und gefroren auf ihren Wangen. Sie lief weiter. Rechts, hatte Mathes ihr gesagt. Sie musste sich rechts halten. Äste verfingen sich in ihrem Umhang. Mühsam bahnte sie sich ihren Weg, bis sie tatsächlich den Verschlag erreichte, den Mathes ihr nur wenige Tage zuvor gezeigt hatte. Vorsichtig öffnete sie die niedrige, schmale Tür. Sie musste sich bücken, um den Schuppen betreten zu können. Mathes hatte ihr erklärt, dass die Bienen zwar einen gewissen Schutz vor unwirtlichem Wetter brauchten, gleichzeitig aber immer die Möglichkeit haben mussten, ihren Bau zu verlassen. Deshalb hatte er die einzelnen Bretter auch nicht dicht an dicht gesetzt, sondern stets einen geringen Abstand zwischen ihnen gelassen, damit die Tiere durch diese hindurch ins Freie gelangen konnten. So leise sie konnte, zog sie die Tür hinter sich wieder zu und ging in die Hocke. Sofort kroch die Kälte ihre Beine hinauf. Doch wenigstens hatte das Summen der Bienen im Innern des Stocks für Ellin etwas Beruhigendes an sich. Sie zog die Knie an ihren Oberkörper heran, umfasste sie mit beiden Armen und legte ihren Kopf darauf. In dieser Stellung wartete sie und lauschte jedem Geräusch. Bei jedem Knacken, das sie draußen vernahm, hielt sie kurz den Atem an, und ihr Herz begann schneller zu schlagen. War dort draußen jemand? Kam Mathes bereits, um sie zu holen? Nein, das konnte nicht sein. Es sei denn, er hätte beobachtet, wie Graf Friedrichs Männer das Dorf wieder verlassen hatten. Erneut lauschte sie. Aber außer dem Pfeifen des Windes und den leise summenden Bienen war nichts mehr zu hören. Irgendwann schlief sie ein.

Sie wusste nicht, wie viel Zeit vergangen war, als sie wieder erwachte. Ihre Kleidung war klamm, und ihr war eiskalt.

Zögerlich streckte sie ihre Beine aus. Sie schmerzten, doch nach wenigen Augenblicken wurde es besser. Mehrfach zog sie die Beine zu sich heran und streckte sie wieder aus. Dann blieb sie reglos im Dunkeln sitzen. Noch immer war das leise Summen zu hören. Mathes hatte ihr erklärt, dass die Bienen um ihre Königin herumschwirrten, um diese auch im Winter ausreichend warm zu halten. Ellin war dies als eine liebevolle Geste der Tiere erschienen. Sie lächelte, als sie sich nun daran erinnerte. Wie lange es wohl noch dauern würde, bis Mathes sie holen kam? Leise seufzte sie. Seitdem sie mit den Kerzen und getrockneten Kräutern nach Burg Isenberg aufgebrochen war, hatte sich ihr bis dahin gleichmäßig verlaufendes Leben grundlegend geändert. Und das von einem Moment zum anderen. Erst bei Mathes und Linhart war sie wieder zur Ruhe gekommen. Hoffentlich würden Graf Friedrichs Leute rasch wieder abziehen. Anfangs war es ihr noch wichtig gewesen, den von ihm geplanten Überfall auf den Erzbischof anzuzeigen und dadurch zu vereiteln. Nun jedoch, da dieser tot war, ergab das alles keinen Sinn mehr für sie. Ihr war es gleich, ob der Graf am Ende der Tat überführt und bestraft werden würde. Was ging es sie noch an? Nur dass Jonathas Tod ungesühnt bleiben sollte, versetzte Ellin einen Stich. Die junge Novizin hatte ihr Leben lang niemandem etwas Böses gewollt. Erneut seufzte sie, diesmal etwas lauter. Sie rieb sich die Arme, um etwas Wärme in ihren Körper zu bringen. Hoffentlich würde es nicht mehr lange dauern, bis Mathes sie holen kam.

Es mussten weitere Stunden vergangen sein, als Ellin sich schließlich entschied, nicht länger zu warten. Konnte es denn sein, dass sie Mathes falsch verstanden hatte? Vorsichtig stemmte sie sich vom Boden hoch und blieb gebückt stehen, um sich nicht den Kopf anzuschlagen. Sie tastete sich an der

Wand entlang, bis sie die Tür erreichte. Langsam öffnete sie den Eingang des Verschlags. Draußen war stockdunkle Nacht. Sie trat hinaus, streckte ihren Rücken durch und legte den Kopf in den Nacken. Würde sie in dieser Dunkelheit den Weg zurückfinden? Sie atmete tief durch, versuchte, die Kälte zu ignorieren, und ging los. Immer wieder blieb sie stehen, um zu lauschen. Ob Graf Friedrichs Männer ihr womöglich auflauerten? Sie schüttelte den Kopf und verwarf diesen Gedanken sofort wieder. Wären sie in der Nähe, würden sie sich gewiss nicht verstecken wie die Hasen, sondern den Wald offen nach ihr durchkämmen und dabei jeden niedermachen, der sich ihnen in den Weg stellte.

Es dauerte nicht lange, bis sie sich wieder am Waldrand und ganz in der Nähe der Hütte befand. Sie spähte über die freie Fläche, die sie von hier aus noch zu überwinden hatte. Am Himmel kündigte ein schwaches Licht den Beginn des neuen Tages an. Sie hatte also tatsächlich die ganze Nacht in dem Verschlag verbracht. Ellin schauderte. Immer wieder drehte sie sich um und sah in alle Richtungen, um einen möglichen Angreifer frühzeitig auszumachen. Doch alles war still und friedlich. Ob Friedrichs Männer in der Schenke tatsächlich erfahren hatten, dass sie bei Mathes und Linhart untergekommen war, und sie nun schon in der Hütte erwarteten? Sie hatte Mathes fest versprochen, in dem Verschlag auf ihn zu warten. Hoffentlich würde er nicht wütend werden, wenn sie nun trotz seiner ausdrücklichen Weisung auftauchte. Brachte sie die Brüder damit womöglich in Gefahr?

Sie hatte die Kate erreicht. Aus deren Innerem drang kein Geräusch nach draußen. Sie schluckte schwer, bevor sie sich traute, die Tür einen Spalt weit zu öffnen. Drinnen war es stockdunkel. Hatten Linhart und Mathes sich vielleicht schlafen gelegt und sie vergessen? Oder lauerte hinter der Tür bereits einer von Friedrichs Leuten nur darauf, dass sie ins Haus zurückgeschlichen kam? Vorsichtig trat sie ein. Doch niemand sprang auf sie zu, auch konnte sie weiterhin keinen Laut vernehmen. Hatte sie draußen noch Schatten und Schemen wahrnehmen können, herrschte hier drinnen vollkommene Dunkelheit. Das Feuer war gänzlich heruntergebrannt, nicht einmal ein Glimmen war noch zu erkennen. Dabei ließen die Zwillinge das Feuer sonst nie ganz ausgehen.

»Mathes?«, flüsterte sie und lauschte, doch da war nichts.

»Linhart?«

Nichts.

Hatte Mathes seinen Bruder doch noch fortgeschafft, um den Schergen des Grafen zu entgehen? Sie tastete sich zur Feuerstelle hinüber, ließ ihre Finger über den steinernen Sims gleiten, auf dem immer der Schürhaken lag, griff danach und stocherte in der Asche. Da, ein leichtes Glimmen. Ihr Fuß stieß gegen den kleinen Flechtkorb, in dem stets getrocknete Holzscheite, Zweige und Blätter zum Anfeuern lagen. Sie bückte sich, nahm eine Handvoll Reisig heraus und legte es auf die Glut. Vorsichtig, damit ihr nicht die Asche ins Gesicht stob, pustete sie, bis die dürren Zweige sich entzündeten und eine kleine Flamme auf ein Holzstück übersprang. Noch einmal griff sie in den Korb, ließ weiteres Blattzeug in die Flamme rieseln und legte schließlich einige Holzscheite obenauf, die sofort Feuer fingen. Dann erst drehte sie sich in den Raum.

Ellin unterdrückte einen Schrei, schlug sich die Hand vor den Mund, strauchelte und prallte mit dem Kopf hart gegen die Wand, doch sie spürte den Schmerz nicht. Übelkeit stieg in ihr auf. Sie drehte den Kopf zur Seite, beugte sich vornüber und übergab sich.

Der Anblick, der sich ihr bot, war schlimmer als alle Zeichnungen von Teufeln, Höllenfeuern und -qualen, die sie je in der Bibliothek des Klosters gesehen hatte.

Mathes und Linhart saßen nebeneinander kerzengerade auf der Bank, an die sie mit beiden Armen und Füßen gefesselt waren. Auf dem Tisch, an dem Ellin noch vor wenigen Stunden mit ihnen gesessen hatte, lagen aufgereiht zwei abgeschnittene linke und rechte Ohren. Ein Stück weiter lagen drei Finger. Die Gesichter der Zwillinge waren wie in einen roten Blutumhang gehüllt. Mathes Augen waren geschlossen, während Linharts weit aufgerissen waren und Ellin anzustarren schienen. Sein Mund war geöffnet und mit einer pampigen Masse gefüllt, die ihm seitlich aus dem Mundwinkel gelaufen und auf die Brust getropft war. Ellin brauchte einen Moment, um zu erkennen, dass die Masse aus Linharts Speichel und den Schweineborsten bestand, mit denen sie ihre Bürsten gefertigt hatten. Die Köpfe der Zwillinge waren zur Seite gekippt, ihre Hälse waren ihnen von einer Seite zur anderen durchschnitten worden.

»Oh, mein Gott!« Ellin wollte ein Kreuz schlagen, doch sie war unfähig, sich zu rühren. Wie angewurzelt stand sie mitten in der Hütte und meinte, im Schein der höher züngelnden Flammen den Schatten des Teufels an den Wänden entlangtanzen zu sehen. Sie wollte den Blick von den Toten wenden, konnte es jedoch nicht. Ellin starrte die Zwillinge an, deren einziges Verbrechen es gewesen war, ihr beigestanden und geholfen zu haben. Ein eigenartiges, fremdes Gefühl breitete sich in ihrem Körper aus, verdrängte die Angst, die sie seit ihrer Flucht nie mehr ganz verlassen hatte, und machte einem anderen Empfinden Platz. Ohne den Blick abzuwenden, wusste sie in diesem Moment, dass sich etwas für alle Zeit verändert hatte. Nie zuvor hatte sie etwas Ähnliches gefühlt, aber sie wusste, was es war, hatte einen Namen dafür. Hass, es war Hass, was sie empfand. Blanker, tödlicher Hass. Furcht wie auch Barmherzigkeit, die immer ein Teil von ihr gewesen war, gehörten der Vergangenheit an. Weder Tod noch Teufel würden sie zukünftig schrecken können. Gott hatte zugelassen, dass diejenigen, deren Seelen längst dem Höllenfürsten gehörten, unschuldige, gute Menschen zu Tode gequält hatten. Rache stand nur Gott zu, doch wie es aussah, bedurfte er dazu fleischlicher Helfer, die die Klinge für ihn führten. Ellin würde künftig ein solcher Helfer sein. Und ob Weib oder nicht, bis zu ihrem letzten Atemzug würde sie so viele von Graf Friedrichs Männern mit sich nehmen, wie sie nur konnte, um dann im ewigen Feuer zu brennen. Ja, sie würde brennen, für Mathes, Linhart, Jonatha und all die anderen unschuldigen Seelen, die von Bestien in Menschengestalt niedergemacht wurden.

Eine nie gekannte Stärke ließ Ellin sich aufrichten und ihren Rücken straffen. Sie ging zu den toten Zwillingen hinüber, strich Mathes mit einer zärtlichen Geste über die blutverkrustete Wange. So kurz sie einander auch nur gekannt hatten, wusste Ellin doch, dass sie die Brüder liebte. Eine Weile überlegte sie, sie zu begraben. Doch rasch verwarf sie den Gedanken wieder. Die Dörfler würden ihre Leichen finden und sich darum kümmern, dessen war sie sich sicher. Ohne lang zu überlegen, ging sie zur Truhe hinüber und nahm den Stoff heraus, den Mathes ihr für ein neues Kleid mitgebracht und dort verstaut hatte. Sie kramte das Nähzeug hervor, einen kleinen, leicht gekrümmten Dolch, und wägte auch bezüglich der weiteren, in der Truhe verwahrten Gegenstände ab, ob sie sie gebrauchen konnte. Schließlich zog sie ein größeres, löchriges Tuch heraus, legte es flach auf den Boden und warf die Gegenstände, die sie mit sich nehmen wollte, hinein. Auch die Bürstenrohlinge und das Werkzeug der Brüder würde sie verwenden können. Schweineborsten waren nicht mehr viele vorhanden. Was sie an ihnen noch finden konnte, wickelte sie in ein gesondertes Tuch ein und zog es mit einem festen Knoten zu. Den Rest der in der Truhe befindlichen Lappen nahm sie, um sie in Mathes' Schuhe, die ihr um einiges zu groß waren, zu stopfen und diese damit wärmer und bequemer zu machen. Zu guter Letzt verstaute sie Kerzen, einige neue Kienspäne, eine Schweineblase mit Wasser und alles, was sie an Essbarem in der Kate finden konnte, in dem großen Tuch. Schließlich nahm sie sich sogar noch den großen Kessel und legte ihn zu den anderen Sachen. Kurz sah sie auf und blickte direkt in Linharts leblose Augen, die sich langsam einzutrüben begannen. Sie wusste, dass sie richtig handelte. Die Sachen würden den Zwillingen nicht mehr von Nutzen sein, ihr jedoch weiterhelfen. Zwar zögerte sie kurz, nachdem sie geprüft hatte, ob Mathes noch immer das kleine Geldsäckchen bei sich trug, das er in Hüfthöhe mit Schnüren an der Innenseite seines Hemdes festgebunden hatte. So nah war sie ihm noch nie zuvor gekommen. Doch dann atmete sie tief ein und durchtrennte beherzt mit dem kleinen Messer, das er ebenfalls stets in der Tasche seiner Beinlinge bei sich gehabt hatte, die Schnüre und zog das Münzsäckchen hervor. Prüfend sah sie sich um. Ihr Blick fiel auf die massive Holzkiste, von der sie wusste, dass Mathes in ihr stets seine Bienen transportiert hatte. Sie zog die Kiste zu den anderen zusammengetragenen Sachen. Dann ging sie nach draußen und in den Stall. Es war etwas heller geworden, aber noch so früh am Tag, dass außer ihr niemand im Dorf auf den Beinen war. Der Ochse hob träge seinen Kopf, als sie eintrat. Gleich vorne am Eingang hing an einem Haken das Geschirr, im hinteren Bereich befand sich, an die Wand gelehnt, der Zugkarren.

»Ganz ruhig«, flüsterte Ellin, nahm das Stirnjoch, ging zu

dem Ochsen hinüber und streichelte ihm sanft den Hals. Das Tier ließ sich bereitwillig das Joch anlegen und regte sich auch nicht, als Ellin das hintere, größere Tor öffnete und den Karren nach draußen zerrte. Mit ruhigen Schritten, um das Tier nicht aufzuscheuchen, kam sie wieder herein und führte ihn am Strick um seinen Hals hinaus. Dann trieb sie ihn rückwärts zwischen die beiden Stangen des Karrens und zog zwei weitere Stricke sowohl durch die Ösen an den Enden des Jochs als auch der zwei Stangen. Danach verzurrte sie die Stricke so fest miteinander, dass der Karren hinter dem Ochsen zu halten schien. Eilig lief sie nun zurück in die Kate, um nicht zu riskieren, dass der Ochse sich ohne sie auf den Weg machte. Sie musste zweimal gehen, um alles aufzuladen, was sie zusammengetragen hatte. Ellin warf einen letzten Blick auf die Leichen. Nie würde sie diesen Anblick vergessen. Und kein Tag ihres Lebens, so schwor sie sich, sollte vergehen, an dem sie nicht daran denken wollte, was ihren Freunden angetan worden war.

Sie griff nach dem Seil am Hals des Tieres und schnalzte mit der Zunge. Der Ochse setzte sich bereitwillig in Bewegung. Am Waldrand überlegte sie kurz, ob sie das Tier irgendwo anbinden sollte, verwarf den Gedanken aber schnell. Womöglich würde es nur versuchen sich loszureißen und dabei den Karren umkippen oder sich gar verletzen. Rasch griff sie nach der Holzkiste, redete noch einmal beruhigend auf das Tier ein und rannte dann, so schnell sie konnte, zu dem Verschlag, in dem sich die Bienen befanden.

Sie machte ihre Sache gut, denn am Ende waren es nur zwei Stiche, die sie davontrug, bis sie den Bienenstock sicher auf die Ladefläche des Karrens gehoben hatte. Ellin war zufrieden mit sich, wenn auch überrascht, es so einfach geschafft zu haben. Zwar wusste sie noch nicht, wie man den Honig sowie das Wachs überhaupt gewann. Doch würde sie dies sicher lernen oder den Bienenstock zumindest für gutes Geld verkaufen können.

Vorsichtig schob sie die massive Holzkiste in eine Ecke des Karrens und legte das große Bündel davor, um zu verhindern, dass die kostbare Fracht womöglich noch von der Ladefläche rutschte. Dann trieb sie den Ochsen auf den Weg, der aus dem Dorf hinaus in Richtung Norden führte. Dieses Mörderpack war ihr aus Hattingen bis hierher gefolgt. Also würde es wahrscheinlich auch annehmen, dass sie weiterhin in die gleiche Richtung floh. Ellin wollte dafür sorgen, dass die Männer recht behielten. Denn nun lief sie nicht mehr länger vor ihnen davon. Sie würde hinter ihrem Rücken auftauchen wie ein düsterer, todbringender Schatten. Einen nach dem anderen würde sie niedermachen, egal wie. Aus einer der Hütten drangen die ersten Stimmen, Topfgeklapper war deutlich zu hören. Das Dorf erwachte und begann einen neuen Tag. Ellin beschleunigte ihren Schritt, zog den Umhang noch einmal fester um ihre Schultern und schnalzte leise, um dem Ochsen Beine zu machen. Sie wusste nicht, ob ihr jemand nachsah, als sie hinter dem Hügel verschwand. Es war ihr auch gleichgültig. Sie warf keinen einzigen Blick mehr zurück.

6. Kapitel

Ruppert fluchte leise. Dieses verdammte Drecksstück konnte doch gar nicht so weit gekommen sein. In jedem noch so kleinen Kaff, durch das sie gekommen waren, hatten sie haltgemacht und gefragt, ob irgendjemand die Flüchtige gesehen hatte. Doch niemand wollte sie gesehen haben. Wie weit sollten sie sich denn noch von Hattingen entfernen, um dieser Kebse Herr zu werden? Den einzig brauchbaren Hinweis hatten sie in Ladbergen erhalten und sich danach sofort zur Hütte des Krüppels und seines Bruders aufgemacht. Aber den beiden hatte sie es wohl so gut besorgt, dass keiner von ihnen den Mund aufgemacht hatte. Anders war nicht zu erklären, dass die Brüder selbst noch unter Folter abgestritten hatten, sie zu kennen. Doch die Aussagen des Wirts und auch einiger anderer in der Schenke waren eindeutig gewesen. Dieses Miststück, das ihm das Gesicht verbrannt und ihn auf einem Auge hatte erblinden lassen, war bei den Bürstenmachern untergekommen und lebte dort schon seit mehreren Wochen. Daran bestand für Ruppert kein Zweifel. Das Weib des Wirts hatte gesehen, wie sie aus der Hütte geschlichen war und die Nachteimer entleert hatte, kaum nachdem sich der eine Bruder, der mit den gesunden Beinen, zum Holzsammeln aufgemacht hatte. Sogar angesprochen hatte sie die junge Frau mit dem Muttermal über der Lippe und den hellblauen Augen. Sogleich hatte das Wirtsweib erkannt, dass etwas an dem Mädchen anders gewesen war. Denn das Tuch auf seinem Kopf war weit nach hinten gerutscht, und sie kannte sonst keine jungen Weiber, die sich ihre Haare freiwillig abschnitten. Als sie sich hierüber in der Wirtschaft gewundert hatte, so berichtete der Wirt, hätte ein Durchreisender gesagt, dass die Nonnen im Kloster das normalerweise so machten, bevor sie sich züchtig den Schleier über das Haupt legten. Auch ihm, Ruppert, waren die kurzen Haarstoppel aufgefallen, als Ellin ihn in der Schmiede aufgesucht hatte. Sie musste es sein, dessen war er sich sicher. Doch in welche Richtung sie nach ihrem Aufenthalt bei den Brüdern gegangen war, das wusste nur der Herrgott allein.

Mürrisch starrte er auf die Mähne seines Gauls hinab. Nieselregen hatte eingesetzt, und schon bald klebten ihm die Kleider nass auf der Haut. Fast wäre sein Pferd gestürzt, als es sich in einer Kuhle auf dem matschigen Pfad vertrat. Schnell musste er reagieren, um nicht abgeworfen zu werden. Brutal stieß er dem Tier seine Hacken in die Flanken und riss gleichzeitig am Zügel, damit es ihm nicht ausbrach und losstürmte.

»Verdammter Gaul!«, schnauzte er los.

»Wir sollten Rast machen«, brachte einer seiner Begleiter schlecht gelaunt hervor. »Die Pferde brauchen eine kleine Erholung, und ich frier mir im Sattel noch den Arsch ab.«

Ruppert wollte ihn schon anherrschen, besann sich dann aber eines Besseren. Sie waren gut vorangekommen, und selbst wenn sie dieses Drecksstück bisher noch nicht gefunden hatten, konnte es ihnen doch unmöglich entkommen. Deswegen wollte er auch keine Uneinigkeit oder Missstimmung in ihrer kleinen Gruppe aufkommen lassen.

»Gut, dann kehren wir im nächsten Wirtshaus ein.«

Schweigend ritten sie weiter, bis sie Selete erreichten. Zu

dem Nieselregen hatte sich noch ein stetiger Wind gesellt, der ihnen die Nässeschwaden in regelmäßigen Abständen heftig entgegentrieb.

»Verdammtes Dreckswetter.« Ruppert ließ sich vom Pferd gleiten, als sie das Gasthaus erreichten. Ein Junge, nicht älter als zehn Jahre, streckte seinen Kopf zur Tür heraus und kam auf die Fremden zu.

»Braucht Ihr Unterstand für die Pferde? Zwanzig Pfennige pro Gaul, bei allen sechsen müsst Ihr nur einen Gulden bezahlen.« Der Bengel postierte sich neben Ruppert und wollte schon nach den Zügeln greifen.

»Neunzig Pfennige, und gib ihnen großzügig zu fressen. Und dass du mir jeden Gaul mit Stroh trockenreibst.«

Der Kleine hielt die Hand auf und wartete darauf, dass ihm Ruppert die Münzen hineinzählte.

»Neunzig«, bestätigte er. »Ich führe diesen hier gleich hinüber. Die anderen macht am Gestänge fest. Ich hole sie dann.«

Ruppert nickte, während seine Kumpane die Zügel ihrer Pferde um die Stange legten. Dann betraten die sechs das Wirtshaus. Es waren kaum Gäste darin. Lediglich im hinteren Bereich saßen zwei Männer, die sich bei einem Humpen Bier unterhielten.

»Wirt! Würzwein für uns alle, und tisch uns auch etwas zu essen auf.«

»Seid gegrüßt und setzt Euch! Der Würzwein ist schon heiß. Und Euer Essen kommt sogleich. Ich gebe meinem Weib Bescheid.«

Ruppert und seine Männer gingen zu einem der Tische hinüber, setzten sich auf die Bank und streckten ihre Beine aus. Nur einen Augenblick später kam der Wirt und stellte sechs dampfende Becher vor ihnen ab. »Hier, das wird Euch wärmen. Mein Weib mischt einige geheime Zutaten hinein. Einen besseren Würzwein werdet Ihr nirgendwo bekommen.« Kurz sah er Ruppert ins Gesicht und erschrak, wollte sich aber nichts anmerken lassen. Seinem Gegenüber war es dennoch nicht entgangen.

»Na, hoffentlich ist es kein Gift, was deine Alte uns da einschenkt.«

»Pah!«, machte der Wirt. »Wenn Euch das Gebräu aus den Schuhen kippt, seid Ihr selbst schuld. Bisher hat es noch jedem geschmeckt.«

»Ich wollt nur einen Scherz machen«, setzte Ruppert versöhnlich hinzu und nahm einen Schluck. »Wirklich, dein Weib weiß genau, was es da tut. Sag ihr, dass ich noch nie einen köstlicheren Würzwein getrunken habe.«

Das Gesicht des Wirts hellte sich auf. »Ich werde es ihr ausrichten, Herr.«

»Und noch was, Wirt.« Ruppert hielt ihn am Arm zurück.

»Ja?«

»Wir suchen nach einem Weib.«

»Wer tut das nicht?«, scherzte der Wirt.

Ruppert grinste schief. »Aber bei uns verhält es sich ein bisschen anders. Es kann sein, dass sie durch euer Dorf gekommen ist.«

Er beschrieb dem Wirt Ellins Aussehen und fragte dann abschließend: »Hast du sie gesehen?«

Der Wirt kratzte sich am Kopf. »So eine war hier nicht. Aber ich werde noch mein Weib fragen, ob sie etwas weiß. Ich zumindest hab so eine nicht gesehen.«

Er entfernte sich vom Tisch und ging in einen Nebenraum, in dem offenbar gekocht wurde. Denn nach einem kurzen Moment kam er mit einem reich beladenen Brett wieder an den Tisch. »Hier, Euer Essen. Und ich hab mein Weib nach der jungen Frau gefragt.« Er schüttelte langsam den Kopf.

»So eine war nicht hier. Nun lasst es Euch schmecken.« Damit wandte er sich um und ging.

Ruppert sah seine Begleiter an. »Verdammt noch mal, wo steckt das Drecksstück nur?«

»Vielleicht haben wir die Brüder völlig umsonst kaltgemacht, und es war eine ganz andere, die bei ihnen untergekommen ist. Oder es ist überhaupt keine bei ihnen gewesen, und die Dörfler haben sich die Geschichte nur ausgedacht, um uns zufriedenzustellen. Dann könnte sie überall sein«, sagte Klaas, ein Vertrauter Graf Friedrichs, der auch auf Burg Isenberg lebte.

»Ich habe deinem Herrn versprochen, dass ich das Miststück finden werde, und Gott ist mein Zeuge, dass ich dieses Versprechen auch halten werde.« Ein gefährlicher Unterton schwang in Rupperts Stimme mit.

»Ich weiß, dass du das vorhast.« Klaas zog eine Augenbraue nach oben. »Nicht umsonst hören wir auf das Kommando eines einfachen Schmieds.«

»Komm mir bloß nicht damit«, schnauzte Ruppert. »Ich steh keinem von euch in irgendwas nach. Und wenn ich Graf Friedrich dieses verfluchte Teufelsweib mit herausgetrennter Zunge erst einmal vor die Füße geworfen habe und sie nie wieder jemandem berichten kann, was sie gehört hat, werden wir ja sehen, wer ihm nähersteht.«

»Wenn du dich da mal nicht täuschst. Lorentz, Georg, Thomas, Erhard und ich sind wie Brüder für Friedrich. Glaubst du denn wirklich, dass du mit uns unterwegs wärst, wenn du sie nicht als Einziger von uns gesehen hättest? Pah!« Klaas spuckte auf den Boden.

Ruppert musste sich zusammennehmen, um ihm nicht über den Tisch hinweg an den Hals zu gehen.

Klaas sah ihm fest in die Augen und beugte sich noch

weiter vor. »Ich weiß genau, was du jetzt am liebsten tun würdest.« Er zischte leise. »Und ich rate dir gut, besser davon abzusehen. Du bist irre und nicht ganz richtig im Kopf. Vielleicht war's in der Schmiede ein bisschen zu heiß, so dass dein Hirn mit der Zeit verkocht ist. Wir fünf«, er deutete auf die anderen Männer am Tisch, »kennen uns schon seit Ewigkeiten und haben gelernt, einander zu vertrauen. Dir jedoch traut keiner von uns. Also überleg dir genau, was du tust. Am Ende könnten wir *dir* die Zunge heraustrennen und *dich* Friedrich vor die Füße werfen. Wer weiß?« Klaas lehnte sich zurück und nahm einen tiefen Zug aus seinem Krug.

In Ruppert brodelte es, doch er wollte es den anderen nicht zeigen. In den letzten Tagen hatte er gemeint, von ihnen als Anführer akzeptiert worden zu sein. Jetzt musste er jedoch erkennen, dass sie nur so lange still hielten, wie sie meinten, dass er ihnen von Nutzen war. Das würden diese Kerle noch bereuen.

»Ich glaube schon, dass das Weib bei den Brüdern Unterschlupf gefunden hat«, brachte nun Erhard das Gespräch wieder auf Ellin. »Habt ihr denn nicht gesehen, dass es in ihrer Kate drei Schlafplätze gab? Irgendjemand war dort noch vor kurzem zu Gast. Ich glaube daher, dass wir ihr auf den Fersen sind.«

»Aber hätten wir sie dann nicht schon längst einholen müssen?«, zweifelte Klaas.

Die anderen stimmten ihm murmelnd und kopfnickend zu.

»Was, wenn sie sich abseits der Wege durch die Wälder schlägt?«, warf Ruppert ein.

»Dann kommt sie noch langsamer voran«, meinte Klaas und rieb sich das Kinn. »Oder sie hat von diesen Brüdern ein Pferd bekommen.«

»Ich hab im Stall nachgesehen«, sagte Ruppert. »Da war nur ein Ochse, für ein weiteres Tier war da kein Platz mehr. Die hatten kein Pferd.«

»Und wenn wir längst an ihr vorbeigezogen sind?« Georg sah in die Runde.

Ruppert schlug sich mit der flachen Hand gegen den Kopf. »Natürlich. Das muss es sein. Während sie sich durch die Wälder schlug, haben wir sie auf den Pferden überholt. Wenn sie weiter auf dem alten Handelsweg unterwegs ist, müssen wir nur warten, bis sie uns wie ein Vögelchen ins Nest geht.«

»Da könnte was dran sein«, meinte Klaas. »Wirt!«, rief er dann laut und winkte ihn an ihren Tisch. »Bring uns noch mehr von diesem Würzwein. Und wir brauchen Quartiere für die Nacht.«

»Ich habe oben noch zwei Zimmer frei, die kann ich euch geben. Ihr müsst nur zusehen, dass ihr alle dort Platz findet.«

»Das wird schon gehen«, entgegnete Klaas.

»Aber das Geld gebt ihr mir vorher. Wärt nicht die Ersten, die am nächsten Morgen das Bezahlen vergessen und sich in aller Früh davonmachen.«

»Von uns wirst du deine Münzen schon kriegen«, entgegnete Ruppert mürrisch.

Klaas stand auf und drückte dem Wirt sechs Gulden in die Hand. »Hier hast du dein Geld. Das ist mehr als genug. Aber jetzt wollen wir saufen und eine warme Unterkunft.«

Der Wirt nickte. Doch obwohl er seine Bezahlung nun bekommen hatte, war ihm nicht ganz wohl bei dem Gedanken, diese Kerle die ganze Nacht unter seinem Dach beherbergen zu müssen. Sie gehörten zu der Sorte, die Ärger machten. Und so ließ er die Münzen in seiner Tasche verschwinden und hoffte, am Ende nicht doch noch derjenige zu sein, der draufzahlte.

Es war bereits Mittag, als Ellin sich erlaubte, eine Rast einzulegen. Soeben hatte sie eine Anhöhe passiert und genoss nun einen weiten Blick auf das umliegende Land. Sowohl Wegelagerer als auch anderes Pack waren von hier aus frühzeitig zu erkennen, wenngleich sie wusste, dass ihr dies im Ernstfall kaum etwas nützen würde. Den gesamten Weg über hatte sie sich Gedanken gemacht, was sie tun würde, sobald sie auf Friedrichs Leute stieße. Einer von ihnen war Ruppert, der Schmied, dessen war sie sich sicher. Mathes hatte berichtet, dass die linke Gesichtshälfte des Häschers, der ihn auf der Straße angesprochen hatte, mit schweren Wunden versehrt gewesen war. Dass er sich, von Rachegelüsten getrieben, auf die Suche nach ihr gemacht hatte, schien ihr daher sonnenklar. Ganz abgesehen von der Tatsache, dass sie die Einzige war, die Friedrich mit ihrer Aussage an den Galgen oder, schlimmer noch, gar aufs Rad bringen konnte.

Die Bienen auf dem Karren summten nun lauter als zu Beginn. Doch sie wusste zu wenig über die Tiere, als dass sie hätte sagen können, was der Grund dafür war. Wahrscheinlich war es das Beste, den Bienenstock möglichst rasch zu verkaufen, bevor die Bienen, nur weil sie falsch mit ihnen umging, starben. Bisher jedoch war sie noch keiner Menschenseele begegnet, mit der sie ein solches Geschäft hätte verhandeln können. Es regnete seit Stunden unaufhörlich auf sie nieder. Bei einem solchen Wetter verließ kaum jemand seine Hütte, wenn er nicht unbedingt musste. Vielleicht wäre es besser gewesen, die Bienen an ihrem Platz zu lassen. Doch dazu war es nun zu spät. Also beschloss sie, die Kiste weiterhin fest verschlossen auf dem Karren zu lassen und das Beste zu hoffen.

Sie hielt nach einem kleinem Unterstand in ihrer unmittelbaren Nähe Ausschau, der sie wenigstens etwas vor dem Regen hätte schützen können. Doch so weit das Auge reichte, konnte sie nirgendwo etwas entdecken. Sie seufzte leise, kletterte auf den Karren und holte den Beutel mit dem Proviant hervor. Verhungern würde sie gewiss nicht, waren die Vorräte, die Mathes und Linhart aufbewahrt hatten, doch für drei Leute gedacht gewesen. Kurz überlegte sie, was sie dem Ochsen zu fressen geben könnte. Sie sprang vom Karren und führte das Tier, das sich behäbig wieder in Bewegung setzte, ein Stück weit vom Weg zu einem Streifen hochgewachsenen Grases. Zwar hatte der bereits eingesetzte Winter die Halme schon zu Boden geknickt, der Ochse jedoch schien noch genug Futter zu finden. Ruhig senkte er den Kopf, rupfte an den Gräsern und begann zu kauen. Ellin verzichtete darauf, ihm zusätzlich Wasser aus der Schweineblase zu geben. Das vom Regen feuchte Gras würde ausreichen, um seinen Durst zu stillen.

Sie selbst biss ein Stück von dem Trockenfleisch ab, das sie mitgenommen hatte, und begann, es langsam zu kauen. Nachdenklich betrachtete sie das restliche Stück in ihrer Hand. Gerade einmal drei Tage war es her, dass sie ebensolches Fleisch mit Mathes und Linhart gegessen hatte. Sie hatten am Tisch gesessen, sich unterhalten und gescherzt, Pläne geschmiedet und sich über die Gewinnung von Bienenwachs, das Ziehen von Kerzen und sogar über Linharts kranken Fuß unterhalten. Bereitwillig hatte er ihr berichtet, dass er mit dieser Verkrüppelung schon auf die Welt gekommen war. Scherzend hatte er hinzugefügt, dass dem Herrgott wohl irgendetwas nicht gefallen haben musste, was seine Mutter getan hatte.

Dann hatten sie das Thema gewechselt, und es war Ellin vorgekommen, als wäre Linhart erleichtert gewesen, dass er ihr auf ihre Frage hin endlich über sein krankes Bein hatte erzählen können.

Der Regen tropfte von der Kapuze ihres Umhangs auf das restliche Fleisch in ihrer Hand. Rasch schob sie es sich in den Mund und begann erneut zu kauen. Es schmeckte fade, obwohl sie es neulich noch als köstlich empfunden hatte. Sie betrachtete nachdenklich den Ochsen, der langsam das Gras zwischen seinen Zähnen mahlte. Sie sah auf ihre Hände, die noch immer von der Fertigung der Bürsten schmerzten. Beim Eintreiben der Bohrlöcher ins Holz hatte sie sich die Haut verletzt. Wie gerne würde sie wieder diesen Schmerz empfinden, könnte sie nur noch einmal mit Linhart und Mathes auf der Bank neben der Feuerstelle sitzen und die Schweineborsten in die Öffnungen pressen.

Sie sah die Brüder wieder vor sich, zu Tode gefoltert und zur Schau gestellt. Ihr Gesichtsausdruck veränderte sich. Und wieder spürte sie, wie sich der Hass gleich einer glühenden Flüssigkeit in ihrem Körper ausbreitete.

Einen kurzen Moment gönnte sie dem Ochsen noch, dann zog sie an seinem Halsstrick und zwang ihn so, den Kopf zu heben und mit dem Fressen aufzuhören.

»Na, komm schon!«, forderte sie und führte das Tier wieder auf den Weg zurück. Sie sah zum Himmel hinauf. Weit und breit war kein Dorf zu sehen. Sie wollte versuchen, noch vor Einbruch der Dämmerung die nächste Ortschaft zu erreichen, um dort in einem Stall unterzukommen, in dem sie den Ochsen ausspannen konnte. Außerdem wollte sie sich bei den Dörflern erkundigen, ob die Männer, die Mathes ihr beschrieben hatte, bereits durch das Dorf gekommen waren. Obwohl sie noch immer nicht wusste, wie sie gegen sie vorgehen würde, stünde sie ihnen erst einmal gegenüber, konnte sie es kaum noch erwarten. Zumindest Ruppert würde sie niedermachen, und wenn es das Letzte wäre, was sie auf dieser Welt vollbrachte. Der Anblick ihrer toten Freunde hatte ihr aus irgendeinem Grund die Gewissheit gegeben, dass Ruppert mehr als jeder andere für ihre Hinrichtung verantwortlich war. Und das, so schwor sie sich ein weiteres Mal, würde er noch bereuen.

7. Kapitel

Unruhig ging Graf Friedrich auf und ab. »Ihr verdammten Idioten! Was glaubt ihr wohl, an wen sie als Erstes denken werden, wenn es darum geht, einen Schuldigen zu finden?« Er schleuderte seinen silbernen Becher gegen die Wand. Der in ihm noch enthaltene restliche Wein spritzte in alle Richtungen, scheppernd fiel das Gefäß auf den Boden. Die Hunde, die es sich vor dem lodernden Feuer gemütlich gemacht hatten, sprangen auf und suchten mit eingezogenem Schwanz das Weite.

»Niemand kann beweisen, dass du dabei warst, geschweige denn, dass du den Auftrag dazu gegeben hast.«

»Den Auftrag gegeben, ich?« Friedrich lief rot an vor Wut. »Ich habe niemals den Auftrag erteilt, den Erzbischof zu ermorden.«

Giselher zuckte mit den Schultern. »Das nicht. Aber der Überfall ist auf deinem Mist gewachsen. Und bei einem Überfall kann es nun einmal geschehen, dass am Ende der ein oder andere sein Leben lässt.«

»Der ein oder andere«, äffte Friedrich ihn nach. »Wir haben niemand Geringeren als den Erzbischof von Köln auf dem Gewissen!« Er ließ sich krachend in seinen Stuhl fallen.

»Brüll hier nicht so rum! Sonst kannst du's gleich im nächsten Gottesdienst von der Kanzel herunterschreien.«

Friedrich fuhr sich mit den Händen übers Gesicht. »Hätte

sich jeder an das gehalten, was ich gesagt habe, würden wir jetzt mit dem fetten Kirchensack in Verhandlungen stehen, anstatt uns über den drohenden Galgen Gedanken zu machen. Um uns steht es schlechter als je zuvor.«

»Hör auf zu jammern wie ein altes Weib. Das ändert auch nichts mehr.«

»Und was sollen wir deiner Meinung nach jetzt tun?« Graf Friedrichs Stimme überschlug sich.

Giselher hob in hilfloser Geste die Arme. »Wir werden gar nichts tun, zumal wir auch gar nichts tun können.« Er betonte das letzte Wort, als würde Friedrich sonst nicht verstehen, was er meinte. »Wir können nur dasitzen und warten, ob uns jemand draufkommt. Dabei fällt mir ein, was ist denn nun mit dieser Novizin, die uns belauscht hat? Hast du dafür gesorgt, dass sie unserem großen Erzbischof auf seinem Weg ins Jenseits gefolgt ist?«

Friedrich stöhnte auf. »Das ist es ja. Ich habe noch keine Nachricht, dass die Sache erledigt ist.«

»Verdammt!«, entfuhr es Giselher. »Hast du denn deine Männer nicht im Griff? Wenn diese verfluchte Novizin das Maul aufmacht, sind wir alle geliefert. Oder glaubst du etwa, dass von den anderen, die mit dabei waren, keiner plaudern wird, um dadurch dem Galgen zu entkommen?«

»Denkst du vielleicht, das wüsste ich nicht?«

Eine Weile sagte keiner der beiden Männer etwas. Giselher drehte seinen Pokal in den Händen und starrte in ihn hinein.

»Und wenn wir sie einfach niedermachen?«, sagte Friedrich plötzlich.

»Wen?« Giselher sah ihn fragend an.

»Alle, die mit dabei waren.«

»Unsere eigenen Leute? Bist du jetzt völlig von Sinnen?«

Doch Friedrich war nicht bereit, diesen Gedanken so schnell wieder zu verwerfen. »Dann könnten wir immer noch angeben, nichts von alledem gewusst zu haben. Und behaupten, dass uns keiner etwas von der Verschwörung gegen den Erzbischof gesagt hat, weil sie gewusst hätten, dass wir dann dagegen vorgegangen wären.«

Giselher hob spöttisch die Augenbrauen. »Die Einzigen, die von Engelberts Verschleppung profitiert hätten, wären wir gewesen. Und ausgerechnet wir sollen auch die Einzigen gewesen sein, die angeblich nicht gewusst haben, dass unsere eigenen Leute auf eigene Faust den Erzbischof niedermachen wollen? Wem willst du das denn weismachen?«

»Du hast recht.« Friedrich ließ die Schultern sinken. »Wir sind so gut wie tot.«

»Noch ist nicht alles verloren. Wir müssen nur um jeden Preis verhindern, dass diese kleine Novizin ihr Maul aufreißt.« Er stand auf. »Ich werde meine eigenen Leute darauf ansetzen.«

»Was hast du vor?«

»Es ist besser, wenn du das nicht weißt. Dann kannst du am Ende auch nichts darüber berichten.«

Auch Friedrich erhob sich. »Du traust mir nicht mehr?«

Giselher atmete tief ein, bevor er antwortete. »Wir können uns keine Fehler mehr leisten.« Er fasste sich an den Hals. »Ich hänge an meinem Leben. Und da der Erzbischof nun ohnehin schon einmal aus dem Weg geräumt ist, gedenke ich, diesen Vorteil für mich zu nutzen. Ich muss mir die Einkünfte aus meinen Ländereien und Gütern sichern.« Er wandte sich zum Gehen.

»Und was ist mit mir?«

Giselher drehte sich noch einmal zu Friedrich um. »Nun, dir würde ich das Gleiche raten. Und, Friedrich, um der alten

Freundschaft willen. Sollte ich irgendwann erfahren, dass du meinen Namen mit ins Spiel gebracht hast, wirst du dir wünschen, dass der Henker dich vor mir zu fassen bekommt.«

Friedrichs Blick verfinsterte sich. »Du willst mir drohen, ausgerechnet du? Wer wärst du denn ohne mich, Giselher von und zu Schwerte?«

Der Angesprochene machte einen schnellen Satz nach vorn, so dass sein Gesicht nun ganz nah an dem Friedrichs war. »Ich wäre vor allem eines: Ein Mann, dessen Kopf sicher auf seinem Hals sitzt, anstatt mit rausgestreckter Zunge am Galgen zu baumeln.« Er blickte Friedrich wütend an, machte dann auf der Hacke kehrt und verließ die Kemenate.

Die halbe Nacht hatte Friedrich wach gelegen und sich das Hirn zermartert, wem er jetzt noch vertrauen konnte. Im Grunde hatte er allen einen Gefallen getan, dem Papst, dem Kaiser, ja sogar dem gemeinen Volk. Denn niemand hatte die Amtsführung des Erzbischofs für gut befunden, nicht einmal der Papst. Diesem war Engelbert entschieden zu kaisertreu gewesen. Dem Kaiser hingegen waren die kirchlichen Befugnisse des Erzbischofs, durch die seine Macht erheblich eingeschränkt wurde, zu weitgehend gewesen. Und die Bürger der Städte und der Kirchspiele waren mit dem harten Regiment des Erzbischofs ebenfalls nicht einverstanden. Hinter vorgehaltener Hand wurde der Mord an Engelbert deshalb durchaus begrüßt, wie man munkelte, sogar vom Papst höchstselbst. Mit Dank, mehr Macht und mehr Ländereien hätte man Friedrich seiner Meinung nach überschütten sollen, und kurz kam ihm mitten in der Nacht sogar der verwegene Gedanke, mitsamt seiner Gefolgschaft vor Papst und Kaiser zu treten und eine Belohnung für seine Tat einzufordern. Doch in den frühen Stunden des neuen Tages war seine Verwegenheit erneut der Angst vor Entdeckung gewichen, und er zuckte zusammen, als es an seiner Kammertür klopfte.

»Ja?«

Agnes streckte den Kopf herein. »Es wünscht Euch jemand zu sprechen, Herr.« Sie beugte das Knie.

»Wer will mich sprechen?«

»Er nannte mir den Namen Heinrich von Molenark.«

Friedrich zuckte zusammen. Er hatte den Namen schon gehört. Von Molenark, so hieß es, sollte Engelbert I. als Erzbischof von Köln nachfolgen.

»Um diese Zeit?«

Agnes erwiderte nichts. Ihr Blick huschte über sein Gesicht, ängstlich und unsicher.

Friedrich schlug die Decken beiseite. »Sag diesem von Molenark, dass ich gleich kommen werde. Und gib ihm etwas zu trinken und auch Schinken, wenn er hungrig ist.«

»Ja, Herr.« Wieder knickste sie, ging rückwärts hinaus und schloss die Tür.

Friedrich versuchte sich zu beruhigen. Mit langsamen Schritten ging er hinüber zum Stuhl, auf dem seine Anziehsachen lagen. Was könnte dieser Hundsfott von Molenark von ihm wollen? War diese Hure von einer Novizin vielleicht schon bei ihm gewesen und hatte geplaudert? Er schüttelte den Kopf. Nein, das konnte nicht sein, nicht in der Kürze der Zeit. Doch was war es dann, was Molenark zu ihm führte? Er zog sich seine Tunika über und ging mit ruhigen Schritten zur Tür. Es gab für ihn keinen Grund zur Eile. Wenn von Molenark hier war, um ihn des Mordes am Erzbischof zu beschuldigen, kam es auf einen Augenblick früher oder später sowieso nicht mehr an. Er stieg die Stufen hinab, ging über den langen Korridor und betrat schließlich den großen Saal. Von Molenark stand mit dem Rücken zu ihm. Sein Blick haftete auf einem teuren

Wandteppich, den Friedrich erst im Frühjahr aus einem der orientalischen Länder hatte herbeischaffen lassen.

»Heinrich von Molenark. Was verschafft mir das Vergnügen zu dieser frühen Stunde?«

Der Gast drehte sich um und kam mit ausgestreckter Hand auf den Burgherrn zu. »Ich hoffe, dass es tatsächlich ein Vergnügen für Euch ist, Friedrich von Isenberg.« Einen Moment sahen sich die beiden Männer in die Augen, dann wandte Friedrich sich ab, ging zu der langen Tafel hinüber und setzte sich ans Kopfende. Er deutete auf den Platz rechts neben sich.

»Nun, von Molenark, wollt Ihr Euch nicht setzen?«

Heinrich folgte der Aufforderung, ohne Friedrich dabei aus den Augen zu lassen.

Wie ein Falke, der eine Maus im Visier hat, schoss es Friedrich durch den Kopf. Rasch griff er nach einem dort für ihn und seinen Gast schon bereitstehenden, mit Wein gefüllten Pokal und trank einen kräftigen Schluck. Er wartete darauf, dass der andere das Gespräch eröffnete.

»Nun?«

»Ihr scheint mir recht unruhig«, bemerkte von Molenark und runzelte die Stirn. »Ist Euch mein Besuch nicht willkommen?«

»Ich bin es nicht gewohnt, zu so früher Stunde aus dem Bett geholt zu werden«, gab Friedrich mürrisch zurück.

»Und Ihr strapaziert ein wenig meine Geduld, indem Ihr nicht sofort zur Sache kommt, wenn ich ganz offen sprechen darf. Nun also? Verratet Ihr mir den Grund für Euren Besuch, oder soll ich raten?«

»Wenn Ihr es wünscht?« Von Molenark hob den zweiten Pokal und prostete seinem Gegenüber zu.

Friedrich sah ihn an und lauerte angespannt, dass er nun endlich zu sprechen begann.

»Worauf wartet Ihr noch?«

Von Molenark stellte den Pokal wieder ab. »Oh, verzeiht das Missverständnis. Ich dachte, Ihr hättet den Wunsch geäußert, den Grund meines Besuches erraten zu wollen.« Er lächelte süffisant.

»Das habe ich nicht gesagt«, stieß Friedrich durch die Zähne hindurch. Er spürte, dass er kurz davor war, die Beherrschung zu verlieren. Dieser verdammte Mistkerl schaffte es doch tatsächlich mit seinem schiefen Lächeln, dass er sich klein und unbedeutend vorkam.

»Nun, dann will ich Euch nicht länger auf die Folter spannen.«

»Ist auch besser so«, murrte Friedrich leise.

Von Molenark ging nicht weiter auf seine Bemerkung ein. »Ich bin bereits eine Woche nach Engelberts Tod zum neuen Erzbischof von Köln gewählt worden und dachte, Ihr würdet dies so schnell als möglich wissen wollen.«

Friedrich bemühte sich, seine Ruhe zurückzugewinnen. »Warum sollte mich das interessieren?«

»Nun, soweit ich gehört habe, gab es zwischen Euch und meinem kürzlich verstorbenen Amtsvorgänger gewisse, sagen wir mal, Meinungsverschiedenheiten.«

»Ich bin nicht der Einzige, der über Engelberts Tod nicht traurig sein dürfte.«

»Sicher nicht. Doch wird darüber geredet, dass Euch dieser Umstand gar besser gefällt als den meisten anderen.«

»Wer sagt so etwas?« Friedrich schnaubte vor Wut.

»Was denkt Ihr, müssen wir mit einem strengen Winter rechnen?«

Von Molenark hob seinen Pokal und trank einen großen Schluck.

»Was?«

»Ich fragte Euch nach Eurer Einschätzung bezüglich des kommenden Winters.«

Friedrich suchte nach Worten. »Aber ... wieso fragt Ihr mich das?«

»Nun, weil die Ansässigen die Gegebenheiten vor Ort meist am besten einzuschätzen wissen.«

»Aber wir sprachen doch gerade noch über das Gerede der Leute.« Friedrich beugte sich vor. Was hatte dieses Spielchen seines Gegenübers nur zu bedeuten?

»Was reden die Leute denn?« Von Molenark lächelte Friedrich an.

»Das weiß ich nicht«, zischte dieser.

»Nun, dann macht es ja kaum Sinn, sich darüber zu unterhalten, nicht wahr?«

Erneut stand Friedrich kurz davor, die Fassung zu verlieren.

»Was wollt Ihr wirklich von mir?«

Molenark reckte seinen Hals, um aus dem Fenster blicken zu können. »Ich konnte stets meinem Gefühl vertrauen, wisst Ihr.«

»Und was sagt Euch Euer Gefühl?« Friedrich schlug das Herz bis zum Hals. Wenn ihn von Molenark als neuer Erzbischof von Köln offen des Mordes an Engelbert beschuldigte, würde das unausweichlich eine Untersuchung nach sich ziehen. Und dann wäre er derjenige, der seine Unschuld beweisen musste. Dazu durfte es auf keinen Fall kommen.

Von Molenark rückte auf seinem Stuhl vor und sah ihm fest in die Augen. »Ihr wollt wissen, was mein Gefühl mir sagt?«

Friedrich hielt seinem Blick stand. Er nickte.

»Nun, mein Gefühl sagt mir, dass es ein strenger Winter werden wird in diesem Jahr.«

Friedrich sprang von seinem Stuhl auf. »Verzeiht, aber ich habe für solche Plaudereien keine Zeit.«

Von Molenark erhob sich langsam. »Nun, dann will ich Euch nicht weiter aufhalten.« Er streckte Friedrich die Hand entgegen.

»Das war alles? Deshalb habt Ihr mich in aller Herrgottsfrühe aus dem Bett gezerrt? Um mit mir über den kommenden Winter zu plaudern?«

Von Molenark rückte seinen Hut zurecht. »Nun, ich dachte doch, es wäre wichtig zu erfahren, wie die Bauern Eurer Region sich gegen die Unbilden der Jahreszeit wappnen. Außerdem wollte ich Euch kennenlernen. Immerhin werde ich mich in nächster Zeit viel in dieser Gegend aufhalten.«

»Weshalb das?«

»Oh, hatte ich das nicht erwähnt? Sowohl der Papst als auch der Kaiser haben mich mit der Aufklärung des Verbrechens an meinem verehrten Vorgänger, Seiner Exzellenz Erzbischof Engelbert von Köln, beauftragt und dafür mit sämtlichen Rechten und Vollmachten ausgestattet. Wer hätte gedacht, dass kirchliche und weltliche Macht sich tatsächlich vereinen würden, um den feigen Mord nicht ungesühnt zu lassen. Ich begrüße diese Entscheidung sehr, wie Ihr Euch sicher vorstellen könnt. Ich werde eine stattliche Summe aussetzen für denjenigen, der mir Hinweise bringt.«

»Wie viel?«, brachte Friedrich, der kalkweiß geworden war, nur hervor.

Wenn die Summe hoch genug war, wären seine Tage gezählt. Geradezu überschlagen würden sich seine »Getreuen«, um ihn an den Galgen zu bringen und das Geld einzustreichen.

»Weshalb fragt Ihr?« Von Molenark zog sich die wärmenden Handschuhe über. »Braucht Ihr Geld?« Er sah sich um und breitete seine Arme aus. »Eure Burg sieht mir nicht danach aus, als würde es Euch hieran mangeln.«

»Wie viel?«, wiederholte Friedrich.

Der Gesichtsausdruck von Molenarks veränderte sich. Er trat einen Schritt näher an Friedrich heran, so dass sie nun ganz dicht voreinanderstanden. Fast hätten ihre Nasen einander berührt. »Stattliche zweitausend Silbermark, mein Lieber. Eine stolze Summe, nicht wahr?« Er zwinkerte. »Doch nun will ich Euch nicht länger aufhalten und wünsche einen angenehmen Tag.«

Mit diesen Worten verließ er den Saal. So konnte er nicht mehr sehen, wie Friedrich auf zitternden Beinen zu seinem Stuhle zurückging und sich darauf niederfallen ließ. Kurze Zeit später betrat Agnes den Saal.

»Ich habe Euren Besucher gehen sehen. Wünscht Ihr nun Euer Morgenmahl einzuneh… Mein Gott, Ihr seht ja aus, als hättet Ihr den Leibhaftigen selbst erblickt.« Sie eilte mit schnellen Schritten zu ihrem Dienstherrn hinüber und kniete nieder, um seinen auf den Boden gerichteten Blick zu suchen.

»Ist Euch nicht gut, Herr? Soll ich nach dem Medicus schicken? Es geht ein Fieber um.« Rasch bekreuzigte sie sich. »Mag's Gott verhüten, dass es wirklich das Fieber ist.«

Friedrich hörte sie plappern, nahm aber kaum wahr, was sie sagte. Zu sehr war er in seinen Gedanken gefangen. Zweitausend Silbermark und eine Verbrüderung von Papst und Kaiser. Das war sein Ende.

Zitternd versuchte er, sich vom Stuhl zu erheben, und streckte hilfesuchend seine Hand nach Agnes aus, damit sie ihn stützte.

»Hilf mir in meine Kammer«, stammelte er.

Sie sprang ihm bei, so gut sie konnte. »Herr im Himmel, ich lasse gleich nach dem Medicus schicken.«

»Der kann mir auch nicht mehr helfen.« Friedrich machte sich von Agnes frei und ging alleine weiter. Besorgt sah sie ihm nach, unschlüssig, was sie tun sollte.

Schließlich entschied sie sich, doch nach dem Medicus schicken zu lassen. Irgendein Öl, Tröpfchen oder Kraut würde es schon geben, das ihrem Herrn wieder auf die Beine half. Immerhin war Graf Friedrich doch ein wichtiger Mann.

8. Kapitel

Sie spürte ihre Beine kaum noch, als sie Selete erreichte. Ellin war einfach immer weitergegangen und hatte schon fast nicht mehr geglaubt, das Dorf noch jemals zu erreichen, geschweige denn, dass der Himmel irgendwann ein Einsehen hätte und der unaufhörliche Regen nachließe. Erst als sie vor sich auf dem Weg Geräusche und Bewegungen wahrnahm, blickte sie überrascht auf. Rechts und links neben dem Pfade reihten sich doch tatsächlich saubere kleine Häuser und Hütten. Eine freundlich wirkende Frau, die den auf sie niedergehenden Regen gar nicht zu bemerken schien, war eben aus ihrer Hütte getreten und kippte einen Bottich voll Wasser auf die Straße. Sie winkte, als Ellin aufsah und wartete, bis diese sie mitsamt ihrem Ochsen erreicht hatte.

»Seid gegrüßt. Ihr seht ganz verfroren aus. Sucht Ihr eine Bleibe für die Nacht?«

»Das ist sehr freundlich. Ich danke Euch. Wie viel nehmt Ihr?«

»Wenn Ihr zehn Pfennige entbehren könnt, helfe ich Euch, den Ochsen auszuspannen. Er kann zusammen mit dem Karren in den Stall. Ich habe nur einen Raum in meinem Haus.« Sie deutete hinter sich. »Doch es ist warm bei mir, und zu essen hätte ich auch für Euch. In der Schenke zahlt Ihr dagegen viermal so viel.«

»Ich wäre froh, bei Euch unterzukommen.«

Die Frau lächelte Ellin an. »Dann seid willkommen. Mein Name ist Berblin. Und wir können uns gern duzen.« Sie streckte ihrem Gast die Hand entgegen.

»Freut mich. Ich heiße Ellin.«

»Na dann, lass uns den Ochsen ausspannen und hineingehen. Ich gebe dir eines meiner Kleider zum Anziehen, bis das deine wieder getrocknet ist.«

»Danke.«

Rasch waren der Ochse ausgespannt, der Karren in der Scheune und die Habseligkeiten ins Haus gebracht. Ellin sah sich um. Die Kate war innen geräumiger, als sie es von draußen vermutet hatte. Zwar gab es tatsächlich nur einen Raum, doch der war groß genug, um drei Pritschen, einen großen Tisch, drei Stühle, eine Feuerstelle und zwei Truhen aufzunehmen. An den Wänden befanden sich außerdem noch mehrere Regale mit allerlei Töpfchen, Krügen und sogar zwei Büchern.

»Du hast es schön«, bemerkte Ellin. »Lebst du hier mit deinem Mann und«, sie zögerte und deutete auf die Pritschen, »und deinem Kind?«

Berblin seufzte. »Früher einmal. Meinen Mann und meinen Sohn, er war gerade einmal acht Jahre alt, holte im letzten Winter das Fieber. Seitdem lebe ich hier allein.« Sie zeigte mit dem Finger auf die Töpfchen in den Regalen. »Wenn ich nicht meine Salben und Kräuter anrühren und mit ihnen das ein oder andere Zipperlein der Menschen lindern würde, müsste ich wieder heiraten, um durchzukommen. Doch solange es geht, leg ich mich unter keinen Kerl mehr.«

Ellin wusste nicht, wie sie auf die Bemerkung reagieren sollte. »Das mit deinem Mann und deinem Sohn tut mir leid.«

Berblin hob in hilfloser Geste die Arme. »Der Herr hat's

wohl so gewollt. Doch meinen Hannes hätt ich schon gern noch groß werden sehen. Ein hübscher Junge war er, mit einem sonnigen Gemüt. Zum Lachen gebracht hat er mich, einen jeden Tag, den er auf Erden verbringen durfte.« Sie schluckte schwer, rang um Fassung und klatschte dann in die Hände, als wolle sie ihre Erinnerungen an eine bessere Zeit damit vertreiben. Sie ging zur Truhe hinüber und zog ein derbes Wollkleid aus ihr heraus. »Hier, zieh das über, bevor du dir noch den Tod holst. Und dann sag, was führt dich hierher und wohin willst du so ganz allein?«

Ellin hatte Mühe beim Entkleiden, so klamm waren ihre Finger. Doch schließlich gelang es ihr, das klatschnasse Kleid abzustreifen.

»Ich weiß noch nicht, wohin ich gehen werde. Und ich bin auf der Suche. Vielleicht hast du sie ja gesehen.«

»Sie?«

»Ja, ich suche sechs Männer, die zu Pferd unterwegs sind. Einer von ihnen hat schlimme Brandwunden auf der linken Gesichtshälfte.«

Berblin setzte sich, während sich Ellin das bereitgelegte einfache Oberkleid überzog. Es war ihr um einiges zu weit, doch sie zurrte den Hüftgürtel etwas enger und befand, dass es so ginge. Wohlige Wärme breitete sich sofort in ihr aus, nachdem sie die nassen Sachen ausgezogen hatte.

»Die Männer, die du beschrieben hast, habe ich gesehen. Aber was hast du mit solchen Kerlen zu schaffen?«

Ellin setzte sich zu Berblin an den Tisch. »Es gibt da etwas, das ich mit ihnen klären muss.«

»Mit denen?« Berblin sah sie entsetzt an. »Das Einzige, was eine junge Frau wie du tun sollte, ist, solch einem Pack aus dem Wege zu gehen und möglichst schnell das Weite zu suchen.«

Berblin stand auf, füllte zwei Becher mit einem heißen Aufguss, reichte Ellin einen davon und setzte sich wieder.

»Wieso, was ist denn geschehen?«, fragte Ellin und trank einen Schluck. Der Sud schmeckte herrlich und wärmte ihren Körper sogleich auch von innen heraus.

»Das Mündel vom Kolderhofer, die Suse, haben sie sich gegriffen. Der mit der Brandwunde und dem blinden Auge ist's gewesen, zusammen mit einem seiner Kumpane. Gerade mal vierzehn ist das Ding. Als die Kolderhofer-Bäuerin sie dabei erwischte, hat sie ein Riesengeschrei gemacht. Doch ihr Mann war nicht da, und ehe die anderen Dörfler herbeieilten, hatten die Kerle sich schon auf ihre Pferde geworfen und sich aus dem Staub gemacht. Einer der sechs Widerlinge hat der Kolderhoferin noch zehn Gulden hingeworfen, damit das Geschrei ein Ende hat. Seitdem starrt die Suse nur noch blöd vor sich hin. Keine einzige Aufgabe erledigt sie mehr. Die Kolderhoferin hat gar gotteslästerlich geflucht und den Kerlen die Pest an den Hals gewünscht. Seither ist auf ihrem Hof nichts mehr, wie es war. Ein Kreuz ist es.«

Ellin schwieg betroffen. Graf Friedrichs Leute zerstörten auf ihrem Weg also noch weitere Leben. »Wann sind sie fort?«

»Gestern erst.«

»Und in welche Richtung?«

»Das weiß ich nicht. Aber ich könnte mich umhören.« Berblin legte ihre Hand auf Ellins Arm. »Sag, warum willst du denn die Kerle einholen? Dabei kann doch nichts Gutes für dich herauskommen.«

Ellin sah Berblin nicht an, als sie antwortete. »Du hast doch selbst mitbekommen, was das für Menschen sind. Ich will sie niedermachen, bevor sie noch mehr Unheil über andere bringen.«

Berblin lachte freudlos auf. »Und wie willst du das anstellen?«

Ellin zuckte mit den Schultern und senkte den Blick.

»Haben sie dir das Gleiche angetan wie dem Kolderhofer-Mündel?«

»Nein, das nicht.« Sie schüttelte den Kopf. »Aber sie haben Freunde von mir getötet.«

»Da siehst du's doch selbst. Gegen eine solche Lumpenbande kannst du allein doch gar nichts ausrichten. Ich sage dir, schlag dir das lieber aus dem Kopf und leb dein Leben. Das ist's, was dem Herrn gefällt.«

Ellin hob langsam ihren Kopf und sah Berblin mit Tränen in den Augen an. »Aber ich habe doch gar keine andere Wahl. Ich bin schon so gut wie tot. Jetzt heißt es nur noch, so viele wie möglich von denen mitzunehmen, auf dass sie in der Hölle schmoren und niemandem mehr etwas antun.«

»Aber Kindchen!« Berblin rückte näher und umfasste Ellins Schultern. »Du hast ja schon mit allem abgeschlossen, obwohl du noch so jung an Jahren bist. Was um Himmels willen ist dir denn nur geschehen?«

Ohne dass Ellin es hätte verhindern können, begann sie zu schluchzen. Die Tränen liefen ihr in nicht enden wollenden Strömen über die Wangen, und mit einem Mal hatte sie das Bedürfnis, Berblin alles zu erzählen. Sie wusste in diesem Augenblick, dass sie ihr vertrauen konnte. Und so löste sich all der Hass, der sie seit Mathes' und Linharts Tod antrieb, in einer Welle von Schwermut, Angst und Wut auf.

Berblin hielt sie währenddessen mütterlich im Arm. »So. Und nun erzählst du mir in aller Ruhe, was dir widerfahren ist und weshalb du glaubst, diese Erde alsbald verlassen zu müssen. Du wirst sehen, es gibt immer einen Ausweg. Und ich werde dir dabei helfen, ihn zu finden.«

Die Worte waren nur so aus Ellin herausgesprudelt. Sie erzählte Berblin ihr gesamtes bisheriges Leben. Angefangen von ihrer behüteten, wenngleich strengen Zeit im Kloster bis hin zu dem belauschten Gespräch auf der Burg, Jonathas Tod, ihre Flucht, die Begegnung mit Ruppert, die diesen ein Auge gekostet hatte. Als Ellin an dieser Stelle ihrer Geschichte angekommen war, hatte Berblin vergnügt aufgelacht, um sich sodann noch den Rest von Ellins Aufenthalt bei den Brüdern Mathes und Linhart und deren grauenvollem Tod anzuhören. Danach stellte Berblin fest, dass etwas Stärkeres zu trinken angebracht sei, holte einen Krug mit einer dunklen Flüssigkeit herbei und schenkte ihnen davon ein. Ellin hatte nach dem ersten Schluck zunächst angewidert das Gesicht verzogen, danach waren ihr die Tränen in die Augen geschossen, so sehr brannte ihr das Zeug die Kehle hinab. Nach dem dritten Schluck jedoch fand sie das Gefühl bereits angenehm. Als der Becher dann komplett geleert war, fühlte sie sich so erschöpft, dass sie fast eingeschlafen wäre. Berblin hatte sie zu einer der Pritschen hinübergebracht, sie in zwei dicke Decken gehüllt und noch eine Weile nachdenklich am Tisch gesessen, bis es auch für sie an der Zeit war, schlafen zu gehen. Als sie am nächsten Morgen erwachte, lag Ellin noch genauso da wie am Abend zuvor. Fast war Berblin in Versuchung, sie zu berühren, um zu sehen, ob sie noch lebte. Doch dann sah sie, wie sich ihr Brustkorb gleichmäßig hob und wieder senkte.

Es war schon heller Tag, soweit man das bei dem grau verhangenen Himmel sagen konnte, als Ellin endlich die Augen aufschlug. Sofort setzte sie sich auf und brauchte einen Moment, bis sie wieder wusste, wo sie sich befand.

»Guten Morgen. Wer hätte gedacht, dass der Herr dich doch noch weckt.«

Ein verlegenes Lächeln umspielte Ellins Lippen. »Guten Morgen. Habe ich lange geschlafen?«

»Lange?« Berblin lachte vergnügt auf. »Fast hab ich schon geglaubt, du seist tot. Doch nun freue ich mich zu sehen, dass du mit frischer Kraft und rosigem Gesicht in den neuen Tag gehst.«

»Ich kann mich nicht erinnern, je so tief geschlafen zu haben.«

Berblin wusste, dass dies an dem Kräuterschnaps lag, den sie gestern Abend getrunken hatten, sagte aber nichts. »Hast du Hunger?«

Ellin nickte.

»Gut. Ich habe uns schon eine Suppe gekocht. Du kannst gleich eine Schale davon haben.«

Ellin wischte sich den Schlaf aus den Augen. Dann ging sie hinüber zur Waschschüssel, tauchte ihre Hände hinein, beugte sich vor und wusch sich das Gesicht. Nachdem sie sich mit einem der bereitgelegten Lappen wieder trocken gerieben hatte, drehte sie sich um und fragte Berblin: »Ich hoffe, dich gestern Abend mit meinem Gerede nicht gelangweilt zu haben?«

»Gelangweilt? Mit einer Geschichte über Mord und Totschlag, Verschwörung, Flucht und Ränke? Eher hat mich erschreckt, was du schon alles erleben musstest.«

Ellin lächelte. Obwohl sie Berblin kaum kannte, fühlte sie eine tiefe Verbundenheit mit ihr. Sie setzte sich an den Tisch, auf dem ihre Gastgeberin bereits eine dampfende Schale für sie bereitgestellt hatte.

»Lass es dir schmecken.« Berblin klopfte der Jüngeren sanft auf den Rücken. »Ich muss gleich weg, werde aber nicht lange brauchen. Und dass du mir nicht heimlich verschwindest, während ich fort bin.«

»Bestimmt nicht«, versicherte Ellin und warf Berblin noch einen dankbaren Blick zu, als diese sich ihren Umhang überwarf und aus der Hütte trat.

Ellin war schon längst mit dem Essen fertig, als Berblin zurückkehrte.

»Kommt herein und seht, wen ich hier für euch habe!« Berblin ließ drei Männer eintreten, dann folgte sie selbst und schloss die Tür hinter sich. Ellin erschrak.

»Was hat das zu bedeuten?«, stammelte sie.

Berblin schob sich an den Männern vorbei und fasste Ellin bei den Schultern. »Hab keine Sorge, meine Liebe. Es ist alles in Ordnung. Wir alle wollen dir helfen.«

»Helfen? Wobei?«

»Das hier«, Berblin deutete auf den größten der drei Männer, »ist der Friedel Kolderhofer. Ich habe dir von ihm erzählt.«

Der Mann nickte Ellin zu.

»Der Hüne neben ihm ist sein Sohn Martin, und der schräge Gesell dort ohne Zähne ist Berthold. Er hat einen Bienenstock und stellt Honig her.«

Ellin wusste noch immer nicht, was Berblin genau im Schilde führte. Doch die Männer, die sie ihr vorgestellt hatte, machten einen vertrauenswürdigen Eindruck auf Ellin und schienen ihr helfen zu wollen. Sie nickte den Fremden zu.

»Martin, sei so gut, zieh mir die Bank von dort hinten hierher, damit wir uns alle an den Tisch setzen können.«

Der Angesprochene nickte und kam der Aufforderung nach, während Berblin zum Regal hinüberging und den Schnaps holte, den sie bereits am Abend zuvor mit Ellin getrunken hatte. Sie füllte alle fünf Becher je zwei Daumen breit voll und wartete, bis alle sich gesetzt hatten. Dann hob sie ihr

Gefäß. »Wenn wir schon ein Komplott planen, dann mit Würde!«, rief sie und trank.

Ellin war irritiert und aufgeregt zugleich. Sie wollte endlich erfahren, was ihre neue Freundin im Sinn hatte.

»Willst du mir nicht endlich sagen, was du vorhast?«

Berblin lächelte sie gutmütig an. »Wir sind ein kleines Dorf, weißt du. Da hilft man sich gegenseitig. Ich habe unseren Freunden erzählt, was dir widerfahren ist. Ebenso wie ich dir erzählt habe, was dem Mündel von Friedel hier widerfahren ist.«

»Ja?«

»Martin und Suse sind zusammen aufgewachsen. So gut, wie sie sich immer verstanden haben, wusste ein jeder im Dorf, dass sie eines Tages seine Frau werden würde.«

Martin senkte den Blick.

»Es tut mir so leid, was ihr geschehen ist«, sagte Ellin.

»Friedel ist der Sprecher unseres Dorfes. Wann immer wichtige Entscheidungen zu treffen oder Verhandlungen auf dem städtischen Markt zu führen sind, ist er der richtige Mann dafür.«

»Auf dem städtischen Markt?«

»Ach ja, darüber haben wir ja noch gar nicht gesprochen. Unser Dorf ist zwar eigenständig, doch unsere Waren bieten wir in Bremen an. Die Stadt liegt nicht einmal einen halben Tagesmarsch von Selete entfernt.«

Ellin nickte.

»Und unser Berthold hier wird dir dabei helfen, richtig mit deinen Bienen umzugehen.«

»Man muss sie gut behandeln, nur dann schenken sie uns ihren Honig«, fügte Berthold mit erhobenem Zeigefinger hinzu.

»Aber warum und vor allem wie wollt ihr mir helfen?«

»Über das Wie müssen wir noch sprechen, das Warum ist dagegen schnell beantwortet. Du warst gestern so verzweifelt und hattest schon mit allem abgeschlossen. Doch ich sage dir eines, Liebchen: Jeder von uns hat schon Furchtbares durchlebt und ist auf gar schreckliche Menschen getroffen. Aber für jeden Lumpen zeige ich dir zwei gute Seelen. So haben wir's hier immer gehandhabt, und der Herr ist uns wohlgesinnt dafür. Du musst lernen, Vertrauen zu haben.«

Ellin wusste nicht, was sie dazu sagen sollte. War es wirklich möglich, dass es Menschen gab, die so waren, wie Gott sie haben wollte? Fast argwöhnisch beäugte sie die vier Dorfbewohner, die neben ihr am Tisch saßen. Wollten sie sie womöglich bestehlen und versuchten sie deshalb mit diesem Gebräu zu betäuben?

»Berblin hat mir erzählt, dass diese Kerle, die unsere Suse geschändet haben, auch an der Ermordung des Erzbischofs beteiligt waren. Stimmt das?« Friedel Kolderhofer sah Ellin mit ernstem Gesicht an.

»Ich kenne nur einen von ihnen«, gab Ellin Auskunft. »Den mit der Brandwunde im Gesicht.«

Martin grummelte etwas Unverständliches. Ellin warf ihm einen kurzen Blick zu und fuhr dann fort: »Aber gewiss stehen sie alle im Dienste Friedrichs von Isenberg. Er war es auch, der den Überfall auf den Erzbischof zusammen mit einem zweiten Mann geplant hat. Das habe ich selbst mit angehört.«

»Dann hältst du mit diesem Wissen eine mächtige Waffe in deinen Händen, mein Kind.«

»Ja, sogar eine so mächtige, dass wir aufpassen müssen, dass sie Ellin nicht in den eigenen Körper gerammt wird«, fügte Berblin hinzu.

»Das ist wahr.« Friedel überlegte. »Wir müssen so viele

Leute nach Bremen senden, wie wir im Dorf nur entbehren können. Dort sollen sie verbreiten, dass wir wissen, wer für den Mord am Erzbischof verantwortlich ist.«

»Warum in Bremen?«, fragte Ellin.

»Wilhelm, der Schankwirt, bei dem die Kerle untergekommen sind, hat gehört, wie sie sich darüber unterhalten haben, in welche Richtung sie weiterziehen wollen. Dabei war auch immer wieder von einer Novizin die Rede, hinter der sie her sind.«

»Damit meinten sie mich«, sagte Ellin leise.

Friedel nickte. »Seitdem wir deine Geschichte von Berblin erfahren haben, ist uns das auch klar. Na, jedenfalls hat uns Wilhelm berichtet, dass er außerdem hören konnte, wie die Lumpen schließlich übereingekommen sind, nach Bremen weiterzureiten.«

»Aber weshalb gehen sie denn davon aus, dass ich dorthin will?« Ellin sah Friedel fragend an. »Ich hatte nie vor, dorthin zu reisen. Genau genommen hatte ich überhaupt kein bestimmtes Ziel vor Augen.«

»Du kommst aus Hattingen, nicht wahr?«

Ellin nickte.

»Dann bist du, wahrscheinlich ohne es zu wissen, der alten Handelsstraße gefolgt.«

»Aber ich bin größtenteils nicht auf der Straße, sondern nahe der Wälder, manchmal auch mitten durch sie hindurch, gewandert.«

»Das mag schon sein. Doch du bist irgendwann wieder auf diese befestigte Route, an der auch Selete liegt, zurückgekehrt und bei uns eingetroffen. Die Berblin hat uns von deinen Freunden berichtet, den Brüdern in Ladbergen. Bis dahin werden Graf Friedrichs Leute noch nicht gewusst haben, wo sie nach dir suchen müssen. Danach aber haben sie einfach eine Linie zwischen Hattingen und Ladbergen gezogen und sind dadurch auf die alte Handelsstraße gekommen, der sie nun weiter bis nach Bremen folgen.«

»Ich verstehe«, sagte Ellin betroffen. Sie schauderte.

»Ich werde nach Bremen gehen und überall ausposaunen, dass Graf Friedrich hinter dem Mord am Erzbischof steckt. So locken wir die Kerle aus ihrem Versteck«, sagte Martin.

»Nicht so hastig.« Berblin hob die Hand. »Womöglich wird man uns nicht glauben, und am Ende landen wir noch selbst am Pranger.«

»Stimmt, wir müssen äußerst vorsichtig vorgehen«, warf Friedel nun ein. »Aber sobald man ein Gerücht nur weit genug in alle Richtungen streut, wird alsbald Wahrheit daraus. Abgesehen davon, dass es sich in diesem Fall ohnehin um die Wahrheit handelt.«

»Und was erhoffst du dir davon?«

»Wie Martin schon sagte. Wir wollen die Kerle aufscheuchen, damit sie wieder umdrehen, um ihrem Dienstherrn auf Isenberg Meldung zu erstatten. Dabei müssen sie wieder durch Selete.« Er ballte die Hand zur Faust. »Ich will dieses Schwein zu fassen kriegen, das unserer Suse das angetan hat.« Er blickte Ellin an. »Und wenn ich nicht alles in meiner Macht Stehende tue, um dabei noch ein weiteres Unrecht zu ahnden, will ich nicht mehr Friedel Kolderhofer heißen.«

Ellin wurde es warm ums Herz. Die Welt außerhalb der Klostermauern war für sie immer aufregend und beängstigend zugleich gewesen. Dass sie jedoch nun auf Menschen traf, die ihr so großzügig helfen wollten, ließ sie ihre Ängste vergessen und ihre innere Stärke wachsen.

»Sagt mir, was ich tun soll. Ihr will ebenfalls meinen Teil dazu beitragen, dass diese Lumpen nie wieder jemandem schaden können«, sagte sie eifrig.

»Ich stelle nur eine Bedingung«, erklärte Berblin.

Ellin nickte und sah ihre Gastgeberin abwartend an.

»Wenn wir dir helfen, wirst du dich nicht leichtfertig in Gefahr bringen. Und nie, wirklich nie wieder, will ich von dir hören, dass dir dein von Gott geschenktes Leben nichts mehr bedeutet und du es nicht in Demut annimmst. Mein Hannes hätte gern noch gelebt, sei dir dessen sicher. Es ist eine Sünde, sein Leben für nichts wert zu erachten.«

Ellin senkte den Blick. »Ich wollte dich durch meine Worte nicht kränken. Bitte verzeih.«

Berblin legte ihren Finger unter Ellins Kinn und hob es sachte an. In ihren Augen funkelte es. »Schon geschehen. Aber du darfst nie wieder denken, dass dein Leben nicht mehr lebenswert ist. Solange du noch atmest, musst du kämpfen. Versprochen?« Sie zwinkerte der Jüngeren zu.

»Versprochen!«

»Und was ist nun mit den Bienen?«, fragte Berthold. »Wo sind sie?«

»Im Stall«, antwortete Ellin.

»Im Stall? Einfach so?«

»Sie sind in einer Kiste.«

Berthold verzog das Gesicht. »Das tut ihnen nicht gut. Berblin, hast du draußen einen kleinen Verschlag, in dem wir sie geschützt unterbringen können, sie aber dennoch die Möglichkeit haben, ins Freie zu gelangen?«

Berblin hob entschuldigend die Arme. »Ich hab nur den Stall und das Haus. Und hier herein kommen sie mir mit Sicherheit nicht.«

»Das wäre auch keine gute Lösung.« Berthold kratzte sich den stoppeligen Bart. »Sag, Mädchen, hättest du etwas dagegen, wenn ich den Bienenstock mit zu mir nehme? Es ist nicht weit von hier, und ich würde ihn von meinem eigenen getrennt halten. Ich fürchte nur, sie werden es nicht mehr lange machen, wenn sie in der Kiste eingesperrt bleiben.«

Ellin warf Berblin einen raschen Blick zu. Diese nickte kurz.

»Ich habe nichts dagegen. Hab Dank für die Hilfe.«

Berthold stand auf. »Dann nehme ich sie gleich mit zu mir. Die Berblin wird dir sagen, wo ich wohne, wenn du Sehnsucht nach deinen Bienen bekommst. Und im Frühjahr zeige ich dir dann, wie man Honig und Wachs gewinnt.«

»Aber im Frühjahr werde ich gewiss nicht mehr hier sein.«

»Hm. Na, dann werde ich dir eben, bevor du wieder aufbrichst, sagen, wie es geht. Jetzt müssen wir aber erst einmal zusehen, dass die Bienen den Winter überstehen. Gehabt euch wohl.« Er schlurfte hinaus. Eiskalt blies der Wind in dem kurzen Moment, in dem er die Tür öffnete, in die Kate. Ellin fröstelte. Ihr Körper schien sich noch so gut an die Kälte der letzten Tage zu erinnern, dass er sofort mit neuen Gliederschmerzen auf den eisigen Luftzug reagierte.

»Ist etwas mit dir?«, fragte Berblin besorgt, als sie die Veränderung in Ellins Gesicht sah. »Glaub mir, dem Berthold kannst du trauen. Der wird sich gut um deine Bienen kümmern.«

»Das ist es nicht«, versicherte Ellin rasch. »Ich kann nur die Kälte nicht mehr ertragen. In den letzten Tagen war ich entweder nass bis auf die Knochen oder halb erfroren. Ich geh überhaupt nie mehr nach draußen.« Entschlossen verschränkte sie die Arme vor dem Körper und setzte ein trotziges Gesicht auf, das die anderen zum Lachen brachte.

»Na, dann ist unser Vorhaben aber dahin«, nahm Friedel den Scherz auf. »Von hier aus werden wir die Kerle gewiss nicht aufscheuchen können.«

»Weißt du denn schon, wie wir vorgehen wollen, wenn die Männer wieder durch unser Dorf kommen?«, fragte Berblin.

Friedel nickte langsam. »Noch nicht genau, aber ich habe mir schon etwas überlegt. Hört zu.«

9. Kapitel

Er sprach so leise, dass ihn außer seinen eigenen Leuten niemand in der Schenke hören konnte. »Verdammt! Der neue Erzbischof von Köln ist Heinrich von Molenark«, zischte Klaas.

»Na und? Einer musste es doch werden.« Ruppert zuckte mit den Schultern, hob den Humpen Bier vor sich, nahm einen großen Schluck und rülpste.

»Du hast nicht die geringste Ahnung, wer dieser von Molenark ist, nicht wahr?«

»Hab den Namen noch nie gehört. Warum?«

»Er ist ein messerscharfer Hund mit pfeilschnellem Verstand. Und wie man hört, haben ihn sogar Papst und Kaiser gemeinsam damit beauftragt, den Mord am Kölner Erzbischof aufzuklären und den Schuldigen dem Henker zu übergeben. Es ist ein Kopfgeld auf den Mörder ausgesetzt.«

»Wie hoch?« Rupperts Augen blitzten.

Mit einem Satz war Klaas über dem Tisch und packte Ruppert an den Schultern. »Ob es nun zehn oder tausend Silbermark sind, was schert es dich? Du willst doch zu Graf Friedrichs Männern gehören, oder etwa nicht?«

Ruppert beugte sich zurück und entzog sich Klaas' Griff. »Man wird doch wohl mal fragen dürfen«, maulte er.

Einige der anderen Gäste waren durch Klaas' Angriff auf Ruppert auf sie aufmerksam geworden und blickten zu ihrem

Tisch herüber. Klaas bemerkte es, klopfte Ruppert freundschaftlich gegen den Arm und rief laut vernehmlich: »Du bist schon ein Pfundskerl. Nur gut, dass du zu uns gehörst!«

Die Männer, die noch eben zu ihnen herübergesehen hatten, nahmen ihre Gespräche wieder auf.

»Lass gut sein, alter Freund.« Georg legte seine Hand auf Klaas' Arm. »Der ist's nicht wert. Entweder, er hält das Maul und hilft uns, die Frau zu fassen, oder wir werden schon eine dunkle Ecke finden, in der wir ihm seinen Kopf vom Rumpf trennen.« Er entblößte eine Reihe schiefer gelber Zähne und grinste Ruppert breit an. »Ich will dir eines sagen, Schmied. Lorentz, Erhard, Thomas, Klaas und ich«, er deutete dabei mit dem Finger auf den jeweiligen Namensträger am Tisch, »wir kennen den Friedrich von Kindheitstagen an. Und seitdem ist schon so manches geschehen, was nicht für fremde Ohren bestimmt war – wir haben schon viel gemeinsam überstanden.« Er lehnte sich noch weiter über den Tisch. »Was uns also verbindet, ist stärker als der härteste Stahl, den du je schmieden kannst. Und was glaubst du wohl, was wir machen, wenn jemand versucht, einem von uns, und zwar egal wem, zu schaden. Na, fällt dir was Schönes ein?«

Ruppert wollte aufbegehren und ihm entsprechend Antwort geben – zumal er gar nicht vorhatte, Graf Friedrich ans Messer zu liefern. Viel lieber wollte er die Novizin fassen. Doch der Blick in die eiskalten Augen der fünf Männer um ihn herum ließ ihn schweigen. Und so nickte er nur.

»Gut! Ich sehe, dass du verstanden hast.« Georg wandte sich von Ruppert ab und wieder seinen Freunden zu. »Glaubst du, dieser von Molenark könnte Friedrich gefährlich werden?«

»Ich glaube es nicht nur, ich weiß es.« Klaas verzog grimmig sein Gesicht.

»Aber niemand kann ihm was beweisen«, mischte Lorentz sich ein.

»Zumindest nicht, wenn wir die Novizin zu fassen kriegen und sie daran hindern, mit dem neuen Erzbischof zu plaudern.«

»Wir sollten uns aufteilen«, schlug Georg vor. »Schon viel zu lange preschen wir zu sechst hinter einem einzigen Mädchen her und haben noch immer nichts erreicht.«

»Aber dass sie diejenige war, die bei diesen Zwillingsbrüdern untergekommen ist, dessen bin ich mir sicher«, wagte Ruppert einzuwerfen.

Doch die anderen beachteten ihn kaum.

»Ihr beide«, Klaas deutete auf Lorentz und Erhard, »reitet, so schnell ihr könnt, zurück zur Burg. Thomas und Georg, ihr reitet den Weg zurück, den wir gekommen sind.« Er beugte sich näher an Thomas heran. »Und lass dir nicht einfallen, noch mal bei dem jungen Ding vorstellig zu werden, das du und der Schmied euch gegriffen habt.«

Thomas sah schuldbewusst zu Boden. Nach einer gewonnenen Schlacht war es durchaus üblich, Kriegsbeute zu machen und Tribut einzufordern – auch in fleischlicher Form. Doch in einem friedlichen Dorf über ein wehrloses Mädchen herzufallen war eine andere Sache. Er warf Ruppert einen grantigen Blick zu. Der Schmied hatte ihn dazu angestachelt und einen Feigling genannt. Nur deshalb hatte er sich die Kleine gegriffen. Doch so dumm würde er kein zweites Mal sein.

»Und du, was tust du derweil, Klaas?«, fragte nun Georg.

»Ich bleib mit dem Schmied vorerst hier in Bremen und warte, ob die Novizin am Ende nicht doch noch eintrifft. Heute Nacht habe ich mir alles noch einmal durch den Kopf gehen lassen. Der Schmied hat schon recht. Wir werden sie bei den Brüdern nur knapp verpasst und dann irgendwann auf der Strecke überholt haben. Zurück nach Hattingen wird sie gewiss nicht gegangen sein, und größere Abzweige gab es nicht. Entweder sie läuft uns hier direkt in die Arme, oder Thomas und du erhaltet auf eurem Rückweg einen Hinweis, wo sie abgeblieben sein könnte.« Er nahm einen tiefen Schluck aus seinem Humpen und wischte sich dann den Schaum aus dem Gesicht. »Und jetzt lasst uns schlafen gehen. Morgen früh brecht ihr auf.«

In Ruppert brodelte es, weil Klaas einfach über seinen Kopf hinweg entschieden hatte, ohne ihn auch nur einmal nach seiner Meinung zu fragen. Doch diese Kerle konnten selbst einem Mann wie ihm Angst einjagen. Er hatte es vorhin in ihren Augen gesehen. Ihre Drohungen waren alles andere als ein Scherz gewesen.

Sein Blick wanderte zu einer der Hübschlerinnen hinüber, die sich zu einigen Seeleuten an den Tisch gesetzt hatten und mit diesen schwatzten.

»Das schlag dir gleich aus dem Kopf«, fauchte Erhard ihn an. »Es ist schon schlimm genug, dass wir dich mit Friedrichs Geld aushalten müssen und zudem noch für deine Verfehlungen geradestehen müssen. Sei froh, dass du nicht nur Wasser kriegst. Krieg deinen Schwengel endlich in den Griff, sonst schneid ich ihn dir noch ab, und du reitest ohne weiter.«

»Pass bloß auf, was du sagst«, zischte Ruppert zurück.

Plötzlich spürte er unter dem Tisch die Spitze einer Klinge zwischen den Rippen. »Ich sag's dir nicht noch einmal, Bursche. Halt dich zurück, sonst kommt zu deiner verbrannten Fratze noch eine Verstümmelung hinzu.«

Ruppert sprang auf, verschüttete dabei den Rest seines Biers und rannte aus der Wirtschaft.

»Sollen wir ihm hinterher?«, fragte Lorentz, bereit, dem Schmied sofort nachzusetzen.

»Lass ihn«, antwortete Klaas. »Dem haben wir solche Angst gemacht, dass er sich sicher gleich schlafen legt und wie ein Kind in den Schlaf weint.« Er lachte erst leise, dann immer lauter, und seine Freunde stimmten dröhnend in sein Gelächter mit ein.

Ellin war erstaunt, wie rasch auch noch die letzte Seele im Ort zugestimmt hatte, ihren Plan zu unterstützen. Im Kloster war es zwar üblich gewesen, den von den Nonnen unterschiedlich hohen erwirtschafteten Gewinn in einer einzigen Truhe zu verwahren und zum Wohle der Gemeinschaft zu verwenden. Doch dass außerhalb der Klostermauern ohne jedwede Verpflichtung einer völlig Fremden selbstlos Hilfe gewährt wurde, überraschte sie über alle Maßen. Die Menschen in Selete waren mehr als freundlich und hilfsbereit. Sie schätzten einander und konnten sich auf die verlassen, mit denen sie Tür an Tür lebten. Sie teilten ihr Leben im wahrsten Sinne des Wortes miteinander, nicht nur ihr Glück und ihre Zufriedenheit, sondern auch ihren Zorn. Nachdem der Kolderhofer im Dorf kundgetan hatte, dass die gleichen Männer, die Suse geschändet hatten, auch noch für zwei weitere Morde und das über Ellin hereingebrochene Unglück verantwortlich waren, gab es keinen, der nicht zu einer Forke, einem Messer oder einem anderen Werkzeug gegriffen hätte, um es den Kerlen heimzuzahlen. Der Plan, der gefasst wurde, war ebenso einfach wie schlagkräftig. Alle verfügbaren Waren, ob nun Kräuter, Bürsten, Salben, Wolle oder Tücher, die sich auf dem Markt in Bremen zu Geld machen ließen, sollten zusammengetragen und dort zum Verkauf angeboten werden. Vor allem aber trug ein jeder, der seine Waren auf dem Bremer Markt feilbieten würde, ein Messer oder einen Dolch bei sich, mit dem er die Gegner an irgendeiner Körperstelle leicht verletzen würde. Die Paste, die auf die Spitze einer jeden Waffe gestrichen worden war, täte danach das ihre, um die sechs Männer außer Gefecht zu setzen. Das kleine Selete hatte sich auf einen Kampf eingerichtet und war fest entschlossen, die Schergen Graf Friedrichs niederzumachen und dem Henker zu übergeben.

Berblin war seit dem Morgen damit beschäftigt, noch mehr von der giftigen Masse zu kochen, die ihre Gegner, wenn alles wie geplant verlief, innerhalb von Minuten lähmen würde.

»Woher weißt du, welche Zutaten du zu nehmen hast?« Ellin lugte neugierig in das brodelnde Gemisch.

»Mein Vater ist Henker«, gab Berblin freimütig zu, während sie weiterhin im Topf rührte. »Du brauchst nicht zu erschrecken«, sagte sie, als sie Ellins entsetzten Gesichtsausdruck bemerkte. »Er ist ein guter Mann, der mit seinen Kräutern und Tunken mehr Menschen geheilt hat, als er zeitlebens aufknüpfen musste. Von dem Geld, das er fürs Aufhängen bekam, hätt er mein Maul und das meines Bruders gar nie stopfen können.«

»Hast du denn schon immer in Selete gelebt? Ich meine, war er hier im Ort Henker?«

Berblin schmunzelte. »Aber nein. Dafür ist Selete viel zu klein. In Lübeck hab ich gelebt. Meine Eltern und mein Bruder sind noch immer dort. Hier gibt es keinen Henker. Ich kann mich auch nicht erinnern, dass hier mal einer aufgeknüpft wurde. Nur ist man als Tochter eines Henkers eben nichts wert. Aber der Sebolt wollte mich dennoch. Nur mussten wir von Lübeck fortgehen. Die Leute dort hätten es nie geduldet, dass die Tochter eines Henkers direkt neben ihnen wohnt. So hat's uns nach Selete verschlagen.«

»Warst du glücklich mit deinem Mann?« Ellin hörte ihre eigene Stimme wie von weit her. Sie hatte die Frage nicht stellen wollen, doch nun war sie ihr schon über die Lippen gekommen. Vielleicht hatte sie ja deshalb gefragt, weil sie immer wieder an ihr Gespräch mit der jungen Magd in Agnes' Küche auf Isenberg denken musste. Und damit auch an die Frage, ob Frauen, wenn sie frei und selbstbestimmt lebten, am Ende auch glücklich sein konnten.

Berblin zuckte mit den Schultern. »Am Anfang ja«, sagte sie. »Doch mit der Zeit hat er sich verändert. Vor allem wenn er sich hat vollllaufen lassen, war er nicht mehr wiederzuerkennen. Erst ganz am Ende, als das Fieber ihn schon fast nicht mehr hat denken lassen und er gespürt haben muss, dass er nicht mehr lange hat, war er wieder wie früher.« Tränen stiegen ihr in die Augen. »Aber ja, ich war glücklich mit ihm. Ich hab den Sebolt geliebt.«

Ellin strich ihr über den Rücken. »Hab Dank für deine Offenheit.«

Berblin bemühte sich um ein Lächeln. »Eines Tages, da wirst du auch einen treffen, den du liebst, glaub mir. Wenn du nicht mehr essen magst und dich jeden Moment fragst, ob du auch hübsch anzusehen bist, und dich mit anderen Weibern vergleichst, dann weißt du, dass du ihn gefunden hast.«

»Im Kloster habe ich nie daran gedacht, dass das Leben mit einem Mann eines Tages für mich Wirklichkeit werden könnte.«

Berblin zog den Kochlöffel aus dem Topf und legte ihn neben die Feuerstelle. »Aber jetzt, nachdem du nicht mehr im Kloster bist, willst du doch wohl nicht wieder dorthin zurück, oder doch?«

»Nein.« Ellin schüttelte entschieden den Kopf. »Nein, das will ich nicht.«

»Das ist gut. Hast du eigentlich noch jemanden? Ich meine, Mutter oder Vater? Vielleicht Geschwister?«

Die Jüngere schüttelte den Kopf. »Ich habe meine Eltern nie kennengelernt.«

Berblin sah ihren traurigen Blick. »So! Das müsste reichen«, entschied sie. »Geh rasch zum Kolderhofer und sag ihm, sie sollen versuchen, eine Ratte zu fangen. Wäre ja zu dumm, wenn mein Gift am Ende nicht wirkt und ein jeder von uns deshalb niedergemacht werden würde.«

Ellin zog überrascht die Augenbrauen hoch, dann warf sie sich ihren Umhang über und tat, worum ihre Gastgeberin sie gebeten hatte. Sie lief so schnell sie konnte. Zwar regnete es seit zwei Tagen nicht mehr, doch der Wind drang ihr, kaum dass sie vor die Tür getreten war, sofort durch alle Stofflagen hindurch bis auf die Haut. Die Menschen hier benutzten also Ratten, um die Wirksamkeit von Giften zu erproben. Ellin schüttelte lachend den Kopf. Wirklich, von solchen Dörflern hatte sie noch nie gehört.

Sie aßen nicht mehr als eine Schale Haferbrei zum Frühstück, dann machten sich Lorentz und Erhard auf den Weg. Die schnellste Route von Bremen nach Hattingen führte über Weyhe, so dass sie das erste Stück Weg noch gemeinsam mit Thomas und Georg ritten. Kurz vor Selete verabschiedeten sie sich jedoch von den zweien und hieben ihren Pferden die Fersen in die Flanken.

Klaas und Ruppert zogen hingegen zu Fuß durch Bremen, um sich dort umzuhören, ob zwischenzeitlich ein Mädchen eingetroffen war, auf das die Beschreibung von Ellin passte. Zudem wollten sie noch mit den auswärtigen Händlern sprechen, die von überall her in die Stadt kamen, um gewinnbringende Geschäfte abzuschließen. Von ihnen könnten sie gewiss auch erfahren, wie es um die Ergreifung der bischöflichen Mörder stand.

Und so fragte Klaas auch einen Gewürzhändler, für dessen Auslagen er sich zu interessieren vorgab, beiläufig danach, ob er schon gehört hätte, wer denn überhaupt für den Mord verantwortlich gemacht werden würde.

Er war erleichtert, als dieser bedauernd den Kopf geschüttelt und gemeint hatte, noch gäbe es niemand Bestimmten, den von Molenark zu überführen gedachte. Rasch legte Klaas darauf die Gewürze zurück und verabschiedete sich, ohne etwas gekauft zu haben. Der gemurmelte Fluch, den ihm der reiche Pfeffersack noch hinterherschickte, störte ihn nicht weiter.

Klaas war vor dem Aufbruch seiner Freunde gezwungen gewesen, Friedrichs Geld unter ihnen aufzuteilen, da keiner von ihnen wusste, ob er nicht noch die eine oder andere kleine Bestechung vornehmen musste. Abgesehen davon kam es immer teurer, nur zu zweit in einem Gasthaus unterzukommen. Außerdem war absehbar, dass auch Ruppert und er nicht mehr lange in Bremen bleiben konnten, sondern weiterziehen mussten, um endlich die einzige Mitwisserin des Verbrechens zu finden, die Friedrich gefährlich werden konnte. Klaas ärgerte sich darüber, dass die bisherige Suche ergebnislos verlaufen war. Hätte dieser dämliche Schmied gleich gehandelt und nicht erst Friedrichs Anweisung eingeholt, wäre die Sache längst ausgestanden. Nun jagten sie seit Tagen hinter einem Mädchen drein, das auch noch die Gabe zu besitzen schien, sich unsichtbar zu machen. Verärgert kickte er einen Stein beiseite, der ihm im Weg lag.

»Was ist?« Ruppert sah ihn fragend an.

»Wir warten noch zwei Tage«, teilte Klaas ihm knapp mit. »Dann machen auch wir uns auf den Rückweg.«

»Aber was ist, wenn das Weib erst danach hier auftaucht und auspackt?«

Klaas bleckte die Zähne. »Dann wirst du's dir wohl verscherzt haben mit Friedrichs Gunst und in die stinkende Schmiede zurückkehren müssen, in die du gehörst.«

Eine Weile erwiderte Ruppert nichts. »Ich werde nicht mit zurückkommen, und du kannst mich auch nicht dazu zwingen.«

Klaas zuckte gleichmütig mit den Schultern. »Warum sollte ich dich zwingen wollen? Ohne dich komm ich eh viel schneller heim. Reitest du doch wie ein altes Weib. Und dann noch diese Fratze dazu.«

Ruppert war schon wieder kurz davor, aus der Haut zu fahren. »Eines Tages wirst du noch mit einem Dolch in deiner Brust aufwachen. Wart es nur ab.«

Klaas grinste abfällig. »Und das willst wohl du erledigen? Du? Ein dreckiger Schmied?«

»Wart es nur ab«, wiederholte Ruppert, ging zu einem der Stände und besah sich die Waren.

Es war noch früh am Tag, nicht einmal Mittag, als Thomas und Georg Selete passierten. Seit Bremen waren sie ein gutes Stück galoppiert. Jetzt ließen sie die Zügel locker und ihre Pferde in ruhigem Schritt sich selbst ihren Weg suchen.

»Wollen wir noch haltmachen?«, fragte Thomas.

Georgs Blick verfinsterte sich. »Ich weiß schon, woran du denkst, aber schlag dir das aus dem Kopf.«

»Klaas hat den Leuten hier zehn Gulden für die Kleine dagelassen. Eine wie die kannst du dafür fünfmal bespringen.«

»Ja, bespringen wie ein räudiger Bock. Vergiss es. Wir reiten weiter.«

Doch als sie in Höhe der Schenke waren, zügelte Thomas

sein Pferd. »Nun komm schon, alter Freund. Auf einen Humpen. Wir können ohnehin nicht bis Hattingen durchreiten. Und Klaas hat uns immerhin aufgegeben, nach der Novizin Ausschau zu halten.«

»Und du glaubst nicht, dass sie uns hier wiedererkennen?«

»Doch, natürlich tun sie das. Aber wir haben ehrlich bezahlt. Für alles.« Er betonte das letzte Wort. »Nun, Freund?«

Georg überlegte schnell. Bis ins nächste Dorf würden sie noch lange brauchen. Wenn sie sich jetzt eine kurze Rast gönnten, könnten ihre Tiere verschnaufen, und sie würden trotzdem noch vor Einbruch der Dunkelheit Vechta erreichen.

»Aber nur auf einen Humpen«, stellte er dann klar und ließ sich von seinem Pferd gleiten.

Der Wirt sah auf, als sie die Schenke betraten. »Na, wen haben wir denn da? So schnell zurück aus Bremen? Wo habt ihr eure Freunde gelassen?«

Georg beschlich ein seltsames Gefühl. Thomas hingegen schien über die freundliche Begrüßung erfreut. »Die hatten noch nicht genug von der Stadt. Wir dagegen schon. Uns hat's hier bei euch besser gefallen.«

Der Wirt erwiderte sein breites Grinsen. »Hätt nicht damit gerechnet, euch noch mal wiederzusehen«, sagte er nachdenklich und lächelte unergründlich.

»Hast du ein warmes Bier für uns?«

»Auch mehr, wenn ihr wollt.«

Thomas schüttelte den Kopf. »Heute nicht. Wir wollen noch vor der Dunkelheit Vechta erreichen.«

Der Wirt ließ die Kelle durch den Kessel gleiten. »Einen kleinen Moment braucht's noch«, sagte er. »Macht es euch dort drüben gemütlich. Ich hol noch ein weiteres Fass. Vielleicht überlegt ihr's euch ja doch noch.« Er legte die Kelle auf die Ablage, trocknete sich die Hände ab und ging hinaus. Es dauerte nicht lange, bis sie es draußen poltern hörten und er ein neues Fass zur Tür hereinrollte.

»Soll ich dir helfen?«, rief Georg ihm zu.

»Lass nur. Ich bin's ja gewohnt. Euer Bier wird jetzt warm genug sein. Ich bring es euch gleich rüber.«

Wilhelm rollte das Fass noch ein Stück weit und ließ es dann vor der Kochstelle stehen. Mit der Kelle fuhr er in den Kessel, aus dem nun heißer Dampf aufstieg, griff nach zwei großen Humpen und füllte sie voll. Dann ging er zu seinen einzigen Gästen und stellte das Bier vor ihnen ab. »Wohl bekomm's!«, wünschte er, rieb sich abermals die Hände an dem Tuch ab, das er als Schürze vor seinen gewaltigen Bauch gebunden hatte, und ging zurück zur Kochstelle.

Eine Weile unterhielten Thomas und Georg sich über belangloses Zeug. Dann bemerkten sie erstaunt, dass sich die Schenke wie von Zauberhand mit Gästen füllte und binnen kürzester Zeit alle Plätze besetzt waren.

»Rückt ein bisschen zusammen«, forderte ein grobschlächtiger Kerl die beiden auf, »damit ein jeder von uns sitzen kann.«

»Wir wollten ohnehin gleich aufbrechen«, sagte Georg und stand auf.

»Ach was denn?«, meinte der andere, drückte Georg mit einem Ruck wieder auf die Bank und ließ sich schwer neben ihn fallen. »Es reicht schon für uns alle. So ist's erst richtig gemütlich.«

Auch neben Thomas hatten zwei Männer Platz genommen, so dass die beiden von den Dörflern geradezu umringt waren.

»Nicht wahr, Wilhelm, Gemütlichkeit wissen wir doch zu schätzen?«

»Das stimmt, Wigbold«, erwiderte der Wirt. »Je näher wir am Ende zusammenrücken, desto schöner ist's.«

»Dann bring uns und unseren neuen Freunden doch noch eine Runde. Die geht auf mich.«

»Aber nein«, mischte sich da der Zweite ein. »Die geht auf mich. Ich bin erst kürzlich zu einer erklecklichen Summe Geldes gekommen.«

Georg sah das wütende Aufblitzen in den Augen des Mannes, der sogar ihn noch um eine Kopflänge überragte.

»Kenn ich dich?«, fragte Georg.

Der Riese schien zu überlegen. »Ich glaube nicht. Aber lass mich nachdenken.« Er tippte sich mit dem Finger gegen die Lippen. »Nein, nicht dass ich wüsste.«

Georg wusste das Verhalten seines Gegenübers nicht recht zu deuten. Er warf Thomas einen raschen Blick zu. »Trink aus! Wir müssen los.«

»Aber ich sagte doch schon, dass wir's hier am liebsten gemütlich haben«, sagte der Mann, der Georg vorhin so grob wieder auf die Bank gedrückt hatte. »Oder könnt ihr uns am Ende nicht leiden?«

»Vielleicht gefallen ihnen unsere Gesichter nicht«, sagte ein jüngerer Mann, der der Körpergröße und den Gesichtszügen nach der Sohn des Riesen sein konnte.

»Das wird's sein«, sagte der Riese, als sei ihm plötzlich ein erhellender Gedanke gekommen. »Sie wollen nicht mit uns, sondern mit unseren Frauen trinken. Martin, rasch, hol Mutter, die Suse und die anderen Weibsbilder her.«

Der Angesprochene stand mit einem grimmigen Gesichtsausdruck auf und ging zur Tür.

»Und habt ihr nicht letztes Mal noch nach einem jungen Ding gefragt?«, rief Wilhelm von seinem Kessel aus herüber. Er tippte sich mit dem Finger über die Lippe. »Nach einer mit einem Leberflecken hier. Die ist inzwischen in Selete eingetroffen. Na los, Martin, bring sie gleich mit, damit sie ihre Freunde begrüßen kann.«

Martin öffnete die Tür. Sofort kam mindestens ein Dutzend Frauen herein. Das Weib, dem Klaas die Münzen nach der Vergewaltigung vor die Füße geworfen hatte, betrat als Erste wie eine Furie die Schenke.

»Verdammtes Lumpenpack! An euren Eiern sollt ihr hängen.«

Ehe Georg oder Thomas reagieren konnten, hatten die Männer neben ihnen ihre Dolche gezogen und sie ihnen an die Kehle gesetzt. »Na«, raunte der Riese, »wird's euch jetzt gemütlich? Oder ist's euch gar zu warm geworden?«

Martin legte den Arm um Suse, die sich mit zögerlichen Schritten dem Tisch näherte. »Ist es einer von den beiden?«, fragte er.

Sie nickte, erst zögerlich, dann mit entschlossenem Blick. »Der da war's!« Sie deutete auf Thomas. »Der Zweite von damals ist nicht mit dabei.«

»Besser einer als keiner«, zischte Martin.

Georg reckte den Hals, um der Klinge zu entgehen. »Wir sind im Auftrag Friedrichs von Isenberg unterwegs. Wenn ihr uns anrührt, dann Gnade euch Gott.«

Thomas war der Schweiß ausgebrochen. Seine Augen wanderten zwischen den Dörflern hin und her. Schließlich packte ihn die Wut. »Sie ist doch nur ein einfaches Mädchen, das das Geschrei nicht wert ist.« Er sprang auf, doch sogleich ritzte die Klinge die Haut an seinem Hals, und er wurde wieder auf die Bank gedrückt. In dem Gerangel versuchte auch Georg, sich zu befreien. Bei ihm schnitt das Messer etwas tiefer. Blut spritzte aus der Wunde.

Der schnelle Blick, den er seinem Kumpan zuwarf, ließ

diesen bleich werden. Obwohl er nur einen Kratzer hatte, fasste Thomas sich krächzend mit beiden Händen an den Hals. Schließlich begann er zu röcheln, Schaum lief ihm aus den Mundwinkeln. Georg war verwirrt, wollte ihn fragen, was geschehen sei. Da spürte auch er, wie sich ihm die Kehle zuschnürte, als würde sie ihm jemand zudrücken. Er hatte kein Gefühl mehr in den Armen, seine Beine sackten unter ihm weg. Er begriff nicht, was mit ihm geschah. Thomas' Röcheln wurde schwächer, bis es schließlich ganz erstarb. Ohne zu verstehen, was vor sich ging, blickte Georg in die Augen des Riesen, der sein Sterben mit Genugtuung verfolgte.

»Sagt dem Reinhard, er kann die Rattenfalle wieder wegräumen«, sagte Friedel mit Befriedigung in der Stimme zu seinen Leuten. »Das Gift wirkt ausgezeichnet.«

10. Kapitel

Sie brachen in aller Frühe mit ihren Waren nach Bremen auf. Es war noch einmal kälter geworden, der Boden war hart gefroren. Es hatte viel Mühe gemacht, die Leichen der beiden Schergen zu vergraben. Ihre Münzen, Kleidung, Waffen und Habseligkeiten waren gerecht unter den Dörflern aufgeteilt worden, dabei hatte nicht einmal jeder von ihnen etwas haben wollen. Eines der Pferde hatte Martin Kolderhofer erhalten, das andere stand nun bei Wilhelm, dem Wirt, im Stall. Wie schnell das Gift Wirkung gezeigt hatte, war selbst für Berblin überraschend gewesen. Doch auch sie war sehr zufrieden mit dem Ergebnis. Sie würde sich die Rezeptur mit den genauen Mengenangaben in jedem Fall in ihr kleines Kräuterbüchlein schreiben. Schließlich konnte man ja nie wissen, wann sie das nächste Mal ein solches Süpplein kochen musste.

Die Stimmung im Dorf war seitdem wie ausgewechselt. Es schien fast, als habe der Frühling bereits jetzt im Dezember Einzug gehalten. Alle waren wild entschlossen, sowohl die anderen vier Männer als auch Friedrich von Isenberg zu fassen und an den Galgen zu bringen.

Der Ochsenkarren, geführt von Friedel Kolderhofer, rumpelte über den gefrorenen Pfad. Gemeinsam mit ihm waren seine Frau Mechthild, Berblin, Ellin und als zusätzliche männliche Begleitung der Fassschläger Herman und der Tuchmacher Jerg aufgebrochen. Letzterer hatte Ellin erst gestern eine Erfindung gezeigt, die er für teure Münze von einem orientalischen Händler erstanden hatte, welcher sie über das große Wasser hinweg bis zu ihnen gebracht hatte: ein Spindelspinnrad. Ellin hatte noch nie zuvor etwas Ähnliches gesehen. In aller Ruhe hatte Jerg ihr die Funktionsweise erklärt und sie sogar selbst einige Fäden drehen lassen. Sie wusste, mit wie viel Mühe und Zeitaufwand die Nonnen im Kloster die Fäden herstellten, und war fasziniert von dem schnellen gleichmäßigen Auf- und Abtanzen der Spindel. Sie hätte noch Stunden weiterarbeiten können, doch da war Berblin aufgeregt in die Stube gekommen, um ihr von der Rückkehr der zwei Häscher zu berichten.

Nun schritt Ellin an Jergs Seite dahin und ließ sich von ihm nochmals alle Vorzüge der Erfindung ganz genau schildern.

»Dabei wird schon gemunkelt, dass die Verwendung des Spindelspinnrads der Weberzunft verboten werden soll«, erklärte ihr Jerg in diesem Moment.

Ellin staunte. »Wirklich? Aber damit geht das Spinnen doch viel schneller und einfacher.«

Jerg spuckte auf den Weg. »Ach, die Oberen lassen sich doch immer etwas einfallen, um uns das Leben schwerzumachen. Ich pfeif auf das, was die sagen. Wir hier draußen werden ohnehin nicht von den städtischen Tuchmachern und Webern anerkannt. Dann können wir auch fertigen, wie wir wollen.«

Ellin wusste darauf nichts zu erwidern. Sie warf einen Blick auf den hohen Stapel Tuche, die für die Reise mit drei wollenen Lagen umwickelt und mit einem großen Leinen zusätzlich abgedeckt worden waren. »Mir gefallen die Stoffe sehr, die du herstellst. Im Kloster hatten wir keine so guten.« Sie rieb sich die Arme. »Immerzu haben sie auf der Haut gekratzt. Fast meinte man, sie würden einen beißen.«

Jerg schmunzelte. »Womöglich sollte ich einmal mit meinen Tuchen in einem Kloster vorstellig werden. Dort könnte ich reichlich verkaufen, und die Nonnen wären am Ende so dankbar, dass sie beim Herrgott noch ein gutes Wort für mich einlegen würden.« Er blickte nach oben.

Ellin lachte auf. »Ich glaub eher, dass sie dich dort gar nicht einlassen würden. Einen Mann, noch dazu groß wie ein Berg.« Sie schüttelte den Kopf. »Du würdest den Schwestern nur Furcht einjagen.«

»Vielleicht auch nicht«, brachte er mit einem vielsagenden Schmunzeln hervor.

Ellin errötete.

»Darauf musst du ab jetzt ein bisschen achtgeben«, sagte Jerg.

»Was meinst du?«

Er hob die Hand und berührte kurz ihre Wange. »Du bist viel zu empfindlich.«

Ellin blickte zu Boden.

»Nein, nein, ich mein es ja nicht bös. Doch hier draußen, allein als Frau. Da musst du dir ein bisschen was von der Berblin oder auch von Mechthild abschauen. Die wissen, wie sie mit aufdringlichen Kerlen zu reden haben.« Er legte kurz die Hand auf ihre Schulter. »Aber für die nächste Zeit werde erst mal ich ein Auge darauf haben, dass dir keiner zu nah tritt. Kannst dich auf mich verlassen.«

»Danke.« Es klang immer noch schüchtern.

»Nein«, entgegnete Jerg streng. »Tritt nicht wie ein kleines piepsiges Vöglein auf.« Er streckte den Rücken durch. »Mach's so. Geh aufrecht und heb den Kopf.«

Ellin sah zu ihm auf und tat, was er sagte. »Etwa so?«

»Ja, genau«, bekräftigte er. »Und dann rede nicht so leise, sondern mit fester, entschiedener Stimme. Als sollte die ganze Welt hören, was du zu sagen hast.« Er hob ihren Kopf noch etwas weiter an.

»Gleich läufst du noch irgendwo gegen, weil du den Weg nicht mehr sehen kannst.« Ellin lachte vergnügt auf.

»Der Jerg hat schon recht«, mischte sich nun Berblin ein. »Zeig bloß keinem deine Schwäche oder gar deine Angst, solltest du jemals welche haben. Sonst machen sie mit dir, was sie wollen.«

»Wurdest du denn schon einmal angegriffen?«, fragte Ellin zögerlich.

»Versucht hat's mal einer«, berichtete Berblin. »Ist ihm aber nicht gut bekommen«, fügte sie mit einem verwegenen Grinsen hinzu.

»Was ist damals geschehen?«

»Ist schon lange her. War noch in Lübeck. Er meinte, als ehrlose Tochter eines Henkers könnte er mit mir machen, was er will. Ich bin vor ihm weggelaufen. Bis er mich in einer Gasse in die Ecke gedrängt hat.«

Ellin riss entsetzt die Augen auf. »Und dann?«

Berblin hob ihr Kleid, griff an ihr rechtes Bein und zog einen funkelnden Dolch hervor. »Der ist sogar schärfer als die Waffen der Feldschere, die den Leuten die Glieder amputieren, wenn's gar nicht mehr anders geht. Ich habe ihn dem Kerl reingerammt, genau an die Stelle, mit der er sich Freude verschaffen wollte.«

Ellin sah sie mit offenem Mund an. »Ist er daran gestorben?«

Berblin schüttelte den Kopf. »Zu meinem Vater hab ich ihn geschleppt, damit er ihm helfen konnte.«

»Was?«

»Aber ja. Ich habe dir doch schon erzählt, dass mein Vater nicht nur Henker war, sondern auch über weit mehr Heilwissen verfügte als so mancher Medicus. Er hat ihn wieder zusammengeflickt, so gut es eben ging. Womöglich lebt der Kerl sogar noch heute.« Sie grinste breit. »Nur sein Ding wird er nicht mehr benutzen können. Mein Vater sagte damals, er hätt sich halt vorher besser überlegen sollen, wen er sich dafür ausguckt. Ich glaube, mein Vater war sehr stolz auf mich.« Berblin schritt zufrieden weiter aus. »Ich denke, ich kann dir schon den einen oder anderen Kniff zeigen für den Fall, dass dir mal einer zu nahe kommt. Andererseits«, sie versteckte den Dolch wieder unter ihrem Rock. »Wenn du eines der Messer nimmst, die wir in mein Süppchen getunkt haben, musst du dir ohnehin keine Gedanken mehr machen. Derjenige, den du mit einem solchen Messer triffst, kriecht keine Armlänge mehr.«

Ellin fühlte sich nicht wohl bei dem Gedanken, womöglich bald einen Menschen zu töten. Andererseits sah sie den beschwingten Gang der Freundin, die mit sich und der Welt im Reinen war. Und sie hatte gestern, nach dem Vorfall im Wirtshaus, einige wenige Worte mit Suse gewechselt. Diese schien wieder aus ihrer Starre erwacht zu sein, nachdem sie gesehen hatte, wie ihr Vergewaltiger vor ihren Augen krepiert war. Trotzdem wollte Ellin sich im Ernstfall lieber gegen den Einsatz des Messers entscheiden, solange sie noch eine andere Wahl hätte. *Wenn* sie überhaupt eine hätte.

Noch vor der Mittagszeit betraten sie Bremen durch das südwestliche Stadttor. Den roten, verfrorenen Gesichtern der Wachen nach zu schließen, versahen diese ihren heutigen Dienst schon etwas länger. Ellin beobachtete, wie Mechthild Kolderhofer die Männer freundlich anlächelte. Berblin, die direkt vor Ellin ging, tat es ihr gleich. Also fasste auch sie sich ein Herz und versuchte, in ihre Augen ein warmes Funkeln zu legen und gewinnend zu lächeln. Die Veränderung im Blick der Wachmänner zeigte Ellin, dass sie ihre Sache gut gemacht hatte. Kurz nickten sie ihr zu und gewährten der Gruppe dann unbehelligt Einlass. Beschwingt schritt Ellin weiter voran. Sie hatte das Gefühl, eine kleine Lektion absolviert zu haben.

Noch nie zuvor hatte Ellin eine so große Stadt gesehen. Die vielen Menschen, die sich aneinander vorbeischoben und drängelten, laut miteinander parlierten und ihren Geschäften nachgingen, wirkten auf Ellin, als ginge ein jeder von ihnen einer wichtigen Beschäftigung nach, die keinen Aufschub duldete. Staunend betrachtete sie die Häuser. Reich verzierte Fachwerkfassaden zeugten vom Reichtum ihrer Besitzer. Und diese Menge Lichter! Überall waren kleine Talgkerzen oder gar Fackeln entzündet, obwohl die Menschen jetzt, mitten am Tage, ihren Weg auch ohne diese gefunden hätten. Doch durchbrachen die warmen, flackernden Lichter mit ihrem gelben Schein angenehm das triste Grau des Dezembertages und verliehen der Stadt eine anheimelnde Atmosphäre. Der eisige Wind schien hier weniger an den Kleidern der Menschen zu zerren als außerhalb der Stadtmauern.

»Sei gegrüßt, Kolderhofer.« Ein Mann war auf sie zugegangen. »Mit dir hätt ich heute nicht gerechnet. Ist doch erst ein paar Tage her, dass du deine Ware auf dem Markt angeboten hast. Sonst kommst du doch auch nicht so oft.«

»Grüß dich, Fritz.« Friedel deutete auf seine Begleiter. »Wir haben halt viel zu bieten, was die Bremer zu schätzen wissen. So kommen wir einmal mehr vorbei.« Kurz überlegte er, ob er seinen Bekannten sogleich nach Friedrichs Männern fragen sollte. Dann aber verwarf er den Gedanken wieder.

»Aber die Stände am Rathaus sind heute schon alle vergeben. Ihr werdet auf die Langenstraße ausweichen müssen.«

»Das macht nichts. Wir werden schon noch ein Plätzchen finden. Hauptsache ist, dass wir dort neben ehrlichen Händlern zu stehen kommen und nicht neben solchen, die ihr Geld den Aufrührern zutragen.«

Der Mann mit dem Namen Fritz wurde darauf hellhörig. »Wen meinst du denn mit Aufrührern?«

Friedel tat so, als würde er sichergehen wollen, dass seine nächsten Worte nur ja keinem Fremden zu Ohren kamen. »Ja, hast du es denn noch nicht gehört? Überall redet man doch davon. Vom Mord am Kölner Erzbischof.«

»Ja, gewiss. Vom Mord weiß ich, aber nicht von irgendwelchen Aufrührern.«

Friedel trat noch etwas näher an den Händler heran. »Ich habe es von einigen Reisenden gehört. Alle berichteten das Gleiche. Es gibt einige, die sich bei den Streitigkeiten um die Vogteirechte auf Graf Friedrichs Seite gestellt haben und nun auch gegen den neuen Erzbischof zu Felde ziehen wollen.«

»Graf Friedrich? Welcher Graf Friedrich?«

»Jetzt hör aber auf«, moserte Friedel. »Graf Friedrich von Isenberg, der Mörder des Erzbischofs Engelbert. Es soll sogar eine Zeugin geben, die ihn und seine Leute ans Messer liefern kann und sich hier in eurem schönen Bremen aufhalten soll. Das musst du doch wissen! Zumal Graf Friedrich schon versucht hat, ihrer habhaft zu werden, und seine Leute hierhergeschickt hat, damit sie sich überall in der Gegend nach ihr umhören. Sicher werden sich ein paar von ihnen auch unter die Marktleute gemischt haben. Das werdet ihr Bremer doch gehört haben.«

Fritz schien zu überlegen. Er gehörte zu den Menschen, die nicht so ohne weiteres zugeben konnten, von irgendwelchen Geschehnissen vor ihrer Nase nichts mitbekommen zu haben.

»Natürlich, davon hab ich gehört. Aber ich glaub kaum, dass Friedrichs Schurken unter den Marktleuten sind. Da kannst du ganz beruhigt sein. Baut euren Stand nur auf. Die Bremer Wachen werden schon Sorge dafür tragen, dass sich ein solches Pack nicht hier herumtreibt.«

»Na, dann. Gehab dich wohl, Fritz, und gute Geschäfte. Wenn du noch Tuche brauchst, halte Ausschau nach uns. Unser Jerg hat Stoffe, die dir zur Ehre gereichen, und Garne, die du so fein gesponnen sonst nirgendwo findest.«

Doch der Angesprochene schien mit seinen Gedanken schon ganz woanders zu sein. »Ja, ich werde sehen. Euch auch gute Geschäfte, euch auch«, murmelte er zerstreut und verschwand alsbald in der Menge.

Friedel drehte sich zu den anderen um. »Einen glücklicheren Umstand hätte uns der Herr gar nicht bescheren können. Wäre der Fritz kein Händler geworden, hätte er ein vortreffliches Waschweib abgegeben. Der Samen ist in die Erde gebracht. Lang wird's nicht dauern, bis der Keim sprießen wird.« Zufrieden rieb er sich die Hände und nahm den Strick des Ochsen wieder auf, der sich langsam in Bewegung setzte.

Ellin hatte das Gespräch staunend verfolgt. Sollte es wirklich so einfach sein, ein Gerücht wirkungsvoll zu streuen? Sie konnte es kaum fassen. Zudem war ihr etwas mulmig bei dem Gedanken, dass sich nun überall herumsprechen würde, dass sich die einzige Zeugin des Mordanschlags hier in Bremen befand. Doch sie wollte sich nicht von ihrer Angst überwältigen lassen. Nein! Sie würde sich mutig all dem, was auf sie zukam, stellen.

Ruppert schlich mit betretenem Gesichtsausdruck neben Klaas über den Markt. Von Zeit zu Zeit blieben sie an einem der Stände stehen, um die Auslagen zu beäugen und sich scheinbar für die eine oder andere Ware zu interessieren. Doch bislang hatten sie noch nichts Neues in Erfahrung gebracht. Schon morgen würde Klaas sich wie angekündigt auf den Rückweg machen. Die paar Münzen, die Ruppert noch in der Tasche hatte, würden gerade für drei weitere Tage reichen. Danach müsste er sich als Arbeiter verdingen, wenn er in Bremen bleiben wollte, und das so schnell wie möglich. In der Stadt gab es zwei Schmiede. Bei beiden war er bereits vorstellig geworden und hatte ihnen seine Hilfe angeboten. Die Antwort war jedes Mal gleich ausgefallen: Man brauche keinen weiteren Schmied. Auch Rupperts Vorschlag, in der ersten Zeit nur für Kost und Unterkunft zu arbeiten und seine Fähigkeiten unter Beweis zu stellen, stieß auf wenig Gegenliebe. Man hatte ihm kurzerhand die Tür gewiesen. Vielleicht, so hatte der eine ihm geraten, könne er im Hafen beim Be- und Entladen der Schiffe helfen. Doch auch dort hatte Ruppert auf seine Anfrage hin nicht mehr als ein Kopfschütteln bekommen. Es war, als hätte jeder in Bremen seinen festen Platz und seine ihm zugewiesenen Aufgaben. Fremden blieb, wie es aussah, nur die Möglichkeit, in einer der Schenken unterzukommen oder wieder aufzubrechen, wenn die Geldkatze leer war. Selbst die Marktleute kehrten nach getaner Arbeit wieder in die umliegenden Dörfer zurück, aus denen sie stammten, oder zogen weiter. So einladend die Stadt im ersten Moment auch wirkte, so kalt lächelnd wies sie jene ab, die in ihr Fuß fassen wollten.

Ruppert wusste kaum, wie ihm geschah, als Klaas ihn plötzlich am Arm packte und am Weitergehen hinderte. Zur Erklärung deutete er rasch auf einen Händler und seine Kundin, die sich an einem Stand, den sie soeben passiert hatten, unterhielten.

»Er ist ja auch ein großspuriger Gevatter, dieser Friedrich von Isenberg. Aber dass er sogar so weit gehen würde, nur um seine Vogtei-Einkünfte zu sichern und nicht an Macht zu verlieren, hätt ich ihm nicht zugetraut.« Der Händler, hinter dessen Tuchstand sich zusätzlich noch eine Frau um den Verkauf kümmerte, schüttelte fassungslos den Kopf.

»Ach, es sind doch immer die Gernegroßen, die sich die gar abenteuerlichsten Dinge einfallen lassen. Aber hat man Graf Friedrich denn schon gefasst?«, wollte die Kundin wissen.

Der Mann zuckte mit den Schultern. »Das weiß ich nicht. Derzeit befragt unser neuer Erzbischof, Heinrich von Molenark, wohl noch die junge Frau, die Friedrichs Mordkomplott bezeugen kann. Sie müssen ihm die Tat schließlich beweisen, bevor sie ihm die Vogteien wegnehmen und ihn aburteilen können. Heut geht's ja nicht mehr zu wie zu Barbarossas Zeiten, wo allein schon ein Verdacht dem Kaiser genügte, um sich alles unter den Nagel zu reißen. Schließlich sind wir heute ja viel fortschrittlicher.«

»Ja, da sprecht Ihr wahr. Sonst könnte man ja jedem etwas anhängen, dem man Schlechtes will.«

Der Tuchhändler reichte der Frau ein Bündel. »Dann habt recht viel Freude an Eurem Einkauf.«

»Nein, nein, das Kleid ist nicht für mich, sondern für meine Tochter gedacht. Wie soll sich denn das Kind sonst gut verheiraten, wenn es nicht zeigen kann, wie wohlgeraten es gewachsen ist?« Mit diesen Worten wandte sie sich zum Gehen und war alsbald in der Menge verschwunden.

Klaas versuchte, sich zu beruhigen und seine Gedanken zu ordnen. Am liebsten hätte er diesem großmäuligen Händler mitten ins Gesicht geschlagen. Dann aber atmete er mehrmals tief durch und ging mit einem unverbindlichen Lächeln auf den Stand zu.

»Verzeiht, guter Mann. Aber ich kam nicht umhin, Euer Gespräch mit anzuhören.«

Der Mann blickte auf. »Und? Was kann ich für Euch tun?«

»Woher wollt Ihr denn so genau wissen, dass Graf Friedrich von Isenberg für den Anschlag auf den Erzbischof verantwortlich ist?«

Der Tuchhändler öffnete die Arme, als wollte er Klaas umarmen. »Guter Mann, das weiß doch mittlerweile ein jeder im Land. Nun ja, gewiss vertraut man einem wie mir mehr an als so manch anderem. Es ist einfach meine Natur, dass die Menschen sich mir anvertrauen, wisst Ihr?« Er lachte selbstgefällig.

Nun drohte Klaas doch noch die Fassung zu verlieren, aber da redete der Mann auch schon weiter.

»Aber ich kann Euch nichtsdestotrotz etwas verraten, das nicht jeder weiß. Es gibt ja bekanntlich eine Zeugin, die bei von Molenark ihre Aussage machen und Friedrich damit der Tat überführen wird. Und die, nun haltet Euch fest, guter Mann, ist hier in der Stadt.«

Klaas entgleisten die Gesichtszüge. »Sie ist in Bremen? Wie kommt Ihr denn darauf?«

»Kontakte, mein Freund, gute Kontakte. Fragt, wen Ihr wollt. Wenn Ihr jedoch einen Bremer bittet, Euch die verlässlichsten und vertrauenswürdigsten Menschen dieser Stadt zu nennen, verlasst Euch drauf, der Name des Tuchhändlers Fritz aus der Faulenstraße wird immer mit dabei sein.« Vor lauter Stolz schwoll ihm die Brust.

Die Gedanken rasten nur so durch Klaas' Kopf. »Wo?«

»Wie meinen?«

»Wo ist diese Zeugin?«

Der Tuchhändler hob die Augenbrauen. »Verzeiht, mein Herr, doch das darf ich Euch nicht verraten.« Er legte den Zeigefinger an die Lippen und fuhr dann in leiserem Tonfall fort. »Ihr müsst wissen, Graf Friedrichs Leute sind einfach überall. Sogar unter die Marktleute haben sie sich gemischt, um etwas zu erfahren. Als ob wir Bremer dies nicht wüssten. Pah!« Er spuckte auf den Boden. »Dazu müsste dieses Lumpenpack schon früher aufstehen.«

Klaas musterte ihn einen Augenblick, um abzuwägen, wie viel von dem, was der fette Kerl erzählt hatte, der Wahrheit entsprach oder nur von ihm erfunden worden war, um sich wichtig zu machen. Aber was war, wenn seine Worte wahr waren und dieses Weib sich wirklich in der Stadt herumtrieb?

»Aber warum sollte diese Zeugin nach Bremen kommen?«

Wieder dieses selbstgefällige Grinsen seines Gegenübers. Klaas atmete tief durch, um nicht mit einem Satz über die Auslage zu springen und den Kerl am Kragen zu packen.

»Na, um sich hier mit Erzbischof von Molenark zu treffen. Der Erzbischof liebt Bremen, müsst Ihr wissen. Für seinen triumphalen Aufstieg hat er sich keine andere Stadt im Reich vorstellen können. Bremen ist Bischofssitz, wusstet Ihr das nicht?« Er fuchtelte mit dem Finger in der Luft herum. »Mag sein, dass so manch ein Hamburger verbreitet, wir würden dem dortigen Bistum unterstehen. Doch das ist nur Gerede. Der Bischofssitz ist jedenfalls in Bremen, und was die Hamburger treiben, schert uns nicht. Sollen sie doch ihr Domkapitel behalten. Wir sind immerhin eine freie Reichsstadt.«

Klaas hörte kaum noch, was der Tuchhändler plapperte. Er musste seine Gedanken ordnen, und zwar rasch. »Dann habt Dank für Eure Auskunft.« Er wandte sich zum Gehen.

»Aber Ihr habt Euch meine Tuche ja noch nicht einmal angesehen«, entrüstete sich der Händler.

Klaas ignorierte ihn jedoch, zog Ruppert am Ärmel und ging mit ihm davon. Das Gezeter der Frau, ihr Mann solle nicht schwatzen, sondern Stoffe verkaufen, war sogar noch ein gutes Stück weit entfernt zu hören. Schnell fasste Klaas einen Entschluss. »Dieses Drecksstück soll hier in Bremen sein. Wir müssen Friedrich sofort informieren und rausbekommen, wo diese Hure untergekrochen ist.«

Ruppert witterte Morgenluft. »Aber du hast selbst gesagt, dass wir mehr Geld brauchen, wenn wir uns noch länger in Bremen aufhalten wollen. Womöglich fassen wir sie ja noch heute, doch was, wenn nicht?« Er bleckte die Zähne.

Es passte Klaas nicht, dennoch fragte er: »Was schlägst du vor?«

Ein zufriedenes Lächeln umspielte Rupperts Lippen. Endlich hatte er wieder Oberwasser. »Ich bleibe hier und suche nach dem Mädchen, während du zurück nach Burg Isenberg reitest, den Grafen informierst und dann mit Verstärkung wieder zurückkommst. Sollte der neue Erzbischof tatsächlich währenddessen hier eintreffen und ich das Mädchen bis dahin nicht gefunden haben, werde ich mich an die Fersen dieses von Molenark heften und verhindern, dass diese Teufelsnovizin zu ihm gelangt, um ihre Aussage zu machen.«

»Klingt vernünftig«, knurrte Klaas.

»Und da ist noch was.«

Klaas funkelte ihn wütend an. »Ich hab schon darauf gewartet, dass noch etwas nachkommt.«

Ruppert quittierte es mit einem überheblichen Grinsen. »Wenn du wiederkommst, denk daran, einen prall gefüllten Geldbeutel mitzubringen. Ich gedenke, in Bremen mein neues Leben zu beginnen, und brauche dazu etwas Kapital, wie du dir sicher vorstellen kannst. Das sollte Friedrich sein Kopf doch wohl wert sein, oder etwa nicht?«

Klaas funkelte ihn wütend an. »Womöglich hat uns dieser geschwätzige Tuchhändler auch nur eine Geschichte aufgetischt, und weder die Zeugin noch der Erzbischof kommen hierher.«

»Woher sollte der Händler dann überhaupt von der Zeugin wissen?«

Das war ein berechtigter Einwand, dem Klaas nichts entgegenzusetzen hatte. »Ich nehme mir nur, was ich für unterwegs brauche. Das übrige Geld lass ich dir da.«

Ruppert grinste noch breiter. »Ja, das ist ein guter Gedanke.«

»Dann komm. Wir haben keine Zeit zu verlieren.« Sie gingen ein Stück, bis sie die Stände hinter sich gelassen hatten und ihnen kaum noch Menschen begegneten. Da packte Klaas Ruppert plötzlich an der Kehle und drückte ihn gegen eine Hauswand. »Und dass wir uns ganz klar verstehen. Sollte ich erfahren, dass du während meiner Abwesenheit das Geld für Huren hast springen lassen, anstatt nach dem Mädchen zu suchen, wird dir alles Geld der Welt nichts mehr nützen.«

Ruppert wollte sich wehren, doch der Ausdruck in Klaas' Augen verriet ihm, dass dies alles andere als klug wäre. Also nickte er nur und hustete kurz, als der andere den Griff um seine Gurgel wieder löste.

»Gut«, zischte Klaas.

Schweigend gingen sie zur Herberge zurück. Klaas sattelte auf, nickte Ruppert zu und machte sich auf den Weg. Der Schmied atmete erleichtert aus, als er nur noch den Schweif seines Pferdes sehen konnte. Endlich war er den Kerl los! Unschlüssig stand er vor der Unterkunft. Nun konnte er tun und lassen, was er wollte. Und diese Stadt, in der so viel Leben pulsierte, wartete nur auf ihn. Obwohl der Markt schon in vollem Gang war, bauten noch immer Bauern und Händler aus den angrenzenden Dörfern ihre Stände auf. Nur einen Steinwurf von sich entfernt sah er, wie eine kleine Gruppe ihre Waren von einem Ochsenkarren ablud und ihrer Käuferschaft schön angeordnet zu präsentieren versuchte. Gewiss würde selbst diese Gruppe, die spät dran war, noch gute Geschäfte machen. Ja, er mochte, was diese Stadt ihm zu bieten hatte. Pfeifend ging er in die entgegengesetzte Richtung davon, um dort ein anderes Gewerbe mit seinen Münzen zu unterstützen. Noch eine Hausecke, schon konnte er das Lachen der grell geschminkten Huren hören. Für ihn klang es wie Musik.

11. Kapitel

Agnes war keine gebildete Frau, doch dumm war sie nicht. Schnell konnte sie sich einen Reim darauf machen, was es mit dem Besuch von Molenarks und der darauf folgenden Reaktion ihres Herrn auf sich hatte. Wie Graf Friedrich zum ermordeten Erzbischof gestanden hatte, war für niemanden ein Geheimnis. Und die Männer, die auf ihren Pferden durch das Burgtor geprescht waren an jenem Tag, von dem man später erfuhr, dass Engelbert niedergemacht worden war, sprachen ebenfalls eine eindeutige Sprache.

Wenn man Friedrich den Mord allerdings nachweisen konnte, und davon ging Agnes nach dem Besuch von Molenarks aus, wären ihre Tage auf der Burg gezählt, sofern die Burg überhaupt stehengelassen und nicht dem Erdboden gleichgemacht werden würde. Sie war eine einfache Frau, die sich ihr Leben lang immer nur als Hauswirtschafterin verdingt und als solche nicht einmal schlecht verdient hatte. Doch was sollte aus ihr werden, wenn ihr Dienstherr gefangen und hingerichtet werden würde? Um sein Gesinde würde sich Friedrich dann gewiss nicht scheren oder gar Vorsorge treffen. Abgesehen davon musste sie immer wieder an Ellin denken, die junge Novizin und ihre Begleiterin, die am Tage ihres Besuchs auf der Burg zu Tode gestürzt war. Keinen Augenblick lang hatte Agnes geglaubt, dass Ellin für deren Tod verantwortlich war, so wie es allgemein auf der Burg berichtet wurde. Ganz im Gegenteil war sie davon überzeugt, dass es sich anders zugetragen haben musste. Und dass Graf Friedrich sich danach höchstselbst zum Kloster begeben hatte, um den Leichnam der Novizin zu überbringen und Ellin für deren Tod verantwortlich zu machen, war ihr mehr als eigenartig erschienen. Auch Agnes hatte er gefragt, ob sie Ellin an diesem Tage noch einmal gesehen hätte. Kopfschüttelnd hatte sie ihm mitgeteilt, ihr und dieser Jonatha eine der Kammern im Nordtrakt zugewiesen zu haben, wo sie sich wärmen und den furchtbaren Hagel abwarten konnten. Als er ihr in diesem Zusammenhang berichtete, dass er mit eigenen Augen gesehen habe, wie Ellin Jonatha wütend die Treppe hinuntergestoßen habe, hatte sie das erste Mal, seit sie ihn kannte, an seinen Worten gezweifelt. Danach war ihr vieles durch den Kopf gegangen. Und als schließlich der neue Kölner Erzbischof Heinrich von Molenark bei Friedrich vorstellig geworden war, hatte sie das Gespräch der beiden Männer belauscht, indem sie vor der Besucherkemenate stehen geblieben war und ihr Ohr an die Balken der Tür gelegt hatte. Als von Molenark dann am Gehen gewesen war, war sie auf dem Flur rasch an seine Seite getreten und hatte darum gebeten, ihn demnächst aufsuchen zu dürfen. Er hatte ihr knapp mitgeteilt, wo sie ihn in den nächsten zwei Tagen antreffen konnte. Danach war er verschwunden. Niemand hatte Verdacht geschöpft, als sie sich heute früh aufgemacht hatte, um Vorräte zu besorgen. Sicher hätte sie auch eine der Mägde losschicken können. Doch die hatte sie mit einer Reihe von Aufgaben gut beschäftigt zurückgelassen. Nach ihrem Gespräch mit von Molenark würde sie dann noch rasch beim Metzger in Hattingen vorbeigehen, um nicht mit leeren Händen zurückzukehren. Sie hatte also an alles gedacht.

Nun war sie gerade dabei, ihre Röcke zurechtzurücken, als

der Wachmann ihr sagte, dass Heinrich von Molenark sie empfangen würde.

»Da seid Ihr ja, gute Frau. Setzt Euch.« Von Molenark klatschte in die Hände. »Einen heißen Würzwein und eine kleine Stärkung!«, rief er seinem Diener zu, der sich darauf eilig davonmachte.

»Vielen Dank, Herr.« Agnes war beindruckt von der Aura, die diesen Mann umgab. Dass er sie so höflich ansprach, überraschte sie und schmeichelte ihr zugleich.

»Nun, Ihr batet mich um ein Gespräch. Was habt Ihr zu berichten?« Er setzte sich zu ihr an den Tisch und faltete seine Hände.

Agnes rutschte unruhig auf ihrem Stuhl hin und her. Sie fühlte sich unwohl und mochte ihm kaum ins Gesicht blicken. »Ich bitt Euch, Hochwürden, Ihr dürft nicht denken, dass es mir leichtfällt, meinen Herrn zu verraten.«

Er lächelte sie freundlich an. »Ihr verratet ihn nur dann, wenn das, was Ihr sagt, nicht der Wahrheit entspricht, oder Ihr es nur deshalb sagt, um ihm zu schaden. Ansonsten macht Ihr nur eine Aussage, zu der Ihr verpflichtet seid.«

Agnes spürte eine gewisse Erleichterung. Ja, es war ihre Aufgabe, alles zu sagen, was sie wusste. Doch wollte sie sich zuerst noch vergewissern, dass es am Ende nicht zu ihrem Schaden wäre.

Nervös spielte sie mit ihren Fingern. »Es ist so …« Sie brach ab, als der Diener mit einem Brett den Raum betrat.

Der Erzbischof wartete, bis alles auf dem Tisch angeordnet war, und nickte dann. »Danke. Schließ die Tür hinter dir.«

Der Mann tat, wie ihm befohlen. Die beiden waren wieder allein.

»Nun, was habt Ihr zu berichten?«

»Es ist so«, setzte sie erneut an. »Ich bin die Hauswirtschafterin auf Burg Isenberg. Und ich mache mir …«, wieder stockte sie kurz, um die richtigen Worte zu finden, »… Gedanken, was werden soll, wenn mein Herr womöglich seine Freiheit verliert.« So! Sie hatte es gesagt.

»Gibt es denn einen Anlass, weshalb dieser Umstand Eurer Meinung nach eintreten könnte?«

Kurz sah Agnes ihn an, um sogleich wieder den Blick zu senken. Sie nickte. »Und wenn das geschieht, weiß ich nicht, wovon ich leben soll.«

»Ihr seid eine kluge und umsichtige Frau. Und Ihr seid Hauswirtschafterin, sagtet Ihr?«

»Ja, Herr.«

»Dann könnt Ihr Euch freuen. Wie Ihr wisst, bin ich vor kurzem zum Erzbischof von Köln gewählt worden. Ich werde deshalb einen neuen Haushalt zusammenstellen müssen. Eine Wirtschafterin steht dabei mit an erster Stelle.«

Agnes blickte auf und lächelte ihn an. »Und ich könnte dann diese Arbeit annehmen?«

»Wenn Ihr wollt! Ihr scheint mir eine fähige und rechtschaffene Frau zu sein. Wer würde sich nicht glücklich schätzen, eine solche in seinem Haushalt zu wissen.«

Agnes strich ihre Röcke glatt und setzte sich gerade hin. »Dann, Hochwürden, möchte ich gern eine Aussage machen.«

Er nickte ihr huldvoll zu. »Ich werde einen Schreiber hinzubitten, damit am Ende niemand behaupten kann, die Regularien wären nicht eingehalten worden.« Er stand auf, ging zur Tür und wies den Wachposten an. Dann kam er wieder zurück, und sie warteten schweigend, bis ein Mann mit Schreibkiel und einem Stapel Pergamente den Raum betrat.

»Ah, da bist du ja, Sigmund. Setz dich dort hin.« Der Erzbischof wies auf einen der Stühle. »Schreib alles auf, was unser Gast zu berichten hat.«

Der Angesprochene tat, wie ihm geheißen, und sah Agnes erwartungsvoll an.

»Bitte«, forderte von Molenark und gab Agnes mit der Hand das Zeichen, mit ihrer Aussage zu beginnen.

Agnes berichtete zunächst zögerlich, dass auf Burg Isenberg in den Tagen vor dem Mordanschlag auf den verstorbenen Erzbischof ein einziges Kommen und Gehen geherrscht hatte. Oft sei sie kaum mehr mit der Essenszubereitung nachgekommen, so viele Leute hätten sich die Bäuche vollgeschlagen. Zwar sei Friedrich immer ein geselliger Mensch gewesen, doch so viele Gäste seien selbst für seine Verhältnisse ungewöhnlich gewesen. An dem Tag jedoch, an dem eine Novizin zu Tode gekommen und eine zweite spurlos verschwunden wären, seien nur eine Handvoll Vertraute um Graf Friedrich herum gewesen. Besonders auffällig schien es Agnes, dass Giselher von und zu Schwerte durch die kleine Pforte, die sich versteckt an der Rückseite der Burg befand, die Festung betreten hatte. Fast war es ihr so vorgekommen, als wollte Friedrich auf diese Weise vermeiden, so berichtete sie nun schon etwas flüssiger, dass jemand dessen Eintreffen bemerkte. Eigenartig wäre ihr zudem erschienen, dass der Vorgenannte von und zu Schwerte die Burg durch diese Pforte auch wieder verließ, um nur kurze Zeit später mit seinem ganzen Gefolge durch das große Burgtor in den Hof einzureiten.

»Das ist in der Tat ein merkwürdiges Verhalten«, stimmte von Molenark ihr zu. »Erzählt weiter.«

Agnes fuhr mit ihrem Bericht fort, erwähnte dabei am Rande das Gespräch, das sie in der Küche mit den Novizinnen geführt hatte, und verschwieg auch nicht den Umstand, dass sie den jungen Frauen im Nordflügel eine einfache Kammer zugewiesen hatte, in der sie den Hagel abwarten und sich ein wenig aufwärmen sollten. »Ihr müsst wissen, dort geht nur selten jemand hin. Ich dachte, dass sich hier niemand von den Ordensschwestern gestört fühlen könnte.«

»Das war sehr umsichtig von Euch. Und weiter?«

Sie senkte den Blick. »Eine der beiden hat mit mir gemeinsam die Kammer wieder verlassen, um den Abort aufzusuchen. Wir gingen noch ein Stück zusammen, und ich zeigte ihr den Weg.« Sie schluckte schwer. »Ich habe keine von beiden lebend wiedergesehen.«

»Was denkt Ihr, ist geschehen?«

Sie zuckte mit den Schultern und hob den Blick. »Ich weiß es nicht. Ich weiß nur, dass eine der Novizinnen, diejenige, die den Abort aufgesucht hat, am Ende tot war und die andere offenbar die Schuld daran trug.«

Von Molenark sah ihr tief in die Augen. »Aber Ihr glaubt nicht daran, dass die eine durch die andere zu Tode kam?«

Agnes schüttelte schweigend den Kopf.

»Habt Ihr eine Vorstellung, was wirklich geschehen sein könnte?«

Sie hob in hilfloser Geste die Hände. »Was wäre, wenn die beiden Frauen etwas gehört oder gesehen hätten, was Graf Friedrich hätte zur Last gelegt werden können?«

»Was könnte das Eurer Meinung nach sein?«

»Nun, der heimliche Besuch Giselhers von und zu Schwerte über die kleine Pforte könnte doch dafür sprechen, dass er und Graf Friedrich etwas zu besprechen hatten, bei dem kein anderer anwesend sein durfte.«

»Und was denkt Ihr, könnte das gewesen sein?« Von Molenark sah sie noch intensiver an. Er wollte Friedrich dingfest machen. Und dafür brauchte er so viele Zeugen, wie er nur kriegen konnte.

Agnes atmete tief durch. »Der Überfall auf den Erzbischof fand nur drei Tage später statt.«

»Ich verstehe«, sagte von Molenark und nickte bedächtig. »Wenn also die Novizinnen etwas gehört hätten, das nicht für ihre Ohren bestimmt war, würde dies erklären, warum eine von ihnen zu Tode kam. Doch was ist mit der anderen?«

Wieder zuckte Agnes mit den Schultern. »Ich weiß es wirklich nicht, Herr. Sie hat sich nicht von mir verabschiedet, was sie sonst immer tat, wenn sie wieder ging. Ich habe sie nie wiedergesehen.«

»Glaubt Ihr also, dass sie noch immer auf der Burg ist?«

Agnes schüttelte den Kopf. »An jenem Tag herrschte von einem Moment auf den nächsten große Aufregung. Befehle wurden gerufen, Wachmänner jagten durch die Gänge. Sie suchten jemanden.«

»Die junge Novizin?«

»Ich denke schon. Doch auch Stunden danach war mein Herr noch sehr gereizt. Er brüllte die Männer an, drohte ihnen. Ich bekam mit, wie er einem zurief, dass man das Miststück, so sagte er wortwörtlich, auf jeden Fall finden müsse.«

»Und Ihr glaubt, damit meinte er die Novizin?«

Sie nickte.

Von Molenark lehnte sich in seinem Stuhl zurück. Nachdenklich schien er durch Agnes hindurchzusehen. Er musste diese Novizin finden. Wenn es tatsächlich so war, wie die Haushälterin sagte, könnte er Friedrich mit ihrer Aussage endgültig dem Henker überstellen. Und dass dieser den Mord an seinem Vorgänger zu verantworten hatte, daran bestand für den Erzbischof kein Zweifel. Er selbst war auf dem Landtag in Soest anwesend gewesen und hatte die Reaktionen der Grafen von Limburg, von Arnsberg, von Tecklenburg und eben auch Friedrichs von Isenberg mit eigenen Augen gesehen. Erzbischof Engelbert hatte unnachgiebig die neuen Verordnungen des Papstes verlesen und den Grafen deutlich gemacht, dass er Zuwiderhandlungen nicht länger dulden werde. Die Unterdrückung und der Wucher gegenüber den kleinen Handwerkern, Händlern und Bauern sollten ab sofort ein Ende haben. Ganz abgesehen von den immer höher gewordenen Abgaben der Klöster an die adeligen Vögte, die nun wieder auf das vor Jahren festgelegte Maß zurückgesetzt werden sollten. Alle Männer hatten sich gleichermaßen darüber empört gezeigt, zukünftig auf einen Teil ihrer Einnahmen verzichten zu müssen. Doch nur Friedrich war ihm schon damals als der Einzige unter ihnen erschienen, der gegen diese Verordnungen etwas unternehmen würde. Was genau das freilich sein würde, hatte von Molenark nicht geahnt. Doch als er die Nachricht vom Überfall auf den Erzbischof im Gevelsberger Wald erhielt, war er nicht weiter überrascht gewesen. Sofort war vor seinem inneren Auge wieder das Gesicht Friedrichs von Isenberg in dem Moment aufgetaucht, in dem Erzbischof Engelbert sich geweigert hatte, auf die Kompromissvorschläge der Grafen einzugehen.

Mit der Aussage der Haushälterin passte dies alles gut zusammen. Giselher von und zu Schwerte hatte ein heimliches Gespräch mit Friedrich geführt. Der Mann war als unüberlegter Haudrauf, der sich nur mäßig unter Kontrolle hatte, bekannt. Womöglich hatte er sogar selbst den tödlichen Streich gegen den Erzbischof geführt. Letztendlich war es von Molenark einerlei. Für ihn galt es nun, Friedrich als den Anstifter des Mordes zu überführen, dessen Ländereien in den Besitz von Papst und Kaiser übergehen zu lassen und damit auch Friedrichs sich immer weiter ausbreitenden Machtbereich ein für alle Mal einzuschränken. Er lächelte die Haushälterin an.

»Wir müssen jetzt klug vorgehen, meine Liebe. Habt Ihr seither noch irgendetwas über die Novizin in Erfahrung bringen können, die Friedrichs Leuten, wie es scheint, entkommen ist?«

Sie schüttelte bedauernd den Kopf. »Nein, Herr. Nichts. Ich habe eine Magd zum Kloster geschickt, die sich nach ihr erkundigen sollte. Doch Ellin, so heißt die Novizin, ist nicht mehr dorthin zurückgekehrt. Eine ihrer Mitschwestern verriet meiner Magd im Vertrauen, dass Friedrich selbst den Leichnam Jonathas ins Kloster zurückgebracht und der Äbtissin dabei berichtet habe, dass seine Männer einen Streit zwischen den Novizinnen mitbekommen hätten, in dessen Verlauf Ellin ihre Mitschwester so heftig gestoßen habe, dass diese gestürzt sei und sich den Hals gebrochen habe. Daraufhin sei sie geflohen.«

»Und die Mutter Oberin hat dem Grafen geglaubt?«

Agnes schüttelte den Kopf. »Das weiß ich nicht, Herr.«

»Nun denn, Agnes. So ist doch Euer Name, nicht wahr?«

»Ja, Herr.«

Er stand auf. »Ihr solltet Euch auf den Rückweg machen, bevor Euer Herr misstrauisch wird. Ich werde über das Besprochene nachdenken und Euch Nachricht schicken, wenn ich noch Fragen habe.«

Agnes wollte etwas sagen und hob schon an, brach dann aber ab. Sie traute sich nicht, den Erzbischof an sein Versprechen zu erinnern. Schweigend stand sie auf.

Doch von Molenark schien ihre Gedanken lesen zu können. »Es ist für Euch am sichersten, wenn Ihr wie gewohnt Euren Aufgaben nachgeht. Sollte sich der Verdacht gegen Graf Friedrich bestätigen und er dafür zur Rechenschaft gezogen werden, könnt Ihr darauf vertrauen, bei mir eine gute und sichere Stellung zu finden.«

Sie knickste. »Danke, Herr.«

»Und noch etwas. Wenn Ihr von dieser Novizin, dieser

Ellin, etwas hören solltet, und sei es auch nur ein Gerücht, wo sie sich aufhalten könnte, so schickt mir Nachricht.«

»Ja, Herr. Das werde ich.«

»Ebenso wenn Ihr wieder Besuch auf der Burg erhalten solltet und das eine oder andere Wort in diesem Zusammenhang fällt.«

»Ich soll meinen Herrn belauschen?« Sie blickte ihn ängstlich an.

»Aber nein. Doch Ihr seid eine aufmerksame und kluge Frau. Euch entgeht gewiss nichts von dem, was auf Friedrichs Burg vor sich geht. Und in mir habt Ihr einen Euch verbundenen Zuhörer, mit dem Ihr über das sprechen könnt, was Euch auf der Seele liegt.«

Sie lächelte. »Habt Dank für alles.« Ehrerbietig beugte sie das Knie, nickte ihm noch einmal zu und eilte aus dem Raum.

Von Molenark schritt langsam zum Fenster hinüber und sah hinaus in den grauen Dezemberhimmel. Sein Netz war gesponnen. Und es war nur noch eine Frage der Zeit, bis Friedrich sich endgültig darin verfing. Zufrieden lächelte er, als sein Diener in den Raum trat und ihn fragte, ob er noch etwas trinken wolle.

Von Molenark drehte sich um. »Ja, mein Lieber. Bring mir einen besonders guten Tropfen.« Er wandte sich wieder dem Fenster zu und sah zum Himmel hinauf, wo sich gerade die Sonne ihren Weg durch die Wolken bahnte.

12. Kapitel

Ellin war hundemüde und aufgeregt zugleich. Es war bereits dunkel gewesen, als die Gruppe nach einem anstrengenden Tag den Ochsen ausgespannt und versorgt hatte. Danach hatten sich Ellin und Berblin von Jerg und Mechthild verabschiedet und betraten nun endlich Berblins Hütte, um sich auszuruhen. Von den Waren, die sie mit nach Bremen auf den Markt genommen hatte, war ein Großteil verkauft. Friedel Kolderhofer und der Fassschläger Herman waren noch in der Stadt geblieben und würden erst morgen ins Dorf zurückkehren, um in dieser Nacht in Bremens Schenken weiterhin das Gerücht über Graf Friedrich, den Mord und die geheime Zeugin zu verbreiten. Natürlich nur hinter vorgehaltener Hand und im Vertrauen. Denn nur dann war ein Gerücht auch interessant genug, um weitergetragen zu werden. Schon bald würde wohl ein jeder neugierig in die Gesichter der Händlerinnen sehen, die einmal wöchentlich auf dem Markt ihre Waren feilboten, hieß es doch, dass die geheime Zeugin sich damit ihr Geld verdienen würde und deshalb dort anzutreffen wäre. Nur so, hatte Friedel Ellin erklärt, wenn sich die Aufmerksamkeit von Friedrichs Männern auf einen bestimmten Wochentag konzentrierte, könnten sie sichergehen, auf einen möglichen Angriff vorbereitet zu sein. Noch in Bremen hatten sie beratschlagt, ob es nicht sinnvoller wäre, Selete als Ellins Aufenthaltsorts anzugeben, um die Schurken aus ihren

Verstecken aufzujagen und sie, wie schon ihre zwei toten Kumpane, im Dorf willkommen zu heißen. Doch dies hätte bedeutet, dass sie Tag und Nacht auf der Hut sein müssten, was vor allem Friedel kein guter Plan zu sein schien. »Man muss wissen, wann man mit seinem Gegner zu rechnen hat«, hatte er zu Ellin gesagt. Und sich einmal in der Woche, noch dazu in Bremen und mit dem ein oder anderen gut versteckten Dörfler im Rücken, auf das Lumpenpack einzustellen war allemal berechenbarer und ungefährlicher.

Berblin legte den Riegel vor, nachdem sie hinter Ellin die Kate betreten hatte.

»Ich bin hundemüde. Dabei bin ich sonst ja auch nicht gerade faul. Aber der Fußmarsch hin und zurück und dann all das Gerede am Stand mit den Leuten. Hoffentlich tauchen Graf Friedrichs Leute gleich am nächsten Markttag auf. Ich will das nicht wochenlang wiederholen müssen.«

»Danke«, sagte Ellin und lächelte die Frau, die ihr in den letzten Tagen zur Freundin geworden war, an.

»Ach, ich bitt dich. Wir tun es ja nicht nur für dich, sondern auch für die Suse. Und gute Geschäfte haben wir außerdem gemacht.«

»Trotzdem«, beharrte Ellin. »Ich habe bei euch eine Großmut und Herzlichkeit erfahren, wie ich sie nie für möglich gehalten hätte. Manchmal habe ich nur Angst, dass ich euch alle ins Unglück stürze. Genau wie Mathes und Linhart«, fügte sie leise hinzu.

»Nun aber fort mit den dunklen Gedanken«, sagte Berblin und fuchtelte mit den Armen herum, als verscheuche sie Insekten. »Uns wird schon nichts geschehen.« Sie ging zur Feuerstelle hinüber und entzündete einen Kienspan, mit dem sie wiederum getrocknete Blätter und danach kleinere Hölzer zum Brennen brachte, bis die Glut schließlich stark genug war, um zwei große Holzstücke aufzulegen. Schnell züngelten Flammen an ihnen empor.

Ellin trat hinzu und streckte ihre Hände aus, während Berblin den Kessel an die Stange hängte und einmal mit der Kelle die Suppe umrührte. »Für heute Abend und morgen früh wird's noch reichen, dann muss ich eine neue aufsetzen.«

»Ich habe heute einen guten Teil der Bürsten verkauft, die ich aus Ladbergen mitgebracht habe, und auch darüber hinaus habe ich noch einige Münzen.« Ellin zog einen kleinen Lederbeutel hervor. »Mir wäre wohler, wenn ich dir deshalb gleich das Geld für die Unterkunft und das Essen geben dürfte.«

»Warum? Willst du in der Nacht heimlich fortlaufen?«

Ellin zuckte mit den Schultern. »Nein, aber wer weiß schon, was als Nächstes geschieht. Noch vor wenigen Tagen lebte ich im Kloster. Seitdem habe ich Menschen sterben sehen und musste auch um mein eigenes Leben fürchten.« Sie drückte Berblin die Münzen in die Hand. »Deshalb möchte ich dich lieber gleich bezahlen. Sag mir, wenn es aufgebraucht ist.«

Berblin steckte das Geld ein. »Wie du willst.« Kurz zögerte sie. »Aber du wirst doch nicht irgendwelche Dummheiten im Sinn haben?«

Ellin schüttelte den Kopf. »Nein. Was meinst du damit?«

»Ach, gar nichts. Ich wollte nur sichergehen, dass du nicht wieder dem Gedanken verfällst, bald unserem Herrn gegenüberzustehen.«

»Nein, gewiss nicht.« Ellin ließ sich auf die Bank fallen und streckte die Beine aus. »Das ist vorbei. Ganz im Gegenteil. Jetzt will ich, dass wir dieses Pack fassen, das Mathes und Linhart auf dem Gewissen hat, und im nächsten Schritt Graf

Friedrich an den Galgen bringen. Denn er ist schuld daran, dass dies alles geschehen ist, und soll dafür büßen.«

»Ja, so gefällst du mir.« Berblin kam mit zwei Bechern in der einen und einem Krug Bier in der anderen Hand an den Tisch und setzte sich. »Hier. Einen Schluck können wir uns schon gönnen, bis sie Suppe so weit ist.«

Ein warmer Würzwein wäre Ellin lieber gewesen, doch das sagte sie nicht.

Die Frauen plauderten ein wenig während des Essens, legten sich dann aber alsbald schlafen. In Gedanken ging Berblin noch einmal durch, was sie am nächsten Tag alles zu erledigen hatte, während Ellin sich kaum traute, die Augen zu schließen.

Bisher waren ihr noch jede Nacht Mathes und Linhart im Traum erschienen, mit durchtrennten Kehlen und dem unausgesprochenen Vorwurf in den Augen, dass Ellin sie beraubt habe. Und auch heute sollte es nicht anders sein, nachdem der Schlaf endlich über sie gekommen war. Schweißgebadet fuhr sie mitten in der Nacht hoch, vergegenwärtigte sich, wo sie war, und legte sich wieder hin. In einem stummen Gebet bat sie den Herrn um Vergebung und um Rat, bis sie nach langer Zeit wieder einschlief. Als der Morgen kam, fühlte sie sich kraftlos und erschöpft.

»Du siehst nicht gut aus«, begrüßte Berblin sie, als Ellin sich auf der Pritsche aufsetzte.

»Es ist immer der gleiche Traum, der mir zu schaffen macht. Du weißt schon, der von Mathes und Linhart.«

Berblin nickte verständnisvoll. »Glaub mir. Sobald dies alles überstanden ist, wird auch deine Seele ihren Frieden wiederfinden. Und vielleicht sind dir die Zwillinge ja gar nicht bös, weil du ihre Sachen genommen hast. Vielleicht sind sie eher zornig, weil ihre Mörder, bis auf zwei, noch immer frei herumlaufen. Wirst schon sehen. Wenn wir die Kerle erst einmal haben und wieder Ruhe in dein Leben einkehrt, werden auch die Träume verschwinden.«

»Bist du sicher?«

»Aber ja, wenn ich's dir doch sage. Auch ich hab am Anfang gar fürchterliche Träume von meinem Hannes gehabt. Er erschien mir und warf mir vor, dass all meine Kräuter ihm nicht geholfen hätten. Doch das änderte sich mit der Zeit. Wenn er mir nun des Nachts begegnet, dann unterhalten wir uns, gehen gemeinsam über grüne Wiesen und sprechen über alles, was uns gerade in den Sinn kommt. Oder ich drehe mich so lange im Kreis mit ihm, bis uns taumelig wird und wir lachend zu Boden fallen.«

Ellin legte ihre Hand auf Berblins. »Das ist schön. Er fehlt dir sehr, nicht wahr?«

Berblin sah sie aus glasigen Augen an. »Mehr, als ich sagen kann. Aber ich weiß, dass alles im Leben seinen Sinn hat. Und vielleicht musste ich ihn verlieren, um nun dich retten zu können. Wer weiß?« Sie zuckte mit den Schultern, und Ellin beugte sich zu ihr hinüber und umarmte sie herzlich.

Sie erschraken, als es plötzlich an die Tür hämmerte.

»Ich bin's, Berthold, und ich frier mir hier draußen den Arsch ab. Macht schon auf.«

Berblin zog den Riegel zurück und öffnete die Tür.

»Du musst immer erst vorsichtig aus dem Fenster schauen, ob ich auch wirklich alleine bin oder ob dich ein paar Lumpen in eine Falle locken wollen«, mahnte Berthold sie, trat ein und ließ die Tür krachend hinter sich ins Schloss fallen.

»Wenn sich jemand über dich Zutritt bei mir verschaffen wollte«, konterte Berblin, »würdest du mich wahrscheinlich freundlich um Einlass bitten. Solltest du also eines Tages deine Schimpfereien und Flüche unterlassen, werde ich sicherheitshalber die Tür nicht öffnen und gleich noch die Truhe vor sie schieben.«

Berthold grinste schief und wandte sich dann an Ellin. »Ich hab dir was mitgebracht.«

Er legte einen in Tuch gehüllten Gegenstand auf den Tisch und hob vorsichtig die Tuchenden an. »Das schenken dir meine Bienen.«

Ellin strich vorsichtig darüber. »Das sind Wachsplatten.«

Berthold lächelte sie zahnlos an. »Ganz recht. Und deine Bienen scheinen es nun doch geschafft zu haben. Gerade erst heute Morgen haben sie für mich gesungen.«

»Sie haben was?«

»Hast du das denn noch nie gehört? Die Bienen singen uns ihr Lied. Das ist ihre Art, uns zu sagen, dass sie sich wohl fühlen. Und heute Morgen, als ich den Verschlag betrat, da haben sie für mich gesungen. Lieblich und rein. So wird auch der Honig sein, den sie uns künftig bescheren. Wirst schon sehen.«

Ellin sah den alten Kauz an. Er schien plötzlich wie ausgewechselt zu sein, begeistert und voller Freude. »Du liebst Bienen, nicht wahr?«

»Wer täte das nicht?« Das Lächeln verschwand. »Empfindest du denn nicht so? Dann solltest du mir sagen, wie viel ich dir zu zahlen habe, damit du mir deinen Stock überlässt. Diese Geschöpfe sind zu rein, zu vollkommen, als dass sie jemandem gehören sollten, der sie nicht zu schätzen weiß.« Wütend funkelte er sie an.

»Aber sie hat doch gar nichts gegen die Bienen gesagt«, versuchte Berblin, ihn zu beschwichtigen.

»Ich habe die Bienen noch nicht lange. Deshalb haben sie für mich auch noch nicht gesungen«, erklärte ihm Ellin ruhig.

Bertholds Haltung entspannte sich. »Dann wird das schon

noch kommen, wenn du nur gut zu ihnen bist.« Er deutete auf die Wachsplatten. »Ich gebe dir diese hier, damit du mit deiner Arbeit beginnen kannst.«

Ellin sah ihn fragend an, woraufhin sein Blick zu Berblin wanderte. »Hast du mir nicht erzählt, sie sei Kerzenzieherin?«

»Ja, das stimmt«, antwortete Ellin anstelle der Freundin. »Ich habe nur nicht gedacht, dass ich diese Arbeit hier bei euch wieder aufnehmen könnte.«

»Aber warum denn nicht? Der Mensch muss arbeiten. Dafür ist er doch gemacht.« Berthold sah sie kopfschüttelnd an.

»Ja, natürlich«, sagte Ellin schnell.

Er grunzte etwas Unverständliches, dann wickelte er das Tuch wieder um die Wachsplatten. »Sag mir, wenn du mehr brauchst. Ich habe noch etwas da. Aber ich nehm mir die gleiche Menge Wachs von dir zurück, sobald deine Bienen so weit sind.«

»Ja sicher, und danke, Berthold.«

»Schon recht.« Er schlurfte zur Tür, schob den Riegel zurück und trat wieder ins Freie. Berblin sah, wie er kopfschüttelnd davonging. Er war schon ein Original, der alte Bienenkauz.

»Viel ist es nicht.« Ellin berührte fast zärtlich die Bienenwachsplatten vor sich.

»Hast du dir schon einmal überlegt, Kerzen aus Rindertalg herzustellen? Das kostet nicht viel, und du kannst eine größere Stückzahl fertigen.«

Ellin verzog angeekelt das Gesicht. »Ich habe diese Kerzen einmal gemacht, als uns das Bienenwachs ausgegangen war. Von ihrem Geruch wurde mir übel, fast hätte ich mich übergeben müssen. Ich glaube nicht, dass ich …« Sie brach ab.

»Aber du hast recht«, murmelte sie. Ihr war soeben ein Gedanke gekommen.

»Was ist?«, fragte Berblin.

»Was wäre denn, wenn wir Kerzen aus Rindertalg *und* Bienenwachs herstellen würden?«

»Wie das?«

»Habt ihr hier einen Knochenhauer, einen Metzger?«

»Im Dorf selbst nicht. Doch nicht weit von hier gibt es einen Hof. Dort schlachten sie selbst.«

»Auch Rinder?«

»Ich glaube, sogar nur Rinder.«

Ellin ging zur Truhe hinüber und zog ihren und Berblins Umhang heraus.

»Was soll denn das?« Berblin sah sie erstaunt an.

Ellin zog Mathes' Ledersäckchen hervor und prüfte ihre Münzen. »Na, wir müssen los zum Metzger.« Rasch legte sie sich und Berblin, die noch immer mit verständnislosem Blick mitten im Raum stand, die Umhänge um die Schultern. »Nun komm schon.« Ellin schob die Freundin zur Tür hinüber. »Sonst werden wir heute nicht mehr fertig.«

Für Berblin war es eine große Freude zu sehen, wie Ellin aufblühte. Seit ihr der Einfall mit dem Rindertalg gekommen war, war die junge Frau wie verwandelt. Beschwingt war sie immer ein paar Schritte schneller als Berblin den Pfad entlanggegangen, hatte sie ein ums andere Mal gefragt, wie weit es noch sei und ihr zwischendrin erklärt, wie sie Rindertalg und Bienenwachs miteinander verschmelzen wollte. Denn sie habe, so erklärte Ellin ihr, im Kloster zunächst zwar nur das Kerzenziehen erlernt, später jedoch eher das Kerzenformen und -modellieren, da das gut betuchte Kloster ausschließlich Bienenwachs zur Kerzenherstellung nutzte. Dabei hatte sie sich so manches Mal den Unmut der Mutter Oberin zugezogen, wenn sie statt der gewünschten geraden Klumpenkerzen feine geschwungene, längliche Formen hergestellt hatte, über die sowohl die Schwestern als auch die Gäste des Klosters staunten.

»Nun bist du frei und kannst die Art von Kerzen herstellen, die du willst«, hatte Berblin ihr geantwortet. »Nur musst du bedenken, dass die meisten Leute, an die du sie verkaufen wirst, nicht viel Geld haben. Nicht dass du am Ende nichts mehr an ihnen verdienst.«

Die Worte der Freundin schienen Ellin nochmals beflügelt zu haben. »Du hast recht«, hatte sie geantwortet. »Ich kann die Kerzen in Zukunft formen, wie ich will, groß oder klein, geschwungen oder ganz schlicht, und sie mit einem herrlichen Duft versehen.«

Mit dem Metzger waren sie sich schnell handelseinig geworden. Einen ganzen Bottich Rindertalg hatten sie erstanden, und Berblin musste sich so manchen Fluch verkneifen, als sie das schwere Gefäß gemeinsam nach Hause schleppten. Kaum dass sie die Hütte wieder erreichten, hatte Ellin der Freundin zugerufen, noch schnell bei Jerg vorbeischauen zu müssen, aber sogleich wieder zurück zu sein. Einen kurzen Augenblick hatte Berblin geglaubt, dass sich womöglich etwas zwischen den beiden anbahnte. Doch Ellin war so rasch zurück, dass sie kaum Zeit für ein Gespräch mit Jerg gehabt haben konnte, geschweige denn für mehr. Aufgeregt breitete Ellin nun einige Baumwollfäden auf dem Tisch aus.

»Siehst du. Ich habe mir von Jerg die feinsten Fäden geben lassen, die er hatte. Und als ich ihn danach fragte, hat er mir sogar zugesichert, noch dünnere herstellen zu können.«

»Nun leg doch erst einmal deinen Umhang ab«, sagte

Berblin und tastete vorsichtig nach den Fasern. »Was willst du überhaupt mit den Fäden? Sind sie etwa für die Dochte? Sehen die so aus?«

»Nicht ganz. Wir müssen sie erst noch straff flechten.« Ellin blickte auf. »Du kannst doch flechten, oder?«

Berblin verzog das Gesicht. »Wer kann denn nicht flechten?«

Ellin rieb die Hände aneinander und pustete mehrmals in sie hinein. »Meine Finger sind so klamm, dass ich sie gar nicht richtig bewegen kann.«

»Herrschaftszeiten, jetzt komm doch erst einmal wieder in Ruhe hier an. Die Kerzenherstellung wird dir schon nicht davonlaufen. Seitdem dir der Gedanke kam, hetzt du mich durch die Gegend wie eine Kuh bei Gewitter.«

»Bist du zornig auf mich?« Ellin hielt mitten in der Bewegung inne.

Berblin seufzte, trat auf die Jüngere zu und drückte sie kurz an sich. »Aber nein, wie kommst du denn darauf? Ich freue mich von Herzen für dich! Doch du gehst mit solchem Feuereifer an die Sache, dass ich kaum mithalten kann. Dabei möchte ich nur nicht, dass du am Ende enttäuscht bist, sollte es nicht so werden, wie du es dir vorstellst.«

Berblin musste daran denken, wie oft sie selbst Pläne gemacht hatte, dann aber hatte erkennen müssen, dass sie diese nicht in die Tat umsetzen konnte. In den wenigen Tagen ihres Hierseins war Ellin ihr so sehr ans Herz gewachsen, dass sie ihr diese Erfahrung ersparen wollte. Doch war das richtig? Sie war gerade einmal zehn Jahre älter als Ellin, verhielt sich ihr gegenüber aber ständig so, als wäre sie eine Art Muttersatz für sie. Woher kam das nur? Weil ihr eigenes Kind gestorben war?

»Aber«, brachte Ellin zögerlich hervor, »warum sollte es

denn nicht gelingen? Du bist doch sonst immer diejenige, die mir Mut zuspricht und mir sagt, dass man die Dinge einfach nur angehen muss.«

Berblin lächelte. »Das stimmt! Trotzdem will ich nicht, dass du womöglich enttäuscht wirst. Aber das ist natürlich Unsinn und führt am Ende nur dazu, gar nichts zu tun und ständig hin und her zu überlegen.«

»Ich verstehe nicht?«

»Ach, vergiss es. Also, was muss ich tun, um eine schöne Kerze herzustellen? Zeigst du's mir?«

Ellin fühlte sich etwas verunsichert, wollte es aber nicht zeigen. Woher nur kamen plötzlich die düsteren Gedanken Berblins? War sie vielleicht doch nicht so stark und tatkräftig, wie Ellin sie kennengelernt hatte? Ohne mit der Wimper zu zucken, hatte sie ein Gift hergestellt, um es Graf Friedrichs Kumpanen heimzuzahlen. Mit festen Schritten war sie nach Bremen gezogen, ohne auch nur den leisesten Zweifel daran aufkommen zu lassen, dass ihr Vorhaben nicht von Erfolg gekrönt sein könnte. Und auf dem Markt war sie diejenige gewesen, die ihre Waren am lautesten angeboten und mit den Kunden gefeilscht hatte, als gäbe es kein Morgen mehr. Warum also jetzt diese Unruhe? Doch sie beschloss, sich ihre Gedanken nicht anmerken zu lassen.

»Also, am besten fertige ich eine erste Kerze und zeige dir dabei jeden einzelnen Schritt, und die nächste machen wir dann zusammen.«

»Oder wir teilen uns auf, ich fertige die Dochte, und du erledigst den Rest. Schließlich muss ich mich auch noch um meine Kräuter kümmern.«

»Ja, das geht auch.«

»Dann lass es uns so machen. Immerhin bist du die Kerzenzieherin und nicht ich.«

Ellin sah kurz zu Boden. »Die Kerzenzieherin«, murmelte sie.

Berblin sah sie nur fragend an.

»Weißt du, mein Leben lang war ich immer nur eine von vielen Novizinnen. Irgendwie schien es für mich so gar nichts anderes zu geben. Kaum eine der Schwestern hat in mir etwas anderes gesehen als eine Mitschwester, jedenfalls keine Kerzenzieherin. Es gefällt mir, dass mich die Menschen hier im Dorf anders betrachten.«

Berblin nahm einen Baumwollfaden und rollte ihn zwischen ihren Händen. »Weißt du eigentlich schon, was du tun wirst, wenn die Sache mit Friedrichs Männern ausgestanden ist?«

Ellin schüttelte wortlos den Kopf und sah zu Boden.

»Hast du schon einmal darüber nachgedacht hierzubleiben?«

Ellin schluckte schwer. »Das letzte Mal, als mir jemand angeboten hat, zu bleiben, bezahlten er und sein Bruder dies mit ihrem Leben. Ich habe Angst.« Sie brach ab.

»Wovor?«

»Dass dir etwas geschieht. Dass sie dir und den anderen Dörflern wegen mir das Gleiche antun, was sie Mathes und Linhart angetan haben.«

Berblin zog sie an sich und schloss sie in die Arme. »Das siehst du ganz falsch, meine Kleine. Hier liegt die Sache völlig anders. Diese Kerle befinden sich doch noch immer in dem Glauben, dass sie hinter dir her sind. In Wahrheit jedoch sind wir hinter ihnen her.« Sie lockerte die Umarmung und hielt Ellin ein Stück weit von sich weg, um ihr in die Augen zu sehen. »Du entscheidest, ob du bleiben möchtest, oder gehst, wenn du glaubst, dass der Zeitpunkt hierfür gekommen ist. In Ordnung?«

»Ich danke dir.« Kurz umarmte sie die Ältere und drehte sich dann rasch um, damit diese ihre Tränen nicht sah.

Berblin bemerkte es, ließ es aber gut sein. Sie legte den gerollten Faden ab und nahm sich einen neuen. »Wie lang sollen die Dochte denn sein?«

Ellin drehte sich um. »Ich denke, wir machen erst einmal eine kleine Kerze, an der wir sehen können, ob alles so klappt, wie ich es mir vorstelle.« Sie nahm einen der Fäden auf und deutete mit der Hand. »Wenn wir erst einmal so ein langes Stück nehmen, dürfte das reichen.«

Berblin hielt ihr drei bereits gerollte Fäden entgegen, die sie nun zu einem Docht verarbeiten wollte. »Hier, halt die Enden fest. Für das kleine bisschen Flechtarbeit brauche ich die Fäden nicht erst irgendwo anzubinden.«

Ellin tat, wie ihr geheißen, und wunderte sich, wie schnell und kraftvoll Berblin die Fäden miteinander verflocht. Der Docht war danach so fest, dass er fast von alleine stand.

»Na, dann wollen wir mal.«

Ellin füllte Talg in den Kessel, den sie von Mathes und Linhart mitgenommen hatte, und hängte ihn über die Flamme. Der widerwärtige Geruch, den sie schon kannte, ließ nicht lange auf sich warten. Doch sie ignorierte die beißenden Dämpfe. Vorsichtig schlug sie das Tuch beiseite, das Berthold um die Bienenwachsplatten gewickelt hatte. Mit einem Messer trennte sie einen schmalen Streifen davon ab und knetete das Wachs zu einer Kugel zusammen. Während der Talg über der Flamme langsam schmolz und sich am Rand bereits vom Kessel löste, rollte sie die kleine Wachskugel auf dem Tisch zu einer länglichen dünnen Wurst. Dann drückte sie über deren gesamte Länge hinweg mit einer Messerspitze vorsichtig mittig eine Rille in sie hinein, in die sie schließlich den Docht presste. Danach zog sie das Wachs links und rechts des Dochtes wieder über diesen hinweg, um wieder eine Rolle zu erhalten. Vorsichtig walzte sie diese mehrmals über den Tisch, um sie wieder ganz rund und glatt zu bekommen, bis nur noch ein Teil des Baumwolldochtes an einem Ende heraushing.

»Du hast vollkommen recht. Dieser Talg stinkt gewaltig, wenn er heiß wird.« Berblin rümpfte die Nase.

Ellin ging zum Kessel hinüber und prüfte, ob der Talg bereits flüssig war. Doch in der Mitte des Kessels schwamm noch immer ein dicker, fester Klumpen. Sie beschloss, noch einen Moment abzuwarten. Zu heiß wollte sie den Talg allerdings auch nicht werden lassen, damit er den gerade gerollten Bienenwachsschlauch nicht zum Schmelzen brachte, sobald sie diesen in ihn eintauchte. Nochmals sah sie in den Topf, griff nach einem Tuch, nahm den Kessel von der Flamme und stellte ihn vor sich auf dem Boden ab. Berblin kam um den Tisch herum, um genau sehen zu können, was Ellin als Nächstes tat.

»Ich werde den Docht mit dem Bienenwachs jetzt kurz durch den Talg ziehen«, erklärte Ellin und tat schon im nächsten Moment, was sie angekündigt hatte. Sofort legte sich eine schmutzig weiße Talgschicht um das gelbe Bienenwachs, das aber immer noch leicht hindurchschimmerte. Sie wartete einen Augenblick, dann tauchte sie die Kerze ein weiteres Mal ein. Fünfzehn Mal wiederholte sie diesen Vorgang, dann richtete sie sich auf und besah ihr Werk.

»Sieht wie eine ganz normale Kerze aus«, urteilte Berblin.

»Ich lege sie jetzt auf dem Tisch ab, damit sie keine Delle bekommt und aushärten kann. Das wird ein bisschen dauern.«

»Na wunderbar. Dann können wir ja endlich etwas essen.« Berblin nahm die Wachsplatte vom Tisch und legte sie in das kleine Regal an der Wand. Dann ging sie zu ihrem eigenen

Kessel, der mit der Suppe gefüllt war, die sie am Morgen neu aufgesetzt und durchziehen hatte lassen, und hängte ihn über die Flamme. Viel Speck für die Einlage hatte sie nicht mehr gehabt, nur noch Gemüse. Berblin ärgerte sich, dass vorhin beim Knochenhauer alles so schnell gegangen war, dass sie gar nicht daran gedacht hatte, dabei auch gleich ihre Vorräte wieder aufzufüllen. Doch es würde auch so gehen. Außerdem hatte sie noch immer mit dem Talggestank zu kämpfen, der sich im ganzen Raum ausgebreitet hatte. Hoffentlich hatte die Suppe diesen ekligen Geruch nicht angenommen. Denn dann würde sie gewiss keinen Hunger mehr haben.

Ellin hatte mittlerweile zwei Becher geholt, mit Bier gefüllt und auf den Tisch gestellt.

»Was glaubst du? Ob mein Einfall bei den Bremern Gefallen finden wird?«

Berblin rührte gleichmäßig in der Suppe. »Kommt darauf an, ob das Bienenwachs diesen widerlichen Talggestank wirklich überdecken kann. Wenn dem so ist, wirst du die Kerzen gar nicht so schnell ziehen können, wie die Leute sie kaufen. Glaub mir, die Bremer sind ein eitles Völkchen. Wenn sie etwas bekommen können, das andere nicht haben, werden sie dir zujubeln.« Berblin grinste schief. »Ich weiß, was wir tun werden.«

»Was denn?«

»Wenn wir das nächste Mal in Bremen auf dem Markt sind, werden wir überall verbreiten, dass die Hamburger deine Kerzen wollen, du aber noch unschlüssig bist, ob du sie beliefern wirst.«

»Wieso denn das?«

»Ja, weißt du, die Bremer und die Hamburger, das ist so eine Sache. Seitdem von der geistlichen Obrigkeit entschieden wurde, dass das Bistum Bremen der Leitung des Bistums

Hamburg unterstellt wird, der Sitz des Doppelbistums aber in Bremen ist, das Domkapitel dagegen in Hamburg, versuchen sie einander zu überbieten, wo sie nur können. Wenn also ein Bremer Pfeffersack hört, dass du etwas anzubieten hast, was die Hamburger gern hätten, hast du die Münzen schon so gut wie im Sack.«

»Eigentlich hoffe ich, die Menschen auch ohne deine List von meinen Kerzen überzeugen zu können«, brachte Ellin etwas eingeschüchtert hervor.

»List hin oder her. Am Ende des Tages musst du sehen, dass du etwas zu beißen hast. Und wenn ein Bremer, der eine deiner Kerzen kauft, zudem der Meinung ist, damit auch noch einen kleinen Sieg über die Hamburger errungen zu haben, braucht dich das doch nicht zu scheren.«

Ellin lächelte. »Stimmt.« Vorsichtig befühlte sie ihre Kerze, um zu prüfen, ob diese bereits getrocknet war.

»Sei so gut und leg sie beiseite«, bat Berblin. »Die Suppe ist fertig, und ich will nicht, dass wir dein kleines Schmuckstück bekleckern.«

»Na ja, Schmuckstück ist wohl zu viel gesagt.« Ihr Blick ging zum Regal hinüber, wo die Blüten, die Berblin während der letzten warmen Monate gesammelt hatte, noch immer zum Trocknen auslagen.

»Da sind deine Blumen da drüben schon eher ein Schmuck.«

»Dann tauch sie doch in Wachs und bind sie dir um. Dann hast du deinen Schmuck.«

Ellin sah Berblin an, als hätte sie einen Geist vor sich. »Aber das ist es doch!«

»Was?«, fragte Berblin verdutzt.

»Frauen schmücken sich gern und besitzen gerne schöne Sachen, aber die meisten können sich Edelsteine und Perlen nicht leisten. Wie wäre es daher, wenn wir getrocknete

Blütenköpfe in flüssiges Bienenwachs tauchen und danach mit bunten Bändern zu Schmuck verarbeiten würden?«

Die Ältere sah sie nur mit zusammengezogenen Augenbrauen an. »Was willst du?«

Ellin umarmte sie überschwenglich. »Du hast doch selbst gesagt, die Bremer kaufen alles, nur um den Hamburgern etwas vorauszuhaben. Warum also nicht auch einmal etwas Ausgefalleneres?«

Berblin tauchte die Kelle in die Suppe und füllte nach und nach zwei Schalen, die Ellin ihr abnahm und auf den Tisch stellte.

»Verstehst du denn nicht?«, hakte sie noch einmal eindringlich nach.

Berblin setzte sich an den Tisch und führte genussvoll den Löffel zum Mund. Sie hatte seit Stunden nichts mehr gegessen, und ihr Magen hatte sie bereits mehrmals laut knurrend darauf aufmerksam gemacht.

»Ehrlich gesagt, verstehe ich kein Wort. Aber ich habe das Gefühl, noch ehe diese Schale leer ist, wirst du es mir erklärt haben. Ob ich nun will oder nicht.«

Ellin nahm rasch ihren Löffel zur Hand. »Du hast schon wieder einmal recht. Also, hör zu, ich erzähle dir genau, worum es geht.«

13. Kapitel

Lorentz, Erhard! Was für eine Freude. Wenigstens ihr kehrt heim!« Friedrich von Isenberg trat den beiden entgegen und umarmte sie, als sie den Burgsaal betraten. »Ich glaubte schon, keinen von euch wiederzusehen. Was ist mit Klaas, Georg und Thomas?«

»Es geht ihnen gut. Georg und Thomas werden in ein paar Tagen hier eintreffen, Klaas jedoch ...« Lorentz hob die Arme.

»Was ist mit ihm?«

»Er ist mit diesem Hurensohn von Schmied noch in Bremen, um zu sehen, ob die Novizin sich dort blicken lässt.«

»Wieso Bremen?«

»Wir haben ihren Weg Richtung Norden verfolgt«, erklärte Erhard. »Sie hatte nach dem Zwischenfall in Hattingen Unterschlupf bei zwei Bürstenmachern in Ladbergen gefunden, wo sie uns aber knapp entwischt ist. Doch wenn sie den einmal eingeschlagenen Weg beibehalten hat, muss sie irgendwann in Bremen oder einem der umliegenden Dörfer ankommen. Georg und Thomas klappern die Gegend nach ihr ab und versprechen denen, die uns Nachricht zukommen lassen, eine gute Belohnung. Irgendwann wird sie einer sehen und sich melden.«

»Wenn es dann nicht schon zu spät ist«, presste Friedrich hervor. »Ich hatte Besuch.«

»Von wem?«

»Heinrich von Molenark, unserem neuen, hochverehrten Erzbischof«, erklärte er höhnisch.

»Was wollte er?«

»Kommt, setzen wir uns. Dann erzähle ich euch alles. Agnes!«, brüllte er.

Es dauerte nur einen Augenblick, bis die Haushälterin in der Tür erschien. »Ja, Herr?«

»Bring uns Wein, aber einen guten. Und trag etwas zu essen auf.«

Sie knickste und eilte dann nach draußen.

Die drei Männer setzten sich an den langen Tisch. Friedrich an die Stirnseite, seine Kumpane rechts und links von ihm.

»Dieser elende Wurm von Molenark hat mich mehr oder weniger offen beschuldigt, für den Überfall auf den Kölner Erzbischof und damit seine Ermordung verantwortlich zu sein.«

Friedrich berichtete ausführlich, wie der Besuch von Molenarks auf Isenberg verlaufen war.

»Aber dann hat er dich im Grunde doch gar nicht beschuldigt. Er wollte dich offenbar nur nervös machen«, folgerte Lorentz.

Agnes kam mit einem vollbeladenen Brett zurück in den Saal.

»Stell es einfach hier ab«, forderte Friedrich. »Den Rest machen wir selbst.«

Sie tat, wie ihr geheißen, knickste und verließ ohne ein Wort den Raum.

»Das ist dem verdammten Mistkerl auch gelungen«, nahm Friedrich das Gespräch wieder auf. »Er hat mich zwar nicht direkt beschuldigt, doch was er zwischen den Zeilen hat durchblicken lassen, war eindeutig. Wenn er diese kleine Novizin vor mir in die Finger bekommt und sie ihre Aussage macht, bin ich geliefert.«

»Dann dürfen wir es eben nicht dazu kommen lassen«, urteilte Erhard.

»Ganz genau, nur haben wir das vor eurem Aufbruch auch schon festgestellt, und seitdem ist nichts passiert«, murmelte Friedrich und trank einen Schluck. »Wir müssen jetzt sehr besonnen vorgehen. Keine Fehler mehr. Sobald Thomas und Georg hier eintreffen, machen wir uns erneut auf den Weg Richtung Norden. Nur werden wir uns diesmal aufteilen und alle Routen und Dörfer abklappern. Dann müssen wir irgendwann auf sie stoßen. Es sei denn, sie hat einen Haken geschlagen, um uns zu täuschen.«

»Du begleitest uns?«, fragte Lorentz.

Friedrich nickte. »Ja, das ist immer noch besser, als hier darauf zu warten, dass dieser von Molenark mich vielleicht festnimmt. Wenn er mich erst einmal in Arrest gesteckt hat, ist's schlecht um mich bestellt.« Er rieb sich das Kinn. »Glaubt ihr, dass wir auf der falschen Fährte sein könnten?«

Erhard schüttelte entschieden den Kopf. »Dieser Schmied, dem sie das Gesicht verbrannt hat, ist zwar ein Hundsfott, wie es im Buche steht, doch er ist auch gerissen und gewieft. Es stimmt schon, was er gesagt hat. Sie ist von hier aus bis nach Ladbergen gelaufen.« Er fuhr mit seinem Finger in Richtung Norden über den Tisch, als läge eine Landkarte vor ihm. »Sie kann nicht wissen, wie nah wir ihr schon auf den Fersen waren. Wir waren zu Pferd, sie zu Fuß. Irgendwann werden wir sie überholt haben, während sie durch die Wälder stapfte. Doch auch wenn sie abseits der Handelsstraße wandert, muss sie ab und an in die an ihr liegenden Ortschaften gehen, um sich zu verproviantieren und letztlich in Bremen anzukommen.«

»Oder sie ist irgendwo in einem der Dörfer untergekommen«, mutmaßte Friedrich.

»Das glaube ich nicht«, sagte Lorentz. »Wir haben die Leute befragt. Sie ist bei diesen Bürstenmachern gewesen, das haben uns mehrere Ladberger berichtet. Die beiden Brüder wollten aber nicht reden.«

»Ihr habt sie also befragt? Was haben sie gesagt?«

»Nichts. Sie wollten diese kleine Hure schützen. Zuerst gaben sie vor, nicht zu wissen, von wem wir sprachen. Als wir ihnen ein wenig zugesetzt haben, sagten sie, die Kleine sei schon seit Tagen wieder weg. Aber das war gelogen, wie wir dank der Frau des Wirts, die ein ziemlich loses Mundwerk hatte, wussten. Sie meinte, das Mädchen noch am Morgen bei den beiden gesehen zu haben.«

»Was habt ihr mit ihnen gemacht? Wir können es uns nicht leisten, dass …«

Lorentz hob die Hand und unterbrach Friedrich damit. »Mach dir keine Gedanken. Die erzählen niemandem mehr was.«

Friedrich atmete erleichtert aus.

Erhard beugte sich vor. »Gehen wir doch alles noch mal durch. Wir müssen nur verhindern, dass dieser von Molenark die Novizin in die Finger bekommt, um sie zu befragen. Wir müssen außerdem davon ausgehen, dass er bislang noch nicht einmal von ihr weiß.«

Er sah zwischen den beiden hin und her. »Vielleicht sollten wir deshalb auch gar kein weiteres Aufheben um sie machen. Oder glaubt ihr etwa, sie geht von sich aus zu von Molenark und erzählt herum, was sie auf Burg Isenberg mit angehört hat?«

Friedrich lehnte sich nachdenklich in seinem Stuhl zurück. »Du hast wahrscheinlich recht. Womöglich haben wir die

Sache wichtiger genommen, als sie tatsächlich ist. Was kann die Kleine denn schon tun?«

Lorentz' Miene verfinsterte sich. »Sie kann zu jedem beliebigen Vogt, der außerhalb deines Machtbereichs seinen Sitz hat, gehen und ihm davon berichten. Immerhin hat sie schon mal versucht, Meldung zu machen, ist dabei aber bei unserem Freund, dem Schmied, gelandet. Den haben wir ja, Gott sei Dank, auf unserer Seite. Doch wenn sie weit genug weg von hier einen anderen aufsucht …«

Friedrich rieb sich die Schläfen. »Dieses gottverfluchte Weibsbild.«

Ein Geräusch auf dem Flur ließ die drei aufhorchen. Lorentz reagierte als Erster. Mit gezücktem Schwert rannte er zur Tür – die in diesem Augenblick geöffnet wurde. Agnes stieß einen Schrei aus.

»Um Himmels willen, Herr! Ich bin es doch.«

Lorentz trat nah an sie heran. »Hast du etwa gelauscht?«

»Was?« Sie sah ihn aus weit aufgerissenen Augen an und sagte dann: »Aber ich wollte doch nur fragen, ob ich noch etwas bringen soll.«

»Lass sie!«, rief Friedrich herüber. »Agnes ist nicht so eine.«

Lorentz ließ sein Schwert zurück in die Scheide gleiten, jedoch nicht, ohne Agnes zuvor noch einen warnenden Blick zuzuwerfen. Sie knickste und wollte gerade wieder den Raum verlassen.

»Halt!«, rief Friedrich da.

Sie verharrte mitten in der Bewegung, war wie erstarrt.

Er hob den Krug. »Bring uns noch einmal von diesem Wein. Er ist gar nicht mal so schlecht.«

Sie atmete tief durch, ging zum Tisch und griff nach dem Gefäß, das er ihr entgegenstreckte. Im gleichen Moment packte Friedrich mit der anderen Hand ihren Arm. »Ich habe doch recht mit dem, was ich gerade über dich sagte, oder, Agnes?«

Sie riss die Augen auf, unfähig, etwas zu erwidern.

»Du bist doch keine von denen, die lauschen und überall Geschichten herumerzählen?«

»Aber Herr, ich habe doch noch nie …«

Er ließ ihren Arm los und winkte ab. »Ach, vergiss es und bring uns den Wein.«

Sie knickste nochmals und rannte dann mehr, als dass sie ging, nach draußen. Die Tür fiel krachend hinter ihr ins Schloss.

»Verdammt, ich sehe schon Dämonen. Agnes ist seit so vielen Jahren bei mir.«

»Du kannst jetzt niemandem mehr vertrauen«, sagte Erhard, während Lorentz sich wieder auf seinen Platz setzte.

»Kann ich euch dann auch nicht mehr trauen?«, fragte Friedrich.

Es klang erschöpft, fast schon verzagt. Seine Freunde warfen sich einen Blick zu. Lorentz legte seine Hand auf Friedrichs Arm. »Du weißt, dass du immer auf uns zählen kannst.«

»Ja, ich weiß. Doch selbst im Traum verfolgt mich die Fratze von Molenarks mit dem Henker an seiner Seite. Sagt mir, was ich tun soll.«

Wieder ein rascher Blick zwischen Erhard und Lorentz. In all den Jahren hatten sie Friedrich noch niemals so hilflos erlebt. Sorge spiegelte sich in ihren Gesichtern wider.

»Ich denke«, sagte schließlich Lorentz und sah Friedrich an, »wir sollten hier nicht länger rumsitzen und warten, bis die Klosterhure überall ihre Geschichte zum Besten gibt. Wir warten noch, bis Thomas und Georg auf Isenberg eintreffen, und machen uns sodann wieder auf den Weg. Schon bald werden wir alle wieder hier zusammensitzen, und dieser von Molenark wird sich einen anderen suchen müssen, dem er den Mord in die Schuhe schieben kann.«

»Von Molenark«, brachte Friedrich zähneknirschend hervor. »Wer sagt denn, dass der feine Herr nicht selbst hinter dem Mord an seinem Vorgänger steckt?«

Ein Gefühl der Erleichterung machte sich bei Lorentz und Erhard breit, als sie den ihnen vertrauten, verschlagenen Gesichtsausdruck ihres Freundes bei diesen Worten bemerkten. Das war wieder der Friedrich, den sie kannten.

Agnes ließ sich zitternd auf den Schemel in der Küche plumpsen. Das war knapp gewesen. Sie versuchte, sich zu beruhigen, doch ihre Hände hörten nicht auf zu zittern. In diesem Moment betrat Fronica, eine schwangere Magd, den Raum.

»Ist dir nicht gut?«, fragte sie besorgt und kniete sich vor Agnes hin. »Du bist ja ganz bleich.«

»Nur ein Schrecken.« Sie deutete auf den Krug. »Füll rasch aus dem Fass dort Wein in den Krug und bring ihn in den großen Saal. Der Herr wartet.« Agnes überlegte, ob es klug war, sich dort oben nicht mehr blicken zu lassen. Andererseits, so ging ihr durch den Kopf, wäre sie nicht beim Lauschen ertappt worden und ihre Ausrede tatsächlich wahr, so hätte sie jetzt allen Grund, ihrem Herrn zu zürnen, und würde ihm durch das Schicken der Magd zeigen, dass sie sich ungerecht behandelt fühlte. Wie auch immer, sie konnte jetzt nicht in den Saal zurückgehen.

Der Krug war gefüllt. Eilig und ohne ein weiteres Wort verließ die Magd den Raum.

Agnes rieb sich die Arme. Ihr war eiskalt. Wie nur sollte sie sich unbemerkt fortschleichen, um von Molenark Nachricht zukommen zu lassen? Es würde auffallen, wenn sie schon wieder die Burg verließ. Besonders nach dem Zwischenfall von gerade eben wollte sie unter keinen Umständen erneut das Augenmerk ihres Herrn auf sich ziehen. Und schicken könnte sie niemanden. Es war auch so schon gefährlich genug. Fast glaubte sie bereits, den Strick zu spüren, der um ihren Hals gelegt und langsam zugezogen wurde. Eilig strich sie sich mit der Hand über die Kehle, als wolle sie sich vergewissern, dass dort kein Seil war. Wenn sie doch bloß schreiben könnte! Ihr Herr erhielt allenthalben Botschaften in einem hölzernen Behälter. Doch sie war bloß ein Weib, eine Haushälterin noch dazu. Verzweifelt vergrub sie ihr Gesicht in den Händen. Es war aussichtslos.

Kurze Zeit später kehrte Fronica in die Küche zurück. »Der Herr will, dass ein Schwein am Spieß gebraten wird.«

»Was?«

»Er will anscheinend ein Fest geben.« Fronica zuckte mit den Schultern.

»Wo soll ich denn jetzt so schnell ein ganzes Schwein herbekommen?« Hilflos streckte Agnes die Arme gen Himmel. Plötzlich verharrte sie mitten in der Bewegung und ließ die Arme wieder sinken. Das war doch die Gelegenheit!

»Ich muss mich auf den Weg zum Knochenhauer machen.«

»Du willst selbst gehen?« Fronica zog überrascht die Augenbrauen hoch.

»Na, dich kann ich ja schlecht schicken.« Sie deutete auf den runden Bauch der Magd. »Am Ende kriegst du dein Kind noch auf dem Weg dorthin.«

»Aber warum sagst du nicht einfach dem Hans Bescheid?«

»Damit am Ende ein Teil des Geldes in der Wirtschaft landet, er mit einer alten Sau zurückkommt und ich dann dem

Herrn erklären darf, dass kein besseres zu bekommen war? Nein danke, da geh ich doch lieber selbst.«

»Dann nimm den Hans wenigstens mit, damit du die Sau nicht allein den Berg hinauftreiben musst.«

Agnes nickte. Vielleicht war es wirklich besser, zu zweit zu gehen. Ihn kurz loszuwerden dürfte nicht allzu schwer sein. Einer wie Hans war leicht mit einer Münze abzulenken.«

»Du hast recht. Sei so nett und gib ihm Bescheid, dass er sich bereithalten soll. Ich zieh mir nur noch rasch etwas an. Bei der Eiseskälte da draußen frier ich mir ja sonst noch die Zehen ab.«

Zusammen verließen sie die Küche. Agnes ging zu den Gesindestuben, während Fronica sich auf den Weg zu den Ställen machte.

Schweigend stiegen sie von der Burg ins Tal hinunter. Nur gelegentlich schimpfte Hans vor sich hin, wenn er auf dem eisigen Boden auszurutschen drohte. Er hatte das kleine Gelage, das er und zwei weitere Knechte am gestrigen Abend veranstaltet hatten, noch nicht verkraftet, und sein Kopf schmerzte ihn bei jedem Schritt.

»Was ist denn? Du schaust so mürrisch drein, als würdest du lieber den Stalldung fortschaffen.«

»Wenigstens wäre es bei den Tieren nicht so lausig kalt.« Er rieb sich die Arme.

»Sauf halt weniger, dann frierst du auch nicht so.«

Er lief rot an. »Wer sagt denn, dass ich gesoffen hätte?«

»Das braucht mir keiner zu sagen. Ein Blick in dein Gesicht reicht völlig.«

Hans grummelte etwas und schritt ein wenig schneller aus. »Dann eil dich wenigstens, sonst kriegst die Sau nicht mehr rechtzeitig zubereitet.«

»Ich werde meinen Teil der Arbeit schon schaffen.« Sie wollte noch etwas hinzufügen und ihn zurechtstutzen, besann sich aber eines Besseren. Wenn sie jetzt gar zu harsch mit ihm umginge, ihm aber nur wenig später großzügig einen Humpen spendierte, würde er womöglich misstrauisch werden.

Ohne noch ein weiteres Wort miteinander zu sprechen, erreichten sie die Ebene und querten fast trockenen Fußes die Furt. Der Fluss war an dieser Stelle gefroren, und Agnes eilte schon leichtfüßig über das Eis, als es plötzlich hinter ihr krachte und Hans einen lauten Schrei ausstieß. Schnell drehte sie sich um.

»Himmel, Hans, was ist dir denn geschehen?«

Er war mit dem linken Fuß eingebrochen und lag nun, nachdem er ihn aus dem Wasser gezogen hatte, der Länge nach auf der Eisfläche, wo ihm ein gotteslästerlicher Fluch entfuhr, während er versuchte, wieder auf die Beine zu kommen. Sein linker Fuß war unnatürlich verdreht.

»Ah, tut das weh. Hilf mir, Agnes, sonst komme ich nicht wieder hoch.«

Sie streckte ihm die Hand entgegen und beugte sich noch weiter zu ihm hinab, so dass sie ihn unter den Achseln packen und nach oben ziehen konnte. Nur mit großer Anstrengung gelang es ihr, ihn wieder in eine halbwegs aufrechte Position zu bringen.

»Au, verdammt! Ich kann nicht auftreten!« Er verzog schmerzverzerrt das Gesicht.

Agnes stützte ihn, während er auf einem Bein auf die andere Uferseite hüpfte, wo er sich sofort wieder niedersinken ließ.

»Du musst Hilfe holen. Ich kann mich kaum bewegen.«

Hans war kreidebleich geworden. Der Schmerz stand ihm deutlich ins Gesicht geschrieben.

»Aber ich kann dich doch nicht hier sitzen lassen. Du holst dir ja den Tod.«

Sie sah sich nach etwas um, das Hans halbwegs Schutz bieten könnte, vermochte aber nichts zu entdecken.

»Was meinst du, schaffst du's, wenn ich dich stütze und du auf einem Bein hüpfst? Dann wärst du wenigstens in Bewegung und würdest nicht am Boden festfrieren.«

Er schüttelte den Kopf. »Es tut einfach zu weh.«

Sie betrachtete das Häufchen Elend vor sich, das zusammengesunken dasaß und sich seinem Schicksal zu ergeben schien.

»Nein!«, entschied sie. »Du stehst jetzt auf, und ich bring dich bis zum nächsten Haus.«

»Aber ich kann nicht«, jammerte er.

»Doch, du kannst und du wirst. Und jetzt hoch mit dir, bevor ich dir Beine mache.«

»Agnes, ich bitt dich …«

»Nichts da! Hoch sage ich, sonst trete ich dir gegen deinen schmerzenden Fuß.«

Nie wäre sie so weit gegangen, doch die Drohung verfehlte nicht ihre Wirkung. Er streckte ihr die Hand entgegen und drückte sich vom Boden ab. Trotz der Eiseskälte bildeten sich vor Anstrengung kleine Schweißperlen auf seiner Stirn. Er keuchte laut, dann schließlich stand er.

»Wir machen, so schnell es geht«, versprach ihm Agnes, legte sich seinen rechten Arm um die Schultern und klopfte ihm gutmütig gegen die Brust. »Wirst schon sehen, es ist richtig so.«

Er nickte nur und hüpfte, so gut er konnte, neben ihr her. Mehrmals glaubte er, jeden Moment das Bewusstsein zu verlieren, so sehr strengte ihn der Weg an. Einmal meinte er sogar, ähnlich himmlische Klänge zu hören wie sonntags während des Gottesdienstes, da kamen endlich die ersten Hütten in Sichtweite. Er bündelte noch einmal all seine Kräfte, um das letzte Stück so schnell wie möglich hinter sich zu bringen. Doch als sie die vorderste Kate erreichten, konnte er sich nicht mehr länger auf den Beinen halten und ließ sich erschöpft zu Boden fallen. Kräftig schlug Agnes gegen die Tür.

»Macht auf! Wir brauchen Hilfe! Wir stehen im Dienste Graf Friedrichs von Isenberg!«

Nur einen Wimpernschlag später wurde ihnen geöffnet.

»Was hämmert Ihr denn so?« Eine Frau von stämmiger Statur baute sich im Rahmen auf, den sie fast völlig ausfüllte. Mit ernster Miene stemmte sie die Hände in die Hüften.

»Bitte, wir brauchen Eure Hilfe. Unser Knecht hier ist gestürzt und hat sich den Fuß verletzt. Ich habe ihn mehr getragen, als dass er laufen konnte. Wir brauchen einen Medicus.«

Die Frau reckte den Hals, um an Agnes vorbei kurz einen prüfenden Blick auf den jammernden Hans am Boden zu werfen.

»Ihr könnt ihn in die Stube schaffen, aber den Medicus müsst Ihr selbst holen. Ich bin allein und hab niemanden, den ich nach ihm schicken könnte.«

»Ist gut.« Agnes ging zu Hans und reichte ihm die Hand. Ein auffordernder Blick in Richtung der Frau genügte, um diese gänzlich aus der Hütte treten zu lassen und Agnes dabei zu helfen, Hans nach oben zu hieven und ins Haus zu tragen, wo sie ihn auf den Boden legten.

»Hier hast du's wenigstens warm«, sagte Agnes mit sonorer Stimme. »Ich werde mich beeilen und dir den Medicus holen.«

»Und vergiss bloß nicht, zum Knochenhauer zu gehen. Sonst bin ich am Ende noch schuld und muss es ausbaden, wenn der Herr seinen Festtagsbraten nicht kriegt.«

»Ich kümmere mich drum. Aber erst der Medicus. Und dann muss ich zusehen, wie ich dich und die Sau wieder zur Burg hochschaffe.« Sie seufzte, griff in ihre Schürze, zog eine Münze hervor und gab sie der Frau.

»Hier habt Ihr einen Groschen für Eure Mühe. Ich beeile mich.«

»Schon recht.«

Agnes warf noch einen letzten Blick auf Hans, der sich mit schmerzverzerrtem Gesicht auf dem Boden krümmte. Er tat ihr leid, gewiss, doch nun musste sie sich wenigstens keine Ausrede mehr einfallen lassen, mit der sie ihn für eine Weile loswurde, um allein zu von Molenark gehen zu können. Der Herr will es so, kam ihr in den Sinn, und sie verließ die Kate.

»Ich möchte zu Seiner Exzellenz, dem Erzbischof.« Agnes sah sich nach diesen Worten eilig nach allen Seiten hin um und blickte den Wachmann auffordernd an. »Und nun lasst mich rasch ein. Ich darf nicht gesehen werden.«

»Erwartet er Euch denn?« Es klang gelangweilt.

»Ja!«, log sie rasch, um so schnell wie möglich über die Schwelle treten zu können. Tatsächlich trat ihr Gegenüber daraufhin beiseite, und Agnes huschte ins Haus.

»Wen darf ich melden?«

»Mein Name ist Agnes. Ich bin die Haushälterin auf Burg Isenberg.«

Er musterte sie aufmerksam. »Wartet hier!« Er ging die Stufen zum nächsten Geschoss hinauf und trat dann nach einer Weile wieder an den Rand der Treppe. Mit der Hand winkte er sie nach oben. »Ihr könnt jetzt kommen.«

Rasch eilte sie die Treppe hinauf und schnaufte ein wenig, als sie oben angekommen war. Der Wachmann hatte die Tür zu von Molenarks Amtszimmer offen stehen lassen, so dass sie diesen bereits vom Flur aus an einem massiven Eichenpult sitzen sehen konnte. Er blickte von seinen Papieren auf und erhob sich, als er sie bemerkte, von seinem Stuhl.

»Ah, Agnes, wie schön, Euch so bald wiederzusehen.« Er kam um das Schreibpult herum. »Wie geht es Euch, meine Gute?«

Sie knickste, trat ein und wartete, bis der Wachmann die Tür hinter sich geschlossen hatte.

»Ich bin sehr eilig, Herr. Darf ich Euch sogleich erzählen, was sich zugetragen hat?«

»Aber bitte.« Wie bei ihrer ersten Begegnung deutete er auch heute auf einen der Stühle vor seinem Schreibpult. »Nehmt doch wenigstens Platz. Ein warmer Wein?«

Sie winkte ab. »Nein, wirklich nicht.« Sie setzte sich und drehte den Kopf zur Tür, als erwarte sie, dass jeden Augenblick Friedrich oder einer seiner Leute hereinkommen und sie an den Haaren zum nächsten Galgen schleifen würde.

»Ihr habt Furcht«, sagte von Molenark, als er wieder hinter seinem Pult Platz nahm. »So erzählt. Ich höre Euch aufmerksam zu.«

Agnes berichtete ihm, was sie gehört hatte, nachdem Lorentz und Erhard nach Isenberg zurückgekehrt waren. Kein noch so kleines Detail ließ sie dabei aus, um ihrem künftigen Dienstherrn nur ja alle Informationen zu liefern, die er brauchen könnte.

»Dann hat diese Novizin also tatsächlich mit angehört, dass der Erzbischof überfallen und ermordet werden sollte, genau wie Ihr bereits gemutmaßt habt?«

Agnes nickte. »Ja, Herr.«

»Und Ihr sagt, sie sei jetzt in Bremen?«

»Zumindest scheinen Friedrichs Männer das zu glauben.

Oder genauer gesagt: Sie glauben, dass Ellin dorthin kommen wird.«

Von Molenark strich sich nachdenklich über das Kinn. »Damit könnten sie richtig liegen.« Er stand von seinem Stuhl auf und ging auf Agnes zu. Rasch erhob auch sie sich, als er ihr die Hand mit dem Bischofsring zum Kuss entgegenhielt. »Das habt Ihr sehr gut gemacht, Agnes. Ich muss nun also versuchen, diese Ellin vor Friedrichs Leuten in die Finger zu bekommen.«

Ihr erschrockener Gesichtsausdruck verriet ihm, dass sie seine letzten Worte falsch verstanden hatte.

»Um sie vor Graf Friedrich zu schützen«, stellte er klar. »Sie ist eine wichtige Zeugin und wahrscheinlich die einzige, die den Grafen an den Galgen bringen kann.« Den letzten Satz sprach er mehr zu sich selbst. »Ihr solltet jetzt wieder gehen, damit kein Verdacht auf Euch fällt.« Er ging noch einmal um sein Pult herum und zog eine der Schubladen auf. »Hier, das ist für Euch.« Er reichte ihr ein Säckchen mit leise klimpernden Münzen. »Und wenn sich erneut etwas ereignen sollte, kommt wieder her oder sendet mir Nachricht durch jemanden, dem Ihr vertrauen könnt.«

»Da muss ich schon selbst kommen«, gab sie ein wenig missmutig von sich. Sie sah auf das Geldsäckchen in ihrer Hand.

»Aber es bleibt doch dabei, dass ich in Euren Dienst treten kann, wenn …«, sie zögerte, »… wenn es um meinen Herrn nicht mehr zum Besten steht«, vollendete sie den Satz.

Er lächelte milde. »Dabei bleibt es, Ihr habt mein Wort. Dies ist nur eine kleine Anerkennung für Euren Mut, zu mir gekommen zu sein. Ich selbst werde dieses Haus in wenigen Tagen verlassen. Doch mein Schreiber bleibt hier. Ihr könnt ihm vertrauen.«

»Danke.« Sie knickste und ging zur Tür. Er folgte ihr noch auf den Flur.

»Seid vorsichtig, damit Euch niemand sieht, wenn Ihr das Haus verlasst.«

Sie nickte, hob ihre Röcke an und rannte die Stufen hinab. Der Wachmann, der sie ins Haus gelassen hatte, war offenbar entsprechend instruiert worden, denn er öffnete die Eingangstür, warf einen Blick nach draußen, um zu sehen, ob die Luft rein war, und gab ihr dann ein Zeichen. Mit gesenktem Kopf trat sie auf die Straße. Sie hörte noch, wie der Bischof dem Wachmann von oben den Befehl erteilte, die Männer sofort zusammenkommen zu lassen, und entfernte sich dann, so schnell sie konnte, vom Haus. Es gab ihr ein gutes Gefühl, dass von Molenark offenbar sofort alles Nötige in die Wege leitete.

Eilig lief sie zu dem Haus, in dem, wie sie wusste, der Medicus wohnte, und berichtete diesem, was ihrem Begleiter zugestoßen war und zu welcher Kate er zu gehen hatte. Der Mann griff darauf sogleich nach einer Holzkiste, an der ein kurzes Seil als Griff befestigt war, und folgte Agnes. Verdutzt schüttelte er kurz den Kopf, als sie ihm sagte, dass sie erst noch zum Knochenhauer müsste, um ein Schwein zu kaufen. Dann setzte er seinen Weg alleine fort, bis er die Kate erreichte, die Agnes ihm beschrieben hatte. Offenbar wurde er schon erwartet.

Agnes selbst lief zum Knochenhauer und gab ihre Bestellung auf. Zum Glück war der Metzger bereit, seinen vierzehnjährigen Sohn samt Schwein nach Isenberg zu schicken, damit Agnes nicht selbst die Sau den Berg hinauftreiben musste. Natürlich ließ er sich die kleine Gefälligkeit mit guter Münze bezahlen, doch das war Agnes einerlei. Friedrich von Isenberg mochte rücksichtslos und kaltherzig sein, doch ein Geizhals war er nicht.

Schnell verabschiedete sie sich und nahm das Versprechen des Knochenhauers mit sich, seinen Jungen sogleich mit dem Schwein loszuschicken. Bub und Tier würden also bereits da sein, wenn Agnes mit Hans, wie auch immer sie ihn zur Burg hinaufschaffen wollte, oben ankäme.

Rasch rannte sie zu der Kate, in der sie Hans zurückgelassen hatte, und war froh, alles in so kurzer Zeit geschafft zu haben. Sie klopfte, wartete aber nicht und trat sofort ein, als sie merkte, dass die Tür nicht verriegelt war.

»Wie geht es ihm?«, fragte sie noch beim Reinkommen.

Der Medicus kniete neben Hans am Boden. »Ich muss den Fuß schienen, und auftreten wird er damit nicht können. Er darf es auch nicht, sonst wird er womöglich nie wieder laufen können. Ich wollte mit dem Einrichten des Fußes aber noch warten, bis Ihr eintrefft, denn sie«, er deutete auf die Hausbesitzerin, die mit verschränkten Armen zu ihm hinabsah, »hat sich geweigert, ihn festzuhalten.«

»Es ist schon schlimm genug, dass er hier am Boden liegt und die ganze Zeit heult«, rechtfertigte sich diese und setzte sich dann auf einen Schemel.

Agnes strich sich kurz die Haarsträhnen, die ihr der Wind ins Gesicht geweht hatte, aus der Stirn und hockte sich hinter Hans' Kopf auf den Boden. »Was soll ich tun?«

»Fasst ihn an beiden Schultern und drückt diese, so fest Ihr könnt, auf den Boden, sobald ich es Euch sage.«

Sie nickte.

»Gut, dann los.« Der Medicus nahm vorsichtig den verletzten Fuß in seine Hand und hob ihn an. Hans jaulte auf wie ein Hund, dem man auf den Schwanz getreten war.

»So, jetzt!«

Agnes presste Hans' Schultern mit aller Kraft nach unten. Der Medicus zog währenddessen fest an dessen Fuß und richtete ihn wieder ein. Ein Knacken war zu hören. Hans schrie auf.

»Das war's. Ihr könnt ihn wieder loslassen.« Der Medicus legte den Fuß vorsichtig ab, nahm zwei Holzstücke aus seiner Kiste und band sie rechts und links des Knöchels mit breiten Stoffstreifen fest.

»Er darf den Fuß auf keinen Fall bewegen«, sagte der Medicus noch mal.

»Ist gut«, nickte Agnes. »Nur wisst Ihr vielleicht, wie ich ihn wieder auf die Burg Isenberg schaffen kann?«

Der Medicus schien ebenfalls etwas ratlos, dann sah er die Hausbesitzerin an. »Habt Ihr vielleicht einen Ochsenkarren, auf den wir ihn legen können?«, erkundigte er sich und meinte dann, an Agnes gewandt: »Dann könnte ich Euch helfen, ihn nach Hause zu schaffen.«

»Das wäre wirklich eine große Hilfe. Ich danke Euch.«

»Für zwei Groschen könnt Ihr Euch den Karren ausleihen. Aber dass Ihr ihn mir ja zurückbringt.«

»Das mache ich, sobald ich wieder von der Burg komme«, sicherte der Medicus ihr zu, während Agnes bereits das Geld abzählte und der Frau in die Hand drückte.

»Wenn Ihr mit hinaufkommt«, sagte Agnes nun, an den Medicus gerichtet, »werde ich Euch auch gleich entlohnen können. Als wir von der Burg losgingen, konnte ich ja noch nicht wissen, dass ich zusätzliches Geld für einen geliehenen Ochsenkarren und einen Medicus brauchen würde.« Zwar spürte sie das zweite Geldsäckchen, das sie soeben vom Erzbischof erhalten hatte, an ihrer Hüfte. Doch dachte sie nicht im Traum daran, es vor Hans aus der Tasche zu ziehen und den Medicus auf diese Weise an Ort und Stelle zu entlohnen.

Der Medicus schmunzelte. »Wenigstens glaube ich Euch, dass Ihr mich mit barer Münze bezahlen werdet. Meistens bekomme ich nur Eier oder Obst als Lohn für meine Hilfe.«

»Ihr könnt Euch darauf verlassen«, versicherte ihm Agnes, die dem Medicus mehr als dankbar für seine Unterstützung war.

Schneller als gedacht, hatten sie Hans auf den Karren geladen und sogar noch eine Decke mitbekommen, die der Medicus später samt dem Ochsenkarren zurückbringen würde. Für die Decke hatte Agnes einen weiteren Groschen an die Frau zahlen müssen, doch das war ihr immer noch lieber als ein vor Kälte zitternder Hans, der von den Tröpfchen, die der Medicus ihm gegen seine Schmerzen gegeben hatte, völlig benommen zu sein schien.

Der Rückweg gestaltete sich für Agnes längst nicht so anstrengend, wie sie erwartet hatte. Scherzend lobte sie den Medicus, dass dieser einen guten Ochsenführer abgeben würde, sollten seine medizinischen Fähigkeiten ihn eines Tages nicht mehr ernähren. Der Mann war jünger als sie, und sie empfand sowohl sein Aussehen als auch seine Wesensart als anziehend. So genoss sie es geradezu, auf dem Weg zur Burg mit ihm über dies und das zu plaudern, und war fast ein wenig enttäuscht, dass ihre Unterhaltung ein jähes Ende fand, als sie das Burgtor erreichten und die Wachen den fast besinnungslosen Hans vom Karren hievten und zum Gesindehaus hinübertrugen. Der Junge mit dem Schwein war schon eine geraume Weile vor ihnen eingetroffen und saß nun in der Küche, wo er sich eine kleine Stärkung für den Heimweg einverleibte.

Als Agnes gemeinsam mit dem Medicus den Raum betrat, kaute der Bub gerade genussvoll ein Stück Brot, das er zuvor in die heiße Suppe vor sich getunkt hatte.

»Na, sieh mal an, der Walter.«

Der Junge schluckte den Bissen herunter. »Herr Medicus?«, begrüßte er ihn überrascht.

»Wartet hier, ich gehe zu meinem Herrn und hole Euch Euer Geld«, sagte Agnes und meinte dann zu Fronica, die die Suppe umrührte: »Füll dem Herrn Medicus auch eine Schale, damit er etwas Warmes in den Bauch bekommt, während er wartet. Ohne ihn hätte ich den Hans nicht auf die Burg zurückschaffen können.« Mit diesen Worten verließ sie den Raum. Ihren Herrn traf sie in seiner Kammer an. Er hatte sich hingelegt, wahrscheinlich, weil es nicht beim zweiten Krug Wein mit Lorentz und Erhard geblieben war, wie Agnes vermutete. Als sie eintrat, sah er auf. Noch bevor er sie zurechtweisen konnte, erklärte sie ihm rasch, was sich zugetragen hatte. Er deutete lallend zu dem Kästchen hinüber, das auf einem Tisch neben seinem Bett stand.

»Nimm es dort heraus. Ich bleib noch etwas liegen. Und lass mich erst rufen, wenn das Schwein schön knusprig ist.«

»Ja, Herr.« Leise schloss sie hinter sich die Tür. Wie oft würde sie diese wohl noch öffnen und schließen? Nie zuvor war ihr ein solcher Gedanke gekommen, doch jetzt, wo sie wusste, dass ihre Tage auf der Burg gezählt waren, erschien er ihr ganz selbstverständlich. Sie selbst hatte dem Erzbischof dabei geholfen, den Strick zu knüpfen, an dem ihr Herr hängen würde. Es war nur noch eine Frage der Zeit.

14. Kapitel

Es klopfte kräftig an der Tür. »Seid ihr so weit? Wir wollen diesmal nicht so spät in Bremen ankommen, dass wir wieder nur einen der schlechteren Plätze zugewiesen bekommen.«

Berblin öffnete. »Wir sind fertig. Und ihr werdet kaum glauben, was für eine Ware Ellin heute auf dem Markt anbieten will.«

Friedel sah zu Jerg hinüber, der neben dem Karren stehen geblieben war und den Ochsen am Strick hielt. »Sie wird ihre Kerzen dabeihaben, vermute ich«, sagte er. »Der Jerg hat mir schon berichtet, dass sie Baumwollfäden für die Dochte bei ihm geholt hat.«

Berblin und Ellin hatten ihre Umhänge bereits umgelegt und traten mit je einem Korb in den Händen aus dem Haus. Friedel nahm ihnen die schweren Körbe ab und hob sie auf den Karren.

»Kerzen und … *Schmuck*«, stellte Berblin klar.

»Schmuck? Wo habt ihr denn den her?«

Die kleine Gruppe setzte sich in Bewegung. »Es ist nicht, wie du denkst«, beeilte Ellin sich, ihm zu erklären. »Ich habe Schmuck aus Wachs gefertigt.«

»Was soll denn das sein?«, fragte Jerg. »Von so etwas habe ich noch nie gehört.«

»Eben deshalb, weil es so etwas bisher noch nicht gab,

habe ich ihn auch gefertigt.« Ellins Augen funkelten. Sie freute sich auf den Tag und war gespannt, ob sie eines der Schmuckstücke verkaufen könnte. Sie hatte bisher nur fünf Wachsblumen gefertigt, die dank der in sie eingearbeiteten Bänder entweder um Hals und Arm oder ins Haar gebunden werden konnten.

»Dann ist ja heute in mehrfacher Hinsicht ein großer Tag für dich«, antwortete Friedel.

Ellin wusste sofort, was er damit sagen wollte, und ihr wurde angst und bange. Sie waren sich darin einig gewesen, dass sich das Gerücht über eine Zeugin des Komplotts gegen den Kölner Erzbischof inzwischen weit genug verbreitet haben musste. Nun war es an der Zeit, aus dem Schatten zu treten und eine Aussage beim Vogt in Bremen zu machen. Ellin graute davor, fast wünschte sie, nicht bei ihm vorsprechen und Anzeige machen zu müssen. Das erste Mal seit so vielen Jahren fühlte sie sich frei und glücklich. Sie spürte förmlich, wie sie aufblühte. Ihre Hände wollten Kerzen formen und wächsernen Blütenschmuck herstellen. Und sie wollte Handel damit treiben. Doch sie wusste auch, dass sie es dem Herrn schuldig war, das Verbrechen an seinem Diener nicht ungesühnt zu lassen. Es war ihre heilige Pflicht, zu sagen, was sie gehört hatte. Nur deshalb, davon war sie überzeugt, belohnte Gott sie schon jetzt mit all den Einfällen für immer neue Schmuckwaren. Der Herr hatte ihr eine Last auferlegt, um sie zu prüfen. Doch er half ihr auch, diese Bürde zu tragen, das spürte sie. Hätte sie die Verschwörung gegen Erzbischof Engelbert nicht belauscht, wäre sie noch immer im Kloster. Doch ein Leben als Nonne, dessen war sie sich sicher, war nicht der ihr vorbestimmte Weg. Schon immer hatte sie Schwierigkeiten gehabt, den strengen kirchlichen Riten und Regeln Folge zu leisten. Und ein ums andere Mal hatte sie eine Strafe erhalten, weil sie Vorgänge in Frage gestellt hatte, die schon seit Jahrhunderten in immer gleicher Weise vollzogen wurden. Sie seufzte und blickte rasch zu ihren Begleitern, die aber offenbar nicht bemerkt hatten, wie aufgewühlt Ellin in ihrem Innern war, sondern sich nach wie vor angeregt miteinander unterhielten.

»Wir hatten ja nach dem, was sich zugetragen hat, nicht mehr zu hoffen gewagt«, hörte Ellin Friedel gerade sagen. »Doch die Suse ist wie ausgewechselt – fast so wie früher –, seitdem wir einen ihrer Schänder in die Hölle geschickt haben.«

Rasch bekreuzigte Ellin sich, während die anderen bei dem Wort »Hölle« nicht einmal mit der Wimper zuckten.

»Unser Martin und sie werden sich bald vermählen«, erzählte der Kolderhofer weiter. »Und die Suse spricht sogar schon davon, wie viele Kinder sie einmal haben werden. Es scheint, als sei sie drüber hinweg.«

»Ich würd es ihr wünschen«, sagte Berblin. »Doch des Nachts wird sie's noch oft mit den Kerlen zu tun bekommen, wenn sie sich in ihre Träume schleichen.« Es klang bitter, und Ellin bekam eine Gänsehaut, als sie die rauhe und belegte Stimme der Freundin hörte. Wusste Berblin deshalb so genau, wie es Suse gehen würde, weil ihr selbst einst Ähnliches widerfahren war?

»Wir bauen zuerst den Stand auf«, verkündete Friedel, gleich nachdem sie das Stadttor passiert hatten, »und danach werde ich Ellin zum Vogt begleiten.«

»Du kommst mit mir?« Ellin war erfreut und überrascht zugleich. Und einmal mehr dankte sie Gott dafür, dass sie bei Menschen leben durfte, die sich so selbstlos um sie kümmerten.

»Aber sicher komme ich mit. Hast du denn geglaubt, ich lass dich das allein durchstehen?«

Sie wusste nicht, was sie darauf erwidern sollte. Also bedankte sie sich für seinen Großmut mit einem Lächeln bei ihm. Er schien die Geste richtig verstanden zu haben, denn er erwiderte sie und meinte dann: »Ist schon recht, Kindchen.«

Die übliche Geschäftigkeit, die Bremen ausmachte, hatte an diesem Markttag noch nicht begonnen. Erste Stände wurden aufgebaut, die Händler begrüßten einander und hielten einen kleinen Plausch, während sie ihre Waren drapierten und zum Kauf ausstellten. Ellin sah sich in alle Richtungen um. Sie war fasziniert von dieser Stadt, der Atmosphäre, die in ihr herrschte. Und dann die Lichter. Es war noch nicht richtig hell geworden und würde es in dieser Gegend zu dieser Jahreszeit wahrscheinlich auch nicht mehr werden. Doch während außerhalb der Stadt alles trüb wirkte und am Himmel die verschiedensten Grautöne ineinander übergingen, waren hier goldene Lichter zu sehen, die das Auge des Betrachters gefangen nahmen und sofort ein Wohlgefühl verbreiteten. Dies war ihr schon bei ihrem letzten Besuch aufgefallen, und sie hatte den Kolderhofer danach gefragt, weshalb derart viele Lichter aufgestellt wurden, obwohl man sich auch ohne sie zurechtgefunden hätte.

»Die Menschen fühlen sich sicher und geborgen, wenn sie warmes Licht sehen«, hatte Friedel ihr daraufhin erklärt. Sie hatte nichts darauf erwidert, doch in diesem Moment wusste sie, dass er damit den Nagel auf den Kopf getroffen hatte, und überlegte, wie sie sich diesen Umstand auch für die Kerzenherstellung zunutze machen könnte.

»Träumst du?«, fragte Berblin und unterbrach sie in ihren Gedanken.

»Ich habe nur nachgedacht. All die Lichter, die hier überall brennen.«

»Willst du etwa deine Kerzen an die Bremer Ratsherren

verkaufen, die all die Lichter in der Stadt entzünden lassen? Glaub mir, das ist kein guter Gedanke. Die Mengen, die dafür benötigt werden, kannst du gar nicht fertigen, und am Ende bekommst du nicht einmal ausreichend Geld dafür, weil sie dich im Preis drücken werden.« Berblin schüttelte den Kopf. »Such deine Käufer lieber unter den einfachen Bürgern. An den Oberen kannst du nichts verdienen.«

Ellin zuckte mit den Schultern. »Hoffentlich kommen sie auch und kaufen. Ich habe fast mein gesamtes Geld in den Talg gesteckt, und auch Jerg bin ich noch etwas für die Dochte schuldig. Ich muss etwas verkaufen, sonst weiß ich bald nicht mehr, wovon ich dir deinen Anteil zahlen soll.«

Berblin winkte ab. »Meine Kräuter verkaufen sich immer. Und wenn ich mit göttlicher Gnade den ein oder anderen besonders wirkungsvollen Trunk zur Stärkung der Manneskraft verkaufe, bringt mir das gleich das Doppelte. Da muss keine von uns verhungern.«

Die Art, wie Berblin Gott benutzte, um mit ihm Geschäfte zu machen, missfiel Ellin. Doch schon im nächsten Moment erkannte sie, dass die Freundin es gar nicht so meinte. Sie dachte einfach nur praktisch und kannte vor allem die Menschen gut. Abgesehen davon stand es ihr nicht zu, die Freundin, die sich tagein, tagaus so großzügig ihr gegenüber zeigte, zu kritisieren.

»Aber ich möchte dir jetzt nicht auch noch auf der Tasche liegen, nach all dem, was du schon für mich getan hast und weiterhin tust.«

Berblin legte ihr den Arm um die Schultern. »Das weiß ich doch. Aber es wird gewiss etwas Zeit brauchen, bis deine Kerzen und der Wachsschmuck größeren Absatz finden. Bis dahin leben wir von meinen Kräutern. Und wenn dann bei dir die Münzen nur so in der Kasse klingeln, setz ich mich zur

Ruhe und lass mich von dir aushalten.« Sie lächelte Ellin verschmitzt an. »Mach dir nicht immer so viele Gedanken. Gott nimmt sich deiner schon an, so wie er es auch stets bei mir getan hat.« Sie drückte die Jüngere kurz an sich.

Der Marktvorsteher wies ihnen einen Platz zu, der diesmal in unmittelbarer Nähe des Rathauses lag. Friedel zeigte sich zufrieden und zählte dem Mann die Münzen für die Standgebühr in die Hand. Dieser nickte nur, sah auf das Geld, das er sogleich in seiner Tasche verschwinden ließ, und ging in die andere Richtung davon, um dort weiteren Händlern ihren Platz auf dem Marktplatz zuzuweisen.

»Sobald wir aufgebaut haben, machen wir uns auf den Weg zum Rathaus.« Friedel sah Ellin an. »Stell deine Kerzen und deinen Wachsschmuck da drüben auf.« Er deutete auf das Ende des Standes, den Jerg soeben aufgebaut hatte. »Die Berblin wird schon aufpassen, dass dir keiner deine Waren stiehlt.«

»So wird es sein«, meinte diese. »Und wenn einer etwas haben will, werde ich einen guten Preis für dich aushandeln.«

Ellin bemühte sich um ein Lächeln, doch die Tatsache, gleich ihre Aussage machen zu müssen und damit alles, auch den Tod Jonathas, noch einmal durchleben zu müssen machte ihr Angst. Langsam und bedächtig legte sie ihre Waren auf den Tisch.

Berblin schien zu wissen, was in ihr vorging. Sie fasste Ellin bei den Schultern und drehte sie zu sich um, so dass sie einander direkt gegenüberstanden. »Mach dir keine Sorgen. Es wird schon alles werden. Vertrau auf Gott, so wie du es gelernt hast. Ich habe das auch immer getan, und er war stets für mich da.«

»Ach, Berblin, ich habe aber trotzdem Angst.« Sie drückte sich eng an die Freundin. »Was, wenn der Vogt mir nicht glaubt und mich womöglich bestrafen will?«

»Warum sollte er dir nicht glauben? Der Erzbischof ist tot, oder etwa nicht? Das spricht doch dafür, dass du dir die Geschichte nicht einfach ausgedacht hast.«

»Du hast recht.« Ellin löste sich von wieder von Berblin und straffte ihre Schultern. »Ich werde ihm alles sagen.«

»Und denke dabei an deine Stimme. Sprich laut und energisch, und nicht so piepsig, wie du es sonst oft tust«, mischte sich Jerg ein, der dabei weiterhin seine Garne und Stoffe anordnete. Ellin sah ihn verdutzt an. Sie hatte nicht bemerkt, dass er ihre Unterhaltung verfolgt hatte. Er blickte kurz auf. »Ich meine es ernst. Tritt nicht bei ihm an, als wolltest du ihm eine nette kleine Geschichte erzählen, sondern mach deine Aussage und rege dich über die Ungeheuerlichkeit der Tat auf. Dann hat er gar keine andere Wahl, als dir zu glauben und der Sache sogleich auf den Grund zu gehen.« Jerg sah wieder auf seine Wolle und ordnete sie dann noch einmal um. Er ist schon ein eigenartiger Kerl, dachte Ellin. Sagt, was seiner Meinung nach zu sagen ist, und das war's dann. Sie wusste nicht so recht, was sie von ihm halten sollte. Doch dass sie sich in seiner Gegenwart wohl fühlte, wusste sie durchaus.

»Danke«, sagte sie und wartete, ob Jerg noch etwas erwidern würde. Doch er schien sie nicht mehr weiter zu beachten.

Berblin nahm Ellins verwirrten Blick amüsiert zur Kenntnis. »So ist er eben.«

Ellin legte den Kopf in den Nacken, um an dem dreistöckigen Stadthaus emporblicken zu können.

»Beeindruckend, nicht wahr?« Friedel stieß sie mit dem Ellbogen leicht in die Seite und deutete dann mit ausgestrecktem Finger nach oben. »Hast du die Schnitzereien am Giebel gesehen? Ja, in solch einem Bauwerk zu wohnen, könnte mir auch gefallen.«

Ellin sah ihn verwundert an. Von Berblin hatte sie erfahren, dass er der reichste Mann im Dorf war. Zwar hatte sie keine Ahnung, was ein solcher Prachtbau kostete, doch hielt sie es durchaus für möglich, dass Friedel ihn sich leisten könnte.

»Und warum baust du dir dann kein solches Haus?«

Friedel lachte auf. »In unserem kleinen Selete? Das würde ein gar merkwürdiges Bild abgeben, ein dreistöckiger Palast neben den einfachen Katen.« Er schüttelte den Kopf. »Nein, ich bin mit dem zufrieden, was ich habe. Aber das heißt ja nicht, dass ich diese Pracht nicht bewundern darf. Komm.« Er fasste sie am Arm. »Gehen wir hinein.«

Friedel klopfte gegen die Tür. Es dauerte einen Moment, bis ihnen geöffnet wurde.

»Ja?« Der Wachmann hatte die Tür nur einen Spalt weit geöffnet.

»Wir wollen zum Vogt, um etwas anzuzeigen.«

»Und was wollt ihr anzeigen?«

»Das sagen wir dem Vogt.«

»Ich darf den Vogt jetzt nicht stören. Kommt später wieder.« Er wollte die Tür schon wieder schließen, als Friedel blitzschnell seinen Fuß in den Türspalt stellte.

»Lasst das!«

»Ihr geht jetzt sofort zum Vogt und sagt ihm, dass wir ihn zu sprechen wünschen.«

»Und wenn nicht?«

»Dann werdet Ihr Euch womöglich als Mitverschwörer zu verantworten haben.«

Der Wachmann schien von diesen Worten unbeeindruckt. »Von mir aus könnt Ihr mich bezichtigen, wessen Ihr wollt. Ständig wollen irgendwelche Leute etwas anzeigen, um sich wichtig zu machen. Der Vogt aber hat Besseres zu tun. Da nützen auch Eure Drohungen nicht.«

Friedel zog seinen Fuß zurück. »Dann stört den Vogt eben nicht. Doch wenn Ihr wieder einmal ein Wort mit ihm wechselt, dann sagt ihm, dass die Zeugin, die in ganz Bremen gesucht wird, hier war und ihre Aussage bezüglich der Verschwörung und Ermordung des Erzbischofs machen wollte. Einen schönen Tag noch.« Er griff nach Ellins Arm und zog sie mit sich die Stufen hinab.

»Wartet!« Der Wachmann hatte die Tür nun ganz geöffnet und eilte hinter den beiden her. »Ihr seid die Zeugin, von der überall gesprochen wird? Kommt herein. Es ist kalt. Ich werde sogleich dem Vogt Bescheid geben.« Der Wachmann streckte Ellin höflich die Hand entgegen. Friedel warf er dagegen einen zornigen Blick zu.

»Und Ihr meint wirklich, wir können den Vogt mit unserer Angelegenheit belästigen?«, spöttelte der.

Er konnte deutlich sehen, wie es in dem anderen arbeitete, doch er ging nicht auf seine Stichelei ein. Als sie zu dritt im Flur standen, schloss er hinter ihnen die Tür.

»Ich werde den Vogt holen. Ihr könnt euch dort drüben auf die Bank setzen und warten.«

»Wir bleiben stehen«, stellte Friedel klar.

Der Wachmann murmelte etwas Unverständliches, ging dann aber die Stufen hinauf in den ersten Stock. Ellin folgte ihm mit ihren Blicken und betrachtete dann den Eingangsbereich. Entsprechend der äußeren Fassade hätte sie im Innern des Gebäudes mehr Prunk erwartet. Vielleicht ein Treppengeländer mit Schnitzereien und Verzierungen, Teppiche an den Wänden oder bunte Malereien. Doch alles war sehr schlicht und einfach gehalten, wenngleich die gesamte Ausstattung von höchster Qualität zeugte. Die hohe Decke erinnerte Ellin an die ihres Klosters, und einen Moment versetzte ihr der Gedanke einen kleinen Stich.

Der Wachmann trat nun im oberen Geschoss wieder in ihr Sichtfeld, gefolgt von einem Mann, der am Treppengeländer stehen blieb und zu Friedel und Ellin hinabsah.

»Stimmt es, was er sagt? Seid Ihr die Frau, über die schon die ganze Stadt spricht?«

Ellin knickste. »Ich denke schon, Herr.«

Er lehnte sich noch weiter über das Geländer. »Dann könnt Ihr Zeugnis darüber ablegen, wer für den heimtückischen Überfall auf den Erzbischof«, er bekreuzigte sich rasch, »Gott sei seiner Seele gnädig, verantwortlich ist?«

»Ja, Herr, das kann ich.«

Der Mann eilte daraufhin die Stufen hinab und kam mit ausgestreckter Hand auf Ellin zu. Friedel beachtete er gar nicht.

»Ich danke dem Herrn, dass Ihr den Weg zu mir gefunden habt. Mein Name ist Pesolt zum Felde, ich bin der Vogt der Freien Reichsstadt Bremen.«

Ellin schüttelte die ihr dargebotene Hand und sah Friedel an. Der Vogt blickte zwischen den beiden hin und her.

»Und wie nennt man Euch, mein Kind?«

»Mein Name ist Ellin.«

»Nur Ellin?«

Sie nickte und blickte herab. »Ich habe im Kloster gelebt, solange ich denken kann. Dort war ich immer nur die Novizin Ellin.«

»Im Kloster, ja?« Er ließ seinen Blick nun auf Friedel ruhen. »Und wer ist Euer Begleiter, wenn ich fragen darf?« Er reichte nun diesem die Hand.

»Mein Name ist Friedel Kolderhofer. Ich lebe mit Weib und Sohn außerhalb der Stadtmauern in Selete.«

»In Selete, ja? So nah an Bremen, und trotzdem wollt Ihr nicht in der Stadt leben. Das habe ich noch nie verstanden.« Der Vogt rümpfte die Nase.

»Das müsst Ihr auch nicht«, gab Friedel in jovialem Tonfall zurück. »Die Hauptsache ist, dass wir wissen, warum wir in Selete leben.«

Pesolt zum Felde verzog missbilligend das Gesicht und hob eine Augenbraue. »Nun ja, Ihr seid ja nicht hier, um mit mir einen Disput über den Vorteil, in einer freien Reichsstadt zu leben, zu führen. Folgt mir doch bitte nach oben in meine Amtsstube und berichtet mir, was Ihr zur Aufklärung des schändlichen Verbrechens an unserem geliebten Erzbischof«, wieder bekreuzigte er sich, »beitragen könnt.«

Ellin und Friedel folgten ihm nach oben, tauschten zuvor jedoch noch einen vielsagenden Blick untereinander aus. Ellin fühlte sich in Gegenwart des Vogts unwohl. Sein bisheriges Gebaren schien ihr wenig vertrauenerweckend, und sie fragte sich, ob es klug gewesen war, hierherzukommen, um ihm alles zu berichten. Andererseits, so überlegte sie, konnte ihre Situation durch ihre Aussage nicht komplizierter werden, als sie ohnehin schon war. Sie hob die Röcke und ging die Stufen hinauf.

Als sie die Amtsstube des Stadtvogts betraten, fand Ellin zumindest hier einen Teil des Prunks vor, den sie im Innern des Hauses erwartet hatte.

Der Stuhl des Stadtvogts, der hinter einem massiven Eichentisch stand, war riesig und besaß sogar Rücken- und Armlehnen. Pesolt schien fast in ihm zu versinken, als er Platz nahm. Seinen Besuchern wies er die Stühle an, die vor dem Tisch standen. Auch diese besaßen gedrechselte Beine, waren aber längst nicht so prächtig gearbeitet und besaßen auch keine gestickten Überzüge. Und noch eine Besonderheit fiel Ellin sogleich auf. Als der Vogt ihnen unten gegenübergestanden hatte, hatte Ellin gemeint, dass er und sie etwa die gleiche Größe hätten. Für einen Mann war er also nicht besonders hoch gewachsen, wirkte vielmehr schmächtig und blass wie ein Gelehrter, der sein Leben in einer warmen Stube wie dieser über Schriftrollen gebeugt fristete und mit dem rauhen Alltag seiner Mitmenschen nicht groß in Berührung kam. Nun jedoch, als er in seinem Amtsstuhl saß, überragte er Ellin um mindestens zwei Kopflängen und blickte auf sie herab. Fast befand er sich sogar mit Friedel auf Augenhöhe. Ellin empfand es als Eitelkeit, ein Sitzmöbel herstellen zu lassen, welches seine offensichtlich zu geringe Körpergröße wettmachen sollte.

Pesolt zum Felde stützte seine Ellbogen auf die Stuhllehnen und verschränkte die Finger ineinander. Dabei sah er Ellin auffordernd an.

»Wo wohnt Ihr derzeit? Wollt Ihr mir diese Frage vielleicht beantworten, bevor der Schreiber hier eintrifft? Ich habe nach ihm schicken lassen.« Er lehnte sich mit wichtiger Miene zurück. »Gewiss hätte auch ich Eure Aussage aufschreiben können, doch in einem solchen Fall gehört es sich, einen amtlichen Protokollanten hinzuzuziehen.«

Ellin warf einen vorsichtigen Blick auf Friedel, der ihr mit einem sanften Kopfnicken bedeutete, auf die Frage zu antworten.

»Ich lebe derzeit in Selete. Die Menschen dort haben mir Unterschlupf gewährt.«

»Unterschlupf sagt Ihr? Nun, wenn Ihr hier in Bremen wohnen wollt, bis es zu einer Verhandlung kommt, so braucht Ihr es nur zu sagen. Ich kann das für Euch in die Wege leiten.«

»Nein, habt vielen Dank, aber das wird nicht nötig sein.«

Es klopfte an der Tür. Auf die Aufforderung des Vogts trat ein Mann ein, der fast ebenso klein wie Pesolt war.

»Ah, da ist ja unser Schreiber. Er wird jedes Wort, das hier gesprochen wird, festhalten.«

Ellin nickte dem Mann höflich zu. Friedel hingegen verzog keine Miene, meinte dann aber: »Ich hoffe, es wird nicht zu allzu lange dauern. Wir haben einen Stand auf dem Markt, und ich möchte heute auch noch einige Geschäfte machen.«

»Guter Mann«, setzte der Vogt an. »Niemand hat Euch gebeten, während der Aussage anwesend zu sein.« Er deutete mit dem ausgestreckten Arm zur Tür. »Ihr könnt gehen, wann immer es Euch beliebt.«

»Und Ellin hier allein lassen? Nicht im Traum würde mir das einfallen.«

»Sie ist nicht allein, der Schreiber und ich sind ja noch bei ihr.«

»Eben!« Friedel verschränkte die Arme.

»Was wollt Ihr damit sagen?«, fuhr der Vogt ihn wütend an.

»Fangen wir endlich an«, wich Friedel aus. »Sonst sitzen wir morgen noch hier.«

Der Schreiber hatte sich an einen kleinen Nebentisch gesetzt und sah seinen Dienstherrn abwartend an.

»Du kannst nun mit dem Schreiben beginnen«, ordnete der Vogt an, ohne Friedel dabei aus den Augen zu lassen. »Nennt bitte Euren vollen Namen, junge Frau. Und dann schildert genau, was Ihr im Zusammenhang mit dem Verbrechen am verstorbenen Erzbischof gehört oder gesehen habt.« Er lehnte sich in seinem Stuhl zurück.

Ellin begann darauf dem Vogt, wie zuvor schon dem Sohn des Schmieds, dann Mathes und Linhart, später Berblin und den Seletern, zu erzählen, was sich auf der Burg zugetragen hatte. Dabei hoffte sie inständig, dass dies das letzte Mal wäre.

Der Vogt hörte ihr aufmerksam zu, ohne sie zu unterbrechen. Nur gelegentlich stellte er eine Frage, um sich zu vergewissern, dass er sie richtig verstanden hatte. Kurz spiegelte sich Enttäuschung in seinem Gesicht, als Ellin aussagte, den Namen des zweiten Mannes auf der Burg nicht mehr genau erinnern zu können. Giesbert oder Giselher hätte er geheißen, sicher war sie sich jedoch nicht, wofür sie sich bei dem Vogt entschuldigte. Graf Friedrich hatte seinen Besucher nur einmal mit Vornamen angesprochen.

Zum Abschluss teilte der Vogt ihr mit, einen Boten zu ihr zu schicken, sollte sich etwas ereignen, das ihre Anwesenheit in Bremen erneut notwendig machte. Ellin strich sich nervös über den Stoff ihres Kleides. Sie hatte so sehr gehofft, dass die ganze Sache mit ihrer Aussage endgültig erledigt wäre. Doch nun erwähnte der Vogt, dass sie spätestens in einem öffentlichen Prozess Friedrich von Isenberg gegenüberzutreten und ihre Aussage zu wiederholen hätte, und versetzte Ellin damit erneut in Angst und Schrecken. Tief atmete sie ein und aus, um sich einigermaßen wieder zu beruhigen.

Der Vogt schien es bemerkt zu haben, ging jedoch mit keinem Wort darauf ein. Woraufhin sich Friedel und Ellin von ihm verabschiedeten und die Vogtei verließen.

Wieder auf der Straße, blieb Friedel stehen und umfasste Ellins Schultern. »Du musst dich nicht sorgen. Es wird alles gut werden. Ich kann diesen Pesthold zwar nicht leiden …«

»Pesolt«, korrigierte Ellin ihn, musste anlässlich Friedels kleinem Seitenhieb auf den Vogt aber unwillkürlich lächeln.

»Na gut, dann eben Pesolt, obwohl das andere besser passt. Aber glaub mir, er wird der Sache nachgehen. Denn der neue Erzbischof, der Kaiser und sogar der Papst wollen in der von ihnen angesetzten Untersuchung des Mordes an Erzbischof Engelbert endlich Ergebnisse sehen. Würde mich nicht wundern, wenn für den Bremer Vogt ein hübsches Sümmchen abfiele, sollte der Unhold hier in seiner Stadt überführt werden können.«

»Noch aber haben sie Graf Friedrich nicht.«

»Das nicht, aber das ist nur eine Frage der Zeit. Wenn erst einmal Reichsacht und Kirchenbann über ihn verhängt sind, kann er nur noch das Weite suchen, sollte er das nicht schon getan haben. Er müsste schon sehr dumm sein, wenn er auf seiner Burg in Hattingen sitzt und darauf wartet, dass die Wachen kommen und ihn abholen.«

»Womöglich wägt er sich in Sicherheit«, gab Ellin zu bedenken.

»Das glaube ich kaum. Schließlich sind dieser Schmied, dem du dich anvertraut hast, und die anderen Ganoven nicht ohne Grund bei uns aufgetaucht und haben nach dir gesucht. Nein, glaub mir, Graf Friedrich ist hinter dir her, um zu verhindern, dass du aussagst. Er kann ja nicht wissen, dass du deine Aussage bereits gemacht hast.«

Ihre Augen begannen zu strahlen. »Aber dann …«, sie fuhr sich eilig mit der Zunge über die Lippen, »… besteht für mich ja keine Gefahr mehr. Schließlich habe ich schon alles gesagt, was ich weiß. Es würde dem Grafen nichts mehr nützen, mir seine Mörder auf den Hals zu hetzen.«

Friedel strich ihr kurz über die Wange. »Leider doch. Du musst deine Aussage in einem öffentlichen Prozess wiederholen, genau wie der Vogt es gesagt hat. So will es das Gesetz. Erst dann können sie Graf Friedrich verurteilen.«

Entmutigt ließ sie ihre Schultern sinken. »Also habe ich durch meine Aussage heute nichts gewonnen.«

»Oh doch, meine Kleine, das hast du. Denn jetzt kann die Hatz auf Friedrich beginnen. Und seine Kumpane, diesen Schmied und die anderen, werden wir auch noch zu fassen kriegen.« Er ballte seine Hände zu Fäusten. »Und auf diesen Tag freue ich mich schon jetzt, das kann ich dir sagen.« Er verzog sein Gesicht zu einer hasserfüllten Grimasse. Hätte Ellin ihn nicht besser gekannt, sie wäre vor ihm davongelaufen.

Doch da öffnete er seine Fäuste wieder, und sogleich entspannten sich auch seine Gesichtszüge. »Jetzt komm aber, sonst verkaufen Berblin und Jerg noch alle Waren allein.«

Ellin versuchte ein Lächeln, das ihr allerdings nicht so richtig gelingen wollte. Wäre Friedrich doch nur schon gefasst und die schreckliche Zeit bis zum Prozess vorüber. Gedankenverloren ging sie neben Friedel her, bis der Stand mit ihren Waren in Sichtweite kam. Den Mann, der ihnen, seitdem sie das Haus des Vogts verlassen hatten, gefolgt war, bemerkte Ellin nicht. Beim Anblick der jungen Frau, die gemeinsam mit dem Riesen aus dem prunkvollen Stadthaus getreten war, hatte die verschorfte Brandwunde in seinem Gesicht zu pochen begonnen. Als er nun sah, dass die beiden sich zu einem Händlerpaar gesellten und ihre Plätze hinter dem Verkaufsstand einnahmen, beschloss er, zu dem Haus zurückzugehen, um in Erfahrung zu bringen, wer dort wohnte. Ein Junge, der in der Straße einen Stein vor sich hertrieb, gab ihm schließlich die Antwort, dass sich in diesem Haus der Amtssitz des Stadtvogts befände.

Dieses verdammte Miststück von einer Novizin hatte es also tatsächlich geschafft, Meldung zu machen. Ruppert ballte die Hände zu Fäusten und ging wieder zum Markt zurück, um Ellin dort aus sicherer Entfernung zu beobachten. Ganz gleich, was sie ausgesagt hatte, es würde ihr nicht mehr viel nützen. Denn er würde sie nicht mehr aus den Augen lassen. Irgendwann müsste der breitschultrige Kerl ja von ihrer Seite weichen, und dann würde er zur Stelle sein, um ein wenig mit dem Miststück zu plaudern. Seine Hand tastete nach der halbwegs verheilten Wunde, die plötzlich zu ziehen begann. Es war eine grauenhafte Verletzung, die er allein ihr verdankte und die ihn für den Rest seines Lebens entstellen würde. Das würde sie ihm noch büßen.

15. Kapitel

Die Wachen fuhren erschrocken aus ihrem Halbschlaf, als mitten in der Nacht ein Reiter den Isenberg heraufgaloppiert kam. Erst als er direkt vor dem Tor zum Halten kam, erkannte der Wachmann in ihm Klaas von Weiden, einen der engsten Vertrauten seines Herrn. Sogleich zog er das Fallgatter vor dem Kammertor hinauf und ließ es, nachdem Klaas in die Burg geritten war, krachend wieder herab.

»Kümmere dich um mein Pferd und gib ihm eine besonders große Portion Hafer. Es hat mir gute Dienste erwiesen und muss sich erholen, bevor es das nächste Mal einen Reiter trägt.«

Der Wachmann nickte dienstbeflissen und sah Klaas kurz nach, der zielstrebig im Palas der Burg verschwand. Unbehelligt erreichte er Friedrichs Kammer. Erst hier traten ihm zwei weitere Wachleute kampfbereit entgegen.

»Wer seid ihr und was zum Teufel macht ihr um diese Zeit …?«

Klaas trat in den Lichtkreis der Fackel, damit der andere sein Gesicht sehen konnte.

»Oh, verzeiht, mein Herr.«

»Ich muss den Schlaf Eures Herrn stören«, erklärte Klaas. Die Wachmänner ließen ihre Waffen sinken und ihn passieren.

In Friedrichs Kammer brannte ein diffuses Licht. Klaas,

der mit ihm aufgewachsen war, wusste, dass der Freund seit seinen Kindertagen nie ohne mindestens eine entzündete Talglampe schlief. Er ging zu Friedrichs Bettstatt hinüber, setzte sich auf die Kante und rüttelte ihn an der Schulter.

»Friedrich, wach auf! Ich bin es, Klaas.«

Es brauchte einen Moment, ehe der Angesprochene sich rührte.

»Komm schon, Friedrich«, flüsterte Klaas. »Wir haben keine Zeit zu verlieren.«

Ein saurer Geruch stieg ihm aus dem halb geöffneten Mund des Schlafenden in die Nase. Es war also nicht nur der tiefe Schlaf, sondern auch eine reichliche Menge Wein dafür verantwortlich, dass Friedrich nicht recht zu sich kommen wollte. Klaas erhob sich von der Bettkante und ging zur Waschschale hinüber. Er griff nach dem mit Wasser gefüllten Krug neben der Schale, ging zur Bettstatt zurück und kippte das kühle Nass ins Gesicht des Freundes. Augenblicklich sprang dieser mit einem Satz vom Lager.

»Was zum Teufel … Klaas, bist du das?«

»Na sicher. Wer sonst würde es wagen, dir mitten in der Nacht Wasser über den Kopf zu gießen.«

Friedrich trat auf ihn zu und umarmte ihn herzlich. »Du verdammter Hurensohn, mitten in der Nacht hier aufzutauchen. Aber ich bin froh, dass du wohlbehalten zurück bist.«

»Dir wird die Freude gleich vergehen, wenn ich dir berichte, was ich erfahren habe.«

Friedrich wischte sich über das noch immer tropfnasse Gesicht. »Ich brauch erst mal was zu trinken.« Er schlurfte zum Tisch hinüber, auf dem der Weinkrug stand. Mit wenigen Schritten war Klaas bei ihm und hielt ihn am Arm fest.

»Das würde ich nicht machen. Du brauchst jetzt einen klaren Kopf.«

Friedrich konnte in dem schwachen Licht die Augen des Freundes nur unklar erkennen. Doch der Klang seiner Stimme hatte ihm verraten, dass es ernst war.

»So schlimm?«

Klaas nickte. »Komm, setzen wir uns. Ich erzähl dir alles. Direkt aus Bremen komme ich. Es sieht nicht gut aus. Dort spricht man ganz offen von dir als dem Mörder Erzbischof Engelberts.«

Friedrich merkte, wie ihm übel wurde. »Was?«

»Mitten auf dem Markt wird's erzählt. Du musst fliehen, und zwar so schnell du kannst.«

»Aber wohin?«

»Erst einmal weg von hier, denn nach Burg Isenberg werden sie als Erstes kommen. Wir haben keine Zeit mehr zu verlieren.«

»Lorentz und Erhard sind auch erst seit ein paar Tagen hier. Wir müssen sie wecken.«

»Und Thomas und Georg?«

Friedrich schüttelte den Kopf. »Sind bisher nicht aufgetaucht.«

»Verdammt«, fluchte Klaas. »Sie müssten längst eingetroffen sein.«

»Wir werden ihnen, kurz bevor wir aufbrechen, eine Nachricht hinterlassen, sollten sie dann immer noch nicht da sein. Die Burg wird weiterhin so geführt werden, als wäre ich nur für kurze Zeit fort.« Er räusperte sich. »Vielleicht stimmt das ja sogar.«

Klaas ging nicht auf die Bemerkung ein. Doch er konnte sich kaum vorstellen, dass Friedrich jemals wieder hierher zurückkehren konnte, solange ihm etwas an seinem Leben lag.

»Komm«, sagte Klaas. »Wir müssen gehen.«

Friedrich hielt ihn am Arm zurück. »Haben sie Beweise gegen mich? Sag es offen.«

»Du meinst damit das Mädchen, das Giselher und dich belauscht hat?«

»Ja.«

»Es scheint, als hätte sie Bremen vor uns erreicht.«

»Ich verstehe«, brachte Friedrich hervor. »Lorentz und Erhard sind in der Kammer nebenan. Sag ihnen Bescheid. Ich ziehe mich währenddessen an.«

Nie hätte Friedrich gedacht, seine eigene Burg eines Tages wie ein räudiger Dieb mitten in der Nacht verlassen zu müssen. In aller Stille hatten sie vier Pferde gesattelt und zwei weitere mit Proviant beladen sowie alles Geld, das Friedrich besaß, auf mehrere Beutel verteilt und ebenfalls auf die Tiere gepackt. Danach hatten sie noch die Wachen instruiert und waren fortgeritten. Bisher hatten sie weder ein bestimmtes Ziel vor Augen noch wussten sie, ob sie je wieder zurückkämen. Erst einmal hieß es, unterzutauchen und keinesfalls in die Gefangenschaft des neuen Erzbischofs und seiner Leute zu geraten. Solange Friedrich frei war, konnte er sein Schicksal selbst in die Hand nehmen. Säße er erst einmal im Kerker, wäre es aus mit ihm. Deshalb mussten sie nun als Nächstes auch unbedingt diese Novizin finden und ihr den Garaus machen. Dieses Weibsbild hatte mit seinem geschwätzigen Mundwerk schon genug Unheil angerichtet. Wäre sie erst einmal aus der Welt, davon war Friedrich überzeugt, würde der Erzbischof zwar noch immer versuchen, ihn des Mordes an seinem Vorgänger zu überführen. Doch ohne öffentliche Zeugenaussage würde es selbst einem von Molenark unmöglich sein, ihn aufs Rad zu binden. Dass der alte Erzbischof tot war, brachte vielen der umliegenden Grafen und Edelherren erhebliche Vorteile. Und auch dieser von Molenark würde sich früher oder später für eine Seite – entweder Papst oder Kaiser – entscheiden müssen, selbst wenn die beiden Parteien im Fall von Erzbischof Engelbert derzeit zusammenarbeiteten. Doch dass dies nicht so bleiben würde, war Friedrich klar. Kirchliche und weltliche Herrschaft waren nun einmal nicht miteinander vereinbar. Für welche Seite von Molenark sich letztlich entscheiden würde, wusste zwar nur der Herrgott allein. Doch wie Friedrich ihn einschätzte, würde er sich wahrscheinlich eher auf die Seite des Klerus stellen, dem seine eigentliche Treue gehörte. Und dann, dessen war sich Friedrich sicher, könnte er im nächsten Schritt gemeinsam mit den anderen Grafen gegen die Willkür und Herrschaft des Kaisers vorgehen und diesen in seiner Macht beschneiden. Womöglich war es seine Aufgabe auf dieser Welt, das Gleichgewicht zwischen göttlicher und weltlicher Macht wiederherzustellen und dabei für die von Gott gewollte Ordnung einzustehen. Doch das lag noch in weiter Ferne. Erst einmal musste er dafür sorgen, den Kopf auf dem Rumpf zu behalten.

Mit jedem Schritt seines Pferdes an der Seite seiner Freunde wuchs in Friedrich die Gewissheit, einen Kreuzzug im Namen des Herrn zu führen. Die alte Stärke, die in letzter Zeit allzu oft der lähmenden Angst vor Entdeckung gewichen war, kehrte nach und nach in ihn zurück.

»Fast wie in alten Zeiten, nicht wahr?« Er sah Klaas' schemenhaften Umriss an seiner Seite. Erhard und Lorentz ritten hinter ihnen. »Wenn wir jetzt noch auf Georg und Thomas treffen, fügt sich alles zusammen.«

»Mir wäre wohler, wenn wir schon wüssten, wohin wir überhaupt reiten«, antwortete Erhard.

»Erst einmal weg von hier«, sagte Klaas. »Doch was unseren Weiterweg angeht, sollten wir zunächst einmal an einem

Kloster anhalten und uns mit Mönchskutten einkleiden. Von Molenark wird nach Rittern suchen lassen, nach Mönchen jedoch nicht.«

»Ein guter Einfall«, lobte Friedrich.

»Und wenn wir die Kutten haben?«, fragte Lorentz. »Wohin dann?«

»Wir müssen das Mädchen finden.« Klaas' Stimme klang rauh. »Alles steht und fällt mit ihrer Aussage.«

»Den Kirchenbann kann der neue Erzbischof auch ohne ihre Aussage über Friedrich verhängen«, wandte Lorentz ein.

»Den Bann ja, aber das ist noch kein Todesurteil. Und Friedrichs Ländereien können sich ohne einen Prozess weder Kaiser noch Papst unter den Nagel reißen. Die Zeit spielt also für uns. Wir müssen nur so lange unentdeckt bleiben, bis wir dieses Weibsstück haben. Denn von Molenark muss Friedrich erst einmal beweisen, dass er hinter dem Mord an seinem Onkel steckt, und das können sie nicht, wenn die Kleine tot ist.«

Friedrich selbst sagte auf die Ausführungen seines Freundes nichts. Er wusste, dass Klaas recht hatte. Immer schon war er ein kluger Stratege gewesen, und Friedrich vertraute ihm blind. Das erste Morgenlicht zeigte sich am Horizont, und ein weiterer grauer Dezembertag brach an. Kurz schauderte Friedrich bei dem Gedanken, dass er nicht mehr viele Sonnenaufgänge sehen würde, wenn ihr Vorhaben scheiterte.

»Ihr müsst schon einen sehr tiefen Schlaf haben, wenn Ihr nicht bemerkt habt, dass Euer Herr die Burg mitten in der Nacht verlässt.« Der Schreiber sah Agnes wütend an. »Womöglich wolltet Ihr ihm aber auch nur einen guten Vorsprung sichern.«

»Aber Herr, ich schwöre Euch, gestern Abend war noch keine Rede von einem Aufbruch. Ich habe erst von der Wache am Tor erfahren, dass einer von Graf Friedrichs Leuten überraschend mitten in der Nacht heimgekehrt ist. Nur kurze Zeit später ritten sie dann zu viert fort.«

»In welche Richtung?«

»Das weiß ich wirklich nicht, Herr. Bitte! Ihr müsst mir glauben! Ich bin sofort hierhergeeilt, als ich von seinem Verschwinden erfuhr.«

»Mir kommt das alles sehr merkwürdig vor.«

»Aber Herr …«

Er machte eine Handbewegung, als wolle er eine lästige Fliege verscheuchen. »Ich habe jetzt keine Zeit mehr. Geht zurück auf Eure Burg, falls Euer Herr doch wieder heimkehren sollte. Was ich jedoch nicht glaube«, fügte er grimmig hinzu.

»Aber was soll denn jetzt werden? Ich meine, wenn der Herr weg ist, wovon soll ich denn …«

Er unterbrach sie, indem er ihr die ausgestreckte Hand entgegenhielt. »Das ist nichts, worum ich mich kümmern kann. Ich muss jetzt, so rasch es geht, den Erzbischof unterrichten und Männer ausschicken, die Friedrich ausfindig machen. Ihr entschuldigt mich.« Er deutete auf die Tür.

Doch Agnes nahm all ihren Mut zusammen und setzte zu einem weiteren Versuch an.

»Aber der Erzbischof hat mir versichert, dass ich eine Anstellung bei ihm fände, sofern meinem Herrn der Prozess gemacht wird.«

»Dafür, gute Frau, müssen wir Euren Herrn aber erst einmal festsetzen«, erwiderte er ungehalten. »Und dank Eurer Unaufmerksamkeit könnte sich das nun als weitaus schwieriger erweisen, als es vonnöten gewesen wäre, nicht wahr?«

Er funkelte sie wütend an.

Sie senkte den Kopf, knickste und verließ ohne einen Gruß

den Raum. Ihre Hoffnungen und Aussichten auf ein besseres Leben zerstoben in diesem Moment wie Spreu im Wind.

»Wir sollten beim nächsten Wirtshaus haltmachen und den Pferden ein wenig Ruhe gönnen«, ordnete Heinrich von Molenark an. »Bremen werden wir in jedem Fall noch heute erreichen.«

»Nicht mehr weit von hier ist eine Schenke, die einen halbwegs ordentlichen Eindruck macht«, antwortete Walter von Müre, die rechte Hand des Erzbischofs. »Die Wirtsleute sind einfach, bereiten aber ein vernünftiges Essen, und ihr Bub versorgt die Pferde der Reisenden ordentlich.«

»Gut. Dann werden wir dort eine Rast einlegen.«

Es dauerte noch fast eine Stunde, bis sie den Ort erreichten und Walter dem Erzbischof bedeutete, ihm in das Wirtshaus zu folgen. Als sie eintraten, war nur ein weiterer Tisch besetzt, an dem zwei Männer mit jeweils einem Humpen vor sich an einem Tisch saßen und sich unterhielten. Walter musterte die beiden kurz und wandte sich dann an den Wirt, der sich gerade an einem Bierfass zu schaffen machte.

»Wir haben zehn Pferde, die versorgt werden müssen«, sagte Walter.

Der Wirt drehte sich um und sah erst ihn, dann den Erzbischof an. Zwar wusste er nicht, wen er da vor sich hatte. Doch die feine Kleidung des Würdenträgers nötigte ihm eine Verbeugung ab.

»Ich sage meinem Sohn Bescheid, der kümmert sich um die Tiere. Nehmt dort drüben Platz.« Er deutete auf zwei freie Tische. »Was kann ich Euch bringen?«

Walter blickte kurz zu seinem Herrn, der mit einem Kopfnicken zustimmte.

»Bring uns Wein, aber nicht so ein bitteres Gesöff. Einen

guten, wenn du hast. Ansonsten nehmen wir erwärmtes Bier. Und trag auch etwas zu essen auf.«

»Ja, Herr«, gab der Wirt dienstbeflissen zurück und ging sogleich in den Nebenraum.

Sie nahmen an den Tischen Platz. Der Erzbischof und Walter von Müre an einem, die restlichen acht Männer, die inzwischen ebenfalls den Gastraum betreten hatten, am anderen.

»Die Bremer Stadtoberen werden von Eurem hohen Besuch überrascht sein«, begann Walter das Gespräch.

»Womöglich auch nicht, denn wenn das, was mir zugetragen wurde, wirklich stimmt, und die Zeugin sich tatsächlich in Bremen aufhalten sollte oder aber aufgehalten hat, werden sie dort wahrscheinlich schon mit meiner Ankunft rechnen.«

»Woher sollten sie denn wissen, dass Ihr bereits Kenntnis von der Frau erlangt habt?«

»Das stimmt«, gab der Erzbischof zu und begann zu lachen. »Dann werden sie geradezu verblüfft sein, über was für gute Quellen ich verfügen muss, und ihre Ehrfurcht vor mir wird noch wachsen. So oder so, unser Eintreffen wird sie staunen lassen.«

»Denkt Ihr, dass die Novizin noch da ist?«

Der Wirt kam an den Tisch. »Es dauert noch etwas, den Wein zu wärmen. Ich habe eines der guten Weinfässer geöffnet. Oder wünscht Ihr vielleicht doch lieber einen Humpen Bier?«

»Wärm nur den guten Wein an. So eilig haben wir es nicht«, antwortete Walter.

Der Erzbischof wartete, bis der Mann sich wieder entfernt hatte, bevor er die ihm gestellte Frage beantwortete. »Womöglich ist die Novizin in einem der Klöster dort untergekommen. Mir ist ohnehin schleierhaft, wie die junge Frau es geschafft hat, sich allein bis nach Bremen durchzuschlagen.«

»Der Herr war an ihrer Seite und hat schützend seine Hand über sie gelegt.«

»Wohl gesprochen, Walter.«

»Ich gebe zu, dass ich es kaum mehr erwarten kann, bis wir sie in unserer Mitte haben und der Prozess gegen diesen Friedrich von Isenberg eröffnet werden kann. An seiner gotteslästerlichen Zunge werde ich den feinen Herrn eigenhändig aus seiner Burg schleifen.«

»Und ich mich an diesem Anblick ergötzen.« Der Erzbischof bekreuzigte sich, konnte sich dabei aber ein weiteres Lachen nicht verkneifen.

Der Wirt kehrte mit dem dampfenden Wein an den Tisch zurück und stellte erst die Krüge für den Erzbischof und für Walter ab, bevor er die acht Männer am Nebentisch bediente.

Der Erzbischof schenkte sich und Walter einen Becher voll ein und meinte dann: »Auf den Herrn, unseren heiligen Auftrag und den Untergang Graf Friedrichs.«

»Auf den Untergang Graf Friedrichs«, echoten die Männer wie aus einer Kehle und tranken.

Die beiden Männer, die an dem anderen Tisch saßen, blickten kurz zu ihnen herüber, unterhielten sich dann aber sogleich weiter.

Als sie wieder aufbrachen, schien es von Molenark, als sei die Luft etwas milder geworden. Der Dezember war dieses Jahr bislang so klirrend kalt gewesen, dass jeder noch so kleine Sonnenstrahl, der den trüben Nebel durchbrach, die Laune der Männer steigen ließ. Er hoffte, dass der Himmel am Tag von Friedrichs Hinrichtung ebenso klar sein würde wie in diesem Augenblick. Sonst würde womöglich der ein oder andere wegen der beißenden Kälte lieber zu Hause vor dem Feuer sitzen bleiben. Blieb nur noch die Frage, wo die Hinrichtung überhaupt stattfinden sollte. Darüber würde er noch intensiv nachdenken müssen.

Sein Einzug in Bremen verlief bei weitem nicht so spektakulär, wie er es sich erhofft hatte. Wegen der Eiseskälte war so gut wie kein Bremer auf den Straßen zu sehen, der bemerken konnte, dass der neue Erzbischof von Köln mitsamt kleinem Gefolge der Stadt die Ehre gab. Von Molenark war noch nie hier gewesen, hatte aber über die Bremer, die als Bürger einer freien Reichsstadt auf ihre Rechte und die damit verbundene Unabhängigkeit pochten, viel gehört. Zwar hatte Kaiser Barbarossa ihnen diese erst vor etwa vierzig Jahren zugesagt und verbrieft, doch er selbst stand einer Stadt, in der nicht mehr die Kirche, sondern der Kaiser und ein Senat die Regierungsgewalt ausübten, mehr als skeptisch gegenüber. Nichtsdestotrotz wäre er hier nur ein Gast, wenngleich auch einer der höchsten, die die Stadt je zu Gesicht bekommen hatte. Und so ließ er Walter zu dem prächtigen Haus vorausreiten, das sich im Besitz der Kirche befand und ihm in seiner Funktion als Erzbischof damit zur Verfügung stand. Die Verblüffung des Wachmannes, der ihnen die Tür öffnete und sofort von Walter zurechtgewiesen wurde, er möge in angemessener Weise seinem Dienstherrn gegenübertreten, hätte nicht größer sein können.

»Verzeiht«, stammelte er. »Wir konnten nicht wissen, dass Ihr …«

»Das wäre ja noch schöner, wenn der Erzbischof Euch mitzuteilen hätte, wann er sein Haus zu beziehen gedenkt«, herrschte von Müre ihn an.

»Verzeiht!«, wiederholte der Wachmann, verbeugte sich und ging dann rücklings in einen Nebenraum, aus dem sogleich eine beleibte Frau heraustrat, die sich ihnen als die hiesige Hauswirtschafterin vorstellte und danach die Hand mit dem Ring küsste, die von Molenark ihr entgegenstreckte.

»Lasst nach den Stadtoberen schicken«, befahl Walter dem Wachmann, der nun ebenfalls wieder vor sie hingetreten war. »Sie mögen sich so rasch als möglich hier einfinden.«

»Ja, Herr.« Er verschwand so schnell nach draußen, dass er sich fast seinen Umhang in der Tür einklemmte.

Die Hauswirtschafterin hielt den Kopf gesenkt. »Es ist eine solche Ehre und Freude für uns, Euer Exzellenz bei uns willkommen zu heißen.«

»Selbstverständlich ist es das«, gab Walter zurück. »Und nun bereitet das Essen zu. Seine Exzellenz wünscht zusammen mit den Ratsherren zu speisen, sobald sie eintreffen. Und heizt die Kammer des Erzbischofs vor.«

»Ja, Herr.«

»Wie heißt du, gute Frau?«, fragte von Molenark sie freundlich.

»Magda, Herr.«

»Gut, Magda. Dann tu jetzt, was dir angeordnet wurde.«

»Ja, Herr.« Rasch verschwand sie wieder in der Küche.

Von Molenark lächelte Walter an. »Du willst keinen Zweifel daran aufkommen lassen, wer hier der Herr im Hause ist, nicht wahr?«

Walter schmunzelte. »Ein freundlicher Diener Gottes und ein gnadenvoller Menschenfreund zu sein steht Euch besser zu Gesicht als mir.«

Gemeinsam besahen sich die beiden jeden Raum des weitläufigen Hauses. Und nach kurzer Zeit bezogen auch die restlichen acht Männer ihres Gefolges ihre Kammern im Haus, nachdem sie die Pferde im Stall versorgt und ihr Gepäck abgeladen hatten.

Als die vier zum Essen geladenen Ratsherren gegen Abend eintrafen, war der Tisch bereits gedeckt und bog sich fast unter der Last der reichlich aufgetragenen Speisen. Diese Magda ist für ihre Körperfülle erstaunlich flink, dachte von Molenark bei sich. Mit weltmännischer Noblesse begrüßte er seine Gäste, nahm ihre Glückwünsche zu seiner Wahl als Erzbischof von Köln entgegen und zeigte sich sehr darüber erfreut, in Bremen zu sein.

»Wir hatten ja keine Ahnung, dass Ihr so schnell in unsere Stadt kommen würdet«, ließ danach Karl von Rechten, seines Zeichens Gewürzhändler und der Älteste der vier Ratsherren, die der Senat der Stadt als Abordnung zu von Molenark entsandt hatte, vernehmen. »Unser Bote ist doch gerade gestern erst zu Euch aufgebrochen.«

»Euer Bote?«

Von Rechten warf seinen Ratskollegen einen überraschten Blick zu. »Aber ja. Er war mit einer wichtigen Nachricht an Euch unterwegs.«

»Nun, ich habe keine solche erhalten.«

»Aber was …«, überlegte von Rechten laut, »… was verschafft uns dann die Ehre Eures Besuchs, wenn der Bote noch gar nicht bei Euch eingetroffen ist?«

»Die Zeugin.« Von Molenark beobachtete die Reaktion der Ratsherren. Diese sahen sich erneut verwundert an.

»Aber das verstehe ich nicht«, sagte von Rechten schließlich. »Genau deshalb haben wir den Boten doch zu Euch gesandt.«

Von Molenark lächelte milde. »Nun, wie Ihr seht, habe ich bereits auf anderem Weg davon erfahren. Doch meine Verbundenheit zu Euch ist nun, da ich weiß, dass Ihr mich von der Zeugin in Kenntnis setzen wolltet, umso mehr gestärkt. Nehmt daher beruhigt Platz und lasst uns gemeinsam speisen.

Dabei könnt Ihr mir in Ruhe berichten, und ich werde Euch meinerseits alles erzählen.« Er deutete auf die Tafel. »Meine Haushälterin hat sich alle Mühe gegeben, in der Kürze der Zeit ein passables Mahl zu bereiten. Ich hoffe, es wird Euch zufriedenstellen.«

Während des Essens berichteten die Ratsherren zunächst von der Aussage, welche die Zeugin, eine junge Frau namens Ellin, beim Vogt zu Protokoll gegeben hatte. Im Gegenzug erzählte der Erzbischof ihnen von den vorliegenden Erkenntnissen, fasste auch nochmals die Ereignisse auf dem Landtag in Soest und den vergeblichen Versuch Graf Friedrichs von Isenberg und einiger anderer Grafen zusammen, mit seinem Onkel Engelbert, dem ermordeten Erzbischof, eine friedliche Einigung bezüglich der kirchlich vergebenen Vogteirechte zu erzielen. Doch Engelbert war hart geblieben und hatte die Auspressung seiner Untertanen durch die Grafen zukünftig ahnden wollen. Der Landtag in Soest war daraufhin ergebnislos abgebrochen worden.

»Und Ihr glaubt wirklich, Herr Erzbischof, dass ein Edelmann wie Graf Friedrich aus diesem Grund einen Mord befohlen hat?«

Von Molenark zuckte mit den Schultern. »Ob er wirklich geplant hat, den Erzbischof zu ermorden, vermag ich nicht zu sagen. Doch den Hinterhalt hat Friedrich in jedem Fall zu verantworten. Die Zeugin, von der Ihr gehört habt, scheint mir sehr glaubwürdig zu sein. Mit ihrer Aussage fügt sich alles zu einem stimmigen Bild zusammen.« Er machte eine kurze Pause. »Abgesehen davon liegt mir die fast gleichlautende Aussage einer weiteren Person vor. Dass Graf Friedrich schuldig ist, steht also außer Frage.« Er sah Agnes' Gesicht vor sich. Zwar stimmte es nicht ganz, dass diese wie Ellin aus Friedrichs eigenem Mund von dem Komplott erfahren hatte.

Jedoch schien es ihm ein guter Schachzug zu sein, die Ratsherren, die er immerhin erst seit heute kannte, glauben zu lassen, dass es mehr als nur eine Zeugenaussage gab.

»Dann ist die Sache klar«, urteilte von Rechten, »und Graf Friedrich von Isenberg muss so schnell wie möglich ergriffen werden. Wisst Ihr, wo er sich derzeit aufhält?«

»Ich nehme an, noch immer in Hattingen auf Burg Isenberg«, antwortete der Erzbischof. »Ich werde kampferprobte Männer dorthin entsenden, die ihn festnehmen und bis zu seinem Prozess im Kerker einsperren.«

»Ihr habt vor, den Prozess in Bremen stattfinden zu lassen?« Der Ratsherr schien erfreut.

»Wir werden sehen«, wich von Molenark einer konkreten Zusage aus.

Der Ratsherr bemerkte es, drang aber nicht weiter in ihn.

»Dann werden wir Euren Männern beschreiben, wo Ihr die junge Frau finden könnt. Doch es macht keinen Sinn, sie heute noch aufzusuchen, denn sie lebt außerhalb der Stadtmauern in einem kleinen Dorf namens Selete. Abgesehen davon werden die Tore gleich geschlossen. Am besten, zwei unserer Stadtbüttel begleiten Euch morgen dorthin. Sie kennen sich in dieser Gegend aus.«

»Das ist sehr gütig.« Von Molenark nickte ihm zu. Ein Blick auf die Holzplatten verriet ihm, dass seine Gäste gut gespeist hatten und es an der Zeit war, die kleine Runde aufzuheben. Er erhob sich. »Dann sollten wir keine Zeit mehr verlieren und uns vorbereiten.«

Die Ratsleute standen nun ebenfalls auf und wurden von ihrem Gastgeber noch zur Tür begleitet.

»Walter!«, rief von Molenark im Flur. Einen Augenblick später kam dieser aus der angrenzenden Küche, bereit, die Befehle seines Herrn entgegenzunehmen. »Du und Siegbert, ihr begleitet die Ratsherren sicher nach Hause und lasst euch von ihnen noch den Weg zu unserer Zeugin beschreiben. Sie werden euch außerdem zwei Stadtbüttel zur Seite stellen, die euch zu ihr begleiten. Besprecht euch auch mit ihnen, damit ihr gleich morgen früh aufbrechen könnt.«

»Ja, Herr.« Walter legte sich seinen Umhang über und war bereit, noch ehe sich die Ratsherren die ihren über die Schultern gezogen hatten.

16. Kapitel

Jetzt war es nur noch eine Frage der Zeit. Er musste abwarten, bis sich Klaas oder ein anderer von Friedrichs Männern wieder in Bremen einfinden und ihn reichlich entlohnen würde. Ruppert hatte an alles gedacht. Dabei war es ihm schwergefallen, der Frau, die ihn so schrecklich entstellt hatte, nicht sofort den Garaus zu machen. Doch war sie nie allein unterwegs gewesen. Das andere Weib, das ihr nicht von der Seite wich, hätte ihm zwar sicher keine Schwierigkeiten bereitet. Doch da waren noch die beiden Männer, die ihm an Körpergröße und -kraft in nichts nachstanden und keinesfalls so leicht zu überwinden gewesen wären. Doch jetzt, da er ihnen aus Bremen bis zu ihrem Dorf gefolgt war, konnte er selbst den Zeitpunkt bestimmen, an dem er zuschlug. Er wusste zwar nicht, seit wann sie dort wohnte. Doch sah es nicht danach aus, als würde sie das Dorf so bald wieder verlassen. War es Zufall oder Bestimmung, dass es sich dabei genau um denselben Ort handelte, in dem sie ihren Spaß mit der Kleinen gehabt hatten, wofür diese von Klaas auch noch fürstlich entlohnt worden war? Wenn er erst einmal mit der Novizin, die ihn so übel zugerichtet hatte, fertig wäre, würde er hoffentlich immer noch über genug Manneskraft verfügen, um es der anderen ein zweites Mal zu besorgen. Doch nun musste er sich beeilen, wollte er noch rechtzeitig vor dem Schließen der Stadttore wieder in Bremen sein. Morgen würde er dann wiederkommen und die Umgebung ganz genau erkunden. Je mehr er vom Dorfleben in Erfahrung brachte, desto erfolgreicher könnte er zuschlagen. Und sollte sich dazu keine Gelegenheit ergeben, würde er zusehen, ob ihm am nächsten Markttag nicht doch noch das Glück gewogen war und er sie irgendwo allein zu fassen bekam. So oder so, sie konnte ihm nicht mehr entkommen. Friedrichs Lohn und Dankbarkeit waren ihm endlich sicher.

Ellin war enttäuscht. Nicht eine einzige ihrer Kerzen hatte sie verkaufen können. Zwar waren einige Leute stehen geblieben und hatten sich für sie interessiert, sie dann aber doch zurückgestellt. Ihren Wachsschmuck hatte niemand auch nur eines Blickes gewürdigt.

»Ich war so fest davon überzeugt, dass die Menschen meine Kerzen kaufen würden.« Kraftlos ließ sie sich in Berblins Hütte auf einen Stuhl fallen. »Was mach ich denn jetzt nur? Ich habe zwar noch Talg, Bienenwachs und Dochte, doch weshalb sollte ich weiterhin eine Ware fertigen, die niemand will? Das bisschen Geld, das ich heute verdient habe, kommt vom Verkauf der wenigen Bürsten, die ich noch hatte. Doch es wird nicht lange reichen.«

Berblin setzte sich zu ihr an den Tisch und griff nach ihrer Hand. »Du musst Geduld haben. Schließlich bietest du etwas vollkommen Neues feil.«

»Dabei würden meine Kerzen das Leben der Menschen erhellen und verschönern. Warum sehen sie das denn nicht?«

»Ich verstehe, dass du enttäuscht bist. Doch warte erst einmal ab, was passiert, wenn in drei Tagen wieder Markt in Bremen ist. Vielleicht sieht die Welt dann schon ganz anders aus.«

»Und was soll ich bis dahin tun? Nur rumsitzen und abwarten?«

»Keinesfalls. Du wirst weiterhin deine Kerzen fertigen und die restlichen Blüten, die wir noch haben, zu Schmuck verarbeiten. Dein Einfall war gut, und er wird sich auch durchsetzen. Du musst nur weiter daran glauben und den Herrn um seine Hilfe bitten. Nur weil du einen Rückschlag erlebt hast, wirst du doch wohl nicht gleich aufgeben.«

Ellin bemühte sich zu lächeln. Berblin war die beste Freundin, die sie je gehabt hatte. Genau genommen, musste sie sich eingestehen, war sie die einzige Freundin, die sie je gehabt hatte.

»Ach, Berblin, du hilfst mir so sehr. Und dabei weißt du nicht einmal, ob ich das alles je wiedergutmachen kann.«

»Es gibt nichts wiedergutzumachen«, stellte Berblin energisch klar. »Wenn ich ehrlich bin, bin ich mir nicht einmal sicher, ob du nicht eher mir hilfst als ich dir.«

»Wie meinst du das?«

Berblin seufzte. »Ach, weißt du, bevor du kamst, habe ich mehr als einmal mit dem Herrgott im Zwiespalt gelegen. Ich fühlte mich bestraft. Meinen Mann und meinen Jungen hatte er mir genommen und damit alles, wofür ich auf dieser Welt war. Zwar hatte ich immer genug zu essen, und meine Hände waren dank seiner Gnade stets in der Lage, das ein oder andere Kräutergemisch herzustellen, das den Menschen half und sich auch noch für gute Münze verkaufen ließ. Doch habe ich mich oft gefragt, ob das alles ist. Ob es denn für mich niemanden mehr gibt, den ich lieben und dem ich helfen kann? Die Antwort kam mit dir den Weg entlang. Sofort hab ich dir angesehen, dass du Hilfe brauchst. Und deine Geschichte musstest du mir gar nicht erst erzählen, damit ich wusste, dass dir etwas Schreckliches widerfahren war. Auf einmal spürte ich wieder, dass ich gebraucht werde. Da warst du, wie ein Vöglein, das aus dem Nest gefallen war. Und auf einmal war mir klar: Dich hat der Herr gesandt, um mir zu zeigen, dass ich fehlging. Jetzt kenne ich wieder meinen Weg, und der ist, dir zu helfen und dafür zu sorgen, dass der Gerechtigkeit Genüge getan wird.«

Ellin wusste nicht, was sie hierauf sagen sollte. So stand sie einfach nur auf, ging zu ihrer Freundin hinüber und umarmte sie fest, während diese weiter am Tisch sitzen blieb. Zärtlich streichelte Berblin über Ellins Arm. »Ist schon gut.«

Es klopfte an der Tür. »Ich bin's, Jerg. Lasst mich rein.«

Ellin richtete sich auf und ging zur Tür hinüber. Sie öffnete sie vorsichtig einen Spalt weit, dann machte sie sie ganz auf. Jerg trat rasch zu ihnen in den Raum. »Mach bloß gleich wieder zu, sonst weht noch der ganze Schnee herein. Wenn das heute Nacht so weitergeht, können wir morgen nicht mehr aus dem Haus.« Er schüttelte sich wie ein nasser Hund.

»Was gibt's denn?« Berblin sah ihn erwartungsvoll an.

»Hier, ich hab was für dich, Ellin.« Er zog eine Handvoll Dochte hervor und reichte sie ihr.

»Die sind ja viel dünner als die letzten. Wie hast du das denn hinbekommen?«

»Meine Spindel.« Es klang stolz. »Ich habe die Fäden zunächst so dünn wie möglich gedreht, danach ein zweites und drittes Mal, bevor ich sie schließlich geflochten habe. Was sagst du? Hilft dir das weiter?«

Jerg wusste, wie niedergeschlagen Ellin gewesen war, weil sich auf dem Markt niemand für ihre kunstvollen Kerzen und Schmuckstücke interessiert hatte. Außerdem hatte die Aussage beim Vogt sie aufgewühlt.

»Wenn der Docht dünner ist, räuchert die Kerze weniger«, sprach Ellin mehr zu sich selbst als zu den beiden anderen und strich mit dem Finger über die geflochtenen Fäden.

»Ich kann dir noch mehr machen, wenn du willst.«

Ellins Gesichtsausdruck wurde ernst. »Das ist zwar so viel besser, doch ob die Menschen deshalb meine Kerzen kaufen werden?« Sie zuckte mit den Schultern. »Am Ende drehst und drehst du, und ich weiß nicht, womit ich dich bezahlen soll.«

Er winkte ab. »Ich brauch ja nicht viel Wolle für die Dochte. Es dauert nur eine Weile, bis ich sie fertig habe.«

»Eben. Zeit, die dir für die Herstellung deiner eigenen Waren fehlt.«

»Ach was. Ich mache über Tag meine Arbeit, und am Abend fertige ich die Dochte.«

Ellin sah Berblin fragend an.

»Das ist eine wunderbare Idee, Jerg. Ellin ist gerade zwar etwas niedergeschlagen, doch sie freut sich sehr über dein Angebot. Und ich mich auch.«

Ein Lächeln huschte über Jergs Gesicht. Dann blickte er verschämt zu Boden.

Obwohl sie ihn schon so lange kannte, war Berblin der hochgeschossene Wollhändler bis heute ein Rätsel. Er war ein gutaussehender Mann, roch nicht unangenehm und hatte sogar noch alle Zähne. Außerdem konnte er gut von seinen Verkäufen leben. Zwar war er nicht reich, doch für ein gutes Mahl, neue Schuhe oder einen Umhang hatte es noch stets gereicht. Deshalb hatte es sie auch nie verwundert, dass sich die unverheirateten Mädchen des Dorfes bei Festen immer gern in seiner Nähe aufhielten und ihm eindeutige Blicke zuwarfen. Doch er selbst schien es entweder nicht zu bemerken oder an keiner interessiert zu sein. Berblin war deshalb sogar schon der Gedanke gekommen, dass er sich möglicherweise in gotteslästerlicher Weise mehr zu Knaben hingezogen fühlen könnte, da sie auch noch nie mitbekommen hatte, dass er sich bei einer Hübschlerin Erleichterung verschaffte. Stattdessen ging er ganz und gar in seiner Leidenschaft für Garne und Stoffe auf. Doch nun bemerkte sie erstmalig eine Veränderung an ihm. Sein sonst so sicheres Auftreten löste sich in Luft auf, wenn Ellin ihn auch nur ansah. Und in den Momenten, in denen er sich auf dem Bremer Markt unbeobachtet glaubte, hatte Berblin mehrmals bemerkt, wie er Ellin betrachtet hatte, um sogleich, wenn diese etwas zu merken schien, in die andere Richtung zu blicken oder gar geschäftig seine Waren neu zu sortieren.

Und nun stand er mit gesenktem Blick hier in ihrer Kate und scharrte verlegen mit dem Fuß auf dem Boden. Ellin hingegen blickte abwechselnd auf die Dochte in ihrer Hand und dann wieder zu Berblin und wusste ebenfalls nicht, wie sie sich verhalten sollte.

Ein gestandener erwachsener Mann, der auf einmal von Schüchternheit geplagt wurde, und eine Frau, die ihr ganzes bisheriges Leben in einem Kloster verbracht hatte. Und sie, Berblin, konnte nun einmal mehr das Ihre dazu tun, dass sich alles zusammenfügte. Sie seufzte kurz, lächelte dann und nahm Ellin die Dochte aus der Hand.

»Also, ich finde es ganz wunderbar, was der Jerg da für dich tun will. Wir sollten gemeinsam einen Wein trinken. Dabei kannst du Jerg in aller Ruhe erklären, auf was er bei der Verarbeitung der Dochte achten muss. Und du, Jerg, kannst dir die Kerzen einmal genauer anschauen, die die Ellin fertigt. Sie sind nämlich etwas ganz Besonderes.«

Mit einem verlegenen Lächeln zog Jerg sich einen der Stühle heran. »Danke, Berblin.«

Sie nickte. »So, Ellin, hol du rasch die Becher und den Wein.« Sofort beeilte sich Ellin, ihrem Wunsch zu entsprechen, und kam dann an den Tisch zurück. Sie schien Jerg genauso wenig ansehen zu können wie er sie, was für Berblin ein gutes Zeichen war. Doch sie wusste auch, dass noch ein hartes Stück Arbeit vor ihr liegen würde, bis die beiden begreifen würden, was für sie bereits offensichtlich war.

Es wurde spät an diesem Abend. Und als Jerg Berblins Hütte schließlich verließ, war sein Gang nicht mehr ganz gerade. Doch Berblin war zufrieden. Es hatte nicht einmal lange gedauert, bis Ellin ganz und gar in ihren Erklärungen aufgegangen war und Jerg mit Feuereifer beschrieben hatte, was so außergewöhnlich an ihren Kerzen und ihrem Schmuck war. Und ebenso wie er zuvor an den ihren hatte Ellin an seinen Lippen gehangen, als er ihr von der Kunst des Spinnens vorgeschwärmt, ihr das Gefühl des durch die Finger gleitenden Wollfadens beschrieben und ihr schließlich erklärt hatte, wie daraus feine Tuche entstanden. Berblin hatte am Blick ihrer jungen Freundin gesehen, dass deren Herz ebenso für Jerg schlug wie dessen Herz für sie. Die Wege der beiden waren vom Herrgott zusammengeführt worden. Und was im Leben manchmal so unergründlich schien, war hier mehr als eindeutig. Zwei Menschen, die ihr Handwerk liebten, für das der eine die Ware des anderen brauchte, um es ausführen zu können. Berblin wurde warm ums Herz bei diesem Gedanken.

Gleich morgen, so waren sie verblieben, würde Ellin ihn aufsuchen und ihm bei der Herstellung der Dochte helfen. Berblin war zufrieden. Ihrer Meinung nach hätte der Abend gar nicht besser verlaufen können. Und so schloss sie die Tür, nachdem sie Jerg hinausgelassen hatte, und schob den Riegel vor.

»Na, meine Kleine. Bist du glücklich?«

Ellin strahlte sie an. »Ist das so offensichtlich?«

Berblin ging zum Tisch hinüber und räumte die Becher und den Krug ab. »Also, als mich zuletzt ein Mann so angesehen hat wie Jerg dich heute Abend, da war ich glücklich.

Würde mich wundern, wenn dein Herz davon ungerührt bliebe.«

»Bleibt es nicht«, gab Ellin leise zu.

Berblin sah sie an und lächelte. »Recht so. Und nun sollten wir rasch deine wunderbare Kerze löschen und uns schlafen legen. Wir haben morgen viel vor.«

»Hast du es gerochen?«

»Was meinst du?«

»Den Kerzenduft. Wie schön es war, als er sich im Raum ausgebreitet hat. Ich finde, es riecht noch immer wunderbar nach Bienenwachs.«

»Das stimmt. Und ich bin sicher, genau damit könntest du viele Kunden anlocken.«

»Aber ich kann ja schlecht die Kerzen auf dem Markt anzünden und sie dann noch verkaufen.«

»Ja, das stimmt.« Berblin strich sich nachdenklich eine Haarsträhne zurück, die sich aus ihrem Knoten gelöst hatte.

»Mir kommt da ein Gedanke.« Ellins Gesicht begann vor lauter Aufregung zu glühen. »Was wäre, wenn ich ganz kleine Kerzen fertige und diese am Stand entzünde? Dann würden die Leute sowohl von ihrem Licht als auch von ihrem Duft angelockt werden.«

»Du hast recht! Und wenn du auf diese Weise reichlich von den größeren verkaufst, machst du immer noch Gewinn.«

Ellin machte zwei Schritte auf Berblin zu und umarmte sie herzlich. »Ja, so wird es gehen.« Sie drückte die Freundin fest an sich. »Und der Jerg macht mir dafür die Dochte.«

Berblin lachte auf. »Ja, der Jerg macht dir die Dochte«, echote sie.

In diesem gottverfluchten Dorf schienen die Leute aber auch ständig beieinanderzuhocken. Ruppert hatte sich noch keine einzige Gelegenheit geboten, die Frauen allein zu überraschen. Ständig kamen und gingen noch andere Dorfbewohner bei ihnen ein und aus und hielten einen kleinen Schwatz mit ihnen. Und das bei diesem hundsverfluchten Dauerschnee! Rupperts Laune hätte nicht noch tiefer sinken können. Vor allem dieser Trottel von einem Wollhändler wollte die Hütte der Frauen scheinbar gar nicht mehr verlassen. Es war schon spät, und Ruppert wusste, dass damit jede Möglichkeit, sich die Novizin heute noch zu greifen, vertan war. Gleich am Morgen, kurz nachdem er seinen Beobachtungsposten im Schutz des Waldes eingenommen hatte, war sie zwar allein zum Haus des Wollhändlers gegangen und hatte dort eine Ewigkeit verbracht. Aber zurück hatte dieser Kerl sie dann begleitet, und er wirkte auf Ruppert durchaus kräftig und wehrhaft. Zudem würde er wohl auch mit den anderen Dorfbewohnern rechnen müssen, wenn er das Miststück nicht gleich mit dem ersten Schwertstreich zum Schweigen brachte und sie noch schreien konnte. Wobei er ohnehin nicht im Sinn hatte, ihr sofort den Garaus zu machen. Er wollte sie zunächst irgendwohin bringen, wo er ihr in aller Ruhe zeigen konnte, wie wütend er noch immer auf sie war.

Vorsichtig richtete er sich im Schutz der Bäume auf und streckte seine Glieder. Sein Pferd, das er ein Stück hinter sich an einem Baumstamm angebunden hatte, begann unruhig zu werden. Ruppert beobachtete, wie die Novizin gemeinsam mit dem Wollhändler nun wieder die Hütte der anderen Frau erreichte. Fast schien es ihm, als wollten sie sich zum Abschied noch küssen. Er ballte die Hände zu Fäusten. Schon seit langem malte er sich aus, wie er es diesem Hexenweib besorgen würde, sobald er sie in seine Gewalt gebracht hätte. Die Tatsache, dass sie vorher im Kloster gelebt und somit noch für keinen anderen die Beine breit gemacht hatte, stellte dabei einen besonderen Reiz für ihn dar: von ihm besprungen und danach durch seine Hand getötet zu werden. Der Gedanke daran ließ sein Glied steif werden. Schnelles Hufgetrappel ließ ihn aufhorchen.

Er sah vier Reiter mit einem zusätzlichen Pferd, die in schnellem Galopp gerade das Dorf erreichten. Er reckte den Hals, um besser sehen zu können. Kurz prüfte er, ob die Novizin noch immer mit dem Wollhändler vor der Tür stand. Doch entweder waren sie bereits in die Hütte gegangen, oder der Kerl hatte sich, von Ruppert unbemerkt, wieder auf den Rückweg gemacht.

Die Reiter hielten nun direkt auf die Schenke zu, in der Ruppert seinerzeit mit Friedrichs Leuten etwas getrunken hatte. Doch nur einer von ihnen saß ab und ging hinein. Die anderen drei warteten draußen. Es dauerte nicht lange, bis der Mann wieder herauskam, mit den anderen sprach und danach wieder aufs Pferd stieg. In ruhigem Schritt ritten sie nun den vereisten Pfad entlang, der wegen des reichlichen Schneefalls kaum mehr zu erkennen war. Mit Schrecken sah Ruppert, wie sie direkt vor dem Haus der Frau haltmachten, bei der die Novizin untergekommen war. Diesmal stiegen alle vier ab und postierten sich vor der Tür. Einer klopfte an.

Der Wollhändler öffnete. Also war er vorhin tatsächlich mit der Novizin zusammen ins Haus gegangen. Ruppert sah, wie die zwei Männer einen Augenblick miteinander sprachen, dann trat der Mann, der geklopft hatte, in die Hütte. Nicht lange danach kamen der Reiter und der Wollhändler mit den beiden Frauen wieder heraus. Die Ältere schien vor sich hin zu schimpfen. Schließlich wurde den Frauen auf das zusätzlich mitgebrachte Pferd geholfen, und der Trupp setzte sich in Bewegung. Je zwei Männer ritten vor und hinter den Frauen. Ruppert fluchte leise. Das waren bestimmt Büttel der Stadt

Bremen gewesen. Zwar wusste er, dass die Novizin ihre Aussage bereits gemacht hatte, hatte er sie und ihren Begleiter doch selbst aus dem Hause des Vogts kommen sehen. Doch musste es einen wichtigen Grund dafür geben, dass ihre Anwesenheit in Bremen nun offenbar erneut notwendig geworden war. Er konnte nicht riskieren, von den Bütteln entdeckt zu werden. Also wartete er noch eine Weile in seinem Versteck und beobachtete, wie der Wollhändler mit hängenden Schultern zu seiner Kate zurückkehrte. Rupperts Glieder waren steif vor Kälte, und nur mit Mühe schwang er sich wieder auf sein Pferd. Im langsamen Schritt machte er sich auf den Rückweg nach Bremen. Wenn jetzt auch noch die Stadtbüttel um die Novizin herum wären, würde es noch schwerer werden, ja geradezu unmöglich sein, an sie heranzukommen. Er verfluchte sich dafür, nicht doch eine der bisher halbwegs sicheren Gelegenheiten genutzt zu haben, um sich Ellin zu greifen. Denn nun blieb ihm nichts anderes mehr übrig, als auf Klaas' Rückkehr zu warten und so zu tun, als hätte er nichts anderes machen können, als die Lage genau auszukundschaften.

Während des Rittes nach Bremen sprach keiner der Männer mit Ellin oder Berblin. Nur die Frauen wechselten ab und an ein Wort miteinander. Der Mann, der sich ihnen mit dem Namen Walter als Gesandter des Erzbischofs vorgestellt hatte, war alles andere als begeistert gewesen, als Berblin sich geweigert hatte, Ellin allein in seine sowie die Obhut der Stadtbüttel zu geben. Er mochte ein wichtiger Mann sein. Doch sie wusste genau, dass sie keine ruhige Minute gehabt hätte, wäre Ellin ohne sie nach Bremen geritten. Obwohl diese dort nur die Aussage, die sie bereits beim Stadtvogt gemacht hatte, gegenüber dem Erzbischof wiederholen sollte. So war es ihnen gesagt worden, doch dieser Walter hatte etwas an sich, das

Berblin ein ungutes Gefühl gab. Und ihrem Gefühl hatte sie noch stets vertrauen können. So musste das Pferd nun zwei Frauen tragen.

»Ganz wohl ist mir nicht«, raunte Ellin Berblin, die hinter ihr saß, zu.

»Ach, die meisten Männer sind nun einmal so. Blasen sich auf und erheben die Stimme, nur um ein bisschen Eindruck zu machen. Lass dich davon nicht verunsichern.«

»Trotzdem bin ich schon jetzt froh, wenn wir wieder zu Hause sind.«

»Ich auch.«

Der Erzbischof schien sie schon erwartet zu haben. Denn Walter bat die beiden Frauen, ihm zu folgen, und betrat nach kurzem Klopfen einen Raum, der wie ein Arbeitszimmer aussah.

»Herr Erzbischof, die Zeugin, die Ihr zu sprechen wünschtet.« Dann bedeutete er den Frauen mit einer Geste einzutreten.

»Es ist mir eine Freude.« Heinrich von Molenark war aufgestanden. »Aber welche von beiden ist es denn?« Er blickte zwischen Ellin und Berblin hin und her und ging dann auf Erstere zu, ohne eine Antwort abzuwarten. »Ich sehe schon, Ihr müsst die Novizin sein.«

Ellin knickste und küsste den Ring, den er ihr hinhielt. Berblin tat es ihr gleich, blickte zuvor aber verstohlen zu ihrer Freundin hinüber, als wisse sie nicht genau, was sie zu tun hätte. Es war das erste Mal, seit sie sich kannten, dass sie die Unsicherere von beiden war.

»Woher wusstet Ihr, dass ich es bin?«

Er deutete auf ihren Kopf. »Eure Haare. Sie sind zwar schon etwas nachgewachsen, doch sieht man deutlich, dass sie vor nicht allzu langer Zeit für das Tragen des Habits rasiert worden sind.«

Ellin fasste sich an die kurzen Stoppeln. Das Klosterleben schien ihr bereits in unendliche Ferne gerückt zu sein. Fast hatte sie schon vergessen, dass sie erst vor wenigen Wochen noch in einem gelebt hatte.

»Bitte, setzt Euch doch. Und verratet Ihr mir auch, wer Ihr seid, gute Frau?«

»Mein Name ist Berblin, Ellin ist in Selete bei mir untergekommen.«

»Eine wahre Christin«, lobte er. »Wie gut, dass der Herr die Novizin zu Eurer Tür geführt hat, als sie Hilfe brauchte.«

Berblin wusste nicht, wie sie in angemessener Weise hierauf reagieren sollte. Also schwieg sie, nahm zusammen mit Ellin auf den Stühlen vor dem mit Pergamenten übersäten Tisch Platz und sah zu Boden.

Auch von Molenark setzte sich, beugte sich vor und legte seine Hände auf den Tisch. »Ihr wisst ja, warum ich Euch zu sprechen wünschte.«

Ellin nickte.

»Möchtet Ihr etwas trinken? Einen Wein vielleicht?«

Die Frauen schüttelten den Kopf.

»Nun gut. Dann bitte ich Euch nunmehr, Novizin Ellin, erzählt mir, was Ihr auf Burg Isenberg gehört und gesehen habt. Zwar habe ich Eure Aussage bereits vorliegen, doch es ist mir wichtig, die Vorkommnisse noch einmal von Euch selbst zu hören.«

Ellin setzte sich gerade hin, strich ihre Röcke glatt und begann zu erzählen. Sie berichtete von Molenark alles, was sie von diesem Tag noch in Erinnerung hatte. Kurz stockte sie, als sie mit ihrem Bericht bei Jonathas Tod angelangt war. Es fiel ihr so schwer, dass sie glaubte, ihr würde die Stimme versagen. Doch dann atmete sie tief durch und fuhr fort. Der Erzbischof lehnte sich in seinem Stuhl zurück und hörte ihr aufmerksam zu, ohne sie auch nur ein einziges Mal zu unterbrechen. Als sie endete, beugte er sich wieder nach vorn und sah ihr fest in die Augen.

»Ihr seid eine außergewöhnlich mutige junge Frau, Novizin Ellin. Gott hat Euch in einem wichtigen Moment die nötige Stärke verliehen, diesen zu meistern. Das ist ein Geschenk, für das Ihr ihm dankbar sein müsst.«

»Das bin ich, Euer Exzellenz.« Sie senkte den Kopf.

»Du solltest ihm auch noch erzählen, was Friedrichs Männer mit den beiden jungen Männern gemacht haben«, erinnerte sie Berblin.

Sofort hatte Ellin wieder das entsetzliche Bild der verstümmelten Zwillinge vor Augen. Sie schluckte schwer.

»Welche jungen Männer?«, hakte von Molenark nach.

Wieder begann Ellin zu erzählen und vergaß auch nicht zu erwähnen, wie sie sich vertrauensvoll an Ruppert, den Sohn des Schmieds in Hattingen, gewandt und ihn um Hilfe gebeten hatte. Ebenso berichtete sie über das, was sich in Ladbergen abgespielt und Graf Friedrichs Leute Suse angetan hatten. Dass zwei von ihnen dafür bereits von den Dörflern gerichtet worden waren, ließ sie jedoch unerwähnt.

Der Erzbischof ließ seine Faust donnernd auf die Tischplatte niedersausen, so dass Ellin erschrocken zusammenfuhr. »Was für ein elendes Lumpenpack! Aber ich werde diese Verbrecher hinter Schloss und Riegel bringen, das schwöre ich.« Er blickte grimmig drein, doch als er die verängstigten Blicke der Frauen bemerkte, riss er sich zusammen und sprach nunmehr mit sanfterer Stimme weiter.

»Ihr habt der Kirche und dem Heiligen Vater in Rom wie

auch unserem verehrten Kaiser einen großen Dienst erwiesen. Gewiss hat Euch der Stadtvogt schon davon in Kenntnis gesetzt, dass Ihr Eure Aussage im öffentlichen Prozess gegen den Grafen von Isenberg noch einmal zu machen habt?«

»Ja, Euer Exzellenz, das weiß ich.«

»Gut, mein Kind, gut. Dann wird Walter dich jetzt in den Beginenhof Lilienthal bringen.«

»Was?« Ellin riss erschrocken die Augen auf.

»Aber ja. Schließlich bist du eine Novizin und damit Gott versprochen, und ich weiß auch, wie schwer es dir gefallen sein muss, dich außerhalb der Klostermauern zurechtzufinden.«

»Aber sie ist doch bei mir sicher«, protestierte Berblin zaghaft.

Der Erzbischof schüttelte den Kopf. »Sicher? In einer kleinen Dorfhütte jenseits der Stadtmauern? Das kann doch nicht Euer Ernst sein, gute Frau. Abgesehen davon gibt es keinen Grund für die Novizin Ellin, nach all den schrecklichen Ereignissen nicht wieder in den Schoß der Mutter Kirche zurückzukehren. Sie hat es doch jetzt geschafft.« Er nickte, wie um seine letzten Worte noch einmal zu bekräftigen.

»Aber ich will nicht zurück«, flüsterte Ellin.

Das Gesicht des Erzbischofs lief darauf zornesrot an. »Was meint Ihr damit, Ihr wollt nicht zurück? Obwohl Euch Gott bei allem beigestanden hat, wollt Ihr Euch von ihm abwenden?« Seine Stimme war lauter geworden. »Das werde ich unter keinen Umständen zulassen. Ihr geht wieder in ein Kloster. Dort gehört Ihr hin, und ich kann es Euch auch nicht ersparen, der Mutter Oberin, die Euch in Empfang nehmen wird, von Eurer Verfehlung zu berichten.« Er atmete tief durch, um sich wieder etwas zu beruhigen. »Doch ich werde ihr auch die Umstände erzählen, unter denen Ihr die letzten

Wochen verbringen musstest. Eure Bestrafung wird also nicht allzu hart ausfallen.«

In Berblin rumorte es. Und obwohl eine innere Stimme ihr zu schweigen riet, konnte sie nicht länger an sich halten. »Sie will nicht zurück ins Kloster, und Ihr werdet sie nicht zwingen.« Ihre Worte klangen ruhig und gefasst, keine Emotion war ihrer Stimme zu entnehmen.

Der Erzbischof hob den Kopf. Berblin erwartete, dass er sie augenblicklich streng zurechtweisen würde. Doch er fragte nur leise: »Was habt Ihr da soeben gesagt?«, auch wenn er sie dabei gefährlich anfunkelte.

Berblin lächelte, woraufhin er sein Gesicht auf einmal grimmig verzog.

»Nach dem, was Ellin mir berichtet hat, war sie sich schon länger nicht mehr sicher, ob sie das endgültige Gelübde ablegen sollte. Der Herr hat ihr eine Vielzahl von Prüfungen auferlegt, in denen sie zu beweisen hatte, dass sie in einer Welt außerhalb der Klostermauern bestehen kann. Für mich ist es wie ein Wunder, wie deutlich der Herr hier gewirkt hat, um Ellin den richtigen Weg zu weisen.«

»Ihr wollt mir etwas von den Plänen des Herrn erzählen?«, brüllte von Molenark da auf einmal so laut, dass Berblin meinte, er würde das ganze Haus zusammenschreien.

»Nein, gewiss nicht.« Sie senkte kurz den Blick und sah ihm dann wieder fest in die Augen. »Es war mein Empfinden, das ich Euch mitteilte. Doch habt Ihr selbst gehört, dass Ellin sagte, nicht in ein Kloster zurückkehren zu wollen.«

»Was sie will, interessiert mich nicht!«

Berblin meinte, er würde jeden Moment platzen, so rot, wie er mittlerweile im Gesicht war. Sie warf einen Blick auf Ellin, die zitternd und in sich zusammengesunken dasaß. Ihre Augen hatten sich mit Tränen gefüllt.

Berblin fasste einen Entschluss, obwohl sie wusste, dass es sie den Kopf kosten konnte. Sie stand auf und zog Ellin aus ihrem Stuhl nach oben. »Wir haben hier eine von Gott geleitete junge Frau, die ihren Weg sucht. Zwar habt Ihr die Macht, sie für ihr restliches Leben ins Kloster sperren zu lassen …«

»Wie schön, dass Ihr Euch dessen bewusst seid.« Der Erzbischof verzog seine Lippen zu einem hochmütigen Lächeln.

Doch Berblin hob die Hand. »Ich bin noch nicht fertig«, stellte sie klar. »Ja, Ihr könnt sie hinter Klostermauern sperren, aber zum Reden bringen könnt Ihr sie nicht.«

Seine Augen verengten sich zu Schlitzen. »Was sagt Ihr da?«

»Ihr habt mich schon verstanden, Euer Exzellenz. So, wie wir hier stehen, schwören wir, beim Herrn und allem, was uns heilig ist, dass Ellin ihre Aussage weder im Prozess noch irgendwo anders jemals wiederholen wird, solltet Ihr in Erwägung ziehen, sie ins Kloster zu schicken.«

»Was erlaubt Ihr Euch?« Der Erzbischof war aufgesprungen.

»Wir folgen der Stimme unseres Herzens, wie sie uns von Gott gegeben ist. Schickt Wachmänner ins Dorf, so viel Ihr wollt, um Ellins Sicherheit dort zu gewährleisten. Wir wollen Euch keineswegs in Eure Angelegenheiten hineinreden. Doch wenn Ihr Friedrich von Isenberg am Galgen sehen wollt, dann werdet Ihr alles dafür tun, um uns nicht zu trennen, und Ellin nach Selete zurückkehren lassen.« Sie legte den Arm um Ellins Schultern.

Der Erzbischof war außer sich vor Wut. Was bildete dieses Weib sich nur ein! Wie konnte sie es wagen, ihm derart die Stirn zu bieten? Er überlegte kurz, ihr zu drohen, doch ein Blick in ihre Augen genügte, um zu wissen, dass sie selbst dann nicht weichen würde. Also blieb ihm nur noch, sein Gesicht zu wahren.

»So sehr liebt Ihr das Mädchen?« Seine Stimme hatte einen weicheren Klang angenommen.

Berblin wollte sich ihre Erleichterung nicht anmerken lassen, wollte nicht zeigen, wie es in ihr aussah. »Ja, Euer Exzellenz.« Sie senkte das Haupt. »So sehr, dass es nur von Gott selbst kommen kann.«

»Ihr seid eine mutige Frau. Wie nennt man Euch, sagtet Ihr?«

»Berblin, Herr.« Sie blickte auf und lächelte ihn an.

»Den Namen werde ich mir merken.« Er schenkte ihr ebenfalls ein Lächeln, doch ihr Gefühl sagte Berblin, dass es nicht echt war.

17. Kapitel

Nicht einmal mehr wenn sie auf dem Markt den Austritt aufsuchen musste, wichen die beiden Wachposten, die Ellin zugeteilt geworden waren, von ihrer Seite. Weitere zehn Männer hatten sich in der Schenke von Selete eingemietet, um sich bei der Bewachung der jungen Frau abzuwechseln. Es gab kaum einen Moment, in dem sie unbeobachtet war. Jerg tauchte nur noch gelegentlich bei Berblin auf, um Dochte vorbeizubringen und Ellin wenigstens für einen kurzen Augenblick nah sein zu können. Ihr Verlangen, er möge sie öfter besuchen, wuchs von Stunde zu Stunde. Umso mehr genoss sie es, wenn sich ihre Körper nun am Verkaufsstand wie zufällig berührten, während sie die Waren für ihre Kunden bereitlegten. Sorgsam stellte Ellin die kleinen Kerzen auf, die sie entzünden wollte, sobald der Markt seinen Höhepunkt erreicht hätte und noch mehr Menschen an die Stände der Händler drängen würden.

»So kleine Kerzen habe ich noch nie gesehen«, meinte Jerg da auf einmal zu ihr.

»Das hat wahrscheinlich noch niemand«, erwiderte sie freundlich. »Aber ich will sie auch gar nicht verkaufen.«

»Nicht? Sondern?«

»Anzünden will ich sie, damit die Menschen in Strömen an unseren Stand kommen und sie kaufen.«

Jerg machte ein verblüfftes Gesicht. »Ach, ist das wahr?«

»Aber ja.« Mit flinken Händen drapierte Ellin die Kerzen so, dass diese bei einem möglichen Windzug oder für den Fall, dass jemand im Gedränge an den Stand stieß, nichts in Brand setzen konnten. Ein kurzer Blick genügte ihr, um festzustellen, dass immer mehr Menschen den Markt besuchten. Es war an der Zeit, die Kerzen zu entzünden.

»Komm, hilf mir dabei«, forderte sie Jerg auf, der sich sogleich ans Werk machte. Dann trat sie vor den Stand und ging ein paar Schritte zurück, um die Wirkung der zehn kleinen Kerzen, die sie für die Beleuchtung und den wohligen Duft aufgestellt hatte, zu betrachten.

Ellin blickte die Reihe der Stände entlang. Der Morgennebel hatte sich noch nicht vollständig aufgelöst, und sie konnte nicht weiter als bis zum nächsten Weinhändler sehen, der gerade mal sechs Stände von dem ihren entfernt war. Zufrieden ging sie noch einen Schritt zurück und verschränkte die Arme vor dem Körper. Nur gelegentlich steckte hier und dort in unregelmäßigen, weiten Abständen eine Fackel an einem der Häuser, die den Marktplatz umstanden. Und wenn die Menschen die Waren wegen des trüben Tageslichts nicht deutlich genug sehen konnten, schwenkte schon einmal ein Händler ein Talglicht über sie hinweg, damit die Kunden sie besser in Augenschein nehmen konnten. Doch ihr Verkaufsstand war nun schon von weitem zu erkennen. Zufrieden betrachtete sie ihr Werk. Jetzt mussten die Leute ihre Kerzen nur noch kaufen. Taten sie es nicht, wäre sie mit ihren Einfällen und auch mit ihren Münzen am Ende.

»Es ist wunderschön geworden.« Berblin, die einige Besorgungen auf dem Markt gemacht hatte und nun an den Stand zurückgekehrt war, legte ihre Hand auf Ellins Schulter. »Deine Idee war gut. Ich habe die Lichter schon von weitem gesehen. Sie werden die Menschen neugierig machen.«

Kaum dass sie es ausgesprochen hatte, kamen auch schon die ersten Kunden an den Stand. Und Ellin beeilte sich, rechtzeitig wieder ihren Platz hinter den Auslagen einzunehmen.

»Was sind das nur für kleine Kerzen?«, fragte eine Frau, die nun näher gekommen war. »So etwas habe ich noch nie gesehen. Sie werden sehr schnell heruntergebrannt sein.«

»Aber nein«, erklärte Ellin mit einem Lächeln. »Die kleinen Kerzen sind nicht für den Verkauf. Sie sind nur dazu da, etwas vorzuführen.«

»Was denn?«

Zu der Kundin hatten sich weitere Leute hinzugesellt, die Ellins letzten Worten staunend gelauscht hatten.

Ellin mahnte sich selbst zur Ruhe. Sie war entsetzlich aufgeregt, atmete nun einmal tief durch und sagte dann mit fester, freundlicher Stimme: »Ich lade euch alle zu einem besonderen Erlebnis ein. Wer von euch möchte, schließe kurz seine Augen.«

Manch einer sah daraufhin seinen Nachbarn erst zögerlich an. Doch schließlich schlossen sie alle ihre Augen, wenngleich der ein oder andere immer wieder mal blinzelte, um sicherzustellen, dass er auf keine List hereinfiel. Ellin nahm eines der angezündeten Kerzlein in die Hand und fuhr damit vor den Nasen ihrer Kunden auf und ab. »Atmet so tief ein, wie ihr nur könnt, und nehmt den Duft, den die Kerzen verströmen in euch auf. Es ist der Wohlgeruch von Bienenwachs, der euch und eure Körper ganz und gar umgibt, ihr nehmt ihn durch eure Nasen tief in euch auf, und er wird euch ein Wohlgefühl und eine Woge des Glücks schenken.« Sie machte eine kurze Pause, um ihre Worte wirken zu lassen. »Und nun stellt euch vor, wie dieser Duft durch euer Heim zieht und sich dort in jedem Raum ausbreitet. Nehmt euch einen Augenblick, um ihn zu genießen. Dann öffnet eure Augen wieder.«

Ellin sah die Menschen vor sich erwartungsvoll an. Zunächst reagierte keiner von ihnen, dann plötzlich redeten fast alle auf einmal auf sie ein.

»Wie viel wollt Ihr für diese Kerzen haben?«

»Ich brauche mindestens fünf davon.«

»Bekomme ich eine Kerze umsonst, wenn ich gleich zehn Stück nehme?«

Ellin warf Berblin einen Blick zu, der dieser verriet, wie überglücklich ihre Freundin in diesem Moment war. Sie zwinkerte Ellin zu.

»Einer nach dem anderen«, versuchte Berblin die Menschen zu beruhigen. »Es gibt genug Kerzen zu kaufen. Und am nächsten Markttag werden wir ebenfalls wieder hier sein. Ihr braucht also keine Sorge zu haben, ihr alle werdet unsere wunderbaren Duftkerzen erstehen können.«

Ellin hätte den Menschen gern noch erklärt, dass ihre Kerzen ganz besonders gefertigt waren, doch das schien in diesem Moment niemanden mehr zu interessieren. Vielmehr drängelten und schubsten die Menschen einander, um sich wenigstens eine der Kerzen zu sichern.

»Ich habe nicht nur Kerzen anzubieten«, versuchte Ellin, das Stimmengewirr vor sich zu durchdringen. »Es gibt auch noch wunderschönen Wachsschmuck.« Sie hielt eine der Blüten hoch, fand aber wieder kein Gehör.

Sosehr Berblin, Jerg und Ellin sich auch mühten, sie konnten der Nachfrage der Käufer kaum nachkommen. Immer wieder schleppte Jerg eine der Holzkisten heran, die sie hinter sich gestapelt hatten und in denen sich noch weitere Kerzen befanden. Die besonders dicken waren rasch ausverkauft. Und schon bald wurde die vorletzte der Kisten geöffnet, so stark war der Ansturm auf die Kerzen. Friedel Kolderhofer staunte nicht schlecht, als er seine Erledigungen in der Stadt beendet hatte und wieder an den Stand zurückkehrte.

»He du, drängle dich nicht vor«, wurde er gar von einem Mann angesprochen, der als einer der Nächsten in der Reihe einige der wunderbar duftenden Kerzen erstehen wollte.

»Aber ich will doch nur hinter meinen Stand«, erklärte ihm Friedel rasch, schob sich an ihm vorbei und nahm seinen Platz neben Berblin ein.

»Was ist denn hier los?«, raunte Friedel. »Als ich wegging, war doch alles noch ganz normal.«

»Tja, unsere Kleine hier hat etwas entdeckt, was die Menschen haben wollen. Nicht mehr lange und wir müssen die Leute fortschicken. Und bis zum nächsten Markttag sollte unsere Ellin am besten nicht mehr schlafen, um nur ja genug neue Kerzen fertigen zu können.« Sie lachte laut auf.

Friedel Kolderhofer kratzte sich staunend am Kopf. »Wer hätte denn so etwas ahnen können?«

Ein schneller Blick auf Ellin genügte ihm, um zu sehen, dass diese ihren Platz in der Welt gefunden hatte. Mit Feuereifer verkaufte sie ihre Kerzen, nahm die Münzen für sie entgegen und fand dennoch genug Zeit, um einem jeden viel Freude mit seinem Kauf zu wünschen und ihn aufzufordern, ihr beim nächsten Mal zu berichten, ob er mit dem leuchtenden Duftwunder zufrieden gewesen war. Und so waren es nicht nur die neuen und einzigartigen Kerzen, die die Menschen begeisterten. Es war auch die Art, wie Ellin ihre Waren anzubieten wusste, und die Freundlichkeit, mit der sie ihre Kunden bediente, die überzeugten.

»Das ist die letzte Kiste«, erklärte Jerg und stellte diese auf dem Verkaufsstand ab. Jetzt brachen kleinere Tumulte aus.

Ellin hob beschwörend die Hände. »Bitte, hört doch auf zu

schubsen. Ab jetzt erhält jeder von euch nur noch eine Kerze. In drei Tagen sind wir ja wieder hier, dann könnt ihr euch so viele Kerzen holen, wie ihr wollt.«

»Drei!«, forderte eine Stimme aus der Menge.

Ellin schüttelte bedauernd den Kopf. »Eine, sonst haben wir nicht mehr genug. Wollt ihr denn wirklich eurem Nachbarn den Genuss nicht ebenfalls gönnen?« Sie stemmte die Hände in die Hüften. »Na, bitte. Doch hört mir zu. Die Frauen unter euch, die den Duft der Kerzen den ganzen Tag mit sich führen wollen, können dies auch auf andere Weise tun.«

Einen Moment sagte niemand etwas, dann ertönte plötzlich ein einfaches »Wie?«.

»Berblin, du verkaufst weiter die Kerzen«, meinte Ellin daraufhin. »Ich gehe ans Ende des Standes und zeige die Wachsblumen.«

Die Freundin nickte. »So machen wir's.«

»Aber nicht vergessen, nie mehr als eine Kerze. Schließlich sollen sie wiederkommen.«

Berblin machte sich sofort an die Arbeit, während Ellin zwei Wachsblumen mit ihren bunten Befestigungsbändern in die Luft hielt. »Hier sind duftende Wachsblüten, mit denen ihr eure Haare, Arme oder auch den Hals schmücken könnt. Kommt hier herüber.«

Gleich eine ganze Traube von Frauen löste sich aus dem Pulk und folgte Ellins Aufforderung. Diese suchte sich eine junge, sehr hübsche Frau mit langen Haaren unter ihnen aus und bat diese, einen Schritt näher zu treten. »Ihr erlaubt?« Vorsichtig zog sie der jungen Frau das Tuch vom Kopf und drückte es einer anderen in der Hand, damit sie es kurz hielt. Dann fasste sie die Haare der Frau am Hinterkopf mit einigen geschickten Handgriffen zusammen und verflocht sie mit den

Bändern der Wachsblume zu einem Zopf, so dass die Blüte nun mittig sitzend deren Nacken schmückte.

»Seht ihr? Sieht das nicht wunderschön aus? Und kommt nur und riecht an der Blume. Sie duftet nach dem gleichen Honigwachs, aus dem auch die Kerzen gefertigt sind.« Sie wedelte mit der Hand durch die Luft, um den Duft der brennenden Kerzen weiter zu ihnen herüberzufächern. Nach und nach traten die Frauen heran und rochen an dem Haarschmuck, ließen vorsichtig ihre Finger darübergleiten und unterhielten sich flüsternd.

»Das ist sicher unglaublich teuer, nicht wahr?«

»Teuer ja«, gab Ellin zu. »Doch ich denke, es ist dennoch ein Schmuckstück, das sich jede von euch, die in Lohn und Brot steht, leisten kann.« Sie nannte den Preis, und ein kurzes Raunen ging durch die Menge. Dann geschah das Gleiche wie zuvor bei den Kerzen. Die Frauen drängelten und schubsten, keine von ihnen wollte ohne den begehrten Schmuck heimkehren.

Wie viele Menschen sie an diesem Tage auf den nächsten Marktbesuch vertrösten musste, wusste Ellin am Ende nicht mehr zu sagen. Nur dass sie bis zum nächsten Mal gar nicht so viele Kerzen und Schmuckblüten herstellen konnte, wie die Kunden kaufen wollten.

»Ich habe so etwas noch nie erlebt.« Friedel Kolderhofer war an Ellins Seite getreten, die sich erschöpft gegen den Karren lehnte, nachdem sie die kleinen Kerzen, die immer noch mehr Kunden an den Stand gelockt hatten, ausgepustet hatte.

»Damit habe ich auch nicht gerechnet. Es ist wirklich alles verkauft.« Ihre Stimme hatte einen heiseren Klang vom vielen Reden.

Jerg verkaufte noch immer einiges an Wolle, und auch Berblin schien an diesem Tag gute Geschäfte mit ihren Kräutern zu machen. Nur Friedel Kolderhofer hatte heute noch nicht so viel wie sonst verdient, doch es war immer noch genug, dass er zufrieden sein konnte.

Nachdem sie sich einen Moment der Ruhe gegönnt hatte, half Ellin ihrer Freundin dabei, die Kräuter erneut zu sortieren und zu verkaufen. Allein von dem, was die beiden Frauen heute verdient hatten, würden sie monatelang jeden Tag ein fürstliches Essen einnehmen können. Ellins Erleichterung darüber, Berblin ihren Anteil der Ausgaben nicht länger schuldig bleiben zu müssen, hätte größer nicht sein können.

Auf einmal entdeckte Ellin ein ihr bekanntes Gesicht in der Menge und trat hinter ihrem Stand hervor. »Herr Erzbischof. Was für eine Überraschung! Ihr hier auf dem Markt?«

»Seid gegrüßt, Novi…«, rasch korrigierte er sich, »Ellin. Mir wurde berichtet, dass Ihr wahre Trauben von Käufern mit besonderen Waren, die nur Ihr zu bieten habt, an Euren Stand zieht?«

Sie lächelte und beugte demütig den Kopf. »Nun, es war ein plötzlicher Einfall, ja, eine Eingebung.« Sie nahm eine der soeben ausgepusteten Kerzen und hielt sie ihm hin. »Riecht Ihr das? Ich kann sie nochmals entzünden, falls nicht.«

Er fächerte sich mit der Hand den Duft unter die Nase. »Das ist Bienenwachs, nicht wahr? Aber die Kerzen sehen anders aus als die, die ich bisher gesehen habe.«

Ellin erklärte ihm daraufhin ganz genau die Beschaffenheit ihrer Kerzen und dass es ihr dadurch möglich sei, größere Mengen zu kleineren Preisen zu fertigen, die sich auch einfachere Leute leisten konnten.

»Was für ein vortrefflicher Gedanke«, lobte von Molenark. »Es steckt wohl eine richtig kleine Erfinderin in Euch?«

»Das ist sehr gütig von Euch, Euer Exzellenz.« Ellin knickste.

»Nein, ich meine es ernst. Ihr verbindet Dinge, die die Menschen brauchen, mit dem Angenehmen, um zu ihrem Wohlgefühl beizutragen. Das ist nicht zu unterschätzen.«

»Ich fertige auch noch Wachsschmuck, aber leider kann ich Euch hiervon nichts mehr zeigen.« Sie zuckte bedauernd mit den Schultern. »Es ist alles verkauft.«

Der Erzbischof schien erfreut, dann blickte er sich um. Seine Wachleute hielten sich weit genug entfernt, um nicht gleich jedermann aufzufallen. Doch gleichzeitig waren sie nah genug, stellte er erleichtert fest, um einen Überfall auf Ellin zu verhindern, sollte ein solcher geplant sein.

»Ich habe Euch lang genug von Eurer Arbeit abgehalten, Ellin.« Diesmal betonte er ihren Namen und zeigte ihr damit, dass er bewusst auf die Anrede »Novizin« verzichtet hatte. »Mir war danach, einen Eindruck von der Stadt Bremen zu gewinnen. Da kamen mir die Berichte über Eure großen Verkaufserfolge gerade recht. Doch nun ist es an der Zeit.« Er reichte ihr seine Hand mit dem Ring zum Kuss, den sie mit einem Knicks vollführte. »Wir werden uns bis zum Prozess wohl nicht mehr sehen. Schon morgen werde ich mich auf den Weg nach Nürnberg begeben, um dort …«, er hielt inne, um den Sachverhalt möglichst neutral zu formulieren. »Um dort alles Erforderliche in die Wege zu leiten«, meinte er dann. »Ich werde es Euch wissen lassen und Eure Begleiter anweisen, Euch sicher zu patrouillieren, sollte Eure Anwesenheit zu dem bereits besprochenen Ereignis erforderlich werden.«

Ellin nickte. Der Gedanke an den öffentlichen Prozess behagte ihr noch immer nicht. Doch der Umstand, nicht wieder ins Kloster zu müssen und zusätzlich noch ein Vermögen mit ihren Kerzen verdient zu haben, ließ ihre Laune rasch wieder steigen.

»Ich wünsche Euch eine sichere Reise, Euer Exzellenz. Möge Gott schützend seine Hand über Euch halten.«

»Und über Euch, mein Kind.« Er hob die Hand, als wolle er sie segnen. Dann bekreuzigte er sich und ging eiligen Schritts davon.

»Du hast einflussreiche Freunde, das muss ich schon sagen.« Jerg war an ihre Seite getreten und blickte dem Erzbischof beeindruckt nach.

»Das ist kein Freund«, sagte Ellin nachdenklich. »Er will etwas, wozu ich ihm verhelfen kann. Sobald er es hat, wird er meinen Namen nicht mehr kennen.«

Jerg zuckte mit den Schultern. »Dann ist er selbst schuld.« Er drehte sich zu Ellin. »Ich werde deinen Namen nie vergessen.«

Der tiefe Blick, den er ihr zuwarf, ging ihr direkt ins Herz. Ihr Atem beschleunigte sich, und sie spürte, wie ihr das Blut in die Wangen schoss.

Doch Jerg schien sich nicht daran zu stören, vor den Augen aller und als sei es die selbstverständlichste Sache der Welt legte er einen Finger unter Ellins Kinn, hob es sacht an und küsste sie. Nur kurz, ganz leicht, und doch so intensiv, dass sie meinte, die Welt um sie hätte angefangen, sich zu drehen. Oder drehte nur sie sich, und die Welt stand still? Sie schloss die Augen und genoss dieses für sie neue Gefühl.

Diese gottverdammte Kebse! Da konnte einem ja übel davon werden, wie sie da mit diesem Wollhändler herumstand und sich fast schon von ihm begatten ließ. Zwar waren Moral und Anstand nie Rupperts Stärke gewesen, doch der Anblick der Verliebten ließ ihm die Galle hochkommen. Mit einem Ruck wandte er sich ab, schob die Hände noch tiefer unter seinen Umhang und stapfte davon. Es wurde wirklich Zeit, dass

Klaas wieder nach Bremen zurückkehrte und noch den einen oder anderen Friedrichstreuen mitbrachte. Außerdem brauchte Ruppert dringend neues Geld, das der feine Herr ihm hoffentlich wie versprochen aushändigen würde. Ruppert hatte für seine Verhältnisse zwar sparsam gelebt, und doch war ihm das Geld nur so durch die Finger geronnen. Sicher, die eine oder andere Hure hatte er sich schon gegönnt, aber er war schließlich ein Mann. Und wenn die inneren Säfte nicht von Zeit zu Zeit ihren Weg nach draußen fanden, konnte man sich mit ihnen vergiften, das wusste nun wirklich jeder. Dieses Risiko hatte Ruppert natürlich keineswegs eingehen wollen und sich deshalb wohl oder übel auch nicht an seine Absprache mit Klaas gehalten, Friedrichs Geld nicht mehr an irgendwelche Dirnen zu verschwenden.

Als er in seine Unterkunft zurückkam, fing der Wirt ihn ab.

»Ich habe den Mönchen zwar deine Tür geöffnet, doch ich will die Pfaffen nicht hier in meinem Haus haben, hörst du?«

»Was?«

»Die frommen Brüder, die zu dir wollten. Sie warten oben, alle vier.«

Ruppert wollte etwas erwidern, besann sich jedoch eines anderen, um den Wirt nicht argwöhnisch zu machen.

»Höchstens für eine Nacht, hörst du. Dann sollen sie gefälligst in einem Kloster Unterschlupf suchen.«

»Ja, ja«, murmelte Ruppert und ging die Stufen hinauf. Vorsichtig öffnete er die Tür.

»Da bist du ja endlich. Es wurde auch langsam Zeit.«

Keiner von ihnen erhob sich. Friedrich und Klaas hatten sich auf Rupperts Pritsche niedergelassen, Erhard saß auf dem einzigen Stuhl im Raum, Lorentz auf dem Boden, die Beine weit von sich gestreckt.

Schnell trat Ruppert ins Zimmer und schloss die Tür hinter sich. »Weshalb tragt ihr Mönchskutten?«

»Was für eine blöde Frage«, zischte Klaas. »Vermutlich, damit man uns nicht erkennt. Oder was dachtest du? Dass wir den frommen Brüdern beitreten wollen?«

Lorentz ließ ein gurgelndes Lachen hören.

»Hast du etwas Neues in Erfahrung gebracht?«, fragte Friedrich.

»Allerdings.« Ruppert ging zum Tisch hinüber, auf dem ein Krug mit Wein stand. Er hob ihn an, um sich seinen Becher zu füllen, doch aus dem Gefäß kam kein einziger Tropfen mehr.

»Wir wollten nicht nach dem Wirt schicken«, erklärte ihm Georg, worauf Ruppert den Krug enttäuscht wieder abstellte.

»Die Kleine, diese Novizin, ist tatsächlich in der Stadt«, begann Ruppert mit seinem Bericht. »Habt ihr eigentlich genug Geld mitgebracht?«

»Haben wir«, sagte Friedrich nur. »Und nun erzähl, was du weißt.«

Ruppert murrte kurz und fasste den Entschluss, zwar über die Geschehnisse zu berichten, den genauen Aufenthaltsort Ellins jedoch erst dann preiszugeben, wenn er die Münzen in seiner Tasche spürte. So begann er zu erzählen, wie er sie aus dem Haus des Stadtvogts hatte kommen sehen und ihr erst zum Markt und dann bis nach Hause gefolgt war. Auch dass sie jetzt als Händlerin tätig war, ließ er nicht unerwähnt. Sogar die Besonderheit, dass sie Kerzen und wohl auch Schmuck herstellte, erzählte er. Als er fast nebenbei erwähnte, dass der neue Erzbischof ebenfalls in Bremen sei und bereits mit der jungen Frau gesprochen habe, wurde Friedrich bleich.

»Was sagst du da?« Er sprang von der Pritsche auf. »Dann ist alles verloren! Warum hast du das nicht verhindert?«

»Weil diese Hexe bewacht wird wie der Heilige Vater in Rom höchstpersönlich«, schnauzte Ruppert zurück. Er war nicht bereit, sich irgendwelche Vorwürfe machen zu lassen. Schon gar nicht, da sie beim besten Willen nicht wissen konnten, dass er so manche Gelegenheit, sich das Mädchen zu greifen, ungenutzt hatte verstreichen lassen.

»Bleib ruhig«, forderte Klaas, stand auf und ging zu Friedrich hinüber, der das Zimmer mit großen Schritten durchmaß. »Noch ist nichts verloren. Sie hat ihre Aussage gemacht, das ja.«

»Allerdings«, brachte Friedrich wütend hervor. »Und gleich zweimal. Erst beim Vogt und dann noch bei diesem Hundsfott von Molenark. Er wird mich hängen und euch gleich mit.«

»Mich nicht«, stieß Ruppert eilig hervor. »Ich habe mit dem Überfall nichts zu tun gehabt.«

»Und du glaubst, das interessiert ihn?« Klaas sah ihn verächtlich an. »Du hast dich auf Friedrichs Seite geschlagen, und nur das zählt für ihn. Bestimmt wird ihm die Kleine auch über deine Rolle in diesem Spiel berichtet haben.«

Daran hatte Ruppert bisher noch gar nicht gedacht. Aber es stimmte, was Klaas sagte. Was, wenn das Miststück dem Erzbischof über das Geschehen in der Schmiede berichtet hatte? Er schluckte schwer.

»Was, wenn wir Heinrich von Molenark einen Besuch abstatten?« Lorentz war vom Fußboden aufgestanden.

»Und dann? Den nächsten Erzbischof umbringen?« Friedrichs Stimme überschlug sich fast.

Lorentz zuckte gleichmütig mit den Schultern. »Würde unsere Probleme vorerst lösen.«

»Wir sind vier Mann, mit dem Schwachkopf dort drüben fünf«, setzte Klaas an und deutete kurz auf Ruppert. »Ich weiß nicht, wo der Erzbischof hier in Bremen wohnt, aber bestimmt hat er mehrere Dutzend Wachleute um sich herum, einmal ganz abgesehen von den Stadtbütteln, die für solche Fälle zusätzlich bereitstehen.« Er schüttelte den Kopf. »Nein, das können wir vergessen. Außerdem hätten wir dann die nächste Sache am Hals, und wir können schließlich nicht bis zum Jüngsten Tag Erzbischöfe meucheln.«

So, wie er es sagte, hatte es etwas Komisches, doch niemand war zum Lachen zumute.

»Was schlägst du also vor?«, wollte Erhard wissen.

»Das Mädchen«, erklärte Klaas. »Mit ihr beginnt es, und mit ihr schließt sich der Kreis. Friedrich wird nach ihrer Aussage angeklagt werden, das können wir nicht mehr verhindern. Aber wir können verhindern, dass ein kleines Vöglein mit schwacher Stimme am Tag des Prozesses darüber berichten wird, was es gesehen oder gehört haben will.«

»Das heißt noch lange nicht, dass man mir glauben und mich freisprechen wird«, wandte Friedrich ein.

»Das nicht. Aber von Molenark ist ein Papsttreuer, ganz im Gegensatz zu seinem Vorgänger.«

»Und?«

»Und das bedeutet, dass er den Prozess streng nach den Richtlinien der Kirche führen wird. Wenn er also versuchen sollte, dir aufgrund einer einmal gemachten Aussage irgendeiner Dirne, die längst tot ist, deine Ländereien zu entreißen, um sie in den Besitz der Kirche übergehen zu lassen, wird ein Aufschrei durchs ganze Land gehen. Und das weiß von Molenark. Die Menschen in dieser Region wurden schon viel zu lange geknechtet. Da käme ihnen ein solcher Übergriff gerade recht, um den großen Aufstand zu proben. Entweder der Erzbischof kann den Leuten eine Zeugin vorführen, die öffentlich aussagt, dass du es warst. Oder es bleibt bei dem

Verdacht, und du musst nur noch aufpassen, dass er dir nicht ein Leben lang im Nacken sitzt.«

»Also holen wir uns das Mädchen?«, fragte Friedrich erwartungsvoll.

Klaas nickte. »Ganz recht. Wir holen uns das Mädchen.«

18. Kapitel

Der Erzbischof war in den frühen Morgenstunden des darauffolgenden Tages nach Nürnberg aufgebrochen. Neben einem Dutzend eigener Leute hatten ihm die Bremer acht weitere Männer zur Verfügung gestellt, die seine Sicherheit auf dieser Reise gewährleisten sollten. Es lag eine lange und auch beschwerliche Wegstrecke vor ihm. Nach seiner Ankunft in Nürnberg wollte er auf dem dort stattfindenden Hoftag beantragen, dass die Reichsacht über Graf Friedrich ausgesprochen wurde. Sollte diesem Antrag stattgegeben werden, konnte dies für Friedrich, stellte er sich nicht dem Gericht und seiner Strafe, den unwillkürlichen Verlust seiner Machtbefugnisse und den Einzug all seines Grundbesitzes bedeuten.

»Dort vorn.« Walter deutete mit dem ausgestreckten Finger. »Da wohnt die junge Frau, Eure Zeugin.«

Sie ritten im Schritt nebeneinanderher.

»Wollt Ihr noch haltmachen lassen und Euch von ihr verabschieden?«

Der Erzbischof hob den Kopf. »In dieser bescheidenen Hütte also, ja? Nun, im Kloster hätte sie es besser gehabt.« Er sah Walter an. »Ich habe ihr gestern schon Lebewohl gesagt. Wir reiten weiter.«

Walter grüßte im Vorbeireiten die beiden Wachmänner, die vor Berblins Hütte postiert waren. Weitere seiner Leute konnte er nicht entdecken, obwohl sich noch fast ein Dutzend von ihnen im Dorf aufhielt, um in regelmäßigen Abständen die Wachen abzulösen und sofort zur Stelle zu sein, sollten Friedrichs Leute einen Zugriff wagen. Insgesamt war Walter sehr zufrieden. Seit Jahren schon stand er im Dienste Heinrichs von Molenark. Damals war noch nicht abzusehen gewesen, dass er es eines Tages bis zum Erzbischof bringen würde. Aber Walter ging es gar nicht um mehr Macht oder Reichtum. Nein, er war seinem Herrn treu ergeben, weil er dessen Überzeugungen teilte und die Art und Weise, wie von Molenark diese durchzusetzen pflegte, ihn beeindruckten. Nie wären ihm diese Gedanken über die Lippen gekommen, doch er empfand es als einen Segen, dass dem Vorgänger von Molenarks der Garaus gemacht worden war. Dieser Engelbert war nichts weiter als ein Handlanger des Kaisers gewesen, der die Unterdrückung und Ausbeutung der kleinen Leute, ohne mit der Wimper zu zucken, zugelassen hatte. Bis er schließlich aufgrund der Beschwerden der Äbtissin des Reichsstifts Essen bei Kaiser und Papst dazu gezwungen gewesen war, gegen die erpresserischen Grafen der Region vorzugehen. Doch die von Gott gegebene Ordnung konnte nur fortbestehen, wenn ein jeder sich seiner Stellung und seines Ranges sicher war und entsprechend verhielt. Es war seit jeher die Aufgabe der unfreien Bauern, für die Pächter die Ernten einzufahren und zu deren Wohlstand beizutragen. Die Pächter wiederum gaben ihren Teil an den Lehnsherrn weiter, der seinen Beitrag zum Wohle des Kaisers, vor allem aber zum Glanze des Herrn und seiner kirchlichen Vertreter auf Erden zu leisten hatte. Doch Engelbert hatte erst auf massiven Druck des Heiligen Vaters in Rom den Grafen des Landes die Grenzen aufgezeigt, nachdem er auf die Eingabe der Äbtissin zunächst einmal nicht reagiert hatte, um seine eigene

Familie und Friedrich zu schützen. Dies war, wie Walter fand, nicht die Aufgabe eines Erzbischofs, der zum Wohle der Kirche die Geschicke seiner Untertanen zu leiten hatte. Wie weit er selbst es hatte kommen lassen, musste Engelbert in seinen letzten Momenten auf Erden aufgegangen sein, als er die Folgen dafür zu spüren bekam, dass er den blutsaugenden kirchlichen Vögten zu spät die Grenzen aufgezeigt hatte, die von Gott gegeben und gerecht waren.

Ein Schmunzeln huschte über Walters Gesicht.

»Was ist dir?«, fragte der Erzbischof.

Der Angesprochene fuhr zusammen. »Nur ein Gedanke, mein Herr. Mit Euch als Erzbischof wird die Ordnung im Lande wiederhergestellt. Wir gehen guten Zeiten entgegen.«

Der Erzbischof erwiderte nichts und ließ sich auch nicht anmerken, wie gut ihm die Worte Walters taten. Er hatte ausgesprochen, was Heinrich tief in sich spürte. Es war gut, dass Engelbert nicht mehr lebte und nun wieder weniger weltlich ausgerichtete Vertreter der Kirche die Gläubigen im Bistum leiten würden. Doch zuerst sollte Friedrichs Kopf rollen. Ob Kirchenmann oder nicht, der Gedanke an den abgetrennten Schädel dieses Mörders ließ in Heinrich ein Gefühl tiefer Befriedigung aufkommen.

Der Wachmann sah dem Gefolge des Erzbischofs so lange nach, bis es aus seinem Sichtfeld verschwunden war. Fast beneidete er seine Kameraden. Während sein Freund und er nun schon seit Stunden hier vor der Tür Wache stehen mussten und es nichts, aber auch gar nichts, in diesem Dorf zu sehen gab, was die Eintönigkeit ihrer Aufgabe wenigstens für einen Augenblick durchbrochen hätte, ritten die Begleiter des Erzbischofs immerhin durch die Gegend und sahen Land und Leute, solange sie den großen Kirchenmann vor keiner drohenden Gefahr beschützen mussten. Er hingegen stand zähneklappernd vor Kälte vor der armseligen Hütte, um nur ja keine Menschenseele zu der jungen Frau zu lassen, die unter dem persönlichen Schutz des Erzbischofs stand. Er wusste nicht, was es damit auf sich hatte. War sie womöglich seine Geliebte? Doch nein, so schätzte er Heinrich von Molenark nicht ein. Vor allem hatte dieser für eine Geliebte jetzt gar keine Zeit, wo es doch für ihn darum ging, seine Stellung zu festigen und diesen Friedrich von Isenberg dingfest zu machen und des Mordes an Erzbischof Engelbert zu überführen.

Und nun kam auch schon wieder dieser Wollhändler auf sie zu, der schien ja nichts anderes zu tun zu haben, als mit den zwei Weibern da drinnen ein Schwätzchen zu halten. Selete war schon ein merkwürdiger Ort. Er jedenfalls wollte so rasch wie möglich zurück nach Bremen, wo keine solche Eintönigkeit herrschte.

»Guten Morgen«, grüßte Jerg. »Darf ich vorbei?«

Die Wachmänner warfen sich einen kurzen Blick zu, dann gaben sie die Tür frei. Jerg klopfte kurz, und sogleich wurde die Tür geöffnet, und ein Arm zog ihn in die Hütte.

Der Wachmann verdrehte die Augen, seufzte und blickte wieder in der Gegend umher, wenngleich er nicht einmal ein Kaninchen sah, das der Kate zu nahe kam.

»Wie schön, dass du gekommen bist.« Ellin strahlte über das ganze Gesicht. Erst zögerte sie, dann umarmte sie Jerg und gab ihm einen raschen Kuss auf die Wange.

»Seid gegrüßt, ihr zwei.« Nur allzu gern hätte er Ellin an sich gezogen und zurückgeküsst. Doch solange er nicht wusste, wie Berblin darauf reagieren würde, nahm er sich zurück. Ellin war ein wenig enttäuscht, wollte es sich aber nicht anmerken lassen.

»Meinetwegen musst du dich nicht zurückhalten«, sagte da

Berblin und zwinkerte Jerg zu. Der schien nur darauf gewartet zu haben, denn schon im nächsten Augenblick griff er nach Ellins Arm, zog sie zu sich heran und küsste sie leidenschaftlich. Nie zuvor hatte er etwas Vergleichbares gefühlt, bei anderen Frauen hatte er stets gewusst, dass sie nicht die Richtige für ihn waren und er noch weitersuchen musste. Jetzt jedoch, hier und mit Ellin in seinen Armen, spürte er, dass er gefunden hatte, wonach er suchte. Er war endlich angekommen.

Es dauerte, bis er sie wieder freigab. Ellin sah kurz zu Boden, als schämte sie sich. Dann jedoch hob sie den Kopf, und ihr Blick verriet ihm, dass sie ebenso fühlte wie er.

»Ich werde erleichtert sein, wenn der Prozess vorbei ist und wir wieder nach vorne schauen können.« Jerg strich ihr über das Haar.

»Aber das können wir doch schon jetzt.« Ellin wirkte unbeschwert. »Schließlich kann es noch Monate dauern, bis der Prozess überhaupt beginnt.«

»Und was dann?«

Berblin hielt nach Jergs Frage den Atem an, so gespannt war sie, was die Freundin darauf antworten würde. Auch ihr ging seit Tagen durch den Kopf, was werden würde, wenn die Verhandlung vorbei war und Ellin gehen könnte, wohin sie wollte. Die sah nun zwischen Jerg und ihrer Freundin hin und her.

»Aber ist denn nicht klar, was sein wird?« Sie schien mit einem Mal unsicher. »Berblin, sag bitte, ich kann doch bei dir bleiben, oder etwa nicht?«

»Aber natürlich, meine Kleine.«

Ellin wandte sich an Jerg. »Und wir beide sind doch auch …«, sie zögerte, »… miteinander im Reinen?«

»Im Reinen?« Er sah sie überrascht an. »Wenn der Prozess

vorbei ist …« Er brach ab, suchte nach den richtigen Worten. Dann ging er plötzlich vor ihr auf die Knie. »Meine liebe Ellin, wenn alles vorbei ist, erweise mir die Ehre und werde mein Eheweib. Du weißt, dass ich für dich sorgen kann. Ich werde stets …«

Weiter kam er nicht. Ellin fiel ihm um den Hals und riss ihn mit sich zu Boden.

»Ja, ich möchte dein Eheweib werden!«, rief sie begeistert. »Am liebsten sofort.«

Berblin lachte auf. »Na, das nenne ich mal rasch. Gerade noch im Kloster, seit gestern Händlerin und schon steht die Vermählung an. Wenn das so weitergeht, hast du noch vor dem Frühjahr ein Kind unter dem Herzen.«

Ellin stand auf und zog Jerg wieder nach oben. Die beiden umarmten und drückten aneinander, als wollten sie sich nie wieder loslassen. Dann machte Ellin einen Schritt rückwärts, streckte einen Arm zu Berblin hinüber und forderte sie auf, zu ihnen zu kommen. Zu dritt hielten sie sich einen Moment in den Armen und ließen sich von einer Welle des Glücks forttragen.

»Es sind immer zwei vor der Hütte postiert, und fast ein Dutzend weitere Wachen halten sich im Wirtshaus oder in der näheren Umgebung auf.« Ruppert sprach leise und deutete mit dem ausgestreckten Arm. »Aber mit den Mönchskutten können wir nah genug an die Hütte herankommen, ohne Verdacht zu erregen. Bis die Wachen begreifen, dass wir keine einfachen Pilger sind, die ihres Weges ziehen, haben wir sie schon lautlos erledigt. Könnte gut sein, dass ihre Kameraden es erst mitbekommen, wenn die Kleine schon kalt ist.«

»Du hast dir viel Mühe gegeben, um alles genau auszukundschaften«, lobte Friedrich. »Sind die beiden Frauen allein in der Hütte?«

»Ja, meistens. Manchmal kommt dieser Wollhändler vorbei oder einer der anderen, um nach ihnen zu sehen oder mit ihnen zu plaudern. Aber das Dorfleben spielt sich größtenteils im Wirtshaus ab.«

»Es gefällt mir nicht, dass wir die Pferde hierlassen müssen, um kein Aufsehen zu erregen. Womöglich brauchen wir sie noch, wenn etwas schiefgeht und wir schnell aus dem Dorf flüchten müssen.« Erhard blickte besorgt drein.

»Vier Mönche auf Pferden und ein Halunke, der sie begleitet?« Klaas winkte ab. »Da können wir auch gleich die Glocke schlagen und ankündigen, dass wir uns die Fremde, die bei ihnen lebt, holen wollen.« Er schüttelte den Kopf. »Es stimmt schon, was Ruppert sagt. Wir vier sollten gehen und es so rasch und leise wie möglich hinter uns bringen. Ruppert wartet hier mit den Pferden auf uns und hält sich bereit. Wenn dann etwas schiefläuft, können wir immer noch machen, dass wir fortkommen.«

»Lass mich statt dir gehen, Friedrich«, bat Ruppert.

»Weshalb?«

»Sollte es doch zu einem Scharmützel mit den Wachen kommen, nützt es weder uns noch dir, wenn wir uns das Mädchen schnappen können, du aber womöglich verwundet wirst.«

»Hab Dank für deine Sorge, doch wir werden wohl noch mit zwei Wachmännern und zwei Weibern fertigwerden.« Friedrich lachte kehlig auf.

Klaas fasste ihn am Arm. »Der Schmied hat recht, Friedrich. Es sind nicht nur die zwei Wachmänner vor der Hütte, und es geht um mehr als nur deinen Kopf. Denk an deinen Sohn. Was willst du ihm einmal vererben, wenn du dich nicht mehr gegen die Vorwürfe zur Wehr setzen kannst und der Erzbischof dir deine Ländereien stiehlt?«

Friedrich überlegte kurz und nickte dann. »In Ordnung.« Er zog seine Kutte aus und reichte sie Ruppert. »Ich werde hier bei den Pferden bleiben. Macht nicht so lange. Hier frier ich mich ja sonst zu Tode.«

Kurz war der Wachmann versucht, im Innern der Hütte nach dem Rechten zu sehen, als er ein Poltern hörte, als ob jemand zu Boden gegangen wäre. Als jedoch schon im nächsten Moment schallendes Gelächter nach draußen drang, verzichtete er darauf, anzuklopfen und sich bemerkbar zu machen. Was auch immer die Frauen mit dem Wollhändler da drinnen trieben, ihn ging es nichts an.

Gelangweilt nahm er die vier Mönche wahr, die eben die Wegkreuzung passierten und auf dem langgezogenen Pfad ruhigen Schrittes auf sie zukamen.

»Selbst die Mönche finden es in diesem Dorf zu langweilig, um länger zu verweilen«, meinte er scherzhaft zu seinem Kameraden.

Der grinste kurz. »Was bin ich froh, wenn gleich die Ablösung erfolgt. Wir frieren uns hier den Arsch ab und kriegen einzig und allein pilgernde Mönche zu sehen. So ein Dreck aber auch.«

Freundlich grüßten die Kuttenträger und waren schon an den Wachmännern vorbei, als alles plötzlich ganz schnell ging.

Einer der Mönche brach aus der kleinen Gruppe aus und stürzte sich lautlos und geschmeidig wie eine Katze auf den Wachmann, der überrascht nach hinten taumelte und gegen die Hütte stieß. Mit einer schnellen Bewegung trennte ihm der Angreifer mit seinem Schwert den Kopf vom Hals. Im gleichen Moment stürzten sich die weiteren Mönche auf den anderen Wachmann und machten ihn nieder, bevor dieser sein

Schwert auch nur aus der Scheide ziehen konnte. Ein gurgelndes Geräusch war das Einzige, was zu hören war. Blut quoll aus der aufgeschlitzten Kehle des Mannes und färbte den Schnee tiefrot. Die Mönche sahen sich um. Aber alles blieb ruhig, kein Mensch war weit und breit zu sehen.

In diesem Augenblick öffnete Jerg, der wieder in seine Hütte zurückwollte, die Tür. Er erfasste die Situation sofort, knallte die Tür wieder ins Schloss und schob geistesgegenwärtig den Riegel vor. Klaas warf sich mit voller Wucht dagegen, doch noch hielt das Holz stand.

»Die Wachen!«, stammelte Jerg. »Sie haben sie umgebracht.«

Ellin schrie auf und warf einen ängstlichen Blick zu Berblin hinüber.

»Ruft um Hilfe«, ordnete Berblin an. »Brüllt, so laut ihr nur könnt, damit die anderen Wachen uns hören. Sie können nicht weit sein.«

Sie schrien aus Leibeskräften, während sie die Möbel vor die Tür schoben und sich mit aller Kraft gegen sie stemmten. Das Holz knarrte bereits bedenklich, und es war nur noch eine Frage der Zeit, bis der Rahmen brechen und die Mörder ins Haus eindringen würden.

Sie schrien aus voller Kehle, als plötzlich mit einem gewaltigen Knall der Riegel brach und die Tür samt den vor sie geräumten Möbeln aufgeschoben wurde.

Ellin war wie erstarrt, als sie den Schmied mit der Brandwunde, die sie ihm beigebracht hatte, in einer Mönchskutte vor sich stehen sah. Es war nicht mehr als ein Wimpernschlag, bis er sich auf sie stürzte.

»Hab ich dich endlich, du kleine Hure.«

Zwei der Männer prügelten auf Jerg ein, der gestürzt war und sich auf dem Boden krümmte. Während Berblin ihren

Dolch unter dem Rock hervorgezogen hatte und versuchte, dem vierten Kerl einen tödlichen Stich damit zu versetzen.

Ruppert hielt Ellin mit nur einem Arm fest, und doch war es ihr kaum möglich, sich zu bewegen. Er zog sein Messer hervor, drehte sie dann so zu sich um, dass sie es sehen konnte, und fuhr mit der Zunge langsam und genüsslich die lange Klinge entlang. »Na, mein Täubchen, was glaubst du, wohin ich das jetzt versenken werde?«

Ellin schrie abermals auf und trat ihm mit aller Kraft auf den Fuß. Sie war überrascht, dass er vor Schmerz laut aufschrie. In diesem Augenblick hörte man einen kurzen Schrei, dann fiel einer der Männer wie ein Mehlsack vornüber aufs Gesicht. Berblin hatte ihn mit ihrem Dolch getroffen, dessen Spitze mit dem von ihr angerührten Gift präpariert war.

»Lorentz!«, brüllte einer von denen, die auf Jerg einprügelten, ließ von ihm ab und eilte zu seinem Kumpan. Ellin nutzte den Moment, um sich aus der Umklammerung des Schmieds zu befreien, und stürzte zur Tür. Sie kam jedoch nicht weit. Erhard ließ nun ebenfalls von Jerg ab, holte sie an der Tür ein und riss sie zurück in die Hütte.

Von draußen hörte man plötzlich laute Stimmen.

»Sie haben uns entdeckt!«, brüllte Klaas. »Mach sie endlich kalt, verdammt! Wir müssen fliehen!«

Erhard zog seinen Dolch, doch Ruppert war schneller. »Das ist mein Vorrecht!«, rief er. »Sieh dir mein Gesicht an. Das ist ihr Werk!«

Er hob die Klinge und holte aus. In diesem Moment erhob sich Jerg mit letzter Kraft vom Boden und warf sich zwischen Ruppert und Ellin. Die Klinge drang tief zwischen seinen Schulterblättern ein. Jerg riss die Augen auf, dann sackte er lautlos auf die Knie und fiel kopfüber zu Boden. Das lange Messer war so tief in ihn eingedrungen, dass seine Spitze auf der Vorderseite wieder herauskam. In diesem Augenblick stürzten weitere Wachen ins Haus, die von dem Lärm alarmiert aus dem Wirtshaus herbeigeeilt waren. Es dauerte nur wenige Minuten, bis sie die drei noch lebenden Angreifer überwältigt hatten.

Ellin ging zitternd neben Jerg auf die Knie und nahm seine Hand. Er atmete noch und schaute sie an, nachdem sie ihn vorsichtig auf die Seite gedreht hatte.

»Ich bin hier, Liebster«, brachte sie mit tränenerstickter Stimme hervor.

Sie sah zu den Wachen, die mit betretenen Gesichtern auf den Sterbenden blickten. »Holt einen Medicus!«, schluchzte Ellin. »Er braucht Hilfe. Er braucht doch Hilfe.« Die letzten Worte gingen in einen leisen Klageton über. Sie presste die Lippen aufeinander und strich dem Geliebten über das Haar. Trotz seiner Schmerzen formten sich Jergs Lippen zu einem Lächeln.

»Ich wünschte, wir hätten mehr Zeit miteinander gehabt.« Er schluckte schwer und hustete. Aus seinem Mund lief Blut.

»Du wirst wieder gesund, bitte, du musst leben!« Die Tränen liefen ihr die Wangen herab und tropften auf Jergs Gesicht, dem das Atmen immer schwerer fiel.

Er drückte ihre Hand. »Eines Tages, meine Geliebte, werden wir uns wiedersehen. Der Herr öffnet mir die Tore zum Paradies. Ich kann es schon sehen.«

»Nein!«, schrie sie. »Nicht! Geh nicht dorthin!« Sie legte ihr Gesicht an das seine und begann haltlos zu weinen. Ihr ganzer Körper bebte. »Bitte nicht!«

Da glitt seine Hand kraftlos aus der ihren. Erschrocken fuhr sie hoch und sah ihn an. Jergs Augen hatten sich für immer geschlossen.

»Ihr werdet mich noch anflehen, dass ich euch endlich aufknüpfe.« Der Henker lachte dröhnend. Klaas, Erhard und Ruppert saßen zusammengesunken auf dem dreckigen Steinboden des Kerkers. Es war eiskalt und stank nach Urin, Kot und Fäulnis. Das verteilte Stroh war nass und klamm. Gerade war eine Ratte über Klaas' Beine gelaufen. Weshalb er auch auf die Worte des Henkers kaum reagiert hatte.

»Aber noch ist es nicht so weit«, sagte der Henker, als er den Schlüssel von außen im Schloss umdrehte. »Sobald der Vogt sich entschieden hat, auf welche Weise ihr sterben sollt, lass ich's euch wissen.« Wieder lachte er. »Und es bleibt dabei. Sollte es sich einer von euch doch noch überlegen und ein wenig mit mir plaudern wollen, dann gebt dem Aufseher Bescheid. Es würde euch das Sterben entschieden leichter machen.«

Keiner der Gefangenen reagierte auf das Angebot des Henkers, doch Klaas warf Ruppert einen warnenden Blick zu. Er traute dem Schmied nach wie vor nicht über den Weg und konnte sich durchaus vorstellen, dass dieser die Gelegenheit nutzen würde, um seine Situation zu verbessern.

Kaum dass der Henker außer Hörweite war, richtete Klaas sich auf. »Du hältst dein verdammtes Drecksmaul, wie ich es dir gesagt habe! Ist das klar? Friedrich wird einen Weg finden, uns hier herauszuholen.«

»Ach ja? Und wenn nicht?«

»Ich dachte mir schon, dass du das sagen würdest. Aber lass dir eines gesagt sein, wenn du deinen Mund aufmachst, dann wird dir auch der Vogt nicht mehr helfen können.«

»Wie, du willst mir Angst machen, während du hiersitzt und dir die Ratten über die Beine laufen? Ausgerechnet du?« Ruppert schnaubte.

Doch Klaas blieb erstaunlich ruhig, winkte nur ab und

wandte sich dann Erhard zu. »Ich hab Friedrich gleich gesagt, dass der Kerl nichts taugt.«

Erhard nickte. »Was glaubst du, was Friedrich anstellen wird, um uns hier herauszuholen?«

Klaas zuckte mit den Schultern. »Ihm wird schon was einfallen, wie immer. Oder haben wir uns irgendwann einmal nicht auf ihn verlassen können?«

»Nein«, sagte Erhard. »Das konnten wir immer.«

Ruppert missfiel es, dass die beiden sich unterhielten, als wäre er gar nicht anwesend. Doch was sie sagten, ließ ihn nachdenklich werden.

Der Vogt hatte alles Nötige veranlasst, nun blieb ihm nichts anderes, als zu warten. Erzbischof Heinrich von Molenark und sein Gefolge hatten nicht mehr als einen halben Tag Vorsprung. Die Eilreiter, die der Vogt ihm hinterhergeschickt hatte, um ihm von dem Überfall auf die Zeugin und der Festnahme dreier von Graf Friedrichs Männern zu berichten, würden ihn schon bald eingeholt haben. Zwar wusste der Stadtvogt nicht, ob von Molenark deshalb kehrtmachen würde, doch hatten die Boten mit einer klaren Anweisung des Erzbischofs, wie mit den Mördern zu verfahren sei, zurückzukehren.

Der gesamte Rat hatte bereits geschlossen zugestimmt, sich dem Urteil des Erzbischofs anzuschließen, ausgenommen natürlich, dieser wollte auf eine Bestrafung der Mörder verzichten. Doch das war auszuschließen. So hieß es nun abzuwarten, welche Nachricht die Reiter zurückbringen würden, und in der Zwischenzeit zu versuchen, die Ganoven zum Reden zu bringen.

Der Henker von Bremen war ein überaus erfahrener Mann, der bislang jede noch so unbeugsame Seele zum Reden gebracht hatte, und zwar ungeachtet ihres Alters oder Geschlechts. Er war sogar über die Stadtgrenzen hinaus für seinen Einfallsreichtum bekannt, neue und noch nie da gewesene Foltermethoden unter dem Jubel der Bevölkerung einzusetzen. Mit dieser Kunst hatte sich Ottokar, wie der Henker hieß, einen hübschen Batzen Geld verdient. Um die Einnahmen weiterhin sprudeln zu lassen, stellte er seine neuen Einfälle schon vor den jeweiligen Prozessen dem Schreiber des Vogts vor, der diese dann an seinen Herrn weitergab, welcher im Fall der Verurteilung des Delinquenten schließlich die am besten geeignete Methode auswählte. Auch Berblin hatte schon von Ottokar Moosbacher gehört, wie jeder, der in der näheren Umgebung von Bremen lebte. Doch im Gegensatz zu den meisten anderen Menschen hatte sie aufgrund ihrer eigenen Familiengeschichte ein besonderes Interesse daran zu erfahren, wie Ottokar seinem Broterwerb nachging. Ihrem Vater war es stets ein Greuel gewesen, Menschen auf besonders grausame Art hinzurichten. Was weniger damit zu tun hatte, dass er für einen Henker zart besaitet war, als vielmehr damit, dass er Quälereien schlichtweg für unnötig hielt. Bei dem bald stattfindenden Prozess, der, wie man hörte, auf dem Marktplatz abgehalten werden sollte, würde sie jedoch dabei sein und aus nächster Nähe das hoffentlich langsame und qualvolle Sterben von Jergs Mördern verfolgen.

Die Nachricht der ausgeschickten Boten erreichte den Vogt noch schneller als gedacht. Und sie war eindeutig. Erzbischof Heinrich von Molenark würde zwar nicht nach Bremen zurückkehren, um mit dabei zu sein, wenn einige von Friedrichs Handlangern aufgeknüpft wurden. Aber er ließ den Ratsherren sowie dem Vogt seine besten Wünsche ausrichten, verbunden mit seinem Dank, dass sie in seinem Sinne so schnell wie möglich ein Urteil vollstrecken würden. Wie dieses im

Einzelnen ausfallen sollte, überließ von Molenark der weisen Entscheidung des Bremer Rates, im Vertrauen darauf, dass aus dem neu geschlossenen Bund zwischen ihnen eine tiefe Freundschaft erwachsen werde.

»Euch wird morgen auf dem Marktplatz der Prozess gemacht«, verkündete der Henker und schob den Gefangenen je eine Schale mit Haferbrei durch die Kerkergitter. »Überlegt euch, was ihr als Henkersmahlzeit haben wollt. Der Pfaffe kommt in einer halben Stunde zu euch. Sagt ihm dann, was es sein soll. Ich jedenfalls setze bei dieser Arschkälte heute keinen Fuß mehr vors Haus.«

»So schnell?« Ruppert sah von Klaas zu Erhard. Keiner der beiden antwortete.

»Henker!«, rief Ruppert eilig, bevor dieser wieder verschwand.

»Ja?« Ottokar war noch einmal zurückgekommen und warf Ruppert, der nun aufgestanden und ans Gitter herangetreten war, einen gelangweilten Blick zu.

»Hat sich vielleicht jemand gemeldet, der sich für uns einsetzen wollte? Ein Advocatus womöglich?«

Ottokar lachte auf. »Einen Advocatus wünscht der Herr, ja? Kannst du den denn auch bezahlen?«

»Nein, aber ich kenne jemanden, der es kann.«

»Halt deinen Mund«, zischte Klaas.

Doch Ruppert ließ sich nicht beirren. »Was wäre, wenn ich das Geld auftreiben könnte?«

Der Henker zuckte mit den Schultern. »Mir soll's gleich sein, wofür du deine Münzen in deinen letzten Stunden hergibst. Doch nützen wird's dir nichts. Ihr habt den Überfall begangen und zwei Wachen und einen Wollhändler ermordet. Was soll ein Advocatus da tun? Dich vom Marktplatz hexen?« Ottokar lachte wieder, diesmal lauter.

»Und wenn ich nun einen Namen nennen würde?«

Klaas sprang auf. »Ich habe gesagt, du sollst dein verdammtes Maul halten!« Er packte Ruppert an den Haaren.

»Du hältst dein verdammtes Maul!« Eilig schloss der Henker das Gitter auf und rief im gleichen Moment nach den Wachen. Mit zwei schnellen Schritten erreichte er die Männer, holte aus und versetzte Klaas einen Faustschlag, dass dieser augenblicklich zu Boden ging. »Du sagst hier keinem, was er zu sagen hat und was nicht.« Ottokar trat dem am Boden Liegenden in den Leib.

Erhard hatte das Geschehen teilnahmslos verfolgt. »Ob er nun redet oder nicht, und Advocat hin oder her, schon morgen werden wir nicht mehr auf dieser Welt sein. Daran kann nichts und niemand mehr etwas ändern.«

Ottokar stieß Ruppert aus der Zelle heraus und befahl dem Wachposten, ihn kurz festzuhalten. Sorgsam schloss er die Gittertür wieder ab und wies Ruppert an, vor ihm die Treppen hinaufzusteigen. Sollte der Kerl vielleicht doch noch etwas Wichtiges zu sagen haben, käme es ihm in der Stube gewiss einfacher über die Lippen. Obwohl Ottokar auch nichts dagegen gehabt hätte, ein volles Geständnis und die Namen eventueller Anstifter morgen vor aller Augen während der Folter aus ihm herauszupressen.

Als der Henker Ruppert wieder in den Kerker zurückbrachte, wirkte er auch nicht zufriedener als zuvor. »Du kommst in die Zelle nebenan«, sagte er zu Ruppert. »Und wenn ich dir einen guten Rat geben darf, halt dich vom Gitter zur Nachbarzelle fern.« Er machte eine Kopfbewegung zu Klaas. »Ich kann mich zwar täuschen, aber der macht mir nicht den Eindruck, als ob ihr zwei noch große Freunde werden würdet.« Er stieß Ruppert, der es nicht wagte, Erhard oder Klaas anzusehen, in die Zelle hinein. Schweigend setzte er sich auf den Boden. Er hatte alles gesagt, was er wusste, es war sogar ein Schreiber gerufen worden, der jedes Wort von ihm zu Papier gebracht hatte. Womöglich würde ihn das vor dem Strick bewahren. Womöglich.

19. Kapitel

Es waren eigens Ausrufer ausgesandt worden, die den Prozess auf dem Marktplatz samt der anschließenden Vollstreckung der Urteile überall in der Gegend verlautbarten.

Ellin hatte Tränen in den Augen, als sie sich ihr Gewand über den Kopf zog. Ihre Gedanken waren bei Jerg und dem Leben, das sie gemeinsam hätten haben können. Warum nur strafte Gott sie so? Erst Jonatha, dann Mathes und Linhart und nun Jerg. Es war, als würde jeder, der ihr lieb und teuer war, mit dem Tode bestraft. Ihr Blick streifte Berblin, die soeben die Nachttöpfe geleert hatte und nun wieder die Hütte betrat. Ellin hatte gehört, wie die Freundin draußen einen kleinen Schwatz mit den Wachmännern gehalten hatte, deren Anzahl auf vier erhöht worden war. Man ging anscheinend davon aus, dass Graf Friedrich erneut versuchen würde, Ellin zu ermorden. Und dass ihm dazu jedes Mittel recht war, hatten die Geschehnisse der letzten Tage ja gezeigt.

»Guten Morgen«, sagte Berblin. »Na, wie fühlst du dich?«

»Jerg ist tot. Wie soll ich mich da schon fühlen?«

»Ich weiß, es ist schwer. Mir fehlt er auch. Doch das Leben geht weiter, so schrecklich dir das jetzt auch scheinen mag. Heute werden seine Mörder hingerichtet. Und wir werden dabei sein und ihnen in die Augen sehen, wenn es so weit ist.«

»Glaubst du wirklich, dass wir zu der Hinrichtung gehen

sollten?« Ellin seufzte. »Das bringt Jerg auch nicht wieder zurück.«

Berblin fasste die Freundin an den Schultern und suchte ihren Blick. »Nein, das nicht. Doch der Gerechtigkeit wird damit Genüge getan. Und nur so können wir eines Tages über das, was wir erleben mussten, hinwegkommen.«

»Gewiss hast du recht.«

Als sie sich auf den Weg nach Bremen machten, hatte Berblin ein Stück Brot in der Hand und biss immer wieder einmal etwas davon ab. Ellin hatte es dagegen abgelehnt, etwas zu sich zu nehmen. Ihr war speiübel, und allein die Vorstellung, etwas essen zu müssen, ließ sie würgen.

So liefen sie schweigend mit fast allen Dorfbewohnern und den zu Ellins Sicherheit abgestellten Wachen nach Bremen. Nur der alte Berthold hatte lieber bei seinen Bienen bleiben wollen. Also waren sie ohne ihn losgegangen.

In der Stadt herrschte helle Aufregung, obwohl es bis zum Prozessbeginn noch gut eine Stunde hin war. Zwei Jungen, die kaum älter als fünf oder sechs Jahre waren, rannten an ihnen vorbei, der hintere von ihnen mit einem Knüppel in der Hand und laut schreiend, er sei der Henker und werde den anderen gleich zur Hölle schicken. Ganz Bremen schien auf den Beinen zu sein.

»Es wäre gut, wenn Ihr Euch nicht allzu weit in die Menge der Schaulustigen wagt, damit wir Euch nicht aus den Augen verlieren«, sprach einer der Wachleute Ellin an. »In solch einem Gedränge ist es für uns schwer, den Überblick zu behalten.«

»Ist gut.«

Sie gingen noch ein Stück, bis sie wegen einer eng zusammenstehenden Traube von Menschen vorerst nicht weiterkamen. Geduldig reihte Ellin sich in die nur langsam vorankommende Menschenmenge ein.

»Ich werde nicht mehr mit zurückkommen«, sagte Ellin so leise, dass nur Berblin sie hören konnte, die direkt neben ihr ging.

»Was?«

»Nicht so laut, sonst werden die Wachen noch hellhörig.« Sie senkte abermals die Stimme und flüsterte: »Ich habe es mir genau überlegt. Es gibt keine andere Möglichkeit, solange Graf Friedrich nicht gefasst ist. Wenn ich bleibe, ist jeder im Dorf in Gefahr.«

Berblin brauchte einen Moment, um zu begreifen, was die Jüngere ihr soeben anvertraut hatte. Eine Weile sagte keine von beiden ein Wort.

»Aber das ist doch Unsinn«, meinte Berblin dann schließlich.

»Schhhh, nicht so laut.« Ellin funkelte die Freundin böse an. Diese drehte sich sicherheitshalber kurz nach den Wachen um, um zu sehen, ob diese sie beobachtet oder gar belauscht hatten.

»Aber wo willst du denn hin?«, fragte Berblin, so leise es ging.

»Ich weiß noch nicht. Aber ich muss noch heute verschwinden. Die Wachen des Bischofs und des Vogts lassen mich nicht aus den Augen. Kehre ich wieder nach Selete zurück, werde ich keine Gelegenheit mehr zur Flucht haben und euch alle ins Verderben reißen.«

»Du glaubst also wirklich, dass der Graf es noch einmal versuchen wird?«

»Hat er denn eine andere Wahl? Solange ich lebe und meine Aussage machen kann, droht ihm das Todesurteil. Und Friedrich von Isenberg scheint mir kein Mann zu sein, der sich so einfach in sein Schicksal fügt.«

Berblin wusste, dass Ellin recht hatte. Doch sie wollte sie

auf keinen Fall verlieren. Es musste doch noch einen anderen Weg für die Freundin geben, als den, zu fliehen und stets damit rechnen zu müssen, dass ihr Graf Friedrich und seine Leute hinter der nächsten Hausecke auflauerten, um sie dem Barmherzigen zu überstellen.

»Und dein Ochse?«

»Den behältst du.«

»Und deine Kerzengießerei?«

Fast unmerklich zuckte Ellin zusammen, gab aber keine Antwort. Es schmerzte sie, ihr Leben in Selete, das ihr so viel Freude bereitet hatte, wieder aufgeben zu müssen.

Immer weiter wurden sie von der Menschenmenge in Richtung Marktplatz vorangeschoben, ohne dass sie sich dagegen hätten wehren können.

»Und wovon willst du leben?«

Ellin fasste an ihre Hüfte, an der sie unter ihrer Kleidung die Geldkatze verbarg. »Wir haben letztes Mal so viel verdient auf dem Markt. Ich werde versuchen, mich bis zur nächstgrößeren Stadt durchzuschlagen. Dort werde ich mir eine einfache Unterkunft suchen und einen Kessel kaufen.« Sie bemühte sich zu lächeln. »Doch wo ich jemals wieder einen so hilfsbereiten Knochenhauer auftun soll, der mir den Talg sogar ins Haus bringt, weiß ich noch nicht.«

Es war als kleine Auflockerung gedacht, doch Berblin presste fest ihre Lippen aufeinander.

»Ich habe kein gutes Gefühl dabei.«

Die Menschenmasse geriet ins Stocken, bis sie schließlich ganz zum Stehen kam.

Ellin sah zu Berblin hinüber, deren Augen sich mit Tränen gefüllt hatten.

»Ich komme mit«, flüsterte diese plötzlich.

»Was?«

»Nicht so laut. Du hast selbst gesagt, es soll keiner was hören.«

Ellin blickte sich um. Niemand nahm Notiz von ihnen. »Das geht nicht.«

»Ach, sieh an. Und weshalb nicht, wenn ich fragen darf?«

»Dein Leben ist doch in Selete. Du kannst nicht so einfach alles aufgeben, wofür du all die Jahre gearbeitet hast.«

»Pah, was denn für ein Leben? Bis du gekommen bist, saß ich die meiste Zeit allein in meiner Kate und hab zugesehen, dass ich nicht den Verstand verliere.«

Die Menge setzte sich wieder in Bewegung, und die Frauen erreichten schließlich den Marktplatz. Überall wogte ein Meer von Köpfen, die sich in die Höhe reckten, um besser sehen zu können. Dabei war das niedrige Podest, auf dem der Prozess stattfinden sollte, noch immer leer.

»Wie wollen wir es machen?«, nahm Berblin das Gespräch wieder auf.

»Bist du dir auch wirklich sicher?«

Berblin nahm kurz Ellins Hand und drückte sie. »Ganz sicher.«

»Eigentlich hatte ich vor, dich zu bitten, die Wachen abzulenken, damit ich unbemerkt in der Menge verschwinden kann. Doch jetzt müssen wir uns wohl etwas Neues einfallen lassen.«

»So sieht's aus.«

Ellin überlegte. »Eigentlich doch nicht«, meinte sie dann. »Es ist ohnehin besser, wenn wir uns aufteilen und später wieder an einem vereinbarten Ort treffen. Getrennt können wir viel besser verschwinden als zu zweit.«

»Was hältst du von Lübeck?«

»Lübeck?«

»Ja, ich habe dir doch erzählt, dass ich von dort komme.

Wir könnten dorthin gehen und uns ein neues Leben aufbauen. Was meinst du?«

»Bist du dir wirklich ganz sicher, diesen Schritt nicht zu bereuen?«

»Bereuen ist etwas für Dummköpfe«, erwiderte Berblin. »Wenn du einen Fehler gemacht hast, kannst du nur zuschauen, ihn kein zweites Mal zu machen. Wer stattdessen aber in der Vergangenheit lebt und stets nur bereut, was er getan hat, wird keinen schönen Tag mehr in seinem Leben haben.«

Ellin war einmal mehr überrascht, wie viele Gedanken sich eine scheinbar so einfache Frau wie Berblin über das Leben machte.

»Ich kenne Lübeck nicht, doch das wird sich ja nun ändern.«

Sie zwinkerte Berblin zu.

Auf dem Podest tat sich etwas, und sofort kam wieder Bewegung in die Leute.

Berblin sah sich nach den vier Wachleuten um, die einen Kreis um Ellin und sie gebildet hatten.

»Sagt, Wachmann«, wandte sie sich nun an einen von ihnen, »weshalb ist es eigentlich nicht notwendig, dass wir als Zeugen angehört werden? Oder müssen wir später doch noch nach vorn?«

Der Angesprochene schüttelte den Kopf. »Die Sache ist so eindeutig, dass der Vogt nicht das Risiko eingehen will, Euch als Zielscheibe eines weiteren Anschlags auf das Podest zu bitten. Euer Feind könnte Euch hierher gefolgt sein und nur auf eine solche Gelegenheit warten. Wer weiß schon, wie viele seiner Männer auf dem Platz direkt um uns herum sind, die Euch oder zumindest ihr«, er deutete auf Ellin, »an den Kragen wollen. Außerdem reicht die Aussage der Büttel, die mit dabei waren, als ihr überfallen wurdet, völlig aus, zumal auch einer der drei Mordbuben gestanden haben soll.«

»Welcher?«, mischte Ellin sich in das Gespräch ein.

Der Mann hob die Augenbrauen. »Das wird einem wie mir nicht erzählt. Aber wir werden es ja gleich erfahren.«

»Erhält derjenige, der gestanden hat, denn eine mildere Strafe?«, hakte Ellin nach. »Kommt er womöglich mit dem Leben davon?« Angst stieg in ihr auf, dass Ruppert, der Schmied, der Geständige sein könnte. Dann würde sie ihr Leben lang keine Ruhe mehr finden, ganz gleich, ob die Sache mit Graf Friedrich ausgestanden sein würde oder nicht.

»Ich glaube kaum, dass sie ihn am Leben lassen, nur weil er gestanden hat. Mord ist Mord. Sogar wenn er dabei gar nicht selbst Hand angelegt haben sollte, so war er doch mit dabei, als zwei Wachen des Erzbischofs niedergemacht worden sind. Und wären sie es nicht gewesen, hätte es uns Stadtbüttel erwischt. Nein, so einen lassen die nicht am Leben.«

Ellin nahm die Antwort zur Kenntnis, doch ihre Unruhe blieb. Sie stieß Berblin vorsichtig in die Seite. »Wo wollen wir uns nachher treffen, wenn wir die da«, sie nickte mit dem Kopf in Richtung der Wachen, »abgeschüttelt haben?«

»Kennst du das nördliche Stadttor?«, flüsterte Berblin.

Ellin schüttelte den Kopf.

Berblin streckte sich. »Sieh zum Podest. Schräg hinter ihm geht eine kleine Gasse ab. Siehst du sie?«

»Ja.«

»Gut. Die läufst du entlang und passt auf, dass dir dabei niemand folgt. Am Ende der Gasse hältst du dich links.« Berblin überlegte kurz, wie sie Ellin den weiteren Weg zum Tor am besten beschreiben konnte, meinte dann aber: »Bevor wir uns am Ende noch verpassen, machen wir es lieber so, dass du dich, sobald du links abgebogen bist, im nächstbesten

Hauseingang versteckt hältst. Sobald es mir möglich ist, folge ich dir dorthin und hole dich. Hast du verstanden?«

»Hab ich.« Das flaue Gefühl in Ellins Magen verstärkte sich noch. Was möglicherweise aber auch daran lag, dass in diesem Moment die Delinquenten mit gefesselten Armen auf das Podest geführt wurden. Das Volk jubelte auf, und es dauerte eine Weile, bis einer der Ratsherren sich Gehör verschaffen konnte.

»Ihr braven Bremer! Der Rat ist zusammengekommen, um Recht zu sprechen. Und das Urteil, das gefällt wurde, gilt es nun zu vollstrecken.«

»Ich dachte, der Prozess würde hier stattfinden«, flüsterte Ellin.

»Den muss der Rat wohl schon hinter verschlossenen Türen im Rathaus abgehalten haben«, mutmaßte Berblin.

»Wir haben hier einen geständigen Mörder und zwei, die sich weigern, ihre Seelen zu erleichtern, und somit die Hoffnung verwirken, dass der Herr ihnen vergeben möge.«

Er gab dem Henker ein Zeichen.

»Der geständige Mörder wird zum Tode durch den Strang verurteilt, wobei ihm die Gnade gewährt wird, nicht langsam ersticken zu müssen, sondern durch einen Stoß vom Balken durch sofortigen Genickbruch zu sterben.«

Das Volk jubelte erneut auf, und der Ratsherr zeigte sich zufrieden. Milde lächelnd nickte er den Bremern zu. Am Galgen aufgeknüpft zu werden war noch das Beste, was einem Mörder widerfahren konnte. Doch der Ratsherr wusste auch, dass dem Volk noch etwas mehr geboten werden musste. Denn die Meute wollte Blut sehen und qualvolle Schreie hören, zumal die letzte Hinrichtung schon eine Weile her war.

»Die anderen beiden nun, die sich geweigert haben, ihre frevelhaften Taten zu gestehen, werden an Pfähle gebunden und so lange gedrosselt, bis sie das Bewusstsein verlieren. Danach wird ihnen der Bauch aufgeschlitzt, ihre Eingeweide werden herausgerissen und den Kötern zum Fraß vorgeworfen. Was dann noch von ihnen übrig ist, wird außerhalb der Stadtmauern nur eine Handbreit unter der Erde in ungeweihtem Boden verscharrt, auf dass die wilden Tiere sich an ihren Resten gütlich tun können.«

Freudengeschrei brandete auf, und auch Ellin fiel ein Stein vom Herzen. Keiner der drei würde am Leben bleiben.

Die Büttel griffen sich einen der drei, Ruppert, wie Ellin erkannte, und gingen mit ihm zum Galgen hinüber. Fast musste sie lächeln. Sie hatte gewusst, dass er derjenige gewesen war, der gestanden und um sein erbärmliches Leben gefleht hatte. Sie empfand Befriedigung darüber, dass das Geständnis ihn dennoch nicht vor dem Galgen bewahrt hatte.

»Gnade«, bettelte er auch jetzt so leise, dass es nur die Menschen in den Reihen unmittelbar vor dem Podest hören konnten. »Verschont mein Leben. Ich will mich zu Gott bekennen und allen Irrwegen abschwören.«

»Das kannst du ihm gleich selbst sagen«, knurrte der Ratsherr und gab den Bütteln mit einer Geste den Befehl, ihn dem Henker zu übergeben.

Ruppert wurde neben einen Balken geführt, vor dem ihn dieser schon mit dem Seil in der Hand erwartete. Dem Verurteilten war keine Gemütsregung anzusehen, und einen Augenblick bedauerte es Ellin, nicht weiter vorne zu stehen, so dass Ruppert sie entdecken musste und der Hass in ihren Augen das Letzte wäre, was er in seinem elenden Leben sah.

Der Henker legte ihm die Schlinge um den Hals und zog sie fest. Dann wies er Ruppert an, auf den Balken unter dem Galgen zu steigen und half ihm dabei, diesen zu erklimmen.

Der wackelte hin und her und hatte mit seinen großen Füßen Schwierigkeiten, das Gleichgewicht auf dem schmalen Stück Holz zu halten. Fast sah es aus, als stürze er jeden Augenblick hinab und erhänge sich dadurch selbst. Doch dann fing Ruppert sich wieder und das Schwanken hörte für einen Moment auf, bis plötzlich seine Beine heftig zu zittern begannen, und er abermals den Halt zu verlieren drohte.

Der Ratsherr gab dem Henker rasch ein Zeichen, damit aus der Hinrichtung nicht doch noch ein unkontrollierter Sturz wurde, und meinte dann schnell: »So überantworten wir nun die Seele dieses Mörders dem Herrn. Amen!«

Noch ehe die Schlussformel gesprochen war, stieß der Henker Ruppert auch schon vom Balken. Doch die Gnade, dass sein Genick durch den ruckartigen Fall nach unten sofort brach, schien Gott dem Mörder verwehren zu wollen, wie Ellin mit Genugtuung feststellte. Denn er zuckte und strampelte mit den Beinen, während sein Gesicht erst rot, dann blau anlief und seiner Kehle krächzende gurgelnde Laute entfuhren.

Die Bremer johlten begeistert und zeigten offen ihre Freude über das hilflose Gezappel. Urin tropfte unter Rupperts Beinkleidern auf den Boden. Schließlich wurden seine Bewegungen langsamer, bis er schließlich schlaff am Seil unter dem Galgen hing.

Die Blicke der Zuschauer wandten sich sogleich wieder dem Ratsherrn zu, um den Höhepunkt der Hinrichtung nicht zu verpassen. Tatsächlich führten die Büttel auf dessen Wink hin nun die beiden anderen Verurteilten, die weder sprachen noch irgendeine Form von Gegenwehr leisteten, zu den massiven Holzpfählen hinüber. Die Stimmung auf dem Marktplatz wurde immer unruhiger. Rufe wurden laut, dass das gemeine Mörderpack zur Hölle fahren solle.

»Schlitzt sie auf!«, riefen verschiedene Stimmen immer wieder.

Ellin war sich nicht sicher, ob sie das, was gleich geschehen würde, mit ansehen wollte.

»Ich werde jetzt verschwinden.«

Berblin nickte darauf nur ganz sacht mit dem Kopf. »Wenn sie mit dem Ersten anfangen, werden sich aller Blick nach vorn richten. Dann ist der richtige Moment gekommen.«

Ellin fasste kurz die Hand ihrer Freundin und drückte sie. Ihr Herz begann schneller zu schlagen, während den Mördern die Arme hinter den Pfahl gebunden wurden, ihr Kopf eng an das Holz gepresst wurde und der Henker sich breitbeinig hinter dem linken von ihnen postierte. Dann gab er dem Ratsherrn mit einer Geste zu verstehen, dass er bereit war. Dieser hob den Arm, betrachtete einen Augenblick die Menschenmenge vor sich und ließ schließlich den Arm mit Schwung nach unten sausen. »Die Hinrichtung möge beginnen!«, verkündete er dabei laut und deutlich.

Der Henker schlang darauf ein Seil um den Hals des Mörders, fasste es hinter dem Pfahl an beiden Enden zusammen und wickelte es danach um ein Stück Holz herum. Dann drehte er das Seil so lange, bis sich das Holzstück hinter dem Pfahl verkantete. Das Seil war nun bereits fest um den Hals des Verurteilten geschlungen, doch noch bekam er Luft.

Der Henker ließ ihn so stehen, ging zu seinem Nebenmann und wiederholte die gleiche Prozedur ein zweites Mal. Dann stellte er sich mittig zwischen die beiden Pfähle, legte die Hände um die Holzstücke am Seil und drehte sie mehrmals um die eigene Achse. Die Schlingen zogen sich daraufhin immer enger zusammen und schnürten den Männern augenblicklich die Luft ab. Beide liefen erst rot, dann blau an, und japsten nach Luft. Der Henker lockerte die Holzstücke wieder und wartete einen Moment, dann strangulierte er die Männer von neuem.

Die Zuschauer beobachteten ihren Todeskampf genau. Fasziniert starrten sie auf die Mörder, als plötzlich alles ganz schnell ging.

Ein Pfeil surrte durch die Luft und landete direkt im Herzen des linken Mannes. Noch ehe jemand reagieren konnte, traf ein weiterer Pfeil die Brust des rechten Mannes. Beide sackten augenblicklich tot zusammen und hingen wie nasse Säcke an den Pfählen.

Einige Menschen schrien angstvoll auf, andere begannen zu schimpfen, dass ihnen die Hinrichtung verdorben werde. Da traf ein dritter Pfeil den Ratsherrn, der die Todesurteile bekanntgegeben hatte, ebenfalls mitten in die Brust. Danach brach Panik aus. Die Menschen begannen, einander zu schubsen, um nur möglichst rasch vom Platz zu kommen. Einige gingen dabei zu Boden und wurden von den anderen einfach überrannt.

»Du meine Güte, das sind Graf Friedrichs Leute. Wir müssen Euch in Sicherheit …« Der Wachmann brach ab. »Wo ist sie?« Er sah Berblin entsetzt an.

Die schenkte ihm einen fragenden Blick und meinte nur: »Was?« Dann wurde sie hektisch. »Ellin, mein Gott, wo ist sie hin? Habt Ihr denn nicht auf sie aufgepasst? Der Graf ist hier, der Graf und seine Leute.« Sie hatte Mühe, sich den Menschen entgegenzustemmen, die sich einen Weg aus der Menge zu bahnen versuchten, ohne dabei von den Beinen gerissen zu werden.

Der Wachmann brüllte seine Kollegen an. »Sie ist weg! Friedrich muss sie sich gegriffen haben, als wir die Hinrichtung beobachteten. Sucht nach ihr! Sucht sie!« Seine Stimme klang alarmiert.

Berblin sah sich um und rief: »Ellin, Ellin!«

»Wir schwärmen aus«, ordnete der Wachmann schließlich an. »Wer sie findet, bringt sie zum Haus des Stadtvogts. Los jetzt!«

Nur einen Moment später konnte Berblin keinen mehr von ihnen sehen. Sie ließ sich von der Menschenmenge bis zu einer der Gassen, die vom Platz wegführten, schieben und stellte sich dort in den Schutz eines Hauseingangs, wo sie ein wenig ausruhen konnte. Die Bürger liefen vor lauter Angst, ebenfalls von einem Pfeil getroffen zu werden, noch immer völlig kopflos durcheinander. Berblin konnte nicht sehen, ob noch immer geschossen wurde. Auch war es ihr nicht möglich, aus ihrer Position heraus zu erkennen, was sich auf dem Podest abspielte. Doch sie hatte auch keine Zeit, sich darum zu kümmern. So schnell sie konnte, bahnte sie sich ihren Weg an den Häuserwänden entlang, um dann einen Haken zu schlagen und sich in einigem Abstand wieder dem Podest anzunähern, hinter dem die Gasse abging, die sie Ellin gezeigt hatte. Vorsichtig blickte sie sich um. Doch es war weit und breit kein Bogenschütze zu sehen. Auch hatte sie keine Ahnung, aus welcher Richtung die Pfeile genau gekommen waren. Auf dem Podest waren die Leichen der Verurteilten noch immer an den Pfählen festgebunden. Ratsherren und Büttel rannten umher, ein Medicus schien sich um den am Boden liegenden Ratsherrn zu kümmern. Ob dieser noch am Leben war, konnte Berblin allerdings nicht erkennen.

Vorsichtig blickte sie umher, ob einer der Wachmänner, die Ellin im Auge behalten sollten, sie womöglich beobachtete oder ihr gefolgt war. Noch immer flüchteten die Menschen wild durcheinander und versuchten, sich vor eventuell weiteren Pfeilen in Sicherheit zu bringen. Berblin lief ein Stück weiter und erreichte schließlich die Gasse. Sie presste ihren

Körper an die Häuserwand, prüfte wieder, ob sie verfolgt wurde, und strebte dann zügig voran. Immer wieder drehte sie sich um, doch niemand schien ihr zu folgen. Der Gedanke, dass hinter den Pfeilschüssen auf die Verurteilten niemand anders als Graf Friedrich stecken konnte oder zumindest jemand, den er damit beauftragt hatte, um das Leiden seiner Kumpane zu beenden, beunruhigte sie zutiefst. Abrupt drehte sie sich nochmals um. War da jemand? Was, wenn Friedrich nur auf diesen Augenblick gewartet, wenn er ihren Plan durchschaut hatte und ihr nun nur zu folgen brauchte, um Ellin zu finden?

Trotz des schnellen Laufens war ihr plötzlich eiskalt geworden. Was sollte sie tun? Abrupt blieb sie stehen. Einen Moment lang rührte sie sich nicht. Dann ging sie zu den Eingangsstufen eines Hauses hinüber und setzte sich. Wenn sie sich nicht bald aufmachte, um Ellin zu treffen, würde diese eine Entscheidung fällen müssen und vielleicht ohne sie fortgehen. Sie stand auf, sah die Gasse hinauf und hinunter. Niemand. Da war keiner, der ihr folgte. Was sollte sie nur tun? Erneut setzte sie sich und vergrub ihr Gesicht in beiden Händen. Plötzlich spürte sie, dass sich ihr jemand näherte. Zwar hörte sie keine Schritte, wusste aber doch, dass er da war. Schnell blickte sie auf.

»Na? Willst du deine Freundin nicht suchen gehen?«

Der fremde Mann bleckte die Zähne. Berblin war wie erstarrt, als er mit einer raschen Bewegung ein Messer hervorzog, sie am Schopf packte und ihr die Klinge an den Hals hielt.

Berblin wollte schreien, doch kein Laut kam aus ihrer Kehle. Sie wusste, dass er sie töten würde. Hier würde es also zu Ende gehen. Nicht mehr lange und sie wäre wieder bei ihrem Sohn. Der Gedanke an das geliebte Kind gab ihr mit einem

Mal ein Gefühl der Sicherheit. Ruhe durchströmte ihren Körper. Ihre Schultern sanken herab. Die Anspannung ließ nach.

»Ihr seid Graf Friedrich, nehme ich an«, sagte sie, und es klang fast freundlich.

Einen Moment lang war er sichtlich überrascht und verwirrt. War es, weil sie ihn mit seinem Namen angesprochen hatte oder weil sie nicht die geringste Angst zu haben schien?

Doch dann fasste er sich wieder und zischte: »Ganz recht. Und jetzt gehen wir zu deiner kleinen Freundin, sonst mache ich dir gleich hier den Garaus.«

»Tut, was Ihr nicht lassen könnt. Ich weiß nicht, wo sie ist. Wahrscheinlich haben die Wachen sie längst zum Vogt gebracht.«

»Was soll das heißen? Glaubst du etwa, es würde mir etwas ausmachen, dich zu töten?«, brüllte er sie an.

Sie lächelte. »Seht in meine Augen. Glaubt Ihr wirklich, es macht mir auch nur das Geringste aus zu sterben?«

»Da ist sie!«, rief jemand am Eingang der Gasse, und im nächsten Moment waren schnelle Schritte zu hören, und zwei Wachmänner rannten die Gasse entlang auf sie zu.

»Dreckstück!« Friedrich stieß Berblin zu Boden und suchte das Weite.

Die Wachmänner waren nicht mehr weit entfernt. Einer von ihnen blieb stehen, um Berblin aufzuhelfen.

»Nicht doch!«, rief die. »Ihm nach! Macht schon! Das war Friedrich von Isenberg! Ihr müsst ihn fangen!«

Ohne ein Wort jagte er darauf seinem Kameraden und dem Grafen nach. Letzterer war gerade um die Hausecke verschwunden.

Berblin rappelte sich auf. Ohne zu zögern, aber mit ruhigen Schritten, ging sie nun die Gasse bis zu ihrem Ende und wandte sich dann nach links. Sie sah in zwei Hauseingänge, bis sie hinter einem Arkadenbogen an der Ecke zum nächsten Gebäude eine Bewegung ausmachte. Zielstrebig ging sie darauf zu.

»Ellin?«

»Ja!«

»Komm. Leg dir einen Schal um den Kopf, und dann lass uns gehen. Ganz ruhig. Der Herr ist bei uns. Ich habe es gespürt.«

Ellin wusste nicht recht, was sie von Berblins Worten halten sollte, doch sie tat, worum die Freundin sie gebeten hatte, und trat aus der Nische, in der sie sich verborgen hatte, hervor. Mit eingehakten Armen und gesenkten Köpfen gingen sie durch die Gassen Bremens.

»Bitte, ihr guten Frauen. Eine milde Gabe für einen Hungrigen.«

Sie hatten den Mann gar nicht bemerkt, der wie aus dem Nichts vor ihnen aufgetaucht war. Kurz löste sich Ellin von Berblin, zog einige Pfennige hervor und reichte sie wortlos dem Mann.

»Danke.« Er verbeugte sich unterwürfig. »Habt Dank, und Gott segne euch.«

Ellin nickte ihm zu, dann zog Berblin sie sanft weiter, und sie passierten das nördliche Stadttor. Die Wachen nahmen sie nicht einmal wahr. Beide wussten, dass sie nicht mehr zurückkehren würden.

20. Kapitel

Was für eine Protzerei! Heinrich von Molenark blickte verächtlich auf das Treiben um sich herum, als er auf dem Hoftag in Nürnberg eintraf. Die Stadt schien vor Adligen und hohen Kirchenmännern aus allen Nähten zu platzen.

Auf seinem Weg von Bremen hierher hatte er in Köln an der heiligen Zeremonie teilgenommen, während deren die sterblichen Überreste Engelberts I. gekocht worden waren, um dessen Fleisch von den Knochen zu lösen. Das Fleisch war danach im Kölner Dom bestattet worden, während die Knochen dem neuen Erzbischof übergeben worden waren, damit er diese – wie es der Brauch verlangte – beim Prozess gegen Friedrich vorlegen könnte. Nun klapperten diese trotz des samtenen Tuchs, mit dem sie umwickelt waren, bei jedem Schritt seines Pferdes in der ledernen Satteltasche. Heinrich wusste, dass der Moment, in dem er die Knochen dem Vertreter des Kaisers zu Füßen legte, über Graf Friedrichs Schicksal entscheiden würde.

Erzbischof Engelbert war dem Kaiser seit dessen Jugendtagen ein enger Vertrauter gewesen. Manche sagten gar, Kaiser Friedrich II. wäre der Ziehsohn Engelberts. Deshalb hoffte von Molenark auch darauf, den Vorsitzenden, der im Auftrag Kaiser Friedrichs auf dem Hoftag Recht sprach, mit der Präsentation von Engelberts gekochten Überresten so zu schockieren, dass er seinem Antrag, die Reichsacht über den

Grafen von Isenberg auszusprechen, zustimmen würde. Doch erst einmal musste Heinrich von Molenark die Gelegenheit bekommen, vor dem Vorsitzenden und den versammelten Adligen zu sprechen. Er hoffte inständig, dass sich dieses Unterfangen nicht allzu lange hinziehen möge. Das Treiben rund um den Hoftag war ihm schon jetzt zuwider, obwohl er gerade erst eingetroffen war.

Der Tross, der ihn seit Köln begleitete, war beachtlich. Zu den Männern, die schon seit Bremen an seiner Seite waren, hatte die Domstadt ihm zusätzlich nochmals zwei Dutzend Berittene gestellt, die für sein sicheres Ankommen Sorge tragen sollten. Seit der Ermordung seines Vorgängers waren auch die kirchlichen Vertreter aufgeschreckt. Noch einen der Ihren Opfer eines Anschlags werden zu lassen, konnten sie unter keinen Umständen riskieren.

Sofort eilten Diener herbei, um dem Erzbischof von seinem Pferd zu helfen und sich um die weiteren Tiere im Tross zu kümmern. Bedächtig löste der Erzbischof den Beutel mit den Knochen seines Vorgängers vom Sattel.

»Darf ich Euch die Tasche abnehmen, Euer Exzellenz?«

»Nein, die behalte ich lieber bei mir.« Er zurrte das Band der Ledertasche noch fester und ging, begleitet von zehn Männern, die ihm in Zweierreihen folgten, in das Gebäude.

Ein weniger kritischer Mensch als er wäre vermutlich beeindruckt gewesen, Heinrich von Molenark jedoch hatte für die Pracht, die sich vor ihm auftat, keinen Blick. Vielmehr betrachtete er die vielen Grafen und Herzöge, die sich lautstark unterhielten und seines Erachtens bestmöglich in Szene zu setzen versuchten, mit Befremden. Ihm war dieses Gebaren zuwider. Er selbst war und blieb auch auf dem Hoftag des Kaisers ein Getreuer der Kirche, von dieser beauftragt, im Namen der Gerechtigkeit sein Begehren vorzutragen. Sollten sich diese degenerierten Adligen um ihn herum doch den Wein durch die Kehle rinnen lassen und ihre Leiber durch übermäßiges Essen fast zum Platzen bringen. Er würde sich dieser Dekadenz jedenfalls nicht hingeben. Sogar auf allzu festliche Kleidung hatte er verzichtet und trug statt eines Ornats nur eine schlichte Tunika über Leinenhosen, worüber sich so manch einer der Anwesenden, wie er wusste, köstlich amüsierte. Doch das war ihm einerlei. Mit festem Schritt trat er auf den von zwei großen Türen verschlossenen Saal zu, in dem sich die Großen des Reiches aufhielten, und forderte Einlass.

Als er wenig später vor den Vorsitzenden trat, blickte dieser ihm schon neugierig entgegen.

»Seine Exzellenz, der Erzbischof von Köln, Heinrich von Molenark«, kündigte ihn ein Hofbeamter an.

Der Vorsitzende forderte von Molenark mit einer Handbewegung auf, näher zu treten.

»Ich heiße Euch willkommen. Was bringt Ihr mir dort? Ein Geschenk?«

Der Erzbischof verbeugte sich, ging aber nicht auf die Frage des Vorsitzenden ein. »Hohes Gericht. Ich bin hier, um vor dem kaiserlichen Rat den Antrag zu stellen, die Acht über Friedrich von Altena, Graf von Isenberg, zu verhängen.«

Ein Raunen ging durch den Saal.

»Ihr verliert wohl keine Zeit mit langen Vorreden?« Der Vorsitzende sah ihn mit hochgezogenen Augenbrauen an.

»Leider *habe* ich keine Zeit, wenn ich den Lumpen noch fassen möchte.«

»Noch steht nicht fest, dass Graf Friedrich für den Überfall auf Euren Vorgänger verantwortlich ist«, ertönte da eine tiefe Stimme in von Molenarks Rücken.

Der drehte sich darauf in Richtung des Sprechers um und

sah sich einem großen Mann gegenüber, der sich, kostbar gekleidet, von seinem Sitz erhoben hatte und ihn wütend anfunkelte.

»Da muss ich Euch widersprechen! Denn mittlerweile steht eindeutig fest, dass er sehr wohl dafür verantwortlich ist. Die Zeugenaussagen sprechen eine deutliche Sprache.«

»Es gibt Zeugen?«, fragte der Vorsitzende interessiert.

»Jawohl, Euer Gnaden.«

»Und diese Zeugen, von denen Ihr sprecht, können zweifelsfrei aussagen, dass Graf Friedrich von Isenberg für den Überfall verantwortlich ist?«

»Jawohl, Euer Gnaden.«

»Hm«, sagte der Vorsitzende. »Davon hatte ich bisher keine Kenntnis.« Er machte eine kurze Pause. »Die Nachricht vom Tode Eures Vorgängers hat unseren geliebten Kaiser tief getroffen, müsst Ihr wissen. Nur zu gern würde ich daher denjenigen dingfest machen, der dafür die Verantwortung trägt. Kaiser Friedrich hat außerdem eindeutig Anweisung erteilt, dass alles getan werden muss, was zur Ergreifung des Schuldigen führt.«

»Wo sind die Zeugen, von denen Ihr sprecht?«, rief der Adlige, der soeben schon einmal Einwand erhoben hatte.

Von Molenark drehte sich erneut zu ihm um. »In Sicherheit.« Seine Stimme hatte einen gefährlichen Unterton. »Graf Friedrichs Leute haben bereits mehrfach versucht, sie zu beseitigen. Doch sie hatten keinen Erfolg. Und da ich ihr Leben nicht riskieren möchte, verzeiht Ihr mir sicher, wenn ich ihren derzeitigen Aufenthaltsort hier nicht nennen möchte.«

»Ihr vertraut den Großen des Reiches nicht?« Der Mann baute sich breitbeinig vor ihm auf und griff drohend an sein Schwert.

»Ich vertraue auf Gott, guter Mann. Ganz so, wie es sich

für einen Erzbischof gehört. Wenn Ihr also erlaubt, möchte ich nun dem Vorsitzenden und allen hier Anwesenden gerne Mitteilung machen, was sich bei dem Überfall auf den verstorbenen Erzbischof zugetragen hat.« Er blickte dem Störenfried unbeirrt in die Augen, bis dieser sich, wenn auch murrend, wieder auf seinen Platz setzte. Von Molenark wandte sich darauf dem Vorsitzenden zu und begann mit seinem Bericht.

Er nahm sich viel Zeit, und je länger er sprach, desto stiller wurden die Anwesenden. Als Heinrich von Molenark schließlich endete, öffnete er die Ledertasche, breitete die Knochen des verstorbenen Erzbischofs zu Füßen des Gerichts aus, kniete sich davor und sprach ein Gebet. Der Vorsitzende war über alle Maßen bestürzt, und als von Molenark aufsah und in sein kreidebleiches Gesicht blickte, wusste er, dass er seinen Antrag nicht vergeblich gestellt hatte.

Einige Zeit später verließ er erleichtert den Saal. Seinem Antrag war stattgegeben worden. Des Weiteren war beschlossen worden, Friedrichs Burgen bei Hattingen und Nienbrügge zusammen mit allen Unterkünften seiner Dienstleute dem Erdboden gleichzumachen. Sein gesamtes persönliches, vererbbares Eigentum wie auch seine Lehngüter samt den Vogteien sollten eingezogen werden. Es sollte nichts mehr geben, was Friedrich noch sein Eigen nennen konnte. Doch damit nicht genug, wurde Friedrich auch zum Tode verurteilt und auf seine Ergreifung eine Belohnung von über zweitausend Mark Silber ausgesetzt. Ein unübliches Vorgehen, gewiss, war der Beschuldigte doch nicht anwesend, um etwas zu seiner Verteidigung vorbringen zu können. Einige der Adligen begehrten deshalb auch dagegen auf, doch der Vorsitzende stellte klar, dass er im Auftrag des Kaisers mit unerbittlicher

Härte gegen all die vorgehen würde, die seinem Urteil zum Trotz an dem Mörder festhielten oder sich auch nur für diesen einzusetzen suchten. Niemand wagte danach noch, als Friedrichs Fürsprecher aufzutreten.

Es war ein weiter Weg zurück nach Hattingen gewesen, doch Heinrich von Molenark hatte höchstpersönlich den Tross anführen wollen, der nach Burg Isenberg ritt und dem dortigen Wachposten die Schriftrolle überreichte, mit der die Entscheidungen auf dem Reichstags besiegelt worden waren.

»Was ist das?«, fragte der Mann zornig.

»Ach, ich vergaß ganz«, gab der Erzbischof spöttisch zurück, »dass ich hier wohl auf niemanden stoßen werde, der des Lesens oder Schreibens mächtig ist.« Seine Stimme veränderte sich. »Das, guter Mann, ist ein kaiserlicher Beschluss, der dich und alle, die sich auf dieser Burg befinden, betrifft. Wir werden hier keinen Stein auf dem anderen lassen. Die ganze Burg wird geschleift werden.«

»Aber«, stammelte die Wache, »mein Herr ist nicht hier. Ich schwöre Euch, dass ...«

Von Molenark brachte ihn mit einer Handbewegung zum Schweigen. »Deine Schwüre will ich nicht hören. Und was deinen Herrn betrifft, tätest du gut daran, dich umzuhören und mir zu sagen, wo er zu finden ist. Du wärst mit einem Schlag ein reicher Mann.« Von Molenark richtete sich im Sattel auf und erhob seine Stimme, damit auch jeder im Innenhof ihn hören konnte. »Zweitausend Mark Silber für denjenigen, der Graf Friedrich von Isenberg an mich ausliefert!«

»Ich würde es Euch gerne sagen, wüsste ich, wo er sich aufhält.«

»Das glaube ich dir sogar. Und jetzt geh und gib den Leuten auf der Burg Bescheid. Ihr habt zwei Stunden, um Euer

Hab und Gut zu packen und Euch fortzumachen. Wer danach noch hier ist, für den kommt jede Hilfe zu spät.«

»Ja, Herr.« Der Wachmann versäumte es, das Tor, das er eigentlich zu bewachen hatte, wieder hinter den Ankömmlingen zu schließen. Entsetzt rannte er los und rief immer wieder: »Sie reißen die Burg nieder. Sie machen alles dem Erdboden gleich!«

Das Wehklagen und die ängstlichen Schreie der Burgbewohner, die darauf einsetzten, klangen wie eine himmlische Melodie in den Ohren des Erzbischofs. Jetzt endlich würde Friedrich für das, was er getan hatte, büßen. Ein Lächeln umspielte seine Lippen.

Gerade schon wollte er das Zeichen zum Rückzug geben, als eine Frauenstimme ihn zurückhielt. Aufgeregt kam Agnes auf ihn zugelaufen, knickste und legte ihren Kopf dann in den Nacken, um ihn besser sehen zu können.

»Bitte, Herr. Erinnert Ihr Euch an mich?« Ihre Stimme zitterte. Fast erwartete sie, dass er sein Reittier auf die Hinterbeine steigen lassen und sie niedertrampeln würde.

»Aber ja doch, Agnes, nicht wahr?«

»Ja, Herr.«

»Ich bin froh, Euch wohlbehalten vorzufinden, gute Frau.«

»Danke, Herr.«

»Wir werden die Burg niederreißen lassen. Ich rate Euch, rasch Eure Sachen zu packen und mitzunehmen, was Euch lieb und teuer ist.« Wieder lächelte er leise vor sich hin. »Und das, was Ihr von Graf Friedrichs Sachen gerne mitnehmen würdet, nehmt mit. Er wird es nicht mehr brauchen.«

Einige der Männer aus seinem Tross lachten laut auf.

»Aber wo soll ich denn hin?« Tränen traten ihr in die Augen.

Von Molenark betrachtete sie. Wenngleich er seinen Sieg

über Friedrich voll und ganz genoss, hatte er doch keine Freude daran, mit diesem Weib ein Spiel zu treiben. Er beugte sich im Sattel etwas zu ihr herunter und bedeutete ihr mit der Hand, etwas näher zu kommen.

»Ich bin Erzbischof Heinrich von Molenark, und ich sage es Euch wie jedem anderen, der es hören will.« Seine Stimme wurde lauter. »Wenn ich jemandem ein Versprechen gebe, pflege ich es auch zu halten. Ihr werdet vorübergehend in dem Haus unterkommen, das in Hattingen für mich bereit steht. Später nehme ich Euch dann mit nach Köln, wo Ihr als Hauswirtschafterin in meinen Dienst tretet.« Er richtete sich wieder auf. »Für einen ehrlichen Lohn, und es wird Euch an nichts fehlen, gute Frau.«

Sie sank auf die Knie und begann zu weinen. »Ich danke Euch Herr! Gott möge Euch segnen!«

»Das hat er bereits getan!« Er nahm die Zügel wieder auf, darauf bedacht, dass sein Pferd nicht noch die am Boden kauernde Agnes trat, und gab seinem Tross das Zeichen zum Aufbruch. In nur zwei Stunden würden sie mit einer Vielzahl an Männern wiederkommen und auf Burg Isenberg keinen Stein mehr auf dem anderen lassen. Es würde ein Fest für ihn sein zu sehen, wie Friedrichs ganzer Stolz buchstäblich in sich zusammenfiel.

Es gab nichts, was er tun konnte. Den wenigen Getreuen, die ihm geblieben waren, konnte er nur so lange vertrauen, wie er in der Lage war, sie mit guter Münze zu entlohnen. Das Urteil, das in Nürnberg über ihn gefällt worden war, war verheerend. Etwas Vergleichbares hatte er niemals zuvor gehört. Doch solange er, Friedrich von Isenberg, am Leben war, würde er kämpfen. Soweit er gehört hatte, waren auf dem Reichstag zwei Lager vertreten gewesen, die sich darüber gestritten hatten, ob ihm Mord oder Totschlag zur Last gelegt werden sollte. Zwar stand auf beides der Tod. Doch hätte das Urteil auf Totschlag gelautet, hätten seine persönlichen Besitztümer nicht einfach eingezogen werden können und seiner Familie wären in jedem Fall die Burgen und Lehen zu belassen gewesen. Außerdem wollte er durchsetzen, dass die Suspension seiner Brüder Dietrich und Engelbert rückgängig gemacht würde und diese ihre Ämter als Bischof von Münster und Bischofselekt in Osnabrück wieder ausüben konnten.

Wäre dies erst einmal geschafft, würde er es schon irgendwie hinbekommen, seinen Kopf doch noch aus der Schlinge zu ziehen. Aber als allererstes musste er endlich den Kampf aufnehmen, den ihm dieser von Molenark aufgedrängt hatte. Dieser widerliche Hundsfott. Seitdem er das Amt des Erzbischofs innehatte, machte er Friedrich das Leben zur Hölle. Schon beim bloßen Gedanken an ihn spürte Friedrich, wie ihm die Galle hochstieg.

Die Ordnung, die sich über viele Jahrzehnte hinweg entwickelt hatte, schien nicht mehr dieselbe zu sein. Immer öfter hörte man von Bauernaufständen und Unruhen.

Friedrich hatte den Plan gefasst, gemeinsam mit seinen Brüdern und dem Isenberger Notarius nach Rom zu reisen. Es war ein riskantes Unterfangen, doch er hoffte, dass Gott ihm beistehen und ihn für seinen Mut belohnen würde. Seit Engelberts Ermordung waren zwar etliche Schwierigkeiten über ihn hereingebrochen, doch noch immer saß sein Kopf auf seinen Schultern – was ihm wie ein Fingerzeig Gottes vorkam, dass sein Auftrag noch nicht beendet wäre und er Stärke zeigen müsse, um in dieser schwierigen Zeit zu bestehen.

So viele seiner Männer hatte er verloren. Seine Hand hatte gezittert, als er auf Klaas gezielt und ihm einen Pfeilschuss ins Herz versetzt hatte. Ebenso bei Erhard. Es war der letzte große Freundschaftsdienst gewesen, den er den beiden hatte erweisen können. Das Risiko, dabei von den Bütteln der Stadt ergriffen zu werden, war groß gewesen. Doch er hatte nicht anders handeln können. Zu viele Jahre hatten sie ihm treu zur Seite gestanden, als dass er mit ansehen konnte, wie man ihnen bei lebendigem Leib die Gedärme herausriss.

Wäre es ihm doch nur gelungen, am gleichen Tag noch dieses vermaledeite Weibsbild ausfindig zu machen, das überall in der Gegend herumerzählte, dass er für den Tod des Erzbischofs die Verantwortung trug. Was fiel diesem Miststück eigentlich ein, ihn zuerst auf seiner eigenen Burg zu belauschen und dann einen solchen Wirbel zu veranstalten? Und warum nur hörte man ihr auch noch an oberster Stelle zu? Friedrich konnte nicht verstehen, welche Wandlung sein Leben in den letzten Wochen genommen hatte. Doch es war nicht das erste Mal, dass er sich mit Kirchenleuten herumschlagen musste. Auch sein Streit mit seinem Onkel, Erzbischof Engelbert, war – zumindest teilweise – darauf zurückzuführen, dass ihm eine Kirchenfrau das Leben schwergemacht hatte. Die Äbtissin des Reichsstifts in Essen hatte sich so lange darüber beschwert, dass Friedrich ihrem Kloster zu hohe Abgaben auferlegte, bis Engelbert nicht mehr anders gekonnt hatte, als gegen ihn vorzugehen. Es war also damals wie heute ein Teufelsweib im Gewand einer Heiligen, die Friedrich das Leben zur Hölle machen wollte. Diesen Huren Gottes würde er es schon noch zeigen. Und dann auch noch diesem von Molenark!

Er schwang sich in seinen Sattel und wartete, dass seine Brüder, der Notarius und die paar Mann, die ihm noch geblieben waren, es ihm gleichtaten. Bis Rom lag ein weiter Ritt vor ihnen, auf dem sie dazu noch achtgeben mussten, nicht von einem Handlanger von Molenarks aufgetan zu werden. Als alle aufgesessen waren, setzte er mit grimmiger Miene sein Pferd in Bewegung. Er würde wiederkommen, das schwor er sich. Und er würde ein Schriftstück des Papstes mit sich führen, das alles ungeschehen machte, was dieser Narr von einem Kaiser verlautbart hatte. Ja, er würde wiederkommen. Und dann würde er sich im nächsten Schritt diese Hure von einer Novizin holen. Auf diesen Moment freute er sich schon ganz besonders.

21. Kapitel

Sie hatten sich nicht mehr umgeblickt. Schweigend hatten sich die Frauen bei den Händen genommen und waren immer weitergegangen. Zu viel mussten sie zurücklassen.

Berblin hatte Ellin erst nach einigen Stunden Wegs von ihrer Begegnung mit Graf Friedrich erzählt und war verblüfft gewesen, dass sich die Freundin davon kein bisschen überrascht gezeigt hatte.

»Ich habe mir schon gedacht, dass er da sein würde«, meinte sie nur.

»Und hattest du keine Angst?«

»Seitdem sie Jerg umgebracht haben, hat sich etwas verändert. Es ist, als ob ich nicht mehr richtig fühle.« Sie klopfte an die Stelle ihrer Brust, an der sich, wie sie wusste, ihr Herz befinden musste. »Vielleicht ist es einfach tot da drinnen. Nicht einmal mehr Angst kann ich fühlen.«

»Die Zeit bringt das Fühlen zurück. Glaub mir, ich weiß, wovon ich rede.«

Sie gingen fast den ganzen Tag. Als es dämmerte, hielten sie nach einem Gasthaus Ausschau, kamen jedoch an keinem vorbei. Schließlich klopften sie an die Tür eines alleinstehenden Bauernhauses, als es gar zu dunkel wurde und ihre Kräfte langsam schwanden.

»Was wollt ihr?« Ein grobschlächtiger Kerl hatte die Tür um einen Spalt geöffnet.

»Können wir heute Nacht in Eurer Scheune unterkommen? Wir geben Euch zwei Groschen dafür.«

»Seid ihr allein?«

»Ja, nur wir beiden Frauen.«

»Ganz ohne männlichen Schutz?«

Berblin straffte die Schultern. »Ja, aber wir sind alles andere als hilflos. Wir mussten schon einmal einen Wegelager zum lieben Herrgott schicken, weil er uns zu nahe gekommen ist.« Sie sah ihn mit festem Blick an.

»Vier Groschen, und ihr bekommt morgen etwas zu essen, bevor ihr weiterzieht.«

»Drei Groschen, und Ihr habt ein gutes Geschäft gemacht. Einen vierten könnt Ihr bekommen, wenn Ihr uns für heute Abend etwas Wein, Brot und Fleisch überlasst.«

»Fleisch hab ich nicht. Den Rest könnt ihr für den Groschen haben.«

»In Ordnung.«

»Geht einfach in die Scheune hinüber. Der Riegel klemmt ein wenig, doch ihr macht mir keinen schwächlichen Eindruck. Drückt ihn einfach etwas fester nach oben. Ich sage meinem Weib, dass sie euch Essen und Trinken bringen soll.«

»Habt Dank.«

Die Frauen wandten sich ab und hörten, wie die Tür wieder geschlossen und der Riegel vorgeschoben wurde.

»So, so. Wir haben also einen Wegelagerer niedergemacht.« Ellin sah amüsiert zu Berblin hinüber.

»Zumindest kann es nicht schaden, wenn der Bauer das denkt. Wer weiß, auf welche Gedanken er heute Nacht sonst noch kommt.«

Ellin grinste breit, und sie gingen zur Scheune hinüber.

Was die Bäuerin ihnen an Brot und Wein brachte, war genug, um noch etwas Wegzehrung für den nächsten Tag übrig zu haben. Nachdem sie gegessen hatten, rollten sie sich im Stroh dicht aneinander, um sich gegenseitig etwas Wärme zu spenden. Decken hatten sie nicht, und durch die Ritzen der Scheune zog ein eisiger Wind. Aber wenigstens hatten sie Stroh unter sich, das zumindest die Kälte, die vom Boden aufstieg, etwas abhielt. Es dauerte nicht lange, da waren sie fest eingeschlafen.

Immer wieder erschien Jerg Ellin in ihren Träumen, und sie schrak auf. Sie wusste nicht, ob sie dankbar dafür sein sollte, dass sie ihn auf diese Art weiterhin bei sich hatte, oder verzweifelt, weil sein Gesicht sie selbst in den Schlaf hinein verfolgte. In der Scheune war es noch immer stockdunkel. Kein noch so kleiner Lichtschimmer, der auf den Beginn eines neuen Tages hinwies, drang durch die Ritzen der Scheunenbretter. Sie hatte jedes Zeitgefühl verloren. Gleichmäßig hörte sie Berblin neben sich atmen. Doch von Zeit zu Zeit seufzte die Freundin schwer. Was hatte sie nicht alles für sie zurückgelassen! Seit Jahren hatte Berblin in Selete gelebt, Kate an Kate mit Menschen, denen sie vertraute und die sie schätzten. Für Ellin hatte sie alles aufgegeben, das Heim, in dem sie mit ihrem Mann und ihrem Sohn gelebt hatte, ihre Freunde, ihre Arbeit. In Gedanken sah Ellin die Hütte wieder vor sich, als stünde sie mitten im Raum. Der große gusseiserne Kessel über der Feuerstelle, der fast immer mit Suppe gefüllt war. Die Truhe mit Decken, Kleidern und einigen Sachen, die Berblin wichtig waren. Die Regale mit den Krügen und Humpen, die drei Pritschen, die sie stehen gelassen hatte, obwohl ihr Mann und ihr Sohn längst gestorben waren. Das lange Brett, auf dem sie Kräuter, Blüten, die kleine Schale und den Mörser aufbewahrte, die sie für ihre Salben und Tinkturen brauchte. Ellin wurde noch schwerer ums Herz. Wie sollte sie je wieder gut machen, was ihre Freundin für sie getan hatte? Und wie den Verlust wettmachen, der ihr ständiger Begleiter sein würde? Es war ein Fehler gewesen, sich der Freundin anzuvertrauen und sie in diese Sache mit hineinzuziehen. Hätte sie sich doch einfach allein auf den Weg gemacht, ohne etwas zu sagen. Doch wäre Berblin dann nicht umgekommen vor Sorge? Ellin wusste, wie sehr sie noch immer unter dem Tod ihres Mannes und ihres Sohnes litt. Hätte Berblin je wieder glücklich sein können, wenn sie nicht gewusst hätte, was aus ihr geworden war? So gut sie konnte, versuchte Ellin sich damit zu beruhigen, dass sie nicht anders hatte handeln können.

»Bist du wach?«

Ellin zuckte zusammen, als Berblin sie auf einmal ansprach.

»Ja.«

»Du solltest versuchen, noch etwas zu schlafen. Wir haben morgen einen langen Weg vor uns.«

»Ich weiß. Warum bist du aufgewacht?«

»Ein Alptraum«, sagte Berblin leise. »Ich träumte, dass ich morgens in meiner Hütte aufwache, und du nicht mehr da wärst. Ich habe überall nach dir gesucht, konnte dich aber nirgendwo finden.«

Ellin lächelte. »Und ich musste darüber nachdenken, ob es ein Fehler war, dir erzählt zu haben, dass ich fortgehen will. Du hast so viel für mich aufgegeben. Sogar dein Heim hast du verlassen.«

»Eine Familie kann überall ein Heim finden, auch wenn sie ihr Haus verlässt. Und du bist meine Familie. Die einzige, die ich habe.«

Ellin wusste hierauf nichts zu sagen. Berblins Worte hatten sie so tief berührt, dass ihr die Tränen kamen. Wie ein Kind rutschte sie ganz nah an Berblin heran und schmiegte sich in deren Arm. Es kam ihr wie eine Ewigkeit vor, bis ihre Tränen endlich versiegten. Sie schloss die Augen und schlief wieder ein.

Als die Bäuerin am Morgen jeder von ihnen eine Schale mit Haferbrei brachte, bezahlten sie für die Übernachtung und das Essen. Kurze Zeit später brachen sie auf. Sie gingen den ganzen Tag, machten nur zur Mittagsstunde eine kurze Rast und beschlossen, diesmal rechtzeitig vor Einbruch der Dunkelheit in einem Wirtshaus einzukehren, denn die letzte Nacht in der Scheune hatte ihnen weit mehr zugesetzt, als sie gedacht hatten. Obwohl sie den ganzen Tag hindurch gelaufen waren, steckte ihnen die alles durchdringende Kälte der letzten Nacht noch immer in den Knochen und wollte nicht weichen. Für ein wärmeres, bequemeres Lager waren sie daher gern bereit, zwei, drei Groschen mehr zu bezahlen.

»Weißt du, wo wir sind?«

Berblin wiegte den Kopf. »Sicher bin ich mir nicht. Doch wir müssten etwa eine Stunde von Harsefeld entfernt sein. Ich war jedoch schon lange nicht mehr in dieser Gegend und mag mich auch täuschen.«

»Ich bin froh, dass du bei mir bist. Ohne dich würde ich mich wohl kaum zurechtfinden und wäre verloren.«

Berblin lächelte und ging dann weiter den Pfad entlang. Ihr Gesicht hellte sich auf, als nach einiger Zeit die ersten Dächer von Harsefeld sichtbar wurden. Und als hätte ihr Körper nur darauf gewartet, überkam sie eine gewaltige Müdigkeit.

»Hoffentlich haben sie im Wirtshaus ein Zimmer für uns. Am besten mit einem großen Riegel an der Tür. Ich möchte eine ruhige Nacht verbringen, in der ich nicht immer eine Hand am Dolch haben muss.«

»Wir sollten darauf achten, dass niemand mitbekommt,

wie viel Geld wir bei uns haben. Du hast doch auch einen Lederbeutel bei dir, nicht wahr?«

»Ja, warum?«

Ellin blieb stehen. »Lass uns einen Großteil meiner Münzen dort hineinstecken. Wenn wir dann in der Wirtschaft aus meinem Beutel bezahlen, sieht ein jeder, dass es sich nicht lohnen würde, uns zu überfallen.«

»Gut überlegt«, lobte Berblin. »Ein Beutel, in dem wir unser Geld bewahren, und ein anderer, aus dem wir bezahlen. Du hast schnell gelernt, auf was du in der Welt außerhalb der Klostermauern zu achten hast.«

»Auf manches davon hätte ich gern verzichtet.«

»Mag sein. Doch denkst du nicht auch, dass es eben mit dazugehört?«

»Dass was mit dazugehört?«

»Das Schlechte. Das, was dir das Blut in den Adern gefrieren lässt, was dich abschreckt und was dich auf eine Weise verwirrt, die du nie vermutet hättest. Sicher, all das wäre dir im Kloster erspart geblieben. Doch was ist mit der Liebe, die du entdeckt hast? Die wäre dort nicht möglich gewesen.«

»Eine Liebe, die mir sogleich wieder genommen wurde.«

»Das stimmt. Doch ich frage dich, was ist schlimmer? Eine Liebe zu verlieren, oder sie überhaupt nie zu erleben?«

Ellin dachte über Berblins Worte nach, fand aber keine Antwort.

»Und wer sagt dir außerdem, dass es die einzige bleiben wird?«, fuhr Berblin nach einer Weile fort.

»Was?«

»Die Liebe! Wer sagt dir, dass es die einzige Liebe bleiben wird, die du je erlebst? Du bist doch noch jung. Womöglich wirst du dich noch öfter verlieben in deinem Leben.«

Energisch schüttelte Ellin den Kopf. »Nein, das glaube ich

nicht. Zudem kann ich einfach nicht in allem, was uns widerfahren ist, einen Sinn erkennen.«

»Alles hat einen Sinn«, stellte Berblin unmissverständlich klar. »Nur weil wir den Herrn nicht sehen, heißt das nicht, dass es ihn nicht gibt.«

»Und Jergs Tod? Was für ein tieferer Sinn steckt dann hinter Jergs Tod?«

Berblin zuckte mit den Schultern. »Ich weiß es nicht. Doch eines Tages werden wir es wissen. Da bin ich mir sicher.«

»Das war schon immer das Schwierigste für mich«, sagte Ellin leise.

»Was?«

»So fest und unumstößlich im Glauben zu sein wie du.« Sie war froh, dass sie nebeneinander hergingen und sie Berblin nicht in die Augen sehen musste, während sie dies sagte. Nie hatte sie es für möglich gehalten, eines Tages jemanden gegenüber laut auszusprechen, was sie schon seit Jahren umtrieb. »Oft dachte ich«, fuhr sie fort, »dass es nur die strengen Regularien und das Leben in der Gemeinschaft wären, die mich zweifeln ließen. Doch je länger und öfter ich darüber nachdachte, desto sicherer war ich mir, nie zur Nonne geboren worden zu sein. Nur weil meine Mutter mich nicht wollte, bin ich im Kloster aufgewachsen. Aber der bedingungslose Glaube an Gott war nie in meinem Herzen. »Manchmal …«, sie schluckte, ängstlich, die nächsten Worte auszusprechen, »… manchmal habe ich sogar bezweifelt, dass es Gott überhaupt gibt.«

Berblin bekreuzigte sich. »Was haben sie dir im Kloster nur angetan, dass du auf solch absurde Gedanken gekommen bist?«

»Siehst du, genau das ist es«, sagte Ellin.

»Was?«

»Du zweifelst nicht! Deine Gedanken gehen eher dahin, dass du dich fragst, was die Schwestern im Kloster mir angetan haben könnten. Doch auf den Gedanken, dass sie mir rein gar nichts angetan haben und man auch so an Gottes Existenz zweifeln kann, auf den kommst du nicht.«

»Selbstverständlich nicht. Vielleicht sind es die Jahre, die ich dir voraushabe. Doch ich habe schon oft mit ihm gesprochen, und glaub mir, kein einziges Mal ist er mir eine Antwort auf meine Fragen schuldig geblieben.«

»Wirklich? Ich habe schon so viele Fragen an ihn gestellt und noch nie eine Antwort von ihm bekommen.«

»Das kann nicht sein.«

»Aber wenn ich es dir doch sage.«

»Was waren das für Fragen, die du gestellt hast?«

Ellin musste überlegen. »Nun, als ich noch im Kloster war, habe ich ihn gefragt, warum es mir so schwerfällt zu gehorchen.«

»Und was ist dann geschehen?«

»Nichts. Gar nichts ist geschehen. Einige Zeit danach habe ich das Gespräch auf Burg Isenberg belauscht und musste fliehen.«

»Und du denkst wirklich, keine Antwort bekommen zu haben?«

»Aber ja. Welche Antwort sollte ich denn bekommen haben?«

»Das weißt du wirklich nicht?« Berblin war stehen geblieben und sah die Jüngere verblüfft an, die nun ebenfalls im Schritt innehielt. »Der Herr hat dir damit gezeigt, dass das Kloster nicht der richtige Ort für dich ist. Er hat dich auf die Burg geschickt, damit du mit anhören musst, was Friedrich vorhat und danach nicht mehr ins Kloster zurückkehren kannst.«

»Und Jonatha? Weshalb hat er ihr das Leben genommen?«

Sie gingen weiter.

»Das weiß ich nicht. Doch wer sagt dir, dass Jonatha den Herrn nicht darum gebeten hat, ins Paradies einziehen zu dürfen?«

»Dafür war sie noch zu jung.«

»Sei nicht so vermessen, Liebes. Woher willst du wissen, was sie sich wünschte, oder für was der Herr sie brauchte? Womöglich hat sie dort, wo sie jetzt ist, das Glück gefunden, das ihr auf Erden versagt geblieben ist.«

Ellin hätte Berblin nur allzu gern geglaubt, dass all das, was sie sagte, der Wahrheit entsprach. Doch ihre Zweifel blieben.

»Und Mathes und Linhart? Warum hat der Herr zugelassen, dass ihnen das angetan wurde?«

»Das kann ich dir auch nicht sagen, Ellin. Doch ich glaube eben, dass auf Erden nichts ohne einen höheren Grund geschieht.«

Fast traute Ellin sich nicht, die nächste Frage zu stellen. »Und die Krankheit, die dir Mann und Sohn genommen hat? Was ist damit?«

Berblin schwieg eine Weile, und schon fürchtete Ellin, mit ihrer Frage zu weit gegangen zu sein, als Berblin schließlich sagte: »Darüber habe ich auch schon oft und lange nachgedacht. Ich weiß es wirklich nicht. Doch wenn da nicht ein Fünkchen Hoffnung in mir wäre, dass es auch hierfür einen tieferen Sinn gibt, wäre ich verloren.« Tränen waren ihr in die Augen getreten, und schnell hakte Ellin sich bei ihr ein. »Bitte, verzeih! Ich wollte dich nicht traurig machen.«

Berblin bemühte sich um ein Lächeln. »Ach weißt du, im Grunde muss ich dankbar dafür sein, dass ich trauern kann. Stell dir vor, mein Herz würde sich beim Gedanken an Sebolt und meinen Hannes nicht mehr zusammenziehen. Wie wäre es dann um mich bestellt? Würde ich überhaupt noch spüren, dass ich lebe?«

Ellin legte ihren Kopf an die Schulter der Freundin. Was für ein Glück für sie, dass der Herr sie zu dieser Frau geführt hatte. Und ganz plötzlich spürte sie, was ihr zu spüren bislang versagt gewesen war: Dankbarkeit, Dankbarkeit gegenüber ihrem Schöpfer, der sie so sicher geleitet hatte. Es war nur ein kurzer Moment, doch er genügte ihr, um zu wissen, dass Berblin recht hatte. Der Herr war groß, daran konnte es keinen Zweifel geben. Und er würde ihnen beistehen. Etwas beschwingter als zuvor setzte sie ihren Weg fort. Kurze Zeit später erreichten sie Harsefeld.

Fast waren sie in Versuchung, noch einen weiteren Tag zu bleiben, so gut hatte es ihnen getan, ihre müden Glieder in einer abschließbaren, warmen Kammer auf Pritschen auszustrecken und, in warme Decken gehüllt, schlafen zu können. Nur dumpf waren die Geräusche aus der Schenke zu ihnen nach oben gedrungen. Doch das hatten sie eher als beruhigend denn als störend empfunden, hatten ihnen die belanglosen Gespräche der Gäste und das gelegentliche Gelächter doch ein Gefühl von Sicherheit und Normalität vermittelt.

Berblin vermisste das Leben in ihrem Dorf schon jetzt, doch das wollte sie Ellin nicht sagen. Die Freundin hatte bereits mit genügend anderen Dingen zu kämpfen, vor allem mit sich selbst. Noch nie zuvor war Berblin jemandem begegnet, der so sehr mit sich selbst haderte, mehr, als gut sein konnte. Doch sie wusste auch, dass die Zeit für sie arbeitete. Also würde sie versuchen, so viel wie nur möglich von Ellin fernzuhalten, bis diese ihren Platz in der Welt gefunden hatte und gefestigt genug war, dass Berblin sie ohne Sorge ziehen lassen konnte. Zumindest bis Graf Friedrich gefasst und Ellin beim Prozess gegen ihn ausgesagt hatte, würde Berblin der Freundin beistehen und sie beschützen, das hatte sie sich geschworen.

»Bist du sicher, dass wir aufbrechen wollen?«

Sie hatten den Wirt bereits bezahlt und waren aus dem Wirtshaus getreten, um sich weiter Richtung Norden durchzuschlagen.

Berblin lächelte gutmütig. »Wenn wir nur in einer Schenke hocken und es uns gutgehen lassen, werden wir Lübeck nie erreichen und wieder Geld verdienen. Und jetzt komm.«

Ellin stolperte mehr neben ihr her, als dass sie ging. »Geht es dir auch so, dass du das Umherziehen leid bist?«

»Na ja, so lange sind wir ja noch nicht unterwegs. Aber du hast schon recht. Mir wäre es auch lieber, jetzt in meiner Hütte zu sein und das Feuer im Kamin knistern zu hören, während ich Heilkräuter stampfe.«

»Ich weiß nicht weshalb, aber ich fühl mich so erschöpft, als könnte ich bald keinen Fuß mehr vor den anderen setzen.«

»Es wird schon gehen, glaub mir. Es sind nur die ganze Aufregung und die ständige Angst der letzten Zeit, die an dir nagen. Wenn wir erst einmal ein neues Zuhause in Lübeck gefunden haben und wieder arbeiten können, wirst du dich schnell wieder erholen. Wirst schon sehen.« Sie fasste Ellin am Arm. Schweigend gingen sie nebeneinander her. Gegen Mittag zog Berblin etwas von dem Trockenfleisch hervor, das sie dem Wirt abgekauft hatte.

»Hier.« Sie reichte Ellin ein Stück.

»Danke.«

Sie gingen weiter und aßen dabei. Ihr Schritt verriet keine Eile, und doch dachte Ellin an nichts anderes, als möglichst bald die nächste Unterkunft zu erreichen.

»Wie weit ist es noch?«

»Bis wohin?«

»Na, bis nach Lübeck.«

»Ich würde sagen, dass wir noch drei Tage vor uns haben, wenn wir unseren Schritt beibehalten.«

»Weißt du schon, wo wir die nächste Nacht verbringen werden?« Ellin biss einen Brocken von ihrem Fleischstück ab.

Ein Lächeln huschte über Berblins Gesicht. »Aber gewiss. Noch bevor die Dämmerung hereinbricht, werden wir eine Stadt erreichen, wie du sie dir schöner nicht vorstellen kannst.«

»Ach ja? Welche denn?«

»Hamburg. Nicht mehr lange und wir werden an die Elbe gelangen. Dort lassen wir uns von einem Boot auf die andere Seite übersetzen. Und glaub mir, da erlebst du eine ganz andere Welt.«

Ellin strahlte über das ganze Gesicht. Sie hatte schon viel von Hamburg gehört, doch nie geglaubt, die Stadt einmal mit eigenen Augen zu sehen. Aufgeheitert beschleunigte sie ihren Schritt.

»He, was rennst du denn mit einem Mal so? Nicht so schnell.«

»Na, ich will nach Hamburg, was denn sonst?«, lachte Ellin und ging beschwingt weiter. Nur noch wenige Stunden und sie würden in die Gassen der blühenden Handelsstadt eintauchen.

Was für eine Metropole! Schon vom Wasser aus konnte Ellin das rege Treiben erkennen, das am Hafen herrschte. Sie musste aufpassen, beim Schwanken der Fähre nicht das Gleichgewicht zu verlieren. Aufgeregt blickte sie zum Kai hinüber. Nicht mehr lange und sie würden anlegen. Ihr Herz schlug schneller bei dem Gedanken, was sie in Hamburg alles erleben würde.

»Wenn das so weiterfriert, werden wir schon morgen nicht mehr übersetzen können«, hörte sie in diesem Moment den Schiffer zu einem weiteren Fahrgast sagen. »Wenn sich erst einmal eine feste Schicht auf der Elbe gebildet hat, ist es aus. Danach wird das Eis immer dicker.« Er spuckte zornig aus. »Und ich muss zusehen, womit ich mir mein Brot verdienen kann.«

»Ach, Albert, das hast du mir noch jedes Jahr erzählt. Und bist dann doch nicht über den Winter hinweg verhungert, wenn wir uns im Jahr darauf wiedersehen.«

»Ja, ja, wäre ich ein Gewürzhändler wie Ihr, hätte ich auch leicht reden. Aber an die Schiffer denkt keiner.«

Der Angesprochene, ein in edle Stoffe gekleideter Herr, zog einen Lederbeutel hervor. »Hier hast du noch eine Münze dazu, weil es für dieses Jahr die letzte Fahrt ist, die ich mit dir mache. Dafür habe ich dann, wenn ich im Frühjahr wieder hier bin, eine Überfahrt bei dir gut.«

Sofort ließ der Schiffer die Münze in seiner Tasche verschwinden und tippte an seine verbeulte Mütze, die schon bessere Tage gesehen hatte. »Ich danke Euch. Und so der Herr will, dass ich im Frühjahr noch hier bin, werde ich unsere Abmachung nicht vergessen haben.«

Der Gewürzhändler lachte. »Ich bin mir sicher, dass du noch hier sein wirst. Aber dafür, dass dich deine Erinnerung nicht im Stich lässt, würde ich meine Hand nicht ins Feuer legen.«

Der Schiffer wollte protestieren, doch der Gewürzhändler hob abwehrend die Hand. »Ist schon gut, Albert. Bring uns nur sicher auf die andere Seite.«

Ellin hatte die Unterredung aufmerksam verfolgt. Sie errötete, als sie bemerkte, dass der Gewürzhändler sie musterte. Schnell wandte sie sich ab und widmete sich wieder ganz dem Kommen und Gehen im Hamburger Hafen.

»Sieh doch, Berblin, gleich sind wir da.«

Die Ältere legte ihr den Arm um die Schultern. »Ja, gleich haben wir es geschafft.«

Sie ließen sich Zeit, um all die Eindrücke, die Hamburg ihnen bot, in sich aufzunehmen. Alles, was Ellin bisher über die Stadt gehört hatte, gab nicht einmal ansatzweise wieder, was sie an Wunderbarem zu sehen bekam. Die vielen Menschen in feinsten Gewändern, die am Hafen auf und ab schlenderten und nicht drängten. Und dann die vielen Lichter. Ellin, die schon in Bremen von der Menge der Kerzen und Fackeln überrascht gewesen war, kam aus dem Staunen über den Anblick, der sich ihr hier bot, gar nicht mehr heraus. Trotz der herrschenden klirrenden Kälte schienen die vielen Fackeln die Stadt geradezu aufzutauen. Und obwohl sie nur die Kleider und ihr Umhang vor der Eiseskälte schützten, erwärmte allein schon der Anblick der Stadt ihre Glieder. Und dann diese Düfte! Es roch nach Speisen, erwärmtem Wein, Gewürzen und vielen anderen Dingen, die Ellin nicht kannte. Die ganze Stadt war von Wohlgerüchen durchzogen! Fasziniert blickte sie sich um. Am Hafen wurden überall Waren von einem Ort zum anderen gebracht, Menschen sprachen und feilschten miteinander, Gelächter erfüllte die Luft. Ellin konnte nirgendwo einen Markt erkennen, und dennoch gingen die Menschen hier geschäftig ihren Aufgaben nach, wenngleich sich ihr auf den ersten Blick nicht erschloss, welchen.

»Können wir nicht hierbleiben?«, fragte Ellin da auf einmal.

»Aber ja, wir wollten doch heute in der Stadt übernachten.

Irgendeine Wirtschaft, die uns Unterkunft gewährt, werden wir schon finden.«

Ellin blickte noch immer staunend umher, dann blieb sie abrupt stehen. »Nein, ich meine für immer. Das hier ist der Ort, an dem ich leben möchte.«

»Aber du bist doch gerade erst angekommen.«

Ellin fasste die Freundin an den Händen. »Kennst du dieses Gefühl denn nicht? Ganz genau zu wissen, was du willst? Unvermittelt und einfach so?«

»Eigentlich nicht«, überlegte Berblin laut. »Aber ich schlage vor, wir suchen uns erst einmal eine Unterkunft, bevor wir beschließen, den Rest unseres Lebens hier zu verbringen.«

Sie gingen weiter, und Ellin stolperte. Berblin konnte sie gerade noch rechtzeitig auffangen und vor einem Sturz bewahren. »Würdest du so nett sein und jetzt endlich wieder nach vorne auf den Weg sehen, anstatt ständig die Häuser anzustarren und dir fast den Hals zu brechen?«

»Verzeih bitte. Ich passe ab jetzt auf.«

Hinter sich hörten sie Hufgetrappel und den Ruf: »Obacht da vorne!«

Sie machten einen schnellen Schritt beiseite. Keinen Moment zu früh, bevor das Pferdefuhrwerk an ihnen vorbeirumpelte.

»Was war denn das? So etwas habe ich noch nie zuvor gesehen.«

»Nein?« Berblin war erstaunt. »Na, dann war es ja wirklich an der Zeit, dass du aus deinem Kloster rausgekommen bist. In dem Gefährt saß ein wichtiger Mann oder auch eine Frau, die sich irgendwohin fahren ließ.«

»Du erlaubst dir einen Scherz mit mir, nicht wahr?«

»Aber nein. Ich meine es völlig ernst. Diese Gefährte verbreiten sich immer mehr. Und in den großen Städten sind sie schon beinah ein alltäglicher Anblick. Du wirst sehen, es wird nicht das letzte Mal gewesen sein, dass so etwas an dir vorbeifährt.«

Sie gingen weiter, verließen das Hafenviertel und wandten sich nach links. Eine schmale Gasse führte sie nach einer Weile auf eine breitere Straße und wenig später auf einen großen, von prächtigen Häusern umstandenen, viereckigen Platz.

»Dort hinten ist das Rathaus«, erklärte Berblin und deutete mit ausgestrecktem Finger auf ein riesiges Gebäude.

»Du warst schon einmal hier?«

»Aber gewiss. Lübeck und Hamburg sind doch nicht weit voneinander entfernt. Was wir früher an Kräutern in Lübeck nicht bekommen konnten, haben wir in Hamburg besorgt. Die Gewürzhändler hier sind vortrefflich bestückt. Wenn du nichts dagegen hast, würde ich gern noch einen aufsuchen, bevor wir weiterziehen.«

»Aber gewiss«, bekräftigte Ellin und dachte bei sich, dass sie Hamburg ja tatsächlich vielleicht nicht wieder verlassen würde.

»Bitte, eine Spende! Ich habe den ganzen Tag noch nichts gegessen.«

Ellin war der Mann, der ein kleines Stück entfernt von ihnen auf dem Boden saß, bis dahin gar nicht aufgefallen. Er sah erbärmlich aus in seinen Lumpen, die vor Dreck nur so starrten. Schon wollte sie ihre Geldkatze hervorziehen, als Berblin sie zurückhielt.

»Warum musst du betteln?«, fragte Berblin und blieb dabei direkt vor dem Mann stehen.

»Die Zeiten sind schlecht«, winselte er. »Habt Ihr gütigen Frauen denn wirklich nichts, was Ihr einem armen Alten geben könnt?«

Berblin wühlte in ihrer Tasche. »Wir haben noch Brot, das wir dir geben können.«

»Gebt mir lieber eine Münze.« Es klang fordernd.

»Weshalb? Die kannst du ja wohl nicht kauen.«

»Mit ihr kann ich mir selbst mein Brot kaufen.«

»Wohl eher deinen Schnaps. Geld haben wir nicht, nur Brot.« Berblin fasste Ellins Arm und zog sie entschieden mit sich fort.

»Zieh niemals deinen Geldbeutel hervor, wenn dich ein Bettler so anspricht.«

»Aber wir müssen doch helfen, wenn wir einen Menschen in Not sehen.«

»Ich sag dir eines: Die Einzigen, die sich gleich in Not befinden könnten, sind wir beide. Woher willst du wissen, dass er wirklich unsere Hilfe braucht?« Sie zog Ellin noch ein Stück weiter fort und blieb dann stehen. »Wahrscheinlich kommt in dem Moment, wo du die Münzen hervorholst, sein Komplize aus irgendeiner Ecke gesprungen und entreißt dir den ganzen Geldsack. Oder der Kerl selbst springt auf, gibt dir eins über den Schädel und raubt dich aus.«

Ellin drehte sich zu dem bettelnden Mann um. »Da ist doch weit und breit kein anderer zu sehen. Du bist wirklich zu argwöhnisch.«

»Und du zu gutgläubig.«

Ernst sahen sie sich an, dann prusteten sie beide los. »Da ist wohl die Mitte am besten«, urteilte Berblin. »Und nun komm. Wir müssen uns eine Bleibe suchen.«

In einer Schenke fragten sie vergebens nach einer Kammer, doch schon in der nächsten hatten sie Glück. Berblin verhandelte den Preis, während Ellin sich im Hintergrund hielt. Für die kommende Nacht mussten sie sofort bezahlen. Und da sie nicht wussten, ob sie schon morgen wieder weiterziehen würden, beließen sie es dabei.

Die Kammer, die der Wirt ihnen zuwies, war erstaunlich sauber. Es stand eine richtige Bettstatt darin, was sie beim ersten Anblick der Schenke nicht zu hoffen gewagt hatten. Dass sie trotzdem keinen horrenden Preis dafür zahlen mussten, lag schlicht und einfach daran, dass während der Wintermonate weit weniger Menschen in die Stadt reisten und dadurch viele Unterkünfte frei waren. Wollte man als Schankwirt überhaupt noch ein Geschäft machen, war es deshalb ratsam, die Summe für eine Übernachtung nicht zu hoch anzusetzen.

»Auch wenn wir heute gar nicht so viel gelaufen sind, bin ich hundemüde.« Berblin ließ sich mit weit ausgebreiteten Armen rücklings aufs Bett fallen.

»Wirklich? Ich möchte am liebsten noch einmal raus und mir die Stadt ansehen.«

Berblin setzte sich wieder auf. »Ist das dein Ernst?«

»Aber ja. Bisher waren wir doch nur am Hafen und auf dem Marktplatz. Ich bin sicher, dass es hier noch viel mehr zu sehen gibt.«

Berblin schloss für einen kurzen Moment die Augen und öffnete sie dann wieder. »Ich mache dir einen Vorschlag. Wenn du mir jetzt ein bisschen Schlaf gönnst, bleiben wir dafür einen Tag länger in Hamburg.«

Ellin jauchzte auf. »Damit bin ich einverstanden.« Kurz überlegte sie. »Wir können es aber auch so machen, dass du dich ausruhst, während ich alleine losgehe. Ich verspreche dir auch, gut auf mich und meine Geldkatze achtzugeben.«

»In Ordnung. Aber wenn du dir heute schon alles ansiehst, brauchen wir keinen zusätzlichen Tag mehr.«

»Oder ich bleibe bei dir, und wir ruhen uns beide aus.« Ellin grinste breit.

»Gutes Kind«, sagte Berblin und schloss die Augen. Das Bett war weich, und es fühlte sich einfach herrlich an, in ihm zu liegen.

Dass Ellin eine Decke über ihr ausbreitete, merkte sie schon nicht mehr.

22. Kapitel

Also sag schon, wo möchtest du zuerst hin?« Berblin hatte so gut geschlafen wie schon lange nicht mehr. Nun saß sie in entspannter Haltung am Tisch und griff beherzt nach einem Stück Brot, das ihnen der Wirt gerade zum Frühstück gebracht hatte.

»Ich möchte einfach alles sehen«, meinte Ellin schwärmerisch. »Den Markt, die Bauten.« Sie fuchtelte mit den Armen in der Luft herum. »All die Menschen, wie sie leben, was sie fühlen, womit sie ihr Geld verdienen.«

»Was ist es nur, das dich an dieser Stadt so begeistert?«

»Ich weiß es nicht. Jedenfalls war es vom ersten Augenblick an so, als würde ich nach Hause kommen.«

»Bist du womöglich schon einmal hier gewesen?«

»Nein. Solange ich denken kann, war ich im Kloster.«

»Und das war wie in einem Kerker für dich?«

Ellin zuckte mit den Schultern. »Manchmal fühlte es sich so an. Doch weißt du, seit meiner Flucht von Burg Isenberg habe ich mich jeden Tag ein bisschen freier gefühlt. Und dann in Bremen, als die Menschen gar nicht genug von meinen Kerzen bekommen konnten. Weißt du, das war …« Sie suchte nach den richtigen Worten. »Das war, als würde ich etwas aus dem Kloster in die Welt hinaustragen.«

»Du meinst das Licht, nicht wahr?«

»Ja«, hauchte Ellin. »Ich brauchte gar nicht viel zu sagen,

und doch haben die Menschen mich verstanden. Nie zuvor habe ich eine solche Freude erlebt.«

»Und darum ist es auch wichtig, dass du recht bald wieder mit dem Kerzenziehen beginnst. Sicher werden wir zu Beginn viel Geld brauchen, um alles, was du dazu benötigst, kaufen zu können. Doch wir werden uns einschränken, dann wird es schon gehen. Und ich selbst werde wieder Salben und Tinkturen herstellen.«

»Ich weiß, dass es nur an mir liegt, dass wir alles zurückgelassen haben. Nicht einmal einen Kessel haben wir.«

Berblin beugte sich noch weiter über den Tisch, so dass nur Ellin sie hören konnte. »Aber dafür haben wir im Moment immer noch so viel Geld, wie wir nie zuvor besessen haben. Wir dürfen uns nur nicht allzu lang ausruhen, sondern müssen unsere Arbeit möglichst schnell wieder aufnehmen. Dann wird sich alles finden.«

»Und du glaubst nicht, dass wir es auch hier in Hamburg schaffen können?«

»In Lübeck könnte uns meine Familie helfen.« Sie sah die Enttäuschung im Gesicht der Jüngeren. »Aber weißt du, wir gehen jetzt erst einmal auf den Markt und schauen, was dort angeboten wird. Womöglich können wir sogar in Erfahrung bringen, was ein Stand kostet.«

»Ein Stand, zwei gusseiserne Kessel, Talg, Bienenwachs, Kräuter und Öle.« Ellin presste die Luft durch ihre Vorderzähne. »Ich mag gar nicht daran denken, was das alles kosten wird.«

»Und Wollfäden brauchst du auch noch«, ergänzte Berblin.

»Stimmt.« Ellin musste unwillkürlich an Jerg denken, doch sie schluckte rasch den letzten Bissen Brot hinunter und stand dann auf. »Bist du so weit?«

»Ja.« Berblin räumte die Becher und Holzbretter vom

Tisch und trug alles zum Wirt hinüber. »Habt Dank, jetzt haben wir wieder Kraft. Wir werden einige Zeit weg sein.«

»Ich lasse keinen in Eure Kammer hinauf.«

»Habt vielen Dank dafür.«

Die Frauen verließen die Schenke. Draußen blies ihnen ein eiskalter Wind entgegen. Berblin meinte, dass es noch kälter sei als die Tage zuvor, zog ihren Umhang enger und hakte sich bei Ellin unter. Dicht aneinandergedrängt gingen sie zum Marktplatz, wo trotz der frühen Stunde bereits reges Treiben herrschte.

Die Anzahl der Marktstände überstieg die in Bremen bei weitem. Die Händler reihten sich mit ihren Waren dicht an dicht, freie Plätze gab es nicht. Berblin und Ellin schlenderten an den Auslagen entlang.

Ellin hatte noch nie zuvor ein solch vielfältiges Sortiment zu Gesicht bekommen.

»In Lübeck ist der Markt ähnlich groß, vielleicht sogar noch ein bisschen weitläufiger.«

»Das ist nicht dein Ernst. Wie sollte das noch möglich sein?«

Sie gingen weiter. Stoffe und Tücher, fein gewebt und verarbeitet, Öle, Weine und Gewürze neben Bürsten, Lederwaren und Kämmen. Eine Frau bot nichts anderes als Haarspangen an. Ellin trat an ihren Stand.

»Guten Tag. Sagt bitte, was kostet so eine Spange?« Sie nahm eine davon in die Hand und hielt sie der Frau hin.

»Das Stück kostet fünf Silberpfennige. Wenn Ihr zwei nehmt, bekommt Ihr sie für neun.«

Ellin legte die Spange rasch wieder zurück. »Danke«, brachte sie hervor und zog Berblin mit sich.

»Hast du das gehört? Fünf Silberpfennige für eine Spange. Meine Wachsblüten sind viel schöner, kosten aber nicht einmal die Hälfte.«

»Vielleicht solltest du deine Preise erhöhen.«

»Dazu müsste ich erst einmal neuen Wachsschmuck fertigen.«

»Geduld, meine Kleine. Zunächst schauen wir, wie viel wir hier auf dem Markt für all das, was wir benötigen, überhaupt zahlen müssen. Wenn unser Geld dafür ausreicht, können wir unser Glück auch in Hamburg versuchen. Allerdings müssen wir uns in jedem Fall eine andere Unterkunft suchen. Die Wirtschaft ist zu teuer.«

»Du meinst, wir könnten wirklich bleiben?«

»Warum nicht. Zwar hätten wir es in Lübeck einfacher, doch wenn es dir in Hamburg so gut gefällt und wir es uns leisten können, bleiben wir eben hier.«

»Sieh mal, dort vorn. Dort werden Gusskessel verkauft.« Ellin ging voran und begutachtete die Waren. »Was wollt Ihr für so einen Kessel haben?«

»Da habt Ihr Euch aber ein besonders schönes Stück ausgesucht.«

Berblin trat neben Ellin und nahm ihr den Kessel aus der Hand. Sie drehte ihn hin und her und betrachtete ihn von allen Seiten, dann tastete sie mit den Fingern in ihn hinein. »Nein, das ist kein besonders guter, sondern eher ein schlecht gegossener Kessel. Lass uns weitergehen. Hier gibt es bestimmt noch einen Händler, der sein Handwerk besser versteht.«

»Meine Kessel sind nicht schlechter als andere«, erboste sich der Mann.

»Aber besser auch nicht«, gab Berblin zurück.

Ellin war eingeschüchtert von der groben Art, in der die beiden miteinander umgingen. Berblin war ein so freundlicher Mensch. Und doch konnte sie von einem Moment auf den anderen so bärbeißig sein, dass Ellin sie kaum wiedererkannte.

Der Händler und Berblin stritten sich noch immer, als Ellins Aufmerksamkeit bereits von einem Stand quer gegenüber gefesselt wurde, an dem ein Wollhändler seine Waren anbot. Sie ging zu ihm hinüber und strich gedankenverloren über die Wollfäden.

»Ihr könnt sie ruhig hochnehmen und Euch genauer ansehen«, bot ihr der Mann, der hinter dem Tisch stand, an.

Sie schreckte auf, als wäre sie auf frischer Tat ertappt worden.

»Nein, ehm, danke«, stammelte sie. »Ich brauche nichts.« Wieder einmal sah sie Jergs Gesicht vor sich, lebendig, lachend. Sie schluckte schwer. »Eigentlich brauche ich doch etwas«, sagte sie dann. »Könnt Ihr so dünne Fäden spinnen, dass ich sie, wenn ich drei Stück davon zusammenflechte, als Dochte benutzen kann?«

»Seid Ihr eine Kerzenzieherin?«

»Ja, das bin ich.«

»Ein schönes Handwerk. Ja, das könnte ich. Aber Ihr müsstet mir dann schon mehrere davon abkaufen, damit es sich für mich lohnt.« Er nahm eine Handvoll Fäden auf. »Zwanzig Pfennige, und ich verarbeite Euch diese hier zu Dochten.«

Ellin war überrascht. Sie hatte mit einem höheren Preis gerechnet.

»Hier gibt es Wollhändler wie Sandkörner.« Berblin war hinter sie getreten. »Lass uns erst noch woanders nachfragen. Ich würde mich wundern, bekämen wir die gleiche Menge nicht auch für die Hälfte.«

»Aber allein für das Flechten braucht es seine Zeit. Auch das müsst Ihr bedenken«, wandte der Händler ein.

»Jedes Handwerk braucht seine Zeit«, erwiderte Berblin. »So ist das nun einmal. Behalt deine Wolle nur. Und sollte es in ganz Hamburg tatsächlich niemanden geben, der uns einen billigeren Preis macht, dann kommen wir wieder.«

»Meinethalben. Zehn Pfennige. Wenn Ihr morgen wiederkommt, könnt Ihr die fertigen Dochte abholen.«

»Du bekommst zwanzig, wenn du diese noch mit dazulegst.« Berblin hatte bereits zugegriffen und reichte nun weitere Fäden an den Händler.«

»Wer will denn so viele Kerzen fertigen? Wollt Ihr etwa ganz Hamburg mit ihnen ausstatten?«

»Genau das wollen wir«, gab Ellin selbstbewusst zurück. »Ihr werdet schon sehen. Unsere Kerzen sind etwas ganz Besonderes. Die Hamburger werden sich darum reißen.«

Der Mann blickte skeptisch drein. »Na, wenn Ihr Euch da mal nicht täuscht. Es ist schwierig, in dieser Stadt Geschäfte zu machen. Und Kerzenzieher haben wir schon drei oder vier.«

»Aber keine solchen Kerzen, wie ich sie fertige.« Sie lächelte. »Wir kommen morgen wieder und holen die Dochte ab. Sagt, gibt es hier eine saubere Unterkunft, die nicht zu viel kostet?«

»Versucht es am Hafen. Zwar würde ich dort abends meine Tür nicht mehr aufsperren, aber ein warmes, günstiges Plätzchen zum Schlafen werdet Ihr sicher finden.«

Sie verabschiedeten sich von ihm und gingen weiter. Der Mann hatte recht gehabt. Auf diesem Markt gab es einfach alles und noch dazu in riesiger Auswahl. Was sie fürs Kerzenziehen brauchten, bekamen sie. Außerdem konnte Berblin einige Blüten erstehen und ein gutes Geschäft mit einem Kräuterhändler abschließen. Bei einem Imker fragte Ellin nach Bienenwachs. Der Mann schien verwundert, kaufte doch sonst jeder nur seinen köstlichen Honig. Er versprach, zu Hause nachzusehen, ob er noch Wachs hätte und ihnen dieses, falls ja, am nächsten

Tag mitzubringen. Zu guter Letzt konnten sie noch einen großen und zwei kleinere Kessel erstehen, die allem Anschein nach dicht und dennoch ziemlich günstig waren.

Dergestalt beladen machten sie sich auf den Weg zum Hafen. Dort angekommen, gingen sie dann einfach von Tür zu Tür und fragten, ob jemand ein günstiges Zimmer mit Feuerstelle zur längerfristigen Unterkunft für sie hätte. Sechsmal wurden sie abgewiesen, dann endlich hatten sie Glück.

Eine Frau öffnete ihnen nur zögerlich die Tür und spähte vorsichtig nach draußen. Sie mochte mittleren Alters sein, in jedem Fall einige Jahre älter als Berblin. »Guten Tag.« Berblin lächelte sie an. »Wir wollten fragen, ob Ihr ein Zimmer für uns habt. Selbstverständlich bezahlen wir dafür.«

»Nein, ich nehme niemanden auf.«

Ellin wandte sich schon um.

»Seid Ihr zwei Frauen allein?«

»Ja. Wir wollen Waren auf dem Markt verkaufen.« Berblin hob die Arme und zeigte, was sie alles bei sich hatten.

»Das sieht ja so aus, als hättet Ihr die Waren gerade erst gekauft.«

»Das ist richtig. Wir müssen unsere eigenen Sachen damit erst herstellen. Deshalb suchen wir auch eine Unterkunft mit einer Feuerstelle, die wir benutzen können.«

»Mit einer Feuerstelle? Welches Handwerk übt Ihr denn aus?«

»Ich bin Kerzenzieherin«, sagte Ellin.

»Wirklich? Ich habe noch nie jemanden kennengelernt, der so etwas kann.« Sie schien zu überlegen. »Ich habe schon seit Jahren niemanden mehr aufgenommen, seitdem ich einmal bestohlen wurde. So ist es nun einmal, wenn kein Mann mehr im Haus ist.«

»Wir stehlen nicht, das kann ich Euch versichern. Und

wenn Ihr uns aufnehmt, braucht Ihr keinen Mann mehr, der Euch schützt. Das können wir ebenso gut.«

Ein Lächeln huschte über das Gesicht der Frau. »Aber Ihr bezahlt im Voraus?«

Berblin und Ellin nickten, worauf die Frau die Tür freigab. »Dann tretet ein und fühlt Euch willkommen.«

Berblin war allein zur Schenke zurückgegangen, in der sie die letzte Nacht verbracht hatten, um dem Wirt Bescheid zu geben, dass er die Kammer wieder vermieten konnte. Sie hatten nichts im Zimmer zurückgelassen, weil sie das wenige, das sie ihr Eigen nennen konnten, stets auf dem Leib trugen. Ellin half der Witwe Apollonia derweil, die Kammer herzurichten, in der Berblin und sie in den nächsten Tagen schlafen würden. Ellin hoffte inständig, dass sie in Hamburg so gute Geschäfte machen würden, dass sie nie mehr fortmussten. Sosehr sie sich früher auch aus dem Kloster weggewünscht hatte, so sehr war sie nun das Umherziehen leid. Sie wollte nicht mehr weiterwandern, sich nicht mehr verstecken und auch nie wieder etwas von Graf Friedrich, dem Erzbischof oder sonst wem hören, der in die Geschehnisse rund um den Überfall auf Engelbert verstrickt war.

»Seid Ihr schon lange Witwe?«

»Sag du und Apollonia zu mir. Ja, schon zwölf Jahre.«

»Ich heiße Ellin.«

»Ein schöner Name. Ich habe ihn nie zuvor gehört. Woher kommt ihr?«

Ellin zögerte. Wäre Berblin jetzt hier gewesen, hätte sie gewusst, was sie preisgeben durfte und was nicht. Andererseits: Weshalb sollte sie Apollonia belügen?

»Wir kommen aus Selete. Das ist ein kleines Dorf in der Nähe von Bremen.«

»Selete? Kenne ich nicht. Ich habe mein Leben lang in Hamburg gewohnt. Mein Elternhaus ist nur einen Steinwurf von hier entfernt, die Gasse runter auf der linken Seite, gerade einmal fünf Häuser entfernt. Mein Bruder wohnt dort nun mit seiner Familie. Doch ich sehe sie nicht oft.«

»Warum nicht?«

Apollonia zuckte mit den Schultern. »Jeder lebt sein eigenes Leben. Sie haben eben viel zu tun. Aber ich habe auch nicht immer hier in diesem Haus gewohnt.«

»Nein?«

Apollonia schüttelte den Kopf. »Früher einmal wohnte ich direkt am Marktplatz, in einem der hohen Gebäude mit den reichen Verzierungen.«

»Wirklich?«

Ein Lächeln huschte über Apollonias Gesicht. »Mein Mann war Tuchhändler, weißt du? Ein sehr reicher sogar. Er wurde auf einer Handelsreise getötet.«

»Das ist ja furchtbar. Was ist geschehen?«

»Was eben so geschieht. Ein Lumpenpack hat ihn und seine Leute überfallen und niedergemacht. Splitternackt haben sie ihn ausgezogen und einfach auf dem Weg liegenlassen. Gebetet habe ich darum, dass er wenigstens gleich tot war und nicht qualvoll krepieren musste. Das hätte er nicht verdient.«

»Du hast ihn sehr geliebt, nicht wahr?«

»Mehr, als ich sagen kann.« Apollonia schüttelte die Decken auf. Nachdenklich hielt sie inne. »Weißt du, nur dann, wenn er bei mir war, fühlte ich mich ganz.« Sie blinzelte, um die Tränen zurückzudrängen, die ihr in die Augen getreten waren, und atmete mehrmals tief durch. »Und du? Ein so junges hübsches Ding. Hast offenbar keinen Liebsten, sonst wärt ihr zwei Frauen wohl nicht zusammen unterwegs?«

»Ich hatte einen«, sagte Ellin leise.

Apollonia sah sie bestürzt an. »Du brauchst nicht weiterzusprechen. Ich höre es schon an deiner Stimme. Er ist ebenfalls tot, nicht wahr?«

Ellin nickte und sah zu Boden. »Es ist erst wenige Tage her. Auch deshalb wollten wir fort.«

Apollonia trat an sie heran und umarmte sie kurz. »Lass dir eines von mir gesagt sein. Der Schmerz in deiner Brust wird nie ganz vergehen. Doch mit jedem Tag, an dem du atmest, arbeitest, isst, schläfst und trinkst, wird er schwächer.«

»Und wie lange dauert es bis dahin?«

»Lange. Aber eines Tages wird es besser. Du wirst schon sehen.«

Als Berblin zurückkehrte, war das Zimmer bereits gerichtet, und Apollonia hatte auch schon für alle ein Abendessen gekocht. Sie bezahlten ihr für eine volle Woche Unterkunft und Verpflegung. Und als sie gemeinsam am Tisch saßen und miteinander plauderten, schien es Berblin, als hätte sich die Frau, bei der sie zu Gast waren, in den vergangenen Stunden verändert. Anfangs noch wortkarg, war sie nun geradezu aufgeblüht.

Sie erzählte von den Zeiten, in denen sie in dem hochherrschaftlichen Haus am Marktplatz gelebt hatte. Mit einer Haushälterin und einer Magd. Und jeden freien Augenblick, berichtete ihnen Apollonia, hätten sie und ihr Heinrich miteinander verbracht. Sie war nur die Tochter eines Fischers gewesen, und dennoch hatte Heinrich sie zu seiner Frau gemacht, allem Standesdünkel zum Trotz. Die hohen Herren und Händler der Stadt hatten nicht einmal dagegen gemurrt, dass eine einfache Fischerstochter nunmehr ihrem Stand angehören sollte. Zu beliebt und angesehen war ihr Heinrich gewesen, als dass es jemand gewagt hätte, sich ernsthaft gegen ihn zu stellen. Apollonias Stimme wurde schwärmerisch, als sie von den vielen Seiden- und Brokatstoffen erzählte, die ihre Haut damals geschmückt hatten.

»Es war eine herrliche Zeit«, endete sie. »Doch all das hätte ich für nur einen weiteren Tag mit meinem Heinrich hergegeben.«

Berblin und Ellin schwiegen einen Moment betroffen.

»Und wovon lebst du heute?«, fragte Berblin schließlich.

»Von dem, was Heinrich mir hinterlassen hat. Wir waren reich.«

Unwillkürlich ließ Berblin ihren Blick durch die karg eingerichtete Stube schweifen. Dies war das Haus einer einfachen Frau. Viel konnte also von dem Reichtum nicht geblieben sein.

»Ich weiß schon, was du denkst«, sagte Apollonia. »Aber lass dich nicht täuschen. Ich lebe nicht so, weil ich keine andere Möglichkeit hätte.« Sie stand auf und verließ den Raum. Kurz darauf kehrte sie, mit den edelsten Kleidern bepackt, wieder zurück.

»Dies ist nur ein kleiner Teil dessen, was ich habe.«

Ihren Gästen verschlug es einen Moment lang die Sprache.

»Die müssen ein Vermögen wert sein«, brachte Berblin schließlich hervor.

»Das sind sie«, bestätigte Apollonia.

»Aber allein vom Verkauf eines dieser Kleider könntest du wahrscheinlich ein ganzes Jahr leben.«

»Ich brauche das Geld nicht. Es sind Erinnerungsstücke. Heinrich hat mir jedes einzelne davon geschenkt.«

»Bitte verzeih, aber warum wohnst du dann in diesem einfachen Haus?«

»In dem prächtigen Anwesen am Markt kam ich mir allein so verloren vor, als wäre ich mitten auf dem Meer in einem Boot ausgesetzt worden. Sicher hätte ich das hochherrschaftliche Leben, das ich durch Heinrich kennengelernt habe, auch weiterhin führen können. Doch ohne ihn wäre es nie mehr das Gleiche gewesen.« Sie deutete in den Raum. »Also habe ich mir dieses Haus gekauft und mich von den Menschen, die wir kannten, zurückgezogen.«

»Das ist ja fast, als hättest du dich bestrafen wollen.«

Tränen traten in Apollonias Augen. »Ich hatte ein schlechtes Gefühl, als er an jenem Morgen aufbrach. Doch ich habe nichts gesagt. Hätte ich doch nur etwas gesagt.« Sie schluchzte auf.

»Wir können nicht wissen, was geschehen wird. Und wenn es das Schicksal deines Heinrich war, hätte es ihn auch ereilt, wenn du etwas gesagt hättest.«

»Aber wenn ich …«

Berblin hob die Hand und unterbrach sie mit dieser Geste. »Dann wäre es vielleicht nicht auf dieser Reise und an diesem Tag geschehen, aber es wäre geschehen.«

Apollonia bemühte sich um ein Lächeln. »Vermutlich hast du recht.«

Die Frauen redeten noch stundenlang, tauschten Erfahrungen aus, erzählten über dies und das und tranken mehr Würzwein, als ihnen guttat. Über Graf Friedrich und Ellins Flucht jedoch sprachen sie nicht. Als Apollonia die Sprache darauf brachte, wo Ellin herkam, lenkte Berblin das Thema geschickt in eine andere Richtung. Sie mochte Apollonia und die Art, wie sie über sich und ihr Leben berichtete. Doch ihr schon am ersten Tag ihrer Bekanntschaft die ganze Wahrheit über Ellins schweres Los zu offenbaren, hielt Berblin für verfrüht.

Am nächsten Morgen bereute es jede der drei Frauen, so viel getrunken zu haben. Apollonia begleitete Ellin und Berblin, die auf den Markt gehen wollten, um dort ihre

Dochte und das Bienenwachs abzuholen. Scheu wie ein Reh ging sie den Menschen aus dem Weg, die ihr entgegenkamen. Doch in Berblins und Ellins Begleitung wuchs ihre Selbstsicherheit mit jedem Schritt. Als sie die Stände schließlich erreichten und sich mitten unters Volk mischten, meinte sie, schon wieder etwas von ihrer alten Stärke zurückgewonnen zu haben.

Sie gingen geradewegs an den Stand des Wollhändlers, der sie schon von weitem kommen sah und zu sich heranwinkte.

»Hier habe ich Eure Dochte«, sagte er. »Seid Ihr damit zufrieden?«

Ellin prüfte die geflochtenen Fäden. Sie waren nicht ganz so fein gesponnen wie die von Jerg, aber für ihre Zwecke immer noch ausreichend.

»Danke. Hier habt Ihr Euer Geld.« Ellin reichte ihm die abgezählten Münzen, worauf er ihr die Dochte in ein einfaches Tuch wickelte.

»Wenn Ihr wieder welche braucht, wisst Ihr ja, wo Ihr mich findet.«

»Ja, habt nochmals Dank.« Sie nickte ihm freundlich zu, wandte sich dann ab und ging mit Apollonia und Berblin weiter.

Als sie den Honigstand erreichten, schlug Ellins Herz ein bisschen schneller. Es war der einzige auf dem ganzen Hamburger Markt, wenn sie richtig gesehen hatte. Würde ihr der Imker kein Bienenwachs liefern können, wäre alles umsonst gewesen. Denn gute Geschäfte würde sie nur mit ihren Bienenwachskerzen machen, reine Talgkerzen konnten die Leute hier schon zuhauf an anderen Ständen kaufen.

»Ah, da seid Ihr ja. Seht her, was ich Euch mitgebracht habe!«, rief da der Imker, griff hinter sich und legte mehrere in Tuch gewickelte Bienenwachsplatten vor Ellin ab. »Ich hatte noch mehr, als ich dachte. Was seid Ihr bereit mir dafür zu geben?«

Rasch trat Berblin heran. Sie wusste, dass für Ellin alles davon abhing, Bienenwachs zu bekommen. Doch wenn der Händler dies witterte, würde er versuchen, ihr dafür eine horrende Summe abzuknöpfen.

»Prüf erst, ob es gutes Bienenwachs ist«, sagte sie daher. »Sonst nehmen wir doch das von dem anderen Händler.«

»Es gibt hier keinen außer mir, der Bienenwachs verkauft.«

»Ja, hier auf dem Markt.« Sie beugte sich verschwörerisch nach vorne und senkte ihre Stimme. »Aber wir kommen gerade vom Hafen. Dort wird das Wachs zwar an keinem so schönen Stand, wie Ihr ihn habt, verkauft, aber dafür ist es günstig.«

»Das ist verboten«, ereiferte sich der Händler. »Ich könnte auch weniger für mein Wachs nehmen, müsste ich nicht die teure Standmiete bezahlen.«

Berblin zuckte mit den Schultern. »Ich verstehe Euch ja, guter Mann. Aber Ihr müsst auch uns verstehen. Wir sind Frauen und müssen zusehen, wie wir möglichst günstig an unsere Ware kommen. Da kann uns nicht immer interessieren, woher sie stammt.«

Er lief vor Wut rot an. »Wo treibt der Kerl sich herum? Ich hole die Büttel.«

»Ja, gewiss. Und Ihr glaubt, dass der Mann, wenn die Büttel anrücken, dann noch offen zeigt, mit welchen Waren er Handel treibt?« Sie verdrehte die Augen.

Ellin begriff und spielte mit. »Aber Berblin, du siehst doch, dass wir hier einen ehrlichen Händler vor uns haben. Mir ist es lieber, wir kaufen bei ihm. Was wollt Ihr für das Bienenwachs haben, guter Mann?«

Er nannte ihr den Preis. Sofort drehte Ellin sich um. »Wenn ich's mir recht überlege, ist es nun auch wieder nicht so wichtig, wo wir kaufen. Hauptsache, wir bekommen, was wir wollen.«

»Wartet!« Er stieß einen leisen Fluch aus. »Weil Ihr es seid und noch dazu so anmutig, lasse ich Euch noch mal etwas nach.«

Ellin wandte sich wieder zu ihm um und straffte ihren Rücken. »Guter Mann, wir werden nur zu einem Geschäft kommen, wenn Ihr bereit seid, die Hälfte von dem zu nehmen, was Ihr bislang gefordert habt. Sonst gehen wir lieber zum Hafen.«

Berblin staunte nicht schlecht über die Verhandlungstaktik ihrer Freundin. Ellin hatte schnell und gut gelernt.

»Na gut, meinetwegen. Aber nur dieses eine Mal.«

»Nur dieses eine Mal?«, echote Ellin. »Schade, wir hätten dauerhaft ins Geschäft kommen können.« Sie reichte ihm die Münzen und nahm das Bienenwachs entgegen.

»Bevor Ihr zu so einem Lumpen geht, kommt erst zu mir. Ich werde sehen, was ich machen kann.«

»So soll es sein. Danke und einen schönen Tag noch.«

Die Frauen verließen den Stand.

»Das war einfach unglaublich!«, lobte Berblin. »Ich habe dich fast nicht wiedererkannt.«

»Ich mich auch nicht.« Ellin musste lachen. »Aber das Verhandeln hat mir unglaublich viel Freude bereitet. Ich könnte mich glatt daran gewöhnen.«

Apollonia hatte die Verhandlungen schweigend verfolgt. »Ihr beide gefallt mir immer mehr. Wisst ihr was? Wir gehen jetzt zu einem der Stände mit kandierten Früchten. Ich werde uns welche kaufen. Habt ihr so etwas schon einmal gegessen?«

Ellin schüttelte den Kopf. »Also ich nicht. Ich weiß nicht einmal, wie so etwas aussieht.«

»Ich glaube, ich habe als Kind in Lübeck einmal kandierte Früchte kosten dürfen, bin mir aber nicht sicher.«

»Na, dann kommt. Ich sage euch, sie sind etwas ganz Besonderes.«

23. Kapitel

Ellin war so müde, dass sie die Augen fast nicht mehr aufhalten konnte. Seit drei Tagen hatte sie nichts anderes getan, als Kerzen zu kneten und zu ziehen. Kleine und große, dicke und dünne. Vor allem aber eine Großzahl derer, die sie ebenso wie in Bremen am Stand als Blickfang aufstellen und anzünden wollte. Sie hatte die Bienenwachsschicht um den Docht herum noch ein bisschen verstärkt. Außerdem ragte das Bienenwachs oben am Docht ein Stückchen über den Talgmantel hinaus, so dass beim Anzünden der Kerze zunächst nur Bienenwachs schmolz und sofort seinen unverwechselbaren feinen Duft hinterließ. Auf Berblins Anraten hin hatte Ellin außerdem nur fünf Wachsblumen mit Lederbändern gefertigt. Die Freundin hatte Bedenken, dass die Vielzahl der Schmuckstände auf dem Markt womöglich dazu führen würde, dass Ellin vielleicht gar nicht mehr Wachsblumen als die fünf gefertigten verkaufen könnte.

Nunmehr war der Tag gekommen, an dem sie ihre Kerzen auf dem Markt präsentieren wollten. Apollonia hatte ihnen einen großen Tisch zur Verfügung gestellt, auf dem Ellin ihre Waren großzügig präsentieren konnte. Zumal Berblin noch nicht genug Zeit gehabt hatte, um ihre Salben und Tinkturen herzustellen. Abgesehen davon, waren die Zutaten dafür teilweise derart teuer, dass die Frauen beschlossen, es fürs Erste beim Kerzenhandel zu belassen. Erst wenn sie von den

Kerzen nicht genug verkaufen könnten, würde Berblin mit dem letzten verbleibenden Geld besorgen, was sie für ihre Arbeit brauchte.

»Du solltest auf jeden Fall etwas essen«, mahnte Berblin, als sie mit sorgenvoller Miene beobachtete, wie Ellin ihre Schale mit Haferbrei von sich wegschob. »Heute ist dein großer Tag. Wenn du uns auf dem Markt umkippst, ist keinem geholfen.«

»Ich weiß. Doch ich bin so müde, dass ich nicht einmal mehr Hunger habe.«

»So gut ich dich verstehe, doch du musst dich jetzt zusammennehmen. Wenn wir die heutige Gelegenheit nicht beim Schopf packen, bekommen wir womöglich keine weitere geboten.«

Ellin setzte sich aufrecht hin. »Du hast recht.« Kurz schloss sie ihre Augen und atmete tief durch. Dann öffnete sie sie wieder. »So, ich bin wach. Und jetzt werde ich auch etwas essen.«

»Na, das ging jetzt aber rasch«, scherzte Apollonia. Sie stand vom Tisch auf. »Ich möchte nur noch etwas holen.« Damit verschwand sie aus dem Raum.

Als sie wieder eintrat, hatte sie zwei Kleider über dem Arm.

»Hier. Ich möchte, dass ihr diese hier anzieht. Sie sind schön, aber nicht zu auffällig.«

Ellin verschlug es für einen Moment die Sprache. Verblüfft sah sie erst Berblin, dann Apollonia an. »Aber, das können wir nicht annehmen. Es sind deine Kleider und deine Erinnerungen.«

»Ich habe viel nachgedacht, seitdem ihr zwei in mein Leben getreten seid und meine Tristesse durchbrochen habt. Es ist an der Zeit, wieder nach vorne zu sehen und die Vergangenheit loszulassen. Das wäre auch in Heinrichs Sinn.« Sie streichelte zärtlich über die Kleider. »Wenn ihr diese Kleider tragt statt der schmutzigen Lappen, die ihr am Leibe habt, werdet ihr gewiss noch mehr verkaufen.«

Berblin wollte protestieren, doch ein Blick auf ihre Röcke genügte, um zu wissen, dass Apollonia recht hatte. Sie trugen dreckige Fetzen.

»Zieht sie einmal an, um zu sehen, ob sie euch passen. Nun macht schon.«

»Aber …«, brachte Ellin hervor, verstummte aber, als Apollonia entschlossen den Kopf schüttelte.

»Das Wort ›aber‹ benutzt du zu viel. Nimm das Kleid einfach an und freu dich darüber.«

Ellin nickte. »Danke. Ich verspreche dir außerdem, sehr vorsichtig damit umzugehen. Gleich, wenn wir vom Markt zurück sind, ziehe ich es aus und gebe es dir wieder.«

»Nein, nein, ihr habt mich falsch verstanden. Ich möchte euch die Kleider schenken.«

»Das können wir aber wirklich nicht annehmen«, pflichtete nun auch Berblin Ellins Einwand zu. »Das geht nicht.«

Apollonia legte die Kleider über die Stuhllehne und stemmte die Hände in die Hüften. »Dies ist mein Haus, und ich bestimme hier, was geschieht.« Sie setzte eine ernste Miene auf. »Vergesst nicht, dass ich euch jederzeit auf die Straße werfen kann.« Dabei zwinkerte sie den beiden zu, die einen kurzen Blick tauschten, fast im gleichen Moment aufsprangen und sie stürmisch umarmten. Als sie von Apollonia abließen, strahlte diese über das ganze Gesicht. »Ich bin so froh, dass ihr in mein Haus gekommen seid. Mir ist, als wäre mit euch das Leben zu mir zurückgekehrt.« Sie seufzte schwer, presste die Lippen aufeinander und rang um Fassung. »Doch jetzt zieht endlich die Kleider an. Sonst ist der Markt am Ende noch vorbei, bevor ihr dort ankommt.«

Der Marktaufseher hatte ihnen einen etwas abseits gelegenen Platz zugewiesen, an dem sie den Tisch mit ihren Waren aufbauen konnten. Ihnen war es einerlei. Sie bezahlten die Standgebühr und machten sich an die Arbeit. Dafür dass ihr Plan aufging, war allein entscheidend, dass es ihnen gelang, die Menschen anzulocken. Wäre dies erst einmal geschafft, würde sich alles andere von selbst ergeben. Zumindest hoffte Ellin das. Ob sich das Wunder von Bremen auch in Hamburg wiederholen ließe? Wären die Menschen begeistert von dem, was sie zu bieten hatten? Sie sprach ein stilles Gebet, während Berblin und sie die Waren ausbreiteten. Bisher waren nur wenige Kunden auf dem Markt. Einige Mägde erledigten bereits die Aufträge ihrer Dienstherren, kauften die benötigten Erzeugnisse und eilten sich, wieder in ihre Haushalte zurückzukehren. Niemand schien die Muße zu haben, sich die Auslagen näher zu betrachten, so wie Ellin es schon oftmals zu fortgerückter Stunde beobachtet hatte, wenn die feinen Damen und Herren, aber auch einfache Leute sich die Zeit nahmen, auf den Markt zu gehen.

»Seid ihr neu hier?«, fragte der Mann vom Stand direkt neben ihnen, während er seine Krämerwaren ausbreitete.

»Ja, wir sind das erste Mal da.« Berblin ging zu ihm hinüber. »Mein Name ist Berblin.«

»Und ich bin Hannes.«

»Hannes?« Sie drehte sich um und warf einen schnellen Blick zu Ellin.

»Ja, Hannes«, bekräftigte dieser.

»So hieß mein Sohn«, sagte Berblin leise und machte auf dem Hacken kehrt. »Gute Geschäfte.« Damit kehrte sie an ihren Stand zurück.

»Geht es?«, fragte Ellin und suchte ihren Blick.

»Aber ja. Es gibt schließlich viele Menschen, die so heißen.« Sie rang um Fassung, und Ellin spürte, dass es besser war, sie einen Moment lang in Ruhe zu lassen.

Nach und nach füllte sich der Marktplatz. Ellin und Berblin wollten die Kerzen nicht zu früh entzünden, und so fand ihr Stand auch weiterhin keine größere Beachtung. Manchmal blieb jemand stehen, um die Auslagen zu betrachten. Verkauft hatten sie jedoch noch nichts.

»Ich gehe mich mal ein bisschen umsehen«, kündigte Berblin an. »Mal sehen, wie viele Kerzenstände es hier gibt und was sie für ihre Waren haben wollen.«

»Ist gut.« Ellin lächelte etwas gequält. »Bisher kann ich den Ansturm ja auch noch gut ohne dich bewältigen.« Sorge schwang in ihrer Stimme mit.

»Das wird schon«, sagte Berblin aufmunternd und ging davon.

Sie war noch nicht lange weg, da kam Hannes vom Nachbarstand zu Ellin herüber.

»Na, ihr habt bisher noch nichts verkauft, was? An manchen Tagen ist es eben nicht so gut wie an anderen.«

Ellin hatte Schwierigkeiten, sich zwanglos mit ihm zu unterhalten. Sobald Berblin nicht bei ihr war, fühlte sie sich stets etwas unsicher. Doch sie wusste, dass sie diesem Gefühl nicht nachgeben durfte. Es war ein Relikt aus der geschützten Welt innerhalb der Klostermauern, das sie endlich überwinden musste.

»Ach«, brachte sie so beiläufig wie möglich hervor. »Ich mache mir da keine Sorgen. Wir werden schon noch etwas verkaufen.«

Hannes schien sich da nicht so sicher. »Es gibt hier so einige Kerzenzieher, die schon lange ihre Stände haben. Deshalb wird es sicher nicht leicht für euch werden. Die Menschen gehen dorthin, wo sie wissen, was sie bekommen. Und ihr seid neu.«

»Es ist nett, dass du dich um uns sorgst. Aber es wird schon werden.«

Sie erzählte ihm nichts über die besondere Beschaffenheit ihrer Kerzen. Zumal er kaum so aussah, als würde er jemals zu ihren Kunden zählen.

Eine Frau blieb stehen und besah sich seine Waren. »Dann will ich mal«, sagte Hannes und eilte hinter seinen Stand zurück.

Soweit Ellin es mitbekam, kaufte die Kundin nicht gerade wenig. Und ein Blick auf Hannes verriet ihr, dass sie sich nicht getäuscht hatte. Mit einem zufriedenen Gesichtsausdruck ließ er die Münzen in seine Geldkatze gleiten.

Es verging noch eine Weile, ehe Berblin an den Stand zurückkehrte.

»Hier gibt es mehr Kerzenzieher, als ich dachte. Das ist gar nicht gut für uns.«

»Was meinst du? Sollten wir die Kerzen jetzt anzünden, damit die Menschen auf uns aufmerksam werden?«

Berblin sah sich um und nickte. Es waren mittlerweile genug Leute unterwegs. Sie nahm eine der Kerzen, ging damit zu der Fackel hinüber, die gleich hinter ihnen in der Halterung einer Hauswand steckte, und entzündete sie. Um die Flamme gegen den Wind zu schützen, hielt sie eine Hand davor.

Hannes folgte ihr mit seinen Blicken und beobachtete auch, wie die Frauen die kleinen Kerzen, die sie am Rande des Tisches verteilt hatten, nach und nach anzündeten. Erneut ging er zu ihrem Stand hinüber.

»Wenn ihr alles schon jetzt abbrennt, habt ihr ja nichts mehr zum Verkaufen.« Er schüttelte den Kopf.

»Lass uns nur machen, guter Mann. Wir wissen schon, was wir tun«, sagte Berblin.

Verwundert ging Hannes wieder zurück und wartete auf seine nächsten Kunden, die auch nicht lange auf sich warten ließen. Es waren ein Mann und eine Frau. Letztere warf einen kurzen Blick zum Stand der Kerzenzieherinnen hinüber, sah aber sogleich wieder weg.

Die beiden warteten und warfen sich immer wieder aufmunternde Blicke zu, doch der gewünschte Erfolg blieb aus. Die Kerzen flackerten, und ab und zu mussten sie eine wieder neu entzünden. Doch verkauft hatten sie noch nichts.

»Was machen wir denn falsch?«, fragte Ellin leise. »In Bremen kamen die Menschen doch auch in Scharen herbei, nachdem wir die Kerzen entzündet hatten. Aber hier«, meinte sie und wies dabei auf den Platz, »hier ist es, als wären wir gar nicht da.«

Berblin trat von einem Fuß auf den anderen. Die Kälte kroch ihr langsam die Beine hinauf.

»Ich weiß es nicht. Vielleicht müssen wir noch etwas Geduld haben.«

Zwei Damen kamen entlanggeschlendert und blieben tatsächlich an ihrem Stand stehen. Mit einem aufmunternden Lächeln sprach Ellin sie an. »Werte Damen, riecht Ihr das? Der Docht ist mit Bienenwachs ummantelt, ebenso die äußere Schicht. Daher auch die wunderbare Farbe.«

Doch eine der Frauen winkte nur ab, als sei ihr die Erklärung lästig. Dann gingen sie weiter.

Ellin sah Berblin entgeistert an. »Hast du das mitbekommen?«

»Mach dir nichts draus. Wir müssen abwarten. Gewiss wird sich herumsprechen, was wir anzubieten haben.«

Stunden vergingen, und die beiden Händlerinnen in ihren schönen Kleidern hatten gerade einmal zwei Kerzen verkauft. Ellin war der Verzweiflung nahe.

»Du darfst nicht gleich verzagen«, sagte Berblin. »Sieh mal, wir haben Apollonia das Geld für unsere Kammer und Verpflegung bereits für eine ganze Woche im Voraus gegeben. Wir haben also ein Dach über dem Kopf, müssen nicht hungern und«, ihre Stimme wurde etwas leiser, »Münzen haben wir auch noch. Du machst dir zu viele Sorgen.«

»Ach, weißt du, ich war mir so sicher. Und nun straft mich Gott wegen meiner Eitelkeit. Wie konnte ich nur annehmen, dass es überall so gehen würde wie in Bremen? Etwas ganz Besonderes sollten meine Kerzen sein, etwas nie Dagewesenes.«

»Aber das sind sie doch auch. Geh einmal die Stände ab. Überall nur Talgkerzen, sonst nichts.«

»Aber die werden verkauft.«

»Nun verzweifle doch nicht so schnell. Wenn du ein solches Gesicht ziehst, kommt erst recht niemand mehr an unseren Stand.«

Ellin straffte ihre Schultern und mühte sich um ein Lächeln. Hannes sah sie von der Seite an und dachte sich, sie ist ein wirklich hübsches Ding, wenngleich nicht besonders geschickt im Verkauf. Was das Entzünden der Kerzen bringen sollte, hatte er schon vorhin nicht verstanden. Reine Verschwendung war das. Zwar fand er den Duft sehr angenehm, wie er so zu ihm herüberzog. Doch falls die Frauen angenommen hatten, dadurch mehr verkaufen zu können, hatten sie sich gründlich geirrt.

Apollonia hatte den Stand ihrer Gäste eine geraume Zeit lang beobachtet. Schön sah es aus, wie die Kerzen alles in ein warmes, angenehmes Licht hüllten. Doch das konnte nicht darüber hinwegtäuschen, dass kaum jemand stehen blieb, geschweige denn etwas kaufte. Also hatte die Tuchhändlerwitwe einen Entschluss gefasst. Festen Schrittes war sie in ihrer einfachen Kleidung in ihr Haus zurückgekehrt, um dieses eine Weile später wieder in großer Robe zu verlassen. Sie erinnerte sich nicht mehr, wann sie das aufwendige Seidengewand mit den aufgenähten Perlen zuletzt getragen hatte. Auf jeden Fall hatte Heinrich damals noch gelebt.

Schnell entfernte sie sich von ihrem Haus, verlangsamte dann aber ihren Schritt. Eine Dame lief nicht, sie schritt. Das hatte Apollonia einst von der vornehmen Frau des reichsten Gewürzhändlers der Stadt mit auf den Weg bekommen. Sie schmunzelte, als ihr dies auf einmal wieder in den Sinn kam. Fast schien es ihr, als wäre sie gewachsen, seitdem sie das Kleid angezogen hatte. Stolz setzte sie einen Fuß vor den anderen und spürte die Blicke der Menschen, denen sie begegnete, auf sich ruhen. So hatte sie sich seit Jahren nicht mehr gefühlt und auch nicht fühlen wollen, gestand sie sich ein. Doch jetzt genoss sie es. Sie durchquerte noch eine Straße, dann tauchte sie in die Menschenmenge auf dem Marktplatz ein. Die erstbeste, gutgekleidete Frau, die ihr entgegenkam, sprach sie an.

»Sagt bitte, wo finde ich den Stand mit den Kerzenzieherinnen von außerhalb? Sie sollen Gerüchten zufolge heute hier verkaufen.«

Die Frau überlegte. »Kerzenzieher habe ich eine ganze Reihe gesehen. Ich weiß allerdings nicht, ob das Städter oder Fremde waren.«

»Aber ich bitte Euch. Ich meine doch keine gewöhnlichen Kerzen. Wer will sich so etwas schon in die gute Stube stellen? Nein, ich meine die beiden Kerzenzieherinnen, von denen man überall hört und deren Kerzen so wunderbar duften sollen.«

»Die Kerzen duften?«

»Aber ja. Wollt Ihr mir etwa weismachen, Ihr hättet noch nicht von ihnen gehört? Eine Dame wie Ihr? Die ganze Stadt spricht doch davon.« Apollonia klimperte mit ihrem Geldsäckchen. »Einen ganzen Sack Münzen habe ich eingesteckt, um möglichst viele dieser Kerzen kaufen zu können. Wer weiß schon, wie lange die beiden in Hamburg bleiben und ihre Ware anbieten?« Sie sah die Neugierde in den Augen der anderen aufblitzen. »Doch wenn Ihr mir nicht helfen könnt, so entschuldigt mich bitte. Am Ende komme ich noch zu spät, und alle Kerzen sind verkauft. Einen schönen Tag noch.« Sie ging weiter und ließ die verdutzte Frau einfach stehen.

Das gleiche Spiel veranstaltete sie noch über ein Dutzend Mal und fragte sich durch den ganzen Markt. Einige Male bekam sie zur Antwort, dass man den besagten Stand gesehen habe. Aber wo genau er sich befände, wisse man nicht mehr. Doch erst wenn Apollonia daraufhin besorgt nachfragte, ob denn noch Kerzen übrig gewesen wären, als die Damen den Stand gesehen hätten, war deren Neugierde geweckt.

Eine letzte große Vorstellung gab Apollonia, als sie den Kerzenstand schon fast erreicht hatte und sich nochmals lauthals darüber beschwerte, dass ihr niemand sagen konnte, wo die wunderbar duftenden Kerzen zu finden seien. Schließlich, so rief sie aus, hätte auch sie das Recht, noch einige dieser besonderen Stücke kaufen zu können. Laut jauchzte sie, als sie an den Stand kam. »Hier, im hintersten Eck des Platzes habt Ihr guten Frauen Euch also versteckt. Habt Ihr noch Kerzen für mich?«

Berblin und Ellin sahen sich überrascht an. Als sie aber bemerkten, dass sich immer mehr Leute um ihren Stand scharten, begriffen sie, warum Apollonia sich so benahm.

»Aber ja gute Frau«, reagierte Ellin als Erste. »Wir haben schon gut verkauft, doch soeben haben wir neu aufgefüllt. Wie viele Kerzen darf ich Euch geben?«

»So viele, wie eine schwache Frau tragen kann.«

»Ihr seid hier nicht die Einzige«, empörte sich da eine Dame hinter ihr.

»Nun denn«, willigte Apollonia ein und verdrehte die Augen. »Ich nehme ein Dutzend.«

»Reicht Euch nicht erst einmal ein halbes?«, fragte Ellin nach.

»Seid Ihr nicht nur auf der Durchreise?«, fragte Apollonia laut genug, damit es auch die weiter hinten Stehenden hören konnten.

»Wir werden auf jeden Fall noch eine Weile in Hamburg bleiben und die Kerzen anbieten. Ihr könnt also nochmals kommen und weitere Kerzen kaufen, wenn Ihr wollt.«

»Nun gut, wenn das so ist, dann gebt mir nur drei Stück, damit die anderen auch noch welche bekommen.« Sie reichte Ellin die abgezählten Münzen über den Tisch und nahm die Kerzen entgegen. »Aber beim nächsten Mal, werde ich nicht so rücksichtsvoll sein und das Dutzend verlangen«, stellte sie klar und trat beiseite. »Und Ihr hohen Damen solltet mir dankbar sein, dass ich so christlich bin, nicht alles für mich allein zu beanspruchen. Einen schönen Tag.« Hoch erhobenen Hauptes schritt sie davon.

Sie hörte noch, wie einige der Damen miteinander tuschelten und sich über ihre Arroganz und Selbstgefälligkeit mokierten. Dann verschwand sie in der Menge und beschleunigte ihren Schritt. Als sie die Gasse erreichte, die zum Hafen hinabführte, lehnte sie sich kraftlos gegen eine Hauswand.

Ihre Beine zitterten, und ihr Herz klopfte so laut, dass sie meinte, jeder, der an ihr vorbeiging, müsste es hören. Einen Moment lang schloss sie die Augen. Dann lief sie, so schnell sie konnte, zurück nach Hause. Es war aufregend gewesen, und sie hatte es genossen. Doch als sie die Tür hinter sich ins Schloss fallen ließ und den Riegel vorschob, war sie froh, dass es vorüber war. Völlig erschöpft sank sie auf einen Stuhl nieder. Noch während sie saß, begann sie sich zu entkleiden. So schnell wie möglich wollte sie wieder in ihre einfachen Sachen schlüpfen.

Hannes hätte nicht sagen können, wie es gekommen war, nur dass es mit einem Mal einen riesigen Menschenauflauf am Nachbarstand gab, und die anstehenden Frauen sich gegenseitig vorwarfen, der jeweils anderen nichts mehr übrig zu lassen. Dabei waren die Kerzen, die zwar gut dufteten, aber ansonsten nicht anders aussahen als andere auch, weit teurer als diese. Für ihn passte das alles nicht zusammen. Die zwei Händlerinnen in den teuren Kleidern, dazu der beleuchtete Stand und das stundenlange Warten auf Kundschaft. Und dann von einem Moment auf den anderen ein Andrang, als würde jemand die Gebeine eines Heiligen feilbieten. Er schüttelte den Kopf und musste darauf achtgeben, dass die aufgebrachten Damen am Ende nicht noch seine Waren vom Tisch herunterrissen, so wild zankten sie sich am Nebenstand um die Kerzen.

Er sah, wie sich die jüngere der beiden Händlerinnen eine Blume, die auf irgendeine Weise in eine feste Form gebracht und mit einem Lederband versehen worden war, um ihr Handgelenk band und dann einer Dame darbot. Die Kundin senkte das Haupt und roch daran. Sie schien begeistert, und offenkundig wurden sich die Frauen auch hierüber handelseinig. Der Markt ging noch längst nicht seinem Ende zu, da hörte Hannes, wie die ältere seiner Nachbarinnen rief, dass es nichts mehr zu verkaufen gäbe und die Damen in drei Tagen wiederkommen sollten. Dann könnten sie wieder Wunderlichter, wie sie es nannte, erwerben.

Enttäuscht zogen die Frauen ab und mischten sich wieder unter die anderen Marktbesucher.

»In drei Tagen werde ich in aller Frühe hier sein«, hörte er noch eine Dame sagen, die zwei Kerzen in den Händen hielt. »Ich möchte in jedem Zimmer solche Kerzen haben. Schließlich sind wir keine armen Leute.«

Hannes schmunzelte, als die Händlerinnen neben ihm die kleinen Kerzen, die sie entzündet hatten, auspusteten und einpackten. »So etwas habe ich noch nie erlebt.«

»Ach nein?« Berblin grinste. »So ist das bei uns immer, in welche Stadt wir auch kommen. Hat sich erst einmal herumgesprochen, dass die Wunderlichterfrauen da sind, gibt es kein Halten mehr.«

Ellin stieß Berblin in die Seite und prustete los. »Was meinst du, wollen wir für Apollonia die kandierten Früchte kaufen, die sie so gern isst?«

»Ja, das machen wir. Sie hat sie sich redlich verdient.«

Mit einem Jubelschrei waren Berblin und Ellin ins Haus gestürmt, nachdem Apollonia ihnen geöffnet hatte, und hatten sie überschwenglich umarmt.

»Dann hat es geholfen?«, vergewisserte sie sich. »Habt ihr viel verkauft?«

»Alles! Einfach alles!« Ellin breitete die Arme aus. »Kein einziges Teil ist übrig geblieben, auch nicht von den Wachsblumen.«

»Das ist ja wunderbar!« Apollonia umarmte sie noch einmal. »Meine Güte, ich habe mich aber auch überwinden müssen.«

»Du warst einfach großartig.« Berblin hob den Kopf, verzog arrogant das Gesicht und ging durch das Zimmer. »Dass du nicht gestolpert bist, so hoch, wie du die Nase getragen hast!«

Die drei lachten. »Wir haben dir etwas mitgebracht. Es ist nur ein kleines Dankeschön. Aber in unseren Herzen ist es riesengroß.« Ellin reichte Apollonia die kandierten Früchte.

»Oh, ich freue mich so. Ihr seid so liebe Frauen. Ich weiß schon gar nicht mehr, wie es war, bevor ihr hier gewohnt habt.«

»Nun, womöglich wirst du uns jetzt auch noch etwas länger ertragen müssen. Wir haben angekündigt, in drei Tagen wieder auf dem Markt zu sein. Und bis dahin wird Ellin Kerzen fertigen müssen, bis ihr die Finger wund sind.«

»Von mir aus müsst ihr nicht weiterziehen. Ich freue mich, wenn ihr bleiben wollt.« Sie zögerte kurz, sprach dann aber aus, was sie dachte. »Von mir aus bleibt für immer.«

Alle drei hatten ihr Bestes gegeben, um so viele Kerzen wie möglich zu fertigen. Berblin und Apollonia ließen sich von Ellin zeigen, wie sie das Bienenwachs zu kneten und danach um den Docht zu wickeln hatten. Das Kerzenziehen mit Talg übernahm Ellin selbst, ebenso die Wachsummantelung. Sie verlor kein Wort darüber, doch alle wussten, dass sie sich nicht traute, die Verarbeitung des kostbaren Bienenwachses in andere Hände zu geben. Abgesehen davon hatten sie nicht mehr allzu viel davon, so dass sie sich entschieden, einen Schwung Kerzen nur noch mit Bienenwachs am Docht zu versehen und auf die äußere Hülle zu verzichten. Dafür sollten diese Kerzen etwas günstiger sein. Für Ellin stand jedoch fest, dass das nur eine Übergangslösung sein konnte. Noch vor Beginn des Marktes wollte sie zu dem Imker gehen und neues Bienenwachs ordern. Sie hoffte inständig, wieder mehrere Tafeln von ihm zu bekommen.

Seit Beendigung des letzten Marktes hatte sie bis auf die wenigen Essenszeiten und Schlafstunden, die sie sich gönnte, durchgehend gearbeitet. Zwar war Ellin erschöpft und müde, doch die Erwartung an den kommenden Tag und was er bringen würde, verliehen ihr Flügel. Sie schlüpfte in das herrliche Kleid, das Apollonia ihr geschenkt hatte. Sofort war da dieses andere, neue Gefühl. Sie war nicht mehr die Novizin Ellin in ihrem grauen Gewand. Sogar ihre Haare waren schon fast wieder fingerlang nachgewachsen. Vorne ließ sie sich die Fransen daher schon offen in die Stirn fallen, während sie sich den Rest ihres Kopfes noch mit Leinenstreifen umwickelte. Sicher war dies ungewöhnlich, und schon oft hatte sie bemerkt, dass die Blicke der Leute, wenn sie Ellin begegneten, als Erstes zu ihrem Kopf wanderten. Doch es störte sie nicht mehr. Ganz im Gegenteil. So, wie sie ihre Haare mit dem Leinenstreifen umband, hätte ein Fremder auch glauben können, dass es Absicht war. Sie jedenfalls würde eine solche Annahme sicher nicht richtigstellen.

Sorgsam legte sie sich auch jetzt das Leinen um den Hinterkopf und verknotete es im Nacken.

»Warte«, bat Apollonia. »Ich habe da etwas Besseres.« Sie verschwand und kehrte kurz darauf mit einer Reihe von breiten Bändern in verschiedenen Farben zurück.

»Eigentlich sind sie als Gürtel für edle Kleider gedacht«, erklärte Apollonia. »Aber sie werden auch dazu gehen.«

»Wie wunderschön.« Ellin griff sich eines, das farblich zu ihrem Kleid passte. »Darf ich?«

»Aber ja, dafür habe ich sie ja geholt. Komm, ich helfe dir.«

Behutsam knüpfte sie die Leinenstreifen wieder auf und legte Ellin das Band auf den Kopf. »Hilfst du mir?«, fragte sie Berblin.

Die Angesprochene stand auf und hielt das Band fest, während Apollonia es um Ellins Kopf wickelte und am Hinterkopf wieder fest verknotete.

»So, das müsste halten.« Sie drehte Ellin wieder zu sich herum, und Apollonia und Berblin musterten sie.

»Du wirst immer hübscher. Das Band bringt deine Augen zum Strahlen«, sagte Berblin.

»Danke«, entgegnete Ellin etwas verlegen.

»Doch hübsch oder nicht, wir müssen allmählich aufbrechen. Apollonia, kommst du heute auch wieder vorbei?«

»Ich weiß noch nicht. Womöglich werde ich ein wenig aus der Ferne zusehen, ob ihr Hilfe braucht. Aber ich glaube, das wird nicht nötig sein. Passt gut auf euch auf.«

»Das machen wir.«

Die beiden verließen das Haus. Sie hatten bereits einen alten Handkarren von Apollonia mit dem Tisch und ihren Waren vollgeladen, trotzdem würde eine von ihnen nach dem Aufbau des Stands noch einmal herkommen müssen, um noch die restlichen neu hergestellten Kerzen zu holen. Sie hatten die Menge vom letzten Mal mehr als verdoppelt. Einen guten Teil ihrer Einnahmen vom vorherigen Markttag hatten sie dafür verwendet, Rindertalg, Dochte und neues Bienenwachs zu besorgen. Zusätzlich hatten sie außerdem noch etwa drei Dutzend getrockneter Rosenknospen erstanden, die Ellin mit Bienenwachs veredelt und zu Schmuck verarbeitet hatte. Ihre gesamten Einkäufe waren jedoch schon wieder aufgebraucht, nur noch wenige Dochte und etwas Talg waren für den nächsten Herstellungsprozess übrig geblieben.

»Da seid Ihr ja wieder!«, begrüßte der Marktaufseher die Frauen, als sie, den Handkarren hinter sich herziehend, auf ihn zukamen. »Ich habe schon gehört, dass Ihr an Eurem Stand gute Geschäfte gemacht habt. Daher dürft Ihr heute auch etwas weiter in der Mitte des Marktes aufbauen.«

»Nein, lasst nur.« Berblin winkte ab. »Wir nehmen genau den Platz, den wir schon letztes Mal hatten.«

»Aber«, der Marktaufseher schien verwirrt, »weiter in der Mitte würdet Ihr noch bessere Geschäfte machen.«

»Glaubt mir, alle wollen unsere Waren kaufen. Ob wir hier stehen oder dort, ist deshalb nicht wichtig.« Sie bezahlte das Standgeld, und die Frauen zogen mit ihrem Karren davon.

Ellin sah sich um. Die Händler bauten schon fleißig ihre Stände auf. Diesmal bemerkte sie auch, dass sich zwischen ihnen immer wieder einige leere Plätze befanden, die der Marktaufseher offenbar frei ließ, um sie an besonders einträgliche Händler zu vergeben.

Der Krämer, der sich ihnen als Hannes vorgestellt hatte, war noch nicht da. Sie zogen ihren Karren noch ein Stück weiter, um ihm die Gelegenheit zu geben, seinen alten Platz wieder einzunehmen, wenngleich sie nicht wussten, ob er heute überhaupt kommen würde.

Eifrig gingen sie an die Arbeit. Als sie alles abgeladen hatten, machte Berblin sich sogleich auf den Rückweg, um die weiteren Kerzen zu holen. Ellin sortierte derweil die Waren, drapierte die Wachsblumen im linken, die einfacheren Kerzen im mittleren und die ummantelten im rechten Bereich des Tisches.

»Ich grüße Euch!«

Ellin drehte sich um.

»Guten Morgen! Wir haben den Stand frei gehalten, falls Ihr ebenfalls wieder herkommen würdet. Wie ich sehe, war das richtig.«

Hannes freute sich, die junge Frau wiederzusehen, an deren Stand sich am letzten Markttag die Menschenmassen gedrängt hatten.

»Na, bietet Ihr wieder Eure Wunderlichter an?«

»Selbstverständlich. Wir haben sogar noch mehr dabei als beim letzten Mal und hoffen, wieder alles verkaufen zu können.«

»Das möchte ich von mir auch mal sagen können.« Er deutete auf seine Holzkiste. »Aber selbst wenn ich einmal weniger dabeihatte, war ich trotzdem noch nie ausverkauft.«

»Ich kannte einmal zwei Bürstenmacher«, sagte Ellin. »Sie haben Schweineborsten benutzt. Und Ihr?«

»Je nachdem, was ich bezahlen kann.« Er zuckte mit den Schultern.

»Wenn ich Euch einen Rat geben darf, Ihr müsst mehr auf Euch aufmerksam machen.«

Er verzog das Gesicht. »Und wie soll ich das anstellen?«

Sie wiegte bedauernd den Kopf. »Das weiß ich leider auch nicht. Aber wagt etwas. Oder noch besser, verwendet etwas, das die anderen nicht haben. Macht Eure Borsten härter oder weicher, gebt dem Holz einen besonderen Schwung.«

»Ich bin schon froh, wenn ich die Bürsten so hinbekomme, wie sie jetzt aussehen«, gab er missmutig zu.

Darauf wusste Ellin nichts mehr zu sagen. »Ihr werdet schon gute Geschäfte machen«, meinte sie deshalb abschließend. »Wenn es sich ergibt, werde ich unsere Kundinnen auf Euch aufmerksam machen.«

»Das wäre nett. Danke.«

Sie lächelte und machte sich wieder daran, ihre Waren aufzubauen, bevor Berblin zurückkam und sie immer noch nicht fertig war. Da blieb bereits die erste Kundin vor dem Stand stehen.

»Bitte entschuldigt«, sprach sie Ellin an.

»Ja?« Sie blickte auf und sah eine Magd oder Hausangestellte, die etwas nervös vor ihr stand.

»Seid Ihr die, deren Kerzen duften?«

Ellin lächelte. »Ja, die bin ich.«

»Meine Herrin hat mir aufgetragen, zwei Dutzend Eurer Kerzen zu kaufen.«

»Zwei Dutzend?«

Die junge Frau nickte stumm.

»Ich habe sie ein bisschen größer und dicker gefertigt als beim letzten Mal. Deshalb sind sie auch teurer.«

»Ich habe genug Geld dabei«, gab die Magd bereitwillig Auskunft. »Meine Herrin hat hohe Gäste eingeladen, und am Festabend sollen in allen Räumen Eure Kerzen stehen.«

»Na, dann. Zwei Dutzend.« Ellin bückte sich und holte die Tücher hervor, mit denen sie jeweils acht Kerzen vorsichtig umwickelte.

Sie nannte ihrer frühen Kundin die Summe, die sie dafür verlangte. Sofort zählte diese die Münzen ab und reichte sie an Ellin.

»Könnt Ihr das alles auf einmal tragen, oder wollt Ihr noch einmal wiederkommen?«

»Es wird schon gehen«, sagte die junge Frau, wenngleich sie Schwierigkeiten hatte, die Bündel zu greifen. Schließlich gelang es ihr mit Ellins Hilfe, worauf sie dieser noch einen schönen Tag wünschte und sich, so rasch sie konnte, wieder auf den Weg nach Hause machte.

Hannes pfiff anerkennend. »Zwei Dutzend, und Ihr habt noch nicht einmal richtig aufgebaut. Und ohne zu feilschen, hat sie bereitwillig bezahlt. Solche Kunden würde ich mir auch mal wünschen.«

Ellin wollte etwas erwidern, doch in diesem Augenblick

kehrte Berblin mit den weiteren Kerzen zurück. Laut schnaufend zog sie den Handkarren um den Stand herum.

»Der Weg wurde mir am Ende immer länger, genau wie meine Arme.« Sie verdrehte die Augen. »Du bist ja noch gar nicht fertig mit dem Aufbau«, stellte sie dann verwundert fest.

»Doch, fast. Außerdem habe ich zwischenzeitlich schon zwei Dutzend Kerzen verkauft.«

»Im Ernst?«, staunte Berblin. »Du lieber Himmel! So schnell kannst du die Kerzen ja gar nicht herstellen, wie du sie verkaufst.« Mit beunruhigter Miene blickte sie auf den sich nach und nach füllenden Markt. »Wenn das so weitergeht, werden wir uns tatsächlich noch etwas einfallen lassen müssen, um mit der Kerzenfertigung nachzukommen.« Sie deutete auf den Tisch. »Die reichen womöglich nicht einmal bis zum Mittag.«

Ellin machte einen Schritt auf sie zu und umarmte die Freundin. »Ach, freu dich doch einfach. Wir verdienen mehr, als wir brauchen. Gibt es etwas, was du dir wünschst? Alle Anzeichen sprechen dafür, dass du es dir bald leisten können wirst.«

Berblin verzog das Gesicht. »Wenn wir mal ehrlich sind, machst du die meiste Arbeit. Im Grunde geht es nicht an, dass wir das, was wir einnehmen, zwischen uns teilen.«

Ellin hob die Hand. »Davon möchte ich nicht das Geringste hören«, stellte sie klar. »Sonst müsste ich dir zuallererst einmal auflisten, was *du* alles für mich getan hast. Und da willst du, sobald ich dir endlich etwas davon zurückgeben kann, mit mir zu verhandeln anfangen?« Sie schüttelte energisch den Kopf. »Kommt gar nicht in Frage, das kannst du dir sofort aus dem Kopf schlagen.«

Mit diesen Worten beugte sie sich zu dem Karren hinunter, griff nach weiteren Kerzen und legte sie auf den Tisch. Berblin war verblüfft. Die kleine, scheue Novizin hatte in den letzten Wochen viel gelernt. Fast schon zu viel, wie sie amüsiert feststellte. Sie schob Ellin gespielt ernst ein Stück zur Seite. »Dann mach wenigstens Platz und lass mich meine Arbeit machen«, forderte sie. »Sonst habe ich mir am Ende des Tages nicht einmal mein Essen verdient.«

Die Kunden kamen an diesem Tage zum Glück nicht, wie beim letzten Mal, alle auf einmal. Dennoch hatten Ellin und Berblin alle Hände voll zu tun und keine Zeit, auch nur einen Augenblick zu verschnaufen. Der Andrang war groß, als sich mit einem Mal der Marktaufseher grimmig vor ihrem Stand aufbaute.

»Es wurde Anzeige gegen Euch erhoben.«

Ellin nahm ihn gar nicht wahr, so sehr war sie mit dem Verkauf beschäftigt. Berblin hingegen hielt mitten in der Bewegung inne.

»Was für eine Anzeige?«

»Dass Ihr diesen Stand nicht rechtens betreibt. Wo ist Euer Mann?«

»Welcher Mann?«

»Also stimmt es. Ihr habt keinen Mann, für den Ihr Eure Waren anbietet. Es gibt nur Euch zwei Frauen?«

Berblin sah eine Frau hinter ihm stehen, die genau verfolgte, was der Marktaufseher sagte.

Sie stieß Ellin an, um sie auf den Marktaufseher aufmerksam zu machen.

»Was ist?«, fragte diese, verstummte aber sofort, als sie die grimmige Miene des Mannes bemerkte. »Was ist geschehen?«

»Ihr werdet beschuldigt, ohne gültige Lizenz diesen Stand zu betreiben«, wiederholte der Marktaufseher.

»Was für eine Lizenz?«

»Frauen dürfen keinen Handel treiben, das weiß doch jedes Kind. Und nur indem Ihr mich heimtückisch getäuscht habt, wurde Euch der Platz hier zugewiesen.«

Berblin stemmte die Hände in die Hüften. »Wir haben überhaupt niemanden getäuscht, weder beim letzten Mal noch heute. Wir haben den Standpreis gezahlt, den Ihr von uns verlangt habt.«

»Aber Ihr habt unerwähnt gelassen, dass Ihr nur für Euch und für keinen Mann, so wie es sich gehört, die Waren anbietet. Frauen können das nicht und sollen es auch nicht.«

»Sagt wer?« Berblin verzog erbost das Gesicht.

»Das war schon immer so«, wetterte die Frau, die hinter dem Marktaufseher stand.

»Ihr habt selber einen Stand hier, vermute ich?« Berblin musterte sie von oben bis unten. »Lasst mich raten? Auch Ihr verkauft Kerzen, aber wahrscheinlich gewöhnliche, nicht wahr?«

»Das tut hier nichts zur Sache«, meckerte die Angesprochene zurück und stieß den Marktaufseher in die Seite, um ihn aufzufordern, die Sache zu klären.

»Sie hat recht. Darum geht es nicht. Außerdem betreibt sie den Handel zusammen mit ihrem Ehemann.«

»Nun«, sagte Berblin. »Aber nicht jede Frau hat nun einmal einen Mann.«

»Das kommt davon, wenn die Weiber selber bestimmen wollen und meinen, genauso klug zu sein wie ein Mann«, wetterte die Alte wieder los.

Der Marktaufseher drehte sich zu ihr um und bedeutete ihr mit einer Handbewegung, still zu sein und die Angelegenheit ihm zu überlassen. Dann wandte er sich wieder an Berblin.

»Wenn Ihr keinen Mann habt, könnt Ihr hier nicht Handel treiben. Das schreibt die Marktordnung so vor.«

»Ich bekomme einen Teil der Einnahmen«, hörte Berblin da jemanden sagen.

Hannes, der Krämer, griff in das Geschehen ein.

Der Marktaufseher kratzte sich am Kopf. »Ihr? Was habt Ihr mit den Frauen hier zu schaffen?«

»Wir sind …«, er zögerte, »… miteinander bekannt. Ich habe ihnen geraten, ihre Waren hier anzubieten und erhalte dafür einen Teil der Einnahmen.«

»Stimmt das?« Der Marktaufseher blickte Berblin direkt in die Augen.

»Ihr habt doch gehört, was er gesagt hat«, wich sie einer direkten Antwort aus. Ellin sah zu Boden.

Der Marktaufseher sah zwischen Berblin und Hannes hin und her und wägte das Vorgetragene gegeneinander ab.

»Das reicht nicht«, entschied er dann. Die Frau hinter ihm atmete erleichtert aus. »Wir müssen dafür sorgen, dass die Ordnung bestehen bleibt, und die spricht eindeutig von einem Ehe-Mann und keinem x-beliebigen. Räumt daher Euren Stand und verschwindet von hier. Und solange Ihr mit keinem Gatten aufwarten könnt, braucht Ihr auch um keinen Stand mehr nachzusuchen. Ihr würdet abgewiesen werden.«

»Wir haben für den ganzen Tag bezahlt«, beschwerte sich Berblin. »Entweder Ihr lasst uns unsere Geschäfte heute noch betreiben, oder ich verlange das Standgeld zurück.«

Wieder überlegte der Mann einen Moment, ehe er antwortete. »Na gut, bleibt heute noch hier. Aber danach will ich Euch hier nicht mehr sehen.«

Er drehte sich um, nickte der schimpfenden Alten zu und verschwand in der Menge.

Die Kundinnen, die den Streit staunend verfolgt hatten, gerieten in Rage. Aufgebracht riefen sie durcheinander und wollten so viele Kerzen und Wachsblumen wie möglich kaufen, denn nach dem, was sie soeben mitbekommen hatten, würde das Geschäft der beiden Kerzenzieherinnen hier und heute enden.

24. Kapitel

Friedrich hatte all seine vielen Freunde und Verbündeten zu überzeugen versucht, ihm beizustehen.

Jedoch war kein Einziger von ihnen bereit gewesen, sich gegen den neuen Erzbischof und damit auch gegen den Papst und den Kaiser aufzulehnen. Nicht einmal diejenigen, die bei dem Überfall auf den Erzbischof mit dabei gewesen waren, wollten sich für ihn einsetzen. Doch wenigstens bezahlten sie ihn gut dafür, dass er ihre Namen nicht preisgab.

Er hatte keine Zeit, vom Verhalten derer, die er als seine Freunde betrachtet hatte, enttäuscht zu sein. Aber zumindest kosten sollte sie ihre Feigheit etwas. Außerdem hatte er jedem seiner Mitverschwörer den Gefallen abverlangt, zwei oder drei ihrer Gefolgsmänner loszuschicken, die nach der Novizin suchen sollten. Denn wenn der Papst den über ihn verhängten Bann zurücknahm und seine Brüder wieder in ihre Ämter brachte, wovon Friedrich ausging, musste er in einem Prozess von Molenark gegenübertreten und auf seine Unschuld pochen. Aber das konnte er nur, wenn die Novizin nicht mehr gegen ihn aussagen konnte. Dann und nur dann würde man ihm nichts beweisen können, und er könnte seinerseits von Molenark dafür an den Pranger stellen, dass dieser den Prozess gegen ihn nur deshalb angestrengt hatte, um sich seine Lehen, Ländereien und Vogteirechte unter den Nagel zu reißen.

Aus diesem Grund musste die Novizin ein für alle Mal aus dem Weg geräumt werden!

Zuletzt war sie in Bremen gesehen worden. Friedrich ärgerte sich noch immer, am Tage der Hinrichtung seiner Gefährten die Gelegenheit verpasst zu haben, ihr höchstpersönlich den Hals umzudrehen. Hätte er doch nur ein wenig mehr Zeit gehabt, um das Weibsbild, das sie begleitet hatte, etwas mehr mit seinem Messer zu kitzeln. Dann hätte er sicher noch aus ihr herausbekommen, wo das Drecksstück sich versteckte. Doch so war es auch in Ordnung. Insgesamt einem Dutzend Grafen hatte er das Versprechen abgenommen, ihre Männer nach Bremen zu schicken, um die Spur der Novizin dort wieder aufzunehmen. Womöglich war sie sogar erneut in diesem Selete untergekommen, doch das glaubte Friedrich nicht. Wahrscheinlich hatte von Molenark sie an einen sicheren Ort bringen lassen, von dem er sie nach Friedrichs Festnahme sofort holen lassen konnte, damit sie ihre Aussage öffentlich wiederholte. Doch selbst wenn er sich nicht unbedingt auf die Versprechen eines jeden der Grafen verlassen konnte, war sich Friedrich doch sicher, dass sie alle großes Interesse daran hatten, es nicht zu einem Prozess kommen zu lassen, in dem Friedrich jeden Einzelnen von ihnen mit sich in den Abgrund reißen konnte. Er lächelte bei dem Gedanken, wie viele Männer sich bereits an die Fährte der Frau geheftet haben mochten, ohne voneinander zu wissen. Er hatte nicht den geringsten Zweifel, dass er früher oder später die Nachricht erhalten würde, dass die Novizin tot und begraben sei.

Er stieg auf sein Pferd und bedeutete seinen Brüdern und dem Notarius, es ihm gleichzutun.

»Das war der Letzte, den wir vor unserer Reise nach Rom aufsuchen mussten«, sagte Friedrich zu seinen Begleitern.

»Wir haben alles getan, was wir tun konnten, damit schon bald die alte Ordnung wiederhergestellt ist und wir unser Leben so weiterführen können, wie es uns zukommt. Es hat uns alle viel Kraft gekostet, doch bald werden wir erreicht haben, wonach wir streben. Kommt!« Er streckte den Arm aus und deutete nach vorn. »Reiten wir zum Heiligen Vater und holen uns zurück, was uns genommen wurde.«

Heinrich von Molenark zerbrach den Federkiel, den er in der Hand hielt. Tinte floss über seine Hand.

»Aber das ist doch nicht möglich.«

Walter, den er als Boten nach Bremen geschickt hatte, verbeugte sich nochmals. »Es tut mir sehr leid, Euer Exzellenz, doch die Frau scheint wie vom Erdboden verschluckt.«

»Gibt es Anzeichen dafür, dass Graf Friedrich sie hat?«

»Zuletzt wurde sie bei der Hinrichtung seiner Leute auf dem Marktplatz gesehen. Als dort der Tumult wegen des Bogenschützen ausbrach, verloren die Wachen sie aus den Augen. Womöglich haben Friedrich oder seine Männer sie sich gegriffen. Doch mit Gewissheit kann das niemand sagen.«

Von Molenark überlegte. Wenn Friedrich ihrer habhaft geworden wäre und sie für immer zum Schweigen gebracht hätte, wäre er dann nicht längst mit ihm in Verbindung getreten, um seine Unschuld am Tode Engelberts zu beteuern, genau wissend, dass ihm ohne die Zeugin niemand etwas beweisen konnte?

»Ich glaube nicht, dass er sie hat«, murmelte von Molenark und sah Walter bestimmt in die Augen. »Sonst hätten wir längst Nachricht von ihm erhalten.«

»Vergesst nicht, auf ihm liegt die Acht des Kaisers.«

»Ah, davon ließe sich Graf Friedrich nicht abschrecken,

wenn er wüsste, dass es niemanden mehr gibt, der im Prozess gegen ihn aussagen kann. Nein, wahrscheinlich weiß er ebenso wenig wie wir, wo die Kleine steckt.«

»Ihr glaubt, sie hat sich irgendwo verkrochen?«

»Ganz genau. Trotz der Wachleute, die wir für sie abgestellt haben, konnten sich Friedrichs Leute Zutritt zu der Hütte verschaffen, in der sie lebte, und ihren Verlobten niedermachen.«

»Ihren Verlobten?«

»Ich habe es im Nachhinein von einem der Wachleute erfahren, die in Selete zu ihrem Schutz eingeteilt waren. Die beiden wollten wohl heiraten.«

Walter zog nur die Augenbrauen hoch, sagte aber nichts.

»Wahrscheinlich sitzt das Mädchen ängstlich wie ein Rehkitz irgendwo in einem Verschlag und traut sich nicht mehr hervor. Doch wir müssen sie finden, bevor Friedrichs Leute es tun.«

»Ihr glaubt, er sucht noch immer nach ihr? Haltet Ihr es nicht für wahrscheinlicher, dass er längst geflohen ist?«

»Das schon, aber so wie ich Friedrich einschätze, hat er irgendetwas vor und sucht nach einem Ausweg aus seiner hoffnungslosen Lage. Und wie auch immer der aussehen mag, das Mädchen steht ihm dabei im Weg. Er muss mit allen Mitteln verhindern, dass sie ihre Aussage öffentlich wiederholt.«

»Letzteres ist unbestritten. Wie lauten daher Eure Befehle, Euer Exzellenz?«

»Nimm dir so viele Männer, wie du brauchst, und reite nach Bremen. Ihr müsst die Novizin finden. Und wenn ihr sie habt, bringt ihr sie mit einem Tross zuverlässiger Kämpfer zu mir nach Köln. Ich will Friedrich hängen sehen, oder besser noch, gevierteilt und in nicht geweihter Erde verscharrt.« Er zog ein Tuch aus seiner Tunika, tunkte es in den Becher Wein, der vor ihm stand, und versuchte, die Tinte an seiner Hand zu entfernen. »Das Schwein muss sterben. Erst dann wird wieder Frieden einkehren in diesem Land.«

Schon bald war es unter den Bremern kein Geheimnis mehr, dass nach einer jungen Frau gesucht wurde. Von einer Schönheit mit einem Muttermal über der Lippe war die Rede, die zeitweise auch auf dem Markt besondere Duftkerzen verkauft haben sollte. Überall wurde davon gesprochen, dass derjenige, der dabei half, sie zu finden, sich damit eine gute Münze verdienen würde. Schnell sprach sich herum, dass die Gesuchte jene Zeugin war, die das ungeheuerliche Mordkomplott gegen den Kölner Erzbischof aufklären konnte. Immer wieder waren auch Männer nach Selete geritten, wo die Frau gelebt haben sollte.

Friedel Kolderhofer sagte jedem das Gleiche. Das ganze Dorf war in großer Sorge, wo Ellin samt ihrer Freundin Berblin abgeblieben war. Seit der Hinrichtung der Männer, die sie hatten ermorden wollen, hatte niemand die Frauen mehr gesehen. Jedoch, so berichtete der Kolderhofer, verging nicht ein Tag, an dem die Dorfbewohner die beiden nicht in ihre Gebete einschlossen.

Der Verbleib der Frauen, über den zunächst noch hinter vorgehaltener Hand getratscht wurde, war bald Stadtgespräch. Kaum ein Tag verging, an dem die Bremer nicht irgendwo in den Gassen der Stadt beieinander standen, miteinander plauderten und danach fragten, ob sich nicht irgendetwas Neues getan hätte. Kurze Zeit hielt sich auch das Gerücht, die geschändeten Leichen der Frauen wären außerhalb der Stadtmauern gefunden worden. Doch Genaueres dazu wurde nicht bekannt.

Walter, der vor zwei Tagen in Bremen eingetroffen war und im Haus des Erzbischofs weilte, raufte sich die Haare.

»So schwer kann es doch nicht sein, zwei hilflose Frauen ausfindig zu machen, von denen die eine noch dazu Novizin ist? Habt ihr in den umliegenden Klöstern nachgefragt, ob sie dort Zuflucht gesucht haben?«

Der Wachmann stand stramm. »Ja, Herr, das haben wir. Und auch in den Schenken und Wirtschaften sowie allen anderen Häusern, die Zimmer vermieten. Nichts.«

»Hat jemand die Frauen die Stadt verlassen sehen?«

Der Mann zuckte mit den Schultern. »Nein, niemand.«

»Wurden auch wirklich *alle* Wachmänner befragt, die am Tage der Hinrichtung Dienst an den Stadttoren hatten?«

»Ja, Herr. Niemand will etwas bemerkt haben. Aber …«, er brach ab.

»Aber was?«, hakte Walter nach.

»Aber es hat auch ein heilloses Durcheinander an jenem Tag geherrscht. Ich würde mich deshalb nicht darauf verlassen wollen.«

»Mit dieser Einschätzung dürftest du vermutlich recht haben«, stimmte Walter ihm zu.

Im Eingangsbereich wurden Stimmen laut.

»Was ist da los?«, fragte Walter.

Der Wachmann öffnete die Tür. Sein Kamerad versuchte offenbar, einen verwahrlosten Bettler an der Eingangstür zu verscheuchen.

»Nur ein Herumtreiber, der um ein Almosen bittet«, erklärte er und drehte sich wieder zu Walter um.

»Ich will kein Almosen, sondern eine Belohnung!«, hörte man in diesem Moment den Bettler draußen giftig rufen.

Walter horchte auf und ging rasch zur Tür. »Tretet zur Seite, damit ich den Mann sehen kann!«, befahl er.

Der Wachmann am Eingang folgte der Aufforderung, so dass Walter den Mann nun in Augenschein nehmen konnte.

»Wofür willst du eine Belohnung einfordern?«

»Seid Ihr der Erzbischof?« Der Bettler musterte Walter auf die Entfernung hin. »Ich habe etwas beobachtet und will wissen, was es Euch wert ist.«

»Was hast du beobachtet?«

»Es ist wegen der Frau, die alle suchen.«

Walter winkte dem Wachmann, den Mann einzulassen, und ging selbst auf ihn zu. »Was weißt du darüber?«

Der Alte grinste und entblößte dabei seine fauligen Zähne. Genau genommen die drei, die er noch im Mund hatte. »Was ist Euch die Antwort wert?«

»Das kann ich dir erst sagen, wenn ich sie kenne.«

»Pah! Da gehe ich doch lieber in die Schenke, und lass mir von den Kerlen, die ebenfalls überall nach der Kleinen fragen, einen guten Tropfen für meine Auskunft bezahlen. Ist nicht meine Schuld, wenn die dann nichts Gutes mit ihr vorhaben.«

»Von welchen Kerlen redest du?«

Der Mann musterte Walter überrascht. »Das wisst Ihr nicht? Ihr bekommt wohl nicht viel mit von dem, was in dieser Stadt vor sich geht, was? Überall sind sie und fragen immerzu das Gleiche, ob jemand die Frau mit dem Muttermal über der Lippe gesehen hat oder etwas über ihren Verbleib sagen kann.«

Walter blieb der Mund offen stehen. So dreist konnte Graf Friedrich doch wohl nicht sein? Oder etwa doch?

Der Alte merkte, wie es in Walter arbeitete. »Die bezahlen zehn Silberlinge dafür, wenn man ihnen sagt, wo die Kleine zu finden ist. Wie viel zahlt Ihr?«

»Zehn Silberlinge? Jetzt übertreibst du aber. Niemand würde so viel Geld für eine Auskunft geben.«

Der Alte zuckte mit den Schultern. »Na, offenbar sehen die das anders.« Er wandte sich zum Gehen.

»Hiergeblieben!«, rief Walter, und der Wachmann stellte sich augenblicklich dem Mann in den Weg. »Ich will hören, was du weißt. Dann entscheide ich, was mir die Information wert ist.«

»Wenn man das Fleisch bereits gekaut hat, kann man am Ende immer behaupten, es sei zäh wie Leder gewesen, und die Zahlung verweigern.« Der Bettler schüttelte entschlossen den Kopf. »Erst das Geld, dann die Auskunft.«

Walter hätte die Antwort am liebsten aus dem Kerl herausgeprügelt. Doch dafür hatte er keine Zeit. Wer wusste schon, ob er nicht tatsächlich die Wahrheit sagte und etwas Entscheidendes über den Verbleib der Frau mitteilen konnte. Er zog seinen Geldsack hervor und zählte ihm die Münzen in die Hand. Wenn der Alte ein falsches Spiel trieb, konnte er ihn immer noch aufhalten und ihm die Münzen wieder abnehmen.

»Am Tag der Hinrichtung wollte ich zum Hafen hinunter, um beim Abladen der Schiffe, die dort anlegten, zu helfen und mir auf diese Weise ein bisschen was dazuzuverdienen. Schließlich waren ja alle zur Hinrichtung auf den Marktplatz gegangen, um die Kerle beim Verrecken zu beobachten.« Er winkte ab. »Ich habe schon so viele gesehen, die gehängt wurden und gezappelt haben. Am Ende pissen und scheißen sie sich voll und machen doch alle das gleiche Gesicht.«

»Die Frauen«, erinnerte Walter ihn ungeduldig. »Du wolltest uns von den Frauen erzählen.«

»Dazu wollte ich eben kommen«, stellte der Mann klar und verdrehte die Augen. »Also, ich wollte zum Hafen, aber da rannten ganz plötzlich alle wild durcheinander, weil irgendwelche Pfeile auf sie abgeschossen worden waren.«

Walter wartete und machte eine auffordernde Handbewegung.

»Und?«

»Und da habe ich sie gesehen.«

»Wen?«

»Na, die Frauen. Von denen reden wir doch hier.«

»Verdammt, wenn du jetzt nicht sofort alles erzählst, nehme ich dir die Münzen wieder ab und lass dich in den Kerker sperren.«

»Darf ein Erzbischof überhaupt so gotteslästerlich sprechen?«

»Ich bin nicht der Erzbischof, sondern seine rechte Hand. Und ich sage so etwas nicht nur, ich mache es auch!«

Der Bettler hob abwehrend die Hände. »Ist ja schon gut. Also, die Frauen gingen direkt an mir vorbei. Ich sprach sie an, weil ich Hunger hatte und wegen der vielen umherlaufenden Menschen ja nicht zum Hafen konnte und …« Er brach ab, als er Walters warnenden Blick bemerkte. »Na, auf jeden Fall hat mir die jüngere der beiden Frauen, die mit dem Fleck genau hier«, er deutete mit dem Finger auf eine Stelle oberhalb seiner Lippe, »Geld gegeben, damit ich mir etwas zu essen kaufen konnte. Danach haben die beiden Bremen durch das nördliche Stadttor verlassen. Ich hab ihnen noch nachgesehen, weil mir die wenigsten Leute einfach so etwas geben. Sie hatten sich beieinander eingehakt und sind rasch ausgeschritten. So, das war's.« Er sah Walter fragend an, der in Gedanken versunken schien.

»Und da bist du dir ganz sicher?«

Der Alte nickte. »Die Männer, die in den Schenken nach den Frauen fragten, haben gewiss nichts Gutes mit ihnen vor«, sagte er jetzt mit ernster Miene. »Die beiden haben mir geholfen. Deshalb will ich nicht, dass diese Kerle sie zu fassen kriegen.«

»Ich glaube dir. Hast du mit irgendjemandem über das, was du mir gerade erzählt hast, gesprochen?«

Er schüttelte den Kopf. »Kann ich jetzt gehen?«

Walter nickte. »Lass ihn durch!«, rief er der Wache am Eingang zu und wandte sich dann dem Wachmann zu, der ihm das Eintreffen des Alten gemeldet hatte. »Hol mir die Wachen her, die am Tag der Hinrichtung am nördlichen Stadttor Dienst hatten, und zwar schnell. Endlich haben wir eine Spur.«

Der Wachmann nickte, drehte sich darauf sofort um und eilte davon. Auch der Bettler verbeugte sich nun rasch, machte einen Schritt rückwärts und verließ das Haus. Walter sah noch, wie er auf die nächste Schenke zusteuerte. Hoffentlich würde er nicht versuchen, seine Geschichte ein zweites Mal zu verkaufen. Jetzt zählte jeder Moment.

25. Kapitel

Aber was sollen wir denn jetzt nur tun?« Ellin saß zusammengesunken auf dem Stuhl in Apollonias Stube und schlug sich die Hände vors Gesicht.

»Hättet ihr nicht gar so gute Geschäfte gemacht, wäre das wahrscheinlich nicht geschehen. Doch so habt ihr Neid und Missgunst geweckt. Es ist alles meine Schuld«, sagte Apollonia.

»Ach was, das ist doch Unsinn!«, erwiderte Berblin. »Hättest du nicht eingegriffen, hätten wir noch hundert Jahre dort stehen können, ohne auch nur eine einzige Kerze zu verkaufen. Dank dir konnten wir jedoch unsere Waren zweimal komplett ausverkaufen. Dumm nur, dass es dabei bleiben wird.«

»Aber gibt es diese Regelung denn wirklich?« Ellin sah die beiden an. Schon die ganze Zeit über war ihr durch den Kopf gegangen, ob es überhaupt stimmen konnte, dass Frauen nur dann auf dem Markt Waren vertreiben durften, wenn sie dies im Auftrag eines Mannes taten.

»Ja, leider«, gab Apollonia zu. »Frauen sind dumm, weißt du. Sie können nicht begreifen, wie man Geschäfte macht, keine Münzen zählen und sind auch sonst zu nichts nutze.«

»Außer dass die Kerle sie bespringen können, wenn ihnen danach ist«, ereiferte sich Berblin.

Ellin zuckte zusammen.

»Entschuldige, Liebes.« Berblin beugte sich begütigend zu ihr hinüber. »Ich bin nur so wütend. Nun, da wir endlich genug Geld haben, um uns etwas aufzubauen, dürfen wir keinen Handel mehr treiben. Was machen wir jetzt nur?«

»Wir brauchen einen Mann«, sagte Apollonia.

»Ich will keinen haben, der mir sagt, was ich zu tun und zu lassen habe«, wehrte Berblin ab.

Ellin schüttelte schweigend den Kopf.

»Auch wieder wahr«, gestand Apollonia ein. »Abgesehen davon, würde euch das jetzt auch nichts mehr nützen. In Hamburg wird man euch nicht mehr in Ruhe lassen.«

»Wie meinst du das?« Ellin sah sie erschrocken an.

»Ich lebe schon mein Leben lang in dieser Stadt. Ihr habt euch unbeliebt gemacht, und das wird man euch spüren lassen.«

»Aber wie soll es denn dann weitergehen?«

»Uns wird wohl nichts anderes übrigbleiben, als weiterzuziehen und uns etwas einfallen zu lassen, damit uns anderswo nicht das Gleiche passiert.«

»Ich habe befürchtet, dass es so kommt«, sagte Apollonia traurig. »Doch Berblin hat recht. Ihr müsst gehen. Womöglich könnt ihr in ein paar Jahren wiederkommen, wenn Gras über die ganze Sache gewachsen ist.«

»Aber ich will nicht weg von hier.« Ellin war den Tränen nahe. »Gerade schien alles gut zu werden.« Sie griff nach Berblins Hand. »Bitte sag, dass wir bleiben können. Du lässt dir etwas einfallen, nicht wahr?«

Langsam schüttelte Berblin den Kopf. »Nein, meine Kleine. Diesmal nicht.«

»Aber ich will nicht mehr davonlaufen.« Es klang verzweifelt. »Hier in Hamburg hatte ich das Gefühl, endlich angekommen zu sein. Ich will nicht mehr fliehen.«

»Fliehen?« Apollonia sah sie überrascht an.

Ellin warf Berblin einen fragenden Blick zu, den diese mit einem Nicken erwiderte.

»Ja, ich bin auf der Flucht«, begann Ellin zögerlich. »Vielleicht sollten wir zusammen etwas essen und einen Becher Wein trinken. Es ist eine längere Geschichte.«

»Aber ja.« Apollonia stand auf, holte drei Becher, einen Krug Wein samt Käse und Brot und setzte sich wieder an den Tisch. Es dauerte einen Augenblick, bis Ellin ihre Geschichte zu erzählen begann. Stockend zunächst, dann aber immer flüssiger, berichtete sie, was ihr widerfahren war, ohne dabei auch nur das geringste Detail zu vergessen.

Sie brachen am nächsten Tag in aller Frühe auf. Apollonia überließ ihnen den Handkarren, damit sie ihre Sachen bequemer mit sich führen konnten. Ellin fühlte sich matt und krank, als sie ihre Kessel auflud, Berblin und Apollonia ging es nicht anders. So kurz sie einander auch nur kannten, waren der Tuchhändlerwitwe die beiden Frauen doch ans Herz gewachsen. Sie nun wieder gehen zu lassen und womöglich nie wiederzusehen versetzte ihr einen Stich.

»Und du bist sicher, dass du uns nicht begleiten willst?« Berblins Stimme hatte einen beschwörenden Klang angenommen.

Apollonia schüttelte den Kopf. »Ich weiß, ich bin alleinstehend, und es gibt niemanden, der mich hier hält. Doch gerade erst habe ich durch euch den Weg ins Leben zurückgefunden. Deshalb möchte ich bleiben und sehen, was der Herrgott noch für mich bereithält.«

Berblin sah enttäuscht zu Boden.

»Und wenn ich's mir anders überlegen sollte, kann ich euch immer noch folgen. Ihr werdet doch sicher eine Weile in Lübeck bleiben, nicht wahr?«

»Wenn uns nicht wieder etwas dazwischenkommt.« Ellin seufzte schwer. »Noch vor ein paar Tagen dachte ich, Hamburg nie mehr verlassen zu müssen. Doch nun ist der Karren beladen, und wir sind bereit zum Aufbruch.«

»Du darfst nicht verzagen«, versuchte Berblin ihr Mut zuzusprechen. »Der Herr wird schon wissen, warum er uns weiterschickt.«

Ellin erwiderte nichts, sondern ging auf Apollonia zu und umarmte sie fest.

»Ich weiß, wir kennen uns noch nicht lange. Doch habe ich dich in der kurzen Zeit so liebgewonnen, dass ich dich schon jetzt vermisse. Wenn du dich also eines Tages doch dazu entscheiden solltest, Hamburg den Rücken zu kehren, oder auch nur für eine Weile in eine andere Stadt reisen willst, dann bitte, komm zu uns.«

Apollonia schluckte schwer. »Das werde ich. Ich verspreche es.«

Ellin löste sich von ihr und sah, wie auch Berblin Apollonia zum Abschied drückte, sich dann ruckartig umdrehte und die Stange des zweirädrigen Handkarrens aufnahm. »Komm. Wir haben einen weiten Weg vor uns.«

Ellin fasste die andere Seite des Quergriffs, warf Apollonia noch einen letzten Blick zu und sagte leise vor sich hin: »Lebe wohl.« Dann gingen sie los.

Immer wieder drehten sie sich um und winkten Apollonia, die in der Tür stehen geblieben war und ihnen traurig nachsah. Ellin liefen die Tränen über die Wangen. Ein letztes Mal sah sie zurück und hob die Hand, bevor sie um die Ecke bogen. Apollonia schluchzte leise und stand noch immer in der Tür, als die Freundinnen schon längst nicht mehr zu sehen waren.

In den ersten Stunden sprachen sie kaum ein Wort miteinander. Keiner von ihnen war danach, die andere aufzumuntern. Beide hingen sie ihren Gedanken nach und betrauerten den Verlust Apollonias und ihres gerade erst neu gewonnenen Heims. Es war merklich milder geworden, dennoch war der Boden noch immer gefroren und hart wie Stein. In regelmäßigen Abständen tauschten sie die Plätze, damit sie ihre Arme gleichermaßen belasteten. Obwohl Berblin schon seit Ewigkeiten nicht mehr in der Gegend gewesen war, meinte sie, sich an die eine oder andere Landmarke erinnern zu können. Oft war sie sich nicht sicher, dann wieder konnte sie sehr genau sagen, welches Dorf sie als nächstes erreichen würden, und wo es eine Möglichkeit gab, in einer Schenke Rast zu machen. Ellin stimmte widerspruchslos zu. Ihr war, als hätte sie all ihre Lebenskraft in Hamburg zurückgelassen.

»Mir kommt das alles sinnlos vor«, sagte Ellin nach stundenlangem Schweigen.

»Was?«

»Einfach alles. Dass wir hier langgehen, unsere Habseligkeiten in die nächste Stadt schleppen, dort wieder von vorne anfangen wollen. Ich bin dessen so müde.«

»So darfst du nicht denken.«

Ellin blieb abrupt stehen. Fast wäre Berblin die Karrenstange aus der Hand gerutscht. »Was ist?«

»Du denkst insgeheim doch genauso wie ich, ich weiß es. Du sagst nur die ganze Zeit, dass alles Gottes Wille ist, dass er uns prüfen will und wir unser eigentliches Heim noch finden werden. Doch du zweifelst ebenso wie ich. Ich kann es spüren.«

Berblin wurde zornig. »Ach ja? Das spürst du also? Schön, dann will ich dir jetzt etwas sagen.« Sie legte die Karrenstange ab und machte einen Schritt auf Ellin zu. »Ja, ich bin müde.

Und ja, ich zweifle, weil ich nicht weiß, was noch alles auf uns zukommen wird, bis wir unseren Frieden finden. Doch eines weiß ich ganz genau Hier groß herumzujammern und in Selbstmitleid zu ertrinken bringt uns nicht weiter. Und der Herr sieht mit Abscheu auf dieses kriecherische Dasein. Du sagst, du seist es leid? Ja, das glaube ich dir gern. Auch dass du den Herrn nach dem ›Warum‹ fragst. Doch gleichzeitig habe ich eine Frage an dich. Wann hast du dem Herrn zuletzt gedankt? Wann hast du das Wort an ihn gerichtet und bist auf die Knie gefallen, weil er dir den Einfall, das Geschick und die Hände geschenkt hat, so wunderbare Kerzen herzustellen? Wann bist du auf den Knien gerutscht, um ihm dafür zu danken, dass du auch in höchster Verzweiflung immer wieder Menschen gefunden hast, die dir geholfen haben und an deiner Seite waren, ganz gleich, was sie selbst deshalb zu erdulden hatten. Wann hast du …« Sie brach ab, als sie sah, dass Ellin den Kopf senkte und bitterlich zu weinen begonnen hatte.

»Verzeih! Ich wollte nicht grob sein.«

Berblin schloss Ellin in die Arme und wartete, bis sie sich wieder etwas beruhigt hatte.

»Bitte entschuldige! Ich war undankbar!«, meinte diese schließlich und wischte sich die Tränen von den Wangen.

»Ist schon gut.«

»Nein, ist es nicht, denn du hast ja recht! Ich jammere und klage die ganze Zeit. Du hast alles für mich aufgegeben, und was mache ich? Ich fühle mich bestraft, weil ich geglaubt habe, dass Hamburg die Stadt wäre, in der ich zukünftig leben werde. In der *wir* zukünftig leben«, korrigierte sie sich. »Ich habe mich gehenlassen, doch das wird nicht noch einmal geschehen.«

Berblin machte eine abschwächende Geste. »So schlimm ist

es nun auch wieder nicht. Aber hadere nicht mit allem und jedem, sondern versuche stets, das Beste aus deiner Lage zu machen. Ich weiß nicht, woher diese Gewissheit herrührt, doch ich bin der festen Überzeugung, dass der Herr genau das von uns erwartet.«

»Ja«, bekräftigte Ellin und hob den Kopf. In ihren Augen war ein Funkeln zu sehen. »Ab jetzt werde ich stets das Beste aus allem machen. Ich werde weder ängstlich noch zaghaft sein, sondern mutig angehen, was auch immer das Leben für mich bereithält.«

Berblin kniff ihr zärtlich in die Wange. »So will ich dich haben, meine Kleine.« Sie ging zum Karren zurück und wartete, bis auch Ellin wieder ihre Hand am Griff hatte. »Und jetzt auf nach Lübeck!«, rief Berblin. »Oder besser gesagt, erst einmal bis zur nächsten Schenke. Auch mutige Frauen müssen schließlich etwas zu essen bekommen.«

Ellin lachte gelöst auf, und bis sie das nächste Dorf und damit auch eine Schenke erreichten, plauderten die Frauen zwanglos miteinander. Die Stunden vergingen. Doch es kam ihnen nicht so vor. Seit ihrem kleinen Streit gingen sie herzlicher denn je miteinander um. Und als sie schließlich die nächste Wirtschaft erreichten, befanden sie sich bereits wieder in so heiterer Aufbruchsstimmung, als hätte es den Rückschlag in Hamburg nie gegeben.

Sie grüßten den Wirt und blickten sich im Gastraum um. Außer ihnen war nur ein einziger Mann im Raum, der am hintersten Tisch saß, seinen Krug zwischen den Händen drehte und tief in Gedanken versunken zu sein schien. Er sah nicht einmal auf, als Berblin mit dem Wirt sprach.

»Wir brauchen Essen, Trinken und eine Kammer für die Nacht. Außerdem haben wir einen Handkarren, den wir sicher unterstellen müssen.«

»Essen und Trinken habe ich, und den Handkarren könnt Ihr hereinholen und dort hinten in die Ecke schieben.« Der Wirt deutete mit ausgestrecktem Arm in einen Winkel der Schenke, wo weder Tische noch Bänke standen. »Aber eine Kammer hab ich nicht für Euch.«

»Ihr habt keine Kammer? Aber das ist doch eine Schenke.«

»Schon, aber ich habe nur noch einen Schlafraum, seitdem der zweite durch die Unaufmerksamkeit eines Gastes, der eine Kerze umgestoßen hat, vollständig ausgebrannt ist. Das Dach der Kammer konnte ich zwar mehr schlecht als recht wieder flicken, doch schlafen kann man dort nicht. Und die verbleibende Kammer habe ich schon dem Gast dahinten gegeben.« Wieder deutete er mit dem Arm, diesmal auf den Mann, der immer noch vollkommen in sich versunken in der Ecke saß.

»Aber wir brauchen eine Bleibe für die Nacht. Habt Ihr vielleicht einen Stall hinter dem Haus?«

»Ja, aber da stehen ein Pferd und ein Ochse drin. Und die haben schon nicht genug Platz. Ich kann Euch also nicht empfehlen, bei ihnen Euer Lager aufzuschlagen. Noch bevor Ihr eingeschlafen seid, haben Euch die Viecher totgetrampelt.«

Berblin warf Ellin einen ratlosen Blick zu.

»Ihr könnt allenthalben meinen Gast fragen, ob er sich die Kammer vielleicht mit Euch teilt?«

Berblin stemmte die Hände in die Hüften. »Ihr habt wohl zu viel von der Tollkirsche genascht!«

»Was habe ich?«

Sie machte eine wegwerfende Handbewegung. »Ach, vergesst es.«

»Und wenn wir weitergehen und versuchen, noch vor Einbruch der Dunkelheit das nächste Dorf zu erreichen?«, schlug Ellin vor.

»Das würde ich mir aus dem Kopf schlagen, wenn ich an Eurer Stelle wäre. Da kommt Ihr nicht mehr rechtzeitig an, und was die Kerle, denen Ihr auf dem Weg dorthin begegnen könntet, mit Euch anstellen, möchte ich mir lieber nicht vorstellen.«

In diesem Augenblick trat die Wirtin aus einem der hinteren Räume in die Schenke. Berblin atmete erleichtert auf. Vielleicht könnte sie ihnen helfen.

»Gute Frau«, begann sie.

Die Wirtin kam näher. »Ja?«

»Wir brauchen eine Kammer für die Nacht, doch Euer Gatte hier sagt, dass Ihr nichts mehr frei habt.«

»Wenn mein Gatte das sagt, dann wird es so sein.« Sie wandte sich ihrem Mann zu. »Was für einen Gast haben wir denn?«

Er machte eine Kopfbewegung. »Den dort hinten. Er hat schon bezahlt.«

»Ja, dann kann ich leider auch nichts machen«, sagte die Wirtin bedauernd.

»Aber gibt es denn nicht noch irgendeine andere Möglichkeit?« Ellin klang verzweifelt.

In diesem Moment erhob sich der Gast und kam zu ihnen herüber.

»Entschuldigt, doch Eure Unterhaltung war nicht zu überhören.« Er deutete eine Verbeugung an. »Aber kennen wir uns nicht?«

Ellin schluckte schwer. Woher wollte er sie kennen? War er etwa einer von Graf Friedrichs Männern und womöglich auf der Suche nach ihr, um sie zu ermorden? Reich genug sah er aus, um sich im engeren Kreise des Grafen zu bewegen. Ihr

Herz schlug schneller. Dann aber erinnerte sie sich plötzlich an ihn.

»Es stimmt, wir haben uns schon gesehen. Ich weiß nur nicht mehr, wo.«

Berblin sah zwischen den beiden hin und her, bereit, der Freundin zur Seite zu springen, sollte es notwendig sein.

»Jetzt weiß ich's wieder«, brach es plötzlich aus dem Mann heraus. »Es war in Hamburg. Wir waren während der Fahrt über die Elbe im gleichen Boot.«

»Ja, richtig. Ihr habt dem Schiffer gleich das Geld für die nächste Überfahrt gegeben.«

»Sonst hätte er wohl nie mehr zu jammern aufgehört«, schmunzelte der Fremde. Er streckte Ellin die Hand entgegen. »Mein Name ist Rafael Wiidmark. Ich bin Gewürzhändler.«

»Ich bin Ellin, und meine Freundin hier heißt Berblin. Wir sind Kerzenzieherinnen.«

»Eigentlich ist nur sie Kerzenzieherin«, stellte Berblin richtig. »Ich halte es eher mit Kräutertinkturen.«

»Es freut mich, Euch hier wiederzubegegnen.« Er warf einen kurzen Blick auf den Wirt. »Doch der Grund, warum ich Euch überhaupt ansprach, ist wie gesagt der, dass Eure Unterhaltung nicht zu überhören war. Ich habe meine Sachen schon nach oben in die Kammer gebracht. Sie ist groß genug für drei Personen. Es steht sogar eine Bettstatt darin, die ich Euch gerne überlasse. Mir reichen ein paar Decken auf dem Boden.«

»Aber das geht doch nicht«, brachte Ellin verlegen hervor.

Berblin stieß sie an. »Wir schlafen mit einem Messer unter dem Kopfkissen, nur damit Ihr Bescheid wisst.«

»Gut«, witzelte der Gewürzhändler daraufhin. »Dann brauche ich mir ja keine Sorgen mehr zu machen, sollte uns des Nachts jemand überfallen.«

Ellin begann zu grinsen. Einen kurzen Moment nahm Berblin dem Mann übel, einen Witz auf ihre Kosten gemacht zu haben, doch dann musste auch sie lächeln.

»Aber wenn nun drei Gäste statt einem in der Kammer übernachten, will ich auch die dreifache Summe dafür«, mischte der Wirt sich ein.

»Die Kammer ist schon bezahlt. Gib den Frauen zu essen und zu trinken, und du bekommst von mir noch einmal die gleiche Summe, die ich dir schon gegeben habe.«

»Aber sie sind zu zweit«, protestierte der Wirt.

»Ja, zwei Frauen, denen du keine Kammer bieten kannst. Wir machen es so, oder du gibst mir mein Geld zurück, und ich ziehe mit den Frauen ins nächste Dorf weiter. Ich werde schon darauf achten, dass ihnen unterwegs nichts geschieht.«

Der Wirt murmelte einige unverständliche Worte.

»Sagtet Ihr eben, dass Ihr einverstanden seid?«, hakte Rafael nach.

»Ja, doch. Nun gebt mir schon die Münzen, damit ich Euch auftragen kann. Sonst stehen wir ja morgen früh noch hier.« Auf sein Zeichen hin ging seine Frau zurück in die Küche, um das Essen zu bereiten.

Die drei Gäste begaben sich dagegen zu dem Tisch, an dem Rafael schon vorhin gesessen hatte, und warteten, bis der Wirt ihnen den Würzwein brachte.

»Das war wirklich sehr nett von Euch«, bedankte sich Berblin. »Aber wir bestehen darauf, Euch Euer Geld zurückzugeben.«

Der Gewürzhändler winkte ab. »Ach was. So habe ich wenigstens nette Gesellschaft und muss den Abend nicht mit dem da verbringen.« Er deutete unauffällig zum Wirt hinüber.

Ellin schmunzelte. »Habt Ihr in Hamburg gute Geschäfte gemacht?«

»Ja, ich bin wirklich ausgesprochen zufrieden. So gewinnbringend sich Gewürze aus fernen Ländern auch verkaufen lassen, bekommt man doch für nichts so viel Geld wie für Salz. Es ist fast, als könnten die Menschen ohne das weiße Gold nicht mehr leben.«

»Tatsächlich?«, fragte Ellin. »Das wusste ich nicht.«

»Aber so ist es«, bekräftigte er. »Wenn man nur gute und sichere Transportwege findet, kann man reich damit werden.«

»Und?«, fragte Berblin, »seid Ihr schon reich damit geworden?«

Rafael lächelte. »Nun, mein Vater und dessen Vater haben gute Vorarbeit geleistet. Ich führe nur weiter, was die beiden aufgebaut haben. Mir kommt dabei das geringste Verdienst zu.«

»Womöglich seid Ihr auch nur zu bescheiden?« Ellin lächelte.

»Ich, bescheiden? Wo denkt Ihr hin. So eine Unverschämtheit würde ich mir nie erlauben.«

Die Frauen lachten, und Ellins Blick ruhte auf dem Gesicht des Mannes, den sie gerade erst kennengelernt hatten. Er gefiel ihr, auch wenn sie es sich nicht eingestehen wollte. Und seine leichte und unbeschwerte Art ließ sie eine Zeitlang vergessen, welche Verzweiflung sie seit Wochen umtrieb.

»Und Ihr beiden? Handelt mit Kerzen?«

Berblin nickte. »Aber nicht mit gewöhnlichen Kerzen«, fügte sie dann hinzu. »Wir verkaufen Wunderlichter.« Sie hob den Kopf und schloss einen Moment genussvoll die Augen. Ellin lachte.

»Wunderlichter, so, so. Das klingt ja aufregend. Und wie muss ich mir ein solches Wunderlicht vorstellen?«

»Nun, auf den ersten Blick sieht es aus wie jede andere

Kerze auch. Aber dann … Wartet einen Augenblick.« Ellin stand auf und ging nach draußen. Einen Moment später rumpelte es vor der Tür, und Ellin zog mit aller Kraft den Handkarren über die Schwelle. »Dort hinten in die Ecke, sagtet Ihr?« Sie sah den Wirt abwartend an.

»Ganz recht. Soll ich Euch helfen?«

»Es geht schon.« Sie schob das Gefährt an die besagte Stelle, wühlte ein wenig in ihren Habseligkeiten und zog schließlich zwei der kleinen Kerzen hervor, mit denen sie am Stand die Kunden angelockt hatten. Danach ging sie zur Feuerstelle hinüber, nahm einen bereitliegenden Kienspan, entzündete damit die Kerzen und kehrte mit ihnen an den Tisch zurück.

»Sieht wirklich wie eine ganz normale Kerze aus«, urteilte Rafael.

»Wartet. Ihr müsst ein wenig Geduld beweisen.«

Ellin trank einen kräftigen Schluck. Die Flammen knisterten leise, begannen zu tanzen, und nach und nach verstärkte sich auch der Duft des Bienenwachses, den Ellin so beruhigend fand. Kurz schloss sie ihre Augen und atmete ihn tief ein.

»Jetzt rieche ich es«, brachte Rafael begeistert hervor. »Was ist das? Bienenwachs?«

»Ganz recht.«

»Aber ich kann an der Kerze nirgendwo Bienenwachs entdecken. Sie sieht wie eine ganz normale aus Talg aus.«

Der Wirt kam zu ihnen herüber und besah sich die Kerze ebenfalls genauer. »Es ist erstaunlich, dass eine so kleine Kerze, wie ich sie noch nie zuvor gesehen habe, meine ganze Gaststube mit ihrem Duft belebt. Habt Ihr noch mehr davon?«

Ellin nickte. »Ja, aber nur welche, die schon entzündet

wurden. Wir haben in Hamburg alle Kerzen, die wir hatten, verkauft.«

Der Wirt schien enttäuscht. »Auch wenn sie schon angebrannt sind, würde ich sie Euch doch gerne abkaufen. Wie viel verlangt Ihr dafür?«

»Sie werden nicht mehr sehr lange brennen«, erklärte Ellin. »Es wäre nicht recht, wenn ich Euch …« Berblin trat ihr unter dem Tisch auf den Fuß. »… wenn ich Euch mehr als zehn Pfennige das Stück abnehmen würde.«

»In Ordnung«, willigte der Wirt ein. »Wie viele habt Ihr davon?«

»Da muss ich erst nachsehen.« Ellin stand auf und durchwühlte abermals ihre Sachen. Mit beiden Händen voll kam sie wieder an den Tisch zurück. »Hier. Das sind vierzehn Stück. Aber viel Wachs ist wirklich nicht mehr an ihnen dran. Ich gebe sie Euch für achtzig Pfennige.«

»Danke.« Der Wirt war sichtlich erfreut, packte die zu zwei Türmen aufeinandergestapelten Kerzen mit beiden Händen und ging zur Küche hinüber, aus der gerade seine Frau in die Wirtsstube trat.

»Was riecht denn hier so gut?«

»Kerzen«, war seine knappe Antwort. »Wunderlichter, wenn man es genau nimmt.« Dabei warf er seinen Gästen einen verschmitzten Blick zu. »Hier. Zwei ganze Hände voll.«

Seine Frau schien zufrieden. »Was ist, wenn wir mehr davon haben wollen?« Sie sah zu den Gästen hinüber.

»Wir werden nach Lübeck gehen und dort versuchen, einen Stand auf dem Markt zu beziehen. Wenn Ihr einmal dort hinkommt, könnt Ihr so viele Kerzen erstehen, wie Ihr wollt.«

Die Wirtin nickte, nahm ihrem Mann einen Teil ab und verschwand wieder.

»Was meint Ihr damit, wenn Ihr sagt, es dort mit einem

Stand versuchen zu wollen? Wer oder was sollte Euch daran hindern?« Rafael sah fragend zwischen Ellin und Berblin hin und her. Worauf Letztere ihm berichtete, was sich in Hamburg zugetragen hatte.

»Das ist in der Tat ein schwierig zu lösendes Problem«, gab er zu und rieb sich nachdenklich das Kinn. »Es sei denn ...«

»Es sei denn, was?« Ellin blickte ihn aufmerksam an.

»Es sei denn, Ihr habt schon bei Eurem Eintreffen in Lübeck einen Mann an Eurer Seite, für den Ihr den Stand betreibt.«

Berblin zog die Augenbrauen zusammen. »Kein schlechter Gedanke. Doch was würde ein Mannsbild für diese Hilfe wohl von uns haben wollen?«

Rafael konnte ihr ansehen, was sie dachte. Abwehrend hob er die Hände. »Ein Mann, der sich selbst kaum versorgen kann oder eine gar schlechte Erziehung genossen hat, käme vermutlich auf unlautere Ideen. Aber ein ...«, er zögerte, »... sagen wir mal, ein Gewürzhändler, dessen Familie zu einer der reichsten in ganz Lübeck gehört, würde es womöglich umsonst tun, weil er längst durchschaut hat, dass ein Mann immer nur so viel wert ist, wie sein Weib ihn sein lässt. Wenn Ihr meine Mutter einmal kennenlernen solltet, werdet Ihr verstehen, was ich meine.«

»Ist das Euer Ernst?« Ellin starrte ihn verblüfft an.

»Na ja, etwas würde es Euch schon kosten. Immerhin muss der Mann ja irgendetwas davon haben.«

»Wie viel?« Berblin sah ihn ernst an.

»Zehn Pfennige«, forderte er.

»Zehn Pfennige für jede verkaufte Kerze? Aber da haben wir ja dann selbst ...« Doch weiter kam sie nicht, denn Rafael korrigierte sie sofort.

»Ich dachte an zehn Pfennige pro Jahr«, warf er ein und lächelte die Frauen an.

»Wirklich?«

»Aber warum denn nicht? Da betreibt Ihr ein so großartiges Handwerk, mit dem Ihr die Menschen sofort begeistert, und es soll Euch nicht erlaubt sein, davon zu leben?« Er trank einen kräftigen Schluck. »Das ist doch Unfug. Und jeder Mann, der etwas anderes behauptet, kann nicht mehr Verstand haben als diese kleine Kerze dort vorn. Obwohl er bei weitem nicht so gut riecht.«

Ellin und Berblin prusteten los. Es wurde ein langer Abend, an dem viele Pläne geschmiedet wurden, und als sie am nächsten Morgen aufbrachen, waren sie voller Vorfreude auf Lübeck. Während Ellin munter ausschritt, dachte sie bei sich, dass Berblin womöglich recht behalten würde. Sie hatte den Weg, den der Herr für sie vorgesehen hatte, zwar noch nicht gefunden. Doch es sah ganz danach aus, als sei sie kurz davor.

26. Kapitel

Ich werde euch noch begleiten, um sicherzugehen, dass ihr auch wirklich gut unterkommt.« Rafael wies mit der Hand auf ein Haus. »Wir werden es dort vorn versuchen. Die Besitzerin kennt mich. Folgt mir.«

Auf ihrem gemeinsamen Weg nach Lübeck hatten sie sich gegenseitig aus ihrem Leben erzählt und gingen nun so vertraut und freundschaftlich miteinander um, als würden sie sich schon seit Jahren kennen.

Rafael Wiidmark entstammte einer alteingesessenen Lübecker Gewürzhändlerfamilie. Er selbst hatte seit einiger Zeit den Salzhandel als zusätzliche Einnahmequelle entdeckt und der Familie damit zu nochmals größerem Reichtum verholfen. Doch das viele Geld schien ihm nicht allzu viel zu bedeuten. Vor fünf Jahren hatte er einen schweren Schicksalsschlag verkraften müssen, als seine Frau kurz nach der Geburt ihrer Tochter Isabella gestorben war. Seither zog er das Kind mit Hilfe seiner Mutter und seines Vaters groß, die in einem hochherrschaftlichen Haus in Lübeck lebten. Seine jüngere Schwester Helena kümmerte sich ebenfalls gelegentlich um Isabella, war aber mehr mit sich selbst und ihrem gesellschaftlichen Leben beschäftigt als mit ihrer Nichte.

Rafael hatte Ellin und Berblin erzählt, dass er es früher genossen hatte, die unterschiedlichsten Städte entlang der Handelsrouten zu bereisen, und oft monatelang unterwegs gewesen war. Seitdem Isabella jedoch auf der Welt war und als Halbwaise aufwachsen musste, hatte sich das geändert. Er erledigte seine Geschäfte und kehrte danach stets, so schnell er nur konnte, nach Lübeck zurück.

Berblin und Ellin hatten ihm ihrerseits berichtet, dass sie mit Kerzen und Kräutersalben auf dem Bremer Markt Handel getrieben hatten. Auf Rafaels Frage, weshalb sie von dort nach Hamburg gegangen seien, hatten sie nur ausweichend geantwortet. Er hatte gemerkt, dass die Frauen nicht darüber reden wollten, und es dabei belassen.

Kurz bevor sie Lübeck erreichten, baten die beiden ihn um eine kurze Rast, in der sie sich im Schutz des Waldrandes die schmutzigen Kleider aus- und die ihnen von Apollonia geschenkten angezogen hatten. Rafael hatte nicht schlecht gestaunt, als die Frauen in kostbare Gewänder gekleidet wieder zurückgekommen waren.

»Schließlich sollen die Lübecker keinen falschen Eindruck von uns gewinnen«, hatte Berblin ihm erklärt, als sie ihren Weg daraufhin fortgesetzt hatten.

Rafael klopfte kräftig an die Haustür. Die Frau, die öffnete, schien ihn sofort zu erkennen. Rasch beugte sie das Knie. Berblin und Ellin waren ein Stück weit vom Eingang entfernt auf der Straße stehen geblieben und konnten nicht genau hören, was Rafael ihr erzählte. Sie sahen nur, dass diese mehrfach zu ihnen herübersah und dann nickte, worauf Rafael sich zu ihnen umdrehte.

»Ihr habt Glück!«, rief er und winkte Berblin und Ellin zu sich heran. »Hildegard ist die beste Hauswirtin in ganz Lübeck, und sie würde sich freuen, euch aufzunehmen.«

Die beiden stellten ihren Handkarren ab und traten näher. »Seid gegrüßt«, sagte Berblin. »Wir sind Kerzenzieherinnen und benötigen für unsere Arbeit eine Feuerstelle. Können wir die Eure dafür benutzen?«

Hildegard überlegte und blickte dann Rafael an. »Kann dabei etwas kaputtgehen? Das müsstet Ihr dann bezahlen.«

Er lächelte gutmütig. »Nein, dabei wird nichts beschädigt. Es ist ein Handwerk wie jedes andere. Aber sollte es dennoch so sein, verbürge ich mich persönlich dafür, dass dir der Schaden ersetzt wird.«

Die Hauswirtin nickte zufrieden.

»Du musst wissen, Hildegard.« Er sah sich um, als wollte er sichergehen, dass niemand ihr Gespräch belauschte. »Deine zwei Gäste sind berühmt für ihre Handwerkskunst. Sie fertigen Wunderlichter und werden diese auf dem Markt an einem meiner Stände verkaufen.«

»An einem Eurer Stände, Herr?« Hildegard riss die Augen weit auf.

Er nickte nur und legte einen Finger an die Lippen. »Aber sag es noch keinem. Wenn sich erst einmal herumspricht, dass die beiden hier sind, wirst du nicht mehr zur Ruhe kommen. Alle werden dir neiden, dass sie bei dir untergekommen sind.«

Hildegard setzte eine verschwörerische Miene auf. »Von mir erfährt niemand etwas.«

»Gut.« Er wandte sich zu Berblin und Ellin um, denen angesichts so viel Lobes eine leichte Röte in die Wangen gestiegen war. »Ich helfe euch noch, den Karren zu entladen. Und dann freu ich mich darauf, nach Hause zu kommen.«

»Nein, nein«, wehrte Ellin ab. »Lass nur. Das können wir auch allein. Hab Dank für alles.«

»Ich lasse die Tür offen«, sagte Hildegard laut. »Dann könnt Ihr alles hereintragen, während ich Euch eine Kammer herrichte.« Damit verschwand sie im Innern des Hauses.

»So, so«, sagte Berblin leise. »Wir sind also überall bekannt für unsere Handwerkskunst, ja?« Ein amüsiertes Lächeln umspielte ihre Lippen.

Sie gingen zusammen zum Karren. Rafael sah sich noch einmal um, ob Hildegard tatsächlich gegangen war. Dann beugte er sich verschwörerisch zu den beiden Frauen vor und flüsterte: »Sie ist eine herzensgute Frau und wunderbare Hauswirtin. Aber sie ist auch die größte Schwatzbase von ganz Lübeck. Glaubt mir. Noch bevor es dunkel wird, weiß hier ein jeder, dass die Frauen, die die bekannten Wunderlichter herstellen, uns die Ehre erweisen, auf unserem Markt ihre Waren feilzubieten.« Er zwinkerte. »Doch jetzt richtet euch erst einmal häuslich ein, während ich nach Hause zu Isabella gehe. Wenn es euch recht ist, werde ich morgen vorbeikommen und nach euch sehen.«

»Das wäre schön«, sagte Ellin ein bisschen zu schnell. Erneut schoss ihr die Röte ins Gesicht.

»Gut, dann bis morgen.« Mit diesen Worten ging er davon.

Mit einem Seufzer griff sich Ellin so viele Waren, wie sie tragen konnte, und ging damit auf die Haustür zu. Wieder eine neue Stadt, wieder ein neuer Anfang. Sie fühlte sich erschöpft und ausgelaugt. Wann endlich würde sie einen Ort finden, an dem sie bleiben konnte?

»Gib nur acht, meine Kleine«, sagte Berblin und lud sich ihrerseits beide Arme voll.

»Worauf?«, wollte Ellin wissen und wartete, bis Berblin zu ihr aufgeschlossen hatte. Gemeinsam gingen sie ins Haus.

»Dein Herz ist noch zu unerfahren, um einem Mann wie ihm standzuhalten.«

»Ach, was du nur immer denkst.«

»Und eine Tochter hat er auch. Er braucht eine Frau, die diese Verantwortung an seiner Seite auch tragen kann.«

»Jetzt hör aber auf«, empörte sich Ellin. »Mein Herz ist noch immer bei Jerg, auch wenn er nicht mehr unter uns weilt.«

»Wenn du es sagst.«

Ellin wollte noch etwas erwidern, doch in diesem Moment kam Hildegard die Treppe herunter. »Eure Kammer liegt oben, es ist gleich die erste Tür auf der rechten Seite. Oder wollt Ihr zwei Räume? Das kostet dann aber doppelt.«

Die Frauen warfen sich einen kurzen Blick zu. »Nein, wir sind sehr gern zusammen«, antwortete Berblin, fragte dann aber sicherheitshalber noch einmal an Ellin gewandt nach. »Das stimmt doch, oder?«

Ellin schmunzelte. »Nur, weil du manchmal etwas eigenartig daherredest, wirst du mich noch lange nicht los. Eine Kammer ist genau richtig für uns.«

Berblin lächelte. »Wäre ich jetzt nicht so schwer beladen, würdest du deine freche Antwort bereuen.«

Ellin lachte auf und ging der Freundin voran die Stufen hinauf.

»Eine richtige Bettstatt«, jauchzte sie, noch bevor Berblin den Raum betreten hatte. Sie legte die Sachen, die sie im Arm trug, vorsichtig in einer Ecke auf dem Boden ab und half danach Berblin, ihre Last loszuwerden.

»Danke.« Berblin ging zum Bett hinüber und ließ sich mit einem Lächeln darauf nieder. »Herrlich! Ich werde schlafen, schlafen, schlafen.«

»Oh nein! Erst einmal müssen wir abladen. Und dann sollten wir so rasch als möglich mit der Arbeit beginnen.«

»Abladen ja, doch arbeiten werden wir heute nicht mehr. Wir werden den Abend nutzen, um unsere müden Glieder auszustrecken und uns ein wenig auszuruhen.«

»Wirklich? Ach, das wäre wunderbar. Die Aufregungen

der letzten Zeit und die Reise haben mich doch etwas erschöpft.«

»Mich auch, Kleines. Komm. Lass uns rasch den Rest ins Haus tragen. Und dann werden wir der guten Hildegard ein paar Groschen mehr bezahlen und uns von ihr einschenken lassen.«

»Nur nicht wieder so viel wie am ersten Abend bei Apollonia. Ich kann mich noch gut daran erinnern, wie sich mein Kopf am Morgen danach anfühlte«, lachte Ellin.

Sie verließen die Kammer und eilten sich, mit der Arbeit fertig zu werden. Danach ließen sie es sich bei einem Becher Würzwein gutgehen.

In aller Früh, Berblin schlief noch tief und fest, schlich sich Ellin bereits aus der Kammer, ging leise die Stufen hinab und trat vor das Haus. Es war noch dunkel, nur ein kleiner heller Streif am östlichen Himmel verriet, dass der Anbruch des Tages nicht mehr lange auf sich warten ließ. Hildegards Haus lag mitten in Lübeck, und Ellin sah in alle Richtungen, um sich die anliegenden Häuser und Gassen genau einzuprägen, damit sie die Unterkunft nach ihrem kleinen Erkundungsgang auch anstandslos wiederfinden würde. Sosehr sie die im Kloster herrschende Stille früher auch manchmal erdrückt hatte, so froh war sie nun, einmal ganz für sich allein zu sein. Sie zog ihren Umhang fester um die Schultern und ging los. Die Häuserfronten erinnerten sie sofort an jene, die sie in Hamburg bewundert hatte. Überhaupt hatten die Städte in ihren Augen viel Ähnlichkeit miteinander. Woran genau das lag, hätte sie jedoch – abgesehen von den reichen Verzierungen der Gebäude – nicht zu sagen vermocht. Es dämmerte, und sie konnte nun immer mehr Details ausmachen, mit denen die Reichen des Ortes ihren Wohlstand zur Schau stellten. Staunend und den Blick nach oben gerichtet, schritt sie langsam die breiten Straßen entlang. Kein Mensch war zu sehen, noch nirgends ein Licht entzündet, und mit jedem ihrer Schritte schien der anbrechende Tag mehr Kraft zu gewinnen und die Nacht zu verdrängen.

Sie bog in eine schmalere Gasse ab und wusste auf einmal genau, in welche Richtung sie ging. Erste Stimmen waren zu vernehmen, Fischgeruch lag in der Luft. Der Hafen konnte nicht mehr weit entfernt sein. Wie Berblin ihr berichtet hatte, gab es in Lübeck nichts, was von größerer Bedeutung war als das Treiben direkt am Wasser. Dort unten im Hafen schlug das Herz dieser Stadt, pulsierte das Leben. Hier war der Umschlagplatz für Neues und Fremdes, nie Gekanntes und Gesehenes. Kräuter und Gewürze, feinste Stoffe und Tuche, Tiere und Gegenstände. Und eine schier unerschöpfliche Menge heiliger Reliquien, die ihrem Besitzer im Diesseits zu Glück und Reichtum verhalfen und ihm im Jenseits das Wohlwollen der verstorbenen Seelen sicherten.

Ellin zögerte, ob sie die Richtung beibehalten sollte. Sie wollte ein bisschen Ruhe haben, um ihre Gedanken ordnen zu können und um über alles, was sich in der letzten Zeit ereignet und ihr Leben von Grund auf geändert hatte, nachzudenken. Doch dann fasste sie sich ein Herz und schritt weiter voran. Auch wenn sie das lebhafte Hin und Her ablenken würde, so war sie doch neugierig zu sehen, was der Lübecker Hafen für sie bereithielt und welche neuen Erfahrungen sie dort machen würde.

Als sie um eine weitere Häuserecke bog, hatte sie das Wasser direkt vor sich und blickte sich um. Anders als in Hamburg waren hier am Kai dicht an dicht einfache Hütten aufgestellt, in denen wohl die Waren zwischengelagert wurden. Sie ging weiter und sah, wie gleich mehrere Schiffe be- und entladen wurden und Männer mit großen Ballen und Kisten auf den Schultern geschickt über die ausgelegten Stege balancierten. Niemand beachtete sie oder sprach sie gar an. Es war, als wäre sie eine unsichtbare Beobachterin, von der niemand wusste, dass sie da war.

Langsam schlenderte sie an den Hütten entlang und sog tief den Geruch des Wassers ein. Alle Arbeiten gingen sehr ruhig und dennoch rasch vonstatten. Anders als in Bremen oder Hamburg, wo immer jemand einen Befehl rief oder die Leute dazu anhielt, schneller oder sorgfältiger ihre Arbeit zu versehen. Hier jedoch war es, als folgten alle dem Takt einer unhörbaren Melodie, mit der sie sich in absolutem Gleichklang befanden und ihre Aufgabe erledigten. Das Kommen und Gehen der Seeleute und Händler hatte für Ellin etwas Ruhiges und Friedliches, und einen Moment lang musste sie an die Gebete im Kloster denken, die ein jeder in Eintracht mit den anderen und doch ganz für sich verrichtete.

Es dauerte eine Weile, bis sie das Ende des Kais erreichte und schließlich links in eine Gasse abbog. Die Stadt erwachte langsam, ein diffuses Licht machte sich über den Dächern breit. Sie ging weiter und wandte sich noch einmal nach links, bis sie die Häuser wiedererkannte und sodann die Unterkunft erreichte, in der Berblin und sie untergekommen waren. Ob sie wohl auch an dem Haus vorbeigekommen war, in dem Rafael mit seiner Tochter Isabella lebte? Ellin setzte sich auf die Eingangsstufen des Hauses und blickte auf die gegenüberliegenden Fronten, die sie jedoch nur schemenhaft wahrnahm. Nicht, weil es noch zu dunkel gewesen wäre, sondern weil sie so tief in Gedanken versunken war, dass sie alles um sich herum nur vage registrierte. Was war nur alles in letzter Zeit geschehen? Kurz sah sie die Leichen von Mathes und Linhart vor sich und schloss die Augen, um das schreckliche Bild wieder zu vertreiben. Stattdessen erinnerte sie sich nun an die

Brüder, als sie noch gelebt hatten. Wie sie gelacht und gescherzt und Ellin das erste Mal in ihrem Leben das Gefühl gegeben hatten, auch außerhalb des Klosters ihren Platz in der Welt finden zu können. Dann dachte sie an die Menschen in Selete, die sie so großzügig und selbstverständlich aufgenommen hatten. Eine Erfahrung, die für sie völlig neu gewesen war. Denn die enge Gemeinschaft der Schwestern im Kloster war ihr immer als eine unfreiwillige, von oben verordnete vorgekommen; ein Miteinander, das vorrangig dazu diente, dass die Schwestern ihre Pflichten gegenüber Gott besser erfüllen konnten. Einmal, nachdem Ellin sich mit einer anderen Novizin über die Welt außerhalb der Klostermauern unterhalten hatte, war sie danach sofort zur Äbtissin gerufen worden. Die Mutter Oberin hatte sich besorgt über Ellins Ansichten gezeigt, die diese, sowohl was ihren von Gott vorgegebenen Weg als auch ihre Pflichten im Kloster anging, geäußert hatte. Die Zweifel, die Ellin diesbezüglich immer wieder überfallen hatten, die innerliche Weigerung, ein Leben nach den strengen Klosterregeln und in totalem Gehorsam zu führen, hatten ihr den Zorn der Äbtissin zugezogen. Was diese heute wohl von Ellin dachte? Glaubte sie womöglich wirklich, dass sie etwas mit Jonathas Tod zu tun gehabt hatte? Im Grunde konnte Ellin sich das nicht vorstellen. Dazu besaß die erfahrene Kirchenfrau entschieden zu viel Menschenkenntnis. Doch andererseits konnte Ellin auch nicht wissen, was für schreckliche Dinge Graf Friedrich der Oberin über sie erzählt hatte.

Sie merkte, wie ihr Herz schneller zu schlagen begann. Da war sie wieder, die Angst, die beim Gedanken an Graf Friedrich jedes Mal so heftig von ihr Besitz ergriff, dass sich ihr Magen zusammenzog. Doch sie hatte über die Jahre im Kloster hinweg gelernt, ihren Ängsten zu trotzen. Fest schloss sie nun die Augen, um ihre Atmung zu beruhigen und ihr inneres Gleichgewicht wiederzugewinnen. Vor ihrem inneren Auge erschien nun das Bildnis des süßen Herrn Jesus am Kreuz, auf das sie sich schon immer konzentriert hatte, wenn die Dämonen der Angst sich in ihren Kopf geschlichen und sie gequält hatten. Es war kein Gebet, das sie sprach, eher ein innerer Monolog, mit dem sie sich selbst Mut zusprach. Bereits als Kind hatte sie das getan, wenn sie in der kleinen Kammer, die sie sich mit drei anderen teilte, zu ersticken drohte und das Gefühl hatte, die Wände würden immer näher an sie heranrücken – bis sie schließlich elendiglich zerquetscht wäre.

Nun saß sie hier auf den eiskalten Stufen des Hauses und lächelte, als sie spürte, dass ihr das heraufbeschworene Bild des Herrn am Kreuz auch diesmal Ruhe und Frieden gab.

Sie legte die Hände zum Gebet zusammen und sprach leise mit Gott, während der eisige Wind an ihrem Umhang zerrte. Doch sie fühlte die Kälte nicht, sondern nur die Wärme und Geborgenheit, die ihr allein der Herr zu schenken vermochte. Ihr Gebet schloss sie mit der Bitte, dass Friedrich die Suche nach ihr aufgeben möge und sie hier in Lübeck bleiben und ihr Glück finden könne. »Ach, hier bist du.«

Ellin hatte nicht bemerkt, dass die Tür hinter ihr geöffnet worden war.

»Sitzt du schon lange hier draußen?«

Ellin öffnete die Augen und lächelte Berblin an, die sich ihren Umhang eng um die Schultern gezogen hatte und offenbar heftig fror.

»Ich war schon sehr früh wach und habe mir Lübeck ein wenig angesehen. Du hast kein bisschen übertrieben. Es ist eine sehr schöne Stadt.«

»Nun komm aber herein. Sonst holst du dir hier draußen

noch den Tod.« Berblin machte kehrt und ging zurück ins Haus, ohne auf Ellins Feststellung einzugehen.

Im Flur begegneten sie Hildegard, die einen verschlafenen Eindruck machte. »Wenn Ihr immer so früh aufsteht, müsst Ihr Geduld haben, bis Ihr etwas zu essen bekommt. Ich bin es nicht gewohnt, zu dieser Stunde aus dem Bett zu steigen.«

»Guten Morgen.« Ellin lächelte sie an. »Wir können uns das Frühstück auch selber zubereiten. Wie schön, wenn der Herr Euch einen gesunden Schlaf schenkt.«

Hildegard sah sie nur an. »Nennt mich nur Hildegard. Ich bin es nicht gewohnt, so gestelzt angesprochen zu werden. Und jetzt bereite ich euch etwas zu essen. Es dauert nicht lang.«

»Was hast du denn in aller Herrgottsfrühe da draußen zu suchen gehabt?«, begann Berblin auf einmal nachzufragen.

»Ich war am Hafen.«

»Am Hafen? Aus einem bestimmten Grund?«

»Ich habe mich umgesehen. Wusstest du, dass die Menschen dort ganz und gar lautlos die Schiffe beladen? Sie sprechen nicht untereinander, geben sich keine Befehle. Und trotzdem scheint ein jeder genau zu wissen, was er zu tun hat.«

»Und das gefällt dir weshalb?« Berblin sah die Jüngere verständnislos an.

Ellin zuckte mit den Schultern. »Ich weiß nicht. Ich fand es einfach schön.«

Berblin schüttelte den Kopf. »Ich werde einfach nicht schlau aus dir.«

Noch bevor Ellin etwas erwidern konnte, betrat auch schon Hildegard mit einem gefüllten Tablett den Raum. »So, jetzt könnt ihr euch stärken.«

»Danke.« Die Frauen setzten sich an den Tisch und aßen schweigend.

Ellin fühlte sich glücklich und zufrieden, ja geradezu geborgen. Das Gebet und das Bild Jesu hatten ihr gutgetan, und sie beschloss, sich wieder regelmäßig Zeit hierfür zu nehmen.

»Und ihr braucht also meine Feuerstelle für eure Arbeit, ja?«

»Ganz recht. Und wir wären dir dankbar, wenn du uns später den Weg zum Knochenhauer beschreiben könntest.« Berblin sah Hildegard an. »Und kennst du auch einen Imker?«

Die Angesprochene schüttelte den Kopf. »Honig könnt ihr am Hafen kaufen. Im Kontor des Schützlers werdet ihr fündig.«

»Wir brauchen nicht den Honig, sondern das Bienenwachs«, stellte Ellin klar.

Hildegard schien überrascht. »Wo ihr das kaufen könnt, weiß ich nicht. Das braucht doch normalerweise kein Mensch.«

»Na, wir werden es einfach später am Hafen versuchen«, gab Ellin zuversichtlich zurück.

Berblin aß gedankenverloren ihren Brei. Sobald sie ihre Erledigungen am Hafen abgeschlossen hätten, würden sie sich in Richtung Gerberviertel aufmachen, in dessen unmittelbarer Nähe ihre Eltern lebten. Sie freute sich darauf, ihren Vater und ihre Mutter wie auch ihren Bruder wiederzusehen, sofern dieser noch bei ihnen lebte.

»Freust du dich schon auf deine Eltern?«

»Kannst du Gedanken lesen? Ich habe eben an sie gedacht.«

»Das war nicht schwer zu erraten. Mir würde es genauso gehen, wenn ich eine Familie hätte, die hier lebt.«

»Es ist in der Tat lange her, dass ich sie zuletzt gesehen

habe. Ich hoffe nur, dass alle wohlauf sind und nicht kränkeln. Schließlich sind sie nicht mehr die Jüngsten.«

»Darf ich mitkommen, wenn du sie besuchst? Oder möchtest du lieber mit ihnen allein sein?«

»Es wäre mir eine Freude, wenn du mich begleiten würdest.«

»Wie schön. Ich freue mich darauf.«

Es klopfte an der Tür.

Hildegard ging schimpfend in den Flur. »Ja, was ist denn das nur für eine Aufregung in aller Früh? Wenn jetzt schon alle um diese gottverfluchte Zeit …« Sie verstummte, als sie die Tür öffnete und Rafael vor sich stehen sah. »Gnädiger Herr. Was verschafft mir die Ehre zu solch früher Stunde?«

»Bitte entschuldige, Hildegard. Ich weiß, dass es noch viel zu früh am Tag für einen Besuch ist. Doch ich vermute, deine Gäste sind schon auf?«

»Ja, das sind sie«, bestätigte Hildegard und ließ ihn eintreten. »Sie sitzen in der Stube, Herr.«

Er trat an ihr vorbei ins Haus. »Danke.«

Als Ellin seine Stimme im Flur erkannte, schlug ihr Herz einen Augenblick lang schneller. Sie sah auf, als er im Türrahmen erschien.

»Verzeiht mir die frühe Störung, doch ich will wieder zu Hause sein, bevor Isabella aufwacht.«

»Guten Morgen«, sagte Ellin, und ihr Blick war genauso sanft wie ihre Stimme.

Berblin nickte ihm zu. Ihr war nicht entgangen, wie Ellin ihn ansah.

»Ich habe etwas erfahren, das euch interessieren dürfte«, kam er gleich zur Sache. »Gestern berichtete ich meiner Mutter von unserem Treffen und dass wir gemeinsam nach Lübeck gekommen sind. Ich erzählte ihr, womit ihr euer Geld verdient. Daraufhin riet sie mir, dass ich euch zu einem Mann schicken soll, der am Rand der östlichen Stadtmauern lebt. Er hat sechs Bienenstöcke. Sein Honig gilt als der beste weit und breit. Meine Mutter kauft selbst bei ihm und lässt unsere Köchin fast all unsere Süßspeisen mit seinem Honig überziehen.«

Ellin strahlte ihn an. »Sechs Bienenstöcke? So viele Kerzen kann ich ja gar nicht fertigen. Danke schön, Rafael. Das hilft uns wirklich sehr.«

»Wenn es euch recht ist, werde ich gleich heute einen unserer Knechte zu ihm schicken, der Wachs bei ihm kaufen soll.«

»Warum tust du das?« Ein misstrauischer Unterton schwang in ihrer Stimme mit, der Ellin selbst überraschte.

Rafael schien verunsichert, wusste offenbar nicht, wie er auf ihre Frage reagieren sollte.

»Wie meinst du das?«, gab er schließlich zurück.

»Bitte verzeih. Ich wollte nicht undankbar erscheinen. Doch seitdem wir uns begegnet sind, hilfst du uns. Und ich frage mich, was der Grund dafür ist.«

Rafael lächelte. »Ich denke, es liegt an Isabella. Gewiss werde ich versuchen, sie später einmal gut zu verheiraten. Doch was, wenn ihr Mann stirbt? Soll sie sich dann dem nächstbesten an den Hals werfen müssen, nur um die Möglichkeit zu haben, Handel zu treiben und ihr eigenes Geld zu verdienen?« Er winkte ab. »So vieles haben wir Menschen erschaffen, leben in einer veränderten Welt. Wir bauen und handeln. Selbst Gewürze aus den fernsten Ländern sind uns inzwischen vertraut. Und ich habe viele Menschen kennengelernt auf meinen Reisen. Doch eines war immer gleich. Die Männer wickeln die Geschäfte ab, während sich ihre Weiber zurückhalten und nur im Hintergrund oder im Haushalt tätig sind. Doch ich sage euch: Das ist falsch. Jeder Mensch sollte für sich selbst sorgen können, ob Mann oder Frau.«

»Eine solch waghalsige These habe ich noch nie gehört«, sagte Berblin.

Rafael zuckte mit den Schultern. »Und doch glaube ich, dass sie richtig ist.«

»Nie hätte ich damit gerechnet, solche Worte einmal aus dem Munde eines Mannes zu hören.« Berblin schüttelte den Kopf. »Umso schöner, dich nun zu kennen.«

»Also«, brachte Rafael das Thema wieder auf den Punkt. »Ist es euch nun recht, wenn ich einen unserer Knechte wegen des Bienenwachses ausschicke?«

»Aber ja«, antwortete Ellin rasch. »Sehr recht sogar!«

»Umso besser.« Rafael grinste breit. »Ich habe dem Knecht nämlich schon Bescheid gegeben.«

27. Kapitel

Sie waren nun schon vier Tage in Lübeck, und Berblin hatte ihre Familie noch immer nicht aufgesucht. Ellin kam es so vor, als suche sie nach immer neuen Gründen, um den Besuch bei ihnen hinauszuschieben. Sicher, die Frauen hatten viel zu erledigen gehabt, seit sie in der Stadt eingetroffen waren. Doch Ellin glaubte nicht, dass dies der wahre Grund dafür war, warum Berblin noch nicht bei ihren Eltern vorbeigeschaut hatte. So beschloss sie, die Freundin darauf anzusprechen. Schließlich war es Berblins Gedanke gewesen, nach Lübeck zu gehen, nicht zuletzt deshalb, um dort dank der Unterstützung ihrer Familie schneller Fuß fassen zu können. Seitdem sich jedoch abzeichnete, dass sie es auch ohne Berblins Eltern – mit Rafaels Hilfe – schaffen würden, ihren Lebensunterhalt zu verdienen, schien es sich die Freundin anders überlegt zu haben.

Ellin zog gerade zwei Kerzen aus dem Talg und hielt diese noch einen Augenblick in der Hand. »So. Mit diesen beiden hier dürften wir für den morgigen Markt erst einmal genug haben. Wie wäre es daher, wenn wir heute Nachmittag deine Eltern besuchen gehen?«

Berblin sah nicht auf. Wie von selbst flochten ihre Finger einen festen Docht, und Ellin glaubte schon, Berblin hätte ihre Worte gar nicht gehört, als diese nach einer Weile meinte: »Können wir, wenn wir es schaffen. Aber ich habe noch genug zu tun. Womöglich werden wir heute nicht mehr dazu kommen.«

Ellin bettete die Kerzen auf das Tuch, das sie als Schutz gegen eventuelle Wachsflecken auf den Tisch gelegt hatte, und legte ihre Hand dann auf die Schulter der Freundin. »Warum willst du nicht zu deinen Eltern gehen?«

Berblin sah sie überrascht an. »Wer sagt denn, dass ich nicht zu ihnen gehen will?«

Ellin legte den Kopf schief. »Seit Tagen schon findest du immer neue Gründe, warum es dir zeitlich nicht passt. Ich verstehe das nicht mehr. Hattet ihr Streit?«

Berblin schüttelte den Kopf.

»Was ist es dann? Du wolltest doch auch deshalb nach Lübeck, weil deine Familie hier lebt.«

Berblin seufzte und legte den Docht auf den Tisch. »Wenn ich das nur wüsste.«

Ellin setzte sich auf den anderen Stuhl, sah ihre Freundin nur an und wartete darauf, dass diese nun von sich aus darauf zu sprechen kam.

»Als ich damals wegging«, begann Berblin schließlich auch zögernd, »hat es mir fast das Herz zerrissen. Mein Vater ist zwar Henker von Beruf, doch du wirst es verstehen, wenn du ihn kennenlernst. Ein Mensch mit einem größeren Herzen als dem seinen, ist dir noch nie begegnet.«

»Und deine Mutter?«

Berblin lächelte. »Sie ist eine wunderbare Frau. Schon immer wollte ich so sein wie sie. Zwar ist sie keine Hebamme. Aber wenn es bei einer Geburt Schwierigkeiten gab, holten sie immer meine Mutter, damit sie hilft. Und sie hat selbst dann noch vielen Frauen das Leben gerettet, wenn von den Hebammen nur noch der gute Rat kam, ein Gebet zu sprechen, weil sie für die Gebärenden nichts anderes mehr tun konnten.« Berblin lachte freudlos auf. »Sie ist eine sehr stille Frau. Immer weiß sie, was zu tun ist. Ich wünschte wirklich, ich hätte mehr von ihr.«

»Aber so, wie du sie beschreibst, bist du ihr doch sehr ähnlich.« Ellin lachte auf. »Bis auf das Stille. Darin unterscheidet ihr euch mit Sicherheit.«

»Es ist … Ich habe wohl Angst, dass sie enttäuscht von mir sein könnten.« Ernst blickte sie die Jüngere an.

»Enttäuscht? Weshalb denn?«

»Weil sie ihren Enkel nie kennengelernt haben.« Tränen traten ihr in die Augen. »Und weil ich ihn, obwohl sie mir so viel über Kräuter und das Heilen beigebracht haben, nicht retten konnte.«

»Ach, Berblin.« Ellin rückte noch näher an sie heran und umarmte sie. »Dass du Hannes nicht retten konntest, ist doch nicht deine Schuld. Du darfst dir deshalb keine Vorwürfe machen.«

»Ach nein?« Es klang bitter. »Und warum fühle ich mich dann schuldig? Ich kann ihnen nicht unter die Augen treten.«

Ellin stand auf und griff nach Berblins Hand. »Oh doch, du kannst. Und ich werde dir dabei helfen. Komm.« Sie zog so fest an ihrem Arm, dass Berblin aufstehen musste.

»Was, jetzt?«

»Ja, jetzt!«

»Aber ich kann nicht. Ich muss noch Dochte flechten und das Bienenwachs rollen und …«

»Nichts da! Wir werden uns jetzt die Umhänge überstreifen und zu deinen Eltern gehen. Keine Widerrede!«

»Du hast dich ganz schön verändert in der letzten Zeit. Wo ist nur die scheue Novizin geblieben, die bei mir Schutz gesucht hat?« Es klang scherzhaft und ärgerlich zugleich.

»Der hast du gezeigt, dass es nichts bringt, vor etwas

davonzulaufen. Und diese Erkenntnis gebe ich jetzt an dich zurück. Und nun komm.«

Kaum hatten sie das Haus verlassen, wies Berblin ihnen missmutig den Weg. Mit jedem Schritt wurde sie langsamer, und Ellin meinte schon, die Freundin schieben zu müssen, wollten sie überhaupt noch einigermaßen vorankommen.

»Einen Esel zu bewegen ist leichter«, brummte Ellin, und Berblin musste lachen.

»Dort vorn um die Ecke. Da wohnen sie.« Berblin blieb stehen. »Ich glaube, ich kann nicht.« Sie schluckte schwer. Wie versteinert stand sie da und begann leicht zu zittern.

Ellin machte einen Schritt auf sie zu und strich ihr beruhigend über das Haar. »Die ganze Zeit über warst du die Stärkere von uns zweien. Warst genauso großzügig und hilfsbereit, wie du es an deiner Mutter immer bewundert hast. Sie kann sehr stolz auf dich sein. Und deshalb werde ich jetzt für dich da sein und dir etwas von meiner Stärke abgeben.« Sie trat einen Schritt zurück und suchte Berblins Blick. »Da siehst du's! Das kommt dabei raus, wenn man sich einer kleinen schüchternen Novizin annimmt.«

Berblin bemühte sich um ein Lächeln. »Hätte ich das nur vorher gewusst.«

»Und nun komm. Du wirst sehen, deine Eltern werden sich freuen.«

Sie gingen weiter bis ans Ende der Straße, wo etwas abseits ein zwar unscheinbares, aber durchaus solide gebautes Haus stand. »Hier ist es.«

Ellin lächelte. »Gut. Dann klopfen wir jetzt.«

Berblin schüttelte den Kopf und flüsterte: »Lieber nicht«, doch Ellin ignorierte ihre Worte. Laut klopfte sie gegen die Tür, während Berblin aussah, als wolle sie im nächsten Moment die Flucht ergreifen.

Sie hörten, wie von innen der Riegel zurückgeschoben wurde. Im nächsten Moment öffnete sich die Tür, und ein riesiger Mann erschien im Rahmen. Er sah Ellin an. »Ja?«

Die blickte sich nach Berblin um, die sich so hinter ihr plaziert hatte, dass der Hüne sie kaum sehen konnte.

»Gerhard?«, hörte Ellin da die leise Stimme ihrer Freundin fragen.

Der Mann spähte an Ellin vorbei, trat ein Stück weiter heraus.

»Berblin?« Es klang überrascht, und einen Augenblick lang schien die Zeit stillzustehen, denn weder Berblin noch der Mann sagten oder taten etwas. »Berblin?«, sagte der Hüne schließlich noch einmal, diesmal lauter, und seiner Stimme war nun eindeutig Freude zu entnehmen.

»Ja, ich bin's.«

Er machte noch zwei schnelle Schritte, trat an Ellin vorbei und breitete die Arme aus. »Das gibt's ja gar nicht. Berblin!« Er fasste nach ihr, umarmte sie und hob sie in die Luft wie ein kleines Kind. Er drehte sich mit ihr im Kreis und warf sie immer wieder ein Stück hoch, als hätte sie kaum Gewicht. Dabei lachte er so schallend, dass es ansteckend wirkte.

Berblin umschlang seinen Hals, drückte sich an ihn, küsste ihn immer wieder auf die Wangen und strich ihm über den Kopf. Endlich ließ er sie wieder auf den Boden hinab und gab sie aus seinen Armen frei.

»Mein kleiner Bruder.« Sie wuschelte ihm über das Haar. »Lass dich ansehen! Was bist du nur für ein prächtiges Mannsbild geworden. Gut siehst du aus.«

Noch einmal umarmte er sie. »Ach, Berblin. Du hättest dir keinen besseren Zeitpunkt aussuchen können, um nach Hause zu kommen.«

»Wieso? Was ist geschehen?«

»Mutter. Sie liegt fiebernd darnieder. Wir haben schon alles versucht, doch es scheint, als wolle sie der Herrgott zu sich holen.«

Berblin sah Ellin rasch an, die für einen kurzen Moment das Entsetzen im Blick der Freundin sehen konnte.

»Das ist Ellin«, sagte Berblin rasch, an Gerhard gewandt. Der nickte mit dem Kopf. »Freut mich, Ellin.«

Ohne ein weiteres Wort hob Berblin daraufhin ihre Röcke und eilte ins Haus. Im Korridor begegnete sie ihrem Vater, der ihr, durch die Stimmen vor der Tür aufgeschreckt, entgegenkam. Er breitete die Arme aus. »Ich hab Gerhard deinen Namen rufen hören, doch glauben konnte ich es nicht. Meine Berblin!«

Er umarmte sie, und unmittelbar stellte sich bei seiner Tochter das Gefühl ein, wieder ein kleines Kind zu sein. Als sie sich voneinander lösten, sah sie Tränen in seinen Augen stehen. Nie zuvor hatte sie ihren Vater weinen sehen.

»Wie geht es Mutter?«

Er schüttelte den Kopf. »Ich habe gestern den Medicus kommen lassen, doch wie es aussieht, kann auch er nicht helfen.«

»Den Medicus?«, spie Berblin verächtlich aus. »Wann hast du je einem dieser Quacksalber vertraut?«

Er zuckte mit den Schultern. »Ich wusste mir keinen anderen Rat mehr.«

Er wirkte so hilflos auf sie, dass sie sich noch einmal auf die Zehenspitzen stellte und ihn heftig umarmte. Als sie sich von ihm löste, sah sie, dass er an ihr vorbeiblickte. Erst jetzt bemerkte sie, dass Ellin ein Stückchen hinter ihr stand und Gerhard, der soeben die Tür geschlossen hatte, sich verlegen räusperte.

»Bitte verzeiht, dass ich Euch nicht sofort begrüßt habe.

Ich habe nur meine geliebte Tochter so lange nicht gesehen.« Er machte einen Schritt auf Ellin zu und reichte ihr die Hand. »Ich bin Berblins Vater Josef.«

Ellin ergriff seine Hand und machte einen kleinen Knicks. »Mein Name ist Ellin. Eure Tochter hat mir geholfen, als ich mich in großer Bedrängnis befand und niemanden hatte.«

»Nenn mich Josef und sei willkommen in meinem Haus.«

»Danke.«

Berblin deutete die Treppe hinauf. »Ich gehe zu Mutter. Ellin, wartest du hier auf mich?«

Die nickte, worauf Gerhard ihr den Weg in die Stube zeigte und ihr, dort angekommen, einen Platz und etwas zu trinken anbot, doch Ellin lehnte dankend ab.

Josef folgte derweil Berblin in die Schlafkammer seiner Ehefrau hinauf.

»Mutter? Kannst du mich hören? Ich bin es, Berblin.« Sie nahm auf der Bettkante Platz. Die Kranke war schweißüberströmt. Man konnte geradezu sehen, wie ihr kleine Rinnsale von der Stirn über die Wangen liefen und von dort in das weiche Kissen tropften. Berblin nahm den Lappen, der in einer kleinen Schale Wasser lag, wrang ihn aus und tupfte ihr damit die Stirn ab.

»Mit welchen Mitteln habt ihr versucht, das Fieber zu senken?«

»Wir haben ihr so viel Aufguss aus Lindenblüten gegeben, wie sie nur trinken konnte.«

»Wir brauchen Apfelessig«, ordnete Berblin an. »Und Mutterkraut.«

»Das hilft auch nicht besser. Ich fürchte, das Einzige, was wir noch für sie tun können, ist, einen Priester kommen zu lassen. Es ist gut, dass du hier bist und dich von ihr verabschieden kannst.«

»Oh nein! Ich werde sie nicht sterben lassen. Wann fing das Fieber an?«

»Gestern. Sie hat bei der Geburt des Giebler-Kindes geholfen. Danach war ihr nicht wohl. Und schon kurze Zeit später hatte sie hohes Fieber.«

»Was war mit dem Kind?«

»Es ist gestorben. Mutter sagte, dass das, was sie aus dem Mutterleib herausgezogen hat, kein menschliches Wesen war, sondern nur ein Klumpen aus Fleisch und Knochen. Keinen Atemzug hat es gemacht, und Mutter wollte auch nicht, dass es jemand zu Gesicht bekam. Für was auch immer der Herr die Familie strafen wollte, das Kind war dem Leibhaftigen näher als einem Menschen.«

»Es war also fehlgebildet?«

Er nickte.

»Womöglich hat sich die Frau, während sie das Kind im Leib trug, eine Vergiftung zugezogen. Ich habe schon einmal von so etwas gehört. Doch mit dem Fieber hat das nichts zu tun«, überlegte Berblin laut. »Hat die Frau die Geburt überlebt?«

Josef schüttelte den Kopf. »Der Herr hat sie zu sich gerufen.«

»Gab es schon weitere Fieberfälle in der Stadt?«

»Ja, mehr als zwei Dutzend. Oft spuckten die Erkrankten auch Blut. Wenn das geschah, waren sie nur wenige Stunden später tot.«

»Hat Mutter Blut gespuckt?«

»Bisher nicht.«

Berblin presste die Lippen aufeinander.

»Vater, geh nach unten und bitte Ellin herauf. Sie wird mir helfen. Wir brauchen eiskaltes Wasser und so viele Tücher, wie du nur finden kannst. Und ich werde dir eine kleine Liste schreiben. Gerhard soll damit zum Gewürzhändler gehen und Mutterkraut besorgen. Und Apfelessig!«

Josef blieb noch einen Augenblick stehen, als wolle er etwas erwidern. Zu weit schien ihm seine Frau schon dieser Welt entrückt zu sein, als dass Berblin sie noch hätte zurückholen können. Doch hatte er das Recht, seiner Tochter die Hoffnung zu nehmen? Mit einem Ruck wandte er sich ab, stieg die Stufen hinab und ging in die Stube. Mit kurzen Worten gab er Berblins Bitte an Ellin weiter, die daraufhin sofort aufstand und die Treppe hinaufging. Gerhard eilte derweil hinaus, um vom Brunnen kaltes Wasser zu holen. Josef selbst ging zur Truhe und entnahm ihr einen Stapel Tücher. Als er mit ihnen im Arm kurz darauf wieder das Zimmer seiner Frau betrat, hatten Berblin und Ellin bereits die Bettdecke zur Seite geschlagen und der Kranken das Nachtgewand bis zu den Oberschenkeln hochgeschoben. Einen Moment später betrat auch Gerhard mit einem Eimer kalten Wassers den Raum. Es war ihm unangenehm, seine Mutter halb nackt zu sehen. Berblin bemerkte es an seinem Blick.

»Ich habe dir einige Kräuter aufgeschrieben, die ich vom Gewürzhändler brauche. Beeil dich. Für den Fall, dass sie etwas nicht haben sollten, steht jeweils ein zweites Mittel hinter dem ersten. Dann nimmst du das. Hörst du?«

Er nickte.

»Komm«, sagte Josef und fasste seinen Sohn an der Schulter. »Ich gebe dir das Geld für die Kräuter. Lassen wir die Frauen tun, was in ihren Kräften steht. Wir stören hier nur.«

Es waren Stunden vergangen, seitdem Gerhard die Kräuter besorgt und seiner Schwester übergeben hatte. Immer wieder war eine der Frauen die Stufen heruntergekommen und hatte darum gebeten, einen Sud aus den Kräutern zu kochen, die Berblin in einem Tuch miteinander vermischt hatte.

Als es schon auf den Abend zuging, und die Dunkelheit ihre ersten Vorboten aussandte, war Berblin in die Stube getreten und hatte ihrem Bruder aufgetragen, zu Hildegards Haus zu gehen und ihr mitzuteilen, dass die Frauen diese Nacht nicht in die Unterkunft zurückkämen. Des Weiteren hatte Berblin um zwei Schalen gebeten, in die sich die Kranke erbrechen könnte, sobald sie das Bewusstsein wiedererlangte. Josef bewunderte seine Tochter für die unerschütterliche Zuversicht, mit der sie nach wie vor an die Genesung ihrer Mutter glaubte und auch keinen Zweifel daran aufkommen lassen wollte.

Als es schon mitten in der Nacht war, kam Ellin schließlich die Stufen herunter. Josef und Gerhard, die in der Stube am Tisch gewartet hatten, traten auf den Flur und sahen sie erwartungsvoll an. Sie sah erschöpft aus, doch es spiegelte sich auch so etwas wie Hoffnung in ihrem Gesicht wider.

Ellin deutete auf die Schale, die sie ein wenig von sich weghielt. »Sie hat sich erbrochen.«

Josef ging zu ihr und nahm ihr das Gefäß ab, um seinen galligen Inhalt zu entsorgen.

»Jetzt können wir nur noch abwarten und hoffen, dass das Gift aus ihrem Körper ist und das Fieber sinkt«, sagte Ellin, während sie mit langsamen Schritten die Treppe wieder hinaufstieg. »Die nächsten Stunden sind entscheidend. Betet zum Herrn.« Damit verschwand sie aus dem Blickfeld der Männer.

Gerhard hatte sich, nachdem er auf dem Stuhl eingenickt und fast von ihm heruntergefallen war, auf dem Boden zusammengekauert, wo er nun tief und fest schlief. Josef saß am Tisch und hatte den Kopf auf seine Arme gelegt. Immer wieder schreckte er hoch und lauschte, doch im Haus war kein anderes Geräusch zu hören, als das leise Schnarchen seines Sohnes. Er musste wieder eingenickt sein und zuckte zusammen, als er spürte, wie ihn jemand sanft am Arm berührte. Er blickte auf und suchte in Ellins Gesicht zu lesen, ob sie ihm die Nachricht vom Tod seiner geliebten Frau brachte. Doch das Lächeln um ihre Lippen sprach eine andere Sprache.

»Deine Frau hat das Fieber überstanden. Sie ist wach, aber noch sehr schwach. Berblin ist bei ihr. Wenn du willst, kannst du aber kurz mit ihr sprechen.«

Er sprang so heftig auf, dass er fast den Stuhl, auf dem er saß, umgerissen hätte. Überwältigt von seinen Gefühlen griff er Ellins Hände und küsste sie. »Hab Dank!«, sagte er noch, dann stürmte er aus dem Raum und die Treppe hinauf.

Ellin ließ sich kraftlos auf einen der Stühle sinken. Ihr Blick fiel auf Gerhard, der von ihren Stimmen aufgewacht war.

»Was ist geschehen?«, fragte er.

»Deine Mutter wird wieder gesund«, sagte sie mit sanfter Stimme. »Geh jetzt zu Bett und schlaf. Morgen früh wirst du mit ihr sprechen können.«

Er rappelte sich noch immer schlaftrunken vom Boden hoch und meinte: »Dich hat der Himmel geschickt. Dich und meine Schwester.«

Sie lächelte, sagte aber nichts. Was war es doch nur für ein wunderbares Gefühl, dieser Familie geholfen zu haben.

Sie blieben noch bis zum nächsten Mittag. Nachdem das Fieber so weit gesenkt war, dass keine Lebensgefahr mehr bestand, hatten sich Ellin und Berblin in eines der Betten gelegt und mehrere Stunden lang geschlafen. Gleich nachdem sie wieder aufgewacht waren, gingen sie in das Zimmer von Berblins Mutter, um nach ihr zu sehen. Die Entwicklung war erstaunlich. Zwar war Barbara noch müde und erschöpft. Doch seitdem sie einen Haferbrei gegessen hatte, den ihr Magen dankbar aufgenommen und bei sich behalten hatte, ging es ihr von Augenblick zu Augenblick besser. Sie war sogar schon kurz aufgestanden, um ihre Notdurft zu verrichten.

»Mutter«, sagte Berblin glücklich, als sie das Zimmer betraten. »Du siehst gut aus. Wie fühlst du dich?«

»Dank euch beiden werde ich rasch wieder auf den Beinen sein.« Sie streckte Ellin und Berblin die Hände entgegen. »Euch hat der Himmel geschickt.«

Ellin schmunzelte, weil sie genau die gleichen Worte benutzte, die schon Gerhard in der Nacht zuvor an sie gerichtet hatte.

»Ich bin so froh, dass es dir wieder bessergeht.« Berblin setzte sich auf den Rand der Bettstatt und umarmte ihre Mutter. Diese drückte ihre Tochter an sich, streckte dann die Hand aus und bedeutete Ellin näher zu treten.

»Du bist Ellin, nicht wahr?«

Die Angesprochene nickte.

»Mein Name ist Barbara. Hab vielen Dank für alles!«

»Ich bin glücklich, dass wir helfen konnten.«

»Ich weiß noch gar nichts von dir außer deinem Namen. Erzähl mir doch ein bisschen. Woher kennst du meine Tochter?«

»Sie hat mich bei sich aufgenommen, als ich in Not war.«

Ein Lächeln huschte über das Gesicht der Kranken. »Das wundert mich nicht.« Ihr Blick wanderte wieder zu Berblin. »Meine Tochter war schon immer ein mitfühlender, durch und durch großzügiger Mensch – und ich war schon immer stolz auf sie.«

»Es gibt etwas, das ich dir sagen muss, Mutter.«

»Ja?«

»Der Sebolt ist tot. Ein Fieber hat ihn dahingerafft.«

Die Mutter streckte ihre Hand aus. »Ach, Berblin, das tut mir so leid.«

»Und ich hatte auch einen Sohn. Hannes war sein Name. Er ging zusammen mit seinem Vater von mir.«

Barbara presste die Lippen aufeinander. Der Verlust ihrer Tochter schien sie tief getroffen zu haben.

»Trotz all meines Kräuterwissens habe ich sie nicht retten können, Mutter. Doch ich schwöre, ich habe es versucht.«

Barbara sagte kein Wort, breitete stattdessen nur ihre Arme aus, und Berblin beugte sich vor und legte ihren Kopf an die Brust der Mutter. Zärtlich streichelte diese ihr übers Haar.

»Bitte verzeih mir, dass ich deinen Enkel habe sterben lassen.« Tränen liefen über Berblins Gesicht.

»Ach, meine Kleine. Es tut mir so leid für dich. Es ist immer schrecklich, wenn eine Mutter das eigene Kind überlebt. Ich habe das auch schon durchmachen müssen.«

Berblin setzte sich auf. »Was? Davon weiß ich ja gar nichts.«

»Weil dein Vater und ich es dir nie erzählt haben. Du hattest eine ältere Schwester. Sie starb, als du noch nicht einmal ein Jahr auf dieser Welt warst. Es war die schlimmste Zeit unseres Lebens.«

Berblin sah Ellin an, und die Jüngere wusste sofort, was die Freundin in diesem Augenblick dachte.

»Und ich hatte solche Angst, zu euch zu kommen und zugeben zu müssen, dass es mir nicht gelungen ist, mein Kind besser zu beschützen.«

Barbaras Gesicht nahm daraufhin einen fast strengen Ausdruck an. »Aber Berblin, was ist nur in dich gefahren? Wie konntest du nur so etwas denken?«

»Bitte verzeih«, begann Berblin nun zu schluchzen.

Erneut breitete ihre Mutter die Arme aus. »Hauptsache, ich habe dich wieder hier bei mir. Und eine zweite Tochter hast du mir auch gleich noch mitgebracht.« Sie warf Ellin einen liebevollen Blick zu. »Ihr bleibt doch, nicht wahr?«

»Wir wollen auf dem Markt unsere Kerzen anbieten«, sagte Ellin.

»Eure Kerzen?«, vergewisserte sich Berblins Mutter. »Ihr macht Kerzen?«

Berblin nickte. »Ja, Ellin hat es mir gezeigt. Und wir verdienen damit ein Vielfaches von dem, was ich für meine Kräutertinkturen und -salben bekommen habe.«

»Na, dann also Kerzen«, bekräftigte Barbara und sank lächelnd in das weiche Kopfkissen zurück.

28. Kapitel

Endlich kamen sie ihrem Ziel näher. Einer der Händler auf dem Markt hatte ihnen den entscheidenden Hinweis gegeben, dass die zwei Frauen, nach denen Walter und seine Leute suchten, bei einer Witwe am Hafen untergekommen waren. Allerdings wusste der Mann nicht zu sagen, ob sie dort noch immer wohnten. Er selbst hatte die beiden, seitdem sie ihren Marktstand gezwungenermaßen hatten aufgeben müssen, nicht mehr gesehen.

Walter von Müre und seine drei Gefolgsleute fanden das ihm beschriebene Haus sofort. Nachdem sie geklopft hatten, brauchte es eine Weile, bis ihnen geöffnet wurde.

»Ja?«

»Seid Ihr die Witwe Apollonia?«

»Wer will das wissen?«

»Kommt mir nicht so, Weib! Wir sind Gesandte im Auftrag des Kölner Erzbischofs.«

»Aber sicher doch, gewiss!« Sie machte Anstalten, die Eingangstür wieder zu schließen, doch Walter war schneller und stellte rasch seinen rechten Fuß in den Spalt zwischen Tür und Schwelle.

»Nehmt Euren Fuß weg, oder Ihr werdet es bereuen.«

Hinter sich hörte Walter ein leises Lachen. Mit wütendem Blick drehte er sich um und brachte die Männer damit zum Schweigen. Dann wandte er sich wieder an die Witwe.

»Du beherbergst zwei Frauen, die ihre Kerzen auf dem Markt verkaufen.«

Sie blickte ihn nur an, erwiderte aber nichts.

»Stimmt das?«, brüllte Walter sie daraufhin an.

»Nein.« Apollonia zeigte sich ob seines herrischen Auftretens völlig unbeeindruckt.

»Was soll das heißen?«

»Das heißt, dass ich hier niemanden beherberge. Und dass Ihr Männer des Erzbischofs seid, glaube ich Euch keinen einzigen Augenblick.«

»Ach, sieh an.« Walter trat noch näher an sie heran. »Und warum nicht, wenn ich fragen darf?«

»Ihr dürft.« Sie blickte ihn angriffslustig an. »Ich glaube Euch nicht, weil die Leute des Erzbischofs schon längst bei mir waren. Und sie waren weitaus besser gekleidet als Ihr und Eure Kerle dort.« Sie grinste breit. »Na? Wie dumm für Euch, dass ich Euch Verbrechern nicht auf den Leim gegangen bin, was?« Sie verschränkte die Arme vor dem Körper.

Walter atmete tief ein und fluchte. »Verdammt! Graf Friedrichs Leute sind uns zuvorgekommen. Wie können sie nur davon erfahren haben?« Er presste die Lippen aufeinander. Und im gleichen Moment stand ihm wieder das Bild des Bremer Bettlers vor Augen, der sich sein Wissen, in welcher Richtung die beiden Frauen die Stadt verlassen hatten, sicherlich mehrfach hatte versilbern lassen. Und nun waren ihnen die Schurken einen Schritt voraus. Er blickte auf und bemerkte sofort die Veränderung im Gesicht der Frau. Walter glaubte zu wissen, was in ihr vorging.

»Wenn Euch in irgendeiner Weise daran gelegen ist, dass den Kerzenzieherinnen nichts geschieht, dann sagt Ihr uns ganz schnell, wo wir sie finden können. Sonst kommt jede Hilfe zu spät.«

Sie sah ihn erschrocken an.

»*Wir*«, betonte er, »sind die Männer des Erzbischofs. Und wenn Ihr den Kerlen, die vor uns hier waren, erzählt habt, wo sie die beiden finden können, ist ihr Leben keinen Pfennig mehr wert.«

Apollonia riss erschrocken die Augen auf. »Herr Jesus«, stammelte sie, »ich habe ihnen geglaubt. Sie waren gut gekleidet und berichteten mir, dass sie vom Erzbischof geschickt worden wären, um die beiden zu beschützen.«

»Wie viele waren es?«

»Vier, genau wie Ihr. Sie sagten, dass es eine hohe Belohnung gäbe, wenn sie die Frauen fänden und in die sichere Obhut des Erzbischofs überstellen würden. Dabei wollte ich das Geld gar nicht, was ich ihnen auch gesagt habe. Ich wollte nur, dass Berblin und Ellin nichts geschieht«, meinte sie kleinlaut und blickte bedrückt zu Boden.

»Wo sind die Frauen?«, fragte Walter barsch. Er musste sich beherrschen, um sie nicht erneut anzubrüllen. Dabei wusste er, dass es sein eigener Fehler gewesen war. Er hätte schneller sein müssen. Wenn nun die einzige Zeugin ermordet worden wäre und der Prozess gegen Friedrich damit auf wackeligen Beinen stünde, wäre es nur noch eine Frage der Zeit, bis ihn der Erzbischof dafür zur Rechenschaft ziehen würde.

Apollonia presste die Lippen aufeinander. Was wäre nun, wenn diese Männer doch zu den Lumpen gehörten und sie nur zu überlisten versuchten?

»Habt Ihr ein Schriftstück bei Euch, das bestätigt, dass Ihr im Auftrag des Erzbischofs handelt?« Sie hob das Kinn.

»Allerdings.« Walter griff in sein Wams, zog ein Schriftstück hervor und hielt es ihr entgegen. »Wenn Ihr lesen könnt, werdet Ihr sehen, dass Ihr den Falschen Misstrauen entgegenbringt und mit jedem Augenblick, der verstreicht, den Abstand zwischen uns und denjenigen, die die Frauen töten wollen, noch vergrößert.«

Apollonia griff nach dem Schreiben. »Ich kann lesen«, stellte sie trotzig fest und blickte auf das Pergament. Allein das Siegel des Erzbischofs genügte, um ihr das Blut in den Adern gefrieren zu lassen.

»Herr Jesus«, sagte sie noch einmal und reichte Walter das Schriftstück zurück. »Sie sind nach Lübeck gereist. Die Schurken waren gestern schon bei mir. Sie haben also einen ganzen Tag Vorsprung.«

»Bete, Weib, dass dein geschwätziges Mundwerk die beiden nicht den Kopf kostet«, fauchte Walter und dachte dabei gleichzeitig auch an seinen eigenen. Er eilte zu seinem Pferd.

»Kann ich mit Euch reiten?«, rief Apollonia ihm nach, die nicht in der Ungewissheit zurückbleiben wollte, dass Berblin und Ellin durch ihre Schuld möglicherweise etwas zugestoßen war.

»Ein Weibsbild, das nicht weiß, wann es den Mund zu halten hat, würde uns gerade noch fehlen«, schnauzte Walter, stieg in den Sattel und preschte im nächsten Moment mit seinen Leuten davon.

Die Hoffnung, sie könnten die Verbrecher womöglich einholen, wenn sie weder den Pferden noch sich selbst eine Rast gönnten, zerschlug sich mit jeder Meile mehr. Weit und breit waren keine Berittenen zu entdecken. Walter fragte sich, wer sie wohl sein mochten, denn Graf Friedrich hatte sich gewiss nicht selbst auf die Suche nach der Zeugin gemacht. Doch wer würde sich jetzt noch trauen, ihm zu helfen, nachdem der Bann über ihn verhängt worden war? Vermutlich hatte der Graf sein restliches Geld zusammengekratzt und die erstbesten Halunken bezahlt, die er finden konnte. Andererseits hatte die Witwe etwas von einer hohen Belohnung gestammelt. Langsam formte sich ein Bild in seinem Kopf. Dass Friedrich von Isenberg den Überfall auf den Erzbischof nicht allein verübt hatte, war ebenso bekannt, wie dass sich auf dem Landtag von Soest auch noch andere Grafen gegen Erzbischof Engelbert aufgelehnt hatten. Der Herr allein wusste, wie viele von ihnen sich an Friedrichs Seite versündigt und im Gevelsberger Wald auf den Kirchenmann eingestochen hatten. Von ihnen riskierte ein jeder seinen Hals, sollte Friedrich bei einem Prozess ihre Namen nennen. Es war also sehr wahrscheinlich, dass der Graf sich diesen Umstand zunutze gemacht und seine Mittäter dazu gezwungen hatte, wer weiß wie viele ihrer Gefolgsleute loszuschicken, damit sie die ehemalige Novizin auftrieben und für immer zum Schweigen brachten. Die Wut ließ ihn seinen Rappen nochmals antreiben. Er musste sie vor diesen Kerlen finden, er musste einfach.

Es war bereits stockdunkel geworden, und sie liefen ein ums andere Mal Gefahr, vom Weg abzukommen. Ein Stück weiter entlang des Weges ließ sich jedoch ein schwaches Licht ausmachen. Als sie näher kamen, erkannten sie, dass es durch die Butzenfenster einer Schenke nach draußen fiel.

»Wenn wir jetzt keine Rast einlegen, brechen die Gäule noch unter uns zusammen«, sagte Rikbert.

Alles in Walter sträubte sich dagegen anzuhalten, doch er wusste, dass sein Begleiter recht hatte. »Wir werden hier rasten und die Nacht verbringen. Noch bevor der Morgen graut, reiten wir weiter.«

Die Männer streckten ihre Glieder, nachdem sie von den Pferden gestiegen waren. Walter reichte einem von ihnen seine Zügel und ging zu dem Wirtshaus, aus dem kein Laut nach draußen drang. Die Tür war nicht verschlossen, also trat er ein. In der Gaststube befand sich kein einziger Gast mehr, doch im Nebenraum hörte er das Geklapper von Geschirr. Offenbar verrichtete dort noch jemand seinen Küchendienst.

Er räusperte sich laut vernehmlich, und ihm nächsten Augenblick trat der Wirt, ein wahrer Hüne, in den Schankraum.

»Wir kommen spät. Bitte verzeiht!«

»Was wollt Ihr?«

»Eine Unterkunft für vier und ein trockenes Plätzchen samt Futter für unsere Pferde. Wir müssen in aller Frühe weiter.«

Der Wirt schien zu überlegen, ob er so spät noch jemanden aufnehmen sollte. Walter nestelte an seiner Kleidung und zog das Pergament hervor. »Wir sind im Auftrag des Kölner Erzbischofs unterwegs und würden Euch großzügig entlohnen, wenn Ihr uns aufnehmt.«

Der Wirt warf einen kurzen Blick auf das Siegel. »Na gut. Aber viel gibt es nicht mehr. Es war ein langer Tag, und meine Frau und ich wollen schlafen. Ihr könnt oben eine Kammer haben, eine weitere habe ich nicht. Außerdem wärm ich Euch noch etwas Würzwein auf und bringe Euch Brot und etwas Fleisch. Wenn Ihr damit nicht einverstanden seid, müsst Ihr weiterziehen.«

»Wir danken Euch im Namen des Erzbischofs für Eure Gastfreundschaft«, entgegnete Walter höflich. »Ich sage meinen Männern schnell, dass wir hierbleiben können.« Er verließ die Schenke. Einen Augenblick später trat auch der Wirt nach draußen.

»Ich habe meinem Weib Bescheid gegeben. Sie wird Euch sogleich auftragen. Gebt mir die Pferde und geht ruhig schon einmal nach drinnen. Ich werde mich um alles Weitere kümmern.«

Sie überließen ihm die Reittiere und setzten sich in der Stube an einen der Tische. Keiner von ihnen trank mehr als zwei

Würzweine, während sie das Essen hinunterschlangen und sich danach sofort in die Kammer begaben. Der Wirt war äußerst zufrieden mit den hohen Gästen im Auftrag des Erzbischofs, die bei ihm untergekommen waren. In Windeseile hatten sie die Schankstube wieder verlassen und sich schlafen gelegt. Hierfür hatte er reichlich kassiert. Ach, hätte er doch nur mehr Gäste dieser Sorte, dann könnte er ein sorgenfreies Leben führen. Er verriegelte die Eingangstür und blies als Letztes noch die kleine Kerze aus, die mit ihrem wunderbaren Duft den Schankraum erfüllt hatte. Danach ging er ebenfalls zu Bett. Die Gäste würden in aller Frühe aufbrechen, doch er wollte noch zeitiger aufstehen als sie. Für einige Happen am Morgen würde er gewiss noch einmal ein paar Münzen bekommen. Der Gedanke daran ließ ihn mit einem Lächeln im Gesicht in den Schlaf gleiten.

Noch ehe sich der erste Lichtstreif am Horizont zeigte, wachte Walter auf. Er meinte, ein Geräusch gehört zu haben, zog sich die Stiefel über und verließ leise die Kammer. Als er nach unten kam, traf er dort bereits auf den Wirt.

»Einen guten Morgen! Ihr seid früh auf!«

»Um die Männer des Erzbischofs nicht ohne eine kleine Mahlzeit weiterziehen zu lassen.«

»Wir werden kaum Zeit haben.«

»Ich habe gestern Abend gesehen, wie schnell Ihr essen könnt. Und mit einem Happen im Bauch wird es Euch leichter, Eure Aufgabe zu erfüllen.«

»Ihr seid ein guter Mann«, entgegnete Walter. »Habt Dank für Eure Umsicht.«

»Setzt Euch oder weckt schon einmal Eure Leute. Mein Weib muss gleichfalls jeden Moment herunterkommen. Es wird nicht lange dauern, das versichere ich Euch.«

»Das mache ich, muss zuvor jedoch noch rasch austreten«, antwortete Walter und öffnete im gleichen Moment die Tür.

Es dauerte nicht lange, doch als er die Schenke wieder betrat, roch es bereits nach gebratenen Eiern. Ihm blieb gerade noch die Zeit, seine Leute zu wecken. Kaum dass sie am Tisch Platz genommen hatten, trug die Frau des Wirts ihnen auch schon auf.

Wie am Abend zuvor hielten sie sich nicht lange mit Essen auf, doch fühlten sie sich danach gestärkt und gut für den Tag gerüstet.

Walter ging davon aus, dass sie in Lübeck mit einigem Widerstand zu rechnen hatten. Den Gedanken, dass Graf Friedrichs Häscher Ellins bereits habhaft geworden sein könnten, schob er, so gut es ging, beiseite. Dennoch gelang es ihm nicht, die Sorge, die junge Frau könnte womöglich bereits nicht mehr am Leben sein, völlig aus seinem Hinterkopf zu verbannen.

Nachdem sie den Wirt angemessen bezahlt hatten, verabschiedeten sie sich.

»Wir können von Glück sagen, dass wir auf unserem Weg bei Euch vorbeigekommen sind«, lobte Walter die Gastfreundschaft des Mannes. »Wir sind ausgeruht und haben gut gegessen.« Er schmunzelte. »Außerdem stinkt es bei Euch nicht so barbarisch wie in so manch anderer Kaschemme, in der wir auf unserer Reise schon untergekommen sind.«

»Das liegt an den Kerzen«, erwiderte der Wirt. »Wenn Ihr wieder einmal hier vorbeikommt, seid Ihr uns herzlich willkommen.«

Walters Herz hatte bei den Worten des Wirts einen Schlag lang ausgesetzt. Fieberhaft begann es in seinem Kopf zu arbeiten. »Die Kerzen?«, fragte er schließlich nach.

»Ja. Das macht eine Menge aus. Eine junge Frau, die mit

ihrer Begleiterin auf dem Weg nach Lübeck war, hat sie mir verkauft.«

Walters Puls beschleunigte sich. »Wie lange ist das her?«

Der Wirt zuckte mit den Schultern. »Einige Tage. Weshalb? Kennt Ihr die beiden?«

»Allerdings. Sie befinden sich in Gefahr. Betet dafür, dass wir sie noch rechtzeitig finden. Hattet Ihr vielleicht bereits Gäste, die Euch nach den beiden gefragt haben?«

Der Wirt schüttelte den Kopf. »Nein, Herr.«

»Gut. Dann beeilen wir uns.« Er bedeutete seinen Leuten mit einer Geste, ihm zu folgen. Sie saßen auf, dann ritten sie, so schnell sie nur konnten, nach Lübeck.

Als sie durch das Stadttor ritten, waren Walters Nerven bis aufs äußerste gespannt. Sie hatten ihre Pferde fast den gesamten Weg durchgaloppieren lassen. Die Tiere schnauften schwer, als ihre Reiter sie nun zügelten und im Schritt in die Stadt lenkten.

Walter sprach einen Wachmann an, der sich gerade mit seinem Kameraden unterhielt.

»Ich grüße Euch.«

Der Angesprochene wandte sich ihm zu und nickte.

»Wir suchen zwei Frauen.«

»Nur zwei für vier Männer? Seid Ihr da nicht ein bisschen zu geizig?« Er lachte kehlig auf und stieß seinen Freund in die Seite, der daraufhin in sein Lachen mit einfiel.

»Wir sind im Auftrag seiner Exzellenz, des Kölner Erzbischofs Heinrich von Molenark hier.« Walters Stimme hatte einen gefährlichen Unterton angenommen. »Und ich rate Euch dringend, etwas mehr Respekt zu zeigen.«

Sofort veränderte sich die Haltung des Wachmannes. »Bitte entschuldigt, Herr. Ich konnte ja nicht wissen, dass …«

»Lasst das Geschwafel und beantwortet mir lieber meine Frage. Die jüngere der beiden Frauen, die wir suchen, hat oberhalb der Lippe einen kleinen Fleck. Sie müssen vor ein paar Tagen in die Stadt gekommen sein. Sie wollten Kerzen auf dem Markt verkaufen. Habt Ihr sie also gesehen und wisst, wo ich sie finden kann?«

Die Wachen blickten einander an, dann zuckte der Gefragte mit den Schultern und sagte: »Ich weiß nicht, wen Ihr meinen könntet, Herr. Es kommen täglich viele Frauen durch dieses Tor. Aber gerade erst gestern sind Männer in die Stadt gekommen, die ebenfalls nach diesen Frauen zu suchen schienen. Zumindest haben sie uns die gleichen Fragen gestellt wie Ihr.«

»Aber Ihr habt es Ihnen nicht sagen können?«, vergewisserte sich Walter.

»Nein, Herr. Wie gesagt, ich habe diese Frauen nicht gesehen.«

»Aber womöglich einer Eurer Kollegen?«

»Das ist durchaus möglich. Denn ich versehe an diesem Tor ja erst seit gestern meinen Dienst.« Er sah den anderen an. »Und du auch, nicht wahr?«

»Das ist richtig«, antwortete dieser.

Walter entnahm seiner Geldkatze einige Münzen. »Dies ist eine kleine Anzahlung dafür, dass Ihr Euch bei Euren Kameraden für mich umhört. Sobald Ihr mir sagen könnt, wo die Frauen untergekommen sind, gebt Ihr mir oder meinen Männern Bescheid.«

»Wo können wir Euch finden?« Der Wachmann streckte die Hand aus und nahm die Münzen entgegen.

»Welches ist das beste Gasthaus am Ort?«

»Das ist der ›Goldene Hahn‹, Herr.«

»Gut. Dann wirst du uns dort finden.«

»Ja, Herr. Ich werde mich darum kümmern.«

Walter nickte und nahm die Zügel seines Pferdes wieder auf. »Und lasst Euch gesagt sein, dass ich über keine allzu große Geduld verfüge und deshalb erwarte, alsbald von Euch zu hören.«

»Ihr könnt Euch darauf verlassen, Herr.«

Walter bedeutete seinen Leuten, sich wieder in Bewegung zu setzen. Mit arroganter Miene ritten sie in Lübeck ein. Den Mann, der nicht weit vom Stadttor entfernt an einer Hausmauer kauerte, beachteten sie nicht weiter. Auch dass sich dieser sofort, nachdem die vier Männer an ihm vorbeigeritten waren, erhob und eilig an der nächsten Ecke abbog, bekamen sie nicht mit. Flink wie ein Wiesel rannte er durch die Gassen Lübecks, bis er vor einer heruntergekommenen Schenke hielt, sich prüfend nach allen Seiten hin umblickte und schließlich in den Flur des Hauses trat.

Von dort eilte er sofort die Treppe ins obere Stockwerk hinauf und klopfte erst dreimal kurz, dann dreimal lang an die erste Tür rechts. Sofort wurde ihm geöffnet.

»Hast du sie gesehen?«, fragte einer der drei Männer sofort, als er eintrat.

»Sie selbst nicht. Aber die Männer des Erzbischofs. Sie sind in die Stadt gekommen und haben nach ihr gefragt.«

»So ein Mist«, schnauzte der andere. »Dann müssen wir jetzt doppelt vorsichtig sein. Nicht nur, dass wir diese kleine Hure noch immer nicht gefunden haben, wir können jetzt nicht einmal mehr überall so ungeniert nach ihr fragen.«

»Was schlägst du vor?«

»Ich weiß nicht.« Er kratzte sich am Kinn. »Durch die Leute des Erzbischofs wird alles nur schwieriger. Andererseits …«

»Andererseits was?«

»Warum sollten wir diese Kebse eigentlich noch suchen, wenn das ebenso gut die Männer des Erzbischofs für uns übernehmen können?« Er grinste schief. »Lassen wir doch die ehrenwerten Herren diese Arbeit erledigen.«

Der andere begann nun ebenfalls zu grinsen. »Das gefällt mir.« Er entblößte eine Reihe verfaulter Zähne. »Ich habe gehört, dass sie im ›Goldenen Hahn‹ unterkommen wollen. Sie haben den Stadtwachen Geld bezahlt, damit diese nach den Frauen Ausschau halten.«

»Umso besser«, nickte der andere. »Dann brauchen wir also nur den ›Goldenen Hahn‹ zu beobachten und ihnen zu folgen, sobald sie das Gasthaus verlassen. Auf diese Weise werden sie uns ob kurz oder lang direkt zu der Kleinen führen.«

»Aber falls sie uns erwischen, wenn wir uns die kleine Hure greifen, können wir gar nicht so schnell gucken, wie wir am Galgen baumeln werden.«

Der andere winkte ab. »Nicht sie werden uns erwischen, sondern wir sie. Wir werden ihnen ständig im Nacken sitzen und für sie völlig überraschend zuschlagen, wenn es so weit ist. Gut möglich, dass wir von unseren Herren dafür gleich noch ein paar weitere Münzen bekommen.« Er drehte sich zu einem der anderen Männer um, die die Unterhaltung schweigend verfolgt hatten.

»Reinhold, du übernimmst die erste Schicht vor dem ›Goldenen Hahn‹. Postier dich so, dass du zwar alle kommen und gehen siehst, selber aber unbemerkt bleibst.«

»Ist gut.« Reinhold setzte seinen Hut auf. »Aber vergesst nicht, mich abzulösen.« In der Tür drehte er sich noch einmal um. »Und sauft nicht alles allein aus, während ich weg bin.« Mit diesen Worten verließ er den Raum.

29. Kapitel

Sie hatten mehr Zeit bei Berblins Eltern verbracht, als sie ursprünglich geplant hatten, zumal es Barbara immer besser ging. Es war erstaunlich, wie gut sie sich seit der Fiebernacht erholt hatte. Ellin fühlte sich in der Familie der Freundin so wohl, wie sie es zuletzt in der Gesellschaft Jergs in Selete getan hatte. Sie dachte viel an den Mann, den sie hatte ehelichen wollen. Doch je mehr sie über ihn nachdachte, desto öfter kamen ihr Zweifel, ob sie ihn wirklich geliebt oder nur die Empfindung genossen hatte, endlich und zum ersten Mal in ihrem Leben zu einem anderen Menschen zu gehören. Gewiss, sie hatte Jerg von Herzen gern gehabt, aber so schnell, wie sie über seinen Tod hinweggekommen war, konnte sie ihren eigenen Gefühlen nicht mehr trauen. In jedem Fall nahm sie sich fest vor, beim nächsten Mal, sollte es dem Herrn gefallen, dass wieder ein Mann um sie anhielt, ihre Empfindungen diesem gegenüber eingehender zu prüfen.

Heute war der erste Tag, an dem sie auf dem Markt ihre Kerzen verkaufen wollten. Rafael hatte ihnen einen guten Platz besorgt, das Standgeld dafür bezahlt und dem Marktvorsteher bekanntgegeben, dass die Frauen für ihn tätig waren und in seinem Namen ihre Waren feilboten. Hinzu kam, dass er mit seiner Einschätzung, was Hildegards Geschwätzigkeit betraf, recht behalten hatte. Selbst bis zu Berblins Bruder Gerhard war bereits das Gerücht gedrungen, dass zwei

Kerzenzieherinnen, die im ganzen Land für ihre Kunst bekannt waren und geschätzt wurden, schon bald auf dem Lübecker Markt ihre Waren anbieten würden.

»Die Leute glauben einfach alles, wenn man es ihnen nur oft genug sagt«, hatte Gerhard geurteilt.

Berblin hatte Ellin daraufhin verschmitzt angesehen. »Weißt du noch? Das Gleiche hat der Friedel Kolderhofer auch immer gesagt.«

»Stimmt.« Ellin berührte die Freundin am Arm. »Vermisst du deine Seleter Nachbarn sehr?«

»Einerseits ja, aber hier habe ich meine Familie. Und außerdem bist du in Lübeck in Sicherheit.«

Gerhard blickte besorgt. »Wart ihr dort in Gefahr?«

Berblin seufzte. »Ich wollte es euch schon längst erzählt haben. Lass uns Vater und Mutter Bescheid geben, dann holen wir das jetzt nach und berichten euch alles.«

Sie nahmen sich Zeit, um Berblins Familie über die gesamten Vorkommnisse in Kenntnis zu setzen. Dabei ließen sie auch nicht aus, dass sie sowohl vor den Häschern Graf Friedrichs als auch den Leuten des Erzbischofs auf der Flucht waren, um endlich wieder ein ruhiges Leben führen zu können.

»Aber von Molenarks Männer hätten euch doch beschützen können«, warf Gerhard ein. »Es wäre sicherer gewesen, in Bremen zu bleiben.«

»Pah!«, machte Berblin. »Dass sie das nicht können, haben wir ja gesehen. Mit einem Dutzend Wachen waren sie ständig um uns herum. Und trotzdem waren am Ende der Jerg und zwei Wachmänner tot.«

Hierauf wusste Gerhard nichts zu erwidern, aber nach all dem, was seine Schwester und Ellin erzählt hatten, stellte er sich innerlich darauf ein, dass sie alle noch in größere Schwierigkeiten geraten könnten. »Es ist gut, dass ihr uns davon erzählt habt. So kann ich in der nächsten Zeit ein waches Auge auf die Fremden haben, die nach Lübeck kommen.«

Berblin winkte ab. »Ich glaube nicht, dass das nötig sein wird. Wir haben niemandem von unserem Aufbruch berichtet. Und schon in Hamburg war kein Mensch, der nach uns gefragt hätte.« Sie schüttelte den Kopf. »Nein, wir haben hier nichts zu befürchten.«

Gerhard sagte darauf nichts mehr. Doch sein Gefühl riet ihm, trotzdem wachsam zu sein.

Ellin sprach ein stilles Gebet, als sie sich auf den Weg zum Markt machten. Ob ihre Kerzen wohl auch hier Anklang finden würden? Berblin schien sich deswegen keinerlei Sorgen zu machen. Woher die Freundin das unbeirrbare Vertrauen hernahm, dass sich schon immer alles zum Rechten wandeln würde, war Ellin ein Rätsel. Doch Berblins Gesellschaft und ihr unumstößlicher Glaube, dass alles gut werden würde, ließ Ellin beschwingt des Weges gehen.

Kurz machten sie beim Marktaufseher halt und fragten ihn, wo sich der ihnen zugeteilte Standplatz befände. Zu ihrer Überraschung führte der Mann sie zu einem der besten Plätze. Jeder, der den Markt besuchte, kam unweigerlich dort vorbei und würde ihre Waren sehen. Einen besseren Standort hätten sie sich gar nicht wünschen können. Ellin war glücklich darüber, dass sie Rafael begegnet waren. In der kurzen Zeit, die sie den Händler nun kannten, hatte er schon so viel für sie getan. Und doch glaubte sie, noch immer nicht zu wissen, warum er dies alles tat. Schon in Selete hatten die Menschen ihr bereitwillig geholfen. Und zuvor war sie von Mathes und Linhart ganz selbstverständlich aufgenommen worden. Im Kloster hingegen hatte die Äbtissin stets ein ganz anderes Bild von den Menschen dort draußen gezeichnet: eine

Welt voller Bosheit, Hass, Eigennützigkeit und Missgunst, die so gar nicht mit dem übereinstimmte, was Ellin in den letzten Wochen an Zuspruch und Hilfe erfahren hatte.

»Du bist so nachdenklich«, stellte Berblin fest, als sie die Kerzen auf dem breiten Tisch aufbaute.

»Warum tun die Menschen das alles?«

»Was meinst du damit?«

»Ich habe darüber nachgedacht, dass mir, seitdem ich nicht mehr im Kloster bin, so viele Menschen, die ich nie zuvor gesehen habe, immer bereitwillig geholfen haben. Dabei wurde mir mein Leben lang etwas ganz anderes von der Welt außerhalb der Klostermauern berichtet. Warum also helfen mir alle?«

Berblin fuhr in ihrer Arbeit fort. Ein Lächeln spielte um ihre Lippen. »Ist es nicht wunderbar, dass du bei all dem, was dir widerfahren ist, so viel Gutes erfährst?«

»Gewiss. Nur verstehe ich das Warum nicht.«

Berblin stellte eine weitere Kerze ab und drehte sich danach zu Ellin um. »Weil die Menschen so sind, Kleines. Und jeder, der dir etwas anderes erzählt, ist voller Missgunst und oftmals sogar Hass. Glaub mir, ich habe schon so viele Menschen kennengelernt in meinem Leben. Darunter waren auch viele, die ich am liebsten von hinten gesehen hätte. Und ich will auch nicht schönreden, dass es mehr von Graf Friedrichs Schlag gibt, als uns allen guttut. Doch ich bin mir sicher, dass der Herr für jeden schlechten Menschen drei gute auf die Welt gebracht hat. Und wenn wir selbst uns dementsprechend verhalten, erweist uns Gott die Ehre, dass genau diese unseren Weg kreuzen.«

Spontan umarmte Ellin die Freundin. »Ich kann nur immer wieder sagen, wie dankbar ich dem Herrn dafür bin, dass ich dich getroffen habe.«

Gutmütig klopfte Berblin ihr auf den Rücken. »Aber ich doch auch. Ich wäre nur noch glücklicher, wenn wir bald mit den Auslagen fertig würden. Sonst können wir nämlich nichts verkaufen.«

Ellin beherzigte Berblins Wink mit dem Zaunpfahl und machte sich zufrieden an die Arbeit.

Sie waren noch nicht ganz fertig, als Rafael an den Stand trat.

»Guten Morgen, die Damen. Wie stehen die Geschäfte?«

»Wir hatten noch keinen einzigen Kunden«, stellte Berblin übertrieben anklagend fest.

Rafael lachte auf. »Wenn du das in einer Stunde auch noch sagst, darfst du dich beschweren. Vorher jedoch nicht.«

»Wie geht es dir?«, fragte Ellin. »Und was macht deine Tochter? Hat sie sich sehr darüber gefreut, dass du wieder daheim bist?«

»Allerdings. Wir wollen später auch noch einmal gemeinsam bei euch vorbeikommen. Ich habe ihr schon viel von euch erzählt, und sie brennt darauf, euch kennenzulernen.«

»Das wäre wunderbar. Im Kloster habe ich mich stets um die Neuankömmlinge gekümmert. Oft waren die Mädchen nicht viel älter, als es deine Isabella jetzt ist.«

»Na, dann werdet ihr euch sicher gut verstehen. Ich würde mich darüber freuen.« Er lächelte sie bei diesen Worten auf eine Art an, die ihr die Schamesröte ins Gesicht trieb. Sofort ärgerte sie sich darüber, konnte jedoch nichts dagegen tun. Es war einer dieser Momente, in denen sie sich unsicher fühlte und außerstande war, etwas Schlagkräftiges zu entgegnen. Also lächelte sie nur und widmete sich rasch wieder dem Arrangement ihrer Kerzen.

»Übrigens«, nahm Rafael die Unterhaltung wieder auf, »hat der Imker angefragt, ob du noch mehr Wachs brauchst.«

Ellin sah auf und hoffte inständig, dass ihre Wangen wieder die gewohnte Farbe angenommen hatten. »Aber ja, gewiss. So viel er nur liefern kann.«

»Gut. Dann werde ich ihm Bescheid geben.«

Ellin öffnete ihre Geldkatze. »Hier. Damit du es nicht wie beim letzten Mal auslegen musst.«

Rafael winkte ab, registrierte aber, dass Ellin ihn verärgert ansah.

»Wenn du mir nicht erlaubst, für das Wachs zu bezahlen, werde ich es zukünftig nicht mehr über dich bestellen.«

»Oho, die Dame wird ungehalten.« Schnell griff er nach den Münzen. »Das möchte ich natürlich auf keinen Fall riskieren.«

»Gut so«, mischte sich Berblin ein. »Sonst wirst du noch zu frech.«

Rafael lachte auf und verbeugte sich mit einer übertriebenen Geste vor ihnen. »Das würde ich mir niemals erlauben. Und nun entschuldigt mich bitte. Eine andere, wesentlich jüngere Dame wartet sicher schon voller Ungeduld auf mich.«

Berblin lachte auf. »Verrückter Kerl. Mach dich davon, bevor du uns die Kunden vergraulst.«

Rafael winkte. »Dann auf bald! Und gute Geschäfte!« Pfeifend ging er davon.

Ellin schreckte zusammen, als Berblin sie in die Seite stieß. »Obacht, Obacht, meine Kleine.«

»Was?«

»Na, so wie du ihn ansiehst. Bedenke immer, er ist ein erfahrener Mann. Zwar noch jung an Jahren, aber er hat eine Tochter und damit eine schwerwiegende Verantwortung.«

»Ach, wo denkst du denn hin. Ich bin ihm dankbar für seine Hilfe. Das ist alles.«

Berblin nahm die restlichen Kerzen aus der Holzkiste und

stellte sie auf. »Na, wenn das so ist, dann ist meine Sorge ja ganz umsonst.«

»Ganz genau«, entgegnete Ellin trotzig, war in ihren Gedanken aber immer noch mit Rafael beschäftigt.

Sie machten in den nächsten Stunden gute Geschäfte, wenngleich der Auflauf, den sie in Bremen oder Hamburg erlebt hatten, an diesem Tag ausblieb. Doch Ellin war es so lieber. Und langweilig wurde es keiner von ihnen. Die wenigsten Kunden fragten danach, was es mit den Kerzen auf sich hatte. Der Duft, der den Verkaufsstand umgab, sprach offenbar seine eigene Sprache. Die Lübecker schienen die Erfindung der Talg-Bienenwachskerzen ganz selbstverständlich und ohne großes Brimborium anzunehmen und bezogen deshalb auch nur so viel, wie sie in nächster Zeit verbrauchen würden. Die Auslagen waren bereits zu zwei Dritteln verkauft, obwohl es noch nicht einmal Mittag war. Zufrieden nahm Ellin gerade die Münzen einer weiteren Kundin entgegen, als sie plötzlich Rafael entdeckte, der etwas abseits ihres Tisches stand. Sofort glitt ihr Blick an seiner linken Seite hinab, wo ein kleines, dunkelblondes Mädchen mit Zöpfen sie aus großen, blauen Augen ansah.

»Machst du kurz allein weiter?«, bat sie Berblin und deutete auf die beiden. Diese nickte sofort.

Ellin trat neben den Stand und beugte sich zu dem Mädchen hinab. »Guten Tag! Du bist bestimmt Isabella?«

Die Kleine blickte sie offen an und nickte eifrig. »Ja, das bin ich.«

»Und ich bin Ellin. Wie schön, dich kennenzulernen. Möchtest du dir ansehen, was wir verkaufen?«

»Oh ja, gern.« Isabella zog mehrmals an Rafaels Hand. »Heb mich hoch«, forderte sie.

Worauf der Gewürzhändler seine Tochter auf den Arm nahm und mit ihr näher an den Verkaufsstand herantrat. In diesem Moment hatte die Kundin bei Berblin bezahlt und wandte sich ab. »Und das da drüben ist Berblin«, stellte Ellin vor.

Isabella winkte ihr zu. Dann schnupperte sie. »Die Kerzen riechen gut. Kann ich auch so eine haben?«

Ellin nahm eine besonders zarte vom Tisch. »Aber ja. Du kannst diese hier als Geschenk mit nach Hause nehmen.«

»Wirklich?« Isabellas Augen wurden kugelrund. »Darf ich Vater?«

»Aber ja, gewiss doch.« Er hielt das Kind nun etwas weiter über den Stand, damit es nach der Kerze greifen konnte.

»Warte mal«, bat Ellin. »Ich habe hier noch etwas für dich.« Sie ging zur anderen Seite des Verkaufstisches. Dort lagen noch vier Wachsblumen, von denen sie eine an sich nahm und zu Isabella zurückging. »Reich mir mal bitte deinen Arm.«

Die Kleine streckte ihr die Hand entgegen, und Ellin band ihr vorsichtig das lederne Band um, so dass die Wachsblume mittig auf Isabellas Handgelenk thronte. »Siehst du. Nun hast du deine eigene Wachsblume immer bei dir und duftest nach Bienenwachs.«

Isabella strahlte. »Für mich?«

»Aber ja.« Ellins Herz machte einen Sprung, als sie die Freude im Gesicht des Kindes sah.

»Na, freust du dich?«, vergewisserte sich Rafael.

Die Kleine zappelte so heftig in seinem Arm, dass er sie vorsichtig auf den Boden hinabließ. Rasch machte sie ein paar Schritte auf Ellin zu und drückte sich an ihre Beine. Diese ging erneut in die Hocke und erwiderte die Umarmung.

»Danke«, nuschelte Isabella.

»Keine Ursache. Hauptsache ist, du freust dich.«

Isabella nickte und strahlte über das ganze Gesicht.

»Das ist das Allerschönste, was ich habe«, verkündete sie und deutete auf die Wachsblume an ihrem Handgelenk.

Der Stand füllte sich wieder, und Ellin blickte auf. »Dann habe ich ja das Richtige für dich ausgesucht, Isabella.« Nochmals drückte sie das Kind. »Aber du siehst, dass auch noch ganz viele andere Leute unsere Kerzen kaufen möchten.«

Die Kleine sah sich um und nickte dann mit ernster Miene. »Ist gut. Aber kann ich wiederkommen?«

»Wann immer du willst, Liebes.«

Rafael bückte sich hinab und nahm seine Tochter erneut auf den Arm. »Na, dann werden wir euch jetzt mal ein bisschen arbeiten lassen. Aber wir kommen wieder«, versicherte er.

»Das wäre schön!«, gab Ellin zurück und winkte Isabella noch einmal zu, deren kleine Hand sich unaufhörlich bewegte, solange sie Ellin noch sehen konnte.

»Und da geht dein Herz dahin«, sagte Berblin, während sie einer Kundin vier Kerzen über den Tisch reichte.

»Wie bitte?« Ellin sah sie überrascht an.

»Dein Herz!« Berblin deutete mit dem Kopf in die Richtung, in der Rafael mit Isabella verschwunden war. »Hast du's nicht bemerkt? Sie hat's dir gestohlen und mit sich genommen.« Berblin lächelte die Freundin gutmütig an.

»Ich fürchte, du hast recht«, gab Ellin zu und machte sich ihrerseits daran, weitere Kunden zu bedienen.

Es war kurz nach Mittag, da hatten sie bis auf wenige Reste alles verkauft und beschlossen, es für diesen Tag gut sein zu lassen. Sie waren gerade am Zusammenpacken, als Rafael erneut am Stand auftauchte.

»Na, genug für heute gearbeitet?«

Berblin sah auf. »Och, wir würden schon noch, aber die

Kerzen sind so gut wie alle weg. Wir müssen erst wieder welche fertigen.«

Ellin stapelte die leeren Kisten ineinander und stellte sie dann auf den Handkarren. »Ich hätte wirklich nie gedacht, dass es so einfach ist, Geld zu verdienen. Irgendwie hatte ich es mir viel schwieriger vorgestellt.«

»Ja?« Rafael war überrascht. »Weshalb?«

Berblin stieß Ellin mit dem Ellbogen leicht in die Seite. »Weil man ihr zeitlebens beigebracht hat, dass alle Menschen schlecht sind und es für unverheiratete Frauen außerhalb eines Klosters keine Möglichkeit gibt, von ihrer Hände Arbeit zu leben.«

Rafael lachte gutmütig auf, doch Ellin sah ihn ernst an. »Es stimmt schon«, bekräftigte sie dann. »Mittlerweile glaube ich, dass vieles von dem, was man mir früher erzählt hat, nicht wahr, sondern nur dem Gedanken geschuldet ist, dass ein Leben, das nicht ausschließlich dem Herrn gewidmet ist, kein gutes sein kann.«

»Na, umso besser, dass du den Weg aus dem Kloster heraus in die richtige Welt gefunden hast.« Rafael sah ihr fest in die Augen. »Es wäre für uns alle ein Verlust gewesen, wenn es anders gekommen wäre.«

Ellin war selbst überrascht, dass sie seinem Blick standhalten, ja, sogar die Wärme, die in ihm lag, so selbstverständlich wie Sonnenstrahlen auf der Haut genießen konnte. »Danke. Es ist schön, dass du das sagst.«

Seine Stimme klang auf einmal belegt, als er fragte: »Du weißt, dass ich es auch so meine?«

»Ja, das weiß ich.«

Berblin räusperte sich. »Kannst du das große Brett dort hinten herunternehmen?«, bat sie Rafael, der der Aufforderung sofort nachkam.

Ellin war indessen sehr zufrieden. Fast kam es ihr so vor, als sei diesmal er derjenige gewesen, der nicht recht gewusst hätte, wie er sich verhalten sollte.

»Übrigens lässt Isabella fragen, ob ihr nicht einmal zum Essen zu uns kommen möchtet.«

»Deine Tochter ist wirklich reizend«, sagte Ellin.

»Dazu werden wir wohl kaum Zeit haben«, meinte Berblin hingegen. »Sobald wir wieder in unserer Unterkunft sind, werden wir neue Kerzen herstellen.«

Er sah auf. »Aber ihr müsst doch irgendwann etwas essen.«

»Stimmt auch wieder.« Berblin sah Ellin fragend an. »Was denkst du?«

»Ich würde mich freuen, bei euch zu Gast zu sein«, wandte sich diese daraufhin an Rafael.

»Wunderbar. Dann sagen wir heute am frühen Abend?«

»Aber muss Isabella dann nicht schon ins Bett?«

Rafael winkte ab. »Ach, sie wird ohnehin keine Ruhe geben, bis ihr nicht zu Besuch gewesen seid.«

»Na, dann darfst du heute mit uns rechnen.« Ellin nahm die Kiste mit den restlichen Kerzen vom Tisch.«

»Wunderbar. Dann werde ich jetzt sofort nach Hause gehen und unserer Haushälterin Bescheid geben, damit sie uns ein gutes Mahl zubereiten kann.« Rafael strahlte die Frauen an und wandte sich sogleich zum Gehen.

»Ja, mach das«, antwortete Berblin und winkte dem Davoneilenden nach. »Na, da hat's aber einer eilig.« Sie stieß Ellin erneut in die Seite. Die lachte nur und verzurrte die Kiste zusammen mit den anderen auf dem kleinen Handkarren, mit dem sie sich kurze Zeit später auf den Rückweg zu ihrer Unterkunft machten.

»Bringt dieses Schriftstück so rasch wie möglich nach Köln«, forderte Walter den Boten auf. »Ist Euer Pferd auch schnell genug?«

»Ein schnelleres werdet Ihr in ganz Lübeck nicht finden, Herr.«

»Na, hoffen wir's mal.« Er drückte dem Boten die Rolle in die Hand, die dieser sofort in seiner Satteltasche verschwinden ließ.

Argwöhnisch sah Walter sich um. Er konnte sich des Gefühls nicht erwehren, dass er beobachtet wurde. Doch selbst nachdem er sich einmal um die eigene Achse gedreht hatte, konnte er niemanden entdecken. In diesem Augenblick trat ein Wachmann auf ihn zu. »Ah, wie gut, Euch gleich zu treffen. Ich glaube, ich habe Nachricht für Euch, Herr.«

»Was heißt, du glaubst, dass du Nachricht hast? Hast du eine oder hast du keine?« Walter legte die Stirn in Falten.

»Ich weiß, wo die Frauen sind, die Ihr sucht, Herr.«

Versöhnlich legte Walter ihm den Arm um die Schultern. »Na also, das klingt doch schon ganz anders.« Verstohlen sah er sich nochmals um. In einigem Abstand gingen Menschen vorbei. Sicher hätten diese ihr Gespräch verfolgen können, doch keiner von ihnen machte den Eindruck, als ob er sich für Walter und seinen Gesprächspartner interessieren würde. Trotzdem zog er den Wachmann am Ärmel. »Komm lieber kurz mit hinein«, bat er. »Ich will nicht riskieren, dass uns jemand belauschen kann.«

Der Mann folgte ihm nach innen, wenngleich er etwas verwundert dreinblickte. Als sie ins Innere des »Goldenen Hahns« traten, sah sich Walter abermals prüfend um. Es waren einige Gäste im Schankraum, doch niemand schien weiter Notiz von ihnen zu nehmen. Walter beugte sich ganz nah an den Wachmann heran.

»Also, wo sind die Frauen?«, flüsterte er und legte einen Finger auf die Lippen. »Aber leise, mein Freund. Leise.«

Der Wachmann nickte und flüsterte dann ebenfalls ganz dicht an Walters Ohr: »Sie verkaufen Kerzen auf dem Markt. Ich bin mir ganz sicher. Es sind Kerzen aus Talg und Bienenwachs.«

»Kannst du mich zu ihrem Stand führen?«

Der Wachmann nickte.

»Gut.« Walter hob die Stimme wieder an. »Dann gehen wir sofort los. Warte einen Moment. Ich gebe nur noch meinen Männern Bescheid.« Er eilte die Stufen hinauf, indem er immer gleich zwei auf einmal nahm. Kurze Zeit später kam er die Treppe wieder herab und bedeutete dem Wachmann, nach draußen zu gehen.

»Kommen Eure Leute nicht mit?«

Walter schüttelte den Kopf. »Es ist besser, wenn wir kein großes Aufheben machen. Komm.«

»Da ist noch etwas.« Der Wachmann hielt Walter am Arm zurück.

»Ja?«

»Wie viele Männer habt Ihr in der Stadt, Herr?«

»Derzeit sind wir nur zu viert. Aber ich habe zusätzliche angefordert, und wir könnten uns außerdem Unterstützung von den Stadtbütteln holen. Warum?«

»Nun, in den letzten Tagen sind immer wieder Bewaffnete in Lübeck eingeritten. Mal waren sie nur zu zweit, mal zu acht und zu noch mehreren. Und alle fragten sie nach den Frauen. Es scheint gar viele zu geben, die sich für sie interessieren.«

Walter ballte die Hände zu Fäusten. »Verdammt! Ich habe es geahnt. Graf Friedrich hat ganze Arbeit geleistet.«

»Wie? Ich verstehe nicht.«

»Das musst du auch nicht.« Walters Gedanken kreisten. Er musste auf jeden Fall verhindern, dass die ausgesandten Mörder die Novizin vor ihm fanden.

»Habt ihr den Männern Auskunft über die Frauen gegeben?«

Der Wachmann hob abwehrend die Hände. »Ich gewiss nicht. Ich berichte nur an Euch. Doch was die anderen am Tor ihnen möglicherweise gesagt haben, weiß ich nicht. Nur, dass sich in der gesamten Wachmannschaft bereits jeder wundert, warum so viele Kerle nach diesen Frauen suchen.«

»Verdammt noch mal!«, fluchte Walter erneut. »Komm und bring mich zu ihrem Stand. Und bete dafür, dass es nicht schon zu spät ist.«

Sie hatten nur zwei Gassen zu gehen, um den Marktplatz zu erreichen. Dort war der Handel in vollem Gange, überall wurde gefeilscht, geboten und gekostet. Die unterschiedlichsten Düfte lagen in der Luft. Trotz des eisigen Wetters war es auf dem Platz wegen der vielen Menschen ein wenig wärmer als in den übrigen Gassen der Stadt. Dicht drängten sich die Leute aneinander, und manche blieben sogar stehen, um den ein oder anderen Plausch zu halten. Walter dachte an den Boten, der Heinrich von Molenark Nachricht über ihren derzeitigen Aufenthaltsort sowie seine Bitte um Verstärkung überbringen sollte. Womöglich wäre es besser gewesen, diese erst zu senden, wenn er die Novizin mit eigenen Augen gesehen und mit ihr gesprochen hätte. Doch so oder so musste der Erzbischof informiert werden, und Walter war der festen Überzeugung gewesen, dass sich die Zeugin in der Stadt befand. Dass der Wachmann, gleich nachdem er den Boten losgesandt hatte, zu ihm gekommen war, kam ihm nun wie ein Wink des Schicksals vor.

Er hatte Mühe, dem Wachmann zu folgen, der sich zielstrebig seinen Weg durch die Menschenmenge bahnte. Immer wieder sah er sich nach Walter um und vergewisserte sich, dass dieser noch da war. Auf einmal blieb der Wachmann abrupt stehen und blickte die Stände entlang. Dann ging er ein Stück weiter und blieb wieder stehen.

»Was ist?«, fragte Walter. »Wo ist der Stand?«

»Genau hier«, meinte der Mann verstört. »Ich schwöre es beim Herrn. Unmittelbar, bevor ich zu Euch kam, hatten die Frauen genau hier ihren Stand und verkauften die Kerzen mit dem Bienenwachsmantel.« Er deutete auf den freien Platz zwischen zwei Tischen.

»Wenn du versuchst, mir eine Narrenkappe aufzusetzen, und glaubst, damit Geld schinden zu können, dann wirst du mich gleich von einer ganz anderen Seite kennenlernen.«

Der Wachmann drehte sich zu Walter um und hob in hilfloser Geste die Hände. »Aber wenn ich es Euch doch sage, Herr.« Er deutete auf die Lücke. »Genau dort haben sie gestanden.«

»Warte«, befahl Walter und ging zu dem Stand unmittelbar neben der freien Stelle, an dem ein Tuchhändler seine Stoffe anbot. »Entschuldigt, doch ich suche zwei Kerzenzieherinnen. Sie sollen neben Euch ihren Stand gehabt haben.«

»Das stimmt«, erteilte der Händler ihm bereitwillig Auskunft. »Ihr habt sie nur um weniges verpasst.«

»Wohin sind sie gegangen?«

Er zuckte mit den Schultern. »Das weiß ich wirklich nicht. Sie haben alles zusammengeräumt und sind gegangen. Haben gute Geschäfte gemacht, das habe ich gesehen. Es hat ihnen wohl für den heutigen Tag gereicht.«

Eine Frau, die am übernächsten Stand ihre Waren feilbot, mischte sich nun in das Gespräch ein. »Weshalb wollt Ihr denn unbedingt besondere Kerzen kaufen? Ein Stück weiter hat ein Kerzenzieher, der schon immer hier war, seinen Stand. Seine Kerzen erleuchten Eure Gemächer ebenso gut und kosten Euch wahrscheinlich weniger Münzen.«

Doch Walter wollte nicht zugeben, dass es ihm gar nicht um die Ware, sondern um die Frauen ging. Ihr Gespräch verfolgten schon jetzt mehr Menschen, als ihm lieb war.

»Danke. Ich werde es mir überlegen.«

Die Frau winkte ab. »Pah! So ist es eben, wenn man einen reichen Gönner hat, das zieht die Leute noch mehr an. Es regnet eben immer nur dorthin, wo's eh schon nass ist.«

»Was sagt Ihr da?« Walter trat näher an den Stand der Frau heran.

»Ach, ist doch wahr. Wir müssen alle das gleiche Standgeld zahlen, und dann nehmen uns die, die es gar nicht nötig haben, auch noch die Kunden weg.«

»Von was für einem reichen Gönner habt Ihr denn zuvor gesprochen?«

»Ich hab schon zu viel gesagt.«

»Irgendwann verbrennst du dir schon noch dein geschwätziges Maul mit deinen Reden«, mischte sich nun der Tuchhändler wieder ein. »Du siehst doch, dass du hier einen hohen Herrn vor dir hast. Es ist nicht gerade sehr schlau, bei den Reichen über einen der ihren zu schimpfen.«

»Verzeiht, Herr«, lenkte die Frau rasch ein. »Ich habe es nicht so gemeint.«

»Nein, nein.« Walter trat noch näher an sie heran und zog eine Münze hervor. »Ihr habt ja nicht unrecht mit dem, was Ihr sagtet.«

Sie warf ihrem Standnachbarn einen triumphierenden Blick zu.

»Doch seid so nett und nennt mir den Namen des besagten Gönners.«

»Das ist der Gewürzhändler Wiidmark. Nicht der Alte, sondern sein Sohn. Wie er mit Vornamen heißt, weiß ich nicht.«

»Wiidmark, ja?«

Sie nickte. »Der Familie gehört halb Lübeck.«

»Das ist ja nun doch stark übertrieben«, mischte sich der Tuchhändler erneut ein.

Sie stemmte die Hände in die Hüften. »Ach ja, meinst du? Eigentlich sind sie ja nur Gewürzhändler, nicht wahr? Aber hast du sie nicht selbst schon als Zwischenhändler für edle Stoffe auftreten sehen? Und was ist mit dem Salz- und dem Weinhandel? Wie viel, glaubst du, haben sie sich davon schon zu eigen gemacht? Und nun also auch noch Kerzen. Es würde mich kein bisschen wundern, wenn sie irgendwann sogar noch das Vieh selbst schlachten und auf dem Markt anbieten.«

»Jetzt reicht es aber, Roshild«, empörte sich der Tuchhändler. »Wann immer ich mit den Wiidmarks Geschäfte gemacht habe, waren sie ehrlich und haben einen guten Preis geboten.« Er hob mahnend den Zeigefinger. »Ich wünschte, ich könnte mehr Geschäfte mit ihnen machen.«

»Wo kann ich das Haus der Familie Wiidmark finden?«

Der Tuchhändler deutete mit ausgestrecktem Arm die Marktgasse hinunter. »Das ist ganz einfach, Herr. Geht immer geradeaus bis zu dem großen Brunnen. Dort wendet Euch nach links. Dann steht Ihr schon davor. Es ist das prächtigste Gebäude in der Stadt. Ihr könnt es gar nicht verfehlen.«

»Habt vielen Dank, ich wünsche Euch noch gute Geschäfte.«

Der Tuchhändler deutete eine Verbeugung an. »Das wünsche ich Euch gleichfalls, Herr.«

Walter drehte sich um. Der Wachmann trat wieder an seine

Seite und meinte: »Ich habe es gehört. Von der Familie Widmark wusste ich nichts.«

»Aber du kennst sie?«

»Ja, Herr. Jeder in Lübeck kennt sie. Soll ich Euch zu ihrem Haus begleiten?«

Walter schüttelte den Kopf. »Nein, ich werde erst meine Leute holen.« Nachdenklich rieb er sich das Kinn. Er wusste nicht recht, was er davon halten sollte, dass die Zeugin nun Kontakt zu einer so einflussreichen Familie unterhielt. Was mochte es damit auf sich haben? War die Familie gar am Ende mit Graf Friedrich und seinen Leuten verbandelt und wirkte nun auf die Novizin ein, ihre Aussage zurückzuziehen? Walter knirschte mit den Zähnen. Rasch griff er in seinen Beutel und zog einige Münzen hervor. »Hier, nimm das dafür, dass du mir Bescheid gegeben hast, und halte weiterhin die Augen offen. Und sobald es etwas Neues zu berichten gibt, komm direkt zu mir. Hast du verstanden?«

»Ja, Herr.« Er verbeugte sich und ging rasch davon.

Walter machte sich auf den Weg zurück zum »Goldenen Hahn«, während der Mann, der nicht weit abseits von ihnen gestanden und einen Teil des Gesprächs belauscht hatte, sich seinerseits zu seiner Unterkunft aufmachte.

Zur gleichen Zeit trat eine Frau in feinem Gewand durch das Lübecker Stadttor und verabschiedete sich von der kleinen Händlergruppe, der sie sich auf ihrer Reise angeschlossen hatte.

»Bitte verzeiht, guter Mann, aber ich suche zwei Freundinnen von mir«, wandte sie sich dann an einen der Wachmänner am Tor.

»Ja?«

»Sie sind Kerzenzieherinnen und wollten hier auf dem Markt ihre Waren anbieten.«

»Was haben nur alle mit diesen Weibsbildern?«, schnauzte der Wachposten.

Ein ungutes Gefühl beschlich Apollonia bei seinen Worten, doch sie beschloss, nicht weiter darauf einzugehen. »Bitte, Herr, die beiden haben in Hamburg bei mir gelebt. Es ist von großer Wichtigkeit, dass ich sie finde.«

»Was ist Euch meine Auskunft denn wert?«

Sie wühlte in ihrer Geldkatze nach einigen Münzen und reichte sie ihm. Er biss in jedes der Geldstücke, schien zufrieden mit dem Ergebnis und steckte sie ein.

»Sie verkaufen ihre Waren auf dem Markt. Aber Ihr seid nicht die Einzige, die nach den Frauen sucht. Gerade vorhin hat erst einer meiner Kameraden einem hohen Herrn Auskunft gegeben, wo er die Frauen finden kann. Er ist noch nicht einmal wieder zurück.«

»Vielleicht komme ich dann noch rechtzeitig. Habt Dank.« Sofort setzte sie ihren Gang fort, drehte sich aber noch einmal um, als ihr bewusst wurde, dass sie den Weg zum Markt ja gar nicht kannte.

Er schien zu erraten, um was es ihr ging, und deutete mit der Hand geradeaus. »Ihr seid schon richtig. Geht nur immer weiter, dann kommt ihr direkt zum Marktplatz. Ihr könnt ihn nicht verfehlen.«

»Danke«, sagte sie abermals, hob ihre Röcke und eilte davon. Sie rannte mehr, als dass sie ging, und sandte ein stilles Gebet gen Himmel, dass sie Berblin und Ellin noch rechtzeitig erreichen möge.

30. Kapitel

Ich möchte den Herrn des Hauses sprechen!«

Der Bedienstete musterte den Mann, der zwar gut gekleidet war, aber offenbar schon bessere Zeiten gesehen hatte. »Und wen darf ich melden, Herr?«

»Walter von Müre, der Gesandte seiner Exzellenz, des Kölner Erzbischofs Heinrich von Molenark.«

Der Mann verbeugte sich abermals. »Tretet ein, Herr.« Er sah mit etwas ängstlichem Blick auf die drei weiteren Männer, die sich hinter dem Gast aufgebaut hatten.

»Ihr wartet hier draußen«, ordnete Walter an und betrat allein das Haus. Der Bedienstete atmete erleichtert auf. »Bitte, geduldet Euch einen Augenblick. Ich werde meinen Herrn sofort holen.«

Der Bedienstete verschwand, und nach einer Weile betrat ein Mann, den Walter auf mindestens Mitte vierzig, wenn nicht sogar schon auf fünfzig schätzte, die Eingangshalle.

»Was kann ich für den Gesandten des Erzbischofs tun?«, erkundigte er sich und gab seinem Angestellten einen Wink.

Der verschwand daraufhin aus dem Eingangsbereich. Dafür traten zu Walters Verwunderung im nächsten Moment zwei Wachleute heran und bauten sich im Flur auf.

Fast musste er schmunzeln. Offenbar war sein Auftreten dem Bediensteten nicht ganz geheuer gewesen, so dass er die Wachmänner gerufen hatte, um sicherzustellen, dass sein Besuch ohne unangenehmen Zwischenfall verlaufen würde.

»Mein Name ist Walter von Müre, Herr.« Er deutete eine Verbeugung an. »Ich bin im Auftrag des Kölner Erzbischofs unterwegs, um eine Frau zu suchen.«

»Eine Frau für den Erzbischof? Und da kommt Ihr in mein Haus?«

»Verzeiht, ich habe mich unglücklich ausgedrückt«, erklärte ihm Walter. »Es geht um eine ganz bestimmte Frau. Sie ist Zeugin einer Verschwörung geworden, die zur Ermordung Erzbischof Engelberts I. geführt hat.«

»Wirklich? Und diese Frau sucht Ihr in meinem Haus?«

»Ja, Herr.«

»Nun, ich will Euch gerne helfen, wenngleich ich fürchte, dass Ihr einem Irrtum unterliegt. Wie heißt die Gesuchte denn?«

»Ihr Name ist Ellin, sie ist eine frühere Novizin, noch keine zwanzig Jahre alt. Sie hat ein Muttermal, genau hier.« Er deutete mit dem Finger zwischen Nase und Oberlippe.

Der Hausherr schüttelte bedauernd den Kopf. »Wie ich mir schon dachte, Ihr habt Euch im Haus geirrt. Eine Frau dieses Namens kenne ich nicht.«

Walter suchte in den Augen des Hausherrn nach einem Zeichen dafür, dass er log, konnte aber nichts entdecken. »Aber sie muss Euch bekannt sein. Ihr wurdet mir als ihr Gönner genannt.«

»Als ihr Gönner?« Der Mann verzog sichtbar verärgert sein Gesicht. »Ob Gesandter des Erzbischofs oder nicht, Ihr solltet Eure Wortwahl etwas sorgfältiger prüfen.« Seine Stirn legte sich in Falten. »Ich bin niemandes Gönner, und schon gar nicht der einer jungen Frau.«

In diesem Augenblick wurde im oberen Flur eine Tür geöffnet, und eine Frau mit einem kleinen Mädchen an der Hand trat heraus. Das Kind plapperte auf die Frau ein, die stehen blieb, als sie die Männer in der Eingangshalle sah.

»Psst, Isabella«, machte sie und legte ihr den Zeigefinger auf den Mund. Dann ging sie zum Geländer und beugte sich etwas nach vorne. »Ist alles in Ordnung, Brünn?«

»Ja, ist es. Wir haben hohen Besuch im Haus, doch leider ist er bei uns falsch.« Er wandte sich wieder Walter zu. »Wenn ich Euch also bitten dürfte.« Er deutete auf die Tür.

Isabella umfasste mit ihren kleinen Händen die Stäbe des Treppengeländers und spähte neugierig zwischen ihnen hindurch. »Wer ist der Mann, Großmutter?«

Sie beugte sich zu ihrer Enkelin hinab. »Ich weiß es nicht, mein Schatz.«

In diesem Augenblick wurde Walter klar, dass er einen Denkfehler gemacht hatte. Er blickte Brünn Wiidmark an. »Bitte verzeiht, ich weiß jetzt, worin die Verwechslung besteht. Könnte ich wohl Euren Sohn sprechen?«

»Meinen Sohn? Und der soll diese junge Frau kennen?«

Walter zuckte mit den Schultern und meinte dann: »So wurde es mir jedenfalls berichtet.«

»Geh einen Moment zurück in deine Kammer, Isabella. Ich komme gleich.« Die Frau schob ihre Enkelin in den Raum zurück und kam darauf die Stufen herunter. »Welche Frau soll mein Sohn kennen?«

»Eine junge Novizin, ihr Name ist Ellin. Sie ist eine wichtige Zeugin in einem Prozess.«

»In der Tat habe ich diesen Namen schon einmal gehört, doch ich mag mich auch täuschen.« Elisabeth Wiidmark hatte die beiden Männer erreicht.

»Wirklich? Könnt Ihr mir vielleicht sagen, wo ich die Frau finden kann? Sie soll heute Vormittag noch auf dem Markt ihre Kerzen angeboten haben. Doch danach verliert sich ihre Spur.«

»Ich werde meinen Sohn nach ihr fragen. Wo kann ich Euch erreichen?«

»Mir wäre es lieber, gleich hier auf ihn warten zu können, um …« Weiter kam er nicht. Mit einer eindeutigen Handbewegung brachte Elisabeth Wiidmark ihn zum Schweigen.

»Wie ich schon sagte, ich werde meinen Sohn gern nach der Frau fragen. Doch jetzt ist er nicht im Haus. Abgesehen davon schätzen wir Wiidmarks es nicht, wenn jemand uns vorzuschreiben versucht, wann wir welche Dinge zu erledigen haben.«

Walter ärgerte sich über die harsche Zurechtweisung, doch die Frau strahlte trotz ihres Alters eine solche Kraft, Stärke und Anmut aus, dass er ihr nichts entgegensetzen konnte.

»Ich bin mit meinen Leuten im ›Goldenen Hahn‹ untergekommen«, gab er klein bei.

»Und Ihr sagtet, dass der Erzbischof Euch sendet?«

»Ja.«

»Dann führt Ihr gewiss ein Schriftstück bei Euch, das dies belegt?«

Walter griff in sein Wams, zog das Pergament hervor, entrollte es und hielt es den beiden hin. Ruhig nahm Elisabeth Wiidmark das Pergament mit dem bischöflichen Siegel entgegen, las es in aller Ruhe und reichte es danach an ihren Gatten weiter.

»Habt Dank«, meinte sie an Walter gewandt. »Aber man kann nicht vorsichtig genug sein in diesen Zeiten.«

»Wann denkt Ihr, dass ich von Euch hören werde?«, wollte Walter wissen, während er das Pergament wieder von Brünn Wiidmark entgegennahm und in sein Wams zurückschob.

»Sobald wie möglich, das versichere ich Euch.«

»Ich erwarte Eure Nachricht bis morgen zur Mittagszeit.«

Sie lächelte und bedeutete einem der Wachmänner, die das Gespräch die ganze Zeit über reglos verfolgt hatten, ihrem Besucher die Tür zu öffnen.

»Ich muss wohl nicht betonen, wie dringlich diese Angelegenheit …«, setzte Walter noch einmal an.

»Gewiss müsst Ihr das nicht. Wir haben Euch verstanden«, war es nun Brünn Wiidmark, der ihn unterbrach.

Walter blieb nichts anderes übrig, als sich zu verbeugen und durch die ihm vom Wachmann aufgehaltene Tür das Haus zu verlassen.

Elisabeth und Brünn Wiidmark blieben noch einen Moment reglos stehen und sahen ihm nach. Dann schloss der Wachmann die Tür, und sofort zog Elisabeth ihren Mann ein Stück zur Seite und meinte dann leise zu ihm: »Ellin ist der Name der jungen Frau, die heute Abend zusammen mit ihrer Freundin bei uns zu Gast ist und von der uns Rafael schon so viel erzählt hat.«

Brünn Wiidmark machte große Augen. »Wenn es stimmt, was dieser Walter von Müre sagt, ist sie eine wichtige Zeugin.«

»Das Schreiben, das er mit sich führte, war in jedem Fall echt. Doch wer sagt uns, dass es auch für ihn ausgestellt worden ist?«

»Was wollen wir jetzt tun?«, fragte Brünn.

Elisabeth bedeutete einem der Wachmänner, zu ihnen herüberzukommen. »Weißt du, wo unser Sohn hingegangen ist?«

»Nein, Herrin«, antwortete dieser dienstbeflissen. »Er kam vorhin mit Fräulein Isabella nach Hause, unterrichtete Euch davon, dass am Abend Gäste kämen, und ist danach wieder fortgegangen. Ich weiß nicht …«

Genau in diesem Moment betrat Rafael gut gelaunt das Haus. »Was ist denn geschehen?«, fragte er, erstaunt darüber, seine Mutter und seinen Vater in der Eingangshalle vorzufinden.

»Gut, dass du kommst«, begrüßte seine Mutter ihn. »Bist du eben vor dem Haus noch jemandem begegnet?«

»Nein. Wieso?«

»Das erkläre ich dir gleich. Komm.« Elisabeth und Brünn gingen mit ihrem Sohn in die Schreibstube des Vaters und berichteten ihm, was sich während seiner Abwesenheit zugetragen hatte.

Rafael nickte langsam. »Ellin und Berblin haben mir davon erzählt. Es stimmt. Sie ist tatsächlich Zeugin einer Verschwörung geworden. Das war auch der Grund, warum sie nach Lübeck fliehen musste.«

Elisabeth setzte sich ihrem Sohn gegenüber und griff nach seiner Hand. »Was bedeutet dir diese Frau, Rafael?«

Er sah ihr fest in die Augen. »Seit Julianas Tod hat mir keine andere Frau mehr so viel bedeutet wie sie.«

Sein Vater lächelte ihn wissend an. »Also ist sie der Grund für deine gute Laune, seitdem du von der Handelsreise zurück bist?« Er blickte zu Elisabeth hinüber. »Und du hast es wieder einmal gewusst, nicht wahr?«

»Gewusst nicht, aber geahnt.« Sie lächelte. »Was willst du jetzt tun, Rafael? Wenn dieser Walter von Müre ihr bis nach Lübeck gefolgt und jetzt sogar bei uns im Haus aufgetaucht ist, wird er nicht so einfach wieder gehen. Außerdem …«

»Außerdem was?«

»Außerdem sollte sie nicht weiter fortlaufen. Sie hat schließlich nichts Unrechtes getan. Natürlich kann ich verstehen, dass sie mit alldem nichts mehr zu tun haben möchte. Aber überleg einmal genauer. Sie kann sich unter diesen Umständen doch nicht ewig verstecken.«

Rafael seufzte schwer. Er wusste, dass seine Mutter recht hatte.

»Isabella hat mir von Ellin erzählt«, fuhr sie fort. Wieder sah ihr Sohn sie an. »Und?«

»Die Kleine ist ganz vernarrt in diese Frau. Sie streckt die ganze Zeit über ihren Arm nach vorn, damit nur ja jeder die Wachsblume bemerkt.« Kurz sah sie ihren Mann an und erklärte ihm, was es damit auf sich hatte.

»Rafael, überlege gut, was du tun willst. Es wäre nicht richtig, wenn Isabella eine Frau ans Herz wächst, die alsbald wieder aus ihrem Leben verschwindet.«

»Was rätst du mir?«

Elisabeth sah kurz zu ihrem Mann, als wollte sie sich vergewissern, dass dieser das Gleiche dachte wie sie. Nach all den Jahren, die sie nun schon miteinander lebten, verstanden sie sich meist auch ohne Worte. Rafael, der ihren Blickaustausch verfolgt hatte, wünschte sich in diesem Moment nichts sehnlicher, als in seinem Leben noch eine Liebe wie diese zu finden.

»Lass sie zum Essen kommen und erkläre ihr in unserem Beisein, was geschehen ist. Wir werden sie danach unseres Beistands für die Zeit, die vor ihr liegt, versichern.«

Rafael beugte sich nach vorn und gab seiner Mutter einen Kuss auf die Stirn. »Ich kann mich glücklich schätzen, dass ihr meine Eltern seid.«

»Eines noch«, hielt seine Mutter ihn zurück, als er bereits wieder aufstehen wollte.

»Ja?«

»Es ist besser, wenn Helena vorerst von der ganzen Sache nichts mitbekommt. Du weißt, wie deine Schwester sein kann. Sobald entschieden ist, was weiterhin passiert, können wir ihr immer noch davon berichten.«

»Aber wir können ihr doch nicht verbieten, am Abendessen teilzunehmen?«

»Das lass nur meine Sorge sein. Irgendwie bekomme ich sie schon aus dem Haus.«

»Du bist einmalig.« Rafael stand auf und küsste seine Mutter nochmals auf die Stirn.

»Ja, das stimmt. Und nun geh und richte dich her. Sonst müssen Isabella und ich am Ende noch allein dafür sorgen, dass die Kleine eine neue Mutter bekommt.«

Rafael lachte auf, schüttelte den Kopf und verließ das Zimmer.

»Was willst du tun, wenn Ellin sich weigert, mit diesem von Müre zu sprechen?«

»Weshalb sollte sie sich weigern?«

»Du weißt, dass er sie dazu zwingen kann.«

»In diesem Haus wird niemand zu irgendetwas gezwungen«, stellte Elisabeth klar und hob energisch das Kinn. »Und nun entschuldige mich, ich möchte mich noch umkleiden, bevor unsere Gäste kommen. Und dir würde ein frisches Gewand auch gut zu Gesicht stehen.« Sie zwinkerte ihm zu.

»Sei nur froh, dass du einen so gutmütigen Gatten hast.«

»Und sei du froh, dass du eine so schlaue und schöne Frau hast«, gab sie zurück, ging zu ihm hinüber und setzte sich auf seinen Schoß. »Ist es nicht wunderbar, dass unser Rafael nach all den Jahren wieder tiefe Gefühle für eine Frau hat?«

»Nichts habe ich mir mehr für ihn gewünscht.« Brünn drückte Elisabeth an sich. »Eine Frau wie dich wünsche ich ihm.«

Sie gab ihm einen Kuss auf den Mund. »Auch wenn unsere Familie viel Geld und Macht besitzt, macht mich doch nichts so glücklich wie unser Zusammensein.« Sie küssten sich leidenschaftlich, und Elisabeth spürte, wie seine Männlichkeit sich regte. Rasch löste sie sich von ihm und stand auf. »Jetzt gehe ich aber besser, wenn ich nicht will, dass ich unsere Gäste in einem äußerst fragwürdigen Zustand begrüßen muss.«

»Aber nachher, da entkommst du mir nicht.« Er fuchtelte mahnend mit dem Finger.

Sie ging zur Tür und drehte sich noch einmal rasch um. »Als ob ich dir je hätte entkommen wollen.« Kichernd wie ein junges Mädchen verließ sie den Raum.

Nervös ging Rafael in seiner Kammer auf und ab. Sie mussten jeden Augenblick kommen. Er hatte sich gewaschen, umgezogen und auch etwas von dem Duftwasser aufgelegt, das ihm sein Vater von einer seiner Handelsreisen mitgebracht hatte. Nur zwei Tropfen, damit Ellin ihn für keinen eitlen Gockel hielt, sich möglicherweise aber gerne an ihn schmiegen und an ihm schnuppern würde.

»Bist du aufgeregt?« Isabella stand plötzlich vor ihm und legte den Kopf in den Nacken.

Er beugte sich zu ihr hinunter. »Aber nein. Warum sollte ich denn aufgeregt sein?« Er bemühte sich, seine Stimme wie immer klingen zu lassen.

»Aber mir kommt es so vor, als wärst du aufgeregt.«

Er suchte nach Worten, doch in diesem Moment hörte er es laut an der Tür zur Eingangshalle klopfen, und kurz darauf wurden Stimmen laut. Er spürte sein Herz heftig pochen.

»Aha!«, machte Isabella. »Du bist doch aufgeregt.« Sie sah ihn mit zusammengekniffenen Augen und in die Hüften gestemmten Händen an. »Ich kann es sehen.« Im nächsten Moment lenkten sie jedoch die Geräusche ab, die von unten zu ihnen nach oben drangen. »Sie sind da!«, jubelte sie. »Komm Vater!« Sie zog ihn an der Hand mit sich.

Mit ausgebreiteten Armen ging Rafael die Treppe hinab

und auf seine Gäste zu. Er sah sofort, dass die Frauen sich hübsch gemacht hatten. Ihre Haare waren anders frisiert. Und auch sonst erschien ihm ihr äußeres Erscheinungsbild frischer und gepflegter als sonst zu sein. Womöglich lag es aber auch nur daran, dass sie als Gäste ins Haus seiner Eltern kamen und einmal keiner Arbeit nachgingen.

»Wie schön, dass ihr gekommen seid. Ihr seht ja sicher«, meinte Rafael mit einem Blick auf seine Tochter, »wie brennend wir euch erwartet haben.«

Isabella sprang vor Freude auf und ab. Stolz streckte sie ihre Hand aus. »Siehst du, wie wunderschön die Wachsblume an mir aussieht?«

»Sie ist genauso hübsch wie du«, entgegnete Ellin gerade, als Elisabeth und Brünn Wiidmark aus einem Nebenraum in die Eingangshalle traten.

»Wie schön, dass ihr gekommen seid. Das ist mein Mann Brünn, und ich bin Elisabeth.«

Die Gäste knicksten. »Ich bin Ellin.«

»Und ich Berblin.«

»Bitte, nicht so förmlich. Rafael hat uns schon so viel von euch erzählt. Aber tretet doch bitte näher. Leider ist unsere Tochter Helena heute Abend verhindert. Ein schon lange geplanter Besuch.« Sie warf Rafael einen Blick zu und führte die Gäste dann in einen Raum mit einem Tisch, an dem gut zwanzig Personen Platz fänden. »Bitte, setzt euch doch!«

Brünn Wiidmark nahm am Kopfende Platz, seine Ehefrau setzte sich an die Längsseite rechts von ihm und deutete auf den ihr gegenüberstehenden Stuhl. »Ellin, möchtest du dort Platz nehmen? Ich bin schon sehr gespannt, etwas über die Kunst des Kerzenziehens zu erfahren.«

»Sehr gern.« Sie zog sich den Stuhl zurück. Berblin wollte gerade neben ihre Freundin treten, als Isabella sich rasch zwischen die beiden drängte. »Darf ich bei dir sitzen? Bitte?« Die Kleine sah zwischen Ellin und ihrem Vater hin und her.

Elisabeth reagierte sofort. »Berblin, würdest du zu mir herüberkommen. Wenn Isabella bei Ellin sitzt, wäre es gut, wenn Rafael neben der Kleinen Platz nimmt. Sie braucht des Öfteren noch Hilfe beim Umgang mit dem Löffel.«

Berblin lächelte und ging zu Elisabeth hinüber. »Aber gern.« Was sie dachte, konnte man anhand ihres Lächelns nur vermuten.

Kaum hatten alle Platz genommen, als auch schon ein Knecht mit einem großen Krug Wein den Raum betrat. Ihm folgten drei Frauen mit mehreren Holzbrettern, die zum ersten Gang verschiedene Saucen, gebratenes Fleisch, gedünsteten Fisch und Kalbspasteten auf den Tisch stellten. Es roch so köstlich, dass sich Ellin, obwohl sie nicht sonderlich hungrig war, zusammenreißen musste, sich ihre Schale nicht allzu voll zu füllen.

»Das sieht ja alles ganz wunderbar aus«, lobte sie. »Wer soll das nur alles essen?«

»Oh, ich kann dir nur raten, etwas von allem zu probieren. Unsere Trude ist eine ausgezeichnete Köchin. Und sie hat noch weitere Leckereien vorbereitet.« Elisabeth lächelte freundlich und musterte die junge Frau. Ihr Gefühl sagte ihr, dass sie genau die Richtige für ihren Sohn war. Nicht nur, wie dieser Ellin immer wieder verstohlen von der Seite ansah. Es war mehr als das. Elisabeth fühlte sich an sich selbst erinnert. Zwar waren ihre Eltern einst wohlhabend gewesen, doch als sich Elisabeth im heiratsfähigen Alter befunden hatte, war diese Zeit schon lange vorüber gewesen und der Familie nur noch ihr guter Name geblieben. Früh hatte Elisabeth deshalb verstanden, dass sie keine andere Wahl hatte, als den erstbesten Geldsack zum Ehemann zu nehmen, den ihre Eltern für sie aussuchen würden. Doch, und dafür hatte sie dem Herrn seither täglich gedankt, war ihr dieses Schicksal, das viele ihrer Freundinnen aus vornehmem Hause ereilt hatte, erspart geblieben. Als sie Brünn Wiidmark begegnet war, hatte sie gemeint, ihr Herz würde jeden Moment stillstehen, und sich vom ersten Augenblick an nichts anderes gewünscht, als dass er sie an sich zöge und nie mehr loslassen würde. Sie wusste, dass seine Eltern reich und er eine der besten Partien der ganzen Stadt war. Aber das war nicht der Grund gewesen, warum sie ihn hatte heiraten wollen.

Etwas, worauf sie nie zu hoffen gewagt hatte, war geschehen. Sie hatte sich unsterblich in diesen wunderbaren Mann verliebt, und selbst jetzt, nach über dreißig Jahren, spürte sie, wenn sie ihn von der Seite ansah, noch immer, wie ihr Herz schneller zu schlagen begann. Viel hatten sie zusammen durchgestanden. Bevor Rafael auf die Welt gekommen war, hatte Elisabeth fünf Fehlgeburten erlitten. Sie wusste, dass Brünn deshalb mehr als einmal der Rat erteilt worden war, sie zu verstoßen. Doch davon hatte er nicht nur nichts wissen, er hatte auch mit keinem dieser Ratgeber jemals wieder etwas zu tun haben wollen. Als dann endlich Rafael gesund und kräftig an ihrer Brust gelegen hatte, hatte das Paar sein Glück kaum fassen können. Nun wünschte Elisabeth sich für ihren Sohn nichts sehnlicher, als dass auch er nach dem Tod seiner Frau noch einmal eine solch große Liebe erleben könnte. Und mit der Frau, die ihr nun gegenübersaß und deren hellblaue Augen sie anstrahlten, hielt Elisabeth dies für möglich.

»Elisabeth! Wo bist du denn mit deinen Gedanken?« Zärtlich legte Brünn ihr die Hand auf den Arm.

»Ach, entschuldigt bitte. Ich musste nur gerade an frühere Zeiten denken.«

»Du hast gar nichts dazu gesagt, dass ich auch solche Haare

haben möchte.« Isabella streckte ihren Arm aus und berührte Ellins kurze Haarsträhnen. »Meine Haare sind viel zu lang. Das ist nicht so schön.«

»Oh doch, Isabella, das ist sogar viel schöner«, erklärte Ellin. »Weißt du, es sah ganz scheußlich aus, bis meine Haare endlich so weit nachgewachsen waren wie jetzt.«

»Wirklich? Aber warum hast du sie denn dann so kurz abschneiden lassen.«

Ellin schluckte schwer, entschied sich aber dazu, die Wahrheit zu sagen. »Weißt du, Liebes, ich habe früher in einem Kloster als Novizin gelebt. Und wenn man das tut, dann müssen alle Haare abrasiert werden, damit sie nicht unter dem Habit hervorsehen.«

»Was ist ein Habit?«

Ellin nahm das Tuch, das sie über den Schultern trug und zog es sich über den Kopf. »So ähnlich sieht ein Habit aus.«

»Aber du hast so schönes Haar. Warum wolltest du es unter einem Tuch verstecken?«

»Das machen im Kloster alle so.«

Isabella nickte wissend. »Ich glaube, ich gehe dann nicht in ein Kloster. Ich mag meine Haare lieber zu Zöpfen binden.«

Alle lachten über die Bemerkung der Kleinen. Rafael drückte seine Tochter an sich. »Wie schön, dass das entschieden ist.«

Der zweite Gang, der aus Aalpasteten und verschiedenen Würsten bestand, wurde gebracht, während sich alle gelöst miteinander unterhielten. Ellin beschrieb, wie Berblin und sie ihre Kerzen fertigten, und wies dabei auch auf deren besondere Beschaffenheit aufgrund des Bienenwachses hin. Elisabeth erklärte daraufhin, sofort sämtliche im Hause befindlichen Talgkerzen mit denen Ellins ersetzen zu wollen.

Sie plauderten über dies und das, und Brünn berichtete über

einen Prozess, der morgen in aller Frühe im Rathaus stattfinden würde und sehr heiter zu werden versprach. Dabei ging es um den Streit zweier Tuchhändler, von denen der eine behauptete, von einem dritten übervorteilt worden zu sein und dass es somit nicht seine Schuld sei, wenn er an den anderen falsche, nicht geprüfte Ware geliefert habe. Dieser jedoch hatte sich geweigert, die falsche Ware anzunehmen, und den vollen Kaufpreis zurückverlangt. Der Streit war schon vor Wochen in einer Schenke eskaliert und so weit gegangen, dass einer der beiden vornehmen Herren dem anderen einen Krug Wein über den Kopf gegossen hatte, woraufhin dieser einen Teil des dortigen Mobiliars auf dem Schädel seines Gegners zerschlagen hatte. Aus diesem Grund musste nun auch entschieden werden, wer den hieraus entstandenen Schaden des Wirts zu begleichen hatte. Es stand also ein Gerichtstag bevor, der neben den alltäglichen Streitereien auch hohen Unterhaltungswert versprach.

Als dritter Gang wurden Koteletts, Erbsen und Gepökeltes aufgetragen. Kurze Zeit später brachten die Mägde Rinderbraten und Kapaun, und zum krönenden Abschluss gab es noch Pasteten mit heißer Soße und süßen Pudding.

Ellin meinte, jeden Moment platzen zu müssen. Sie hatte Elisabeths Rat befolgt und von allem ein wenig probiert. Doch die Speisenauswahl war dermaßen groß, dass sie am Ende doch viel zu viel gegessen hatte.

Plötzlich wurden im Eingangsbereich Stimmen laut. Brünn und Elisabeth warfen sich einen Blick zu. »Siehst du bitte nach?«, bat ihn Elisabeth. Sie hoffte inständig, dass es nicht wieder der Gesandte des Erzbischofs wäre, dessen nochmaliges Erscheinen ihr äußerst ungelegen käme. Denn sie wollte nun, da sie während des Essens einen guten Eindruck von Ellin und ihrer Begleiterin gewonnen hatte, in aller Ruhe auf die Angelegenheit zu sprechen kommen. Sollte dieser von Müre jedoch jetzt in die Runde hereinplatzen, wäre das Vertrauen, das sich zwischen ihnen aufgebaut hatte, dahin und eine freie Entscheidung für Ellin nicht mehr möglich.

Brünn stand auf und verließ den Raum. Elisabeth warf Rafael einen besorgten Blick zu. »Es gibt da etwas, über das ich mit dir sprechen möchte, Ellin.«

»Ja?«

»Es ist so …«

In diesem Moment betrat Brünn wieder das Zimmer, und Elisabeth hielt mitten im Satz inne.

»Draußen befindet sich eine Frau namens Apollonia, die Ellin und Berblin dringend zu sprechen wünscht.« Er sah zwischen seinen beiden Gästen hin und her.

Ellin stand sofort auf. »Apollonia? Hier in Lübeck?«

Auch Berblin schob sofort ihren Stuhl zurück. »Aber das ist doch nicht möglich.«

»Ihr kennt sie also«, stellte Brünn fest und gab dem Bediensteten, der ihm gefolgt war, einen Wink. »Führ unseren Gast bitte herein.«

Ellin lief Apollonia entgegen, als diese das Zimmer betrat. »Ich habe es eben kaum glauben können!«

Auch Berblin trat hinzu und umarmte die Hamburgerin herzlich. »Apollonia! Das gibt es doch nicht! Wie hast du uns hier gefunden?«

Elisabeth erhob sich würdevoll von ihrem Stuhl. »Mein Name ist Elisabeth Wiidmark. Mit wem haben wir das Vergnügen?« Sie reichte der Tuchhändlerwitwe die Hand.

»Apollonia Färber. Bitte verzeiht, dass ich Eure Zusammenkunft störe.« Sie neigte leicht das Haupt.

»Davon kann keine Rede sein. Ihr seid uns herzlich willkommen.« Sie winkte dem Diener. »Hol noch eine Schüssel und trag die restlichen Speisen wieder auf.«

»Aber nein, das ist wirklich nicht nötig.«

Elisabeth wischte die Bemerkung mit einer Handbewegung beiseite. »Setzt Euch und erzählt uns, was Euch nach Lübeck geführt hat.«

Sie deutete auf den Platz neben Berblin.

»Eigentlich wollte ich euch kurz allein sprechen«, sagte Apollonia leise zu Ellin. »Ihr seid in großer Gefahr.«

Ellin riss die Augen auf. »Weshalb?«

Elisabeth nahm Apollonia bei den Schultern. »Ich glaube, wir wissen bereits alle, worum es geht.« Sie sah Ellin an. »Ich hätte dich auch noch darauf angesprochen, wollte dir aber das gemeinsame Mahl nicht verderben. Kommt. Setzen wir uns wieder.«

Rafael, der das Geschehen bislang schweigend verfolgt hatte, war nun aufgestanden. Er ging auf Apollonia zu und begrüßte sie, dann setzte er sich wieder.

»Hier sind aber heute viele Leute«, stellte Isabella mit großen Augen fest.

Kaum dass Apollonia Platz genommen hatte, kam eine der Küchenmägde, brachte ihr eine Schüssel und stellte auch eine Holzplatte mit verschiedenen Speisen vor ihr ab.

»Danke sehr.« Sie wartete, bis die junge Frau sich wieder entfernt hatte, griff aber nicht zu. Vielmehr berichtete sie Ellin und Berblin sofort, dass einige Tage nach deren Aufbruch mehrere Männer nach Hamburg gekommen seien, die nach ihnen gefragt hätten. Sie ließ auch nicht aus, dass sie den Männern im guten Glauben, dass es sich bei ihnen um die Gesandten des Erzbischofs handelte, den Aufenthalt der beiden Frauen verraten hatte, weil sie um deren Sicherheit besorgt gewesen war.

»Als einen Tag später dann aber tatsächlich die Männer von Molenarks vor der Tür standen und mir das Schriftstück mit dem erzbischöflichen Siegel zeigten, ist mir fast das Blut in den Adern gefroren. Es tut mir so leid.«

Berblin legte ihr die Hand auf den Arm. »Wie viele waren es?«

»Denen ich Auskunft gegeben habe? Vier. Aber als ich aufgebrochen bin, habe ich gehört, dass noch mehr Männer in die Stadt gekommen sind und nach euch gefragt haben. Wie viele kann ich euch jedoch nicht sagen. Jedenfalls seid ihr in großer Gefahr.« Apollonias Augen füllten sich mit Tränen.

»Es war sehr mutig von Euch, den ganzen Weg von Hamburg bis hierher auf Euch zu nehmen, um Eure Freundinnen zu warnen«, bemerkte Elisabeth.

Apollonia dankte es ihr mit einem Lächeln. »Ich bin aufgebrochen, so schnell ich konnte. Hier habe ich dann gehört, dass ihr auf dem Markt einen Stand haben sollt und mich dort weiter durchgefragt. Ein Händler hat mir schließlich die Auskunft gegeben, dass ihr bei einer Frau namens Hildegard untergekommen seid. Ich bin, so schnell es ging, zu ihr geeilt. Glaubt mir, es war nicht einfach, sie dazu zu bringen, mir zu sagen, dass ihr heute Abend hier zu Gast seid. Erst als ich ihr von meiner Sorge um euch erzählte, rückte sie damit heraus.«

»Ihr seid leider nicht die Einzige, die den Weg in unser Haus gefunden hat«, sagte Rafael. »Der Gesandte des Erzbischofs war heute auch schon hier.«

»Was?« Ellin riss erschrocken die Augen auf.

»Das ist es, was meine Eltern und ich noch mit euch besprechen wollten. Er erwartet, dass wir ihm bis morgen Mittag mitteilen, wo er euch finden kann.«

Ellin schluckte schwer und warf Berblin einen ängstlichen Blick zu. Beiden war klar, was diese Nachricht bedeutete: Flucht! Wieder müssten sie sich aufmachen und von vorne anfangen. Eben noch glücklich und gelöst, fühlte Ellin sich müde und erschöpft. »Ich will nicht schon wieder fortlaufen«, sagte sie leise und senkte den Kopf.

Elisabeth sah erst ihren Ehemann, dann Rafael an.

»Aber das musst du doch auch nicht«, sagte Rafael. »Du machst deine Aussage, wie der Erzbischof es fordert, und danach lebst du wieder dein Leben. Und zwar wie und wo du willst.«

Isabella sah zwischen den Erwachsenen hin und her. Sie verstand nicht, worum es ging und warum auf einmal alle so ernst waren, wo es vorher doch noch so fröhlich und munter zugegangen war. Lag es an der Frau, die soeben gekommen war?

»Aber das habe ich doch schon«, sagte Ellin mit matter Stimme. »Ich habe meine Aussage gemacht, alles wurde aufgeschrieben. Doch um Friedrich von Isenberg verurteilen zu können, muss ich nochmals öffentlich im Prozess gegen ihn aussagen.«

»Und dazu müssen sie den Grafen erst einmal zu fassen kriegen«, erkannte Brünn.

Ellin nickte.

»Aber was will der Gesandte des Erzbischofs denn dann von dir, wenn du bereits ausgesagt hast, was geschehen ist?«, fragte Elisabeth.

Ellin seufzte und erklärte, was sich in Selete ereignet hatte, und erwähnte möglichst beiläufig Jergs Tod. Welche Verbindung zwischen ihnen bestanden hatte, sagte sie nicht. Nur, dass auch die vielen eigens zu ihrem Schutz abgestellten Wachleute es nicht hatten verhindern können, dass drei Menschen den Tod gefunden hatten. »Deshalb waren wir zur Flucht gezwungen«, endete sie schließlich.

Brünn wollte gerade etwas sagen, als aus dem Eingangsbereich erneut laute Stimmen zu ihnen drangen. »Was ist denn jetzt schon wieder?« Er stand auf und ging zur Tür, an die in diesem Augenblick geklopft wurde. »Herein.«

Der Bedienstete von zuvor betrat den Raum. »Entschuldigt, Herr. Aber hier ist schon wieder jemand, der die junge Frau zu sprechen wünscht.«

»Wer?«

»Erneut ein Gesandter des Erzbischofs.«

»Wir hatten uns doch auf morgen Mittag verständigt.« Elisabeth sah ihren Mann besorgt an, stand dann auf und trat an dessen Seite. »Wir lassen bitten«, sagte sie zögerlich.

Ein wahrer Hüne, gut gekleidet und sehr gepflegt, betrat daraufhin den Raum und verbeugte sich tief. »Bitte entschuldigt die späte Störung. Die Umstände zwingen mich leider dazu.«

»Ihr kommt im Auftrag des Erzbischofs?«, fragte Elisabeth.

»Ja, in der Tat«, bestätigte der Besucher.

»Nun, wir haben doch gerade vorhin mit Edelfried von Heuen, der rechten Hand des Erzbischofs, gesprochen. Hat er Euch aufgetragen, die junge Frau nun mitzunehmen?«

Der Mann lächelte. »Ganz recht, und er bat mich außerdem, Euch für Eure Hilfe zu danken.«

Brünn gab dem Bediensteten ein rasches Zeichen. »Wachen!«, brüllte er dann und zog seine Frau im gleichen Moment hinter sich. Geistesgegenwärtig und mit einem seltsamen Lächeln im Gesicht zog der Besucher sein Schwert, während gleichzeitig zwei Wachleute zur Tür hereingestürmt kamen.

Dann ging alles sehr schnell. Die Fenster im Raum wurden eingeschlagen, und zwei Männer stiegen durch die Öffnungen herein. Die Eingangstür, die offenbar noch nicht wieder verriegelt worden war und neben der ein weiterer Wachmann der Wiidmarks stand, wurde aufgerissen und die Wache sofort niedergemacht. Von allen Seiten verschafften sich Fremde Zutritt ins Haus. Elisabeth wurde zu Boden gestoßen, Ellin warf sich schützend über Isabella, während Rafael aufsprang und sich nach etwas umsah, das er als Waffe verwenden konnte. Weder er noch sein Vater hatten ihre Schwerter dabei. Wie hätten sie auch ahnen können, dass sie an diesem Abend in ihrem eigenen, hochherrschaftlichen Hause überfallen werden? Während Brünn mit einem der Männer rang, stürzte Rafael sich auf einen zweiten, der Ellin schon fast erreicht hatte. Berblin griff nach dem silbernen Kerzenhalter auf dem Tisch und schlug ihn einem weiteren Eindringling mit aller Kraft auf den Hinterkopf.

»Kriech unter den Tisch«, befahl Ellin Isabella, die daraufhin sofort abtauchte.

Apollonia hielt sich schützend die Arme vor den Kopf, als Brünn seinen Kontrahenten durch den Raum wirbelte und dieser gegen sie zu prallen drohte. Im letzten Moment sprang sie zur Seite und krabbelte dann auf allen vieren in eine Ecke. Elisabeth hatte sich derweil wieder aufgerappelt und griff nun nach dem Holzbrett mit den Speisen, das noch immer auf dem Tisch stand. Von hinten trat sie damit an den Mann heran, der sich ihnen als Beauftragter des Erzbischofs vorgestellt hatte, und haute es ihm auf den Kopf. Der schrie vor Schmerz laut auf und taumelte dann benommen in Richtung der Tür, an deren Rahmen er sich fluchend festhielt. Rasch nutzte sie die Gelegenheit, lief ihm hinterdrein und schlug erneut zu. Nun fiel er zu Boden. Mit Entsetzen sah sie, wie der Mann, den Brünn zuvor zu Boden geschleudert hatte, wieder aufstand, Ellin an den Haaren packte und in Richtung Ausgang zerrte. Diese trat und schlug mit Händen und Füßen um sich. Elisabeth griff sich kurzerhand einen Stuhl und kam Ellin zu Hilfe, indem sie ihn auf dem Rücken des Kerls zerschlug. Doch der Mann ließ Ellin deswegen noch lange nicht los, sondern drehte sich mit schmerzverzerrtem Gesicht um. Gefährlich funkelte er Elisabeth an, da sprang Rafael schützend vor seine Mutter und verpasste dem Mann einen solchen Fausthieb, dass er augenblicklich zu Boden ging und Ellin mit sich riss. Die schrie auf, als der Mann ihr noch im Fallen schmerzhaft seinen Arm in die Rippen stieß. Schnell half Elisabeth ihr auf. Doch irgendetwas musste geschehen sein, denn in diesem Moment bemerkte sie, dass die Schurken durch die Fenster ins Freie rannten und ihr Heil in der Flucht suchten, wobei sie die zwei Männer, die bewusstlos am Boden lagen, einfach zurückließen. Drei weitere kämpften noch immer mit den Wachmännern im Flur.

Brünn rannte nun zu dem Mann, der noch immer bewusstlos am Boden lag und griff sich sein Schwert. Rafael kam den Wachmännern mit bloßen Händen zu Hilfe. Die Eindringlinge registrierten es, verschafften sich möglichst viel Raum, indem sie mit ihren Schwertern nochmals wild um sich hieben, und ergriffen dann, so schnell sie konnten, die Flucht.

»Sie sind weg«, schnaubte Brünn atemlos und stützte seine Hände auf den Knien auf.

»Ist dir etwas geschehen?« Elisabeth lief zu ihrem Mann und umfasste mit beiden Händen sein Gesicht.

»Nein«, brachte er hervor. »Ich werde nur langsam zu alt für so etwas.« Er bemühte sich um ein Lächeln, und seine Frau küsste ihn erleichtert auf die Stirn.

»Ist irgendjemand verletzt?«, rief sie in den Speiseraum.

Nach und nach kamen alle wieder auf die Beine. Niemand schien eine ernsthafte Verletzung davongetragen zu haben. Die Wachleute schleiften die bewusstlosen Männer wie nasse

Mehlsäcke in die Mitte der Eingangshalle. Einer der Küchenjungen holte Seile, mit denen den Eindringlingen die Hände auf dem Rücken zusammengeschnürt und danach zusätzlich noch an den Leib gebunden wurden.

»Wir schaffen das Pack zum Stadtvogt, Herr, damit man es in den Kerker wirft.«

»Danke«, antwortete Brünn und legte seinem Bediensteten eine Hand auf die Schulter. »Ihr habt gut gekämpft.«

Elisabeth blickte sich in dem verwüsteten Zimmer um. Bis auf den Tisch und einen Teil der Stühle war fast alles zu Bruch gegangen. Apollonia half Berblin auf die Beine, die nach einem Fausthieb bewusstlos zu Boden gesunken war. Ellin hielt sich den Kopf. Blut drang durch ihre Finger hindurch.

»Um Gottes willen, du bist verwundet«, brachte Elisabeth entsetzt hervor und führte sie zu einem Stuhl.

»Es geht schon.« Zittrig ließ sie sich niedersinken.

»Wir brauchen Leinen und eine Schale Wasser!«, rief Elisabeth, löste Ellins Hände vom Kopf und betrachtete sich die Wunde.

»Du kannst jetzt wieder rauskommen, Isabella«, sagte Ellin und beugte sich, als sich daraufhin nichts unter dem Tisch regte, etwas weiter hinab. »Isabella! Komm schon raus, Liebes. Die Männer sind weg.«

Doch nichts rührte sich.

Hastig ließ sich Ellin nun auf die Knie fallen, hob das Tischtuch an und kroch unter den Tisch. Aber dort war niemand. Sie kam wieder hoch, blickte sich panisch um. »Wo ist Isabella?«

Rafael kam eilig zu ihr herüber und zog das Tuch mit einem Ruck vom Tisch. »Isabella? Isabella?« Er brüllte so laut, dass man ihn im ganzen Haus hören konnte.

Elisabeth rief das Personal herbei. Jeder Winkel sollte nach dem Kind abgesucht werden. Es musste sich während des Überfalls irgendwohin verkrochen haben.

»Wo versteckt sie sich, wenn ihr spielt?«, fragte ihn Ellin hastig.

Rafael blickte sie aus angstgeweiteten Augen an. »Oben, in der großen Truhe auf dem Korridor.«

Sie rannten zusammen die Stufen hinauf. Rafael riss den Deckel der Truhe so heftig auf, dass er krachend gegen die Wand schlug. Wieder nichts.

»Isabella?«

Im ganzen Haus hallte der Name des Kindes wider. Alle machten sich auf die Suche. Sie durchforsteten jeden Raum, jede noch so kleine Nische, doch das Kind blieb verschwunden.

»Vielleicht hat sie sich im Hinterhof versteckt.« Rafael schlug das Herz bis zum Hals. Eine nie zuvor gekannte Angst hatte von ihm Besitz ergriffen und ließ ihn am ganzen Körper zittern.

Sie suchten überall und riefen den Namen der Fünfjährigen immer wieder. Vergebens. Schließlich kehrten sie ins Haus zurück und setzten dort die Suche fort, obwohl sie schon jeden Raum bis in den letzten Winkel überprüft hatten.

»Ob diese Verbrecher sie wohl mitgenommen haben?« Rafaels Stimme versagte ihm den Dienst.

»Aber warum sollten sie …?«

Ein lautes Klopfen an der Tür ließ Ellin mitten im Satz innehalten. Einer der Wiidmarkschen Wachleute ging an die Tür und öffnete sie vorsichtig mit dem Schwert in der Hand. Fast traute er seinen Augen nicht, als ihn nun einer der Ganoven, die zuvor an dem Überfall beteiligt gewesen waren, dreist um Einlass bat. Schon hob er sein Schwert und wollte zuschlagen, da meinte der andere grinsend: »Das würde ich lassen, wenn ihr das Kind lebend wiedersehen wollt.«

Der Wachmann ließ seinen Arm wieder sinken. Rafael hingegen stürmte an ihm vorbei und prallte wie ein wütender Stier auf den Kerl, der durch die Wucht des Zusammenstoßes zu Boden ging. Dann packte er ihn am Kragen und schlug ihn mehrfach mit dem Hinterkopf auf die Pflastersteine des Eingangsbereichs. »Wo ist meine Tochter? Du verdammtes Schwein! Du elender Hundsfott! Sag mir, wo sie ist, oder du wirst den nächsten Tag nicht mehr erleben!« Er umfasste den Hals des Mannes und drückte zu. Der andere röchelte und begann, mit den Beinen zu zappeln.

»Hör auf!« Brünn stürmte herbei und versuchte, seinen Sohn zurückzuziehen. »Hör auf, Rafael!«

Der Wachmann half Brünn, doch selbst zu zweit schafften sie es nicht, Rafaels Arme vom Hals des Mannes zu lösen. »Rafael! Hör auf, du bringst ihn sonst noch um!«

Elisabeth und Ellin liefen gleichzeitig los.

Elisabeth rief immer wieder den Namen ihres Sohnes, hilflos und verzweifelt.

»Bitte, lass ihn los! Bitte!«, flehte auch Ellin und bemerkte gleichzeitig, dass sich das Gesicht des Mannes am Boden immer mehr ins Tiefrote verfärbte und seine Beine nur noch schwach zuckten.

»Du bringst ihn um. Dann sehen wir Isabella nie wieder. Bitte, Rafael, bitte lass ihn los.« Ellin umfasste von hinten seine Schultern und schluchzte auf. »Bitte.«

Da lockerte Rafael auf einmal schwer atmend seinen Griff und ließ mit einem Ruck von dem Mann ab.

Der rührte sich nicht mehr. Beherzt griff Brünn zu, zog den leblosen Körper nach oben und schüttelte ihn mehrfach, bis der Mann plötzlich zu husten begann und heftig nach Luft rang.

»Und nun sag mir, wo meine Enkelin ist.«

Es dauerte, bis der Mann nach einem weiteren Hustenkrampf endlich wieder in der Lage war zu sprechen.

»Wenn mich noch einmal einer von euch so anpackt, werde ich der Kleinen eigenhändig die Kehle durchschneiden und ihr Blut saufen«, spie er hervor.

Rafael machte schon wieder einen Schritt auf ihn zu. Nur der schnelle Zugriff seines Vaters hielt ihn davon ab, ihm erneut an die Gurgel zu gehen.

»Es läuft folgendermaßen. Morgen früh, sobald es hell wird, kommt die Novizin zum Brunnen am Marktplatz. Und zwar ohne einen von euch!« Er deutete auf die Männer. »Sie kann eine Frau mitbringen, der das Kind übergeben wird, sobald sich die Novizin in unserem Gewahrsam befindet. Doch sonst niemanden. Wir werden rechtzeitig unsere Männer in der ganzen Gegend postieren. Wenn wir auch nur einen von euch oder einen anderen Mann, dessen Nase uns nicht gefällt, auf dem Marktplatz auftauchen sehen, ist die Kleine tot. Habt ihr das verstanden?«

Brünn sah ihn fassungslos an. »Was habt ihr mit Ellin vor?«

»Das muss dich nicht scheren.«

»Ich werde da sein«, versicherte Ellin schnell, bevor Brünn etwas erwidern konnte.

»Aber …« Rafael wollte etwas sagen, fand jedoch nicht die richtigen Worte.

»Es läuft entweder so, wie ich gesagt habe, oder ihr seht die Kleine nicht wieder.« Die Stimme des Mannes klang hart und eiskalt.

»Warum nicht jetzt gleich?«, schlug Ellin vor. »Meine Freundin und ich werden mit dir kommen. Ihr übergebt ihr Isabella, und ich bleibe bei euch.«

Der Mann schien den Vorschlag zu überdenken, winkte

dann aber ab. »Ich habe genauen Befehl bekommen, wie es laufen soll. Und so wird es auch gemacht.«

»Aber Isabella wird Angst haben, wenn sie die ganze Nacht allein an dem Ort verbringen muss, an den ihr sie geschleppt habt.«

»Mir doch egal, wenn sie sich vor Angst in die Röcke pisst. Soll sie nur machen.« Er grinste schief.

Rafael ballte schon wieder die Hände zu Fäusten, atmete dann aber tief durch und rief sich selbst zur Ordnung.

Der Mann straffte die Schultern, zog sein Wams wieder zurecht und verkündete dann: »Ich werde jetzt gehen. Und ich rate keinem, mir zu folgen.« Dabei sah er Rafael direkt in die Augen. »Ein so kleiner Hals ist rasch durchtrennt.« Er bleckte die Zähne, wandte sich ab und schlenderte pfeifend davon. Mehrmals drehte er sich um und registrierte mit Genugtuung, dass noch immer alle wie angewurzelt vor dem Haus standen und keiner Anstalten machte, ihm zu folgen.

31. Kapitel

Habt ihr alles vorbereitet?«

»In jedem Winkel haben wir nachgesehen und überall unsere Männer postiert. Wenn sie außer ihrer Freundin jemanden mitbringen sollte, werden wir es schnell genug erfahren.«

»Gut. Doch ich denke, dass dieses Weib tatsächlich dumm genug ist, allein zu kommen.« Er grinste schief. »Sobald der Austausch stattgefunden hat, zerrt ihr sie in eine ruhige Gasse und schlagt ihr den Kopf ab. Danach brechen wir auf.« Er nahm einen tiefen Schluck aus seinem Becher. »Aber passt auf, dass euch das Beil dabei nicht versehentlich abrutscht, ihr Gesicht muss gänzlich unversehrt bleiben, so dass man sie noch einwandfrei erkennen kann. Falls nicht, werden wir die versprochene Belohnung nicht kassieren können.«

»Ich werde es selbst erledigen.«

»Gut. Dann nehmt jetzt das Mädchen und macht euch auf den Weg. Und wenn doch einer der Männer oder gar die Büttel auftauchen sollten, schneidet ihr dem Kind die Kehle durch. Sie sollen wissen, dass wir keine leeren Drohungen aussprechen.«

»Wird gemacht«, sagte der andere und verließ die Kammer.

Berblin fror erbärmlich. Die Zeit, die sie nun schon neben dem Brunnen standen, kam ihr wie eine Ewigkeit vor. Die

Kälte der letzten Tage war einem feuchten Matschwetter gewichen, doch glaubte sie, noch nie so sehr gefroren zu haben wie heute. Sie fühlte sich ohnmächtig vor Angst, und jeden Augenblick, den sie weiter ausharren musste, empfand sie als nicht enden wollende Folter.

»Berblin?«

»Ja.«

»Sobald du Isabella hast, verschwindest du mit ihr, so schnell du nur kannst. Dreh dich nicht um und lass auch nicht zu, dass sie den Blick zurückwendet. Versprich mir das.«

»Weshalb?« Berblins Stimme war ein einziges Krächzen.

»Ich weiß nicht, ob sie mich gleich an Ort und Stelle töten werden. Sollten sie es aber tun, will ich auf keinen Fall, dass Isabella es mit ansehen muss und diese Bilder für den Rest ihres Leben nicht mehr aus dem Kopf bekommt.«

»Du denkst also nicht, dass sie dich nur so lange gefangen halten wollen, bis der Prozess gegen Graf Friedrich vorbei ist?«

Ellin atmete tief ein und wieder aus. Sie wirkte so gefasst, dass ihre Ruhe Berblin fast noch mehr Angst machte als das, was ihnen gleich bevorstand.

»Nein«, sagte Ellin entschieden. »Sie haben keinen Grund, mich am Leben zu lassen. Solange ich lebe, stelle ich eine Gefahr für den Grafen dar.« Sie straffte ihre Schultern. »Da kommen sie.«

Berblin drehte sich sofort in die Richtung, in die ihre Freundin deutete. Tatsächlich waren am anderen Ende des Platzes nun schemenhaft zwei Männer und ein Kind auszumachen, das nur widerwillig neben ihnen herging.

»Ellin!«, hallte Isabellas Stimme über den Marktplatz.

Ellin rannte ihr ein paar Schritte entgegen. Abrupt blieben die Männer mit dem Mädchen stehen. »Halt! Keinen Schritt weiter!«, rief da einer von ihnen und sah sich misstrauisch nach allen Richtungen hin um.

Sofort machte Ellin ebenfalls halt. »Was ist? Wir sollten allein kommen, nur wir Frauen. Und hier sind wir. Also, lasst das Kind los.«

Er hätte die Situation und seine Macht gern noch etwas länger ausgekostet, doch er hatte die ausdrückliche Anweisung erhalten, keine Zeit zu verlieren. »Du gehst langsam Schritt für Schritt auf uns zu, und ich gebe das Kind frei.«

Ellin nickte. »Isabella! Ich werde jetzt auf euch zukommen. Wenn ich einen Schritt mache, machst du ebenfalls einen. Dabei gehst du immer auf Berblin zu. Hast du verstanden?«

Die Kleine nickte. »Aber ich möchte lieber zu dir«, protestierte das Kind mit weinerlicher Stimme.

»Isabella. Bitte tu, was ich dir sage, und geh zu Berblin. Und los. Ich mache jetzt den ersten Schritt.«

Ellin setzte ihren rechten Fuß nach vorn, worauf Isabella es ihr gleichtat. Kurz sah sie noch einmal zu den Männern auf, die sie hergebracht hatten, und machte zwei weitere, langsame Schritte. Dann rannte sie los.

»He, du kleiner Teufel. Wirst du wohl …« Doch als der Mann sah, dass Isabella zu Ellin gerannt war und deren Beine umklammerte, verstummte er. Die Novizin machte keine Anstalten zu fliehen. Vielmehr hatte sie sich zu dem Kind hinabgebeugt und hielt es nun in ihren Armen.

»Scht«, machte Ellin, um die Kleine zu beruhigen, die nun zu schluchzen begann. »Es wird ja alles gut, mein Schatz.« Einen Moment lang zählte ihr eigenes Schicksal nicht mehr, und Ellin küsste zärtlich Isabellas Tränen fort.

»Bitte, geh nicht«, bettelte Isabella. »Die Männer da sind überhaupt nicht nett. Komm mit zu uns nach Hause.«

Ellin drückte das Kind noch etwas fester an sich. »Bitte, glaub mir, Kleines, ich würde nichts lieber tun als das. Doch es geht nicht.«

»Aber warum denn nicht?« Isabella heulte laut auf.

»Das reicht jetzt!«, schnauzte da auf einmal der Mann neben ihr.

Ellin hatte nicht bemerkt, dass sowohl die beiden Männer als auch Berblin an sie herangetreten waren.

»Komm, Isabella.« Berblin griff nach dem Arm des Mädchens und versuchte, es vorsichtig von Ellin fortzuziehen. »Nein!«, schrie Isabella. »Ich will nicht! Lass mich! Lass mich los!« Sie drehte sich hin und her, um sich Berblin zu entwinden.

»Verdammtes Balg, lass endlich los!«, schimpfte da einer der Männer und wollte schon zuschlagen, als Ellin sich schützend vor Isabella stellte.

»Bitte, nicht. Sie geht ja schon. Bitte, Liebes, du musst jetzt tun, was ich dir sage.«

»Aber ich will nicht gehen.« Der Trotz, der zuvor in Isabellas Stimme gelegen hatte, war nun einem sonoren Wimmern gewichen. »Ich möchte bei dir bleiben. Warum kann ich denn nicht bei dir bleiben?«

»Wenn ich mir unter allen Kindern der Welt eines hätte aussuchen dürfen, dann wäre meine Wahl auf dich gefallen.« Mit diesen Worten löste Ellin Isabellas Arme von ihren Beinen, beugte sich aber noch einmal zu ihr hinunter. »Ich wünschte, du wärst meine Tochter. Vergiss niemals, dass du immer in meinem Herzen bist.«

Isabella schluchzte laut auf, als sie Ellins Tränen sah. »Und ich wünschte«, brachte das Kind glucksend hervor, »dass du meine Mutter wärst.«

»Jetzt reicht's aber endgültig.« Einer der beiden Männer

packte Ellin bei den Haaren und riss sie grob nach oben. Isabella kreischte auf und trat dem Mann gegen das Bein. Schnell griff sich Berblin das Kind, warf Ellin einen letzten, verzweifelten Blick zu und lief dann, so schnell sie konnte, zum Wiidmarkschen Haus.

Ellin stolperte mehr, als dass sie ging. Über die Begegnung mit Isabella war es langsam hell geworden. Die Stadt erwachte nach und nach, und den Männern mit Ellin in ihrer Mitte kamen erste Leute entgegen, als sie den Marktplatz überquerten.

»Weshalb sind denn die Leute heute schon so früh auf den Beinen?«, wollte der eine wissen.

»Hier findet heute ein Prozess statt, soviel ich weiß«, erklärte ihm der andere. »Sie strömen so zeitig zum Rathaus, um dort noch einen Platz zu bekommen.«

»Verdammt noch mal. Ausgerechnet. Sonst sind um diese Zeit doch noch nie so viele Leute unterwegs gewesen. Jetzt riskieren wir am Ende noch, dass sie sich an uns erinnern und uns beschreiben können, wenn sie den Rumpf von der hier in einer der Gassen finden.«

Seine Worte hallten in Ellins Kopf nach. Bis vor wenigen Lidschlägen war Isabella das Einzige gewesen, an das sie hatte denken können. Doch das Wort Rumpf hatte sie aufgeschreckt. Schon hatte sie das schreckliche Bild vor Augen, wie die beiden trunkenen Männer sich gegenseitig ihren abgetrennten Kopf zuwarfen und über den entsetzten Ausdruck lachten, den ihr Gesicht im Moment des Todes angenommen hatte. Das erste Mal, seit sie mit den Männern gegangen war, sah sie auf. Könnte sie womöglich jemanden auf sich aufmerksam machen? Zwei Männer und eine Frau kamen ihnen entgegen, die sich angeregt miteinander unterhielten. Abrupt blieb Ellin stehen.

»Mach ja keinen Unsinn, sonst sind die drei gleich ebenso tot wie du. Kannst du das mit deinem Gewissen vereinbaren?«

Ellin senkte den Kopf, da sprach sie einer der Männer, die ihnen entgegenkamen, auch schon an. »Na, geht Ihr nicht in die falsche Richtung? Zum Rathaus geht es da entlang.«

»Wir wollen nicht zum Rathaus und jetzt lasst uns«, gab der Mann, der Ellins rechten Arm umklammert hielt, unwirsch zurück.

»Ja, wie redet Ihr denn mit uns?«, empörte sich die Frau. »Dabei hat mein Gatte Euch doch nur gefragt …«

»Haltet den Mund und gebt den Weg frei. Sonst scheppert's.«

Die zwei Männer sahen sich an. »So redet Ihr nicht mit meiner Mutter, Freundchen«, meinte dann der jüngere der beiden.

Ellins rechter Bewacher wollte gerade etwas sagen, da holte der ältere der Männer schon aus und schlug ihm mit der Faust mitten ins Gesicht. Der Schlag war so heftig, dass sein Nasenbein mit einem lauten Knacken brach.

»Verfluchter Mistkerl!«, brüllte daraufhin sein Kumpan und wollte dem Getroffenen, dem das Blut aus der Nase lief, helfen, da traf auch ihn ein Schlag.

»Was willst du? Dich mit dem Henker von Lübeck anlegen? Du bist so gut wie tot, Freundchen«, ließ sich nun die Frau vernehmen und packte Ellins Arm.

Weitere Schläge gingen auf die beiden Ganoven nieder, Ächzen und Stöhnen war zu hören.

»Komm.« Die Frau nahm Ellin bei der Hand und zog sie mit sich fort. »Schnell, zum Rathaus. Da sind gleich so viele Menschen, dass sie dich nicht mehr greifen können.« Barbara blickte noch einmal zurück. Überrascht stellte sie fest, dass den zwei Halunken offenbar noch weitere Kumpane zu Hilfe kamen. Doch sie kannte die Kampfkünste ihres Mannes und Sohnes gut genug, um sich keine allzu großen Sorgen zu machen. So schnell sie konnten, rannten die Frauen zum Rathaus. Schon von weitem sahen sie zwei Dutzend Stadtwachen vor dem Gebäude stehen.

»Rasch, ihr müsst meinem Gatten, dem Henker, helfen. Er und mein Sohn haben zwei Halunken auf dem Marktplatz aufgebracht, denen nun ihre Verbrecherfreunde zu Hilfe gekommen sind.«

»Wie viele sind es?«

»Zuletzt waren es vier! Nehmt so viele Männer mit, wie Ihr könnt!«

Der Mann rief darauf drei Namen und rannte mit seinen Kameraden los. Außerdem schlossen sich ihnen zusätzlich noch acht Büttel an.

Die Frauen sahen sich kurz um. »Hier herein«, forderte Barbara und zog Ellin ins Rathaus.

»Woher wusstet ihr …?« Ellin brach den Satz ab.

»Berblin hat noch in der Nacht die Haushälterin der Wiidmarks zu uns geschickt. Wir kennen uns schon seit Jahren. Sie hat mir alles erzählt.«

»Aber was ist mit Gerhard und Josef? Fürchtest du nicht, dass ihnen etwas geschehen könnte?«

»Den zwei Haudegen? Pah! Da muss schon mehr passieren, als dass ihnen ein paar dahergelaufene Halunken eins überziehen. Mach dir keine Sorgen. Und nun komm.« Barbara lief die reich verzierte Treppe hinauf. Oben am Geländer blieb sie stehen, während die Prozessbesucher an ihnen vorbei, ein Stück weiter den Flur entlang und in den großen Ratssaal gingen, der sich ebenfalls im ersten Stock befand.

»Von hier aus können wir genau beobachten, wer das Gebäude betritt«, erklärte Barbara, als Ellin sie erreicht hatte.

»Danke«, sagte Ellin schnell. »Ohne euch drei wäre ich wahrscheinlich schon tot.«

»Genau wie ich, wenn du und Berblin euch nicht so rührend um mich gekümmert hättet.« Sie legte der Jüngeren kurz den Arm um die Schultern und zog sie an sich. »Und nun lass uns genau schauen, wer das Haus betritt. Die Leute, die zum Prozess wollen, werden schwatzen oder sich direkt in den großen Ratssaal begeben. Sobald aber Männer das Haus betreten, die sich suchend umsehen, müssen wir uns sofort davonmachen.«

»Warum gehen wir nicht gleich in den Ratssaal und geben den dortigen Wachen Bescheid?«

»Es ist nur ein normaler Prozess«, antwortete Barbara. »Wenn dort überhaupt noch zwei Männer an der Eingangstür für Ordnung sorgen, können wir von Glück sagen. Ich will deshalb noch abwarten, ob die Lage sich klärt und Josef und Gerhard zusammen mit den vier Bütteln zurückkommen, die wir ihnen zu Hilfe geschickt haben. Wenn nicht, müssen auch wir im Saal Zuflucht suchen.

Dort können die Ganoven vorerst nicht viel unternehmen, ohne Aufsehen zu erregen. Und bis die Verhandlung vorbei ist, müssten die Wachen längst zurück sein und wahrscheinlich auch schon Verstärkung angefordert haben.« Barbara trat ein paar Schritte zur Seite, um sehen zu können, wie weit sich der Raum schon gefüllt hatte. Zwar konnte sie ihn nicht zur Gänze einsehen, sich aber dennoch einen Überblick verschaffen.

»Wir haben noch ein wenig Zeit.«

»Aber was ist, wenn wir hineingehen und keine Hilfe kommt?«

»Ich vertraue darauf, dass wir Hilfe bekommen werden.«

»Von wem?«

Barbara zuckte mit den Schultern. »Von meinem Mann, unserem Gerhard, den Wiidmarks. Es gibt genug Menschen, die uns helfen wollen. In den Ratssaal hineinzugehen ist jedenfalls immer noch besser, als zu riskieren, dass uns die Schurken beim Verlassen des Rathauses auflauern. Gewiss werden sie uns schon überall suchen und über kurz oder lang darauf kommen, wo wir uns hingeflüchtet haben. Davon abgesehen habe ich mit Josef und Gerhard ausgemacht, dass ich im Falle eines Kampfes mit dir hier Schutz suchen und auf sie warten werde. Vertrau mir also.«

Ellin betrachtete Berblins Mutter staunend von der Seite. Die gefährliche Situation, in der sie sich befanden, schien sie nicht im Geringsten zu beunruhigen. Es kam Ellin im Gegenteil eher so vor, als genieße Barbara die Aufregung.

Nach und nach drängten immer mehr Menschen in das Rathaus. Offenbar wollten sich die Lübecker den unterhaltsamen Prozess, der ihnen heute geboten wurde, nicht entgehen lassen. Barbara blickte von Zeit zu Zeit immer wieder prüfend in den Saal, um sich zu vergewissern, dass es noch genug freie Plätze gab. Ellin spürte, dass Barbara nun doch unruhig zu werden begann. »Wenn doch endlich der Josef käme«, sagte sie leise.

Ein weiterer Blick in den Ratssaal verriet ihr, dass sie nicht länger warten konnten. Der Prozess würde jeden Moment beginnen.

Ellin riss die Augen auf. Stumm stieß sie Barbara an, die ihrerseits sofort nach unten sah. Der Blick des Mannes traf sie wie eine Pfeilspitze. Sofort griff sie nach Ellins Hand. »Komm!«

Die Frauen liefen in den Saal, der Mann rannte die Treppen hinauf. »Schnell! Schließt die Tür!«, rief Barbara den beiden Wachleuten links und rechts der Saaltür zu.

»Was?« Der linke Wachmann sah die beiden Frauen verständnislos an.

Ohne zu zögern, schubste Barbara ihn beiseite und zog einen der beiden geöffneten Türflügel zu sich heran. »Schnell, schnell doch!«

Der Mann war zunächst zu verdutzt, um etwas zu sagen. Doch schließlich packte er sie am Arm. »Was fällt dir ein, Weib?«

Ellin versuchte ihrerseits, die andere Flügeltür zu schließen, doch es war zu spät. Zitternd wich sie mit vor Angst geweiteten Augen zurück, während der Mann, den sie als einen der Angreifer im Wiidmarkschen Haus erkannte, mit einem eiskalten Lächeln den Ratssaal betrat. Barbara griff Ellin bei der Hand und zog sie weiter ins Innere des Saales. Schnell setzten sie sich in eine der langen Holzbänke. Aus dem Augenwinkel beobachtete Ellin, dass eine große Gestalt direkt hinter ihnen Platz nahm. Sie musste sich nicht umdrehen, um zu wissen, dass er es war. Barbaras Kopf fuhr herum.

Wieder packte sie Ellins Hand und zog sie hoch, um sich einen anderen Platz zu suchen. Als ihr Blick zur Tür fiel, erstarrte sie. Drei weitere Männer traten ein, und ihre Mienen waren eindeutig. Langsam näherten sie sich den Frauen.

»Wachen!«, brüllte Barbara aus vollem Leib und zog Ellin mit sich nach vorne zu den Ratsherren, von denen ein Großteil bereits versammelt war. Die Wachleute am Eingang blickten sich verständnislos an, und die Männer, die soeben den Saal betreten hatten, setzten sich darauf rasch in die hinterste Bankreihe.

»Was brüllt Ihr hier herum?«, fuhr einer der Ratsmänner Barbara an.

»Ratsherr Gebhan, Gott sei es gedankt!« Sie knickste vor ihm nieder.

»Frau Barbara, jetzt erkenne ich Euch ja erst.« Seinem Nachbarn raunte er zu. »Unsere kleine Marie hat sie entbunden. Dabei stand es gar nicht gut um sie.« Der Angesprochene nickte anerkennend.

»Bitte, Ratsherr Gebhan, bitte helft uns.«

»Wenn es in meiner Macht steht, gern.«

»Diese Männer dort«, Barbara deutete mit dem Kopf in die Richtung der Halunken, »sind feige Mörder, die meine junge Freundin hier töten wollen.«

Der Ratsherr reckte den Hals. »Was? Diese Männer dort? Sie scheinen mir ganz friedlich zu sein.«

»Glaubt mir, das täuscht. Sogar meinen Josef haben sie überfallen.«

»Euren Gatten, den Henker?« Bei seinem letzten Wort fuhren einige der Anwesenden zusammen. Barbara ärgerte sich, Josef erwähnt zu haben, denn sie wusste, wie die Menschen auf den Beruf ihres Mannes reagierten.

»Aber ja doch. Sie schrecken vor nichts zurück. Ein kleines Mädchen haben sie sogar entführt.« Etwas lauter als zuvor sagte sie: »Die Tochter von Rafael Wiidmark, dem Sohn von Brünn Wiidmark.« Sogleich wurde es ruhiger im Saal. Jeder der Anwesenden schien nun hören zu wollen, was die Frau dort vorne zu erzählen hatte.

»Von den Wiidmarks, wirklich? Aber davon ist mir gar nichts bekannt.« Er sah seine Ratskollegen an. »Wisst ihr etwas davon, dass die Enkelin der Wiidmarks entführt worden sein soll?«

Allgemeines Kopfschütteln war die Antwort.

»Aber das war doch auch erst heute Nacht«, beteuerte Barbara. »Ich flehe Euch an, Ratsherr Gebhan, ruft mehr Büttel herbei. Das sind kaltblütige Mörder. Sonst ist es um uns geschehen.«

Seine Augen weiteten sich. »Ihr glaubt wirklich, sie wollen Euch töten?«

»Uns, und jeden anderen, der sich ihnen in den Weg stellt, dessen bin ich mir sicher.«

»Büttel!«, rief er und winkte einen der Wachmänner, die neben der Tür standen, zu sich heran. Der setzte sich in Bewegung, kam aber nicht weit. Denn in diesem Moment sprang der Mann, der Ellin und Barbara als Erster in den Ratssaal gefolgt war, plötzlich auf, packte die Wache von hinten und schnitt ihr mit einer schnellen Bewegung die Kehle durch.

Blut spritzte, und Schreie hallten durch den Raum. Einige Besucher sprangen von den Bänken auf und versuchten, so weit wie möglich außer Reichweite des Mörders zu kommen.

Schon hatte sich um den leblosen Körper des Büttels herum eine große Blutlache auf dem Boden gebildet, während sein Kamerad noch immer fassungslos und wie angewurzelt an der geöffneten Tür stand. Langsam und mit einem breiten Grinsen erhoben sich die Kumpane des Mörders in der hinteren Reihe. Ratsherr Gebhan bekam den Mund nicht wieder zu. Ungläubig starrten die hohen Herren sich an. So etwas hatten sie noch nie erlebt.

»Wir wollen nur die Frau dort.« Der Mann deutete mit dem blutigen Messer auf Ellin. »Es muss hier keinen weiteren Toten mehr geben, wenn ihr sie uns ausliefert.«

»Doch! Dich!« Das Messer, das von der Tür aus geworfen wurde, traf den Mann mitten ins Genick und ließ ihn wie einen gefällten Baum zu Boden gehen.

Josef füllte mit seiner imposanten Gestalt fast die eine Seite des Doppeltürrahmens aus. Als Gerhard dann noch neben ihn trat, gab es kein Durchkommen mehr. Hinter ihnen hatten sich mindestens ein Dutzend Wachmänner und Büttel aufgereiht. Josefs Blick fiel auf seine Frau.

»Die drei dort in der hinteren Reihe gehören auch noch zu ihm!« Sie deutete mit dem ausgestreckten Arm auf die Männer.

Sofort nahm Josef sie ins Visier. »Wie wollt ihr es halten? Lasst ihr euch freiwillig abführen, so bekommt ihr eine ehrliche Verhandlung, wie es sich gehört. Oder aber«, er hob sein Schwert und fuhr genüsslich mit dem Finger an der Klinge entlang, »ihr zieht es vor, die Sache gleich hier und jetzt zu Ende zu bringen. Mir ist beides recht.«

Nachdem die drei daraufhin regungslos stehen blieben und keine Anzeichen machten, Widerstand zu leisten, gab Josef den Bütteln hinter sich ein Zeichen. Darauf packten je zwei von ihnen die Kerle links und rechts am Arm und führten sie ab.

In diesem Moment betrat der Ratsvorsitzende den Raum. Sein Blick fiel auf den toten Leib des Büttels, neben dem ein weiterer lebloser Körper auf dem Boden lag. Starr vor Schreck blickte er zu den Ratsherren hinüber. »Aber was ist denn nur geschehen? Es stand doch nur der Streit zweier Tuchhändler auf der Tagesordnung.« Fast hätte seine Bemerkung Ellin zum Lachen gebracht, doch sie fühlte sich elend, und ihre Beine schienen ihr jeden Moment den Dienst versagen zu wollen. Zusammen mit Barbara ging sie zu Josef und Gerhard hinüber.

»Ihr seid keinen Moment zu früh gekommen«, begrüßte Barbara ihren Mann. »Warum hat es denn so lang gedauert?«

»Wir haben es selbst kaum glauben können. Aber nachdem ihr weg wart, kam das Gesindel aus allen Löchern gekrochen. Nur gut, dass uns die Büttel beistanden. Sonst wäre es wirklich eng geworden. Zwei von unseren Leuten und sechs der ihren sind tot. Die anderen hocken bereits im Kerker.«

»So viele?« Ellin war wie erstarrt.

»Es waren sogar noch viel mehr. Doch einige sind uns nach dem Kampf entkommen. Wieder andere nahmen schon vorher Reißaus.«

»Also ist es noch nicht vorbei«, erkannte Ellin niedergeschlagen.

Josef schüttelte langsam den Kopf. »Wir sollten zum Haus der Wiidmarks gehen und beraten, wie wir weiter verfahren wollen. Wir müssen auf alles gefasst sein. In dieser Stadt ist ein Krieg entbrannt. Und ich für meinen Teil bin nicht bereit, auch nur einen Schritt zurückzuweichen. Also kommt.«

32. Kapitel

Das kann doch alles nicht wahr sein! Na, wenigstens wissen wir jetzt, wohin unser Täubchen ausgeflogen ist.« Heinrich von Molenark ließ das Pergament auf die Tischplatte sinken.

»Eure Befehle, Herr?«

»Gib dem Boten zu essen und lass ihn sich etwas ausruhen. Und dann tausch sein Pferd gegen das schnellste, das wir im Stall haben.«

»Ja, Herr.«

»Sobald er wieder etwas Kraft geschöpft hat, soll er sich mit einer Nachricht von mir zurück nach Lübeck aufmachen.«

»Ich werde es ihm sagen, Herr.«

»Gut. Und sobald du das erledigt hast, erkundigst du dich, wie viele Männer das Erzbistum Köln derzeit entbehren kann. Ich brauche so viele Berittene, wie ich nur bekommen kann. Sie sollen mich nach Lübeck begleiten, damit ich diese Angelegenheit ein für alle Mal bereinigen kann. Das wäre dann alles.«

Der Diener verbeugte sich tief und verließ rücklings den Raum.

Noch am selben Tag machte sich der Bote auf einem frischen Pferd wieder auf den Weg nach Lübeck, um Walter Nachricht von seinem Herrn zu bringen. Die Truppen des

Erzbischofs würden erst am Folgetag zum Aufbruch bereitstehen, dafür würde von Molenark aber auch auf den Schutz und die Kampfkraft von fünf Dutzend gut ausgebildeter Männer vertrauen können. Er musste die Novizin nun endlich unter seinen Schutz stellen und so lange in seiner unmittelbaren Nähe halten, bis Friedrich von Isenberg gefangen und der Prozess gegen ihn vorbei war. Und wenn er sie nachts an sein Bett ketten müsste, damit sie ihm nicht mehr entwischen und ihre öffentliche Aussage machen könnte. Noch einmal würde sie ihn und seine Männer nicht zum Narren halten, das schwor er sich. Außerdem konnte er sich noch immer nicht mit dem Gedanken anfreunden, dass Ellin, die seit ihrer Kindheit Gott geweiht gewesen war, nun außerhalb der Klostermauern leben wollte. Ihr war ein anderer Weg vorgezeichnet gewesen. Und er, als Erzbischof und damit Stellvertreter Christi, dachte gar nicht daran, seine Schäflein wild und ohne jeden Zaun auf der Weide grasen zu lassen. Doch das würde er später klären. Zunächst musste er erst einmal ihrer und danach des Grafen von Isenberg habhaft werden. Danach würde sein Leben endlich wieder in ruhigeren Bahnen verlaufen, so wie es der Herr seines Erachtens für ihn vorgesehen hatte.

Sie waren schon seit mehreren Stunden zum Aufbruch bereit, doch Heinrich von Molenark wählte den Zeitpunkt ganz genau, zu dem er mit seiner imposanten Truppe Köln verlassen und dem Volk vor Augen führen wollte, dass er als oberster Befehlshaber und Kirchenfürst für Recht sorgen und die Ordnung, nach der sich die Menschen sehnten, wiederherstellen würde. Und so war es bereits hell und viel Volk in den Straßen der Stadt unterwegs, als die Berittenen mit dem Erzbischof an ihrer Spitze das Kölner Stadttor passierten. In etwa einer Woche könnten sie Lübeck erreichen. Der gestern entsandte Bote würde hingegen schon in vier Tagen dort eintreffen und seine Nachricht überbringen, nachdem er mehrmals das Pferd gewechselt hätte.

Heinrich von Molenark war froh, bald wieder auf seinen getreuen Walter zu treffen. In den vergangenen Jahren hatte es nicht viele Tage gegeben, die dieser nicht an seiner Seite verbracht hatte. Vor allem in Situationen wie diesen fehlte er ihm, wären sie jetzt doch nebeneinander hergeritten und hätten sich miteinander besprochen. Oft über Belanglosigkeiten. Doch halfen Heinrich von Molenark diese Gespräche, um seine eigenen Gedanken zu ordnen und sich über Dinge klar zu werden, die ihm Kopfzerbrechen bereiteten.

Gerade gestern erst hatte ihn die Nachricht eines seiner Spione erreicht, dass dieser Hundsfott von Friedrich beim Papst vorstellig werden wollte, um die Wiedereinsetzung seiner Brüder in ihre Ämter zu erwirken und den über ihn verhängten Bann rückgängig machen zu lassen. Gewiss war er mit einem ganzen Sack voll Gold aufgebrochen, um Papst Honorius III. von seiner Unschuld zu überzeugen. Doch dieser Papst schien Heinrich nicht der Mann zu sein, der sich auf einen derartigen Handel einließ. Wie gern hätte er sich nun mit Walter darüber ausgetauscht, was Friedrich wohl als Nächstes täte, wenn er seinen Besuch beim Papst absolviert hätte, mit seinem Anliegen aber gescheitert wäre, wovon Heinrich von Molenark ausging. An wen könnte er sich dann noch wenden, wo hingehen? Soweit Heinrich wusste, verfügte Graf Friedrich außerhalb des Heiligen Römischen Reiches über keine großartigen Beziehungen, und hier gab es niemanden mehr, der es sich noch leisten konnte, ihn auch nur ansatzweise zu unterstützen. Ganz abgesehen hiervon, besaß Friedrich kein Zuhause mehr. Sowohl die Burg auf Isenberg, sein Prachtbau, wie auch Burg Nienbrügge waren dem Erdboden gleichgemacht worden. Seine sämtlichen Güter waren beschlagnahmt, und seine früheren Haupteinnahmequellen, die sich aus seinen Lehen und Vogteirechten gespeist hatten, waren eingezogen. Friedrich hatte nichts und niemanden mehr. Und selbst wenn er ihm, dem Erzbischof, die Namen derer genannt hätte, die bei dem Überfall mit dabei gewesen waren, so würde er von diesem Wissen keinen Gebrauch machen, sondern den betreffenden Herren in gezielten Einzelgesprächen mitteilen, dass er von ihrer Mittäterschaft wusste. Damit würde er seine Macht und seinen Einfluss noch einmal erheblich erweitern, und gleichzeitig würde keiner von Friedrichs früheren Verbündeten noch einen Finger rühren, um ihm beizustehen. Ja, Heinrich von Molenark hatte ganze Arbeit geleistet und war mit sich zufrieden. Friedrich war schon so gut wie tot, er wusste es nur noch nicht. Seine Hinrichtung war das folgerichtige Ende seines schandhaften Treibens.

Seit Tagen harrten sie nun schon aus. Brünn Wiidmark hatte Walter von Müre von dem Überfall auf sein Haus, der Entführung seiner Enkeltochter und dem anschließenden Versuch, Ellin zu ermorden, berichtet. Auch die Ereignisse im Rathaus, bei denen nur Josefs und Gerhards Eingreifen das Schlimmste verhindert hatte, legte er ausführlich dar. Unter Zuhilfenahme des Stadtvogts und seiner Büttel wurde das Haus der Wiidmarks, in das Ellin, Berblin und Apollonia vorübergehend gezogen waren, nun Tag und Nacht überwacht. Gleich nach dem Vorfall im Rathaus, als sie von mehreren Wachen in ihre Unterkunft bei Hildegard zurückgebracht worden waren, hatte sich gezeigt, dass ihre Verfolger vor nichts zurückschreckten. Schon beim Eintreten hatten sie im Flur den leblosen, fürchterlich zugerichteten Körper der Hauswirtin gefunden. Auf den ersten Blick war zu sehen gewesen, dass sie gefoltert worden war. Ob die Verbrecher geglaubt hatten, dadurch zu neuen Erkenntnissen zu gelangen, konnte niemand sagen. Womöglich hatten sie die Frau auch nur deshalb gequält, um Ellin und Berblin damit zu verstehen zu geben, dass sie nirgendwo mehr sicher waren. Jedenfalls war sowohl den Wachen wie auch den beiden Frauen beim Anblick der Leiche sofort klar gewesen, dass sie dort auf keinen Fall wohnen bleiben konnten. So waren Ellin und Berblin über die tote Hauswirtin hinweggestiegen, hatten ihre Habseligkeiten aus ihrer Kammer geholt und im Schutz der Wachen wieder das Haus verlassen. Zunächst hatten sie den Wunsch geäußert, bei Berblins Familie unterzukommen, doch Walter von Müre hatte sich dagegen ausgesprochen und die Frauen dazu gedrängt, das Angebot der Wiidmarks, die sie bei sich aufnehmen wollten, anzunehmen. Apollonia dort ebenfalls eine Kammer zur Verfügung zu stellen, schien allen die beste Lösung zu sein. Wollte man doch den Mördern, die sich noch immer in der Stadt aufhielten, keine Gelegenheit geben, erneut eine Ellin nahestehende Person in ihre Gewalt zu bringen und sie damit unter Druck zu setzen.

Für Walter von Müre glich jeder Tag einem Balanceakt in luftiger Höhe. Jeden Augenblick konnte er vom Seil in die Tiefe stürzen, und die Verantwortung für die Sicherheit der Zeugin und ihrer Vertrauten lastete immer schwerer auf seinen Schultern, auch wenn er sich dafür alle Unterstützung geholt hatte, die er bekommen konnte. Seit dem Vorfall im Rathaussaal, bei dem vor den Augen aller Anwesenden ein Büttel der Stadt Lübeck ermordet worden war, gab es in der Stadt kein anderes Gesprächsthema mehr. Jeder Einwohner wusste inzwischen, wer Ellin war und was für eine wichtige Rolle ihr beim Prozess gegen Graf Friedrich zukam. Doch den wenigsten war wohl bei dem Gedanken, dass sich deshalb eine Mörderbande in ihrer Stadt aufhielt, die jeden Augenblick zuschlagen und unschuldige Menschen ins Verderben reißen konnte. Walter wusste nicht, wie lange die freien Bürger Lübecks noch Ruhe bewahren und nicht selbst etwas unternehmen würden, um wieder Sicherheit und geordnete Verhältnisse in der Stadt herzustellen. Wenn der Pöbel sich erst einmal verschwor und es sich zur Aufgabe machte, Ellin aus der Stadt zu vertreiben, wäre Walter machtlos. So hatte er in den letzten Nächten kaum mehr als eine Stunde am Stück geschlafen und sich die übrige Zeit sorgenvoll auf seinem Lager hin und her gewälzt. Seine Nerven waren zum Zerreißen gespannt, und er hoffte inständig, dass der Erzbischof ihm bereits Verstärkung geschickt oder sich gar selbst auf den Weg gemacht hatte, um die Zeugin in seine Obhut zu nehmen.

Es klopfte an der Tür seiner Kammer, die er im »Goldenen Hahn« bezogen hatte. Mit einer Hand am Knauf seines Schwertes öffnete er diese zunächst nur einen Spalt, gab dann aber den Eingang frei, als er den Mann auf dem Gang erkannte.

»Ich grüße Euch, Herr.« Sofort zog der Bote eine Schriftrolle aus seiner ledernen Tasche. »Der Erzbischof war sehr erfreut über Eure Botschaft, Herr. Er lässt Euch dies zur Antwort schicken.«

Walter von Müre bedankte sich, bat den Mann einzutreten und schloss dann schnell die Tür. »Ich hätte nicht gedacht, dass ich so schnell Nachricht erhalte«, meinte er mehr zu sich selbst als an den Boten gerichtet.

»Ich bin so schnell wie der Wind geritten«, erklärte der Bote noch immer etwas atemlos. »Vor vier Tagen habe ich Köln verlassen.«

»Vor vier Tagen? Mein Respekt, Bursche. Geh zum Wirt

und lass dir auf meine Rechnung auftragen. Ich bezahle ihn nachher.«

»Habt Dank, Herr.«

»Und dies hier«, Walter holte einige Münzen hervor, »ist dafür, dass du so schnell und gut deinen Dienst versehen hast. Männer deines Schlags können wir mehr gebrauchen.«

»Oh, danke, Herr.« Er verbeugte sich tief und verließ den Raum. Draußen betrachtete er zufrieden die Münzen. Die Unruhen im Land und die schnelle Übermittlung wichtiger Botschaften haben auch ihr Gutes, fand er und ging pfeifend die Stufen zum Schankraum hinab.

Walter ließ sich indessen in seiner Kammer auf einen Stuhl sinken und las die Nachricht des Erzbischofs, dem er nun schon seit Jahren treu zur Seite stand. Ihm war, als würde ihm eine zentnerschwere Last von den Schultern genommen. Heinrich von Molenark teilte ihm seine Freude darüber mit, dass es ihm gelungen war, die Zeugin ausfindig zu machen, und dankte ihm einmal mehr für seine Treue und Zuverlässigkeit. Eindringlich forderte er Walter auf, die Frau keinen Moment mehr aus den Augen zu lassen und dafür Sorge zu tragen, dass sie Friedrich oder den Männern seiner Verbündeten unter keinen Umständen in die Hände fiel. Bei dem Gedanken daran, was bereits alles geschehen war und wovon der Erzbischof noch keinerlei Kenntnis hatte, stieß Walter laut die Luft aus seinen Lungen. Von Molenark schrieb weiter, dass er unmittelbar nach dem Verfassen dieser Zeilen eine Gruppe Bewaffneter zusammenstellen und sobald als möglich von Köln nach Lübeck aufbrechen würde, um die Zeugin eigenhändig in den sicheren bischöflichen Sitz nach Köln zu verbringen. Walter atmete erleichtert aus. Wenn der Erzbischof bald nach dem Boten aufgebrochen war, würden bei normaler Reisegeschwindigkeit noch drei, maximal vier

Tage vergehen, bis von Molenark in Lübeck einritt und er selbst seiner Aufgabe entbunden wäre. Dann gäbe es nur noch eines für ihn: Schlafen. Und sollten es auch zwei ganze Tage sein.

Sie fühlte sich wie eine Gefangene. Die Stimmung im Haus war gedrückt, und auch Elisabeth mit all ihrem Einfühlungsvermögen und ihrer Lebensfreude vermochte nicht, das vertraute unbeschwerte Miteinander wiederherzustellen, das Ellin bei ihrem ersten Besuch so sehr genossen hatte. Hinzu kam, dass Helena, die jüngere Schwester Rafaels, sie jeden Tag aufs Neue spüren ließ, dass sie der Grund dafür war, dass kein Familienmitglied mehr vor die Haustür zu treten wagte. »Meine Nichte hätte tot sein können«, hatte sie Ellin entgegengeschleudert, als sie vom Überfall auf das Haus ihrer Eltern erfahren hatte. Ellin hatte darauf nichts zu sagen gewusst, denn schließlich stimmte, was Helena sagte. Daran änderte auch Rafaels Zurechtweisung nichts, der seiner Schwester darauf entgegenhielt, dass Ellin es sich schließlich nicht ausgesucht habe, Zeugin eines Mordkomplotts zu werden. Und so fühlte sie sich entsprechend unwohl, wenn sie zu den gemeinsamen Mahlzeiten gerufen wurde, während deren sie den zornigen Blicken Helenas ausgesetzt war. Immer öfter entschuldigte sie sich deshalb mit einem Frauenleiden und verließ die Kammer, die sie sich mit Berblin und Apollonia teilte, kaum noch. Der Blick aus dem Fenster setzte ihr ebenso zu. Unten vor dem Haus standen sich tagein, tagaus ein Dutzend Bewaffnete die Beine in den Bauch. Und das nur ihretwegen. Walter von Müre hatte ihr untersagt, weiterhin auf den Markt zu gehen und dort ihre Kerzen zum Kauf anzubieten. Überhaupt durften alle Bewohner des Hauses dieses nur noch in Begleitung mehrerer Wachen verlassen, um eine neuerliche Entführung zu verhindern. Ellin weigerte sich unter diesen Umständen, Kerzen auf Vorrat zu fertigen. Teilnahmslos saß sie in ihrer Kammer und sprach kaum noch ein Wort mit Berblin und Apollonia. Selbst wenn Rafael sie besuchen kam, starrte sie oft nur vor sich hin und antwortete das Notwendigste. Einzig die Momente, in denen Isabella zu ihr kam und sie bat, mir ihr zu spielen, genoss Ellin über die Maße. Sie waren der einzige Lichtblick für sie, auf den sie sich freute, sobald sie morgens die Augen aufschlug.

»Wie lange soll das denn noch gehen?«, hörte Ellin die Stimme Helenas auf dem Flur und legte rasch einen Finger an ihre Lippen, um Berblin am Weiterreden zu hindern.

»Ich bitte dich jetzt ein letztes Mal, nicht so laut zu sprechen«, zischte Elisabeth zurück.

Ellin ging zur Tür, um von dort aus das weitere Gespräch besser verfolgen zu können. Berblin blieb auf ihrem Stuhl sitzen, lauschte aber ebenfalls angespannt.

»Aber es stimmt doch. Wir haben doch gar kein Leben mehr, seitdem die Frauen hier wohnen und unser Haus ständig bewacht wird. Wir sind Gefangene in unseren eigenen vier Wänden.«

»Du kannst jederzeit das Haus verlassen.«

»Ja, gewiss. Mit einem Rudel Wachleute um mich herum. Wie soll man sich denn da frei bewegen können?«

»Wäre es dir lieber, wenn die Männer nicht da wären und du stattdessen in die Hände dieser Halunken fallen würdest? Was glaubst du wohl, was sie mit dir anstellen würden?« Elisabeth hatte die Stimme erhoben.

»Ja, ganz genau«, fuhr Elisabeth fort. »Ich sehe, du hast mich verstanden. Wirklich, Helena, schon lange habe ich das Gefühl, dass dein Vater und ich mit dir zu nachgiebig waren. Und dass aus dir offenbar ein Mensch geworden ist, der sich nur noch um sich selbst und nicht mehr um die Nöte anderer kümmert, macht mich betroffener, als ich sagen kann.«

»Aber ich …«

»Halt den Mund!«, fuhr Elisabeth sie an. »Ich will nichts mehr hören. Am besten wäre, du suchst deine Kammer auf und gehst einmal in dich. Nie hätte ich gedacht, dass ich dir das einmal sagen muss, aber vielleicht ist es tatsächlich an der Zeit, dass du dein eigenes Leben unabhängig von uns lebst. Gewiss wird dein Vater dir einen guten Mann suchen, der dir bieten kann, was du gewohnt bist. Doch ich für meinen Teil freue mich schon heute auf den Tag, an dem du endlich einmal ein paar Aufgaben und Verantwortung übernehmen musst und die Erfahrung machst, dass das Leben nicht immer ein Zuckerschlecken ist.«

»Mutter.« Es klang zögerlich.

»Nein! Geh jetzt bitte! Aber vielleicht möchtest du zuvor ja noch einmal laut jeden in diesem Hause darauf aufmerksam machen, was für ein schweres Schicksal du doch hast, weil sich zum ersten Mal in deinem Leben nicht alles nur um dich dreht, und es Menschen gibt, die ganz andere Sorgen haben als die, welche Farbe ihr nächstes Kleid hat.« Elisabeth war jetzt so laut geworden, dass Ellin mehrere Schritte von der Tür zurücktrat.

»Na, was ist? Willst du nicht brüllen wie ein kleines Kind? Nicht? Nun gut, vielleicht überlegst du es dir ja noch. Ich werde jetzt nach unten gehen und mich um Wichtigeres kümmern. Gewiss werde ich dein Genörgel auch dort noch hören können. Lass dich also nicht abhalten.«

Ellin hörte, wie Elisabeth mit festen Schritten die Treppenstufen hinunterstieg. Von Helena war kein Laut mehr zu vernehmen. Lediglich ein zweimaliges Klicken verriet, dass sie die Tür zu ihrer Kammer am Ende des Flurs geöffnet und wieder hinter sich schlossen haben musste.

»Puh«, machte Berblin. »Ich hätte gar nicht gedacht, dass Elisabeth so streng sein kann.«

»Ich auch nicht«, gab Ellin leise zurück.

»Ich werde jetzt zu meinen Eltern gehen«, kündigte Berblin an. »Keine Sorge«, fügte sie rasch hinzu, als sie den Gesichtsausdruck der Freundin sah, »ich werde den Wachen Bescheid geben und mich von ihnen begleiten lassen. Kommst du diesmal mit?«

»Ach nein, danke. Ich fühl mich nicht gut.«

»Du fühlst dich schon seit Tagen nicht gut. Was ist denn nur mit dir los?«

»Ich weiß es nicht.« Ellin seufzte.

»Aber ich weiß es. Du wirst langsam trübsinnig. Und dieser Zustand wird mit jedem Tag, der vergeht, schlimmer werden, wenn du nicht endlich etwas dagegen unternimmst.«

»Was soll ich denn tun? Ich kann ja nirgendwohin gehen, ohne dass mir ein Haufen Bewaffneter über die Schulter blickt.«

»Dann lass sie doch blicken. Was schert es dich?«

»Ach, Berblin. Es ist alles so kompliziert geworden. Als wir hierher nach Lübeck kamen, war ich glücklich. Genau wie zuvor in Hamburg und Bremen. Endlich war ich dem Kloster entflohen, hatte die Möglichkeit, mir etwas Eigenes aufzubauen, Geld zu verdienen, etwas zu schaffen. Doch jetzt ist mein Leben ein einziges Warten auf das, was als Nächstes geschieht. Ich möchte aber selbst wieder darüber entscheiden können, was ich als Nächstes tue.«

Berblin trat vor sie hin und sah ihr fest in die Augen. »Das verstehe ich ja, meine Kleine. Trotzdem musst du noch etwas Geduld beweisen. Die Männer des Erzbischofs werden

Friedrich über kurz oder lang gefangen nehmen. Und dann wirst du gegen ihn aussagen, und niemand hat mehr einen Grund, dir nach dem Leben zu trachten.«

»Ich weiß ja. Aber wann wird das sein, Berblin. Wann?«

Berblin drückte sie an sich. »Wir werden das durchstehen, und nach dem Prozess wirst du wieder frei leben und machen können, was du möchtest. Glaub mir, es wird alles gut werden.«

In diesem Moment betrat Apollonia den Raum. »So. Die Arbeit in der Küche ist erledigt. Ich glaube beinahe, die Haushälterin freut sich darüber, dass ihr einmal jemand Gesellschaft leistet und bei der Arbeit hilft.«

»Nun, dieser Jemand bist ausschließlich du«, stellte Berblin klar, die sich nun Apollonia zugewandt hatte. »Ich selbst habe in diesem Haus bislang so gut wie gar nichts getan.«

Apollonia winkte ab. »Ach, das sehen die Wiidmarks ja auch gar nicht gern. Aber ich werde noch wahnsinnig, wenn ich den ganzen Tag nur herumsitze und nichts tun kann.«

»Da hast du es. Ihr geht es wie mir«, stellte Ellin trotzig fest.

»Jetzt habt euch bloß nicht so«, mahnte Berblin und griff nach ihrem Umhang, »sondern freut euch, dass die Wiidmarks uns so bereitwillig helfen und wir so gut beschützt werden.« Sie legte sich den Umhang über die Schultern. »So. Und jetzt gehe ich meine Eltern und meinen Bruder besuchen. Gehabt euch wohl.«

Apollonia öffnete ihr genau in dem Moment die Tür, als Rafael sich zu klopfen anschickte.

»Du erlaubst doch«, sagte Berblin und schob sich an ihm vorbei.

»Aber ja. Wohin gehst du denn, Berblin?«

»Zu meinen Eltern. Und ja, ich werde den Wachen Bescheid geben und etwa an die hundert von ihnen bitten, mich zu begleiten.«

Rafael lachte. »Wenn das nur mal reicht«, witzelte er und trat dann ins Zimmer.

»Ehm, ich muss noch rasch in die Küche«, schwindelte Apollonia.

»Aber von dort kommst du doch gerade erst«, entgegnete Ellin, der es ein bisschen unangenehm war, mit Rafael allein zu sein.

»Richtig. Aber ich habe dort etwas vergessen, das ich nun holen möchte.« Sie verließ die Kammer so schnell, dass Ellin keine Zeit hatte, noch etwas zu sagen.

»Störe ich dich gerade?«, fragte Rafael.

»Aber nein. Wobei auch? Ich mache doch den ganzen Tag so gut wie nichts.«

Er konnte deutlich die Enttäuschung hören, die aus ihren Worten sprach. »Wollen wir uns setzen?« Er deutete auf den Tisch, an dem vier Stühle standen.

»Gern.«

»Ich wollte dich fragen, warum du nie dein Zimmer verlässt. Wir alle machen uns schon Sorgen um dich.«

»Das war mir nicht bewusst. Bitte entschuldige, ich wollte keineswegs unhöflich sein.«

»Aber darum geht es doch nicht. Du bist unglücklich, das ist deutlich spürbar. Ist es meinetwegen?« Er zögerte, bevor er das letzte Wort aussprach.

»Deinetwegen?« Sie sah ihn aus großen Augen an. »Wie meinst du das?«

»Nun, es ist offensichtlich, dass du mir aus dem Weg gehst.«

»Was?« Sie war verwirrt. »Aber nein, das tue ich doch gar nicht. Es tut mir leid, wenn du das so aufgefasst hast.«

»Sicher? Ich meine, du bleibst fast den ganzen Tag auf

deinem Zimmer. Wenn Isabella zu dir kommt, lachst du und bist fröhlich. Doch sobald ich mich zu euch geselle, habe ich das Gefühl, nur ein Störenfried zu sein.«

Sie fuhr sich kurz mit der Hand über das Gesicht und die Augen. »Hätte ich geahnt, dass du mein Verhalten so auffasst …« Sie schüttelte mit dem Kopf. »Nein, Rafael, ich gehe dir nicht aus dem Weg, und ich habe auch gewiss nichts gegen dich.« Wie von selbst griff ihre Hand nach der seinen.

»Ich freue mich, dass du das sagst.«

»Wenn ich abweisend zu dir gewesen sein sollte, tut es mir leid. Ich denke, es ist wegen Jerg.« Sie blickte zu Boden.

»Wer ist das?« Seine Stimme klang auf einmal härter, und auf seiner Stirn erschienen Falten.

»Das ist der Mann, der in Berblins Haus in Selete von Graf Friedrichs Leuten ermordet wurde. Er …«

»Ja?«

»Er hatte mich gern, weißt du?«

»Und du? Hast du ihn geliebt?«

Sie schluckte schwer und sah ihm dann fest in die Augen. »Nein«, hörte sie sich selbst sagen und begriff in diesem Moment, dass es die Wahrheit war. »Nein, das habe ich nicht. Doch er ist meinetwegen tot.«

»Und liebst du mich?«

»Was?«

»Liebst du mich?«

»Ja, das tue ich.« Ihr schien, als käme ihre Stimme aus weiter Ferne. Und was hatte sie da gerade gesagt? Wie konnte sie nur … Doch es stimmte. Und was sie sich die ganze Zeit über nicht hatte eingestehen wollen, war nun ausgesprochen.

Er lächelte. »Was denkst du? Muss ich befürchten, dass du mich niederschlägst und danach versuchst, die Tür zu erreichen, wenn ich dich jetzt küsse?«

Sie biss sich auf die Lippen. Einerseits wollte sie diesen Moment nicht zerstören, doch die Furcht, Rafael könnte wie Jerg wegen ihr etwas passieren, war übermächtig.

»Ich habe einfach Angst, dass dir etwas geschieht.«

Er stand auf, zog sie ebenfalls an den Händen nach oben und umarmte sie inniglich. Tränen liefen ihr über die Wangen, und sie meinte, gleich keine Luft mehr zu bekommen, so eng hielt er sie an sich gedrückt. »Nur, um das klarzustellen: Ich habe mich schon in dich verliebt, als du mit Berblin das Gasthaus betreten und nach einer Kammer für die Nacht gefragt hast. Da kannst du einmal sehen, wie geduldig ich bin.« Er legte einen Finger unter ihr Kinn, hob ihr Gesicht an und küsste sie so zärtlich und weich, dass sie meinte, ihre Beine würden unter ihr nachgeben. Ihr wurde eiskalt und heiß zugleich. Rafael umfasste sie noch enger, und unwillkürlich presste sie ihren Leib gegen den seinen.

Ellin wusste später nicht mehr zu sagen, wie lange sie so gestanden hatten. Nur, dass seine Küsse und Liebkosungen in ihr den Wunsch geweckt hatten, ihm noch näher zu sein, ihn zu berühren und überall zu spüren. Es waren schöne und verwirrende Empfindungen zugleich, doch eines wusste sie ganz sicher: Es fühlte sich richtig an.

33. Kapitel

Der Regen tropfte ihm von der Hutkrempe auf den Rücken hinab. Vor sich sah er nichts anderes mehr als den matschigen Pfad, den er träge und ohne jeden Lebensmut entlangritt. Einige Meilen zuvor hatten seine Brüder die schlimmsten Flüche auf ihn niedergehen lassen. Anfangs hatte er sich noch gegen ihre Vorwürfe gewehrt. Denn keiner von beiden hatte sich damals gegen den Angriff auf Engelbert ausgesprochen. Ganz im Gegenteil hatten sie den Plan, sich den Erzbischof als Geisel zu nehmen und ihn auf diese Weise zum Einlenken zu zwingen, sogar begrüßt. Zwar war Friedrich dann der einzige der Brüder gewesen, der den Vorstoß gewagt hatte. Doch ihn deshalb jetzt ganz allein für die Konsequenzen des Überfalls zur Rechenschaft zu ziehen, war absurd. Und Friedrich war sich sicher, dass seine Brüder dies auch wussten. Doch war es bei weitem leichter, die Schuld für ihr eigenes Versagen auf ihn zu schieben, als sich dieses einzugestehen.

Alle vier waren müde und erschöpft. Die harsche Abfuhr, die der Papst ihnen erteilt hatte, hatte ihnen die letzte Hoffnung, das Blatt doch noch zu ihren Gunsten wenden zu können, geraubt. Der Notarius von Isenberg hatte sich dabei als unterwürfiger Kriecher erwiesen, den Friedrich am liebsten gleich noch während der Audienz niedergestreckt hätte. Sachlich hatte er dem Papst die Umstände dargelegt, die dazu geführt hatten, dass schließlich die Acht über seinen Brotherrn ausgesprochen worden war. Doch der Papst hatte darauf mit keinem Wort reagiert. Lediglich einer der Kardinäle, die an der Audienz teilnahmen, hatte Fragen zu den Vorfällen, die das Reichsstift Essen und andere Vogteien betrafen, sowie zum Landtag in Soest gestellt. Mit einigen davon hatten Friedrich und seine Brüder gerechnet, andere wiederum waren ihnen mehr als unangenehm. Es konnte Friedrich beim besten Willen nicht gefallen, in welche Richtung sich die Audienz entwickelte, doch war er vom Schweigen des Papstes und den kritischen Bemerkungen des Kardinals zu überrascht, um sie entsprechend kontern zu können. So stellte er allein darauf ab, dass er sofort nach der damaligen Entscheidung des Papstes die zu hoch angesetzten Abgabeforderungen an das Reichsstift Essen eingestellt und es seither keine weiteren Konflikte mehr mit der Äbtissin gegeben hatte. Doch der Kardinal hatte Friedrichs Versicherung nur mit einer Handbewegung abgetan. Der wurde immer unruhiger. Dass ausgerechnet die früheren Streitigkeiten, die letztendlich zum Bruch mit dem verstorbenen Erzbischof beigetragen hatten, nun während der Audienz wieder zur Sprache kamen, war gar kein gutes Zeichen. Aber der Notarius, sein Notarius, ließ jede Frage des Kardinals zu und beantwortete diese auch noch nach bestem Wissen und Gewissen. Schließlich hatte Friedrich sich zum Handeln gezwungen gesehen, den Notarius beiseitegestoßen und sich selbst an den Papst gewandt.

Die Frage des Kardinals, ob er vor Gott beschwören würde, nichts mit dem Tod des Kölner Erzbischofs zu tun zu haben, verneinte er noch klar und deutlich. Doch dieser elende Kardinal schien über sämtliche Vorgänge, Aufstände und Auflehnungen, die sich in Friedrichs Vogteien wegen Amtsmissbrauchs zugetragen hatten, bis ins Kleinste informiert zu sein. Er fragte sich, woher der Kirchenmann nur all diese Informationen hatte, und wurde von Frage zu Frage ungehaltener, bis seine Wut schließlich die Oberhand gewann und er laut brüllend forderte, dass ihm sofort sein gesamter Besitz und all seine Rechte wieder zurückgegeben werden sollten.

Seine nachträglich demütig vorgebrachten Entschuldigungen, nachdem die Wachen ihn gepackt und in hohem Bogen nach draußen befördert hatten, verhallten ungehört. Stundenlang hatten sie danach noch in der Hoffnung, abermals zum Papst vorgelassen zu werden, gewartet. Doch es war vergebens. Überdeutlich teilte ihnen ein anderer Kardinal mit, dass sie, sollten sie nicht gehen, sogar noch damit zu rechnen hätten, von den Wachen ergriffen und in den Kerker gesperrt zu werden, bis die Männer des neuen Erzbischofs eintreffen und sie abholen würden. So war ihnen nichts anderes übriggeblieben, als sich schnellstens davonzumachen, bevor die Geistlichen ihre Drohung in die Tat umsetzten.

Immer wieder waren danach Wut und Ohnmacht angesichts seiner verzweifelten Lage über Friedrich hereingebrochen. Doch nun starrte er nur noch apathisch mit halb geöffneten Augen auf den Weg vor sich. Er hatte alle Hoffnung verloren.

»Was willst du tun, wenn wir wieder daheim sind?«, fragte ihn da nach einer langen Zeit des Schweigens plötzlich sein Bruder Dietrich.

»Ich muss es schaffen, dass der Kaiser die über mich verhängte Reichsacht zurücknimmt«, antwortete Friedrich resigniert.

»Das glaubst du doch selbst nicht«, warf daraufhin sein anderer Bruder Engelbert ein. »Sie werden dich fassen und dir den Prozess machen, sobald du zum Kaiser gehst. Und das ist noch das wenigste, was dir passieren kann.«

»Ach ja? Und was soll ich dann eurer Meinung nach tun? Mich in irgendeinem Loch verkriechen, bis ich meinen letzten Atemzug tue?«

»Sobald du dich irgendwo zu erkennen gibst, bist du ein toter Mann. Das muss dir klar sein«, mahnte Dietrich.

»Aber mich ewig verstecken zu müssen wäre auch kein Leben für mich.«

»Immerhin würdest du leben. Dietrich und ich«, Engelbert deutete auf seinen Bruder, »mögen zwar nicht mehr unsere Ämter innehaben. Aber wir können uns immerhin noch frei bewegen. Und es gibt viele, die uns etwas schuldig sind. Wir werden schon wieder unser Auskommen finden und auch für dich sorgen können.«

»Ich bin Friedrich von Isenberg, verdammt noch mal!«

»Du bist nur noch Friedrich – dein Titel ist nichts mehr wert. Begreif das endlich!«

Der Notarius hatte den Streit der Brüder schweigend verfolgt. Kurz setzte er an, ebenfalls etwas zu sagen, besann sich dann aber eines Besseren. Er wusste, wann ein Fall aussichtslos war. Und hier war die Sache eindeutig. Nichts und niemand würde Friedrich noch retten können, wenn er sich nicht für den Rest seines Lebens versteckt halten oder außer Landes gehen würde. Sein Ansinnen, seine früheren Besitztümer zurückzuerhalten, war nicht mehr als ein kindlicher Wunschtraum, der niemals in Erfüllung gehen würde. Er überlegte, ob es für ihn nicht besser wäre, sich so schnell als möglich von der Gruppe abzusetzen, da es ihm jetzt nur noch schaden konnte, mit Friedrich oder einem anderen Mitglied seiner Familie in Verbindung gebracht zu werden. Doch sie waren noch zu weit von zu Hause entfernt, als dass er sich hätte absetzen und allein weiterreiten können. Wohl oder übel musste er die Gesellschaft der drei Männer also noch etwas länger ertragen. Doch sobald sich eine Gelegenheit ergäbe, würde er sich unbemerkt davonmachen. Vielleicht noch nicht bei der nächsten Rast, doch spätestens in zwei oder drei Tagen.

Die Männer ritten schweigend weiter, während der Regen ohne Unterlass auf sie niederging. Den ganzen Tag über war es nicht richtig hell geworden, und schon jetzt, am späten Nachmittag, mussten sie sich ein Quartier für die Nacht suchen, wollten sie nicht in der Dunkelheit weiterreiten.

»Wir haben Glück. Dort vorn ist ein Wirtshaus.« Dietrich deutete mit ausgestrecktem Arm den Weg entlang.

»In unserer Lage von Glück zu sprechen ist Hohn und Spott«, brummte Friedrich, hieb seinem Pferd die Fersen in die Flanken und kam als Erster bei der Gaststätte an.

Mit mürrischen Mienen traten sie in den Schankraum und schüttelten ihre nassen Umhänge und Kopfbedeckungen aus. Außer ihnen war kein Gast da. Friedrich ging auf den Wirt zu. »Habt Ihr eine Kammer für uns und einen Platz für unsere Pferde?«

»Seid gegrüßt. Ja, wir haben noch etwas frei. Holt Eure Sachen rein. Mein Bursche kümmert sich gleich um Eure Pferde.«

Friedrich, Engelbert, Dietrich und der Notarius gingen zu einem der Tische und ließen sich paarweise auf zwei gegenüberstehende Bänke fallen.

»Was für ein Ritt. Und alles umsonst.« Dietrich wrang seine Hosenbeine aus.

»Was soll ich Euch bringen?«, rief der Wirt ihnen zu.

»Heißes Bier und etwas zu essen«, forderte Friedrich. »Und zwar reichlich. Wir können es bezahlen.«

»Ist recht.«

Friedrich sah, wie der Wirt etwas zu einem Knaben sagte, der vielleicht an die zehn Jahre sein mochte, und dann auf die

Tür deutete. Der Kleine nickte und ging hinaus. Gewiss würde er sich um die Pferde kümmern. Das war auch bitternötig. Sie waren lange geritten. Zwar nicht übermäßig schnell, doch wäre es nicht das erste Mal, dass der anhaltende Regen einem Gaul auf die Lungen ginge, würde das Tier nicht vernünftig trockengerieben werden. In diesem Fall vertraute Friedrich darauf, dass der Junge ganze Arbeit leistete. Jedenfalls würde er darauf achten, wie lange der Bursche draußen blieb, denn daraus ließe sich schließen, wie gut er die Tiere versorgt hatte.

Die Tür öffnete sich, doch nicht der Knabe, sondern drei weitere Männer betraten die Schenke.

»Wir brauchen ein Quartier für die Nacht«, sagte der eine.

»Ja, Ihr könnt hierbleiben«, entgegnete der Wirt. »Wie Ihr seht, habe ich bereits Gäste. Doch habe ich noch zwei weitere Schlafkammern zur Verfügung, so dass alle unterkommen.«

»Ist das dein Sohn da draußen?«

»Ja.«

»Ich habe ihm gesagt, dass er unsere Pferde gleich mit versorgen soll.«

»Ist gut. Setzt Euch. Das Bier ist gleich warm. Oder wollt Ihr Wein?«

»Nein, wir nehmen Bier. Und hast du noch eine warme Mahlzeit für uns?«

»Ich hab nur meinen Sohn hier als Hilfe. Meine Frau ist letztes Jahr gestorben. Doch sobald das Bier fertig ist, bereite ich gleich das Essen. Es wird nicht lange dauern.«

»Danke.« Die Männer entledigten sich ihrer Überkleider und setzten sich dann an einen Tisch gleich neben dem Friedrichs und seiner Begleiter. »Seid gegrüßt«, sagte derjenige, der gerade noch mit dem Wirt gesprochen hatte. Die anderen beiden murmelten ebenfalls einen Gruß und streckten die Beine unter den Tisch.

»Ihr seid genauso nass wie wir«, stellte Friedrich fest. »Keinen Köter jagt man heute bei diesem Wetter ins Freie hinaus.«

Der Wirt kam mit sieben gefüllten Bierkrügen, von denen heißer Dampf aufstieg. Geräuschvoll stellte er sie auf den Tisch. »So! Damit könnt Ihr Euch aufwärmen.«

Die Männer reichten die Krüge durch. »Danke. Das wird uns guttun.« Dietrich hob seinen Humpen und prostete den anderen zu, die die Geste erwiderten.

»Mein Name ist Balduin von Gennep«, sagte der Sprecher der Männer. »Wie nennt man Euch?« Er sah Friedrich direkt in die Augen.

»Ich bin Heinrich, Heinrich von Hattingen«, log Friedrich.

»Freut mich.«

Auch Dietrich und Engelbert stellten sich unter falschem Namen vor, der Notarius sagte nichts, sondern saß nur da und schüttete das warme Bier in sich hinein. Die beiden Begleiter Balduins stellten sich als Conrades und Steffan vor.

Die Männer hatten bereits ihre Krüge leer getrunken, als der Wirt ihnen das Essen brachte. Das Feuer im Kamin flackerte munter vor sich hin, und langsam kehrte die Wärme in die durchfrorenen Gliedmaßen der Gäste zurück. Kurz registrierte Friedrich, dass der Junge zurückgekehrt war.

»He, Bursche, komm mal hier rüber.«

»Ja, Herr?« Der Sohn des Wirts trat erschrocken an den Tisch heran.

»Du hast dir viel Zeit für die Pferde genommen. Das ist wichtig. Hier, nimm. Du hast es dir verdient.« Er reichte ihm zwei Münzen.

Mit offenem Mund starrte der Knabe auf das Geld. »Danke, Herr!« Seine Augen leuchteten. »Vielen Dank.« Er rannte zu seinem Vater hinüber und zeigte ihm die Münzen. Dieser pfiff anerkennend durch die Zähne und wuschelte seinem

Sohn durch die Haare. »Da siehst du, dass es sich auszahlt, gut und ehrlich zu arbeiten.«

Geschwind half der Junge seinem Vater, die Gäste weiter zu bewirten. Die Lautstärke, in der diese sich inzwischen unterhielten, war merklich angestiegen. Immer wieder prosteten sie einander zu und schienen sich bestens zu unterhalten. Als der Wirt die Holzplatten schließlich abräumte, waren sie bis auf den letzten Bissen leer gegessen. Schon befürchtete er, dass sie noch einen Zuschlag haben wollten, denn er hatte kaum noch genug Vorräte, um seinen Sohn, sich selbst und den ein oder anderen Gast, der noch vorbeikommen könnte, zu versorgen. Doch er hatte Glück. Die Männer wollten nichts mehr essen, sondern nur noch etwas trinken. Und Bier hatte er noch reichlich da. Wie viel diese Kerle auch immer vertragen und in sich hineinschütten mochten, seine Fässer würden sie keinesfalls schaffen. Er hoffte nur, dass es am Ende keinen Streit wegen der Bezahlung geben würde. Denn die Gäste, die später gekommen waren, tranken nicht mal ein Drittel von dem, was die anderen bestellten. Schon oft hatte er sich mit so manchem Kerl, der seine Zeche nicht begleichen wollte, anlegen müssen. Doch Geld schien bei diesen hier keine Rolle zu spielen, sonst hätten sie seinen Bub nicht so gut entlohnt. Also beschloss er, sich weiter keine Gedanken zu machen. Allerdings würde er abkassieren, bevor sie sich in ihre Kammern zurückzogen. Denn jetzt waren sie betrunken genug, um ihre Rechnung zu bezahlen. Morgen dagegen konnte die Sache schon wieder ganz anders aussehen.

Sie tranken bis tief in die Nacht hinein. Die Männer, die als Erste gekommen waren, hingen stockbesoffen und schon fast schlafend auf ihren Stühlen. Der Wirt ging zu ihnen hinüber und kündigte an, nun kassieren zu wollen. Ohne mit der Wimper zu zucken, zahlten sie ihm sein Geld, worauf er zufrieden von dannen zog. Es freute ihn, zu sehen, wie die Männer, die später gekommen waren, die anderen daraufhin unterhakten und hinauf in die Kammern schleppten. Endlich konnte auch er sich schlafen legen. Erleichtert atmete der Wirt auf.

Der ganze Körper tat ihm weh, und er konnte sich kaum noch an den gestrigen Abend erinnern. Alles war wie verschwommen und lag hinter einem dicken Nebel aus heißem Bier. Sein Kopf drohte zu zerspringen, nur mühsam öffnete er sein rechtes Auge und blinzelte. Er lag in einem Raum, den er noch nie gesehen hatte, auf dem Boden. Neben ihm schnarchte Dietrich. Der Notarius und Engelbert lagen ebenfalls ein Stück weit von ihm entfernt am Boden und schliefen. Doch irgendwas an dem Bild, das sich ihm bot, war falsch, er wusste nur nicht, was. Erst, als er sich die Augen reiben wollte, begriff er, was es war. Augenblicklich war er hellwach. Seine Hände wie auch die seiner Begleiter waren auf dem Rücken gefesselt. Er sah sich nochmals im Raum um. Niemand außer ihnen war hier. Das Gesicht des Kerls vom gestrigen Abend erschien vor seinem geistigen Auge. Wie hatte er gleich noch einmal geheißen? Balduin. Balduin von Gennep. Ein Gedanke drängte an die Oberfläche, ließ sich aber noch nicht vollständig greifen. Friedrich versuchte, sich zu bewegen. Hatten dieser Balduin und seine Leute sich diesen Scherz mit ihnen erlaubt? Kurz musste er schmunzeln, doch dann wurde er ernst. Das Öffnen der Tür unterbrach ihn in seinen Gedanken.

Balduin von Gennep trat ein. »Na? Wieder wach?«

»Warst du das etwa hier? Sollte wohl ein Witz sein, aber jetzt mach mich los.«

Balduin packte einen Stuhl, stellte ihn direkt vor Friedrichs

Nase und setzte sich. »Du kannst also nicht darüber lachen, Heinrich«, meinte er dann und legte nachdenklich einen Finger an die Lippen. »Oder sollte ich lieber Friedrich sagen? Friedrich von Isenberg?«

Friedrich riss erschrocken die Augen auf. »Was soll das? Lös mir die Fesseln. Sofort!«

»Oh, welch befehlsgewohnte Stimme«, frotzelte Balduin.

Vom lauten Reden der beiden Männer aufgeweckt, begannen nun auch die drei anderen, sich zu rühren.

»Was willst du von mir?«, fragte Friedrich grimmig.

»Von dir? Von dir gar nichts, mein Freund. Was sollte ich von dir schon wollen?« Eben noch freundlich, verzog er nun grimmig sein Gesicht. »Aber von deinem guten Freund Heinrich von Molenark. Dem bist du schließlich einiges wert.«

Friedrich versuchte, seine Arme zu bewegen und dadurch die Stricke zu lockern. Doch die schnitten ihm nur umso tiefer ins Fleisch.

»Ich gebe dir Geld«, keuchte er.

»Ach ja? Wie viel denn?«

»Alles, was ich hab.«

»Und wie viel ist das?«

»Ich führe noch etwa neunzig Mark in reinem Silber mit mir.«

Balduin lachte auf.

»Und wenn du mich frei lässt, kann ich noch mehr besorgen«, unternahm Friedrich einen weiteren Versuch. »Ich kann noch einmal dreihundert, ach was, ich kann womöglich fünfhundert Silbermark auftreiben.«

Balduin stand auf und schob seinen Stuhl zurück. Dann ging er vor Friedrichs Gesicht in die Hocke. »Fünfhundert Silbermark, ja?«

»Ja!«

»Siehst du. Von Molenark zahlt mir zweitausend, womöglich sogar noch mehr. Hm, da muss ich mir doch genau überlegen, was ich machen werde.« Er lachte kehlig auf. »So, ich denke, ich habe jetzt lange genug darüber nachgedacht.« Er stand auf, klopfte kurz an die Tür, und seine Männer kamen herein. »Wir werden euch jetzt auf eure Gäule setzen und mitnehmen. Sollte einer von euch sich sträuben, schmeißen wir euch wie Mehlsäcke einfach auf den Rücken der Pferde und zurren euch fest. Ihr habt also die Wahl.«

»Woher wusstest du's?«, fragte Friedrich, als Balduin schon den Raum verlassen wollte.

»Was?«

»Wer ich bin. Woher hast du's gewusst?«

Balduin trat wieder einen Schritt zurück. »Tja, mein Lieber, es ist deine Maßlosigkeit und Arroganz, die dir am Ende den Hals brechen wird. Ich war auf einem deiner prunkvollen Feste, die du gegeben hast. Lenhart von Weiden hatte mich mitgenommen. Wir wurden einander sogar vorgestellt, doch du warst so sehr damit beschäftigt, dich in deiner Macht zu sonnen, dass du nicht einmal genau hingesehen hast, wem du die Hand schüttelst. Ich war für dich nur ein gesichtsloser kleiner Edler, den es zu beeindrucken galt.«

»Lass uns verhandeln!«, rief Friedrich verzweifelt.

»Verhandeln?« Balduin lachte auf. »Ich verhandle doch nicht mit einem toten Mann.«

34. Kapitel

Heinrich von Molenark und seine Bewaffneten trafen am Mittag des siebten Tages in Lübeck ein. Der Wachposten am Tor nahm Haltung an und straffte die Schultern, als er die kirchliche Kampftruppe mit dem Erzbischof an der Spitze auf die Stadtmauer zureiten sah. Untertänig verbeugte er sich, als Heinrich von Molenark sein Pferd zügelte und neben ihm zum Halten kam.

»Sei gegrüßt. Ist dir ein Walter von Müre bekannt, und weißt du vielleicht, wo er wohnt? Er weilt als mein Gesandter schon länger in der Stadt.«

»Willkommen in Lübeck, Euer Exzellenz. Ja, ich kenne den Mann. Ich denke, ich habe ihm gute Dienste erwiesen. Er hat mit seinen Männern Quartier im ›Goldenen Hahn‹ bezogen. Reitet nur immer weiter geradeaus, bis Ihr den Marktplatz erreicht. Dort befindet sich auch das Gasthaus. Es ist das beste in der ganzen Stadt. Aber Ihr werdet heute mit Eurem ganzen Trupp nur schwer durchkommen. Es ist Markt.«

»Danke.« Er wandte sich im Sattel um. »Acht von euch kommen mit mir. Die anderen lassen sich von diesem Wachmann hier zum Stadtvogt bringen, auf dass er ihnen Unterkünfte zuweist.«

Er wandte sich wieder dem Wachmann zu. »Hast du verstanden?«

»Ja, Euer Exzellenz.«

Von Molenark gab ihm eine Münze, nickte ihm huldvoll zu und drückte seine Schenkel dann gegen die Flanken des Pferdes, um in ruhigem Schritt das letzte Stück Weg zurückzulegen. Er ließ seinen Blick bewundernd über die Häuserfassaden der Stadt gleiten, die er noch nie zuvor betreten hatte. Ihr Antlitz war geprägt von dem florierenden Handel, der sich noch gesteigert hatte, seitdem Lübeck das Soester Stadtrecht übernommen hatte. Schon im Jahr 1161 hatte Lübeck eine Stärkung seiner Handelsaktivitäten durch das Artlenburger Privileg erhalten, mit dem die Handelsrechte der Lübecker Kaufleute denen der gotländischen Kaufleute, die bis dahin den Ostseehandel dominiert hatten, gleichgestellt worden waren. Gerüchten zufolge plante Kaiser Friedrich nun darüber hinaus, der Stadt in Kürze die Reichsfreiheit zu gewähren, die seiner Herrschaft dann direkt und unmittelbar unterstehen würde. Zwar missbilligte der Erzbischof dieses Vorhaben, durch das der weitreichende Arm der Kirche drastisch eingeschränkt wurde, doch rang ihm das geschickte Vorgehen des Kaisers auch einen gewissen Respekt ab.

Nun aber wollte er sich mit dieser Angelegenheit nicht länger befassen, sondern sich schnellstmöglich mit Walter besprechen und danach Ellin für den anstehenden Prozess sicher nach Köln bringen. Er zweifelte keinen Augenblick daran, dass es nur noch eine Frage der Zeit war, bis Friedrich gefunden und dingfest gemacht wurde. Und dann würde er mit der Zeugin bereitstehen und ihn für die Ermordung seines Vorgängers aburteilen lassen.

Er erkannte den »Goldenen Hahn« schon aus der Ferne an dem weit vorstehenden Schild, auf dem das Abbild des Federviehs prangte. Langsam lenkte er sein Pferd unter den verwunderten Blicken der Marktbesucher und Händler durch die Stände. Seine Begleiter taten es ihm gleich.

Als er die Gaststätte erreicht hatte, stieg er behäbig vom Pferd und drückte die Zügel einem seiner Berittenen in die Hand. Dann betrat er die Schenke und ließ seinen Blick über die Gäste schweifen. Der Wirt blickte ihm fragend entgegen, verbeugte sich jedoch sogleich, als er erkannte, welch hoher Gast sich in seinem Haus eingefunden hatte. Zwar wusste er nicht genau, wen er vor sich hatte, doch dass es sich um einen sehr hohen Würdenträger handeln musste, war mit einem Blick auf dessen kostbare Kleidung zu erkennen.

»Willkommen in meinem Hause, Herr. Soll ich Euch einen Tisch räumen lassen?«

Der Erzbischof winkte ab. »Nein, ich bin nur auf der Suche nach jemandem, der hier Quartier bezogen haben soll. Sein Name ist Walter von Müre. Er dürfte mit einer Handvoll Männern hier untergekommen sein.«

»Ja, Herr. Er bewohnt die zweite Tür rechts im oberen Stockwerk.«

»Danke.« Heinrich von Molenark ging noch einmal kurz vor die Tür, gab seinen Leuten die Anweisung, die Pferde versorgen zu lassen und sich danach ebenfalls im Haus einzuquartieren. Dann ging er wieder hinein und stieg schnurstracks die Stufen zum oberen Korridor hinauf. Er klopfte kurz an die ihm genannte Tür, wartete jedoch keine Antwort ab, sondern trat sofort ein.

Walter von Müre saß mit einem weiteren Mann am Tisch und besprach offenbar etwas. Er war sofort, als die Tür geöffnet wurde, aufgesprungen und hatte zum Schwert gegriffen. Die Erleichterung, die sich nun auf seinem Gesicht abzeichnete, als er Heinrich von Molenark vor sich stehen sah, war nicht zu übersehen. Sofort beugten beide Männer das Knie.

Der Erzbischof streckte Walter seine Hand zum Kuss entgegen und bedeutete den beiden, sich zu erheben.

»Walter! Die Freude könnte nicht größer sein.«

»Mein Herr! Ich hatte nicht vor morgen mit Euch gerechnet und war noch nie glücklicher, Euch zu sehen.«

»Setzen wir uns. Ich würde lügen, wenn ich sagte, der lange Ritt hätte mir und meinen Gliedern nicht zugesetzt.«

Walter sah den anderen Mann an. »Hans, geh und besorg einen Krug Wein beim Wirt. Den besten, den er da hat.«

Der Angesprochene nickte. »Wenn ich mir die Bemerkung erlauben darf, Euer Exzellenz, es ist eine wahre Freude, dass Ihr gekommen seid. Ich danke dem Herrn dafür, Euch sicher hergeführt zu haben.«

Huldvoll nahm der Erzbischof die Bemerkung entgegen. Hans beugte nochmals das Knie, erhob sich und ging dann rasch nach draußen.

»Ich werde mich gleich darum kümmern, dass Ihr eine angemessene Unterkunft bei den Stadtoberen erhaltet. Soweit ich erfahren habe, unterhält die Stadt für den Erzbischof und andere hohe Besucher kein eigenes Gebäude.«

»Gewiss wirst du etwas Geeignetes finden. Doch nun sag mir: die Zeugin? Du hast sie doch nicht aus den Augen gelassen?«

»Nein, Herr. Sie ist sicher. Doch es haben sich einige Vorfälle ereignet, die mich schon das Schlimmste fürchten ließen.«

»Was für Vorfälle?«

Walter erzählte in aller Kürze, was ihm selbst über die Geschehnisse im Hause Wiidmark und im Rathaussaal berichtet worden war. Dabei teilte er dem Erzbischof auch mit, dass sie seiner Meinung nach nicht davon ausgehen konnten, die größte Gefahr bereits überstanden zu haben. In der ganzen Stadt hatten sich die Handlanger Friedrichs und ihre Helfershelfer verkrochen, bereit, jeden Moment zuzuschlagen, um die einzige Zeugin aus dem Weg zu räumen. Er berichtete weiterhin, dass er es für das Sicherste gehalten habe, die ehemalige Novizin im Hause der Wiidmarks, einer der reichsten Familien der Stadt, unterzubringen.

»Wie kamst du ausgerechnet auf diese Familie?«

»Die Zeugin und der Wiidmarksche Sohn haben sich offenbar auf dem Weg nach Lübeck kennengelernt. Nachdem Friedrichs Halunken dessen kleine Tochter entführt hatten, um auf diese Weise die Herausgabe der Novizin zu erzwingen, wussten wir, dass sie vor nichts zurückschrecken würden. Die einfache Unterkunft, in der die Frauen zuvor hausten, ließ sich nicht besonders gut bewachen. Daher meine Entscheidung.«

»Klug durchdacht, mein Freund.«

»Danke, Herr. Seitdem durfte ein jeder, der mit der Zeugin in irgendeiner Verbindung steht, das Haus nur noch in Begleitung einer Handvoll Wachleute verlassen. So konnten wir weitere Übergriffe bisher vermeiden.«

»So weit sind wir also gekommen, dass ehrliche Bürger den Fuß nicht mehr vor ihre eigene Haustür setzen können, weil ein Lump und seine Helfershelfer sich gegen Recht und Ordnung stellen!« Von Molenark schüttelte den Kopf.

»Wie lauten also Eure weiteren Befehle, Herr?«

Der Erzbischof überlegte einen Moment. »Ich habe fünf Dutzend Bewaffnete mit nach Lübeck gebracht. Ursprünglich hatte ich vor, die Zeugin unverzüglich in die sicheren Mauern des Bischofssitzes nach Köln zu verbringen. Doch jetzt …«

Walter wartete darauf, dass er fortfuhr.

Von Molenark rieb sich nachdenklich das Kinn. »Doch wenn ich jetzt höre, mit welcher Unverfrorenheit diese Männer zu Werke gehen und ganz Lübeck in Angst und Schrecken versetzen, denke ich, dass es an der Zeit ist, ein Zeichen zu setzen. Und zwar eines, das weder Friedrich noch seine Verbündeten jemals vergessen werden.« Er spürte das Blut in seinen Adern pulsieren und nahm mit Befriedigung wahr, wie die Aufregung über die bevorstehenden Ereignisse ihn neu belebte. Endlich hatte das Warten ein Ende. Wenn Friedrich auch noch immer flüchtig war, so würde er doch jeden Einzelnen, der dem Mörder und seinen Vertrauten geholfen oder in ihrem Auftrag gehandelt hatte, aufspüren und seiner gerechten Strafe zuführen. Ein kaltes Lächeln huschte über sein Gesicht. Schluss mit dem Versteckspiel! Sie würden alle aufgebracht und ohne Gnade niedergemacht werden!

»Bring mich zum Haus der Wiidmarks«, forderte der Erzbischof.

Es klopfte, und sogleich betrat Hans mit zwei Bechern und einem Krug das Zimmer.

»Mit den besten Empfehlungen vom Wirt. Der Wein geht aufs Haus. Er lässt ausrichten, dass es ihm eine Ehre ist, Euer Exzellenz seinen Gast nennen zu dürfen.«

Von Molenark nickte. »Stell es hier ab.«

Hans tat, wie ihm geheißen, und ließ die beiden sofort wieder allein.

»Wo waren wir stehengeblieben?«

»Ihr trugt mir auf, Euch zum Hause der Wiidmarks zu bringen. Doch mit Verlaub würde ich vorschlagen, dass Ihr Euch erst einen Moment der Ruhe gönnt.«

»Mein guter Walter. Wie immer weiß ich, dass du recht hast und ich auf dich hören sollte. Nun gut, so schenk uns ein, wir machen uns dann eben etwas später auf den Weg.«

Sie gönnten sich noch einen Becher mehr von dem guten Tropfen, gingen danach nach unten und trafen dort auf die

Männer, die von Molenark zum »Goldenen Hahn« begleitet hatten. Sofort standen diese von den Tischen auf, als sie ihren Dienstherrn sahen.

»Kommt«, lautete der schlichte Befehl des Erzbischofs, und die Männer beeilten sich, seiner Aufforderung nachzukommen.

Als sie das Haus der Wiidmarks erreichten, standen die Wachleute, die davor postiert waren, stramm. Würdevoll ließ sich von Molenark vom Pferd gleiten. »Eine wahrhaft gute Truppe, die du da zusammengestellt hast«, lobte er Walter.

»Der Stadtvogt hat uns die Männer zur Verfügung gestellt. Wir haben von allen Seiten große Unterstützung erfahren, sobald wir darum gebeten haben.«

»Wie es sich gehört«, stellte Heinrich von Molenark fest und bahnte sich seinen Weg zur Tür. Walter trat neben ihn und klopfte laut vernehmlich an.

Ein Wachmann öffnete ihm vorsichtig mit gezücktem Schwert, ein zweiter stand kampfbereit neben ihm. Ein kurzer Blick genügte, um sie zur Seite treten zu lassen und dem Erzbischof ihre Untergebenheit zu bezeugen.

»Seine Exzellenz, Erzbischof Heinrich von Molenark wünscht den Hausherrn zu sprechen«, verkündete Walter.

In diesem Moment trat Brünn Wiidmark aus seinem Schreibzimmer. »Welche Ehre für mein Haus.« Er ging auf die Besucher zu, von Molenark streckte ihm seine Hand entgegen. Brünn beugte darauf ehrerbietig das Knie und küsste den Bischofsring.

»Bitte, tretet näher und lasst Euch auftragen«, sagte er, während er sich wieder erhob.

»Habt Dank für das freundliche Willkommen.« Der Erzbischof nickte ihm zu.

»Erlaubt, dass ich vorangehe, um Euch den Weg zu zeigen«, erklärte Brünn und führte seine Besucher dann in den großen Raum, in dem vor kurzem der Überfall stattgefunden hatte, der aber keine Spuren des gewaltsamen Eindringens mehr aufwies. Die zu Bruch gegangenen Fenster waren ebenso ersetzt worden wie die zerschmetterten Stühle und andere Gegenstände.

»Bitte, setzt Euch doch!« Brünn machte eine einladende Handbewegung.

»Bartlen!«, rief er nach dem Bediensteten, der sogleich aus der Küche über den Flur geeilt kam.

»Ja, Herr?«

»Bring uns den besten Wein, den wir haben, und lass auch etwas zu essen bereiten.«

Bartlen verbeugte sich und hastete dann sofort in die Küche zurück.

Brünn ging zu seinen Gästen hinüber, die inzwischen Platz genommen hatten, und setzte sich ebenfalls.

»Ich hoffe, Ihr habt die beschwerliche Reise gut und ohne besondere Vorkommnisse überstanden?«

»Der Herr hat uns geleitet«, erwiderte von Molenark salbungsvoll. »Wie Ihr Euch sicher denken könnt, bin ich gekommen, um die Zeugin, der Ihr in Eurem Hause sichere Zuflucht gewährt habt, nach Köln mitzunehmen.«

Brünn nickte. »Das dachte ich mir schon. Es gereicht Euch zur Ehre, dass Ihr Euch selbst auf den beschwerlichen Weg gemacht habt, um sie sicher zu geleiten.«

»Die Umstände geboten es.« Im Stillen ging von Molenark durch den Kopf, wie verärgert er noch immer darüber war, dass Ellin sich in Bremen so mir nichts, dir nichts aus dem Staub gemacht hatte. »Die junge Frau hat schon genug durchstehen müssen. Ich hielt es daher für das Beste, mich ihrer selbst anzunehmen.«

»Sie wird glücklich und dankbar ob dieser Zuwendung sein.«

»Wo ist sie?«, fragte Walter.

Brünn deutete mit dem Finger über seinen Kopf. »Sie ist oben in ihrer Kammer und spielt mit meiner Enkelin. Offenbar fühlt sie sich der Kleinen sehr verbunden. Sie ist fast so etwas wie eine zweite Mutter für sie geworden.«

Heinrich von Molenark sah Brünn ernst an. »Nun, ich hoffe doch, dass die leibliche Mutter ihr dies nicht verübelt und der Aufenthalt der Novizin kein böses Blut in Euer Haus getragen hat?«

»Aber nein.« Brünn winkte ab. »Juliana, Isabellas Mutter, ist bei der Geburt gestorben. Die Kleine musste ohne sie aufwachsen.«

»Es ist schön, dass die junge Novizin eine Seele gefunden hat, deren sie sich annehmen konnte.« Von Molenarks Gesichtsausdruck veränderte sich. »Nichtsdestotrotz ist es erforderlich, dass sie in ihrer Funktion als Zeugin mit mir kommt und ihre Aussage macht, sobald Friedrich von Isenberg gefangen genommen wurde.« Er blickte Brünn ernst an und wartete, wie dieser darauf reagieren würde.

»Selbstverständlich. Soweit ich Ellin verstanden habe, war ihr dies auch immer bewusst. Mir gefällt diese junge Frau sehr. Sie ist trotz allem, was ihr an Schlimmem widerfahren ist, seitdem sie auf der Burg des Grafen Zeugin des von ihm geplanten Überfalls wurde, nicht von Rachegefühlen erfüllt, sondern einzig bestrebt, den Mörder seiner gerechten Strafe zuzuführen.«

Ein Lächeln huschte über das Gesicht von Molenarks. »In der Tat, das ist sehr löblich. Wärt Ihr nun so gütig, nach ihr schicken zu lassen?«

Brünn erhob sich und ging zur Tür, wo er fast mit Bartlen

zusammengestoßen wäre. Er wandte sich noch einmal um. »Wenn Ihr mich kurz entschuldigen wollt. Ich würde Ellin gern selbst davon unterrichten, dass Ihr sie zu sprechen wünscht. Bartlen wird Euch derweil bewirten.«

Von Molenark warf Walter einen raschen Blick zu, als befürchtete er, dass die Frau, sobald sie von seiner Ankunft erfuhr, erneut die Flucht ergreifen würde. Doch dann erinnerte er sich der vielen Wachen rund um das Gebäude und dachte, dass es der Novizin wohl kaum gelingen würde, sich von diesen unbemerkt aus dem Haus zu schleichen. »Ja, bitte, seid so freundlich«, sagte er daher zu Brünn. Der nickte und ging hinaus.

Es dauerte etwas, bis er gemeinsam mit Ellin zurückkehrte. Zu ihrer Verwunderung erhob der Erzbischof sich. Großmütig streckte er ihr seine Hand mit dem Bischofsring entgegen.

»Euer Exzellenz.« Sie knickste vor ihm, hauchte einen Kuss auf das Schmuckstück und erhob sich, den Blick zu Boden gerichtet, in der Erwartung, dass er nun seinem Unmut über sie Ausdruck verleihen würde.

Brünn nahm die Veränderung an der jungen Frau wahr, die er und sein Eheweib in den letzten Tagen ins Herz geschlossen hatten. Erst gestern Abend war Rafael, als sie sich bereits in ihre Kammer zurückgezogen hatten, zu ihnen gekommen. Wie immer, wenn ihr Sohn etwas Wichtiges mit ihnen zu besprechen hatte, hatte er sich zu ihnen auf die Kante des Bettes gesetzt. Gespannt hatten Brünn und Elisabeth ihn angesehen und darauf gewartet, was er ihnen zu sagen hatte. Die Nachricht, dass Ellin und er sich ihre Liebe gestanden hatten, war ihm freudig über die Lippen gekommen. Elisabeth hatte einen kleinen Jauchzer ausgestoßen, Brünn dem Sohn freundschaftlich auf die Schulter geklopft und ihn dann gefragt, wann die Vermählung stattfinden solle. Rafael hatte ihm geantwortet, dass Ellin erst die Zeugenaussage hinter sich bringen wolle, um sodann unbeschwert nach Lübeck zurückzukehren und ihn zu ehelichen. An diesem Morgen nun, kurz bevor alle zum Morgenmahl im Speisezimmer zusammenkamen, hatte Elisabeth Ellin unter einem Vorwand in die eheliche Schlafkammer gelockt, wo Brünn schon auf die beiden gewartet hatte. Dort hatten ihr die Wiidmarks dann gesagt, wie glücklich sie darüber wären, dass Ellin schon bald ihre Schwiegertochter werden würde. Der jungen Frau war die Erleichterung und Freude angesichts dieser Mitteilung deutlich anzumerken gewesen, wenngleich sie nicht so recht gewusst hatte, wie sie sich nun verhalten sollte. Doch Elisabeth hatte, wie so oft, die Zügel in die Hand genommen, war auf Ellin zugetreten und hatte sie herzlich umarmt. Glücklich hatte diese die Geste erwidert und danach sogar ihrerseits Brünn in die Arme genommen, nachdem er ihr gesagt hatte, wie überaus willkommen sie in der Familie sei. Die drei waren sich einig darin gewesen, die Verlobung in Absprache mit Rafael erst nach Ellins Zeugenaussage bekanntzugeben. Doch ihr Glück war Ellin danach buchstäblich ins Gesicht geschrieben gewesen und bei der gemeinsamen Mahlzeit ebenso spürbar wie kurze Zeit später, als sie lachend mit Isabella herumtollte. Elisabeth und Brünn brauchten nur einen Blick auszutauschen, um zu wissen, wie sehr sie sich für die Familie und für ihren Sohn freuten, dass die Lücke, die Julianas Tod in ihre Mitte gerissen hatte, nun endlich wieder gefüllt war.

Doch nun, als Ellin in leicht gebückter Haltung und mit gesenktem Kopf vor dem Erzbischof stand, war von all der Leichtigkeit, die kurz zuvor noch das ganze Haus erfüllt hatte, nichts mehr zu spüren.

»Der Erzbischof sagte vorhin, wie froh er sei, dass du bei uns eine sichere Zuflucht gefunden hast, bis Graf Friedrich gefasst ist und du deine Zeugenaussage machen kannst«, sagte Brünn und lächelte Ellin aufmunternd an, als diese den Blick hob. Fragend sah sie den Erzbischof an.

Der kämpfte einen Moment lang mit sich, ob er die junge Frau wegen ihrer Flucht harsch zurechtweisen sollte. Doch dann hielt er es für besser, dieses Thema nicht anzuschneiden. Zumindest jetzt nicht.

»Das stimmt«, bestätigte von Molenark freundlich. »Ich bedauere, dass die Wachmänner in Bremen es nicht vermocht haben, Euch den notwendigen, zugesagten Schutz zu gewähren. Aber ich versichere Euch, dass sich dies nicht wiederholen wird.«

Erleichterung spiegelte sich in Ellins Augen. »Ich hatte Angst«, brachte sie zögerlich hervor. »Deshalb sind Berblin und ich fortgelaufen, ohne jemandem Bescheid zu geben.«

»Ich weiß von dem Vorfall in Selete«, erklärte der Erzbischof. »Friedrichs Leute haben einen der Dörfler und zwei Wachmänner umgebracht bei dem Versuch, Euch in ihre Gewalt zu bekommen, nicht wahr?«

Sie nickte betroffen. »Und als dann während ihrer Hinrichtung auf dem Marktplatz die Pfeile abgeschossen wurden, ist meine Angst übermächtig geworden.« Es war eine Lüge, denn sie hatte schon vor der Hinrichtung beschlossen, sich den Wachen zu entziehen und fortzugehen. Doch sie hatte das Gefühl, dass diese Erklärung es ihrem Gegenüber eher erlauben würde, über ihr Fehlverhalten hinwegzusehen. Mit zusammengepressten Lippen sah sie ihn an.

»Na, nun seid Ihr ja in Sicherheit.« Von Molenark wandte sich ab und nahm wieder Platz. Zögerlich folgte Ellin ihm zum Tisch und setzte sich ebenfalls auf einen der Stühle, den Brünn für sie zurückgeschoben hatte. »Danke.«

»Ich bin mit meinem Gefolge nach Lübeck gekommen, um

dem unheilvollen Treiben, das Friedrichs Leute hier veranstalten, ein Ende zu setzen. Fünf Dutzend Bewaffnete habe ich mitgebracht, die nur darauf warten, die Verbrecher aufzuscheuchen und der Gerechtigkeit zu überführen.«

»Und wenn das geschehen ist?«, traute Ellin sich zögerlich zu fragen.

»Dann, und ich bin mir sicher, das wird sehr bald der Fall sein, werde ich Euch nach Köln mitnehmen, damit Ihr im Prozess gegen Friedrich aussagen könnt.«

Sie sah ihn aus großen Augen an. »Ist der Graf von Isenberg denn schon gefasst?«

»Noch nicht, aber das wird nicht mehr lange dauern. Er hat keinen Ort mehr, an den er gehen, und keine Verbündeten mehr, an die er sich wenden könnte.«

»Aber ...«, sie suchte nach Worten, »... aber das bedeutet ja, dass ich dann so lange in Köln festsitzen würde, bis er festgenommen ist. Ohne zu wissen, wann ich wieder hierher zurückkehren kann.«

Ein strenger Blick des Erzbischofs genügte, um sie zum Schweigen zu bringen, und ließ sie rasch wieder den Blick senken.

»Der Zeitpunkt der Gefangennahme Friedrichs liegt leider nicht in meinem Ermessen.« Von Molenark sprach leise und langsam, doch seine Miene konnte seine Wut und Empörung über ihre Worte nur schlecht verbergen. »Ich war sehr nachgiebig mit Euch, Novizin Ellin, doch langsam habe ich genug.« Er schlug mit der flachen Hand auf den Tisch. »Es wäre wohl schon damals besser gewesen, Euch sofort ins Kloster zurückzubringen, wo Ihr hingehört. Dort wäre Euch die Zeit bis zum Prozess auch sicher nicht so lang geworden, wenn Ihr im Gebet und der Arbeit den Einklang mit Gott und seinen Gesetzen wiedergefunden hättet, der Euch außerhalb der

Klostermauern zu fehlen scheint. Ich glaube beinahe, dass Euch das Leben hier draußen nicht gut bekommt«, stellte er fest. »Insoweit entscheide ich, dass Ihr für die Zeit bis zum Beginn des Prozesses ins Kloster zurückzukehren und Eurer eigentlichen Bestimmung zu folgen habt.«

»Aber ich …« Verzweifelt suchte Ellin nach Worten. Brünn sprang auf. »Ihr könnt doch nicht …«

Heinrich von Molenark erhob sich rasch. »Sagt mir nicht, was ich kann oder nicht, Bürger Wiidmark. Vergesst nicht, wen Ihr vor Euch habt. Und Ihr«, er deutete mit dem Finger auf Ellin, »haltet Euch bereit. Gleich morgen werde ich Euch eigenhändig ins Kloster schaffen. In welches, werden wir noch sehen. Das Pack aufzutun und die Ordnung in der Stadt wiederherzustellen, überlasse ich derweil zwei Dutzend meiner Männer, die ich hier zurücklassen werde.« Mit diesen Worten machte er auf dem Hacken kehrt und verließ, zusammen mit Walter, der rasch aufgesprungen war und sich mit einem kurzen Kopfnicken verabschiedet hatte, den Raum.

Fast wären die beiden in der Eingangshalle mit Elisabeth zusammengestoßen, die ihnen verblüfft hinterhersah, als sie mit wehenden Umhängen das Haus verließen.

»Was ist denn geschehen?«, fragte sie vorsichtig, als sie das Speisezimmer betrat und sah, dass Ellin bitterlich weinte. Brünn legte den Arm um die Schultern der jungen Frau.

»Sie soll zurück ins Kloster.«

»Was?« Elisabeth trat heran und setzte sich. »Weshalb?«

»Damit sie dort ihrer eigentlichen Bestimmung, wie der Erzbischof sagte, folgen kann und gleichzeitig in Sicherheit ist, bis sie endlich diesen Isenberger gefangen haben.«

Berblin, durch die Unruhe in der Halle aufgeschreckt, klopfte an die noch immer geöffnete Tür und trat ein. »Habe ich richtig gehört?«

Elisabeth nickte. »Es sieht ganz danach aus.«

»Aber ich habe dem Erzbischof schon einmal gesagt, dass Ellin für den Fall, dass er sie zwingt, ins Kloster zurückzugehen, im Prozess nicht mehr aussagen wird.«

Brünn sah sie mutlos an. »Das war geschickt von dir, wird ihn aber, so wie er sich eben verhalten hat, kein zweites Mal schrecken. Ich habe ihn erlebt. Der Mann ist zu allem entschlossen und fürchtet wahrscheinlich, dass ihm Ellin abermals entwischen könnte und er sie nicht wiederfindet, wenn er den Verbrecher endlich eingefangen hat.«

»Es ist alles meine Schuld. Wären wir damals nicht aus Bremen verschwunden, hätte er nicht das Vertrauen in mich verloren und würde uns nun hier in Ruhe leben lassen«, sagte Ellin niedergeschlagen. »Es ist aussichtslos.«

»Das ist es nie«, sagte Elisabeth rasch. Dann wandte sie sich an ihren Gatten. »Man kann doch nicht einfach eine junge Frau zwingen, in einem Kloster zu leben. Er ist ja schließlich nicht ihr Vormund.«

»Genau genommen, schon. Ellin ist aus dem Kloster geflohen, gehört aber im eigentlichen Sinne noch immer dem Orden an. Und er ist der Erzbischof und damit nach dem Papst die oberste Instanz für alle Nonnen und Mönche in seinem Bistum. Er kann über sie entscheiden.«

»Auch wenn sie noch kein Gelübde abgelegt hat?«

»Ich bin mir nicht sicher, doch ich glaube schon. Für die Kirche ist Ellin noch immer eine Angehörige des Klosters, auch wenn sie dieses verlassen hat.«

»Und was wäre, wenn sie verheiratet wäre?« Elisabeth sah ihren Mann eindringlich an.

Berblin und Ellin blickten zwischen den beiden hin und her.

Ellin wischte sich die Tränen ab und schaute abwartend zu Brünn, der angestrengt nachzudenken schien.

Ein Lächeln huschte über Berblins Gesicht. »Lübeck untersteht direkt Kaiser Friedrich, nicht wahr?«

»Nun, noch sind wir keine freie Reichsstadt, doch das ist im Grunde nur noch eine Formalität. Alle sind sich längst darüber einig. Und der Kaiser wird es sich gewiss nicht mehr nehmen lassen, den Reichsfreiheitsbrief auch gegen den Willen der Kirche zu unterschreiben.« Brünn schien zu begreifen, worauf Berblin hinauswollte.

Doch Elisabeth kam ihm zuvor. »Ellin.« Sie griff über den Tisch und nahm deren Hand. »Du liebst Rafael doch, nicht wahr?« Die Angesprochene nickte.

»Und er liebt dich von Herzen, das wissen wir, denn er hat es uns gesagt.«

Wieder nickte Ellin. »Ich weiß.«

»Es ist folgendermaßen. Sobald du verheiratet bist, unterstehst du dem Willen deines Mannes. Er hat also zu entscheiden, was du zu tun und zu lassen hast.«

Langsam dämmerte Ellin, worauf Elisabeth abzielte.

»Du meinst, ich sollte ihn deshalb schon jetzt …« Sie brach ab.

»Ob jetzt oder erst in ein paar Monaten, spielt doch im Grunde keine Rolle. Und erst recht nicht, wenn dich die Heirat davor bewahrt, ins Kloster gehen zu müssen.« Elisabeth lehnte sich wieder zurück. »Für mich gibt es da kein langes Überlegen.«

»Worüber gibt es für dich kein langes Überlegen?«, fragte Rafael, der in diesem Moment den Raum betrat.

»Ob du noch heute heiratest, mein Sohn.«

»Wie bitte?«

Elisabeth stand auf. »Setz dich dort hin und lass es dir erklären. Ich habe noch einiges vorzubereiten.« Mit diesen Worten wandte sie sich um und eilte aus dem Raum.

»Also, kann mir nun jemand sagen, worum es hier geht?«

Brünn schmunzelte und lachte dann laut auf. »Bedank dich bei Berblin, denn sie hat uns erst auf die Idee gebracht.« Er erhob sich, ging zu seinem Sohn und klopfte ihm auf den Rücken. »Zwar scheinen die Umstände auf den ersten Blick nicht die besten zu sein, aber womöglich ist genau dies die Art des Herrn, uns zu zeigen, was das Richtige ist. Und nun entschuldigt mich. Ich habe ebenfalls noch einige Vorbereitungen zu treffen.« Er klopfte Rafael noch einmal auf die Schulter, lachte auf und verließ den Raum.

»Erklärt mir jetzt vielleicht endlich einer, was hier los ist?«

»Setz dich«, sagte Berblin. »Wir erzählen es dir.« Sie blickte ihn freundlich an.

Ellin hingegen wagte es nicht, ihm in die Augen zu sehen. Nun sollte sie auch noch Hals über Kopf heiraten. Wo sollte das alles nur enden?

35. Kapitel

Der Priester war etwas verwundert gewesen, als Brünn Wiidmark ihm durch einen Boten hatte mitteilen lassen, ihn noch diesen Abend in einer dringenden Angelegenheit in seinem Hause sprechen zu wollen. Überrascht, aber dennoch bereitwillig war er der Bitte nachgekommen, eine einfache Leinentunika über sein Priestergewand zu ziehen und sich zusätzlich noch den Umhang überzuwerfen, den Brünn dem Boten mitgegeben hatte. Aber nach all den Jahren, die er sich nun schon als Priester der Seelen Lübecks annahm, gab es kaum noch etwas, das ihn zu überraschen vermochte. Abgesehen hiervon, waren die Wiidmarks wahre Christen und für ihre großzügigen Spenden bekannt. Wenn also Brünn eine etwas wunderliche Bitte hatte, stand es dem Kirchenmann nicht zu, ihm diese abzuschlagen.

Und so war er aufbruchbereit, als Bartlen, der Hausdiener der Wiidmarks, ein paar Stunden später bei ihm vor der Tür stand und ihn abholte. Die vielen Wachleute vor dem Haus der Wiidmarks hielten sie nicht auf, als sie Bartlen erkannten, sondern ließen ihn und seinen Begleiter ungehindert passieren.

Kaum hatten sie das Haus betreten, kamen ihnen schon Elisabeth und Brünn Wiidmark entgegen. Bartlen entschuldigte sich und zog sich sofort in die Küche zurück, während der Priester dem Ehepaar in das Speisezimmer folgte. Dort war festlich eingedeckt, und sogleich berichteten die Wiidmarks ihm von ihrem Wunsch, ihren Sohn Rafael noch am heutigen Abend mit seiner Verlobten namens Ellin zu vermählen. Zwar lag dem Priester durchaus die Frage auf der Zunge, weshalb derart zur Eile gedrängt wurde, doch gab es seines Erachtens auch keinen Grund, der Bitte nicht zu entsprechen. Es kam leider öfter, als ihm lieb war, vor, dass ein Paar ohne lange Verlobungszeit miteinander vermählt wurde und sich nur wenige Wochen danach bereits deutliche Leibesrundungen bei der Braut zeigten.

Den gleichen Hintergrund vermutete er auch hier, und da er die Wiidmarks als angesehene Lübecker Bürger kannte, wollten sie sicher versuchen, ihren Ruf durch ein derartiges Vorgehen zu wahren.

Ellin hatte sich nach der Entscheidung, noch am gleichen Tage zu heiraten, viel Zeit für ein Gebet genommen. Eindringlich hatte sie den Herrn um seinen Rat und die Vergebung ihrer Sünden gebeten. Das gute Gefühl, mit dem sie danach ihre Kammer verlassen hatte, war für sie ein Zeichen gewesen, dass nichts Falsches an dem war, was sie vorhatte. Vielmehr freute sie sich nun darauf, Rafaels Eheweib zu werden und an seiner Seite die kleine Isabella aufwachsen zu sehen. Und besonders glücklich war Ellin darüber gewesen, dass Rafaels Schwester Helena kurz vor dem Eintreffen des Priesters an die Tür ihrer Kammer geklopft und sie um ein kurzes Gespräch gebeten hatte. Als sie eingewilligt hatte, war Helena mit einem cremefarbenen Kleid über dem Arm eingetreten und hatte dieses liebevoll auf dem Bett ausgebreitet. »Ich habe mich alles andere als gut benommen«, hatte sie gesagt und Ellin bei den Händen gefasst. »Ich bitte dich um Verzeihung! Schon um Rafaels und Isabellas willen möchte ich versuchen, dass wir Freundinnen oder besser noch Schwestern werden. Könntest du dir das vorstellen?«

Ellin war so verblüfft gewesen, dass ihr im ersten Moment die Worte gefehlt hatten. »Das würde mich freuen«, brachte sie schließlich stockend hervor.

Helena deutete auf das Kleid. »Bitte, trag es. Ich bin sicher, dass es dir passt.«

»Es ist wundervoll. Ich danke dir.«

Etwas unbeholfen beugte Helena sich vor und drückte Ellin, die stocksteif dastand, kurz an sich. Danach verließ sie rasch den Raum. Mit einem Gefühl der Leichtigkeit kam Ellin in dem cremefarbenen Gewand die Stufen hinab. Berblin und Apollonia hatten ihr gemeinsam die Haare frisiert, und Elisabeth hatte ihr mit einem Pulver einen leichten rötlichen Schimmer auf Wangen und Lippen gezaubert. Rafael verschlug es bei ihrem Anblick schier die Sprache, während Isabella begeistert klatschte und sich im Kreis drehte, als sie Ellin sah.

So unheilvoll die Umstände auch waren, die zu der schnellen Heirat geführt hatten, war Ellin so von Glück erfüllt, dass sie es selbst kaum glauben konnte.

Als sie am Ende der Stufen angelangt war, trat Rafael ihr feierlich entgegen und reichte ihr den Arm. Liebevoll legte sie ihre Hand auf seinen Unterarm und hauchte ihm einen Kuss auf die Wange.

»Wollen wir?« Seine Stimme klang rauh und ließ seine Unruhe erahnen.

»Ja.« Ihr Herz schlug schneller. Gemeinsam näherten sie sich der Schreibstube seines Vaters, in dem der Priester, Elisabeth, Brünn und auch Helena sie schon erwarteten. Berblin und Apollonia kamen die Stufen herab und schlängelten sich an dem Paar vorbei, um vor ihnen die Schreibstube zu erreichen, damit, sobald die beiden eintraten, mit der Trauung begonnen werden konnte.

»Wartet!«, sagte Isabella da plötzlich.

»Was ist denn los?« Rafael sah sie überrascht an.

Isabella drehte sich verlegen hin und her. »Ich möchte etwas fragen.«

»Ja?«

»Nicht dich, sondern Ellin.«

Die löste sich von Rafael, ging in die Hocke und suchte Isabellas Blick. »Ja? Was möchtest du mich fragen?«

Die Kleine sah zu ihrem Vater. »Ich möchte sie allein fragen«, sagte sie.

»Aber wir ...«, wollte er protestieren. Doch er sah, dass Tränen in den Augen seiner Tochter standen. Um was auch immer es ging, es schien ihr so wichtig zu sein, dass er einige Schritte zur Seite trat, sich zur Wand drehte und so tat, als hielte er sich die Ohren zu. »Gut so?« Er wandte sich noch einmal zu Isabella um. Diese nickte. Also sah er wieder zur Wand.

»Was ist denn, Kleines?«

»Es ist nur«, begann sie zögerlich, »ich meine, wenn ihr beide verheiratet seid, dann bist du doch, na ja, meine Mutter?«

»Ja, Liebes. So ist es.«

Isabella atmete tief ein. »Darf ich dich dann auch so nennen?« Ihr Blick hatte etwas Flehendes. Rasch fügte sie hinzu: »Ich habe noch niemals jemanden Mutter nennen können, so wie all die anderen Kinder, die ich kenne.«

Tränen traten in Ellins Augen. »Ach, Liebes! Aber ja doch, nenn mich Mutter! Du würdest mich überglücklich damit machen.«

Isabella fiel ihr um den Hals, trat dann einen Schritt zurück und streckte Ellin die Hand entgegen. »Dann ist es abgemacht. Wenn die Vermählung beendet ist, darf ich allen berichten, dass du meine Mutter bist, und niemand wird dich mir je wieder wegnehmen.«

»Abgemacht«, bekräftigte Ellin feierlich.

Isabella jubelte, rannte zu ihrem Vater hinüber und klopfte ihm gegen den Oberschenkel. Er nahm die Hände von den Ohren. »So, ihr könnt jetzt heiraten«, verkündete sie und stapfte dem Brautpaar dann in die Schreibstube voraus. Ellin und Rafael warfen sich einen glücklichen Blick zu und folgten ihr.

Zwar war es eine schlichte Zeremonie mit nur wenigen Leuten, doch für Ellin und Rafael hätte sie nicht schöner und feierlicher sein können. Im Anschluss speisten alle im Nebenzimmer, und Trude, die Köchin, trug ein Mahl auf, das der edelsten Gesellschaft zum Glanze gereicht hätte. Ellins Wangen glühten. Immer wieder prostete sie allen zu, bedankte sich und gab Rafael ein ums andere Mal einen verstohlenen Kuss. Noch immer konnte sie kaum fassen, dass sie nun mit dem Mann, der neben ihr saß, verheiratet war. Doch sie genoss jeden Augenblick. Irgendwann, es war schon spät in der Nacht, war Isabella auf ihren Schoß gekrabbelt und dort eingeschlafen. Rafael nahm die Arme des Kindes, legte sie um seinen Hals und hob es hoch.

»Was meinst du? Wollen wir unsere Tochter gemeinsam ins Bett bringen?«

Glücklich und dankbar zugleich sah Ellin ihn an. »Ihr entschuldigt uns«, sagte sie in die Runde und stand auf.

Elisabeth drückte die Hand ihres Mannes, als die beiden mit der schlafenden Isabella den Raum verließen. Der erwiderte die Geste, und für den Rest des Abends gab es nichts mehr, was ihr Glück hätte trüben können.

»Ich glaube, ich möchte auch bald heiraten«, stellte Helena fest.

»Wie? Bislang hast du dich für diesen Gedanken doch noch nie erwärmen können.« Brünn sah sie amüsiert an.

»Schon, aber wenn man die beiden so sieht, wird man ja richtig neidisch. Ich weiß zwar nicht, was an Rafael so besonders ist, dass Ellin ihn zum Mann genommen hat«, scherzte sie. »Aber wenn selbst ein Mann wie mein Bruder eine Frau so glücklich machen kann, sollte ich wohl auch einen finden, der das schafft.«

Der Blick ihrer Mutter verriet Helena, wie froh diese über ihr verändertes Verhalten war. Sie zwinkerte der Tochter zu.

»Nur seid so gut und gebt mir dann etwas zeitiger Bescheid, als es heute der Fall war«, bat der Priester und brachte die Anwesenden damit zum Lachen.

In diesem Moment kamen Rafael und Ellin wieder zurück ins Zimmer. »Ich glaube, sie hat nicht einmal mehr gemerkt, dass wir sie zugedeckt haben«, lachte Rafael.

»Es war ja auch ein aufregender Tag für sie«, meinte Ellin.

»Für uns alle.« Brünn prostete dem Paar zu.

»So wundervoll es auch war, muss ich mich nun doch verabschieden«, vermeldete da der Kirchenmann und stand auf. Der Wein schien ihm heftig zugesetzt zu haben, denn er schwankte kurz, fing sich dann aber wieder.

»Ich werde Euch nach Hause bringen lassen«, kündigte Brünn an und erhob sich.

»Aber das ist wirklich nicht nötig.«

»Ich bestehe darauf. Und noch einmal vielen Dank, dass Ihr meiner Bitte so rasch gefolgt seid. Ich werde mich nicht nur am Opferstock dafür erkenntlich zeigen.«

Der Priester winkte ab. »Es war mir eine Freude.« Er verbeugte sich vor dem Brautpaar. »Gottes Segen und eine schöne Feier noch.« Er wankte zur Tür, und Brünn gab die Bitte, ihn von zwei Männern nach Hause begleiten zu lassen, an Bartlen weiter.

Rafael streckte sich. »Ich bin ebenfalls sehr erschöpft«, ließ er verlauten. »Vielleicht sollten wir es ihm gleichtun und uns ebenfalls zurückziehen.«

»Wirklich?« Ellin sah ihn fragend an. »Dabei finde ich es gerade so wunderbar, dass ich gern noch etwas bleiben würde.«

Rafael schaute sie irritiert an.

»Ich glaube, mein Bruder wollte dir damit sagen, dass er es vorziehen würde, nun mit dir allein zu sein, liebe Schwägerin.« Helena grinste breit, und auch die anderen konnten sich ein Schmunzeln nicht verkneifen.

Ellin wurde rot. Ein »Oh« war alles, was sie hervorbrachte.

»Wenn du noch hierbleiben willst, ist das völlig in Ordnung«, warf Rafael schnell ein. »Ich dachte nur …«

Aber die Braut hatte ihre Fassung mittlerweile zurückgewonnen, sah ihn an und lächelte dann schelmisch. »Wenn ich dich so ansehe und es mir recht überlege, so spüre ich nun doch eine bleierne Müdigkeit.«

Die Gesellschaft lachte auf und verabschiedete die beiden mit lauten Rufen, als sie Arm in Arm das Zimmer verließen.

Es war kurz vor Mittag, als der Erzbischof vor dem Widmarkschen Anwesen um Einlass bat. Er hatte am Vormittag noch einmal ausführlich mit Walter besprochen, sich lediglich von drei Dutzend Männern zurück nach Köln begleiten zu lassen und die Novizin dort in eines der Klöster zu bringen. Walter sollte mit den anderen zwei Dutzend in Lübeck verbleiben und jeden Ganoven aufspüren, der im Namen Friedrichs oder seiner Verbündeten der Zeugin nach dem Leben getrachtet hatte. Früher oder später wären sie entweder gefunden und würden am Galgen baumeln oder aber aus der Stadt fliehen. In jedem Fall würden sie keine Gefahr mehr für die Interessen der Kirche und des Erzbischofs darstellen. Und sobald Friedrich dingfest gemacht und seiner Strafe zugeführt werden würde, wäre der ganze Spuk ohnehin zu Ende. Er überlegte noch, ob er die junge Frau dann, hätte sie ihre Aufgabe zu seiner Zufriedenheit erfüllt, in ein Leben außerhalb der Klostermauern entlassen sollte. Der Gedanke behagte ihm nicht so ganz. Andererseits würde er ihm womöglich zu einer größeren Beliebtheit im Volk verhelfen. Aber diese Entscheidung hatte noch bis nach dem Prozess Zeit.

Brünn und Rafael Wiidmark erwarteten ihn bereits. Er war an diesem Tag allein und ohne Walter gekommen, der bereits die Männer mit ihrer neuen Aufgabe vertraut machte.

»Ah, Euer Exzellenz, bitte nehmt doch Platz«, sagte Brünn, als Bartlen Heinrich von Molenark in die Schreibstube führte. »Das ist mein Sohn Rafael, den Ihr bei Eurem letzten Besuch noch nicht kennengelernt habt.« Rafael beugte das Knie und küsste den erzbischöflichen Ring.

»Bitte«, forderte Brünn von Molenark abermals auf und deutete auf den Stuhl vor seinem Schreibpult, bevor er selbst wie auch Rafael wieder Platz nahmen.

»Ich will Eure Zeit nicht lange in Anspruch nehmen«, kam von Molenark sofort zur Sache. »Wie ich gestern schon ankündigte, bin ich gekommen, um die Zeugin abzuholen und mit mir nach Köln zu nehmen. Ist sie bereits reisefertig?«

»Nein.« Brünn schüttelte den Kopf.

Der Erzbischof verzog verärgert das Gesicht. »Ach. Und würdet Ihr so freundlich sein, mir zu sagen, weshalb nicht?«

»Weil ich es nicht erlaube!«, sagte Rafael.

»Wie meint Ihr das?« Von Molenark wandte sich ihm zu. Er hatte ein gefährliches Funkeln in seinen Augen, und wäre

Rafael kein erfahrener und in Verhandlungen geübter Kaufmann gewesen, hätte er dem Blick nicht standhalten können.

»Ich denke, Ihr habt mich verstanden«, stellte Rafael klar. »Ich erlaube nicht, dass Ellin Lübeck verlässt.«

»Sieh an, Ihr erlaubt es nicht«, kommentierte von Molenark süffisant und lächelte kalt. »Und Ihr glaubt, dass dies für mich von irgendeinem Belang ist?«

Rafael zuckte mit den Schultern. »Mit Verlaub und allem Respekt für das Amt, das Ihr bekleidet, glaube ich gar nichts und muss es auch nicht.«

»Was erlaubt Ihr Euch?«, fuhr der Erzbischof auf, worauf Brünn vermittelnd eingriff.

»Nun, bevor das Gespräch eine unschöne Wendung nimmt, sollte ich Euer Exzellenz wohl darüber aufklären, dass mein Sohn Rafael Ellins Ehemann ist und damit über sie und ihren Aufenthaltsort bestimmen kann.«

Von Molenark entglitten die Gesichtszüge. »Ihr seid was?«

»Ihr habt meinen Vater verstanden«, stellte Rafael klar. »Ellin ist meine Frau. Der Bund der Ehe wurde vor Gott geschlossen und ist damit rechtens. Ich«, meinte er und tippte sich dabei mit dem Finger gegen die Brust, »ich ganz allein entscheide darüber, was Ellin tut und wohin sie geht.«

»Damit werdet Ihr nicht durchkommen. Ich wünsche Beweise für diese angebliche Eheschließung zu erhalten.«

»Bartlen!«, rief Rafael laut und stand auf. Einen Moment später betrat der Hausdiener den Raum.

»Ja, Herr?«

»Bartlen, sag uns bitte, wo du gestern Abend warst.«

»Ich war hier, Herr.«

»Die ganze Zeit?«

»Nein, mein Herr. Ich habe den Priester abgeholt, damit er Euch und Eure Braut miteinander vermählt.«

»Und heute Morgen, Bartlen. Wo habe ich da mein Frühstück eingenommen?«

Bartlen senkte das Haupt, als sei ihm die Frage unangenehm. »Nun, Ihr habt heute, anders als sonst, in Eurer Kammer gefrühstückt, zusammen mit Eurer Gattin. Und später kam noch Isabella hinzu.«

Rafael sah von Molenark an. »Danke Bartlen«, sagte er, ohne seinen Blick dabei vom Erzbischof abzuwenden. »Ich denke, das ist alles.«

»Ja, Herr.« Bartlen verneigte sich und verließ rückwärts den Raum.

»Oder wünscht Ihr noch weitere Zeugen der Eheschließung und des anschließenden Vollzugs sowie den Priester zu sprechen? Ich kann Euch versichern, es ist alles mit rechten Dingen zugegangen. Ellin ist vor dem Gesetz und vor Gott meine Frau, und es gibt nichts, was Ihr dagegen tun könnt.«

Heinrich von Molenark schäumte vor Wut. Er sprang von seinem Stuhl auf und trat an Rafael heran. »Das wird Euch noch …«

»Bitte, mäßigt Euch und nehmt wieder Platz«, ging Brünn dazwischen. »Auch wenn Ihr der Erzbischof seid, befindet Ihr Euch doch noch immer in meinem Haus. Wir sollten hier und jetzt diesen kleinen Streit beenden und wie besonnene Männer miteinander sprechen.«

»Nach dieser Posse, die Ihr und Euresgleichen Euch geleistet habt?«, brüllte von Molenark.

»Hatten wir denn eine andere Wahl?« Brünn legte den Kopf schief und deutete erneut auf den Stuhl. »Bitte, setzt Euch wieder und lasst uns in aller Ruhe besprechen, wie wir weiterhin verfahren wollen.«

Einen Moment noch standen sich die Männer regungslos

gegenüber, dann setzten Rafael und der Erzbischof sich wieder hin.

»Meine Frau«, nahm Rafael das Gespräch wieder auf, »will nach wie vor ihrer Pflicht nachkommen und gegen den Grafen von Isenberg öffentlich aussagen. Deshalb wird sie unverzüglich, sobald sie von Euch die Nachricht seiner Ergreifung erhält, zum Prozess nach Köln reisen.«

»Und bis dahin? Friedrichs Leute haben schon mehr als einmal versucht, sie umzubringen. Könnt Ihr mit Euren wenigen Männern sie sicher bewachen?«

»Gewiss, wenn es denn nötig ist. Außerdem habt Ihr doch angekündigt, zwei Dutzend Männer in Lübeck zurückzulassen.« Rafael gab sich unbeeindruckt.

»Glaubt Ihr wirklich, dass Graf Friedrichs Männer so lange in Lübeck ausharren, bis sie ihren Auftrag ausgeführt haben?«, fragte Brünn nachdenklich.

»Ich weiß, von welchem Schlag Friedrich und seine Leute sind, und Ihr solltet es nach dem, was Euch in Eurem eigenen Haus widerfahren ist, ebenfalls wissen. Für genügend Münzen tun sie fast alles und ergötzen sich noch dazu am Leid anderer. Glaubt mir, indem Ihr mir die Möglichkeit nehmt, die Zeugin sicher nach Köln zu bringen, könntet Ihr das Todesurteil über sie gesprochen haben.« Von Molenark stellte zufrieden fest, dass seine Bemerkung ihre Wirkung nicht verfehlte.

»Dann stellt, sobald ihr nach Köln zurückgekehrt seid, noch mehr Männer ab, die sofort nach Lübeck ziehen und den Verbrechern einen Überfall unmöglich machen«, forderte Rafael.

Von Molenark dachte nicht daran, ihm zu sagen, dass er Letzteres ohnehin vorgehabt hatte. Dieser Raffael hatte ihn reingelegt, und dafür wollte er ihn wenigstens noch etwas zappeln lassen oder so viel Zweifel streuen, dass er ihm doch noch gestattete, Ellin mit sich nach Köln zu nehmen.

»Und für wie lange sollen meine Männer dies tun? Was, wenn es noch Monate dauert, bis Friedrich gefasst wird? Wollt Ihr Eure Frau so lange hier im Haus einsperren?«

»Immer noch besser als in einem Kloster.«

Brünn merkte, dass die Männer erneut kurz davor waren, aufeinander loszugehen.

»Ich finde den Vorschlag meines Sohnes sehr klug«, stellte Brünn fest. »Abgesehen davon dürfte den Halunken auch nach und nach das Geld ausgehen, so dass sie irgendwann sowieso aus Lübeck abziehen müssen.«

»Da ist etwas dran«, gestand von Molenark ein, der merkte, dass es sinnlos war, seine Taktik noch weiter zu verfolgen.

»Und wir könnten das Ganze beschleunigen.« Rafael beugte sich näher an den Erzbischof heran.

»Wie meint Ihr das?«

»Mein Vater hat den wunden Punkt dieser Ganoven gerade angesprochen: Geld. Nach und nach wird es Friedrichs Männern ausgehen, außerdem müssen sie ja auch irgendwo untergekommen sein. Wir sind wohlhabend. Was wäre, wenn wir allen Wirten und Hausbesitzern in der Stadt für zweckdienliche Hinweise, die zur Ergreifung der Männer führen, eine saftige Belohnung versprechen?«

»Woran sollen die Wirte denn erkennen, ob es sich bei ihren Gästen um die Gesuchten handelt?«

»Nun«, entgegnete Rafael, »gewiss werden die Männer keinen Besuch in ihren Kammern empfangen und keiner geregelten Arbeit nachgehen. Außerdem werden sie in kleineren Gruppen unterwegs und erst in Lübeck eingetroffen sein, nachdem unsere Ellin hierherkam. So könnten wir den Zeitraum schon einmal eingrenzen und sie aufscheuchen. Dann wären sie die Gejagten. Das und die immer knapper werdenden Münzen in ihren Taschen könnten sie durchaus aus der Stadt treiben. Was haltet Ihr davon?«

Von Molenark tippte sich mit dem Finger gegen die Lippen. »Ihr seid ein gewiefter Taktiker.«

Rafael nahm das Lob mit einem Nicken zur Kenntnis.

»Wenn Ihr einverstanden seid, Euer Exzellenz, lasse ich also verbreiten, dass es morgen auf dem Marktplatz eine wichtige Ankündigung geben wird«, bot Brünn an.

Von Molenark erhob sich. »Ein kluger Plan«, meinte er dann und lächelte versöhnlich. »Morgen zur zehnten Stunde auf dem Marktplatz. Ich selbst werde kommen und ankündigen, dass meine Leute die Stadt auf der Suche nach den Verbrechern durchkämmen werden. Und Ihr«, er deutete auf Brünn, »gebt bekannt, dass es für dementsprechende Hinweise eine großzügige Belohnung geben wird. Vielleicht verrät am Ende sogar ein Halunke den anderen. Zumindest dürfte es die gewünschte Wirkung zeigen.«

Auch Rafael und Brünn standen auf. Von Molenark streckte Rafael die Hand entgegen. »Ihr habt mich vorgeführt, doch lasst Euch gesagt sein, dass ich einen ebenbürtigen Gegner durchaus zu schätzen weiß. Wir sollten gelegentlich eine Partie Schach miteinander spielen. Das könnte für uns beide eine vergnügliche Erfahrung werden.«

»Wann immer Ihr wollt, Euer Exzellenz.« Rafaels Mundwinkel zuckten amüsiert, als er die Hand seines Gegenübers ergriff und schüttelte.

»Morgen zur zehnten Stunde auf dem Marktplatz«, stellte Brünn nochmals klar und verabschiedete sich ebenfalls per Handschlag von dem Kirchenmann. »Es wird mir eine Freude sein, Euer Exzellenz.«

Mit festen Schritten durchmaß Heinrich von Molenark die

Eingangshalle. Plötzlich blieb er stehen und drehte sich noch einmal um. Sein Blick wanderte zum oberen Korridor hinauf, wo er Ellin mit Isabella am Treppengeländer stehen und zu ihm hinabblicken sah.

»Meine Gratulation zu Eurer Vermählung, Frau Wiidmark.« Er lachte kurz auf, wandte sich dann wieder Richtung Tür und verließ das Haus.

Als Rafael nun ebenfalls in die Eingangshalle trat, fragte Ellin ihn, völlig verblüfft von der Reaktion des Erzbischofs: »Was ist geschehen? Er hat mir gerade zu meiner Vermählung gratuliert.«

»Na, dazu hat er ja auch allen Grund«, witzelte Rafael und breitete die Arme aus. »Bei dem Mann.«

Sie lachte hell auf, fasste nach Isabellas Hand und eilte mit ihr die Stufen hinab. Überglücklich sank sie ihrem Mann in die Arme.

»Dann ist jetzt alles gut, und ich muss nicht mehr ins Kloster?«

Er gab ihr einen zärtlichen Kuss. »Genauso ist es. Wir werden sogar mit ihm zusammenarbeiten. Nicht mehr lange, und du wirst wieder unbewacht aus dem Haus gehen können.«

»Wirklich? Und auch meine Kerzen verkaufen?«

»Und auch deine Kerzen verkaufen«, bestätigte Rafael.

Überglücklich drückte sie sich an ihn. »Ich liebe dich«, hauchte sie zärtlich.

»Und was ist mit mir?«, protestierte Isabella.

Ellin bückte sich zu ihr hinab und gab der Kleinen einen Kuss auf die Stirn. »Ja, meine Süße, dich liebe ich auch!«

Der Andrang war beeindruckend. Ganz Lübeck schien sich vor dem Podest, auf dem Heinrich von Molenark und Brünn Wiidmark standen, versammelt zu haben. Rafael und Ellin standen seitlich neben der Rednerbühne und warteten wie alle anderen darauf, dass die beiden Männer endlich zu sprechen begännen. Auch Elisabeth, Apollonia sowie Berblin und ihre Familie waren dem Aufruf gefolgt. Letztere genoss es immer mehr, in die Arme ihrer Familie zurückgekehrt zu sein und wieder die Geborgenheit zu spüren, die so viele Jahre lang vermisst hatte.

»Bürger von Lübeck!«, erhob Heinrich von Molenark da seine Stimme und bat mit weit ausgebreiteten Armen um Ruhe. Es dauerte nicht lange, bis auf dem Platz auch noch die letzten Stimmen verklungen waren und absolute Stille herrschte.

»Wie die meisten von euch wissen, hat sich gar Ungeheuerliches in eurer schönen Stadt zugetragen. Halunken befinden sich unter euch, Verbrecher und Mörder, die mit ihrem schändlichen Treiben Angst und Schrecken verbreiten und auf diese Weise den guten Ruf eurer Stadt, in der bisher Ruhe und Ordnung herrschten, schädigen.«

Gemurmel kam auf und aufgeregtes Getuschel.

»Aus diesem Grunde bin ich auch mit mehreren Dutzend Männern hierhergekommen, um euch dabei zu helfen, euch von diesem Unrat zu befreien und die Ratten aus der Stadt zu jagen.« Zur Bekräftigung seiner Worte stieß er die Faust in die Luft, und die Menschen jubelten ihm zu. Er wartete einen Augenblick, dann hob er erneut an.

»Ehrliche Bürger wie ihr haben es nicht verdient, dass dieses Pack weiter unter euch weilt und das zerstört, was jeder Einzelne von euch aufgebaut hat.«

Wieder erntete er zustimmende Rufe.

Einer eurer bekanntesten Bürger, Brünn Wiidmark, der hier an meiner Seite steht, hat am eigenen Leibe zu spüren bekommen, mit welcher Unverfrorenheit und Schamlosigkeit die Verbrecher vorgehen und arglosen Menschen nach dem Leben trachten.« Er legte den Arm um Brünns Schultern. »Sie sind zu mehreren in sein Haus eingedrungen, haben seine Enkeltochter entführt und wollten gar seine Schwiegertochter zu Tode bringen.«

»Hängt diese Kerle auf!«, rief jemand in der Menge. »Brennen sollen sie!«, kam es darauf von weiter hinten.

»Und wenn sie dies schon bei einem der einflussreichsten Männer dieser Stadt wagen, den ihr alle als ehrlichen und aufrichtigen Bürger kennt, was glaubt ihr dann, was sie erst mit einem der ärmeren anstellen?« Er deutete mit dem Arm in die Menge. »Sie werden euer Hab und Gut stehlen, eure Frauen vergewaltigen, eure Kinder schänden und den Männern schließlich die Kehlen durchschneiden.« Er streckte beide Arme gen Himmel. »Soll ich euch sagen, wer diesen Hunden ebenfalls schon zum Opfer gefallen ist?«

»Wer?«, riefen einige Bürger.

Von Molenark wirkte betroffen und hielt kurz inne. »Ich will es euch sagen, ihr braven Lübecker«, meinte er dann und machte noch einmal eine Pause, um die Spannung der Zuhörer zu steigern. »Es war niemand Geringerer als der Kölner Erzbischof Engelbert«, brüllte er. »Erzbischof Engelbert, den jeder nur als ehrlichen und guten Menschen kannte.« Wieder machte er mit dem Arm eine weitausholende Bewegung.

Einige Menschen bekreuzigten sich, andere reckten die Fäuste in die Luft oder forderten lautstark die Köpfe der Verbrecher. Heinrich von Molenark hob daraufhin abermals die Arme, um für Ruhe zu sorgen.

»Wie überall im Lande bekannt ist, wurde Friedrich von Isenberg des Verbrechens für schuldig befunden und mit dem Kirchenbann belegt. Doch diese Kerle, die nun in Lübeck morden und meucheln«, er wurde erneut lauter, »sind seine

Männer! Es sind Graf Friedrichs Männer, die Unheil, Verderben und Zerstörung über eure schöne Stadt bringen wollen.«

»Was können wir dagegen tun?«, begehrte ein Mann, der unmittelbar vor dem Podest stand, zu wissen.

»Was wollen diese Männer von uns?«, schrie eine Frau.

»Was sie wollen?«, nahm der Erzbischof den letzten Zuruf auf. Er wandte sich zur Seite und blickte Ellin an. »Ich zeige euch, was sie wollen. Komm zu mir herauf, Ellin Wiidmark!«

Sie sah Rafael ängstlich an, doch dieser nickte ihr zu. Also stieg sie das Podium hinauf.

»Diese Frau hier ist das Eheweib von Rafael Wiidmark und die liebevolle Mutter der kleinen Isabella. Und sie wurde unfreiwillig Mithörerin des Gesprächs, in dem Friedrich von Isenberg den gemeinen Mord an Erzbischof Engelbert in Auftrag gab. Und genau deshalb soll sie nun sterben!«

Die Menschen verliehen ihrem Unmut gegenüber den Männern Friedrichs daraufhin lauthals Ausdruck. Zur Hölle sollten sie fahren und dort bis in alle Ewigkeit brennen, brandeten nun überall auf dem Platz Rufe auf.

Erzbischof von Molenark nahm es mit Genugtuung zur Kenntnis. Doch er wusste auch, dass er vorsichtig vorgehen musste, wollte er nicht riskieren, dass das Mitleid und die Verbundenheit der Lübecker mit Ellin der Erkenntnis wich, dass sie ohne sie besser dran wären. Deshalb wählte er seine weiteren Worte besonders sorgfältig.

»Es obliegt euch, ihr braven Bürger, wie ihr künftig mit Gott, unserem Herrn, im Reinen sein wollt. Deshalb muss ich einen jeden von euch nun dazu auffordern, sich zu entscheiden.«

Die Menschen sahen ihn an und warteten gespannt auf das, was nun kommen würde.

»Ich weiß«, begann er von neuem, »dass es nicht einfach

ist. Darum fordere ich auch diejenigen unter euch, die nicht stark genug sind, um sich mit vereinten Kräften gegen die Mörderbande zu stellen, auf, diesen Platz sofort zu verlassen. Geht, Leute! Geht! Und hört nicht auf die Unkenrufe derer, die euch Feiglinge schimpfen. Ich als der Erzbischof sage euch, dass sich auch ihre Seelen vor dem fürchten werden, was auf sie zukommt. Ich weiß, die Mutigen unter euch werden in der Überzahl sein. Also geht, ihr wenigen, die ihr dem Kommenden nicht gewachsen seid. Geht nun, damit ich den anderen, starken, mutigen und tapferen Bürgern, die bleiben, erklären kann, was sich in den nächsten Tagen in Lübeck ereignen wird.«

Von Molenark wartete, ließ seinen Blick über die Menge schweifen. »Geht!«, forderte er abermals.

Die Menschen blickten sich gegenseitig an und reckten ihre Hälse, um zu sehen, ob sich jemand davonmachte.

Der Erzbischof wartete weiter. Schließlich sagte er leise zu Ellin, dass sie das Podest wieder verlassen könne, und legte Brünn Wiidmark erneut den Arm um die Schultern. »Ich bin überwältigt!«, rief er laut. »Zwar hat mir dieser Mann hier, Brünn Wiidmark, schon von euch Lübeckern berichtet. Er sagte mir, wie tapfer, ehrlich und aufrecht ihr seid, doch ich habe daran gezweifelt und antwortete ihm, von keinem von euch verlangen zu können, diesen Kampf aufzunehmen. Und nun sehe ich euch vor mir.« Er ließ Brünn wieder los und trat einen Schritt vor. »Hier steht ihr, eine so große Menschenmenge, zusammen wie ein Mann! Ich danke euch!« Er streckte seine Arme mit den Handflächen nach oben in die Luft. »Ich danke euch und dem Herrn, diesen Tag und so viel Mut und Entschlossenheit erleben zu dürfen!«

Das Volk jubelte auf und schien sich gar nicht mehr beruhigen zu wollen. Es dauerte lange, bis der Erzbischof wieder seine Stimme erheben konnte.

»So fordere ich euch denn auf, ihr mutigen Lübecker, lasst uns gemeinsam diese Verbrecher finden. Wir wollen sie aufscheuchen, sie aus ihren Höhlen treiben und mit Schimpf und Schande der Gerechtigkeit überführen. Wollt ihr das?«

»Ja«, brüllte das Volk begeistert.

»Dann hört nun, was ihr zu tun habt. Irgendwo in den Schenken, den Wirtshäusern oder anderen Quartieren leben sie mitten unter euch. Seht euch die Männer genau an, denen ihr Unterkunft gewährt habt. Wie lange beherbergt ihr sie schon? Sind sie allein oder gar zu mehreren? Gehen sie in der Stadt irgendwelchen Geschäften nach oder halten sie sich die meiste Zeit über in ihrer Kammer auf? Wer sind die, die in eurer direkten Nachbarschaft leben? Befragt sie, macht sie ausfindig und meldet jeden, der euch nicht erklären kann, weshalb er in der Stadt ist und was ihn umtreibt.«

»Wo sollen wir die Männer melden?«

»Wendet euch an den Vogt oder einen Büttel. Sie alle werden ein offenes Ohr für euch haben. Und«, er hob den Finger, »es soll euer Schaden nicht sein.«

Mit einer Geste seiner Hand forderte er Brünn Wiidmark nun auf, neben ihn zu treten.

»Ihr habt es gehört, Mitbürger!«, übernahm dieser nun. »Meine Familie wurde angegriffen, das Leben meiner Enkelin und Schwiegertochter bedroht. An jeden, der mir einen von den Kerlen bringt, bei dem es sich als wahr herausstellt, dass er in Graf Friedrichs Auftrag in der Stadt ist, zahle ich zwanzig Silbermark!« Er betonte die beiden letzten Worte, und das Freudengeschrei, das daraufhin ausbrach, war so laut, dass es die Holzplanken unter seinen Füßen zum Zittern zu bringen schien.

Der Erzbischof legte nun abermals seinen Arm in vertrauter Geste um Brünn Wiidmarks Schultern und hob den Arm. »Ihr habt es gehört, ihr braven Bürger. Also geht nun! Geht heim und seht sie euch an. Wie viele von ihnen werdet ihr wohl entdecken? Treibt sie alle auf und meldet sie. Das gute Geld eures Mitbürgers ist euch gewiss!«

Damit stiegen sie die Treppen des Podests wieder hinunter und ließen sich von den Wachmännern einen Weg durch die Menge bis zum Haus der Wiidmarks bahnen.

»Komm schon.« Der Mann zerrte am Ärmel seines Begleiters. »Nun los doch.«

Der andere setzte sich nur widerwillig in Bewegung. »Ich möchte den beiden am liebsten hinterhergehen und ihnen den Hals umdrehen. Und mir dann endlich diese kleine Hure schnappen und sie den ganzen Ärger, den sie uns bereitet hat, bitter bereuen lassen.«

»Ebenso gut könntest du dich auch gleich am höchsten Galgen der Stadt aufknüpfen. Schlag dir das also aus dem Kopf und komm endlich.« Schließlich packte er seinen Kumpan am Arm und zerrte ihn einfach mit sich, ohne noch groß auf sein Gezeter zu achten.

»Und was wollen wir jetzt machen?«, fragte der nach einer Weile und schob seine Hände missmutig unter den Umhang.

»Das fragst du noch? Wir holen unsere Sachen und machen, dass wir von hier fortkommen.«

Der andere blieb stehen. »Und die Belohnung, die wir für den Kopf der Kleinen bekommen sollen?«

»Du scheinst wohl nicht mehr recht bei Verstand zu sein«, schnauzte ihn sein Freund an. »Wenn wir uns jetzt nicht aus dem Staub machen, wird es hier bald Geld für unseren Kopf geben. Und nun halt hier nicht länger Maulaffen feil, sondern komm endlich.« Er beschleunigte seinen Schritt, ohne noch darauf zu achten, ob ihm sein Kumpan nun folgte oder nicht.

Die Atmosphäre in der Stadt hatte sich seit der Ankündigung auf dem Marktplatz merklich verändert. Jedem Unbekannten wurde ganz genau ins Gesicht gesehen, und ein ums andere Mal zerrten die Bürger auch einen arglosen Händler in Seilen zum Vogt, ohne dass dieser wusste, wie ihm geschah. Doch es gab auch erste Erfolge. Ein Wirt, der vor kurzem vier Männer bei sich aufgenommen hatte, brachte bei den Bütteln zur Anzeige, dass sich nach dem Aufruf auf dem Marktplatz zwei von ihnen, ohne zu bezahlen, aus dem Staub gemacht hätten. Die Befragung der beiden verbliebenen erfolgte noch am gleichen Tag durch den Henker der Stadt, und Josef brauchte nicht lange, um die zwei zum Reden zu bringen. Offenbar hofften sie, durch ihr Geständnis dem Strick zu entgehen, wurden aber bereits am nächsten Tag eines Besseren belehrt. Noch bevor der Wirt seine Belohnung bei Brünn Wiidmark abholen konnte, baumelten die beiden Verbrecher schon am Galgen, wo sie tagelang hängen blieben, auf dass ein jeder sie sehen konnte. Ganz Lübeck schien nur noch darauf aus zu sein, die Halunken, die einer Bürgerin ihrer Stadt – noch dazu einer jungen Mutter – das Leben hatten nehmen wollen, ausfindig zu machen. Hinzu kam der Ruhm, den sie zu ernten glaubten, wenn sie einen der Kerle überführten und damit den Mut und die Stärke bewiesen, die der Erzbischof in seiner Rede so sehr gepriesen hatte. Dass sie obendrein auch noch gut entlohnt wurden, spielte dagegen fast schon eine untergeordnete Rolle.

Von Molenark war zufrieden mit der Entwicklung, die seit der Verkündung auf dem Marktplatz eingetreten war. Die helle Aufregung, die überall herrschte, gepaart mit der Meldung der Wachleute, dass bereits zum sechsten Mal mehrere Männer auf ihren Pferden durch das Stadttor geprescht waren, erfüllte ihn mit großer Befriedigung. Von nun an würde es nicht mehr lange dauern, bis der letzte Getreue Friedrichs entweder aufgespürt wäre oder aber das Weite suchte. Danach musste nur noch Friedrich aufgebracht werden. Doch das konnte noch dauern, weshalb es für ihn nunmehr an der Zeit war, nach Köln zurückzukehren und seine Amtsgeschäfte wiederaufzunehmen. Ruhig saß er auf. Brünn und Rafael Wiidmark waren samt Ellin gekommen, um sich von ihm zu verabschieden und ihm einen sicheren Heimweg zu wünschen. In den vergangenen Tagen hatte sich fast schon ein freundschaftliches Verhältnis zwischen den vieren, die sich auf so kuriose Weise und unter den widrigsten Umständen kennengelernt hatten, entwickelt.

»Gehabt Euch wohl, Euer Exzellenz. Ich bete für eine sichere Reise.« Brünn beugte das Haupt, als er sich von dem Erzbischof verabschiedete und küsste die ihm zum Abschied gereichte Hand.

»Habt Dank, Brünn Wiidmark. Ich hoffe, Euch bald Nachricht schicken zu können, so dass Ihr Euch alle zu dem Prozess nach Köln aufmachen und die Sache zu einem guten Abschluss bringen könnt.«

»Das hoffe ich auch.«

»Auch wenn der Anlass kein erfreulicher ist, werden wir doch gerne nach Köln kommen und uns eine Weile dort aufhalten«, erklärte Rafael.

»Ich werde gute Kammern im Bischofspalast für Euch bereithalten lassen.«

»Habt Dank für alles, Euer Exzellenz.« Ellin neigte das Haupt.

Der Erzbischof beugte sich im Sattel etwas zu ihr hinab. »Ihr seid fürwahr das widerspenstigste Weib, das mir je begegnet ist. Dennoch war es mir eine Freude, Euch besser kennengelernt zu haben. Auf bald, Ellin Wiidmark. Ich werde Euch und Eure bezaubernde Tochter in meine Gebete einschließen.«

»Ihr seid zu gütig, Euer Exzellenz. Möge der Herr Euch auf sicherem und schnellem Weg zurück nach Köln bringen.«

Er nickte ihr zu und setzte dann sein Pferd in Bewegung. Langsam trug ihn der Schimmel die Straße entlang, und nach und nach reihten sich die drei Dutzend Männer, die ihn auf seinem Weg nach Hause begleiteten, hinter ihm ein.

Die anderen zwei Dutzend hatte er zu Ellins Schutz in der Stadt gelassen, bis endgültig sichergestellt wäre, dass auch noch der letzte von Friedrichs Getreuen Lübeck verlassen hatte. Als die Straße einen Knick machte, drehte er sich noch einmal um, um einen letzten Blick auf die Wiidmarks zu erhaschen. Er würde sie vermissen, diese Familie. Doch die vielen Männer, die hinter ihm herritten, versperrten ihm die Sicht.

»Komm zu mir an die Spitze Walter, auf dass wir miteinander plaudern können.«

Walter kam der Aufforderung nach und brachte sein Pferd auf gleiche Höhe mit von Molenarks Schimmel. »Also geht es nun endlich wieder nach Hause«, sagte von Müre, und es schwang eine gewisse Erleichterung in seiner Stimme mit.

»Ja«, bestätigte von Molenark. »Dort werden wir die unruhige Zeit der vergangenen Monate hinter uns lassen und dem Land wieder die Ruhe und Ordnung zurückgeben, die ihm zusteht.«

»Doch nur, wenn Friedrich gefasst ist«, bemerkte Walter.

»Er kann nirgendwo mehr hin. Wir reiten nicht nur heim,

sondern auch dem letzten Lebensabschnitt Friedrichs entgegen. Dessen bin ich mir ganz sicher.«

»Also dann, auf den letzten Lebensabschnitt Friedrichs.«

»Ja«, sagte von Molenark, lächelte befreit und trieb sein Pferd zum Galopp an.

36. Kapitel

Wieder war der Trupp des Erzbischofs nur eine Woche unterwegs gewesen, als sie Köln in den ersten Stunden des neuen Tages vor sich liegen sahen. Sie waren die ganze Nacht mit der Aussicht, den Schlaf bereits daheim im eigenen Bett nachholen zu können, durchgeritten. Die Freude unter den Männern, endlich wieder nach Hause zu kommen, war spürbar. Keiner zeigte so kurz vor dem Ziel noch übermäßige Ermüdungserscheinungen. Viel zu erleichtert waren alle, nach all der Zeit in Lübeck und den Strapazen der Reise endlich zurück zu sein.

»Der neue Tag bricht an«, stellte Walter fest, als sie schon beinahe vor den Stadttoren waren.

Heinrich von Molenark sah zum Himmel hinauf. Im Norden herrschte noch immer tiefschwarze Nacht, während im Osten schon ein warmer gelber Streifen den Horizont erhellte. »Es wird bald Frühling werden. Dann blüht alles Leben wieder auf und erwacht aus seiner Winterstarre. Es ist mir die liebste Jahreszeit.«

»Mir auch«, stimmte Walter zu und drehte sich im Sattel um. »Es ist noch früh genug, um zu euren Weibern unter die Decken zu kriechen!«, rief er den Männern zu und erntete befreites Gelächter.

»Kommt! Lassen wir diese wunderbare Stadt nicht länger auf uns warten!« Heinrich von Molenark hieb seinem Pferd die Fersen in die Flanken und galoppierte los. Und seine Gefolgsleute taten es ihm gleich.

»Gott sei gedankt! Ihr seid gesund und wohlauf.« Agnes' Haare waren noch zerzaust vom Schlaf. Sie hatte sich nur rasch etwas übergeworfen, um sogleich ihren Herrn zu begrüßen, kaum dass dieser den Bischofspalast betreten hatte. »Meine Gebete sind erhört worden.«

»Agnes, welche Freude.«

Sie knickste. »Ach, Herr, mein Herz springt geradezu über vor Glück.«

Er lächelte. »Wie sehr habe ich doch dieses Heim vermisst.« Er machte noch einen Schritt auf sie zu. »Und vor allem deine Kochkünste. Die Lübecker können gute Speisen zubereiten, gewiss. Aber niemand versteht es, so zu kochen wie du.«

Verlegen nahm sie sein Lob entgegen. »Ach, Herr, Ihr schmeichelt mir. Kann ich Euch etwas bringen? Einen Wein und etwas zu essen? Oder vielleicht lieber ein Bier?«

»Gute Agnes, ich danke dir. Doch im Moment möchte ich nur noch meine schmutzigen Kleider ablegen und mich hinlegen.«

»Das kann ich gut verstehen. Soll ich Euch zu einer bestimmten Tageszeit wecken, oder möchtet Ihr lieber ruhen, bis der Herr Euch zuflüstert, dass es an der Zeit ist?«

»Ich stehe schon irgendwann von allein wieder auf. Sei so gut, Agnes, und verbreite erst am Nachmittag, dass ich zurück bin. Sonst finde ich eh keine Ruhe.«

»Jawohl, Herr. Aber sagt mir noch rasch, wie habt Ihr die gute Nachricht aufgenommen?«

»Was für eine gute Nachricht?« Er setzte sich und zog sich die matschigen Stiefel von den Füßen.

»Nun, dass Graf Friedrich, ich meine, jetzt nur mehr Friedrich, schließlich ist er ja kein Herr mehr, na also, dass er gefangen ist.«

»Was?« Der Erzbischof riss die Augen auf.

»Sagt nur, das wusstet Ihr noch nicht? Der Bote ist vor vier Tagen nach Lübeck aufgebrochen.«

»Vor vier Tagen? Da waren wir längst auf dem Weg hierher. Wir müssen uns folglich auf ein und derselben Straße begegnet sein und uns trotzdem verpasst haben.« Von Molenark lachte auf, und Agnes stimmte in sein Lachen mit ein.

»Aber sag, Agnes, wo wurde Friedrich denn gefangen genommen, und vor allem, von wem? Oder hat er sich gar selbst gestellt?«

»Es war ein Edler, der ihn in einem Quartier in Lüttich erkannt und festgesetzt hat. Balduin von Gennep heißt er, wenn ich den Namen richtig behalten habe.«

»Und wo ist Friedrich jetzt?«

»Na, hier in Köln! Er sitzt im Kerker und wartet darauf, dass ihm der Prozess gemacht wird.« Sie seufzte. »Fast könnte er einem leidtun. Aber was sag ich denn da. Er hat nun wirklich genug Schaden angerichtet. Der Herr wird schon darüber wachen, dass er nun die Strafe erhält, die er verdient.«

Von Molenark saß nachdenklich auf seinem Stuhl, einen Stiefel noch am Fuß, den anderen in seinen Händen. »Es ist schon seltsam, Agnes. Seit Monaten will ich nichts anderes als Friedrich endlich fangen und ihm den Prozess machen. Es ist wohl kaum eine Nacht vergangen, in der ich nicht darüber nachgedacht habe, wo er sich wohl verkrochen haben könnte.«

Sie sah ihn an. »Ja?«

»Und nun spüre ich ob der Nachricht seiner Gefangennahme so gut wie gar nichts. Zumindest keine Freude, keinen Triumph, nur eine gewisse Erleichterung, dass die ganze Sache nun endlich ein Ende finden wird.«

»Und das bekümmert Euch, Herr?«

»Nun ja, wahrscheinlich sollte ich jubilieren oder zumindest tiefe Befriedigung empfinden, nun da ich weiß, dass sich alles richtet?«

»Ihr werdet dafür sorgen, dass ein Mann auf grausame Weise stirbt. Es erleichtert mich, dass Ihr Euch nicht darüber freuen könnt, ganz gleich, ob er seinen Tod verdient hat oder nicht.«

»Die richtigen Worte zur richtigen Zeit, gute Agnes.« Er stellte den einen Stiefel ab und zog sich den anderen aus. »Friedrich hin oder her, aber ich werde mich jetzt schlafen legen. Und wenn ich wieder wach bin, möchte ich ein ausgiebiges Bad nehmen und etwas essen. Erst danach werde ich dafür sorgen, dass die Dinge ihren gerechten Lauf nehmen.«

»Ein guter Gedanke, Herr. Lasst nach mir rufen, sobald Ihr wieder wach seid. Dann werde ich mich um alles kümmern.«

»Ich danke dir.«

Sie knickste und hatte den Raum schon fast verlassen, als sie sich noch einmal umdrehte. »Ach, Herr. Es ist so schön, dass Ihr wieder zu Hause seid.« Sie wartete keine Antwort mehr ab, sondern huschte sofort zur Tür hinaus.

Der Bote hatte sich schon durch die halbe Stadt gefragt, als er endlich das Anwesen der Wiidmarks erreichte. Vor dem Haus standen vier Wachleute, die ihm sofort den Weg versperrten, als er sich ihnen näherte.

»Ich bringe eine dringende Botschaft für den Erzbischof.«

»Der wohnt hier nicht«, stellte der Wachmann kurz angebunden fest.

»Aber die Wachen am Stadttor, die ich fragte, schickten

mich zum Stadtvogt, und der wiederum befahl mir, hier vorstellig zu werden und die Nachricht einem Brünn Wiidmark zu überbringen.«

»Gib mir das Schriftstück«, forderte der Wachmann.

Der Bote trat einen Schritt zurück und legte schützend die Hand über seine Ledertasche. »Nein, das gebe ich nicht heraus. Ich habe Befehl, es dem Erzbischof eigenhändig zu übergeben.«

»Dann kannst du lange warten. Der ist schon vor einer Weile wieder nach Köln zurückgeritten.«

»Aber das kann nicht sein«, widersprach der Bote. »Von dort komme ich doch gerade.«

»Und ich war selbst zugegen, als er mit seinem Gefolge aufbrach. Wenn du wirklich aus Köln kommst, müsstest du seinem Tross begegnet sein. Drei Dutzend Berittene kann schließlich keiner übersehen.«

Der Bote schien ratlos, was er nun tun sollte. »Das Schriftstück gebe ich nicht her«, entschied er dann. »Aber es bestätigt auch nur die Echtheit meiner Nachricht. Erlaubt mir, diese Eurem Herrn zu überbringen.«

»Ich kann ihn fragen, ob er dich empfängt. Aber mindestens zwei von uns werden neben dir stehen, wenn du mit ihm sprichst. Falls du also etwas anderes vorhast, kannst du es dir gleich wieder aus dem Kopf schlagen.«

»Was sollte ich denn vorhaben?« Der Mann deutete auf seinen eher schmächtigen Körperbau. »Ich bin doch nicht wahnsinnig und lege mich mit einem wie Euch an.«

»Das ist klug von dir. Und jetzt warte hier.« Der Wachmann ging zur Eingangstür und klopfte an, während sein Kamerad den Boten nicht aus den Augen ließ.

Als ein weiterer Wachmann im Innern des Hauses die Tür öffnete, tauschten die beiden Wachen ein paar Worte untereinander aus, dann winkte der Wachmann, der in der Eingangshalle Dienst hatte, den Boten zu sich heran. »Wartet hier«, befahl er und übergab den Boten drinnen einer weiteren Wache, während er zur Studierstube hinüberging, an deren Tür klopfte und danach ins Zimmer trat. Zusammen mit Brünn Wiidmark kam er nach einer Weile wieder heraus.

»Ich bin Brünn Wiidmark. Ihr habt eine Nachricht für mich, wie ich höre.«

»Nicht direkt.« Der Bote trat von einem Bein aufs andere. »Ich habe eine Nachricht für den Kölner Erzbischof, scheine diesen aber verpasst zu haben.«

»Und weshalb kommt Ihr damit dann zu mir?«

»Ich habe dem Stadtvogt berichtet, was ich melden sollte. Und er hat mich darauf zu Euch geschickt.«

»Also dann. Was habt Ihr zu sagen?«

Der Bote nahm eine stramme Haltung an. »Graf Friedrich von Isenberg, der Mörder des allseits verehrten Erzbischofs Engelbert, wurde in Lüttich gefasst und der Stadt Köln übergeben.«

»Sie haben ihn tatsächlich gefasst? Was für eine Freude.« Brünn zog sein Geldsäckchen hervor. »Hier, das ist für Euch. Habt Dank für diese wunderbare Nachricht.«

»Kann ich jetzt nach Köln zurückkehren?«, fragte der Bote.

»Es spricht nichts dagegen«, antwortete Brünn. »Wenn Ihr aber nicht sonderlich in Eile seid, könnt Ihr Euch uns auch anschließen. Wir werden gleich morgen in aller Früh aufbrechen, und der Weg wäre dadurch sicherer für Euch.«

Der Bote brauchte nicht lange, um eine Entscheidung zu treffen. »Ich musste schon auf dem Weg hierher einen kleinen Umweg in Kauf nehmen, um nicht in die Hände von Wegelagerern zu fallen. Gern nehme ich daher Euer Angebot an.«

»Gut. Dann kommt morgen bei Tagesanbruch wieder.«

»Ja, Herr.« Er verbeugte sich, machte auf dem Absatz kehrt und verließ das Haus.

»Habe ich das richtig gehört? Sie haben ihn?«

Brünn drehte sich um und sah Ellin am Fuß der Treppe stehen. »Ja, das Warten hat damit ein Ende.«

»Das ist ja wunderbar. Ich werde gleich Rafael Bescheid geben und dann das Nötigste packen. Was denkst du, wie lange werden wir in Köln bleiben?«

»Drei Tage, im Höchstfall vier. Mit der Hin- und Rückreise werden wir alles in allem wohl in drei Wochen wieder hier sein.«

»Ist gut.« Sie ging nach oben und gab als Erstes Berblin und Apollonia Bescheid. Isabella wollte sie später, wenn sie die nötige Ruhe dazu hätte, erklären, dass Rafael und sie einige Zeit nicht da sein würden, damit die Kleine auch wirklich verstand, was vor sich ging.

Der Bote kam pünktlich, und doch hatten Brünn, Rafael und Ellin schon auf ihn gewartet. Noch am Vortag hatten sie den Stadtvogt, wie seinerzeit mit von Molenark besprochen, von ihrer Reise unterrichtet und die zwei Dutzend Kölner, die noch immer in Lübeck waren, informieren lassen. Der Bote staunte nicht schlecht über die Truppe, in deren Mitte er gewiss sicher nach Hause zurückkehren würde. Kaum dass er eingetroffen war, verabschiedeten sich die Wiidmarks vom Rest der Familie und ritten los.

Nur Isabella, die schon am Vorabend in Tränen aufgelöst gewesen war, als sie vom bevorstehenden Aufbruch ihrer Eltern erfahren hatte, schlief zu diesem Zeitpunkt noch. Auch Berblin und Apollonia waren nicht zur Verabschiedung gekommen, sondern im Haus geblieben, um sich um die Kleine zu kümmern, sollte sie doch noch aufwachen. Schweren Herzens war Ellin zuvor noch einmal in Isabellas Schlafkammer gegangen und hatte liebevoll die Decke zurechtgezogen, die das Kind im Schlaf nach unten gestrampelt hatte.

Ihren ersten Halt machten sie in Steinkirchen, den nächsten in der Nähe von Bremen, dann in Vechta, Ladbergen, Werne und Gevelsberg, bis sie schließlich nach einer guten Woche Köln erreichten. Die Berittenen jubelten auf, als sie von weitem ihre Stadt ausmachen konnten.

»Warst du schon einmal in Köln?«, wollte Brünn von Ellin wissen.

Diese schüttelte den Kopf. »Nein, noch nie. Aber ich habe viel von der Stadt gehört. Sie soll sehr schön sein.«

»Es ist eine der schönsten, die ich je gesehen habe«, schwärmte Brünn. »Es wird dir dort ganz sicher gefallen.«

Rafael blickte Ellin verliebt an. »Bald haben wir es geschafft. Und danach wird unser gemeinsames Leben erst richtig beginnen.«

»Dabei möchte ich gar nicht, dass sich irgendetwas ändert«, sagte sie mit einem Lächeln auf den Lippen. »Dennoch werde ich froh sein, wenn wir den Prozess hinter uns haben.«

Die Wachen ließen sie anstandslos passieren, und so ritten sie durch das Stadttor ein. Vier Männer des Erzbischofs setzten sich dabei an die Spitze des Trupps.

»Folgt mir bitte«, sagte einer von ihnen zu Brünn. »Ich nehme an, Ihr möchtet direkt zum Bischofspalast.«

»Ja. Es wird mir eine Freude sein, seine Exzellenz, den Erzbischof, wiederzusehen.«

Der Mann nickte und versetzte sein Pferd in einen leichten Trab. Kurze Zeit später erreichten sie den Bischofspalast.

»Ihr seid gekommen!« Heinrich von Molenark stand bereits auf der Eingangstreppe, um sie in Empfang zu nehmen, und schien aufrichtig erfreut. Mit ausgestreckten Armen ging er auf Brünn zu, und statt ihm seine Hand mit dem Ring zum Kuss zu reichen und die damit verbundene Ehrerbietung einzufordern, umarmte er ihn herzlich und trat dann einen Schritt zurück. »Ich hatte nicht zu hoffen gewagt, Euch so schnell wiederzusehen.«

Er ging zu Rafael, streckte ihm seine Hand zum Kuss entgegen und begrüßte Ellin dann auf die gleiche Art. »Willkommen in meinem Haus.«

»Habt Dank, Euer Exzellenz.«

»Agnes!«, rief von Molenark laut, worauf die Haushälterin nach draußen geeilt kam. »Ja, Herr.« Sie blieb wie angewurzelt stehen. »Jesus Christus, das gibt es doch nicht. Novizin Ellin.«

»Agnes? Agnes von Burg Isenberg?« Ellin ging ein paar Schritte auf sie zu.

»Aber das gibt es doch nicht«, wiederholte sich Agnes, kam dann auf Ellin zu und umarmte sie so heftig, dass diese fast gestürzt wäre. »Der Herr sei gelobt. Ich hätte nicht gedacht, dich noch einmal lebend wiederzusehen. Erinnerst du dich noch an unsere letzte Begegnung?«

Mit einem Schlag standen Ellin all die furchtbaren Erlebnisse: Jonathas Tod, ihre mehrmalige Flucht, der Tod der Zwillinge und Jergs und der Anschlag im Haus der Wiidmarks, wieder vor Augen und schnürten ihr die Kehle zu. Mit Tränen in den Augen nickte sie. »Mir ist, als läge ein ganzes Leben dazwischen«, sagte sie schließlich mit belegter Stimme.

»Ach, Kind! Ich danke dem Herrgott dafür, dass er doch noch alles zum Besten bereitet hat.«

Verstohlen wischte Ellin sich über die Augen. »Bitte verzeih, dass ich so unhöflich bin. Das hier sind mein Ehemann Rafael und mein Schwiegervater Brünn Wiidmark.«

Agnes knickste mit offenem Mund. »Wahrhaftig! Dein Mann und dein Schwiegervater?« Sie stemmte die Hände in die Hüften. »Ich habe ja schon immer gewusst, dass das Kloster nicht das Richtige für dich ist.«

»Obacht, Agnes, wir befinden uns hier im Hause des Herrn«, mahnte von Molenark.

Beschämt, aber dennoch belustigt sah sie ihn an. »Und der Herr weiß auch, wie ich's meine«, stellte sie fest.

»Sie ist einfach ein Original.« Von Molenark schüttelte den Kopf. »Doch nun, Agnes, sei so gut und tische unseren Gästen auf. Sie haben einen langen Weg hinter sich.«

»Ja, Herr.« Bevor sie ging, griff sie nochmals nach Ellins Händen. »Ich werde dafür beten, dass du fortan immer so glücklich in deinem Leben bist wie an diesem Tag.«

»Danke, Agnes.«

Sie unterhielten sich mehrere Stunden, hauptsächlich über den Prozess, der spätestens in drei Tagen beginnen sollte. Die Vorbereitungen würden schnell abgeschlossen sein. Auf einem Podium würde von Molenark die Anklage verlesen. In der Folge würde er den Angeklagten fragen, ob er die Tat gestehen wolle. Wäre dies der Fall, könnte auf die Aussage Ellins verzichtet werden. Weigerte Friedrich sich jedoch, würde der Erzbischof Ellin als Zeugin aufrufen und sie bitten, noch einmal zu wiederholen, was sie beobachtet und gehört hatte. Die Urteilsverkündung war so oder so nur noch eine reine Formsache.

»Wie wird er sterben?«, fragte Ellin.

»Das hängt davon ab, ob er gesteht. Ist er geständig, wird die Kirche Milde walten lassen und ihn hängen. Wenn nicht …«

»Wie wird er dann hingerichtet?«

»Man wird ihn aufs Rad flechten.«

Obgleich sie der Gedanke, dass Menschen derart zu Tode gequält wurden, über die Maßen abstieß, empfand sie kein Mitleid mit Friedrich. Zu vielen Menschen, die ihr etwas bedeuteten, hatte er Schreckliches angetan.

Als Ellin bereits so müde war, dass sie sich kaum mehr auf den Beinen halten konnte, zogen Rafael und sie sich in die ihnen überlassene Kammer zurück. Brünn und der Erzbischof unterhielten sich noch eine ganze Weile, bis schließlich auch sie von Müdigkeit übermannt wurden und zu Bett gingen. Sie wussten, dass anstrengende Tage vor ihnen lagen. Und doch waren sie froh darüber, diese in Gesellschaft eines von ihnen geschätzten Gegenübers verbringen zu können.

Seit sich herumgesprochen hatte, dass die Zeugin, die gegen Friedrich aussagen würde, im Bischofspalast weilte, herrschte in ganz Köln heller Aufruhr. Schließlich bestätigte ein Ausrufer, worauf die ganze Stadt schon so lange gewartet hatte: Der Prozess gegen Friedrich, den Mann, der ihren früheren Erzbischof gemeuchelt hatte, würde übermorgen stattfinden.

Hinrichtungen waren beim gemeinen Volk sehr beliebt und trugen zu seiner Unterhaltung bei. Diese versprach jedoch eine ganz besondere Sensation zu werden. Entsprechend aufgeheizt war auch die Stimmung, als endlich der Tag gekommen war und es nur noch wenige Stunden dauern sollte, bis der Verbrecher auf das Podest gezerrt und der johlenden Masse präsentiert werden würde.

Ellin ging nervös in ihrem Zimmer auf und ab. Vor allem die dem Erzbischof zugetragene Nachricht, dass einige von Friedrichs früheren Verbündeten in die Stadt gereist wären, um dem Prozess beizuwohnen, beunruhigte sie über alle Maßen. Trachtete ihr vielleicht erneut jemand nach dem

Leben? Was, wenn auch sie – wie die Verurteilten in Bremen – aus sicherer Entfernung von dem Pfeil eines Bogenschützen getroffen werden würde? Damals war es ein Akt der Gnade gewesen, in ihrem Fall wäre es die letzte Gelegenheit, ihre Aussage doch noch zu verhindern. Es war die Art, in der Erzbischof von Molenark den Wachen eindringlich Befehle erteilte und dabei immer wieder betonte, dass die Gefahr erst dann gebannt sei, wenn Friedrich in der Hölle schmore, die sie so nervös machte.

»Beruhige dich. Es wird schon alles gutgehen. Nur noch ein paar Stunden, dann ist es überstanden. Schon morgen werden wir nach Lübeck zurückreisen, wo Isabella uns bestimmt schon sehnsüchtig erwartet.« Rafael nahm sie zärtlich in die Arme.

»Ich habe Angst«, gestand sie. »Was, wenn dort draußen noch immer jemand ist, der mir nach dem Leben trachtet, und Friedrich auf diese Weise doch noch freizubekommen versucht?«

»Das müsste schon ein Wahnsinniger sein. Die Männer des Erzbischofs sind überall. Sorg dich nicht.« Er gab ihr einen Kuss auf die Nase.

»Wahrscheinlich hast du recht.«

»Das habe ich. Außerdem bin ich ja auch noch da. Dir wird nichts geschehen. Und nun komm. Es ist bald so weit.«

Sie legte sich ihren Umhang über und bedeckte ihr Haar mit einem breiten Tuch. Dann gingen sie hinunter.

»Ah, da seid Ihr ja.« Der Erzbischof kam ihnen entgegen. »Seid Ihr bereit?«

Ellin nickte. »Ja«, sagte sie mit fester Stimme.

»Gut. Dann lasst uns gehen.«

Umringt von vierundzwanzig Wachmännern bahnten sie sich ihren Weg. Ellin hatte noch nie so viele Menschen auf einmal gesehen. Überall drängten sie sich vorwärts, um sich nur ja einen guten Platz zu sichern. Sie schubsten und keiften, einmal sah sie gar eine Frau einem Mann eine schallende Ohrfeige verpassen. Der rieb sich die Wange, schien ansonsten jedoch unbeeindruckt. Von Molenarks Leute schoben sie weiter voran. Es war so eng, dass sie, selbst wenn sie gestolpert wäre, nicht hätte umkippen können. Nicht lange und sie erreichten das Podium, das der Erzbischof ihnen beschrieben hatte.

»Der Platz der Zeugin ist dort hinten an der Seite«, hörte sie von Molenark zu einem der Wachleute sagen. »Sorgt dafür, dass sich eine Wand von Männern um sie herum postiert. Niemand soll auch nur einen Blick auf sie werfen können.«

»Ja, Herr.«

Vier Bewaffnete bogen mit von Molenark ab, während der Rest, in dessen Mitte Brünn, Rafael und Ellin gingen, weiter geradeaus lief.

»Dort ist Euer Platz«, sagte einer der Männer plötzlich und deutete auf eine Bank. Erst jetzt sah Ellin, dass sie von hinten an das Podest herangeführt worden waren, während der Erzbischof dieses von der Seite aus betreten hatte. Es war eng, und Ellin hatte Mühe, ihre Füße in der schmalen Bank vor sich auf den Boden zu setzen.

Der Blick auf das Geschehen vor dem Podest war ihr durch die Wachen, die geradezu eine Mauer um sie herum gebildet hatten, verwehrt. Lediglich Heinrich von Molenark konnte sie sehen, und – sie begann zu zittern – Friedrich, der in diesem Moment mit auf den Rücken gefesselten Händen von zwei Bütteln auf das Podium geführt wurde.

Von Molenark sprach zum Volk, doch seine Worte drangen kaum zu Ellin durch, so sehr war sie in Gedanken wieder bei den damaligen Geschehnissen auf Burg Isenberg. Erst als hinter ihr ein Tumult ausbrach, schreckte sie auf.

»Was ist da los?«, fragte Brünn und reckte den Hals.

Ellins Herz begann schneller zu schlagen. Es hörte sich so an, als würden mehrere Männer miteinander kämpfen.

»Ihr zwei da, helft ihm. Sie dürfen nicht bis zur Zeugin durchkommen.«

Ellins Puls raste. Friedrichs Leute! Ihre Befürchtungen hatten sich also doch bewahrheitet. Brünn und Rafael waren aufgesprungen und zogen ihre Schwerter. Ellin ließ sich zu Boden fallen und suchte Schutz unter der Bank. Sie hörte Schwerter klirren, Schmerzlaute und Rufe. Von irgendwoher wurden Befehle gebrüllt. Schnelle Schritte kamen näher. Ellin hoffte inständig, dass es noch weitere Wachleute wären, die ihren Kameraden zu Hilfe eilten. Dumpf vernahm sie die Stimme von Molenarks, der ungeachtet der Kämpfe weiter zum Volk sprach. Plötzlich stockte er, als schien er erst jetzt bemerkt zu haben, was direkt hinter ihm vor sich ging. Wieder wurden Befehle laut. Dann hörte sie, wie von Molenark rief, dass die Zeugin zu ihm heraufkommen möge.

Doch sie konnte sich nicht bewegen. Nein, sie konnte unmöglich auf das Podest steigen. Abermals hörte sie den Erzbischof rufen. Plötzlich überschlugen sich die Ereignisse. Sie hörte Rafaels Stimme, Schmerzlaute, Schwertergeklirre. Dann wieder von Molenark, der sie aufforderte, sofort auf das Podium zu kommen. Danach eine Frauenstimme, die rief, dass sie die Zeugin sei.

Jetzt blickte Ellin auf und sah, wie eine Frau, die offenbar die zeitweilige Unaufmerksamkeit der Wachen genutzt hatte, mit einem Satz auf das Podium sprang und sich lachend dem Volk präsentierte. Die vorderen Zuschauerreihen begriffen sofort, dass sie sich einen Scherz erlaubte oder womöglich eine jener Huren war, die keine Gelegenheit ausließen, um auf sich aufmerksam zu machen. Und dann geschah das Unfassbare. Ein Pfeil traf die Frau mitten in die Brust und ließ sie zusammenbrechen.

Erste Schreie wurden laut, die Menschen wandten sich panisch um und versuchten, aus dem Schussfeld zu kommen. Von Molenark riss geistesgegenwärtig Friedrich zu Boden. Kurz glaubte Ellin, dass die Kämpfe nun erst richtig losbrechen würden, stattdessen ließen sie nach, das Schwerterklirren verhallte. Die Mauer der Wachleute um sie herum hatte sich aufgelöst. Mehrere waren damit beschäftigt, eine Handvoll Aufrührer festzuhalten und abzuführen. Sofort eilten neue Wachmänner herbei. Einer von ihnen fasste Ellin am Arm und zog sie vom Boden wieder auf die Bank. »Seid Ihr verletzt?«

Sie schüttelte nur den Kopf, unfähig, etwas zu sagen.

In diesem Moment ließ Rafael sich erschöpft neben sie fallen. »Geht es dir gut?«, keuchte er.

»Du blutest«, entfuhr es ihr entsetzt.

Er tastete nach der Stelle am Kopf. »Das ist nichts weiter.« Er stand wieder auf, reckte den Hals. Erleichterung spiegelte sich in seinem Gesicht, als er Brünn entdeckte, der nun zu ihnen zurückkam.

»Vater! Gott sei Dank, dir ist nichts passiert.«

»Ich habe einen von denen verfolgt, bis er direkt zwei Bütteln in die Arme gerannt ist. Hundsverfluchte Bande!«

Er sah, dass Ellin am ganzen Körper zitterte. »Ist dir auch wirklich nichts geschehen?«

Erneut schüttelte sie den Kopf. Im gleichen Moment nahm Ellin eine Bewegung auf dem Podium wahr. Von Molenark wurde von zwei Wachen wieder auf die Beine geholfen. Friedrich lag noch am Boden, doch auch ihn zogen sie wieder nach oben. Allerdings weit weniger sanft als ihren Dienstherrn.

Heinrich von Molenark brauchte nicht lange, um sich zu

sammeln. Er warf einen raschen Blick auf Ellin, die langsam ihre Fassung zurückgewann. Mit einem Nicken bedeutete sie ihm, dass alles in Ordnung sei.

»Habt ihr das gesehen, Bürger von Köln? Nicht einmal vor diesem Gericht machen die Verbrecher halt und morden Menschen, um diesen dort«, er deutete auf Friedrich, »vor der Verurteilung zu bewahren. Doch damit hat es jetzt ein Ende.« Er winkte Ellin zu sich herauf, die sich mit zittrigen Beinen von der Bank erhob. »Nachdem Friedrich sich weigert, die Verbrechen zu gestehen, die er begangen hat, fordere ich die Zeugin abermals auf, hier und jetzt zu euch zu sprechen.«

Ellin stieg auf das Podest und erwartete, jeden Moment einen weiteren Pfeil abzubekommen. Sie konnte nicht wissen, dass die Wachen den Bogenschützen bereits kurz nach Abschuss des Pfeils ausfindig gemacht, überwältigt und abgeführt hatten. Als wäre es nicht ihre eigene Stimme, sondern die einer anderen, hörte Ellin sich noch einmal erzählen, was sich an dem verhängnisvollen Tag auf Burg Isenberg zugetragen hatte. Von Molenark nickte zufrieden, als sie mit ihrem Bericht zu Ende war und wieder vom Podest stieg, als hätte es all die Aufregung und Mordversuche, die sie seit Monaten kaum mehr hatten schlafen lassen, nie gegeben.

»Du hast es geschafft.« Rafael nahm sie glücklich in die Arme, als sie wieder herabgestiegen war.

»Ich weiß«, flüsterte sie. »Doch ich kann es noch gar nicht richtig fassen.«

»Ich bin sehr stolz auf dich, Ellin.« Brünn strich ihr zärtlich über den Kopf und zog ihr das Tuch vom Kopf. »Das brauchst du jetzt nicht mehr. Du musst dich nicht mehr verstecken. Es ist vorbei.«

Auf einmal füllten sich ihre Augen mit Tränen. Und plötzlich brach sich alles, was sie in den vergangenen Monaten an

Schrecklichem erlebt hatte, Bahn und ließ sie an Rafaels Brust weinen und schluchzen. Noch einmal sah sie die Bilder vor sich, hörte die Geräusche, nahm die Gerüche wahr. Jonatha, verrenkt und tot am Fuß der Treppe, der Kampf mit dem Schmied, der Geruch seiner verbrannten Haut, seine Schreie, die fürchterlich zugerichteten Leichen von Mathes und Linhart, Jerg, sterbend in ihren Armen. Übelkeit stieg in ihr auf. Sie rang nach Luft.

»Ganz ruhig. Es ist vorbei. Alles ist vorbei.« Rafaels Stimme beruhigte sie. Sanft hielt er sie, ohne dass sie später hätte sagen können, wie lange sie in dieser Haltung neben dem Podest gestanden hatten.

Seine Schreie waren unerträglich. Mit einem Hammer, wie Ellin noch keinen gesehen hatte, zerschlug der Henker Friedrich erst die Arme, dann die Beine. Als die Büttel ihn anhoben, war er besinnungslos vor Schmerzen, doch als sie ihn packten und auf das Rad flochten, stieß er abermals Laute aus, die nichts Menschliches mehr an sich hatten. Dann richteten sie das Rad auf und lehnten es gegen eine Steinsäule, wo Friedrich für jedermann sichtbar langsam und qualvoll starb. Ellin hatte nicht anders gekonnt, als sich mit eigenen Augen davon zu überzeugen, dass der Mann, dessentwegen sie so sehr gelitten hatte, seinem Schicksal nicht noch im letzten Augenblick entging. Doch als sie ihn nun so elend und mit zerschlagenen Gliedern auf das Rad gebunden sah, war die ganze Angst, in die er sie zuvor versetzt hatte, vergessen. Gern hätte sie ihm noch einmal in die Augen gesehen und ihn gefragt, ob er bereute. Doch er erlangte sein Bewusstsein nicht wieder. Also wandte sie sich ab und ging einfach davon. Erst später erfuhr sie, dass Friedrich noch einen ganzen Tag gebraucht hatte, um zu sterben. Ob er noch mitbekommen hatte, dass die Vögel bereits begonnen hatten, sich über ihn herzumachen und Stücke aus ihm herauszupicken, wusste niemand zu sagen.

»Auf ein Wiedersehen, Euer Exzellenz.« Ellin beugte sich von ihrem Pferd zu Heinrich von Molenark hinab.

»Kommt gesund nach Hause und grüßt mir Eure reizende Tochter.«

»Das werden wir«, versprach Ellin.

Brünn und Rafael sagten dem Erzbischof ebenfalls Lebewohl und ritten dann mit Ellin davon, ohne sich noch einmal zu ihm umzudrehen.

»Ich hätte nie gedacht, dass ich ihn eines Tages so mögen würde«, meinte Ellin.

»Es waren die Umstände, die euch kein besseres Kennenlernen ermöglicht haben«, erklärte Brünn. »Ich habe ihn als ehrlichen und aufrechten Mann kennengelernt. Er wird ein guter Erzbischof sein, dessen bin ich mir sicher.«

»Und, was wirst du tun, wenn wir wieder in Lübeck sind?«, fragte Rafael seine Frau.

»Isabella drücken«, kam die rasche Antwort.

»Genau wie ich. Und dann? Ich meine, willst du wieder Kerzen herstellen und verkaufen? Du weißt, du musst nicht mehr arbeiten, wenn du nicht willst.«

»Aber ich will«, sagte sie bestimmt. »Weißt du, ich denke, dass ich das Kerzenziehen nicht gelernt habe, um es nur kurzfristig auszuüben. Jeder hat doch seine Bestimmung, meinst du nicht auch?«

»Und du glaubst, deine Bestimmung ist es, Kerzen zu ziehen?«

»Kerzen mit einem lieblichen Duft«, stellte sie klar. »Ja, womöglich ist es meine Aufgabe, das Licht aus dem Kloster in die Welt hinauszutragen, um sie ein klein wenig heller zu machen.«

»Ein schöner Gedanke.« Rafael lächelte sie an.

»Seht doch, dort. Die ersten Blumen dieses Jahres.« Ellin deutete mit dem Finger.

»Ja, der Frühling beginnt«, bekräftigte Brünn.

Ellin atmete tief durch. »Nicht nur der Frühling – das Leben!«

Zum historischen Hintergrund

Der Kern der Romanhandlung – die Ermordung des Kölner Erzbischofs Engelbert I. im Gevelsberger Wald – ist historisch belegt und gilt als eines der größten Verbrechen des Mittelalters.

In einer Urkunde des Jahres 1200 wird Castrum Ysenberg, die Burg Isenberg, erstmals urkundlich erwähnt. Graf Friedrich von Isenberg (geb. vor 1193, gest. 1226, auch Graf Friedrich II. von Altena) stand schon seit längerem in Konflikt mit seinem Onkel zweiten Grades, dem Erzbischof Engelbert I. von Köln, der wegen seiner aggressiven Machtpolitik auf Kosten anderer Territorialherren beinahe den ganzen Adel gegen sich aufgebracht hatte. Dieser Streit eskalierte, als der Erzbischof auf Geheiß des Papstes dazu gezwungen war, gegen Friedrich und andere Adlige wegen Amtsmissbrauchs einzuschreiten. Letztere hatten in den kirchlichen Vogteien, die sie innehatten, ihre Untergebenen über mehrere Jahre hinweg ausgebeutet und durch Erpressung zu zusätzlichen Abgaben genötigt. Um diese durchaus stattlichen Einnahmen nicht zu verlieren und den Erzbischof zum Einlenken zu bewegen, planten sie einen Überfall auf ihn, bei dem dieser den Tod fand – wobei aus den historischen Quellen nicht genau hervorgeht, ob zunächst nur eine Geiselnahme oder aber von Anfang an seine Ermordung geplant war. Es spricht einiges dafür, dass Friedrich den Erzbischof ursprünglich als Geisel nehmen wollte. Ein solches Vorgehen gehörte seinerzeit durchaus zu den üblichen politischen Mitteln. Zu der Tat soll er vom Herzog von Limburg, dem Grafen von Arnsberg sowie dem Grafen von Tecklenburg angestiftet worden sein.

Der Überfall auf Engelbert ereignete sich am Spätnachmittag des 7. November 1225 im Gevelsberger Wald. Wer genau von den über zwanzig Verschwörern den tödlichen Streich gegen den Erzbischof führte, ist nicht eindeutig belegt, jedoch wies sein Körper über vierzig Messerstiche und Schwerthiebe auf. Einige Quellen nennen Gerwin von Rinkerode, andere Giselher und Herenbert von und zu Schwerte. Jedoch wurde als Initiator des Überfalls Friedrich von Isenberg ausgemacht.

Engelberts Nachfolger Heinrich von Molenark beantragte auf dem Hoftag zu Nürnberg am 1. Dezember 1225, die Reichsacht über Friedrich II. von Altena auszusprechen. Dem Antrag wurde stattgegeben und beschlossen, dass die Burg Isenberg bei Hattingen an der Ruhr und die Burg Nienbrügge nördlich der Lippe vollständig zerstört werden sollten. Auch Friedrichs andere Allode, die seine Haupteinnahmequelle darstellten, sollten eingezogen werden. Friedrich selbst wurde zum Tode verurteilt. Die Burgen in Hattingen und Nienbrügge wurden noch im Winter 1225/26 von Graf Adolf I. von der Mark, einem Cousin Friedrichs, der sich auf die Seite Kurkölns und Heinrichs von Molenark gestellt hatte, belagert und zerstört. Friedrich war seitdem auf der Flucht. Im Jahre 1226 reiste er mit seinen Brüdern Dietrich, dem Bischof von Münster, und Engelbert, Bischofselekt in Osnabrück, sowie dem Notarius von Isenberg zur Kurie nach Rom. Dietrich und Engelbert wollten ihre Suspension rückgängig machen und wieder in ihre Ämter eingesetzt werden, was aber nicht geschah. Auf dem Rückweg bezog Friedrich in Lüttich Quartier. Dort wurde er von dem Edelmann Balduin von Gennep erkannt, gefangen genommen und schließlich für 2100 Silbermark an den Grafen von Geldern verkauft. Friedrich wurde nach Köln gebracht, wo der Erzbischof eine Belohnung auf seine Ergreifung ausgesetzt hatte. Am 14. November wurde Friedrich am Severinstor in Köln hingerichtet. Nachdem ihm die Arme und Beine zerschlagen worden waren, wurde er auf das Rad geflochten und auf einer Steinsäule zur Schau gestellt. Er starb am folgenden Tag. Sein Kadaver wurde den Vögeln zum Fraß überlassen.

Ins Reich der Legende gehört die Überlieferung aus dem 16. Jahrhundert, seine Gebeine seien in einer Kapelle bei Essen-Bredeney bestattet worden. Mit dem Tode Friedrichs erlosch auch die Grafschaft Hövel, deren letzter Erbe Friedrich war.

Die Darstellung, dass es eine Zeugin für das Komplott gegen Erzbischof Engelbert gegeben hat, ist frei von mir erfunden. Es bedurfte einer solchen Zeugin nicht, um Friedrich von Isenberg der Tat zu überführen. Ebenso gab es zur damaligen Zeit kein Kloster in der Nähe Hattingens, in dem meine Heldin Ellin gelebt haben könnte. Die Schwierigkeiten jedoch, die Ellin gemeinsam mit ihrer Freundin Berblin bezüglich des Warenhandels hatte, sind durchaus vorstellbar. Frauen durften seinerzeit nicht selbständig Handel treiben und besaßen nur sehr eingeschränkte Rechte.

Das von mir erwähnte Dorf Selete gab es hingegen. Es heißt heute Kirchseelte. Ob die Einwohner tatsächlich solche Originale waren, kann ich zwar nicht sagen. Doch die Vorstellung, dort eine solch eingeschworene Gemeinschaft gepaart mit derart hilfsbereiten Menschen vorzufinden, gefiel mir ausgesprochen gut.

Und zum Schluss: Nein, ich habe keine Quelle gefunden,

die davon zeugt, dass zu irgendeiner Zeit günstiger Rindertalg mit Bienenwachs vermengt wurde und auf diese Weise Duftkerzen entstanden. Aber es ist eine schöne Vorstellung, nicht wahr?

Herzlichst

Ihre Caren Benedikt

Quellenverzeichnis

AHLERS, O., »Lübeck 1226. Reichsfreiheit und frühe Stadt«, in: Hansisches Verlagskontor H. Scheffler, Lübeck 1976

BAUTZ, FRIEDRICH WILHELM, »Engelbert I. von Köln«, in: Biographisch-Bibliographisches Kirchenlexikon (BBKL), Band 1, Bautz, Hamm 1975, 2. unveränderte Auflage Hamm 1990, Sp. 1510–1511

BUCHBERGER, MICHAEL / KASPER, WALTER, »Lexikon für Theologie und Kirche«, begr. v. Michael Buchberger, hrsg. v. Walter Kasper, 11 Bände, Freiburg im Breisgau, u.a., 3., völlig neu bearb. Auflage, Herder 1993–2001

ELMSHÄUSER, KONRAD, »Geschichte Bremens«, in: Beck'sche Reihe 2605, Beck Verlag, München 2007

ELMSHÄUSER, KONRAD / HOFMEISTER, ADOLF E. (HRSG.), »700 Jahre Bremer Recht«, Veröffentlichungen des Staatsarchivs Bremen Bd. 66, Selbstverlag des Staatsarchivs Bremen, Bremen 2003

FICKER, JULIUS, »Engelbert der Heilige, Erzbischof von Köln und Reichsverweser«, Verlag von J. M. Heberle, Köln 1853, S. 145 ff.

FRANK, ISNARD WILHELM, »Kirchengeschichte des Mittelalters«, in: Kirchengeschichte (in vier Bänden), Patmos, Düsseldorf 2008

GRASSMANN, ANTJEKATHRIN, »Lübeckische Geschichte«, in: Schmidt-Römhild, 4. verb. und ergänzte Auflage, Lübeck 2008

HAASE, CARL, »Untersuchungen zur Geschichte des Bremer Stadtrechts im Mittelalter«, Veröffentlichungen aus dem Staatsarchiv der Freien Hansestadt Bremen, Heft 21, Carl-Schünemann-Verlag, Bremen 1953

HARLESS, WOLDEMAR, »Friedrich v. Isenberg«, in: Allgemeine Deutsche Biographie (ADB). Band 14, Duncker & Humblot, Leipzig 1881, S. 612–614.

HEISTERBACH, CAESARIUS VON, »Leben, Leiden und Wunder des hl. Erzbischofs Engelbert von Köln«, übersetzt von Karl Langosch, in: Die

Geschichtsschreiber der deutschen Vorzeit, Band 100, Münster / Köln 1955

Jakobswege – Wege der Jakobspilger, Band 1–9, Bachem Verlag (Pilgerführer zu den deutschen Jakobswegen), Köln 2007–2011

Jochmann, Werner / Loose, Hans-Dieter, »Hamburg, Geschichte der Stadt und ihrer Bewohner«, Band 1, Von den Anfängen bis zur Reichsgründung, Hoffmann und Campe, Hamburg 1986

Johannssen, Gisela, »Deutschland: Via Baltica. Von Usedom bis Bremen«, in: Der Weg ist das Ziel, Outdoorhandbuchreihe, Conrad Stein, Welver 2010

Kleine, Uta, »Mirakel zwischen Kult-Ereignis und Kult-Buch. Die Verehrung Erzbischof Engelberts von Köln im Spiegel der Miracula Engelberti des Caesarius von Heisterbach«, in: Mirakel im Mittelalter. Konzeptionen, Funktionen, Realitäten, hrsg. v. Martin Heinzelmann / Dieter R. Bauer / Klaus Herbers, (Beiträge zur Hagiographie; 3), S. 271–310, Steiner, Stuttgart 2002

Kamp, Hermann / Joseph / Abfalter, Melchior / Hergenröther, Joseph / Kaulen, Franz / Wetzer, Heinrich Joseph / Welte, Benedikt, »Wetzer und Welte's Kirchenlexikon oder Encyklopädie der katholischen Theologie und ihrer Hülfswissenschaften«, 12 Bände, Herder, Freiburg im Breisgau 1882–1903 (Nachdruck)

Kühnel, Harry, »Alltag im Spätmittelalter«, 2. verb. Auflage, Darmstadt 1986

–, »Bildwörterbuch der Kleidung und Rüstung. Vom Alten Orient bis zum ausgehenden Mittelalter«, Kröner, Stuttgart 1992

Marra, Stephanie, »Grafen von der Mark, Herzöge von Kleve-Mark und Jülich-Kleve (Hof)«, in: Werner Paravicini (Hrsg.): Höfe und Residenzen im spätmittelalterlichen Reich, (Residenzenforschung 15), Thorbecke, Sigmaringen 2003

Schwarzwälder, Herbert, »Geschichte der Freien Hansestadt Bremen«, 5 Bände, Edition Temmen, Bremen 1995

Schweiger, Georg, »Mönchtum, Orden, Klöster. Von den Anfängen bis zur Gegenwart«, Beck, München 2003

Weber, Bernhard, »Pilgern auf der Via Baltica«, Via Baltica Verlag, Welver 2010

Wisplinghoff, Erich, »Friedrich«, in: Neue Deutsche Biographie 5 (1961), S. 510 [Onlinefassung]; URL: http://www.deutsche-biographie.de/pnd119005859.html

Internet / Links:

http://www.burg-isenberg.de/

http://www.die-isenburg.de.vu/

http://www.jakobswege-norddeutschland.de/

http://www.kirchseelte.de/index.php/geschichte.html

http://www.uni-protokolle.de/Lexikon/Graf_Friedrich_von_Isenberg.html

http://www.uni-protokolle.de/Lexikon/Heinrich_von_Molenark.html

Danksagung

Von Herzen danke schön zu sagen, ist mir keine Pflicht, sondern eine echte Freude! Und wenn diejenigen, die meine vorherigen Bücher kennen, immer wieder die gleichen Namen entdecken, zeigt das nur, in welch festem, beständigem Team ich das Glück habe arbeiten zu dürfen.

Mein erster Dank geht an die zwei Menschen, denen ich dieses Buch gewidmet habe. Iny und Elmar Lorentz sind viel mehr als nur ganz außergewöhnlich nette und kompetente Kollegen. Sie sind echte Freunde, die mir einen liebevollen Schubser gegeben haben, damit ich meinen Weg gehe. Egal, wie viele Jahre vergehen werden – das werde ich euch beiden nie vergessen!

Ich danke meiner Agentin Lianne Kolf und dem gesamten Agenturteam für seine immerwährende Unterstützung und Hilfsbereitschaft! Einfach nur schreiben zu können, ohne dass ich mir Gedanken um Verträge, Konditionen und Erscheinungstermine machen muss, ist für mich ein Geschenk.

Einen von Herzen kommenden Dank möchte ich auch Ingeborg Castell sagen, die stets als Erste außerhalb der Familie meine Manuskripte zu lesen bekommt. Was bin ich immer nervös, bis ich dann von ihr die Antwort bekomme, dass ihr der Text gefällt.

Ich danke dem Droemer Knaur Verlag für das Vertrauen, das er in meine Werke setzt. Hier möchte ich ganz besonders Programmleiterin Christine Steffen-Reimann erwähnen, die mir das gute und sichere Gefühl gibt, ein Teil der großen Droemer-Familie zu sein.

Ein ganz herzliches Dankeschön auch an Frau Dr. Heike Fischer, die meine Texte so lektoriert, dass ich sie am Ende viel besser finde als am Anfang. Wäre das Schreiben eine Melodie, würde ich sagen, wir beide schwingen im gleichen Takt.

Wie immer geht mein größter Dank an meinen Mann und meine Kinder, die mich auf unvergleichliche Art bei meiner Arbeit unterstützen. Jeder von ihnen trägt auf seine Weise zum Gelingen meiner Romane bei. Mein Mann recherchiert und recherchiert, bis ich auf jede noch so kleine Frage eine Antwort habe. Und wann immer ich ins Mittelalter abtauche, um meine Figuren zum Leben zu erwecken, seid ihr vier gemeinschaftlich für mich da, um alles andere, das gerade stören könnte, weit weg von mir zu halten. Ohne euch würde eine Geschichte nie komplett werden. Wann immer meine Figuren Unterstützung von hilfsbereiten und tollen Menschen erfahren, haben diese Helfer ganz viel von euch. DANKE!!!